L'Averti

La naissance d'une dynastie

TOME **1**

*SAGA
ROMANESQUE*

Vanessa Léger

La Grande Marée

L'éditeur désire remercier la Direction des arts du Nouveau-Brunswick pour l'aide financière à la publication de ce projet d'édition. Il reconnaît également l'aide du gouvernement du Canada par l'entremise du Fonds du livre canadien (FLC) pour ses activités d'édition.

Direction éditoriale :
Jacques P. Ouellet – Tracadie, Nouveau-Brunswick

Graphisme :
DPG Communication – Caraquet, Nouveau-Brunswick

Révision linguistique et corrections :
Catherine Laratte – Moncton, Nouveau-Brunswick

Révision du texte :
Janie Losier – Tracadie, Nouveau-Brunswick

Distribution/diffusion :
Prologue Inc. – Boisbriand, Québec

1ère ré impression - janvier 2019

ISBN 978-2-349-72373-4

Dépôt légal : 1er trimestre 2019 BAC, BAnQ, CÉAAC

Remerciements

Du fond du cœur, merci à mon mari, à ma famille, pour votre soutient inestimable, ainsi qu'à tous ceux et celles qui ont contribué à la réalisation de cette première publication, et tout particulièrement, à mon éditeur, M. Jacques Ouellet.

Note

Ce roman respecte les nouvelles normes orthographiques établies par l'Académie française.

Bien que s'inscrivant dans un contexte historique réel, ce roman est une œuvre de fiction. Noms, personnages, lieux et faits, à caractère non historique, sont le produit de l'imagination de l'auteure, ou ont été utilisés de façon romanesque. Toute ressemblance des personnages avec des personnes existantes ou ayant existées, relève de la coïncidence pure.

– CHAPITRE UN –

Saint John, Nouveau-Brunswick – 1905

C'était une toute petite chambre, propre et impersonnelle. Le mobilier était modeste et convenait parfaitement à la nature de son séjour. Une bible usagée reposait sur la table de chevet, comme dans l'attente d'être feuilletée. La nuit, elle pouvait entendre le plancher de bois craquer sous le poids du lit. C'était pourtant un petit lit. Un lit simple, en métal, qui grinçait au moindre mouvement et qui avait visiblement connu des jours meilleurs.

Comme dans chaque chambre, un crucifix fixé au mur de pierre veillait sur son occupante. L'hiver, l'endroit pouvait paraitre terne et triste. Mais en ce matin de juillet, les rayons du soleil naissant, porteurs de bonnes nouvelles, faisaient tranquillement leur chemin dans la pièce; ils s'attardaient sur le paillasson tressé, puis s'aventuraient vers les assises du lit en une progression lente, jusque dans les plis désordonnés de la courtepointe en partie rabattue, mettant à découvert des draps d'un blanc immaculé. Quelqu'un avait ouvert les persiennes pendant son sommeil, une des ménagères sans doute, et la rosée fraiche du matin parfumait l'air ambiant.

La fenêtre donnait sur un jardin magnifique. Tous les matins, alors que le bâtiment était encore endormi, la jeune femme pouvait entendre le vieux jardinier s'entretenir avec ses roses. Dans sa salopette sale et usée, les bras frêles cachés par une chemise de coton grossier, il détonnait dans cet exquis tableau de la nature. Parfois, il levait les yeux vers sa fenêtre et leurs regards se croisaient brièvement. Celui du jardinier, fatigué et nostalgique, semblait trouver étrange la réclusion de la jeune femme, même dans son état. Elle observait avec un mélange de honte et de dégout le visage ravagé et grimaçant du vieil homme, toujours à demi caché par un chapeau de paille à larges rebords. Il y avait quelque chose d'étrangement pervers, se disait-elle, à regarder au soleil levant ces bouts de doigts tordus et osseux se tendre timidement vers les pétales des fleurs; de répugnant aussi, à voir cette main décharnée et tremblante souiller le satin délicat des roses.

À cette heure matinale, seul le chant des oiseaux brisait le calme et le silence de l'endroit. Bientôt résonneraient faiblement les rires tristes et étouffés des jeunes filles déambulant dans l'allée de pierres, leur silhouette alourdie par l'enfant qu'elles portaient en elles et qui ne leur appartenait déjà plus.

Gabriella rajusta machinalement l'échancrure de sa robe de nuit vaporeuse et s'éloigna lentement de la fenêtre. Elle regagna pieds nus son lit d'une démarche incertaine. Ne cherchant pas à socialiser, elle quittait rarement sa chambre et prenait ses repas seule, dans l'intimité. Le personnel de l'établissement respectait son effacement. D'ailleurs, ce n'était pas son unique passe-droit. Ses plats étaient plus copieux que ceux des autres, elle avait du lait à volonté, et surtout, elle ne repartirait pas les bras vides.

Gabriella se redressa péniblement sur ses oreillers et repéra ses effets personnels avec le même sentiment de soulagement que chaque fois. Ses malles, austères et couteuses, rangées près de la porte tranchaient avec la simplicité de l'endroit. Son habit de voyage reposait sur le dossier de la chaise; il lui rappelait que son séjour touchait à sa fin. Un sourire étrange erra sur ses lèvres, tandis que son regard faisait à nouveau le tour de la pièce et s'arrêtait naturellement sur un meuble. Il ne restait plus qu'une page blanche sur la petite table qui lui avait servi de secrétaire pendant toutes ces semaines.

C'est alors que l'expression de son visage se transforma. Ses yeux bruns, presque noirs, s'emplirent d'une angoisse familière et sa bouche d'un beau rouge vif afficha un pli amer. Elle s'affola à l'idée qu'il puisse lui avoir trouvé une remplaçante, malgré toutes les lettres d'amour qu'elle lui faisait régulièrement parvenir à son bureau. Gabriella ne pouvait trouver les mots justes pour définir l'ampleur des sentiments qu'elle éprouvait pour lui, ni ne pouvait réellement saisir l'état de démesure et de servitude qui l'habitait désormais. Elle était folle d'amour. Elle était folle de lui, tout simplement. *Vivement que j'aie cet enfant! Je dois quitter cette maison de repos; je dois retourner dans les bras de mon merveilleux amant avant que je ne sois plus qu'un lointain souvenir pour lui!*

Gabriella sentit son désir pour lui monter en elle comme une vague chaude, accompagnée immédiatement par une forte nausée. Elle était *malade* d'amour. La jeune femme dégagea d'un mouvement brusque les pans de son peignoir et contempla quelques secondes son ventre, énorme, qui se tendait contre le tissu soyeux de son vêtement. Avec impatience, elle repoussa de son épaule ses cheveux bruns défaits et tout juste retenus par un ruban qui trahissaient sa nuit de sommeil agité. Dans son élan, Gabriella dévoila sans pudeur la naissance de sa poitrine, singulièrement palpitante et d'un blanc laiteux. Ses traits se figèrent en une expression indéchiffrable et ses doigts fins s'agrippèrent à la courtepointe. Soudain, elle poussa un cri.

– CHAPITRE DEUX –

Montpellier, Nouveau-Brunswick – 1870

Les yeux rivés sur le notaire qui agissait à titre d'exécuteur testamentaire, la famille Roussel écoutait religieusement les dernières volontés du patriarche, Auguste Roussel. Élisabeth, désormais veuve, versait quelques larmes qu'elle essuyait délicatement de son nouveau mouchoir de dentelle. Assises autour d'elle et toutes de noir vêtues, ses filles Régine, Esther, Claire et Isabelle soupiraient, tandis que les trois fils endimanchés, Gaspard, Ruffin et Édouard retenaient leur souffle, debout derrière elles.

Au bout d'un moment, Gaspard, l'aîné, blasphéma et sortit brusquement du bureau, suivi par son frère Ruffin, la mine sombre. Les femmes bougèrent sur leur chaise, mal à l'aise. L'atmosphère se trouva subitement appesantie par l'agressivité. Le vieil homme chargé de cette délicate affaire suait à grosses gouttes; il s'essuya à nouveau le front, puis s'épongea la gorge de son mouchoir à carreaux. Il n'avait encore jamais vu rien de pareil. Le défunt avait laissé l'héritage en entier à son fils cadet. Un héritage tout à fait respectable, soit, mais qui, il le pressentait, serait accueilli avec une certaine réserve par le principal intéressé.

L'exécuteur testamentaire se racla la gorge et continua nonobstant sur le ton monotone, propre à ceux de sa profession :

– Enfin, mon client, monsieur Auguste Roussel, m'a demandé de vous remettre ceci...

Sous les regards inquisiteurs de sa mère et de ses sœurs, à l'exception d'Isabelle dont les yeux bleus n'évoquaient que de la tristesse, Édouard tendit la main. Fébrile, il prit l'enveloppe que lui tendait le vieil homme, l'ouvrit et déplia lentement la lettre qu'elle contenait afin de lire en silence les dernières recommandations de son père. Tout son corps semblait s'être raidi. Isabelle, attentive, comprit que son frère jumeau réprimait à grand-peine son émoi.

Lorsqu'il eut terminé sa lecture, Édouard fit un signe de tête à l'exécuteur testamentaire au visage cramoisi, signifiant ainsi qu'il honorerait ses engagements. Quant à Élisabeth Roussel, d'un simple coup d'œil à l'endroit de son fils héritier, elle comprit que les rôles étaient désormais inversés. Par dépit, elle sécha définitivement ses larmes avant de se lever cérémonieusement de sa chaise, imitée à la seconde près par ses filles.

Dans la calèche qui les ramenait à la demeure familiale, les esprits étaient partagés. Prisonnier de ses réflexions, chacun demeurait silencieux. Édouard examina furtivement les visages autour de lui; il essayait de deviner leur état d'âme. Gaspard et Ruffin, qui avaient suivi les traces de leur père et étaient maintenant des maitres charpentiers de profession, ne pouvaient comprendre ce dénouement. Bien qu'ils aient toujours subi la préférence de leur père vis-à-vis de leur frère cadet, leur amour propre avait pris un rude coup.

Quand ils étaient plus jeunes, les deux garçons avaient dû se relayer plus d'une fois aux travaux quotidiens de la ferme pour remplir les tâches qui avaient été assignées à Édouard, mais desquelles celui-ci se dérobait immanquablement. Sous prétexte qu'il partait à la recherche de quelque nouvelle intéressante, Édouard recevait invariablement la bénédiction d'Auguste.

Gaspard repensa à toutes ces fois où Ruffin et lui avaient dû récolter le blé et faucher le foin à la place de leur frère; il poussa un juron étouffé. « Édouard a toujours méprisé la terre, songea-t-il, et voilà que c'est lui qui en hérite? Quel affront! Je ne resterai pas un jour de plus dans ce maudit comté! » Ruffin vit la mine de son frère ainé se durcir et il comprit d'instinct que le temps était venu pour eux d'exercer leur métier ailleurs dans la province, possiblement dans le nord. Plus rien ne les rattachait désormais à Montpellier.

Assises à l'arrière de la calèche, Régine et Esther rongeaient leur frein. Étant toutes deux mariées, elles n'avaient eu aucune attente quant à l'héritage. Or, elles trouvaient déplacé qu'à défaut de leur frère ainé, ce fut leur frère cadet qui héritait des biens. Elles pinçaient les lèvres et fixaient furieusement Édouard. Régine chercha un signe de protestation solidaire de la part de leur sœur Claire. Celle-ci détourna hautainement les yeux. Profondément égoïste et cupide, Claire n'avait qu'un seul but dans la vie : épouser un homme riche. Elle n'éprouvait aucun sentiment d'appartenance à l'endroit de sa famille et aurait volontiers sacrifié l'un d'eux en échange de quelques sous.

En vérité, Édouard était peut-être le seul qui lui inspirait quelques bons sentiments. Son maintien parfait, sa démarche assurée et son élégance naturelle suffisaient à le rendre supportable à ses yeux. On aurait dit – comme elle – qu'il appartenait à une famille de nobles. Son regard impérieux semblait défier quiconque de déceler chez lui des origines plutôt modestes. Qui plus est, Claire le trouvait plus solennel et compassé que le reste de la famille. Édouard était sans conteste le plus intelligent de ses frères et sa bonne fortune ne manquerait pas de rejaillir sur eux tous en temps voulu; à commencer par elle, l'espérait la jeune fille.

Claire rajusta sous son menton les rubans de son chapeau et ferma les yeux. Elle rêvait éveillée, son passetemps favori. Un sourire inconscient apparut sur ses lèvres. Les regards langoureux des frères Landry sur les marches de la boucherie, lorsque leur calèche traversait l'allée des commerçants, ne lui avaient pas échappé. « Si seulement je pouvais m'aventurer en ville sans chaperon, pensa-t-elle, peut-être que l'un des deux garçons déciderait de me courtiser? »

Les jambes pendant mollement à l'arrière de la calèche, Édouard renversa la tête vers le ciel. Il était d'un bleu magnifique et le soleil éclatant lui fit plisser légèrement des yeux. Il se surprit à penser qu'une journée d'été aussi lumineuse était inconvenante étant donné les circonstances. De la pluie, des nuages gris, ou l'imminence d'un orage auraient été davantage appropriés.

Comme Édouard s'obstinait à garder les yeux tournés vers l'horizon, vers les champs de fleurs et de blés ensoleillés, Élisabeth en profita pour observer discrètement son fils, celui dont dépendait désormais son bienêtre. Sa posture était empreinte d'une dignité pleine de réserve qui s'accordait mal avec la nonchalance et l'arrogance de ses frères assis à l'avant. Et pourtant, il se dégageait de sa personne une violence contenue qui l'avait toujours intimidée et qu'elle semblait être la seule à voir. Édouard était la parfaite image de son père, cheveux blonds, yeux bleus et mâchoire carrée. Le même beau visage dur, la bouche bien dessinée, un physique robuste et tendu... La force de son esprit se voyait dans ses gestes et dans l'attitude volontaire de son corps.

Élisabeth tortilla discrètement entre ses doigts son beau mouchoir. Auguste s'était personnellement chargé de l'éducation d'Édouard. Il avait déposé sur ce fils tous ses espoirs, ses aspirations personnelles. Cette fixation sur Édouard au détriment de leurs autres enfants l'avait exaspérée toute sa vie. Car ce que son époux percevait comme de la noblesse en devenir, elle-même n'y voyait qu'un garçon paresseux et trop prétentieux pour se salir les mains à l'ouvrage. Et aujourd'hui, tout particulièrement, l'extrême ressemblance de ses enfants, en particulier Édouard, avec son défunt mari l'irritait. Aucun de ses enfants n'avait hérité de sa belle chevelure rousse, de ses beaux yeux verts.

Élisabeth détourna la tête et poussa un soupir à peine audible. *Auguste m'a quittée. Je l'ai perdu pour de bon cette fois.* Ses yeux se voilèrent à nouveau et son cœur se serra d'angoisse. Ses certitudes s'éparpillaient comme feuilles au vent. Et le visage sévère de son fils héritier lui faisait mal augurer de l'avenir.

L'espace d'un instant, Édouard jeta un regard en coulisse vers sa mère : il cherchait en vain à déchiffrer l'expression énigmatique de son visage. Il n'aurait su dire si elle était étonnée, déçue, ou furieuse du dénouement de cet entretien funèbre avec le notaire. Édouard supposa qu'elle devait anticiper l'avenir avec quelques inquiétudes. Pour la première fois de sa vie, il regretta de ne pas avoir une relation plus naturelle avec sa mère. Il aurait souhaité pouvoir la rassurer, lui dire qu'il prendrait soin d'elle. Sa propre réserve le retenait de faire un geste dans sa direction, ou d'exprimer des promesses qu'il n'était pas sûr, d'ailleurs, de pouvoir tenir. Lui-même se sentait horriblement seul, tiraillé comme jamais entre son devoir et ses ambitions personnelles.

Édouard sentit que sa sœur jumelle lui prenait la main et lui serrait doucement les doigts. Leurs yeux bleus se rencontrèrent et un échange muet, empreint de tendresse et d'affection, détendit les deux visages. La chaleur du regard d'Isabelle dissipa peu à peu l'inquiétude qui lui pesait sur le cœur. Ils restèrent ainsi à voir défiler le paysage familier, les grands champs prêts pour la récolte et les vaches laitières qui broutaient paisiblement dans la pâture, le bruit régulier des sabots et des roues sur le sol cahoteux meublant le silence.

Lorsque la calèche s'immobilisa devant la maison blanche, modeste, mais bien entretenue, Édouard fut le premier à descendre. Il adressa un sourire à sa jumelle. Sans un mot pour le reste de sa famille qui marchait pesamment vers la demeure, se préparant à une autre veillée mortuaire, Édouard se dirigea d'un pas décidé vers l'étable. Aussitôt qu'il repoussa les deux grandes portes de bois grinçantes, il eut un haut-le-cœur et recula spontanément. L'odeur fétide des cochons et des vaches le prit à la gorge, comme chaque fois. « Je ne suis pas fait pour la vie de ferme, songea-t-il. Je ne m'y habituerai jamais. Et maintenant que je suis le maitre du domaine, je ne me salirai plus les mains à faire un travail si dégradant et abrutissant. »

Dégouté, Édouard se couvrit le nez de sa manche. « Dès demain matin, décida-t-il, j'irai chez les Le Breton pour embaucher un autre de leurs garçons. » Il savait qu'il aurait besoin d'aide supplémentaire à la ferme, même si Junior était des plus zélés. Il pressentait, et avec raison, que ce n'était plus qu'une question de jours, voire d'heures, avant que ses deux frères ne décampent.

Édouard traversa à la hâte la première moitié de l'étable et prit soin d'éviter les excréments sur le sol. Puis, il souleva les draps sales qui tenaient lieu de murs. Devant lui, la grande table de chêne massif trônait au centre de la pièce improvisée et dessus, dissimulé par une toile épaisse, le bien le plus précieux de son père. Édouard retira avec respect la housse et il resta là, curieusement ému, à fixer l'engin qui était désormais le sien et qui n'attendait qu'à servir. Un vieux modèle de presse à cylindres, de taille relativement modeste et qui, dans un mouvement de va-et-vient interminable, produisait à une lenteur exaspérante son impression.

Désemparé, Édouard voyait ses rêves s'effondrer. Ses espoirs d'une vie meilleure dans une grande ville se dissipaient devant ses yeux avec une rapidité affolante. *Père, vous m'avez piégé. Vous m'avez imposé votre rêve, sans considération pour les miens.* Il avait vingt ans, son père était mort en lui laissant la résidence familiale, une terre à cultiver, une terre à défricher... et une machine à imprimer. Être responsable d'un journal acadien n'avait aucunement fait partie des projets d'Édouard. Il avait déjà sacrifié sa jeunesse en respectant les aspirations du paternel. C'était à lui que revenait la responsabilité de recueillir les nouvelles dignes d'intérêt pour les habitants de Montpellier; nouvelles que son père imprimait et distribuait à un cout dérisoire. Cela dit, le travail de « rapporteur » ne devait être qu'une parenthèse dans sa vie. Édouard avait toujours eu l'intention de se lancer en affaires, de déménager dans une grande ville, comme Montréal ou Toronto. Au plus profond de son être, il se savait gentilhomme. Sa motivation première était d'être prospère et d'être reconnu à ce titre par ses semblables. Mais voilà que son père bouleversait ses plans. Même mort, Auguste continuait de lui dicter sa conduite.

Trois ans auparavant, lorsque le premier journal francophone au Nouveau-Brunswick avait fait son apparition, Auguste Roussel avait été transporté de bonheur. Le succès du *Moniteur Acadien* lui procurait de douces espérances. L'homme de cinquante-deux ans avait redoublé d'ardeur. Il s'inspirait des nouvelles parues dans le journal de Shédiac, ville voisine de Montpellier, et faisait sien le discours politique de son modèle, Israël Landry, un Canadien français d'origine québécoise. Si les débuts du journal avaient été stables jusqu'à un certain point – il faut dire que la direction avait changé de main et que sa publication avait même été pendant un certain temps interrompue –, Auguste n'en demeurait pas moins convaincu que le *Moniteur Acadien* était en définitive « bel et bien là pour rester ».

Un optimisme inaltérable qu'Auguste transposait dans son propre journal : il refusait de se laisser démonter par le faible nombre d'abonnés et persévérait dans sa quête de reconnaissance. D'ailleurs, peut-être était-ce justement cet acharnement qui avait précipité son heure? En effet, quelques mois après la première publication du journal francophone de Shédiac, sans signe avant-coureur, la santé d'Auguste déclina brusquement. Un premier infarctus le laissait paralysé du côté droit. Le second avait eu raison du corps au complet. Puis le troisième, fatal, était survenu il y avait à peine deux jours.

Édouard sortit avec soin de son veston la lettre que lui avait remise l'exécuteur testamentaire. Bien que l'écriture ne fût pas celle de son père, Édouard pouvait reconnaitre son choix de mots, sa façon de s'exprimer. Son vocabulaire, riche et soigné, témoignait de l'éducation qu'il avait reçue du curé Beausoleil. Le pauvre prêtre avait cru sincèrement que son enfant de chœur prendrait un jour la relève de la paroisse. Mais lorsqu'Auguste Roussel avait fait la connaissance d'Élisabeth Beauregard sur le parvis de l'église, les espoirs du bon curé s'étaient envolés. Non sans quelques regrets, il avait laissé partir son jeune protégé, se réconfortant à la pensée qu'Auguste engendrerait assurément une lignée de bons catholiques pratiquants.

Au moment où ses doigts effleuraient avec émotion une page oubliée sur la table devant lui, Édouard crut entendre la voix grave et bien articulée de son père résonner dans les quatre coins de la grange, comme s'il cherchait encore à se faire entendre, à lui rappeler une dernière fois son histoire : comment il avait d'abord mérité, puis s'était approprié le *Saint Bulletin de Montpellier*, pour ensuite le rebaptiser *L'Averti*.

Lorsque, au milieu des années 1850, le curé Beausoleil avait acheté une machine à imprimer d'un commis voyageur, pour la somme exorbitante de cent-cinquante dollars, le jeune Auguste Roussel avait été le premier à s'en réjouir. Il pressentait que cette nouvelle acquisition aurait un effet positif sur l'esprit de la population acadienne, la presse en circulation dans son village se limitant jusqu'alors à un journal anglophone, le *Atlantic News*. Le curé Beausoleil avait dû attendre encore quatre ans pour acheter les caractères au cout de soixante dollars. Lorsque la première édition du *Saint Bulletin de Montpellier* fortement imprégnée de la religion catholique paraissait en ce 12 juillet 1854, le bon curé et tous les francophones de Montpellier s'étaient rassemblés à l'église, le cœur en fête, pour écouter Auguste Roussel en faire la lecture.

À la mort du curé Beausoleil quatorze ans plus tard, nul ne fut étonné d'apprendre qu'il léguait la machine à imprimer à son protégé, Auguste Roussel, qu'il avait pratiquement *élevé* à son image. Personne n'y prit ombrage. Ni le nouveau curé de la paroisse, ni ceux et celles qui pouvaient se vanter de savoir lire et écrire. Chaque famille avait déjà son lot de responsabilités sans pour autant s'imposer une charge supplémentaire. Ainsi, le nouveau responsable de la continuité du bulletin s'acquitta de sa tâche avec ardeur.

Sous l'égide d'Auguste, le *Saint Bulletin de Montpellier* avait délaissé tranquillement ses aspirations religieuses, pour se tourner vers les faits divers de la région, la politique et les quelques nouvelles locales transmises de bouche à oreille qui parvenaient aux portes de son étable. Lorsque, soi-disant frappé d'une inspiration divine, Auguste rebaptisait le bulletin, *L'Averti*, appellation qui, à son avis, convenait mieux à l'orientation nouvelle qu'avaient pris ses écrits, personne n'osa contester cette décision « céleste ». *L'Averti* et son nouveau mandat avaient donc été adoptés sans remous du côté de la paroisse catholique de Montpellier. La population acadienne du village avait concédé carte blanche à la plume d'Auguste Roussel et de ce fait, à sa descendance.

Encore aujourd'hui, les habitants se plaisaient à emprunter la devise prisée par Auguste, à la répéter tout haut et à qui voulait bien l'entendre : « Un homme averti en vaut deux! » Assailli d'émotions contradictoires, Édouard laissa tomber la lettre de son père sur la table robuste et serra les poings. De son vivant, Auguste s'était évertué à lui transmettre son amour de l'écriture. Et voilà qu'il lui rappelait, dans ce message d'outre-tombe, qu'être « rapporteur » était un métier tout à fait honorable, lorsque combiné à une profession rémunérée. Jamais Auguste n'avait cessé de croire en un avenir glorieux pour son journal aux origines modestes, certes, mais saintes.

– Mais c'était *votre* rêve, père, pas le mien! protesta Édouard d'une voix étouffée, pleine de colère et de tristesse.

Il contempla la machine au point d'en avoir la vision brouillée. Il prenait brutalement conscience de la force du destin. Auguste avait lutté contre la mort, et ce, jusqu'à épuisement. « Il s'accroche toujours... », se contentait de murmurer le médecin, secouant la tête après chaque visite. Puis, Auguste avait finalement abandonné le combat.

Édouard se passa une main tremblante sur le front. L'émotion qu'il avait refoulée depuis la découverte macabre du corps grisâtre de son père dans le fauteuil de la cuisine menaçait de déferler honteusement sur ses joues. Il avait été un fils exemplaire. Il était resté auprès de son père, il s'était plié à sa volonté, il avait alimenté le *Saint Bulletin de Montpellier*, puis *L'Averti*, croyant bien naïvement que la mort du paternel le libèrerait une fois pour toutes de ses attaches au journal et par ricochet, à Montpellier.

Édouard poussa un long soupir, reprit possession de la lettre et la rangea soigneusement dans son enveloppe, puis dans la poche intérieure de son veston. Il honorerait la dernière volonté de son père. Il ne pouvait concevoir en être autrement. Mais il entendait bien trouver une façon de s'enrichir, avec *L'Averti* ou toute autre activité connexe. Édouard avait de l'ambition à revendre, une soif de réussite dévorante et, comme son père et son grand-père avant lui, il était habité d'une conviction viscérale qu'il était appelé à accomplir de grandes choses. À défaut de quitter sa province, il œuvrerait à faire de son village une ville où il ferait bon vivre.

Édouard se mit à réfléchir intensément. Avec ses abondantes ressources naturelles et minérales qui n'attendaient qu'à être exploitées, Montpellier était forcément promis à un avenir prospère. Du moins, pour les hommes capables d'un tant soit peu de vision. Des hommes d'envergure, comme lui.

Les idées fourmillaient dans sa tête et lorsque le jeune homme redressa la tête, une expression des plus étranges apparut sur son visage. Le Nouveau-Brunswick était connu pour ses richesses forestières. *Le bois... un moulin... le papier...* Édouard comprit d'un seul coup qu'il avait devant lui le prétexte qu'il attendait pour se lancer en affaires. Alors qu'une onde mystérieuse lui procurait un sentiment de virilité, de supériorité inaltérable, Édouard eut l'intime clarté que rien ni personne ne pourrait l'empêcher de devenir l'homme d'affaires auquel il aspirait.

Je réussirai, là où vous avez échoué, père. « L'Averti » deviendra un journal prospère. Et un jour je serai riche, en devenant le plus grand producteur et exportateur de papier au pays!

Il pouvait voir sa destinée, grandiose, se dessiner devant ses yeux. Fébrile d'excitation, Édouard fit une brève prière, se signa, puis jeta énergiquement la toile sur la machine à imprimer balayant au passage sa figure singulièrement illuminée.

* * * * *

L'allée des commerçants était balayée par un vent cinglant. Décharnés, les arbres se courbaient sous la violence du vent et l'on pouvait presque entendre les craquements sinistres des bâtiments malmenés.

Drapé dans un épais manteau qui semblait à peine ralentir son élan, Édouard avançait, le dos courbé par l'effort. L'été avait défilé devant lui à une vitesse éclair. Entre la supervision des travaux de la ferme et la publication plus ou moins hebdomadaire de *L'Averti*, il n'avait guère eu le temps de penser. L'hiver serait bientôt là et Édouard tenait absolument à établir un partenariat solide et à se lancer dans l'élaboration de ses plans. Il lui fallait un moulin. C'était la seule façon de rentabiliser le journal et de lui garantir un revenu non seulement substantiel, mais stable. Et si tout se déroulait comme il l'entendait, il pourrait en débuter la construction au printemps.

Les paupières mi-closes, Édouard devinait plus qu'il ne voyait les contours de la silhouette vacillante qui le précédait. Lui-même arpentait d'un pas pesant la rue déserte; il bravait les bourrasques et refusait de prendre du retard vu son emploi du temps chargé. Une voiture fermée, tirée par deux étalons noirs vigoureux le dépassa. Édouard nota que sa prochaine dépense se devait d'être l'achat d'un de ces derniers modèles de calèche. Pour devenir prospère, il fallait d'abord donner l'impression de l'être. C'était précisément pour cette raison qu'il avait laissé son charriot défraichi plusieurs mètres plus loin sur la rue de terre battue; précaution qu'il jugeait maintenant inutile devant l'absence de pratiquement toute âme qui vive en cette fin de journée.

À force de se le répéter, sa croyance en son rêve était devenue inébranlable. Montpellier deviendrait le point central du commerce et de l'économie acadienne. Les Acadiens qui y vivaient s'imposeraient comme des hommes d'affaires sérieux, ils occuperaient en plus grand nombre les postes de prestige principalement accaparés jusqu'à présent par les anglophones. « Je serai le premier à en récolter les retombées économiques », se disait Édouard. Il avait compris que pour vivre comme il l'entendait, il devait d'abord s'approprier le premier niveau de production, le bois, afin qu'éventuellement, il puisse produire son propre papier. À court terme, il fournirait en pâtes et papiers les régions environnantes et à long terme, l'ensemble du Canada et même ailleurs. Oui, il voyait grand. Et il s'estimait de taille à relever le défi!

Édouard remonta le collet de son manteau et pria silencieusement que la visite qu'il s'apprêtait à faire fût productive. L'héritage que lui avait laissé son père couvrirait à peine le dixième des dépenses occasionnées par la construction d'un moulin. La terre qu'il lui avait léguée serait vite exploitée. Plus que tout, il voulait ce moulin, quitte à partager la gloire avec un associé, si tel était le prix à payer. Frédéric La Croix ne serait qu'un tremplin pour réaliser ses ambitions. Il avait besoin de ses relations haut placées, de son statut, de son argent et surtout, de sa crédibilité auprès des institutions financières.

Enfin, Édouard arriva à destination. L'écriteau « Notaire » dangereusement secoué par les rafales, menaçait de tomber à tout moment aussi s'empressa-t-il d'ouvrir la porte. Un courant d'air froid s'engouffra à sa suite et Édouard eut un sourire d'excuse courtois envers la jeune fille qui s'était levée, frissonnante, de son bureau.

Laura pesta intérieurement et remonta son châle sur ses épaules. Elle marcha à la rencontre de l'inconnu, trainant légèrement les pieds. Il fallait être fou pour s'aventurer dehors par un temps pareil. *Fou, terriblement audacieux ou en manque désespéré d'argent.* Cette dernière hypothèse la contraria. La générosité de Frédéric dépassait l'entendement. « À ce rythme, songea-t-elle avec ennui, sa fortune sera dilapidée avant notre nuit de noces. Son compte en banque est comme un panier percé! » Et ce soir, Laura ne se sentait guère encline à se montrer charitable.

– Le vent et le froid ont un mordant très stimulant, vous ne trouvez pas? fit remarquer Édouard, en frappant ses chaussures l'une contre l'autre.

– Oui, c'est vrai, reconnut plutôt aimablement Laura, charmée malgré elle par ce ton de voix grave et ces paroles bien considérées.

Elle se mit à observer discrètement l'inconnu pendant qu'il se dévêtait. Il avait les cheveux blonds, épais, des favoris qui se rejoignaient sous le menton en une courbe élégante, des yeux bleus magnifiques et des lèvres plutôt charnues pour un homme. Son visage paraissait assez jeune. Pourtant, ses traits aristocratiques lui semblaient froids et l'intimidaient. Néanmoins, il était particulièrement bel homme.

Le regard étincelant et entreprenant de l'inconnu l'interrogeait. Troublée, Laura joua nerveusement d'un doigt avec une de ses boucles brunes qui lui tombait sur l'épaule, geste qu'Édouard trouva gracieux. Il la trouvait jolie, avec ses yeux bruns pétillants et ses belles dents blanches. Comme si elle avait deviné ses pensées flatteuses, Laura baissa modestement les yeux, en jeune fille convenable qu'elle était, avant de prendre avec empressement le manteau, puis le foulard qu'il lui tendait. Elle était fascinée par la lueur qui flambait dans les yeux clairs du jeune homme. Une rougeur subtile marqua les traits de Lara; elle s'efforça de détourner les yeux. Sur ces entrefaites, Frédéric La Croix sortait de son bureau.

– Édouard? Quelle belle surprise! Il y a des siècles que je ne t'ai pas vu!

C'était un homme grassouillet et étonnamment vif. En deux pas il fut devant lui, plus petit que dans son souvenir, plus jovial aussi.

– Bonjour mon ami! répondit Édouard sur le même ton. C'est vrai que cela fait trop longtemps. Tu as l'air en forme!

Frédéric La Croix avait une poigne ferme et sèche. Il souriait chaleureusement, comme si sa visite lui faisait un très grand plaisir.

– Je vois que tu as déjà fait la connaissance de Laura Mailloux, mon assistante… et ma fiancée, annonça-t-il avec orgueil, dévisageant avec adoration la jeune fille qui se tenait debout près d'eux.

– Fiancée? Toutes mes félicitations, alors! s'emballa Édouard, pour la forme surtout.

Il se tourna ensuite vers Laura et lui adressa un signe de tête cordial :

– Je suis enchanté de faire votre connaissance, mademoiselle Mailloux.

– Et moi de même, lui répondit-elle d'une voix formelle, parfaitement maitrisée, le regard fuyant.

Frédéric eut pour sa fiancée un sourire alangui, puis l'instant d'après, secoua résolument la tête comme pour se défaire de son envoutement. Il entraina diligemment Édouard à sa suite et referma soigneusement derrière eux la porte de son cabinet privé.

Laura, immobile et contemplative, serra contre sa poitrine le manteau et le foulard d'Édouard.

– Alors, Édouard, que me vaut l'honneur de cette visite? Et par un temps si venteux, de surcroit! s'enquit Frédéric, se penchant en avant, les bras repliés sur sa table de travail, dans une attitude bienveillante.

Il avait l'art de mettre les gens à l'aise. Bon chrétien, enfant de riches, Frédéric était un homme sympathique qui inspirait confiance, malgré son petit côté marginal. Ainsi, il pouvait se permettre de faire preuve d'excentricité dans sa tenue vestimentaire sans susciter trop de critiques.

Le visage du notaire, naturellement coloré par le vin et la bonne chère, s'empourpra tandis que d'anciens souvenirs remontaient à la surface; notamment la cour assidue, mais vaine qu'il avait faite à la très belle Isabelle Roussel. Combien il aurait aimé lire sur ses lèvres roses une réponse positive à l'intensité de ses propres émotions! Mais bien que son cœur ait été brisé, il lui était impossible de nourrir de la rancune envers une jeune fille si douce et inoffensive. Il n'avait que de bons sentiments à son endroit et envers Édouard aussi d'ailleurs.

Pendant les quelques semaines où Frédéric avait courtisé Isabelle, au grand dépit de sa sœur Claire qui rêvait d'un aussi beau parti,

Édouard, lui, s'était habilement taillé le rôle de confident, conscient que l'amitié avec le notaire pourrait s'avérer profitable dans l'avenir. Et il avait vu juste.

Un sourire obligeant marquait toujours les lèvres épaisses de Frédéric, en attente d'une réponse qui tardait à venir. Enfin, Édouard, qui ne laissait rien au hasard, afficha une expression des plus convaincantes et, devant l'évidente bonne disposition du notaire, s'empressa d'exposer son plan, choisissant ses mots avec discernement, à grand renfort d'adjectifs. Tout était dans l'art de la présentation! Édouard savait se mettre en valeur et une grande vitalité accompagnait ses paroles, ses gestes enthousiastes, pour ce qui devait être la performance de sa vie :

– ... Nous aménagerons notre moulin de pâtes et papiers en bordure de la rivière Castor, emplacement idéal pour un barrage, avec son débit d'eau douce rapide. Il va de soi que ce sera un barrage impressionnant! s'enflamma Édouard. Ce barrage sera capable d'approvisionner rondement l'énergie nécessaire à faire fonctionner notre moulin à sa pleine capacité. D'autant plus que nous avons des acres et des acres de forêt dense tout autour, des terres qui n'attendent qu'à être exploitées! Alors? Qu'en dis-tu?

Lorsque, enfin, il s'interrompit, Édouard constata d'une part qu'au cours de son discours, il s'était levé avec fougue, et d'autre part, que Frédéric avait cessé de sourire. Édouard reprit dignement sa place dans son fauteuil. Il remarqua les yeux fixes et songeurs du notaire : il fut frappé par ce regard noir, franc et direct. Le regard de celui qui avait été jusqu'à ce jour épargné par les revers financiers qui frappaient invariablement toujours les autres, qui croyait n'avoir que des amis, et surtout, qui n'avait jamais rien eu à craindre ou à cacher.

Frédéric promena systématiquement ses doigts potelés sur sa table de travail ordonnée. Ses yeux balayèrent au passage le petit encrier, les deux livres d'états de compte scrupuleusement alignés et la photographie encadrée de sa fiancée. Il n'était pas dupe. Ce n'était pas à cause de son savoir-faire qu'Édouard lui proposait ce partenariat, mais à cause de son argent et de sa notoriété. Loin d'être offensé par cette constatation, Frédéric faisait mentalement le compte de ses actifs, lorsque son visage s'éclaira subitement :

– Tu n'aimerais pas mieux te lancer dans la construction de bateaux? Justement, Athanase Murphy me parlait l'autre jour de son intention d'investir dans le commerce naval. Après tout, au même titre que la ville de Shédiac, Montpellier pourrait très bien devenir une ville portuaire prospère. Je suis sûr que si nous lui offrions...

– Non... non! Les sourcils opiniâtrement froncés, tout bouillant de l'arrogance de sa jeunesse, Édouard interrompit brusquement le notaire et balaya ces paroles d'un geste impatient de la main, avant de se caler dans son fauteuil. Écoute, Frédéric, reprit-il sur un ton pressant, Murphy va surement réussir sur ce front, je te l'accorde. Mais ce que je te propose, moi, c'est un moulin comme les gens de Montpellier, je dirais même des Maritimes, n'en ont jamais vu! Un moulin qui offrira éventuellement de l'emploi à plus d'une centaine de bucherons et qui va vraiment lancer l'économie de notre région dans l'immédiat, et à long terme!

Édouard prit une pause pour laisser l'idée faire son chemin dans la tête de son interlocuteur qui n'était pas tout à fait remis de son offensive surprise.

– Jusqu'à présent, enchaina-t-il, les entrepreneurs d'ici se sont limités au bois d'œuvre pour la construction navale. Ce que je te propose, moi, c'est de révolutionner le commerce du bois!

Cette fois, ce fut au tour de Frédéric de se laisser aller contre le dossier de son fauteuil de président. Il fit aussitôt protester les jointures en bois de son trône, de même que le plancher. « C'est un projet aux proportions quasi irréalistes, songea-t-il. Toutes mes économies et mon précieux héritage devront y passer, et encore! »

En réalité, Frédéric était déjà un homme prospère. Quoiqu'ait pu en penser Laura, quelques dons aux pauvres n'allaient pas le ruiner. Il était né sous le signe de l'opulence. Ce n'était donc pas l'appât du gain qui l'attirait. Non, en fait, ce que Frédéric désirait par-dessus tout, c'était la reconnaissance. Que l'on reconnaisse enfin qu'il méritait de réussir, non pas à cause de son patrimoine, mais bien parce qu'il était un homme d'affaires talentueux. *Au même titre que ce Peter Ferguson, possiblement le notaire anglophone le plus riche de tout le comté!*

Le front de Frédéric se contracta imperceptiblement. Il eut un sourire crispé tandis qu'il détachait le faux-col blanc de sa chemise, libérant ainsi un cou gras. Il était à moment décisif de sa vie. Il pouvait le sentir dans chaque parcelle de son corps.

Édouard ne quittait pas le notaire des yeux; il détectait sur son visage l'évolution de son raisonnement. « Allez Frédéric! l'adjura intérieurement Édouard. Tu peux te permettre d'être ambitieux, de voir grand! Imagine un peu, en grosses lettres visibles à un mille à la ronde : *Moulin Roussel La Croix*! » Sa prière silencieuse fut entendue. Le notaire pinça les lèvres et hocha longuement la tête. La Providence l'avait jusqu'à ce jour épargné. Et la perspective du succès lui faisait oublier sa peur. Frédéric se leva promptement de son siège et tendit en toute confiance sa main épaisse. Édouard s'en empara avec robustesse et afficha même un rare sourire.

De l'autre côté de la porte, Laura était dans un état d'euphorie qu'elle n'arrivait pas à s'expliquer. Elle ne l'avait entrevu que quelques secondes, mais elle fondait en cet Édouard Roussel ses espoirs les plus grands. Son indiscrétion, pour une fois, avait porté fruit. Laura n'avait rien perdu de leur échange verbal et à travers la vitre givrée de la porte, elle avait surpris la poignée de main décisive entre les deux hommes, celle qui scellait officiellement leur partenariat d'affaires. « Enfin, se dit-elle, un projet qui va nous rapporter de l'argent! Au lieu de voir Frédéric engloutir sa fortune, je vais assister au renflouement de notre coffre! Et je vais connaitre une vie de grands bonheurs, avec tout le luxe et l'oisiveté dont je rêve! »

Pensant à l'avenir prometteur qui s'annonçait, Laura sentit un picotement d'excitation le long de la colonne vertébrale qui n'avait absolument rien à voir avec la perspective de son union avec Frédéric.

* * * * *

1871

La neige tombée la veille avait recouvert la rivière gelée d'une fine poudre blanche qui s'envolait comme de la poussière derrière les patineurs. Abritée du vent par la forêt, l'immense patinoire, aménagée par quelques habitants zélés et déterminés, était anormalement tranquille, comme si les derniers jours de froid avaient eu raison même des plus courageux. Édouard était de ceux qui avaient bravement défié le temps glacial et il s'en félicitait. Un tel paysage, si majestueux, n'avait pas de prix. Ici, on oubliait les distinctions sociales. Pauvres et riches se partageaient la glace avec ce respect que l'on aurait dû retrouver, en principe, sur les bancs d'église.

Édouard prit une grande respiration; il emplit ses poumons d'air frais. Il admira les sapins immenses qui longeaient le bord de la rive, leurs branches qui courbaient sous le poids de la neige accumulée. Il n'était venu que pour faire plaisir à sa sœur. Mais il devait admettre qu'il y avait quelque chose de réconfortant à voir ces visages souriants et insouciants, bien qu'en petit nombre. De même, s'il se concentrait un peu, il arriverait peut-être à oublier *L'Averti* et le moulin au moins pendant une heure.

Assise près de lui sur une butte de neige, ses cheveux blonds qui s'échappaient en mèches folles de son bonnet de laine, Isabelle finissait de lacer ses patins. Le cœur léger et le visage rosi par le froid, elle s'accrocha à son frère en riant et se redressa vivement. Bras dessus, bras dessous, ils s'élancèrent avec aisance sur la surface déneigée, en parfaite symbiose, jusqu'à ce qu'Édouard l'incite à prendre de la vitesse, l'encourageant à laisser libre cours à son talent artistique naturel.

Isabelle glissait sur la glace sans effort, les bras de chaque côté du corps, un sourire aux lèvres. Même dans son accoutrement d'hiver défraichi et dépareillé, la jeune fille d'une beauté saine et naturelle dégageait une grâce peu commune. Comme elle pivotait sur un patin et qu'Édouard s'exclamait devant ses prouesses, ils entendirent derrière eux des applaudissements enthousiastes. D'un commun élan, les jumeaux se retournèrent pour faire face à deux demoiselles enveloppées dans leur étole de fourrure – des sœurs à en voir la ressemblance – qui les dévisageaient avec un curieux mélange de suffisance et de curiosité.

Instinctivement, Isabelle se rapprocha de son frère. C'est alors que la plus jolie des deux s'avança et prit avec une familiarité étonnante le bras d'Isabelle.

– Vous êtes vraiment très douée! la complimenta l'inconnue. J'aimerais pouvoir en dire autant! En passant, je m'appelle Suzanne.

– Et moi Isabelle, se présenta-t-elle à son tour d'une voix à peine audible, intimidée. Et je vous remercie du compliment, ajouta-t-elle en baissant humblement les yeux.

Comme Suzanne insistait, Isabelle s'entendit demander avec gentillesse :

– Je peux vous enseigner quelques figures si vous le voulez.

– Avec grand plaisir! répondit Suzanne, qui n'attendait que ça.

Elle prit avec entrain la main qu'Isabelle lui tendait et elles s'élancèrent avec camaraderie vers le centre de la patinoire. Édouard les entendit s'esclaffer. Il ne put s'empêcher d'admirer la facilité avec laquelle les gens étaient portés vers sa sœur. Les riches fermaient volontiers les yeux sur ses habits modestes et les pauvres oubliaient sa sophistication naturelle. À leur toilette extérieure élégante, à leur allure hautaine et à ce subtil accent qu'il avait relevé chez Suzanne, Édouard sut d'emblée que les deux demoiselles appartenaient à l'élite mixte de Montpellier. Une famille mi-anglaise mi-acadienne, capable de s'exprimer aussi bien en anglais qu'en français, tirant financièrement et socialement profit des deux mondes selon le contexte et le besoin.

Fondée en 1844 avec ses deux paroisses distinctes, la ville de Montpellier était prédestinée, semblait-il, à voir sa population acadienne et anglophone –, et ce, malgré une rivalité linguistique et ethnique naturelle – créer des alliances qui, dans certains cas, finissaient par des unions maritales mixtes. C'était précisément le cas pour les parents des deux demoiselles.

Édouard concentra alors son attention sur l'autre jeune fille restée derrière; elle se tenait immobile, à quelques mètres de lui. Son bonnet de lapin blanc enfoncé jusqu'aux oreilles contrastait avec ses cheveux châtain clair et brillants. Patins aux pieds, Françoise l'observait avec supériorité, un sourire énigmatique aux lèvres. Soudain, la jeune fille prit son élan. Édouard crut un instant qu'elle allait tout simplement continuer son avancée, mais elle se mit plutôt à faire des cercles autour de lui. Sans le quitter des yeux, elle glissait avec aisance, le menton levé, les mains prisonnières de son manchon qu'elle gardait serré contre elle. Françoise donnait une impression de maitrise et d'assurance qu'il trouva surprenante chez une femme.

Lorsqu'il jugea avoir été assez patient, Édouard tendit adroitement sa main et la retint fermement par un bras, interrompant brusquement son mouvement. Décontenancée, celle-ci fouetta l'air de son bras libre pour retrouver l'équilibre et fit volteface, les joues rouges. Alors qu'elle repoussait ses cheveux de son visage, dévoilant un visage courroucé, Édouard remarqua que la pierre qu'elle portait à son majeur était presque identique à la couleur de ses yeux : ambre.

À priori, Françoise pensa s'offusquer de ce contact physique, même si, en toute honnêteté, elle l'avait provoqué. Or, voilà que son intérêt pour le jeune homme s'en trouva mystérieusement accru. Il lui parut imposant et irrésistible, son visage si près du sien qu'elle pouvait voir de la buée se former autour de sa bouche après chaque respiration. Édouard, quant à lui, ne pouvait détacher son regard de ses yeux de chatte qui le dévisageaient, tour à tour avec hauteur puis, il l'aurait juré, avec attrait.

-À qui ai-je l'honneur? demanda-t-il de but en blanc.

Elle émit un petit rire et Édouard pensa qu'elle devenait presque jolie lorsqu'elle laissait de côté ses airs de pimbêche.

– Françoise Chevalier, lui répondit-elle d'une voix plus douce qu'il l'aurait imaginé et surtout dans un français impeccable. Et vous... Je sais qui vous êtes. Un de ces nouveaux entrepreneurs que voit naitre Montpellier, l'associé de Frédéric La Croix. Eh, oui! Les nouvelles circulent vite.

Édouard fronça inconsciemment les sourcils; il croyait avoir détecté de l'ironie dans sa voix, mais elle continuait déjà sur un ton anodin :

– Je suis une connaissance de Laura. Vous connaissez Laura Mailloux n'est-ce pas? La fiancée de votre partenaire en affaires.

Déconcerté, Édouard hocha la tête. Il prit inopinément conscience de la proximité de son corps contre le sien. Comme si elle avait deviné ses pensées, Françoise dégagea prestement son bras de son emprise. Elle masqua plutôt bien son embarras et s'élança sur la glace, bien décidée à chasser le jeune homme de son esprit. Jusqu'à preuve du contraire, et malgré ses airs supérieurs, cet Édouard Roussel n'appartenait pas à son monde. Elle estimait qu'il n'était encore qu'un simple paysan, poussant de l'avant son journal. Certes, intelligent, avec des aspirations de riche, mais encore devait-il avoir à son actif ce fameux moulin dont tout le monde parlait pour qu'elle puisse réellement le considérer comme son égal.

Si Françoise en croyait les rumeurs, elle devrait sans doute attendre au printemps prochain pour voir la preuve tangible de sa réussite. « D'ici là, trancha-t-elle, il ne mérite pas une seconde de plus de mon attention. » Convaincue de la justesse de son raisonnement, Françoise continua dignement sa progression sur la glace. Toutefois, quelque chose, une intuition peut-être, la fit peu à peu ralentir la cadence puis s'arrêter pour de bon.

Édouard vit le bonnet de fourrure blanche se retourner lentement. Françoise ouvrit la bouche, sembla hésiter, avant de verbaliser sa pensée :

– Mes parents organisent un bal costumé samedi prochain. Vous êtes le bienvenu et votre amie aussi, bien entendu. Qui sait, vous pourriez faire des rencontres intéressantes avec des hommes d'affaires?

Françoise avait l'impression de n'avoir aucun contrôle sur les paroles qu'elle prononçait. Pour avoir entendu par la porte entrebâillée son père vanter les mérites d'Édouard dans son salon privé – ne l'avait-il pas qualifié d'homme d'envergure? Puis, au courant de la même journée, mais cette fois-ci avec un interlocuteur anglophone, de « go getter » – Françoise était sans crainte quant à l'accueil qui lui serait réservé. Elle-même était de nature beaucoup plus sceptique que son père. Il lui fallait généralement des preuves tangibles sur lesquelles fonder son jugement. Et à son avis, cet Édouard Roussel avait encore du chemin à faire.

Alors que Françoise donnait toujours l'impression de remettre en question son invitation, le regard d'Édouard dévia vers Isabelle qui, souriante, s'appliquait toujours à donner des leçons de patins à Suzanne, mais sans grand succès.

– Ma sœur jumelle, Isabelle, la corrigea-t-il distraitement.

L'affection qui résonnait dans sa voix lorsqu'il évoqua le prénom de sa sœur et la transformation, bien que brève, de sa physionomie, n'échappèrent pas à Françoise; elle dévisagea Édouard avec une attention nouvelle. *Il est donc capable de sentiment...* Sans pouvoir se l'expliquer, Françoise fut prise d'un singulier énervement.

– J'imagine que vous saurez trouver l'adresse..., lui lança-t-elle, mettant abruptement fin à leur échange.

Elle s'élança à toute vitesse à la rencontre de sa sœur Suzanne qu'elle eut tôt fait d'entrainer à l'autre extrémité de la patinoire et l'instant d'après, à bord du traineau qui les attendait.

Une heure plus tard, la tête ailleurs, Édouard attendait patiemment que sa sœur eût terminé d'enfiler ses bottines. Le destin s'annonçait étrange. Il devrait faire preuve d'une grande audace. Mettre sa force de l'avant, s'imposer et surtout, se montrer sous son meilleur jour. Il devait tirer profit de cette invitation, se faire remarquer, créer de nouvelles alliances. Dans la mesure du possible, avec des francophones, se disait Édouard, sinon – si vraiment il n'avait pas le choix – avec des anglophones.

Une toux creuse attira son attention. Édouard se retourna diligemment vers Isabelle; il s'aperçut avec inquiétude qu'elle était prostrée. Le souffle court, les mains entre ses genoux, elle fixait les lacets de ses bottillons qui pendaient toujours.

– Isabelle? Est-ce que ça va? lui demanda-t-il avec une sollicitude bienveillante.

Comme elle ne réagissait pas, il lui toucha l'épaule. La jeune fille se redressa et porta la main à son cœur avec lassitude. Elle se força à sourire pour le rassurer :

– Ce n'est rien, je t'assure, soupira-t-elle.

Elle n'avait pas voulu l'alarmer, mais sa voix, faible malgré elle, la trahissait.

Sur le chemin du retour, Isabelle demeura silencieuse, blottie contre son frère, le corps secoué de violents frissons. À partir de ce jour-là, la santé de la jeune fille déclinerait et se ferait capricieuse. Ses malaises pulmonaires réapparaissaient sans cesse et la terrassaient pendant des jours, pour ensuite lui donner quelques semaines de répit trompeur et cruel.

* * * * *

Lorsqu'il pénétra dans la vaste et somptueuse demeure des Chevalier, Isabelle à son bras, Édouard sut sans le moindre doute possible qu'il était dans son élément. Loin d'être intimidé par l'étalage d'une richesse pourtant nouvelle pour lui, il avait traversé le vestibule la tête haute et le regard égal. Il savourait la bonne fortune de ses hôtes et de leurs invités triés sur le volet avec un bonheur authentique. Il absorbait tout et cherchait à ancrer dans sa mémoire chaque détail : l'escalier élancé, les planchers en bois clair verni, les tapis épais, les chandeliers aux flammes scintillantes, les fauteuils et les divans moelleux, les riches senteurs de cigares qui pesaient dans l'air et surtout, les visages et prénoms des hommes prospères qui lui étaient présentés.

Son anglais n'étant pas à la hauteur, lorsque sollicité, Édouard s'en tenait à peu de mots. Il conservait une attitude digne et empreinte de réserve, ce qui, heureusement, contribuait à créer autour de lui une certaine aura de mystère. Au compte-goutte, il avait donné juste assez d'informations à ses interlocuteurs pour piquer leur curiosité et maintenir leur intérêt. Ils restaient sur leur appétit. Naturellement, ils voulaient connaître davantage ses projets, mais la politesse exigeait qu'ils respectent néanmoins sa discrétion. Il avait utilisé sensiblement la même approche avec les francophones qu'il avait rencontrés jusqu'à présent.

– En temps et lieu, vous verrez, messieurs..., répétait-il inlassablement et de manière évasive.

Édouard se sentait très à l'aise. Il avait été accueilli avec beaucoup d'égards, sa réputation d'Acadien « brassant de sérieuses affaires » semblait le précéder. Très élégant dans sa chemise blanche et son costume bleu marine, il se mêlait aisément aux convives. Il n'avait pas hésité à faire cette dépense; il savait à quel point l'apparence comptait dans ce milieu. Son nouvel habit était un investissement à long terme. Il avait hâte que Françoise le vît dans autre chose que son accoutrement d'hiver.

Édouard n'en avait pas conscience, mais il se dégageait de sa personne un magnétisme sans pareil. Son attitude témoignait de son importance en devenir. Il y avait une ligne bien fine entre assurance et arrogance. Lorsqu'il prit le verre d'alcool que lui présentait cérémonieusement la servante sur un plateau en argent, Édouard se demanda s'il était lui aussi de ces êtres dignes, sans pour autant être prétentieux.

À ses côtés, Isabelle belle à en couper le souffle dans sa robe blanche de style Empire – qu'elle avait confectionnée elle-même –, ses longs cheveux blonds qui s'évasaient dans le dos, attirait les regards masculins flatteurs. Édouard détailla avec admiration et fierté cette femme d'une beauté rare qui était sa sœur. Elle était heureuse, insouciante; son tout récent malaise s'était volatilisé. Édouard répondit à son gracieux sourire et pensa qu'aucune des autres invitées ne l'égalait en beauté ou en élégance. La soirée leur appartenait.

Frédéric La Croix, un habitué des réceptions et parlant couramment les deux langues, allait avec aisance d'un invité à l'autre, fier de parader sa jeune fiancée. Petit homme pétillant aux lèvres constamment étirées par un large sourire, il ne pouvait passer inaperçu. Il prenait grand soin de son apparence et ne se départait jamais de son chapeau, peut-être pour gagner quelques centimètres. Impeccable dans son costume noir, il avait noué pour l'occasion à son cou un foulard de soie jaune vif. Et bien qu'ils fussent nombreux ce soir-là à penser qu'il s'habillait de façon un peu trop théâtrale pour un notaire, personne n'en souffla mot. D'ailleurs, sa belle personnalité compensait largement ses gouts excentriques.

Lorsqu'il aperçut Édouard et Isabelle, Frédéric s'empressa d'aller à leur rencontre. Bien que son amour pour Laura fût sincère, son cœur, lui, n'était pas tout à fait remis de sa première peine d'amour. D'un geste spontané, Frédéric prit les mains fraiches de la jeune fille. Charmante, elle le laissa faire.

– Comme je suis heureux de te revoir, chère Isabelle... J'avais craint que le froid n'ait eu raison de ta présence parmi nous ce soir.

– J'avoue que je me sens particulièrement bien disposée ces jours-ci, Dieu merci, murmura-t-elle avec une douceur pieuse.

Isabelle détourna son attention de Frédéric pour gratifier Laura d'un sourire sincère, avant d'ajouter à son intention :

– Édouard m'a appris la grande nouvelle. Toutes mes félicitations. Je vous souhaite une longue et belle vie à deux.

Perdue dans ses pensées, Laura se contenta d'adresser un signe de tête cordial à Isabelle. Derrière son masque brillant rehaussé de plumes, elle n'avait d'yeux que pour Édouard qu'elle trouvait incroyablement séduisant, bien que ce dernier parût insensible à ses charmes et à sa robe à volants toute neuve.

Dans une pièce voisine, Françoise suivait des yeux le déplacement des invités, à la recherche d'un visage qui de toute évidence n'était pas là. Séduisante dans sa robe de « femme fatale », ses formes quasi inexistantes astucieusement mises en valeur, elle avait reçu pour une fois quelques coups d'œil flatteurs. Françoise se pencha discrètement vers sa sœur :

– Est-ce que tu l'as vu?

Suzanne secoua négativement la tête, devinant de qui il était question.

– Qu'est-ce qui peut bien le retenir? insista Françoise, un brin contrariée.

– Cesse de t'en faire, lui répondit sa sœur d'une voix ferme et le visage tranquille. Il va venir, assurément.

– Tu as raison. Il serait fou de ne pas se présenter, de rater une si belle occasion de se faire voir et de se faire connaitre.

– Tout à fait, ajouta Suzanne, en affectant un ton léger. D'ailleurs, je ne serais pas étonnée qu'il soit déjà ici, accaparé par les hommes dans le salon privé.

– Tu crois? J'ai dû avoir manqué son entrée, alors...

Ennuyée, Françoise toucha du bout des doigts les perles qui agrémentaient ses cheveux pour s'assurer que sa coiffure était bien en place, puis laissa à nouveau son regard errer sur les gens costumés. Elle aperçut son cousin Archibald Savoie, la mine toujours aussi revêche, et son épouse Eugénie sobrement vêtue, qui traversaient le salon. Lui marchait devant, à grandes enjambées, elle suivait derrière, un peu gauche dans ses mouvements et la mine basse. On aurait dit qu'elle s'attendait à tout instant à voir s'abattre sur elle une pluie de coups.

– Pauvre Eugénie, soupira Suzanne. Elle a l'air visiblement embarrassée de ne pas avoir respecté la thématique de la soirée.

– À sa place, je me serais décommandée, affirma Françoise d'un ton mondain, avant de détourner les yeux.

Archibald était brutal, avait un visage pernicieux et dans ses yeux, une hargne contre le monde entier, y compris sa propre famille, brulait en permanence. Pourtant, Françoise était incapable de feindre de la pitié à l'égard de sa cousine par alliance.

– Je ne comprends toujours pas pourquoi elle a épousé notre cousin, observa Suzanne, songeuse.

– Personne ne l'a forcée à épouser Archibald, fit remarquer Françoise, pragmatique. Eugénie savait, lorsqu'elle a accepté sa demande en mariage, que celui-ci avait un tempérament difficile et qu'il exigerait d'elle une grande souplesse, presque de la soumission. Elle a choisi, en toute conscience, d'unir sa vie à la sienne... pour le meilleur et pour le pire.

– Dieu du ciel, Françoise! À t'entendre, tu tiens Eugénie responsable de son propre malheur.

– Je n'ai jamais dit cela, se défendit Françoise sans lever le ton. *Mais je le pense.* Surtout, préviens-moi si tu *le* vois, glissa-t-elle à l'oreille de sa sœur.

Complaisante, Suzanne hocha la tête et Françoise s'éloigna lentement. Tandis qu'elle saluait distraitement d'autres invités sur son passage, elle entendit la voix courroucée de son cousin, Archibald, qui s'énervait :

– Les femmes nuisent à la conquête du pouvoir. Elles troublent l'esprit de l'homme, l'épuisent et dilapident son argent!

– Peut-être, mais on ne peut certainement pas s'en passer! répondit une autre voix masculine, dans un français subtilement imprégné d'un accent anglais.

Françoise se retourna à contrecœur dans leur direction. Les préjugés d'Archibald l'agaçaient. Elle fit un sourire à John Caissie, pour son commentaire flatteur, tout en pensant qu'il n'y avait pas pire coureur de jupons à Montpellier. Il aurait vendu son âme au diable en échange de plaisirs charnels. Les séduisantes jeunes femmes qu'il fréquentait dans l'établissement *Les Coqueluches* avaient la bénédiction apparente d'une épouse indulgente. Françoise daigna accorder au trio un signe de tête cordial. Elle s'efforça d'ignorer la mine de chien battu d'Eugénie, la physionomie sombre et sardonique de son cousin et le sourire carnassier de John.

Vêtue d'une robe rouge à jupon baleiné, Françoise fit son entrée dans le deuxième salon. Elle se déplaçait avec ce mélange de lenteur, d'apathie et à la limite d'ennui caractérisant les gens aisés, comme si elle avait tout le temps du monde et qu'elle ignorait comment l'utiliser à bon escient. C'est à cet instant précis qu'elle l'aperçut. Il lui tournait le dos; pourtant, elle savait, sans le moindre doute possible que c'était lui. Debout à sa droite, son ami le notaire ne tenait pas en place. Par contraste, Édouard était posé et sûr de lui. Françoise trouvait le premier ridicule; elle n'en montrait rien, car elle se croyait naturellement polie. Elle devait reconnaître que sa jeune fiancée était très jolie dans sa robe de mousseline brodée de paillettes multicolores. Mais c'était sans contredit la jumelle d'Édouard la belle du bal.

Françoise offrit l'esquisse d'un sourire à Laura. « La pauvre est bien naïve, pensa Françoise. Elle nourrit l'illusion ridicule qu'elle pourra trouver le bonheur auprès de Frédéric La Croix. Ils ne sont pas encore mariés que déjà elle se plaint ne plus être sa priorité! Comment espère-t-elle vivre comme une reine si elle attend de son futur mari qu'il passe ses journées à lui faire les yeux doux au lieu de bâtir son empire? »

Françoise chassa Laura de son esprit pour écouter avec un intérêt réel les propos ambitieux d'Édouard. Il souhaitait augmenter la production de son journal, comme si la réalité acadienne dans l'ensemble du Nouveau-Brunswick n'était pour lui qu'une légère incommodité qu'il suffisait de contourner. « N'est-il pas conscient, se demanda Françoise, que le nombre d'Acadiens suffisamment instruits pour lire son journal est limité? »

Lorsqu'elle jugea que le moment était opportun de s'imposer auprès du petit groupe, Françoise fit sentir sa présence, par un simple mouvement de hanche. Elle se positionna astucieusement près de Frédéric. Avec un sourire curieusement affable à l'endroit de celui-ci, puis un plus discret pour Laura et Isabelle, Françoise dirigea ensuite toute son attention vers Édouard. Elle lui présenta sa main, un sourire figé aux lèvres, avec un air de primauté qui laissait clairement entendre qu'en daignant lui accorder sa main, elle lui faisait l'honneur d'une marque de considération non négligeable.

Édouard se prêta au jeu. Il fit inopinément l'observation que bien qu'il trouvât Françoise sophistiquée, quelque chose, il n'aurait su dire quoi exactement, l'empêchait d'être belle à ses yeux. Il devait reconnaitre que le décolleté du dos de sa robe – qu'elle lui avait brièvement présenté en rajustant ses volants – était en soi assez spectaculaire, sans compter ces yeux bruns piquetés de jaune, si singuliers et indéniablement intelligents.

Alors que les doigts de celle-ci lui échappaient, leurs regards se croisèrent avec une curieuse défiance. D'une voix mielleuse, Françoise prit la parole :

– Dites-moi, monsieur Roussel, comment pouvez-vous espérer informer la population acadienne au sujet des grands débats qui courent, quand la majorité des francophones d'ici savent à peine lire ou écrire?

Édouard eut un sourire légèrement crispé, sans pour autant perdre contenance. Il s'était astucieusement préparé, et depuis longtemps, une réponse à cette question. Seulement, il s'était plutôt attendu à ce que cette problématique de l'ignorance soit soulevée par un anglophone pure laine plutôt que par une jeune femme aux racines partiellement acadiennes. Avec une assurance remarquable, Édouard lui servit une réponse.

– Ils feront comme au début du siècle, mademoiselle Chevalier.

– C'est-à-dire? lui demanda-t-elle sans ciller, dressant le menton avec un scepticisme évident.

Édouard dévisagea avec curiosité son interlocutrice. Elle ne souriait pas. En fait, elle le dévisageait avec intensité, plissant pensivement le front, comme à la recherche d'une faille dans son raisonnement.

Frédéric allait donner son opinion, Édouard le fit taire d'un simple regard. C'était entre elle et lui. Édouard eut pour Françoise un sourire soigneusement indulgent et la considéra avec hauteur, comme s'il s'adressait à un enfant :

– Tant qu'il y aura de l'intérêt, les gens, illettrés ou non, s'organiseront pour se tenir au courant de ce qui se passe dans le monde. Ils se regrouperont autour de ceux qui savent lire.

Françoise devina qu'il avait voulu lui donner une leçon d'humilité. Elle ravala son orgueil et hocha lentement la tête en signe d'assentiment, capable de reconnaitre qu'elle avait été battue lors de ce premier échange.

Sur le coup, Édouard pensa qu'elle s'en tiendrait là. Et il se rappela, avec ironie, avoir eu la même conversation avec son père des années auparavant, alors qu'ils étaient tous réunis chez des voisins pour la lecture de *L'Averti*. Il eût été exagéré de croire qu'au temps d'Auguste, leur journal suscitait de grands débats intellectuels; il colorait à tout le moins l'univers des francophones de Montpellier. Cela étant dit, Édouard avait la ferme intention de changer l'orientation de *L'Averti*. Il voulait informer, éduquer la population – ce que son père avait ultimement souhaité – et il était convaincu que les citoyens acadiens de Montpellier et éventuellement ceux des environs épouseraient cette nouvelle tendance.

Frédéric chercha à meubler le silence inconfortable qui pesait désormais sur le petit groupe; il se mit à complimenter avec entrain la sélection des canapés :

-Vous avez gouté ce petit pâté? Il fond en bouche! Et ce fromage est absolument...

Son commentaire fut écourté par Françoise, qui relançait Édouard, ignorant royalement les efforts pacifiques du notaire :

– Vous savez, l'ignorance est le moindre de vos soucis. La dispersion géographique de la population acadienne au Nouveau-Brunswick, majoritairement au sein de communautés rurales rend difficile, pour ne pas dire impossible, la distribution de votre journal au-delà des limites de Montpellier... Et encore!

Isabelle et Laura échangèrent un sourire embarrassé, Frédéric fit mine d'être absorbé par la dégustation d'un vol-au-vent crémeux, tandis qu'Édouard, dégrisé de sa petite victoire, posait sèchement son verre sur le rebord du foyer. Il s'était raidi de la tête aux pieds, au point qu'il paraissait plus grand qu'à l'habitude. *Décidément, elle ne me laissera pas en paix! Croit-elle vraiment que je n'ai pas conscience des défis propres au peuple acadien? Que je les sous-estime peut-être? Comme si je ne comprends pas, que je ne vois pas de mes propres yeux que la vaste majorité de mes pairs sont mal desservis, à tous les niveaux?*

Le regard d'Édouard se durcit dangereusement, sa mâchoire carrée se contracta violemment. Il ne s'était jamais laissé prendre au piège de l'intimidation que lui tendaient les gens fortunés, qu'ils soient anglophones ou acadiens. *Et surtout pas venant d'une femme! C'est une manœuvre grossière!*

Édouard lui en voulait de s'acharner contre lui, même si, il devait bien l'admettre, Françoise n'avait pas tout à fait tort. D'autant plus que depuis le début de ce bref entretien, elle le questionnait avec intelligence et pertinence. Offensé, Édouard avait beau réfléchir à toute vitesse, chercher une réponse, un commentaire percutant à lui lancer, rien ne lui venait à l'esprit. Le fait était qu'à la fin du XIXe siècle, la presse écrite demeurait un luxe réservé à l'élite et, comme Françoise venait sciemment de le lui rappeler, l'éparpillement géographique de la population acadienne avait, jusqu'à tout récemment, rendu pratiquement impossible l'établissement viable de journaux francophones dans la province.

Édouard dut user de toute sa volonté pour étouffer les propos enflammés qui montaient en lui : il mettait un point d'honneur à conserver son calme et sa dignité coute que coute, surtout maintenant qu'il semblait être le point de mire de toute la fine fleur de Montpellier réunie sous un même toit! « Pas question de me donner en spectacle, s'intima-t-il intérieurement, et devant des témoins avec lesquels je souhaite potentiellement un jour faire affaire! »

Son regard clair plongea dans les yeux de braise de Françoise. Il la fixait avec une incrédulité rageuse qu'il ne cherchait plus à camoufler. Au-delà de la colère, Françoise vit une détermination proche de l'entêtement, une ambition dévorante, une étincelle que son père appelait « la folie des grandeurs » et dont il était lui-même atteint : elle eut un respect spontané et irrévocable pour Édouard. « Il réussira, se dit-elle. Il deviendra quelqu'un. Montpellier n'a pas fini d'entendre parler de lui. » Françoise soutint son regard irrité pendant de longues secondes puis, au grand désarroi du groupe, elle se mit à rire, un rire musical, très amusé :

– Qui ne risque rien n'a rien, pas vrai? D'ailleurs, des choses plus invraisemblables se sont déjà produites! N'est-ce pas?

Pris au dépourvu, Édouard sentit les mots vindicatifs qu'il retenait encore s'étrangler dans sa gorge. Il ne put articuler qu'un mot : « Certainement! ».

Laura, Frédéric et Isabelle, que ces échanges provocants avaient pour le moins importunés, profitèrent de ce moment de répit inattendu pour s'éclipser. Édouard, quant à lui, refusa de bouger, malgré les signes discrets de sa sœur qui l'encourageait de la suivre. Avec un détachement calculé, il tourna le dos à Françoise. « Quelle mise en scène! pensa-t-il. Mais qu'a-t-elle voulu prouver au juste? Qu'attend-elle de moi? »

Il se concentra sur la liqueur dorée de son verre, pensant ainsi lui faire comprendre qu'il était temps pour elle de continuer son chemin, mais elle s'éternisait. Il pouvait sentir la pesanteur de son regard brun ambré sur lui. Il était d'une telle intensité qu'Édouard avait l'étrange sensation que son dos était comme brulé au fer rouge. La tension devint à ce point insoutenable qu'il tourna presque violemment sur lui-même et lui fit face.

Leurs yeux se rencontrèrent, ils échangèrent un long regard, se soupesant mutuellement, curieux mélange d'incompréhension et de provocation. Françoise semblait vouloir lui faire comprendre qu'elle avait été la première à jouer cartes sur table et que, d'une certaine façon, il s'était fait prendre au jeu. Édouard se demanda quelle était au juste la mise : son cœur ou le sien?

Comme Françoise détournait lentement ses yeux de chatte, interrompant ainsi le courant qui était passé entre eux, elle lui accorda un léger signe de tête avant de soulever les volants de sa robe et de prendre abruptement congé.

Délivré de la tension et du souci de la soirée, Édouard se laissa aller avec bienêtre contre le siège du traineau raidi par le froid. Repu et particulièrement fringant, leur étalon semblait également avoir apprécié le confort des écuries de leurs hôtes. Il ignorait jusqu'à ce soir qu'un tel étalage de richesse pouvait exister dans Montpellier, du moins, ailleurs que dans les familles anglaises fortunées. Cette soirée lui avait véritablement ouvert les yeux. « Bientôt, pensa Édouard, je connaitrai personnellement ce que c'est de vivre dans le luxe au quotidien. »

Enveloppée dans la couverture de laine, Isabelle soupirait de bonheur. Elle avait fait la connaissance d'un jeune homme distingué, Lucas St-Cœur. Il avait un beau sourire, une voix séduisante... Ses gestes étaient empreints d'une galanterie sophistiquée, mais plus important encore, de beaucoup de douceur. « Puis-je vous être utile, mademoiselle? », lui avait-il aimablement offert, la libérant de son verre afin qu'elle puisse ajuster à son aise le ruban qui s'était relâché sous sa poitrine. Avant la fin de leur première valse, Isabelle avait été envoutée, subjuguée par Lucas. Son cœur, séduit par la chaleur de ses propos, lui appartenait déjà.

Isabelle dévisagea avec tendresse le profil de son frère qui guidait habilement leur cheval sur les sentiers enneigés. De sa main gantée, elle caressa la joue de son jumeau :

– Je sais que tu veux conquérir le monde Édouard, laisser ta marque, mais promets-moi que tu prendras le temps d'écouter ton cœur, d'être amoureux.

– La romance, c'est pour les femmes, fit-il. Pour les femmes romantiques et rêveuses, comme toi, chère Isabelle. Pas pour les hommes! Et si un jour je décide de prendre épouse, ce sera le résultat d'un choix éclairé et non passionnel. C'est plus sûr.

– C'est bien toi, ça, Édouard, soupira Isabelle, ne trouvant rien d'autre à dire.

Édouard ne put s'empêcher de lui sourire avec complaisance. Il n'avait qu'un besoin : celui de réussir en affaires. *L'amour ne fait pas partie de mes plans, quoique tu puisses en penser Isabelle... et quoique puisse en penser Françoise.* Sous le coup d'une émotion dont il ne connaissait pas la nature, Édouard sentit les battements de son cœur s'accélérer. Plutôt que d'explorer la possibilité d'être peut-être tombé à son insu sous le charme d'une jeune femme pourtant fort peu charmante, Édouard eut tôt fait d'attribuer son malaise à une consommation excessive de nourriture.

Or, voilà qu'en embrassant avec tendresse le front de sa sœur – qui de par un simple appel du cœur essayait d'influencer doucement son raisonnement – le visage de Françoise lui traversait à nouveau l'esprit. Était-ce un pressentiment? Ou tout simplement une coïncidence? Édouard hésitait encore à se prononcer.

Toutefois, lorsqu'à son réveil le lendemain matin, il constata être encore habité par l'impression étrange et inexplicable que le destin l'avait mis exprès en contact avec elle, Édouard sut qu'une réflexion sérieuse s'imposait au sujet de Françoise Chevalier.

* * * * *

Dans un habit gris ajusté à la perfection, col blanc impeccable, Édouard examinait d'un œil critique ses hommes à l'ouvrage. Il écoutait distraitement Frédéric lui faire part des nouveaux développements concernant le chantier. Il concentrait plutôt son attention sur l'efficacité des ouvriers qui s'affairaient autour de leur première machine à papier et plus particulièrement sur l'ingénieur qu'il avait fait venir de Québec pour son expertise. De l'extérieur de la bâtisse, celui-ci étudiait d'un œil satisfait l'énorme roue à augets que la rivière Castor activait à merveille. « Si les circonstances continuent de se montrer favorables, le moulin sera officiellement opérationnel d'ici la fin du mois de mai », lui avait annoncé plus tôt l'ingénieur.

Rien que ce matin-là, une dizaine d'hommes des alentours qui avaient eu vent de leur projet s'étaient présentés sur le site en quête de travail. Bientôt, on verrait les billes de bois flotter sur la rivière et la vapeur monter dans l'air.

Édouard s'était lancé à corps perdu dans son journal et son moulin, tâches qui devaient remplir sa vie. Il avait naturellement pris les rênes du projet. Ayant senti sa supériorité, les ouvriers y compris l'ingénieur, se reportaient directement à lui plutôt qu'à son associé. S'il trouvait cette situation embarrassante, Frédéric n'osait relever le défi de l'égaler. Il restait toujours un pas derrière; il s'accommodait dans l'ombre de son partenaire et se valorisait en se disant que c'était lui le moteur financier, « la machine » derrière Édouard.

Les deux hommes escomptaient que le triomphe se manifesterait avec éclat, convaincus qu'ils deviendraient les principaux fournisseurs de bois transformé sur le marché. D'autre part, en plus de produire son propre papier journal pour *L'Averti*, Édouard entendait bien fournir en papier d'imprimerie les marchands et les éditeurs des environs. Il avait décidé qu'il le vendrait même aux anglophones, à un prix plus élevé évidemment, mais à meilleur marché que les concurrents.

Il avait de la chance. Le moulin progressait comme prévu et les plans de restructuration de *L'Averti* étaient bien entamés. Édouard avait engagé pour le journal deux nouveaux employés aux tâches bien précises. Certes, leur salaire était maigre, mais il avait confiance que bientôt il pourrait y remédier avec le succès de *L'Averti*. Le premier « rapporteur », Jimmy Daigle, qu'il avait baptisé le « furet » parce qu'il fouillait dans les affaires de tout le monde, était sans cesse sur le qui-vive, dans l'attente d'évènements dignes d'être racontés. Le deuxième, Benoît Bastarache, était responsable des nouvelles de l'extérieur. Il s'était habilement créé un réseau d'information bénévole dans les quatre coins de la région.

Ils étaient jeunes, bilingues, maniaient l'art de l'écriture et désiraient performer dans la cour des grands.

Vraiment, ses affaires allaient bien et Édouard avait toutes les raisons de se réjouir d'avoir l'esprit en paix. Pourtant, depuis quelque temps, il était préoccupé par une question de toute autre nature : le mariage. La femme qu'il choisirait pour épouse compterait pour beaucoup au succès de ses projets. Une alliance avec une femme de la haute société, dont la famille côtoyait autant l'élite acadienne que l'anglophone serait des plus profitables. Il lui fallait une femme solide, intelligente, qui partagerait son ambition, et surtout, qui ne lui rabattrait pas les oreilles avec sa sentimentalité. Édouard essaya pour la énième fois d'imaginer ce que pourrait être sa vie au quotidien auprès d'une femme comme Françoise Chevalier.

Au même instant, il aperçut Laura marcher dans leur direction, sa robe raffinée trainant dans la boue; il fronça les sourcils. Il trouvait de très mauvais gout la présence d'une dame sur un chantier de construction. Édouard vit le visage de Frédéric s'illuminer et ne put s'empêcher d'éprouver de la compassion pour son ami. Il était amoureux. Et pour Édouard, un homme amoureux n'était plus qu'une marionnette entre les mains de sa muse. De plus, il prévoyait quelques difficultés dans leur relation. Ils étaient à l'aube de se marier; la longueur inhabituelle de leurs fiançailles aurait dû alarmer Frédéric. Laura se rendait compte que s'il était passablement tentant d'être fiancée à un homme d'affaires, d'imaginer les avantages économiques et sociaux que cela comportait, il serait néanmoins ennuyeux de devenir sa femme, surtout pour elle, qui nécessitait tellement d'attention!

Laura présentait déjà des signes évidents de lassitude, comme l'attestaient les regards lascifs qui mettaient Édouard profondément mal à l'aise. Bien qu'il gardât toujours une distance respectueuse en sa présence et qu'il prenait soin de ne pas encourager ses démonstrations d'affection, Édouard craignait que Frédéric ne se méprenne sur ses intentions. Animé de cet état d'esprit, à peine Laura fut-elle à leur hauteur qu'Édouard s'apprêta à partir.

– Vous nous quittez déjà, Édouard? demanda Laura, cachant mal sa déception.

Édouard ignora la mine déçue de la jeune fille, rajusta son chapeau et plutôt que de s'adresser à Laura, se tourna vers le notaire :

– Je regrette mon ami, mais je dois partir immédiatement. Je me suis déjà trop attardé.

– Un rendez-vous galant peut-être? suggéra Frédéric, sur le ton de la confidence et avec un air entendu, se balançant d'avant en arrière sur la pointe des pieds.

Édouard croisa par inadvertance le regard de Laura et l'intensité de ses yeux bruns lui fit l'effet d'un coup de fouet dans les reins.

– En effet, oui, déclara-t-il d'un même souffle, prenant abruptement congé.

Frédéric suivit des yeux Édouard qui se dirigeait d'un pas décidé vers sa calèche. Il se surprit à penser que les apparitions répétées de Laura sur le site ne lui étaient peut-être pas destinées. Les ouvriers s'en amusaient et il était évident qu'Édouard désapprouvait. Frédéric se renfrogna quelque peu, dérangé par l'attitude froide de son associé à l'endroit de sa fiancée. Il ne pouvait comprendre pourquoi Édouard se montrait aussi distant vis-à-vis de Laura. Elle était pourtant tellement pleine d'égards à son endroit!

Les soupirs de sa fiancée qui venait de s'apercevoir que sa robe était souillée de boue le ramenèrent dans le présent. Il la vit secouer vigoureusement le bas de ses jupons, surprit la mine amusée de quelques ouvriers qui observaient la scène et subitement, un déclic s'opéra en lui : la présence de Laura nuisait à son image; ses hommes ne le prenaient plus au sérieux. Ce n'était donc pas étonnant que l'ingénieur de Québec s'adressait exclusivement à Édouard.

Frédéric prit le bras de Laura avec une impatience inhabituelle :

– Tu devrais rentrer chez toi, ma chère. Tu sais que je n'aime pas être interrompu lorsque je travaille, même par toi que j'adore.

Il en était finalement arrivé à la conclusion qu'elle l'importunait. L'étonnement marqua les traits de Laura, puis céda place à l'irritation. Elle obtempéra de mauvaise grâce, bouillonnante de colère. « Non seulement Édouard ne daigne m'accorder un regard, fulmina intérieurement Laura, mais en plus, Frédéric semble également gêné par ma présence! »

Au bout d'un moment, Laura parvint à réprimer son dépit. Elle considéra son expulsion sous un autre angle. « Frédéric prend enfin son rôle au sérieux, se dit-elle. Et c'est tout à son honneur. » Combien de fois lui avait-elle répété de prendre la place qui lui revenait! Elle se força à se retourner et à sourire à son futur mari, alors qu'elle remontait l'allée.

La calèche d'Édouard, qui venait tout juste de partir en trombe, avait laissé une trainée de poussière derrière elle. Laura porta un mouchoir à son visage en s'étouffant. Tandis qu'elle retrouvait péniblement sa contenance, ses yeux se posèrent sur l'impressionnant panneau planté au sol; on pouvait lire en grosses lettres visibles à une distance respectable : « Moulin Roussel La Croix ».

La jeune femme détacha lentement le mouchoir de son visage, puis secoua, songeuse, la tête, comme si elle ne pouvait encore tout à fait y croire. Édouard était peut-être l'instigateur du moulin, mais c'était les moyens financiers de Frédéric qui avaient rendu le projet possible. *Alors pourquoi, est-ce son nom à lui qui précède celui de mon futur mari?* Avec déconvenue, Laura se disait que « La Croix » aurait dû être écrit en premier, ne serait-ce que pour respecter l'ordre alphabétique.

* * * * *

Assis sur un banc dans le jardin, Édouard et Françoise gardaient le silence, chacun prisonnier de ses pensées. L'herbe encore humide de la rosée du matin trempait leurs souliers, mais ni l'un ni l'autre ne s'en formalisait. Après des jours de temps maussade et pluvieux, le soleil perçait enfin les nuages. Les parterres de fleurs, les gazons d'un vert tendre réchauffés par les rayons du soleil reprenaient vie après un hiver particulièrement rigoureux.

À première vue, on aurait dit que les deux jeunes gens émergeaient lentement d'une période d'hibernation. Or, cette impression de quiétude était trompeuse : l'atmosphère entre Françoise et Édouard était des plus tendues. Tous deux savaient que le moment était venu d'afficher leurs sentiments. Et une fois les paroles prononcées à voix haute, il n'y aurait aucun retour possible, pour ce qui devait être le jour le plus décisif de leur vie. Il lui demanderait sa main, et elle la lui accorderait.

Un peu plus tôt, Édouard s'était entretenu avec le père de Françoise et ce dernier lui avait offert sa bénédiction avec un soulagement évident. Le couple Chevalier, comme la principale intéressée d'ailleurs, avait compris depuis longtemps que le nombre de prétendants était limité, qu'ils furent acadiens ou anglophones. Une alliance avec un rustre illettré, un bon vivant, ou tout simplement un valeureux paysan était hors de question. Quant aux hommes de la classe supérieure, vers qui Françoise jetait volontiers son dévolu, ils semblaient fort peu disposés à faire d'elle leur femme. Françoise n'avait ni la délicatesse qui inspirait ce désir de protection dont raffolaient les hommes en général ni la beauté classique qui faisait tourner les têtes. Ce qu'elle avait à offrir en revanche, c'était une loyauté inébranlable, une volonté farouche de voir son époux s'élever dans la société, de le seconder dans tous ses efforts et enfin, qualité non négligeable : une dote substantielle. Autant d'atouts, pensait Édouard, lui avaient été judicieusement attribués, comme par une intervention divine, en vue d'un candidat bien précis : lui-même.

Édouard jaugea Françoise comme s'il essayait de déceler quelque chose, un détail péremptoire peut-être, qui lui aurait échappé. Comme toujours, Françoise demeurait posée. Elle affichait l'aisance et la présence d'une grande dame. Il aurait été étonné d'apprendre que son assurance n'était que feinte et que la froideur de son visage n'était pas innée, mais bien le fruit d'un travail acharné.

Le vent chaud venu de la mer au loin jouait mollement avec une mèche de sa chevelure qui s'était échappée de sa capeline. La jeune fille n'en avait pas conscience. Le corps prisonnier d'une robe qui, malgré son épaisseur ne trompait pas sur sa minceur, Françoise semblait comme en état de contemplation. Les chevilles croisées, le dos et la nuque tendus, son visage étroit demeurait obstinément impassible. Pourtant, son regard baissé, lui, était plein d'une impatience désespérée.

Édouard plissa les yeux et scruta le ciel, comme chaque fois qu'il cherchait réponse à ses questions. Françoise avait un accent raffiné à l'excès, des manières un peu trop distinguées peut-être qui frisaient la prétention. Mais elle était sans contredit une femme élégante et intelligente. *Fine, racée et parfaitement bilingue. Le genre de femme qui me fera toujours honneur.*

Aux yeux d'Édouard, Françoise était froide et indépendante. Elle ne réclamait pas d'amour, mais était prête à tout pour lui plaire. L'audace dont elle avait fait preuve lors du bal costumé avait provoqué son admiration, sentiment qui lui était pratiquement étranger. « Françoise est la partenaire idéale, décida-t-il, une fois pour toutes. Et avec un peu de chance, la tendresse et peut-être la passion viendront se manifester. »

Françoise profita du fait qu'Édouard ne la regardait plus pour dévisager longuement le jeune homme assis près d'elle. Sa beauté mâle et l'incroyable magnétisme qui se dégageaient de sa personne la bouleversaient. Elle avait longuement pesé le pour et le contre d'une union avec Édouard Roussel. *Mon statut social et ma fortune personnelle pourraient-ils compenser les lacunes de mon physique? Et pour combien de temps? Serais-je prête à fermer les yeux sur ses éventuelles infidélités?* Ces questions, Françoise se les était posées plus d'une fois. Elle avait bien deviné qu'Édouard était du genre à se laisser emporter par ses appétits charnels. Mais ultimement, cette observation, bien que dérangeante, avait eu peu de poids dans la balance.

Elle avait arrêté son choix sur Édouard, d'abord parce qu'il portait en lui la promesse d'une vie digne de ses plus grandes espérances, ensuite parce qu'elle retirerait une fierté immense à se pavaner au bras d'un homme dont le physique ferait rougir d'envie toutes les femmes de Montpellier. Enfin, elle l'avait choisi parce que, dans le secret de son cœur, Françoise se savait réellement éprise.

Lorsqu'Édouard s'agenouilla enfin, elle lui offrit l'esquisse d'un sourire.

– Françoise Chevalier, voulez-vous m'épouser? lui demanda-t-il d'une voix grave, cérémonieuse.

– Oui, je le veux, Édouard, déclara-t-elle d'un ton à la fois résolu et fier, en lui présentant précipitamment sa main gauche.

La spontanéité du geste témoignait clairement de son désir d'être sienne, ce qui rassura Édouard. Lorsqu'elle sentit la bague – bien que modeste – glisser à son doigt, Françoise ne put réprimer un soupir de jubilation. Tandis qu'ils tournaient simultanément la tête dans une direction commune, leur poitrine se gonfla d'espoir devant cette nouvelle ère qui se dessinait lentement sous leurs yeux et qui s'annonçait heureuse et prospère. Unis par un intense sentiment de soulagement, les doigts de Françoise et d'Édouard se retrouvèrent tout naturellement.

– CHAPITRE TROIS –

1876

– Toute réussite repose sur la compétition. D'où l'importance d'écraser son adversaire le plus rapidement possible. Crois-moi Frédéric, pour bâtir une nation, il faut une vision commune.

Fidèle à ses habitudes, Édouard monopolisait la conversation. Son associé leva le bras en signe de désaccord, se préparant à prendre position, à partager son point de vue. Or, d'un simple coup d'œil vers la mine désintéressée d'Édouard, Frédéric comprit que celui-ci n'avait aucun désir de connaitre son opinion. Il avait carrément mis fin à leur entretien, sans considération pour lui, s'étant brusquement emparé de son journal. Alors que dans le monde d'Édouard, il ne semblait pas y avoir de place pour la concurrence ou simplement pour des divergences d'opinions, dans le monde de Frédéric, l'entente avec autrui était primordiale, même avec son associé qui était de plus en plus intransigeant.

Le succès de *L'Averti* au sein de la population acadienne de Montpellier avait encouragé la mise en place d'un réseau d'informations dans plusieurs régions francophones de la province. En l'espace de quelques mois, un nombre impressionnant de petits journaux locaux avaient vu le jour, au point que des rivalités s'étaient dressées. Frédéric ne pouvait tout simplement pas comprendre la nécessité, la volonté d'Édouard de supprimer les autres quotidiens. Cette lutte acharnée que son associé menait auprès de ses concurrents le rendait de plus en plus inconfortable. Le fait qu'une grande partie de la production du moulin s'envolait dans le maintien de *son* journal local ne faisait que l'incommoder davantage. Sans compter l'achat récent de ce nouveau modèle de presse rotative, une machine dernier cri qu'il avait fait venir de Montréal et qui avait couté excessivement cher.

Frédéric était incapable de concevoir comment Édouard pouvait se sentir suffisamment solide financièrement pour se permettre une telle extravagance. Lui-même ne profitait qu'au compte-goutte des dividendes de leur moulin. C'est vrai, qu'une fois que Laura s'était servie dans leur compte en banque, il ne restait plus grand-chose. Elle était plus dépensière que jamais il n'aurait pu l'imaginer.

De plus, Frédéric n'était guère enchanté de voir ses économies constamment englouties, de ne pouvoir jouir qu'en partie de sa part des bénéfices puisqu'à chaque fin de mois, Édouard insistait pour qu'ils réinvestissent les profits. « Il faut faire rouler l'argent! », lui répétait-il inlassablement, ce qui ne pouvait supposer qu'une chose : ils deviendraient propriétaires d'une autre terre. Cependant, s'il n'en avait tenu qu'à lui, il se serait attaqué depuis longtemps à une autre sorte de marchandises propres à la vente : les boiseries décoratives, dont Frédéric était lui-même fin connaisseur.

Si seulement Édouard se désintéressait de *L'Averti* et du papier destiné à la presse à grand tirage, peut-être, se disait Frédéric, qu'il pourrait alors le convaincre de se consacrer au bois d'œuvre et au transport maritime. Comme Athanase Murphy, par exemple, qui avait fait fortune dans le commerce naval, exactement comme il l'avait prédit. Avait-il eu tort, songeait Frédéric, de choisir un partenariat avec Édouard plutôt qu'avec Athanase? Il commençait sérieusement à se questionner. L'avenir le lui dirait.

Frédéric lut, presque malgré lui et à voix basse, le titre à la une de *L'Averti* qu'Édouard tenait de façon ostentatoire : « Le quotidien québécois *Le Diplomate*, n'est plus ». Frédéric se demanda fugacement si Édouard était en partie responsable de cet échec. « C'est qu'il a le bras assez long, pensa-t-il, pour s'en prendre aux journaux de la province voisine! » En vérité, Édouard n'avait absolument rien à voir avec l'arrêt de parution de ce journal. *Le Diplomate*, boudé par les ultramontains, avait plutôt été victime de ses prises de position libérales sur la relation entre l'Église et l'État. Or, puisque Frédéric refusait d'accorder ne serait-ce qu'une seconde de plus à la manchette, il s'en fut dans l'ignorance.

– Je serai au moulin, si tu me cherches, annonça-t-il sur un ton résigné.

Il traversa la pièce d'un pas anormalement lent, comme s'il essayait de gagner quelques précieuses secondes. Ayant deviné son manège, Édouard abaissa le journal. Il épia furtivement la silhouette de Frédéric, puis s'éclaircit la gorge avant de demander sur un ton sincèrement inquiet :

– Comment va Laura?

Frédéric qui n'attendait que cela – une marque de considération, une preuve de l'authenticité de leur amitié – regarda vivement par-dessus son épaule avec émotion. La figure d'Édouard avait abandonné sa dureté et Frédéric ne put s'empêcher de se réjouir de ce signe de solidarité. Il haussa les épaules, déconfit :

– Elle se remet tranquillement. Elle pensait vraiment que cette fois-ci, il s'en sortirait... Il avait l'air plus vigoureux que les autres.

– Bon sang, ce n'est vraiment pas de chance, convint Édouard d'un ton amer. Pauvre Laura. N'y a-t-il rien que le médecin puisse faire pour prévenir un tel dénouement?

– Non. Il n'y a rien à faire. Sauf prier, conclut Frédéric, des trémolos dans la voix.

Un silence inconfortable suivit. Édouard secoua la tête dans un élan de sympathie véritable. Le malheur s'acharnait sur eux. Laura avait déjà fait deux fausses couches : deux garçons prématurés, mort-nés. Puis cette dernière tragédie, un gros garçon, qui s'était accroché pendant trois jours avant de mourir subitement dans son sommeil.

Sensible et émotif, le couple La Croix avait souvent tendance à dramatiser ses problèmes. Édouard devait reconnaitre que Laura et Frédéric n'avaient peut-être pas tout à fait tort de s'apitoyer sur leur sort. Lui-même n'avait pas encore d'enfant, de descendants mâles, mais il était convaincu que cela ne saurait tarder. Perdu dans ses réflexions, Édouard ne remarqua ni le départ offensé de Frédéric qui avait deviné d'instinct qu'Édouard s'était déjà désintéressé des malheurs de sa situation familiale, ni la pesanteur dans l'air que son associé avait trainé à sa suite.

Frédéric s'efforça de sourire cordialement à un des « rapporteurs » qu'il croisa à sa sortie des bureaux du journal, « le siège social de *L'Averti* » pour reprendre l'expression pompeuse d'Édouard. Les pensées se bousculaient dans sa tête et une fois dehors sur l'allée des commerçants, Frédéric contempla le bâtiment plutôt modeste qu'occupaient depuis peu de temps l'imprimerie et son propriétaire.

– C'est quand même mieux que l'étable, observa-t-il à voix basse, avec un mépris teinté de sarcasme.

Frédéric avait longtemps cru que leurs personnalités distinctes étaient à la base de leur réussite, qu'ils étaient unis dans leur différence. Au fil des années, il avait été forcé de constater que le tempérament d'Édouard s'harmonisait de moins en moins avec le sien. Son associé était un autodidacte méthodique, indépendant et terriblement sûr de lui. Édouard se montrait le plus souvent intraitable dans ses relations interpersonnelles, y compris avec lui. Même lorsqu'il sollicitait à l'occasion son avis, en fin de compte, il n'en faisait qu'à sa tête. Il n'écoutait personne.

Une voix intérieure lui disait qu'un jour le besoin d'indépendance et de pouvoir d'Édouard se heurterait à leur amitié. « Le temps venu, pensait Frédéric, il m'élimera, sans remords ni regret. »

L'esprit lourd, Frédéric s'en fut vers sa calèche, incapable de chasser ce désagréable pressentiment; son visage, qui avait sensiblement perdu de sa vitalité au cours des dernières années, s'assombrissait avec une rapidité effarante. La transformation de sa physionomie était telle que même le cocher à son service depuis quelque temps déjà, mit quelques secondes à réagir devant l'apparition de cet homme qui tout à coup lui semblait méconnaissable.

– Eh bien?! J'attends! s'exclama Frédéric avec une brusquerie inhabituelle, froissé par le manque d'empressement de son postillon.

Se confondant en excuses, celui-ci sauta prestement à terre, ouvrit, puis referma cérémonieusement la portière. Puis, le cocher fouetta le cheval et remercia le ciel d'être né pour un petit pain, plus convaincu que jamais que plus grande était la réussite professionnelle, plus grands étaient les désagréments. Il venait d'en avoir sous les yeux la preuve tangible. Frédéric La Croix ne lui avait jamais paru si mal en point, malgré le succès formidable du moulin.

Resté seul, Édouard repoussa la paperasse sur son bureau dans un mouvement de lassitude. « Frédéric n'est pas doué pour les affaires, ruminait-il. Il n'est pas spécialement actif, ni spécialement ambitieux non plus. » Frédéric prenait rarement part aux discussions. Assis derrière son bureau, il se contentait d'écouter Édouard et prenait des airs de martyr lorsque les réunions empiétaient sur l'heure du repas.

Le notaire n'avait pas tardé à révéler sa personnalité ou plutôt son absence de personnalité : influençable, mou, velléitaire, avec si peu d'envergure! Des lacunes que cachaient, Édouard l'avait compris trop tard, une apparente jovialité et un caractère bon enfant. Une jovialité qui se faisait malheureusement de plus en plus rare. Leur relation s'effilochait.

Édouard ne pouvait s'empêcher d'éprouver de la nostalgie lorsqu'il repensait au passé. Frédéric avait perdu sa bonne humeur naturelle et paraissait de plus en plus défaitiste. Il n'y avait pas si longtemps pourtant, Frédéric reconnaissait l'importance de son journal pour les francophones de Montpellier. Mais voilà qu'il changeait son fusil d'épaule. Un peu plus tôt, il avait eu le culot de dire à Édouard :

– Quand je te vois dépenser autant d'énergie dans ton journal, apprécié par si peu de lecteurs, je t'avouerai, Édouard, que je commence à remettre en question le bien-fondé de la presse écrite acadienne.

– N'es-tu pas conscient de l'importance que revêt la communication pour un peuple dispersé à travers la province; son puissant effet rassembleur! s'était offusqué Édouard, avant de déployer son journal devant lui pour ne plus avoir à supporter la vue de son associé.

En réalité, les actions d'Édouard contestaient plus ou moins sa valeureuse position. Car tout en reconnaissant le défi que représentait la survie d'un journal francophone en milieu minoritaire – les petits journaux acadiens qui voyaient le jour un peu partout dans la province étaient souvent éphémères –, il n'avait aucun scrupule à fournir en papier les concurrents locaux ni à les écraser s'ils empiétaient sur son terrain. La vérité, c'était que lorsqu'il était question de promouvoir la presse écrite acadienne, un seul journal lui venait en tête : *L'Averti.*

Avec une perplexité grandissante, Édouard frotta machinalement sa barbe blonde bien taillée. *Certes, je dépends toujours des revenus des pâtes et papiers de mon moulin pour financer le journal, mais ce n'est que temporaire... Comment Frédéric peut-il en douter? Bientôt, « L'Averti » s'autofinancera et me rapportera même des revenus stables.* Surtout maintenant, se disait Édouard, avec sa dernière acquisition, une machine ultra performante, laquelle allait augmenter considérablement la vitesse d'impression. D'ici là, grâce au moulin, les deux associés pouvaient se féliciter, Édouard à l'âge de vingt-six ans, Frédéric, à trente ans, d'approvisionner en papier la plupart des journaux des environs, qu'ils soient français comme anglais.

La soif insatiable d'Édouard pour les affaires, combinée à sa conscience élastique, lui permettait de marchander, sans ambigüités, aussi bien avec les anglophones qu'avec les francophones. Cela n'empêchait pas Édouard de rêver à un monde où le contrôle économique changerait de main, au jour où les Acadiens de Montpellier et d'ailleurs s'imposeraient à tous les niveaux de la vie publique.

Édouard chassa résolument de son esprit cette vieille rivalité linguistique, de même que la mine abattue de Frédéric et s'empara des derniers états de comptes du *Moulin Roussel La Croix.* Il eut une expression de satisfaction. Le bois et ses dérivés étaient toujours très recherchés, et l'expansion accélérée du transport par bateau, associée à l'avènement du chemin de fer, avait ouvert de nouveaux marchés. Le train assurait désormais le transport de leurs marchandises dans tout le Canada plus facilement et plus économiquement, en particulier durant les mois d'hiver quand la rivière était gelée. Ils avaient enfin réussi à se tailler une place en tant que fournisseur et exportateur de bois d'œuvre dans le marché américain, en plus d'alimenter en papier leur presse à grand tirage.

Somme toute, pensait Édouard, il s'enrichissait, son village prospérait et s'épanouissait, les gens étaient optimistes, plus dépensiers même et chacun, lui le premier, s'entendait pour dire qu'il faisait bon vivre à Montpellier. Les biens de consommation étaient de plus en plus variés et les gens prenaient un réel plaisir à nommer le lieu d'origine de leurs nouvelles acquisitions. Tout juste la veille, Françoise avait rapporté de chez la modiste un chapeau venu tout droit d'Angleterre!

Édouard considéra un moment la photographie de sa femme sur son bureau. Sans pour autant être une dépensière frivole, comme certaines femmes en avaient la fâcheuse tendance, Françoise, par ses achats avisés, participait à juste mesure au roulement de l'économie. Elle connaissait la valeur de l'argent et l'importance des apparences. « J'ai toutes les raisons de me féliciter de l'avoir pour épouse, pensa Édouard, et elle, de se prévaloir d'être ma femme. »

Brusquement, comme poussé par une force au-delà de lui-même, il se redressa de son fauteuil. Alors que les fausses couches de Laura étaient sournoisement revenues le hanter, il était forcé de reconnaitre ses propres manquements matrimoniaux. *Puisque Françoise se montre invariablement bien disposée et accueillante au lit, le fait qu'elle tarde à me donner un fils doit être le résultat de mon manque de discipline à moi seul! Je me consacre tellement à mon journal, à mon moulin, que j'ai négligé mon devoir conjugal!*

Édouard, qui avait une confiance inébranlable dans les capacités reproductives de Françoise, entendait bien les mettre à profit sur-le-champ. En moins de temps qu'il ne fallait pour le dire, il avait quitté son bureau bien déterminé à faire preuve de prouesses dans la chambre à coucher, à répétition même, le cas échéant.

Avec cette intuition qui ne l'avait jamais trompée, Françoise, ayant aperçu du balcon à une heure si inhabituelle la calèche de son mari foncer à vive allure le long de l'allée bordée d'arbres matures, s'était parfumée en vitesse afin d'accueillir avec beaucoup d'égards son époux sur le seuil même de leur fastueuse résidence.

* * * * *

Pieds nus, les cheveux flottant au vent, Laura avançait lentement, le regard perdu dans les vagues. Elle respirait l'air de la mer par saccades; le vent salé lui brulait les poumons. Elle tenait d'une main ses chaussures et de l'autre sa robe qu'elle avait relevée jusqu'au-dessus des mollets. Laura n'avait conscience que du sable chaud qui lui caressait les pieds; elle marchait seule à la rencontre des mollusques échoués le long de la côte.

Le cœur lourd, Laura pensait à son mariage. Frédéric l'aimait, et cela, elle le savait dans son for intérieur. Et pourtant, depuis leur nuit de noces, elle avait l'impression de s'enliser un peu plus dans les ornières du quotidien. Laura n'avait pas saisi alors ce qui n'allait pas. Elle avait seulement eu conscience d'être affreusement malheureuse. Et si aujourd'hui elle connaissait la nature de son affliction, cela ne l'aidait pas pour autant. *Je me meurs d'ennui. Frédéric a changé. Il a perdu sa bonne humeur, sa joie de vivre et notre vie ne tourne plus qu'autour du bois.*

Laura rendait Frédéric l'unique responsable du naufrage de leur union. Elle se sentait négligée par son époux; avoir les moyens financiers de se procurer de belles toilettes et de s'entourer de belles choses lui était de piètre réconfort. Elle avait l'impression de vivre chaque jour un peu plus désœuvrée. Et cette solitude lui était devenue insupportable.

Laura ramassa un coquillage et le porta distraitement à son oreille, tandis que sa main libre glissait mécaniquement vers le léger renflement de son ventre. Elle regardait devant elle, les yeux grand ouverts. Un enfant aurait su combler son cœur, mais le destin s'était avéré si cruel...

Habituellement, respirer le vent venu de la mer la réconfortait, du moins l'espace de quelques heures. Mais aujourd'hui, même le son des vagues et les cris des mouettes ne pouvaient couvrir tout à fait l'écho de sa désillusion. Son corps s'acharnait à empoisonner l'enfant dans son sein. Elle n'avait pas eu le courage d'avouer à Frédéric qu'elle était à nouveau enceinte. « À quoi bon? », se disait Laura. Il se débattait si faiblement, comme les autres avant lui. Cet enfant mourrait, avant de naitre, comme son amour pour Frédéric. *Mort, avant même d'exister.*

– CHAPITRE QUATRE –

1883

– ... Avec tout le respect que je vous dois monsieur Roussel, la direction de *L'Averti* est extrêmement conservatrice et j'ai bien peur que mon originalité ne puisse concorder avec vos attentes, maintenait Jimmy, d'une voix impersonnelle. Vu les circonstances, je n'ai d'autre choix que de vous donner ma démission. Sachez que cette décision a été murement réfléchie, quoique pénible, et que rien ne pourrait la révoquer.

Se dandinant sur place, Jimmy avait livré son discours sur un ton égal. Nerveux, il surveillait le visage sévère de son patron se durcir. De toute évidence, Édouard ne s'était pas attendu à ce que ce fût leur divergence d'opinion qui vienne à bout de la loyauté du « furet » envers *L'Averti*. Et il n'avait pas tout à fait tort de douter des motivations réelles de Jimmy.

Édouard se recula imperceptiblement dans son fauteuil et plia soigneusement son journal devant lui sur sa table de travail. Au passage il remarqua les mots « Premier ministre » et « Andrew George Blair » sur la page couverture. « Et dire qu'à son arrivée, pensa Édouard, je me préparais à le féliciter pour sa couverture des élections! »

– Vous avez reçu une autre offre, je présume, lui demanda-t-il sèchement.

Après une courte hésitation, Jimmy répondit avec un embarras évident :

– Oui, Monsieur. À Saint John.

La référence en anglais à cette ville, que les Acadiens de Montpellier appelaient « Saint-Jean », et que Jimmy avait crachée du bout des lèvres de surcroit, avait éveillé les soupçons d'Édouard. Il devina, d'instinct, que Jimmy ne deviendrait pas membre d'une équipe de journalistes francophones.

Rouge d'indignation, Édouard s'exclama âprement, sa voix résonnant entre les quatre murs :

– Vous allez travailler pour les Anglais?! N'avez-vous aucun scrupule? Aucun sens de l'honneur?! Vraiment, Jimmy, vous me décevez. Vous n'êtes pas l'homme que je vous croyais être.

– Si je peux me permettre, monsieur Roussel, c'est parce que...

– Je ne veux pas entendre vos excuses, Jimmy, coupa Édouard, sur un ton moralisateur. Il doit y avoir une limite à ce qu'un homme est prêt à sacrifier au nom du succès! Les affaires ont beau être les affaires, jamais moi, par exemple, je n'offrirais ma plume à un journal anglophone au détriment d'un journal francophone... surtout si le salaire est identique! C'est une question de principe!

Jimmy opina simplement de la tête, piteusement. Il n'allait quand même pas lui dire qu'il quittait Montpellier principalement pour retrouver la belle Angéline, une des coqueluches de la taverne! Elle avait plié bagage pour s'installer au sud de la province, à Saint John où, apparemment, ses services étaient plus sollicités. Elle avait promis de l'attendre... mais pas indéfiniment! Et c'était elle, d'ailleurs, qui lui avait trouvé un poste au journal le *Public Knowledge*. Son propriétaire lui devait, soi-disant, une faveur.

La colère laissa brièvement place à la déception sur les traits austères d'Édouard. Il était navré de devoir renoncer au « furet », car il avait investi beaucoup de temps dans sa formation. Mais il devait reconnaitre que son départ était sans doute préférable dans les circonstances. Il ne tolèrerait pas qu'un de ses employés, aussi talentueux puisse-t-il être, lui tienne tête, ce qui arrivait de plus en plus souvent avec Jimmy. Sa suffisance, venant du fait qu'il était parfaitement bilingue, commençait à en irriter plus d'un, à commencer par Édouard lui-même.

« Tout compte fait, pensa-t-il, si Jimmy est prêt à renier son appartenance à un journal acadien au profit d'un journal anglophone, il n'est pas l'homme que je croyais connaitre. » N'empêche qu'il devait admettre qu'avoir un « rapporteur » bilingue au sein de son équipe avait de nets avantages.

De dépit, Édouard oublia volontairement les années de bons et loyaux services du « furet » et son intonation en transparut :

– J'aimerais bien vous souhaiter bon succès, mais je doute que ce soit la chance qui vous attende parmi les Anglais.

– Mais, monsieur Roussel..., commença Jimmy, hébété par la froideur de son mentor.

– Albert se chargera de vous donner votre dernière paie, interrompit Édouard sur un ton totalement désintéressé. Maintenant, si vous voulez bien m'excuser, j'ai un rendez-vous. Allez! Nous n'avons plus rien à nous dire. *Malheureusement.*

Au même moment, quelqu'un frappait à la porte pour annoncer l'arrivée de monsieur McLaughlin. Édouard accueillit avec enthousiasme son invité, pendant que Jimmy s'échappait du bureau, perplexe devant l'incertitude de son avenir. « Angéline a intérêt à s'être montrée patiente », se dit-il.

Monsieur McLaughlin eut envie de sourire devant l'air penaud et interloqué du garçon qui s'éclipsa sans demander son reste. Pour avoir fait affaire avec Édouard par le passé, il savait à quel point celui-ci pouvait se montrer intraitable. Il faut dire qu'Édouard était un homme au caractère particulier. Il n'était peut-être que dans la trentaine, mais il ne donnait certainement pas sa place! Rien ni personne ne lui résistait. Pas même les têtes grises les plus entêtées, les plus endurcies, les plus nanties, comme celle de Monsieur McLaughlin.

Certains commerçants de la région le considéraient comme un ogre, d'autres comme un homme d'affaires au flair exceptionnel, mais tous, sans exception, s'entendaient pour reconnaitre sa chance inouïe, dans un contexte économique contrôlé majoritairement par les anglophones. Pour sa part, monsieur McLaughlin aimait faire affaire avec Édouard. Leurs transactions se faisaient à l'amiable et chacun en sortait gagnant. Sans avoir à y passer des heures, les deux hommes trouvaient habituellement un terrain d'entente quant au prix qu'Édouard était prêt à payer pour ses terres. Une fois l'affaire conclue, ils scellaient simplement leur entente d'une solide poignée de main.

Édouard avait pris sa place parmi les gros joueurs des comtés environnants. Il gagnait du terrain en notoriété dans tout le Nouveau-Brunswick. Il inspirait le respect, voire l'admiration. Surtout maintenant qu'il maitrisait bien la langue anglaise. C'était précisément à sa décision judicieuse de parfaire son anglais que pensait Édouard, alors qu'il invitait avec aplomb monsieur McLaughlin à prendre place. Les leçons, tenues dans le privé et données par Françoise, elle-même parfaitement bilingue, avaient porté fruit. « Plus question, s'était juré Édouard, de passer à côté d'une affaire en or, ou de se faire avoir par une âme malhonnête, simplement à cause d'une lacune linguistique! » Car si la langue de la culture demeurait le français, la langue des affaires, elle, était incontestablement l'anglais.

L'homme de soixante ans s'installa pesamment sur la chaise qu'occupait Jimmy quelques instants plus tôt et souffla bruyamment, confiant. Avec un peu de chance, ils tomberaient d'accord sur la valeur des arpents de terre dans un délai raisonnable. Juste à temps, l'espérait monsieur McLaughlin, pour qu'Édouard se sente obligé, par convenance, de l'inviter à sa soirée.

Françoise et Édouard étaient des hôtes généreux et l'élite de la société fréquentait leur domaine avec assiduité. Meublée avec un souci évident du détail, la demeure des Roussel faisait l'envie des plus anciennes familles aisées de Montpellier, y compris des La Croix, dont les penchants esthétiques nouveau genre étaient discutables. Toutes les pièces étaient pourvues du plus grand confort et décorées avec un gout sûr. Les murs tendus de soie, ornés de peintures familiales et de miroirs magnifiquement travaillés, les fauteuils en velours du salon, les canapés rembourrés, les accessoires décoratifs et sans réelle fonction, faisaient rêver.

Parée de ses plus beaux bijoux, Françoise accueillait chaque invité avec une amabilité nouvellement acquise, le bruit de ses souliers étouffé par les tapis à poil long. Elle parlait avec assurance et, servie par une excellente mémoire, elle prenait des nouvelles des oncles, tantes, neveux, nièces et animaux de compagnie en les appelant par leur prénom, au grand ravissement de ses convives. Enfin, elle s'assurait que personne ne manquât de rien, que les carafes de vin fussent toujours pleines et la nourriture abondante, tout en affichant une finesse méthodique, remarquable et enviable.

Édouard rencontra brièvement le regard de son épouse qui s'entretenait habilement avec monsieur McLaughlin. Elle devait se demander lequel des deux avait invité le sexagénaire. Cette invitation avait-elle été faite par politesse, par étourderie? Elle eut pour son mari un sourire aimable et lointain et Édouard se demanda si elle était heureuse : Françoise était si difficile à lire. Elle ne lui montrait guère son attachement et pourtant, Édouard ne doutait ni de sa loyauté ni de sa fidélité qui était solide et contractuelle. Elle était son meilleur et plus ardent soutien.

Par ailleurs, Édouard devait reconnaitre que sous son apparente froideur, Françoise était incroyablement tolérante et indulgente. Elle fermait les yeux sur ses infidélités passagères, elle se montrait toujours affable en sa présence et se préoccupait avant tout de l'éducation de leurs trois filles : Cécile, six ans, Léonie, cinq ans et Gaële, trois ans. Cette souplesse de caractère méritait toute l'admiration et la reconnaissance d'Édouard.

Contrairement à bien des femmes de son milieu, Françoise n'était pas contre les passades amoureuses de son mari. Elle les voyait pour ce qu'elles étaient : de simples aventures d'un soir. Le fait que c'était elle, Françoise, qui portait son nom, qui était la mère de ses enfants lui suffisait. De plus, la vie conjugale pouvait être une corvée si fastidieuse! Il lui arrivait même parfois d'être secrètement reconnaissante à ces femmes au passage exceptionnellement discret. C'est qu'avec les années, en fait depuis la naissance de leur première fille, l'appétit d'Édouard dans la chambre à coucher avait redoublé... et il en serait sans doute ainsi jusqu'à ce qu'elle puisse lui donner un fils.

Françoise rajusta sans coquetterie une mèche de cheveux devant le miroir et se redressa. Elle détailla sa tenue d'un œil critique. Sa taille était moulée dans un corset dont elle aurait certainement pu se passer. Sa large ceinture en velours noir séparait une jupe longue et évasée et un chemisier à col haut. Celui-ci était agrémenté d'une magnifique broche camée, qui complétait avec sophistication sa toilette.

Françoise ne serait jamais vraiment belle, mais elle avait de la classe et une élégance indéniable. Et elle savait, sans conteste, qu'Édouard ne pouvait plus désormais se passer d'elle. Ce qui n'était visiblement pas le cas de son associé. Ayant surpris l'échange muet entre son mari et Frédéric, Françoise s'éloigna du miroir. La relation entre les deux associés était devenue cahoteuse. Chaque fois que le couple La Croix assistait à leur soirée, l'atmosphère entre les deux hommes était tendue, incapables qu'ils étaient de trouver un terrain d'entente.

Édouard regarda avec indifférence son associé debout à sa droite. L'humeur de Frédéric empirait de jour en jour. Des frustrations douloureuses et accumulées avaient étouffé sa belle personnalité de jadis. Ce soir-là, il avait les traits particulièrement tirés. Il paraissait sombre, ennuyé même. À l'opposé, Laura, comme toujours en public, était charmante et séduisante.

– Que tu es élégant, Édouard! Cet habit est d'une qualité! Laisse-moi deviner... c'est un tissu d'Angleterre? Enfin, peu importe. Il te va comme un gant!

– Je te remercie, Laura. Tout le mérite va à Françoise. Elle a, sans contredit, un gout sûr.

Édouard se permit un sourire affectueux à l'endroit de Laura. Ses câlineries ne l'embarrassaient plus autant qu'avant. Qui plus est, il savait percevoir l'authenticité des éloges, ce qui lui suffisait amplement. « Il faut soigner son image pour plaire comme pour réussir! », se disait Édouard, ce qui semblait aussi être la ligne de conduite de Laura. La taille étroitement serrée dans un corset, la poitrine généreusement mise à découvert, Laura s'esquivait déjà tout sourire vers les autres invités. Elle portait toujours des tenues superbes et couteuses. Sa garde-robe audacieuse et avant-gardiste s'était avérée une arme essentielle pour attirer l'attention de la gent masculine, attention dont elle avait cruellement besoin. Et ce soir-là, elle était absolument exquise. C'était l'avis de Ralph Blanchard.

Frédéric suivit un moment des yeux la silhouette de sa femme avant de suivre vivement une servante qui portait un plateau chargé à souhait de coupes de vin. Sans même en avoir conscience, Édouard avait froncé les sourcils au point qu'ils se rejoignaient à la racine de son nez. La présence de Frédéric lui était devenue insupportable. Il ne l'avait invité, encore une fois, que par courtoisie et pour sauver les apparences. Mais il regrettait sa décision.

Édouard observa d'abord Laura, puis Ralph. Jusqu'à ce moment, l'épouse de Frédéric s'était montrée assez discrète. Et son associé avait, semblait-il, toléré ses petits écarts de conduite. « Mais là, pensa Édouard, elle provoque trop de bavardage! Qu'est-ce que Frédéric attend pour la rappeler à l'ordre?! »

Tandis qu'elle se frayait un chemin jusqu'à Ralph, Laura sentit son cœur s'emballer. Ce deuxième tête-à-tête l'emplissait à la fois de joie et de nervosité. Elle se demandait si leurs retrouvailles ce soir-là, après des jours d'absence, seraient aussi exaltantes que leur première rencontre. *Me trouvera-t-il aussi jolie? Désirable?* Ralph avait le double de son âge et une libido débridée. C'était un vieux garçon, et sans être particulièrement beau, il était grand et fort et quand il la prenait dans ses bras, elle avait l'impression d'être aussi légère qu'une plume. Comme pour ne laisser aucune équivoque quant à la nature de son désir, Ralph lui baisa longuement la main. Laura sentit ses lèvres humides glisser sur sa paume et elle frissonna de plaisir. Sous l'effet de la douce chaleur que le vin instillait dans son corps, celle-ci parlait davantage qu'à l'habitude. Elle devenait indiscrète, sans s'en apercevoir :

– Mon emploi du temps va être particulièrement souple au cours des prochains jours. Des clients potentiels de Toronto arrivent en début de semaine prochaine. Et je sais que mon mari va être fort occupé à leur faire des courbettes au moulin. Ce contrat, à lui seul, pourrait financer son salaire pour les dix prochaines années!

Laura eut un rire léger, puis leva les yeux vers Ralph. Il souriait d'un air amusé, tout en la déshabillant ouvertement du regard.

– Tant mieux pour ton mari et tant mieux pour nous, avança-t-il d'un air guindé.

Ralph la trouvait belle. Mais plus aguichant encore, il se dégageait de Laura une sorte de candeur naïve innée, qui faisait bouillir le sang dans ses veines de mâle. Avec la finesse d'un renard, Ralph lui effleura un sein. Il se demanda avec envie quel genre de dessous elle portait sous sa robe décolletée. À ce contact indécent, Laura sursauta; plutôt que de prendre ses distances, elle se rapprocha de Ralph et se perdit avec rêverie dans les yeux friands de celui-ci.

Laura était sans cesse à la recherche d'un ailleurs plus merveilleux. Elle voulait échapper à l'ennui mortel de sa vie. Elle était prête à tout pour combler ce vide intérieur qui la consumait à petit feu depuis tant d'années; prête même à commettre l'adultère.

– Je ne crois pas avoir déjà vu de la dentelle aussi fine, du coton aussi moelleux et du velours aussi souple! La qualité des tissus de cette nouvelle boutique est exceptionnelle. D'ailleurs, j'ai fait mettre de côté pour toi les plus belles étoffes.

– C'est très aimable à toi, Suzanne, lui répondit distraitement Françoise.

Elle examinait furtivement Laura; ses atours provocants étaient mis en valeur par les flammes dansantes de l'impressionnant chandelier du plafond. « Laura bavarde trop librement, songea Françoise. Elle fait des pieds et des mains afin d'attirer l'attention pour ensuite se plaindre de n'avoir aucune vie privée. »

Ce n'était un secret pour personne : Laura était plus gourmande que les autres femmes. Elle avait un mari, mais cela ne l'empêchait pas de rechercher activement un amant. Françoise vit la mine déconfite de Frédéric; elle ressentit un bref élan de sympathie. Rien n'allait plus pour l'associé de son mari. La vie s'acharnait sur lui autant sur le plan professionnel que personnel. Sa relation avec Édouard était en chute libre.

Son mariage battait de l'aile et après un nombre désastreux de fausses couches, Laura n'avait pu lui donner qu'un enfant : un fils, étrangement maussade et à l'aspect maladif. Et voilà que son épouse poussait l'affront en flirtant avec un homme en présence de son mari!

Laura, charmée, éclata d'un grand rire; Françoise pinça les lèvres en signe de désapprobation. *Laura doit apprendre à ne pas montrer son bonheur avec autant d'ostentation! Si sa joie exubérante fait plaisir à Ralph, elle n'est pas sans déranger certaines personnes envieuses, comme cette madame Cyr, justement, qui sirote d'un air mauvais sa coupe de champagne.* Jusqu'à tout récemment, madame Cyr se croyait la favorite de Ralph. Françoise détourna les yeux du trio pour croiser, à son plus grand désagrément encore, ceux d'une jeune beauté blonde dont la présence, elle le pressentait, était loin d'être innocente.

– C'est toujours un plaisir de vous recevoir. Prenez vos aises et laissez-vous tenter par notre sélection d'alcools, lança avec bonne humeur Édouard avant de prendre cordialement congé du maire Laplante.

Édouard vint à la rencontre de sa sœur, toujours aussi aimable, et de son époux visiblement épris. Heureux de retrouver sa sœur jumelle, il avait le désagréable sentiment de l'avoir négligée ces derniers mois. Édouard eut pour celle-ci un sourire coupable. Bien qu'Isabelle ne le lui ait jamais ouvertement exprimé, il savait qu'elle s'attristait de ses longues absences; ses invitations à la campagne où elle s'était installée avec Lucas restaient le plus souvent sans réponse.

« Mais je n'y peux rien! se défendit intérieurement Édouard. Le journal et le moulin accaparent tout mon temps. » C'était d'ailleurs par souci de gagner du temps entre ses incessants allers et retours qu'il avait fait construire leur résidence sur cette colline, à mi-chemin entre le moulin et son bureau.

Vêtue d'une luxueuse robe de crêpe aux teintes pastel, Isabelle semblait ravie de cette soirée, elle qui trouvait habituellement les réceptions épuisantes. Elle embrassa son frère avec tendresse et oublia volontiers sa légère rancœur – elle le voyait si rarement – trop heureuse d'être enfin près de lui.

– Françoise s'est surpassée! C'est une soirée magnifique, Édouard, s'extasiait Isabelle, son regard faisant le tour des invités avec bienveillance.

Ses yeux brillaient de plaisir. Édouard ne put s'empêcher de remarquer les cernes violets sous ses paupières et la minceur extrême de sa taille. À ses côtés, son mari ne la quittait pas des yeux, comme s'il craignait qu'elle ne s'évapore sans crier gare, ce qui ne fit qu'accentuer l'inquiétude d'Édouard quant à l'état de santé de sa jumelle. Le fait de la savoir heureuse et comblée dans son union avec Lucas St-Cœur, un riche banquier qui lui était totalement dévoué, ne put complètement étouffer en lui une angoisse sournoise.

– Je suis ravi que tu t'amuses, ma chère sœur, lui répondit chaleureusement Édouard.

Mais comment vas-tu réellement, Isabelle? Édouard voulut en avoir le cœur net.

– En fait, reprit-il à l'intention de son beau-frère, pourrais-je avoir un mot en privé avec...

– Regarde Isabelle, interrompit Lucas, avec un entrain un peu forcé. N'est-ce pas ton gâteau préféré que je vois-là?

Comme s'il avait deviné l'intention d'Édouard, Lucas entrainait diligemment son épouse vers la table des desserts. Le banquier se retourna brièvement vers son hôte avec un air de reproche : ce n'était pas le moment d'aborder les maux d'Isabelle.

C'est alors qu'Édouard remarqua le profil ravissant d'une jeune femme qui se rendait au deuxième salon. Désireux d'échapper au sentiment d'impuissance que lui inspirait immanquablement la santé délicate de sa jumelle, Édouard hésita une seconde avant de se faufiler à la suite de la jolie blonde. Il récolta sur son passage sourires et signes de tête ravis de la part des convives. Alors qu'il répondait cordialement aux démonstrations respectueuses de tout ce beau monde, Édouard ne put s'empêcher de constater que ce soir-là, plusieurs visages ne lui étaient pas familiers. Il arrivait assez souvent que des parents et amis en visite chez des résidents de Montpellier accompagnent ces derniers lors des soirées tenues par son épouse et lui-même. Après tout, ils étaient reconnus dans la région pour accueillir généreusement chez eux quiconque se présentait en tenue soignée. Ce soir-là, il lui semblait que les visages inconnus étaient plus nombreux qu'à l'habitude. Quant aux Leblanc et aux Beaulieu, ils ne rataient aucune de leurs soirées. Heureusement que Françoise, en hôtesse hors pair, n'était jamais prise au dépourvu!

Soudain, Édouard repéra une silhouette bien précise et il s'empressa de la rejoindre. Il prit galamment la main de la jolie blonde et celle-ci pencha de manière invitante la tête de côté.

– Nous n'avons pas encore été présentés. Édouard Roussel, fit-il, pour vous servir.

– Je me demandais quand vous vous décideriez à m'approcher, répondit-elle avec une douceur affectée. Je vous donnais jusqu'à la fin de cette mélodie, sinon je prenais moi-même les devants.

Elle eut un rire coquin qu'Édouard trouva absolument charmant. La jeune fille prit une gorgée de son verre, sans le quitter des yeux. Ses paupières tombantes dissimulaient mal l'audace et la frivolité qui perçaient dans son regard bleu-vert. Édouard pensa que ses courbes étaient aussi alléchantes que cette boisson forte habituellement réservée aux hommes et qu'elle buvait à petites gorgées. Enfin, elle lui tendit à nouveau la main, un léger sourire en coin :

– Lili Bourgeois. Cousine de Romain Bourgeois. Ravie de faire votre connaissance, monsieur Roussel. Merci à vous, ainsi qu'à votre charmante épouse, pour votre généreuse hospitalité.

Elle s'exprimait d'une manière doucereuse et prenait de longues pauses entre chaque phrase, comme pour donner plus de poids à ses paroles. Et en faisant référence à son épouse, Lili avait posé de façon très suggestive une main sur son bras. Au simple contact de ses doigts, Édouard avait senti un courant électrique le traverser. Si le geste était loin d'être innocent, la lueur de ses yeux l'était encore moins. Édouard trouvait étonnant qu'une femme aussi désirable puisse partager des liens de sang avec un homme aussi disgracieux que Romain Bourgeois.

Tout à coup, comme si quelque chose l'avait contrariée, Lili balbutia un « Excusez-moi » avant de s'échapper subitement et de se diriger d'un pas léger vers le vestibule. Froissé d'avoir été si lestement abandonné, Édouard marcha résolument à sa suite, accompagné par un air entraînant que jouait le duo de violoniste et de contrebassiste qu'il avait réquisitionné pour la soirée.

Lili était en train de poser sa cape sur ses épaules, lorsqu'il arriva à sa hauteur. Elle sembla à peine surprise de sa présence. Sans un mot, la jeune fille rabattit son ample capuchon sur le dos avant de faire volteface et de lui présenter comme en offrande son jeune et frais visage. Ses yeux fiévreux, pleins de candeur fouillaient irrésistiblement les siens et les mots durs de remontrance qu'Édouard s'apprêtait à lui livrer restèrent dans sa gorge. Ce fut sur un ton particulièrement doux qu'il lui demanda plutôt :

– Je ne voudrais pas être présomptueux, mais puis-je espérer vous revoir bientôt?

En guise d'assentiment, Lili lui offrit sa main et acquiesça doucement de la tête. Puis, pour ne laisser aucune équivoque sur son intérêt, elle se rapprocha et lui dit d'une voix feutrée :

– Je pense que c'est une excellente idée. Je dois vous avouer, monsieur Roussel, que je me *languis*, chez mon cousin... Et il me plait de vous regarder.

Édouard dut se faire violence pour ne pas la prendre dans ses bras, devant tous les invités y compris sa propre femme. Il se contenta donc de lui faire un baisemain et Lili s'en fut, un sourire aux lèvres et les yeux étincelants.

À l'autre bout du hall d'entrée, Françoise n'avait rien perdu de la scène ni du premier échange entre son mari et cette jeune beauté blonde. Françoise était d'ailleurs responsable du départ précipité de celle-ci. Elle avait brièvement croisé son regard dans le deuxième salon, alors qu'elle minaudait avec *son* mari, qui lui était visiblement subjugué par sa tenue audacieuse. « Elle lui en a mis plein la vue, s'indignait intérieurement Françoise, avec cette robe de mauvais gout, qui mettait exagérément en valeur ses épaules rondes et ses seins aux formes pleines. »

Soit, Françoise fermait les yeux avec complaisance sur les incartades de son mari. Cela dit, elle n'était pas prête à accepter qu'une de ces femmes pousse l'affront jusqu'à faire les yeux doux à son mari sur *son* territoire à elle, sous *son* toit.

Plus tôt, Françoise avait fixé, les yeux brulants, son époux et cette Lili Bourgeois qui avait fait tourner les têtes toute la soirée. Elle se demanda si cette jeune fille, à peine sortie de l'enfance, serait la prochaine maitresse d'Édouard. Il avait pourtant l'habitude, de jeter son dévolu sur des femmes expérimentées. Mais jamais encore, il ne s'était permis de faire des avances à l'une d'entre elles dans leur maison. Cette constatation lui parut d'ailleurs si choquante qu'elle faillit en perdre sa contenance.

Françoise ne pouvait se l'expliquer : cette Lili la tourmentait. Quelque chose dans l'attitude d'Édouard – cette bénignité passagère sur les traits réservée à peu d'élus et encore en de rares occasions – l'avait alarmée. Elle ressentait même les douloureux pincements de la jalousie, elle qui se croyait pourtant immunisée.

Avec son flair habituel, Françoise pressentait que cette jeune fille pourrait être une menace; cette possibilité se fit dangereusement plus réelle lorsqu'Édouard passa tout près d'elle sans ralentir le pas. Françoise dut faire appel à tout son courage pour conserver un air digne et compassé. Elle offrit un signe de tête révérencieux au maire Laplante légèrement ivre qui s'était par mégarde retrouvé dans la cuisine et qu'une servante embarrassée raccompagnait maintenant vers le salon principal. « Je dois retrouver mon sang-froid, s'intima-t-elle, m'occuper l'esprit et remplir , mes fonctions d'hôtesse. »

Le cœur serré d'appréhension, Françoise apostropha la servante qui venait à l'instant d'escorter le maire.

– Du vin. Allez chercher les bouteilles de notre meilleur vin, la somma-t-elle.

Puis, ayant surpris à sa droite le visage moribond de Frédéric qui tournait brusquement les talons, comme choqué par leur réserve d'alcool inépuisable, Françoise se contraignit à sourire. Il n'était pas question de laisser ce petit incident assombrir ces magnifiques réjouissances.

Dans un coin reculé du salon, Frédéric scrutait d'un œil perdu les allées et venues de sa femme, désemparé. Dieu seul savait à quel point les habitudes de Laura lui pesaient. Frédéric trouvait profondément humiliant de savoir que son épouse voyait d'autres hommes en cachette.

Et savoir la pratique courante chez de nombreux couples supposément catholiques ne lui était d'aucun réconfort. La discussion orageuse survenue un peu plus tôt alors qu'ils étaient en route vers la résidence des Roussel lui revenait sans cesse à l'esprit.

Dans un élan de sincérité inattendue, Laura s'était confessée :

– Tu as étouffé mon âme, Frédéric. Et si tu veux tout savoir, c'est toi qui me pousses dans les bras d'autres hommes, toi et ton apathie.

En d'autres mots, si Laura choisissait de lui être infidèle, c'était parce qu'elle était immensément déçue de son comportement à lui.

Horrifié par les accusations de sa femme et par le détachement dans sa voix, il avait explosé :

– Comment peux-tu dire une chose pareille?! Après tout ce que j'ai fait pour toi, pour nous! Tu voulais une vie d'oisiveté et tu l'as eue! Tu voulais être financièrement capable de satisfaire tous tes caprices et tu l'es! Bonté divine, que veux-tu de plus?!

Le visage curieusement éteint, Laura n'avait pas cédé. Elle s'était contentée de soutenir le regard hargneux de son mari. Elle savait qu'elle en avait déjà trop dit, mais cela ne l'avait pas empêché de continuer, de sa voix la plus douce et la plus résignée :

– Je suis désolée de t'avoir blessé, Frédéric. Mais j'ai moi-même subi plus que ma part de déception depuis notre union.

Il s'était affaissé sur la banquette vis-à-vis d'elle. En le confrontant brutalement à la réalité de ses sentiments, Laura venait de ternir l'idéal qu'il avait rêvé pour leur vie.

Incapable d'effacer de sa mémoire les terribles accusations de sa femme, Frédéric n'avait qu'une envie : fuir tous ces gens souriants et de bonne humeur, se réfugier dans son cabinet de travail, à l'abri des regards durs de Laura et loin de ces hommes ironiques, particulièrement de Ralph Blanchard. Par la force des choses, son bureau était un refuge de paix. Mais ses quatre murs ne pouvaient l'immuniser tout à fait. Voilà qu'il apprenait – d'où l'origine de son altercation avec Laura ce soir-là – qu'on bavardait sur les amourettes de sa femme dans les salons, ce qu'il trouvait scandaleux.

Alors même qu'il s'insurgeait intérieurement, sa colère tomba subitement. Il aurait dû se révolter contre l'attitude de son épouse, mais il n'en avait plus la force. Frédéric entendait encore la voix de Laura teintée d'ironie amère lui reprocher : « Tu n'aimes rien ni personne à part ton moulin à bois! » Ce qui n'aurait pu être plus faux! Trop lâche qu'il était pour se défendre, son silence avait semblé vouloir lui donner raison. À dire vrai, il en était venu à haïr ce moulin qui portait son nom, en deuxième lieu, derrière celui d'Édouard comme de raison. Et pourtant, il continuait de faire don de sa présence, jour après jour, année après année, pourquoi au juste? Par orgueil? Pour sauver les apparences? Pour l'argent?

La vérité, c'était que Frédéric s'était déjà trop sacrifié pour vouloir abandonner la place qui lui revenait au moulin. Il avait déjà payé le prix : les deux personnes qui lui étaient les plus chères le maintenaient dans une situation humiliante et dégradante. Par sa propre faute, par sa négligence, sa relation avec Laura était en train de se désagréger. Sa femme ne l'aimait plus. Édouard, lui, n'appréciait plus son travail et c'est à peine s'il tolérait sa compagnie. Il lui faisait même douter de l'authenticité de leur vieille amitié et la remettre en question. Par-dessus tout, Frédéric en voulait à Édouard de son manque de reconnaissance, de son ingratitude. *Sans moi, sans mon argent et mes contacts, tu ne serais rien aujourd'hui, Édouard Roussel!*

– C'est si injuste! se plaignit Frédéric d'une voix lamentable et à peine audible. *Tout lui réussit! Il impose sa volonté comme bon lui semble, comme si, un beau matin, il s'était découvert empereur du monde.*

Il imagina Édouard arpenter son riche domaine et offrir à ses convives les vins estimés, les plats les plus raffinés, invariablement admiré et épaulé dans toutes ses décisions par son épouse, ses trois filles sagement au lit – son propre fils donnait sans doute du fil à retordre à la gouvernante – Frédéric fut brusquement envahi par du dégout. À un point tel qu'il en eut un haut-le-cœur.

* * * * *

Étendu parmi les oreillers de plumes, dans un état de béatitude et d'abandon plutôt rare, Édouard délaissait la poitrine généreuse de Lili, pour se permettre de penser à son journal dont la popularité grandissante semblait annoncer un avenir des plus prometteurs. Depuis que les Acadiens du Nouveau-Brunswick avaient imposé leurs revendications dans le domaine de l'éducation, son lectorat avait doublé. L'éducation, était le plus sûr garant de l'avenir de la langue française et par ricochet, de la survie et du succès de *L'Averti*.

Édouard ouvrit les yeux et prit au hasard un des traversins sur le lit. Il le porta à son visage et respira avec délice son odeur parfumée, l'odeur propre à Lili. Puis, il laissa son regard errer autour de lui. Absolument tout dans cette pièce, à commencer par la chambre à coucher aux tons de rose et de mauve, en passant par la moquette fleurie, le grand miroir sculpté et la lingerie en dentelles, laquelle trainait ici et là, témoignait d'une présence féminine. *Lili, maitresse émérite et chevronnée malgré ton jeune âge.*

Dans toute sa naïveté, sa candeur et sa spontanéité juvénile, Lili, à dix-huit ans, était une des rares personnes capables de monopoliser l'attention d'Édouard et de lui faire oublier, du moins l'espace de quelques minutes, ses responsabilités au moulin et au journal. Il y avait une aura de sensualité, de fantaisie et de volupté autour d'elle qui le fascinait. Édouard ne pouvait tout simplement pas se lasser d'elle, même après trois mois de fréquentation, de loin sa plus longue liaison.

Édouard avait toujours essayé de répondre à ses désirs charnels sans compromettre sa conscience. Il y était parvenu en sautant d'une aventure à une autre sans jamais s'investir amoureusement. De cette façon, il avait l'impression de rester fidèle à son épouse. Toutefois, avec Lili, c'était différent. Aucune autre femme avant elle ne lui avait fait un tel effet. Il la trouvait à la fois adorable et délicieusement troublante.

À la vue du corset qui venait d'atterrir sur le paravent décoré d'un paysage et derrière lequel était disparue Lili quelques secondes plus tôt, un sourire intéressé se dessina sur les lèvres d'Édouard. Il ferma les yeux pour lui faire plaisir et écouta ses pas feutrés traverser la chambre, attendant le signal de sa part. Lorsqu'il l'entendit chuchoter suavement : « Je suis toute à toi », il ouvrit les yeux puis les bras, tandis qu'elle s'avançait vers lui, rose, nue, ravissante.

Ils s'accordèrent enfin une trêve, essoufflés et en sueur. Câline, Lili lova sa tête sur sa poitrine, ses doigts chauds enfouis dans le poil blond de son torse. Elle écouta les battements saccadés de son cœur et son orgueil s'en trouva flatté. Au lit, elle le trouvait aussi impérial et viril qu'en public. Et pourtant, il pouvait se montrer incroyablement tendre. Lili soupira de plaisir. Il n'y avait aucun doute dans son esprit qu'Édouard l'aimait et que si les circonstances avaient été autres, il l'aurait épousée. Édouard jeta un coup d'œil vers sa montre gousset restée ouverte sur la table de chevet.

– Je ne m'étais pas rendu compte de l'heure, dit-il en se redressant à la hâte. Il faut vraiment que j'y aille.

Édouard ne voulait surtout pas que Françoise s'inquiète de son retard. Il s'habilla en vitesse et embrassa amoureusement Lili à la naissance du cou. Il défit sans effort ses mains de petite fille qui s'étaient agrippées à son cou pour une dernière caresse.

– Tu reviens me voir bientôt? Demain peut-être? lui demanda Lili, en s'étirant sensuellement parmi les draps défaits. On pourrait diner à la chambre. Un diner romantique, rien que nous deux.

– Je vais voir ce que je peux faire..., commença Édouard, ne voulant pas se compromettre. Mais je te promets que je vais essayer.

Comblée, un sourire encore enjôleur aux lèvres, Lili regarda partir son amant. Elle lui envoya un dernier baiser de la main. Puis, elle tendit la main vers l'écrin de velours noir qu'Édouard lui avait laissé sur l'oreiller. Fébrile, Lili remonta le drap sur sa poitrine dénudée et caressa lascivement le tissu avant de l'ouvrir d'un coup sec. Elle eut un hoquet de surprise. *Des perles! Un collier de perles avec fermoir en or et en diamants!*

Lili ne put contenir son excitation; elle porta le collier à son cou et contempla son effet dans le miroir sur pied, judicieusement posé vis-à-vis du lit. *Magnifique!* Comme tous les cadeaux qu'il lui offrait. Édouard était d'une telle générosité envers elle, comme en attestait cette chambre d'hôtel décorée selon ses gouts à elle. Leur petit nid d'amour qu'elle souhaitait habiter indéfiniment.

Lili se laissa paresseusement retomber parmi les oreillers de plumes, une expression enchantée au visage, une main refermée de manière possessive sur son collier, l'autre enfouie parmi ses cheveux blonds éparpillés. L'idée qu'elle puisse être tombée amoureuse d'un homme marié lui passa par la tête, ce qui provoqua chez elle un fou rire incontrôlable.

* * * * *

Françoise avait un esprit de tolérance très personnel. Debout au centre de la chambre à coucher majestueuse, elle attendait d'un pied ferme le retour de son mari. Les yeux d'une femme jalouse sont perçants. Son attitude éveillée et attentive lui avait permis de flairer le danger. Et sa fierté se révoltait contre cette autre femme, jeune, charmante et si belle – mais sotte, assurément, se disait Françoise, puisqu'une personne ne pouvait regrouper en elle seule autant de qualités! – qui avait embobiné son mari et dont il semblait désormais incapable de se passer.

La pudeur naturelle de Françoise faisait en sorte que ses marques d'affection étaient rares et plutôt discrètes. Les débordements affectifs musclés et acrobatiques lui faisaient horreur, tout comme les exploits bruyants d'ailleurs. Pourtant, elle se pliait souvent aux désirs de son mari dans la mesure du possible. Mais il ne l'avait pas touchée depuis des semaines, ce qui n'avait fait qu'attiser ses inquiétudes. Il perdait tout désir pour elle, alors que la naissance d'un fils se faisait toujours attendre...

Françoise n'ignorait pas que certaines mauvaises langues avançaient, depuis le tout début de leur union, qu'Édouard l'avait épousé pour son argent, son statut social, rien de plus, rien de moins. Et bien qu'elle s'efforçât de ne pas porter trop d'attention à ces potins, sa lucidité l'empêchait de faire la sourde oreille. Elles ne faisaient qu'exprimer une vérité cruelle qu'elle-même était peut-être trop lâche pour s'avouer. Françoise chassa promptement l'ambigüité de son esprit. *Non. Je connais ma valeur et Édouard aussi la connait. Finalement, c'est ce qui compte.*

Lorsqu'elle reconnut son pas marteler le corridor de l'étage des chambres, Françoise prit une longue inspiration se préparant au tête-à-tête imminent. Aussitôt que la porte s'ouvrit sur lui, elle prit la parole, avec clarté et fermeté :

– Une femme peut tout pardonner à l'homme qu'elle aime, sauf la trahison.

– Mais que veut dire ceci? De quoi parles-tu? répliqua Édouard, qui ne s'était pas du tout attendu à un tel accueil.

Une main reposant encore sur la poignée de porte, il considéra Françoise avec stupéfaction. Il faisait preuve de la plus grande mauvaise foi, il le savait et Édouard se sentit rougir de honte de l'intérieur. Il fit un geste dans sa direction, mais Françoise recula, maintenant une distance raisonnable entre eux.

Sauvée par son orgueil, elle sentit sa déception battre en retraite; puis monta en elle une fureur qui fit frémir ses doigts sur son ventre. Elle n'avait que trop conscience du danger que cette liaison impliquait. La crainte, bien réelle, qu'Édouard tombe amoureux de cette Lili, pire encore, qu'il lui fasse un enfant, un fils, lui donna le courage de poursuivre :

– Je ne veux plus que tu la revoies. Continue de fréquenter tes autres maitresses si le cœur t'en dit à l'Hôtel Ferdinand. Mais je refuse de te partager avec une jeune femme célibataire et sans attaches. Je refuse de te partager avec *elle*, articula Françoise avec réticence, le souffle court, tout en conservant un sang-froid inaltérable.

Édouard déboutonna le premier bouton de sa chemise et relâcha le nœud de sa cravate. Il cherchait à gagner du temps afin de formuler sa pensée.

Mais comment sait-elle pour l'Hôtel Ferdinand? Moi qui ai précisément choisi cet établissement pour la discrétion de son personnel et surtout pour son faible taux d'achalandage! Elle m'a donc fait suivre?!

– Ma chérie, risqua-t-il, tu ne comprends pas... Les hommes ont des besoins bien différents de ceux des femmes. Je ne t'aime pas moins pour autant.

– Franchement! Édouard! rétorqua avec un brin d'exaspération Françoise.

C'était puéril comme explication, il le savait, et de toute évidence, sa femme aussi :

– Crois-tu vraiment pouvoir m'apaiser par des paroles aussi vides et désuètes, Édouard? C'est une insulte à mon intelligence!

Du coup, Françoise lui tourna le dos; elle lui présenta l'interminable rangée de boutons en tissu doré, de la même teinte que sa robe longue. Édouard eut un soupir contrarié. Il saisissait pleinement le sérieux de la situation.

Françoise n'avait encore jamais eu recours à l'intimidation pour arriver à ses fins. Peut-être parce qu'elle n'en avait eu nul besoin auparavant; sa simple force de persuasion suffisait généralement à faire pencher la balance en sa faveur. De ce fait, si Françoise s'était résignée à faire appel à l'arme ultime – qu'elle s'était juré de ne réserver que pour les cas extrêmes, et cela semblait être précisément le cas ici – c'était bien parce qu'elle se sentait réellement dans une impasse. Elle se fit venir les larmes aux yeux, tordit légèrement le visage avant de faire volteface et prit une voix étrangement tendre, mais sans équivoque :

– Je ne veux pas te perdre, Édouard. Mais te partager avec cette... cette fille, m'est insupportable. Je suis désolée, mais je ne peux pas l'accepter. J'en suis incapable.

D'abord déstabilisé par les yeux mouillés que sa femme lui offrait, Édouard mit quelques secondes à comprendre que les paroles de menace, celle de le quitter, et qu'elle n'avait pas encore prononcées étaient néanmoins dans l'air, comme en suspens. Furieux face au piège qu'elle lui tendait, Édouard blasphéma. Françoise accusa le coup sans broncher; elle aurait juré que l'animosité entre leur corps avait grimpé en flèche. Ils se confrontèrent du regard, celui de Françoise à nouveau sec soutint celui de son mari tout bouillonnant.

Contre toute attente, Édouard sentit sa frustration faire place à un sentiment tout autre et auquel il ne s'était pas attendu : une incontestable admiration. Elle savait pertinemment qu'en aucun cas il ne la quitterait. Pas plus qu'il ne la laisserait le quitter. Sa réputation était ce qui comptait le plus pour lui. Pour rien au monde, il n'aurait voulu voir son nom entaché dans les journaux les plus vulgaires, leurs problèmes domestiques étalés au grand jour. Françoise était devenue indispensable à son équilibre, ils en avaient tous les deux conscience.

Tandis qu'Édouard réfléchissait furieusement à une façon de voir Lili à son insu, il lui sembla que le jeu n'en valait pas la chandelle. Avec une certaine raideur, il retira son veston et termina de déboutonner sa chemise.

Devant son silence résigné, Françoise sentit peu à peu un soulagement intense submerger sa personne. Elle sut qu'il ne la reverrait plus. Elle marcha alors jusqu'au lit à colonnes en bois massif et y prit place. Après une brève hésitation, Édouard traversa à son tour la pièce et s'installa avec précaution près de sa femme sur la housse de plumes. Après une minute de flottement, Françoise déposa sa main sur la sienne, signifiant ainsi que pour elle le chapitre était clos et appartenait désormais au passé.

Confondu, Édouard lui jeta un regard de biais. Au moment où il s'y attendait le moins, au moment où il aurait dû être le moins bien disposé vis-à-vis d'elle, sa femme montrait les qualités qui l'avaient séduit au départ. Pas de crises de larmes, pas de grands discours à n'en plus finir. Elle s'était exprimée en peu de mots et elle avait compris, sans qu'il n'ait eu besoin de le lui confirmer – lui épargnant ainsi l'humiliation d'avoir à reconnaitre qu'il s'inclinait devant sa volonté – qu'il ne reverrait plus Lili. Et maintenant – sans lui avoir fait la tête pendant des heures ou des jours – Françoise lui offrait sa main, comme une branche d'olivier, en signe de paix.

À la fois touché et impressionné par sa force de caractère, Édouard embrassa doucement sa femme. Lorsque sa tension refoulée se traduisit par un violent désir, Françoise accepta avec contentement l'envie qu'il avait d'elle; elle se montra particulièrement tendre et soumise.

* * * * *

« À l'aube des élections municipales, le maire sortant de Pic-Bois, monsieur Évariste Tremblay est soupçonné d'avoir offert des faveurs électorales à des hommes d'affaires influents en échange de leur vote pour un second mandat », lut Édouard, furieux. Il fouetta contre la table le quotidien francophone *Sur le Vif,* son principal rival, et scruta d'un regard belliqueux les visages de ses journalistes. « Ce sera bien la dernière fois, se dit-il avec colère, que l'équipe des *rapporteurs* de Gédéon De Grâce me battra sur mon terrain! » Son imprimerie installée depuis peu à Montpellier à l'autre bout de la rue commerciale, ce journal gagnait en popularité, bien malgré Édouard et ses efforts continus pour lui barrer la route.

– Eh bien, bravo! Bravo pour notre concurrent! s'emporta-t-il. Qui aurait l'obligeance de bien vouloir m'expliquer comment une nouvelle aussi alléchante a pu nous passer sous le nez? Comment ce petit journal de rien du tout, chancelant, d'opinion partisane discutable, a-t-il eu vent de cette histoire et pas nous?!

L'exagération mise dans cette série d'adjectifs dépréciatifs, témoignait sans équivoque du dépit prononcé d'Édouard pour son compétiteur. Dans les faits, le quotidien *Sur le Vif* était beaucoup plus fort et stable que n'était prêt à le reconnaitre Édouard. En termes de popularité, le journal de Gédéon De Grâce se trouvait nez à nez avec *L'Averti,* desservant la moitié de la population acadienne de Montpellier.

Les hommes rassemblés au centre de la salle de rédaction échangèrent des regards embarrassés, conscients que peu importe l'explication donnée, aussi éclairée puisse-t-elle être, elle serait malvenue. Devant le mutisme piteux de ses « rapporteurs », Édouard poussa un soupir d'exaspération et se dirigea d'un pas furieux vers la sortie. Il jeta le journal *Sur le Vif* dans la poubelle près de la porte et s'exclama avec impatience dans un même souffle :

– Allez! Au travail! Et soyez à l'affut!

Ne cachant nullement sa contrariété, Édouard sortit dehors. On aurait certainement pu lui reprocher à lui aussi de soutirer des faveurs au maire et vice versa. Car si, pour la première fois à Montpellier, c'était un Acadien qui avait gagné la course à la mairie, ce n'était certainement pas par hasard. C'était indéniablement à cause d'Édouard, de l'appui indéniable de son journal, du poids de son influence – tout le monde voulait entendre ce que le grand Édouard Roussel avait à dire, pour ensuite dire comme lui! – et de ses moyens de persuasion d'une honnêteté douteuse auprès de l'élite mixte de Montpellier. Tant d'efforts réunis avaient fait pencher la balance en faveur de *son* candidat, Gustave Laplante.

L'élection avait pris les anglophones et leur candidat complètement au dépourvu, de même que Gédéon De Grâce, dont le journal avait publiquement appuyé un autre candidat acadien.

Édouard mit son chapeau haut de forme, descendit avec rigidité les marches du perron, et monta en grommelant à bord de sa calèche qui l'attendait. Le cocher dut prendre son mal en patience. Il attendit de longues minutes les directives. Dépité par ce premier triomphe du journal *Sur Le Vif*, Édouard n'arrivait pas à se concentrer et à fixer l'ordre de ses priorités. Il était tiraillé entre l'envie de rentrer au journal superviser ses hommes et celle d'aller au moulin, ce qu'il avait négligé de faire depuis les dernières semaines. De plus, il voulait mettre concrètement en œuvre sa promesse non formulée à Françoise : il était sur le point d'exploser. Après de longues minutes de réflexion, Édouard déclara sur un ton résigné et ennuyé :

– L'Hôtel Ferdinand, je vous prie.

Vautrée contre la tête de lit dans un déshabillé provocant, un coussin en forme de cœur reposant entre les cuisses, Lili le dévisageait sans émotion apparente, et pendant un court instant, Édouard douta qu'elle ne l'eût entendu. Ce n'est que lorsqu'elle se mit à haleter qu'il comprit qu'elle accusait encore le choc de la nouvelle. Sa respiration laborieuse soulevait exagérément sa poitrine et la rendait particulièrement désirable.

Lili cligna des yeux à plusieurs reprises, comme si elle cherchait à émerger de sa torpeur. *Il me rejette?* Cette idée lui était impossible à accepter. Aucun homme avant lui ne l'avait repoussée. C'était *elle* qui décidait quand le temps était venu de rompre les attaches. Lili se redressa à demi dans le lit. Elle prit appui sur ses genoux, ses pieds nus sous les fesses, pleine d'une fureur contenue, misérable devant un dénouement qu'elle n'avait pas vu venir.

– Non, je ne veux pas, protesta-t-elle, avec une moue obstinée.

– Enfin Lili, sois raisonnable, la réprimanda doucement Édouard. Nous savions que notre aventure ne pourrait durer éternellement.

– Et pourquoi donc? Je ne vois pas pour quelle raison il faudrait s'en priver! Ne sommes-nous pas...

– Je suis navré, coupa-t-il maladroitement, mais c'est comme ça. C'est terminé.

– Eh bien?! se récria-t-elle sur un tout autre ton. Qu'est-ce que tu attends pour t'en aller alors? Vas-y! Quitte-moi! Va-t'en! Va-t'en! répéta-t-elle, car il ne bougeait pas.

Édouard plissa les yeux au son de cette voix, d'habitude veloutée, mais qui prenait soudainement une résonance stridente; il se prépara aussitôt à tirer sa révérence. Or, en le voyant se déplacer trop volontiers à son gout vers la sortie, Lili devint comme folle. Elle lui lança par la tête le coussin, puis un autre, et ainsi de suite jusqu'à ce qu'elle eût vidé le lit. Constatant qu'aucun de ces projectiles n'avait atteint leur objectif et qu'Édouard avait atteint le seuil de la porte, Lili, désespérée, changea de tactique.

– Édouard... mon amour..., l'implora-t-elle doucement, le caressant des yeux, alors qu'il se tournait malgré lui vers cette voix redevenue familière.

– Je me suis mal comportée, enchaina-t-elle de sa voix la plus tendre. Je m'en excuse, mais pitié, tu ne peux pas me faire ça. Je ne veux pas perdre ton affection...

Au grand désarroi de Lili, Édouard semblait tenir bon. Il gardait prudemment ses distances. Elle comprit alors, sans l'ombre d'un doute, que cette rupture était bel et bien définitive. Tout son courage quitta son corps d'un seul coup. Son visage se décomposa et elle s'effondra parmi les draps, sanglotant, le visage entre les mains, tandis qu'un chagrin immense, désespéré et totalement inattendu montait en elle. *Je l'aime... vraiment.*

Édouard eut pour Lili un dernier regard, pris de court devant ce déferlement d'émotions; il s'empressa de refermer la porte de la chambre avec un malaise évident. Dans sa détresse, Lili avait commis une erreur monumentale et irrécusable aux yeux d'Édouard : elle avait laissé ses émotions prendre le dessus. Lui-même était navré de cette rupture forcée, mais jamais il ne se serait laissé aller de la sorte. Édouard pensa aussitôt à sa femme, capable de conserver calme et aplomb, même dans les situations les plus délicates et qui l'attendait chez lui. *Que cela me serve de leçon! J'aurais avantage à fréquenter moins assidument mes maitresses! À bien y penser, peut-être que le temps est venu pour moi d'y mettre un terme.*

L'idée, tout à fait honorable, lui avait traversé tout bonnement l'esprit. Alors qu'il contemplait dans l'escalier du grand hôtel son alliance en or, ses intentions se précisaient. *Désormais, je n'accorderai mon temps qu'à « L'Averti », au moulin et à ma famille. Et dans cet ordre.*

À partir de ce jour, Édouard honorerait ses résolutions : il demeurerait exclusivement fidèle à Françoise jusqu'à la mort. Quant à son attachement déjà bien présent pour le journal et le moulin, il prendrait, au fil du temps, des proportions démesurées. Son dévouement pour *L'Averti* dominerait éventuellement tous les aspects de sa vie et serait même transmis comme un gène aux générations à venir, frappant au hasard, sans discrimination.

∗ ∗ ∗ ∗ ∗

Par un heureux hasard, Françoise et sa sœur Suzanne, qui en était à sa première grossesse, avaient donné naissance à deux jours d'intervalle. Françoise avait prénommé son fils Preston en l'honneur de leur grand-père maternel Preston Wade. Sa sœur, elle, avait arrêté son choix sur Gervais en mémoire de leur grand-père paternel Gervais Chevalier. « Nos fils grandiront ensemble, comme des frères! », avait dit avec ferveur Suzanne devant l'heureux présage de ces naissances rapprochées.

Complices, les deux sœurs se visitaient souvent. Elles regardaient d'un œil bienveillant les deux bébés tisser des liens qu'elles souhaitaient voir se fortifier. Gervais souriait et gazouillait constamment dans les bras de sa mère. C'était un enfant facile qui pleurait rarement. Preston, quant à lui, était plutôt silencieux. Il se contentait d'observer son environnement avec une gravité presque comique, ses grands yeux bleus suivant avec intérêt le va-et-vient des personnes autour de lui. Les traits bien dessinés de son visage – ses sœurs n'avaient malheureusement pas eu cette chance – laissaient prévoir qu'il serait, à prendre de l'âge, aussi beau que son père. Nullement choquée de l'inclination naturelle d'Édouard pour leur fils au détriment de leurs filles, Françoise imaginait déjà l'avenir prometteur qui attendait Preston.

Suzanne avait fait un beau mariage en épousant Philorome Guignard. Elle se disait comblée, tout en enviant secrètement l'union de sa sœur. Si elle trouvait Édouard trop autoritaire et impatient à son gout, Suzanne admirait, par contre, sa détermination et sa puissance, sa force de conviction inébranlable. Son beau-frère se montrait implacable en affaires, mais il pouvait aussi faire preuve de grande générosité, comme en témoignait l'empilement de jouets destinés à son neveu. D'ailleurs Suzanne – et elle n'était pas la seule – était d'avis que sa personnalité parfois orageuse faisait partie de son aura charismatique.

De son côté, Françoise n'avait jamais été aussi heureuse. Édouard se montrait plein d'égards depuis qu'elle lui avait donné un fils. La joie infinie, entremêlée de soulagement entourant la venue au monde de leur premier garçon engendrait chez lui douceur et tendresse et Françoise était la première à en bénéficier. Sur le plan professionnel, cette naissance avait rendu Édouard encore plus compétitif : il ne travaillait plus uniquement que pour lui. Il préparait le terrain pour leur fils, Preston, par qui le nom des Roussel allait être perpétué et assurément, honoré. Animé de cet état d'esprit, Édouard s'installa dans un fauteuil et s'adressa aux deux garçons qui jouaient à ses pieds :

– Maintenant, les enfants, passons aux choses sérieuses. Voyons ce qu'il y a d'intéressant dans *L'Averti* aujourd'hui!

Il ouvrit son journal et se racla la gorge. Il se préparait à lire à voix haute les nouvelles du jour, quand sa belle-sœur l'interrompit, avec un scepticisme évident :

– Vraiment, Édouard, tu ne penses pas qu'ils sont encore un peu jeunes pour prendre gout à ces séances de lectures?

– Un enfant n'est jamais trop jeune pour apprendre, la corrigea distraitement Édouard.

– Si tu le dis, obtempéra Suzanne, complaisante, ayant croisé le regard de mise en garde de sa sœur qui se berçait à ses côtés.

Édouard était un être très complexe, pour ne pas dire désagréable même par moment. Il explosait pour un oui ou pour un non. « Oui, songea Suzanne, mon beau-frère est certainement difficile, mais quel homme ne l'est pas? »

Édouard qui avait jusqu'à ce moment-là laissé à Françoise le soin de veiller à l'éducation de leurs filles, s'ingérait ouvertement dans celle de leur fils. Depuis sa naissance, il lui lisait à voix haute *L'Averti* et lui donnait à tout hasard des conseils judicieux, dont un, récurrent : « La meilleure défense est l'attaque. » Édouard préparait, ou plutôt, conditionnait l'enfant pour les responsabilités qui l'attendaient.

Le jour viendrait, effectivement, où Preston s'imposerait à son tour, avec éclat, pour le meilleur et pour le pire. Pour l'instant, il se contentait d'écouter, avec une attention surprenante pour un bébé, les paroles et les promesses de son père; ses yeux bleus perplexes étaient rivés sur le journal et cherchaient, on aurait dit, à déchiffrer le sens des caractères noirs. Des lettres, des mots, des phrases porteuses de grands changements, de grandes nouvelles, et qui deviendraient, pour lui aussi le moment venu, le centre de son univers.

– *CHAPITRE CINQ* –

1885

Vêtu d'une redingote noire et de son chapeau haut de forme incliné de façon très étudiée, Édouard était incontestablement un homme de belle prestance. Un homme important qui se savait important, comme en témoignait sa démarche, aussi noble qu'assurée. Son nom s'étalait dans tout le comté : magnat de l'industrie forestière, pionnier de l'industrie des pâtes et papiers, propriétaire d'un journal acadien renommé... Tout semblait lui réussir.

À son bras, Françoise avançait tranquillement, habillée d'un long manteau de velours ouvert, le tout agrémenté d'un chapeau à la mode lourdement orné de fleurs. Le corsage de sa robe prune mettait en valeur la minceur de sa taille retrouvée et le léger renflement de sa poitrine. Le reflet que lui renvoya la vitrine dut lui plaire, puisqu'elle offrit un sourire des plus aimables à la vendeuse qui organisait joyeusement ses tissus sur le présentoir.

Comme tous les samedis après-midi, le couple Roussel se promenait dans la rue principale. Il faisait achats et visites de courtoisie, donnait quelques sous aux enfants qui s'agitaient autour d'eux, s'attirant l'estime et la sympathie des habitants, tout en consolidant leur image de couple prospère.

Depuis que Gustave Laplante était maire, la région avait connu une effervescence économique exceptionnelle. L'allée des commerçants s'était développée en une rue animée bordée de barbiers, de cordonneries, de ferronneries et de différentes boutiques lesquelles vendaient chapeaux, tissus et accessoires de fantaisie. Quant au magasin général, sa superficie avait doublé afin d'accommoder une panoplie de produits toujours plus recherchés. On y offrait une variété de services, ce qui avait donné une notoriété non négligeable au village, à l'aube de devenir une ville.

Le bruit courait dans toute la province que Montpellier était le lieu par excellence pour se lancer en affaires. Des hommes et leur famille venaient s'y établir dans l'espoir d'y trouver une vie meilleure. Un nombre impressionnant de petits commerces avaient vu le jour et continuaient de pousser comme des champignons. Le village prenait de l'expansion. Tous, francophones comme anglophones, les commerçants, les agriculteurs, les pêcheurs et les ouvriers, cohabitaient en relative harmonie dans cette belle région de la province. Tous étaient, fiers de voir leur village s'épanouir. Mais personne, non personne, ne s'en prévalait autant qu'Édouard. « Après tout, se disait-il, n'est-ce pas moi qui ai été le principal instigateur de ce développement phénoménal, avec l'aménagement de mon moulin? »

L'horloger prit la peine de venir accueillir le couple Roussel sur le seuil de son établissement. Flattée de cette marque de considération, Françoise fit sa charmante :

– Je dois vous dire, monsieur Arseneau, que nous sommes enchantés de notre horloge sur pied. Le son est absolument remarquable.

– Vous m'en voyez ravi, madame Roussel, déclara l'homme qui plaçait beaucoup d'orgueil dans la qualité d'exécution de son travail.

– Une belle acquisition, en effet, renchérit Édouard, juste avant que son attention ne soit sollicitée ailleurs.

Dans un état d'agitation extrême, Frédéric La Croix apparut devant eux. Françoise détourna les yeux, le temps de se ressaisir et de poursuivre la conversation le plus naturellement possible avec l'horloger heureux de tant d'égards. De son côté, Frédéric avait pris le bras d'Édouard et l'entrainait un peu à l'écart.

– Il faut absolument que je te parle! marmonna Frédéric, en jetant des regards furtifs derrière son épaule. Je pense que quelque chose se prépare au moulin.

Importuné par sa présence, sa mauvaise disposition accentuée par les coups d'œil curieux des passants devant l'aspect négligé de Frédéric, Édouard dégagea rudement son bras. La voix dure et basse, il tenta de le chasser :

– Enfin, Frédéric, c'est samedi! Va diner, offre-toi une sortie, n'importe quoi, mais s'il te plait, laisse-moi en paix!

– Je suis sérieux, Édouard, insista-t-il. Je pense qu'une rébellion se prépare!

Franchement ennuyé par la scène, Édouard secoua vigoureusement son associé par les épaules :

– Ce n'est ni le moment ni l'endroit! Nous en reparlerons lundi, au bureau.

Puis, Édouard balaya de la main ses habits que cette prise de corps avait froissés et grommela sévèrement :

– Et pour l'amour du ciel, arrange-toi un peu!

Complètement désemparé, Frédéric baissa les yeux sur sa tenue et balbutia quelque chose d'inaudible. Quand il releva la tête, Édouard avait disparu, ayant rejoint son épouse à grandes enjambées. Celle-ci s'était efforcée de détourner l'attention de l'horloger de la scène; malgré tous ses efforts, ce dernier n'avait pu s'empêcher de lancer quelques coups d'œil curieux aux deux associés.

Comme un automate, Frédéric rajusta son chapeau et laissa trainer ses yeux sur les différents commerces qui longeaient la rue. Les propriétaires émergeaient chacun leur tour avec fierté sur le seuil de leur magasin. Ils accueillaient avec bonne humeur les passants qui faisaient des emplettes et forçaient la main à ceux qui croyaient à tort pouvoir ne faire que du lèche-vitrine ce jour-là. Frédéric constata qu'ils évitaient tous son regard, y compris le nouveau notaire qui s'était installé dans ses anciens bureaux. Sa désillusion s'abattit sur lui. *À combien d'entre eux suis-je venu en aide par le passé?* Ses conseils judicieux et sa générosité semblaient avoir été totalement oubliés.

Frédéric n'avait que trop conscience des paroles désobligeantes qui circulaient à son sujet. « La marionnette d'Édouard, l'homme incapable de satisfaire son épouse, le bonasse qui relâchait les cordons de sa bourse en échange de quelques bonnes paroles », bref, un moins que rien. L'évident mépris d'Édouard à son endroit n'avait fait qu'alimenter les ragots.

La mine désapprobatrice de son associé et la figure soucieuse de Françoise qui attendaient impatiemment son départ, remplirent Frédéric d'amertume. Ils avaient commodément oublié que des années auparavant, c'était son argent, ses contacts qui avaient permis à Édouard de lancer le moulin et que sans son influence, la banque ne leur aurait jamais prêté les fonds nécessaires. *Édouard Roussel ne serait rien aujourd'hui sans moi!*

Tandis que l'horloger retournait à ses occupations, Françoise prit le bras de son mari. D'un pas égal, ils continuèrent leur route, comme si de rien n'était. Édouard saluait cordialement les gens qu'ils croisaient. Françoise, elle, se forçait à sourire poliment aux passants, mais intimement, elle fulminait. *Comment ose-t-il se présenter en public négligé de la sorte? Est-il ivre? Malade? Où donc est Laura quand son mari a si désespérément besoin d'elle?! C'est à peine croyable... lui qui a toujours pris tant soin de sa personne jadis... Soit, peut-être de façon exagérée avec ses excentricités vestimentaires bien à lui, mais c'était assurément mieux que son apparence d'aujourd'hui. Quelle honte! Pour lui... et pour Édouard, manifestement.*

Frédéric resta sur place quelques secondes, les bras pendants et la mine basse; il regarda le couple Roussel traverser dignement la rue. *L'hypocrisie des gens!* Il avait entendu de ses propres oreilles ces mêmes personnes qui à cet instant saluaient cordialement Édouard, le traiter d'homme sans scrupule qui s'enrichissait sur le dos de ses bucherons qu'il faisait travailler comme des forcenés.

Frédéric ne pouvait qu'imaginer les horreurs que l'on disait de lui dans son dos. Il ravala sa salive et serra les poings avec impuissance. Il avait vu en Édouard sa planche de salut : l'homme par qui la reconnaissance de la population lui parviendrait. Mais c'était tout le contraire qui s'était produit.

Frédéric s'en fut, les épaules voutées et le corps chancelant, son pardessus sale flottant derrière lui comme une ombre maléfique. Il avait perdu ce que l'homme avait de plus précieux : son honneur.

* * * * *

Le mouvement ouvrier secouait tous les milieux de travail dans le monde depuis plusieurs années déjà. Partout, les mêmes revendications. Partout, les mêmes condamnations. En ce 22 mai 1885, les évènements qui se préparaient dans le moulin de Montpellier allaient faire écho aux autres manifestations dans tout le pays.

Édouard et Frédéric, face à face dans la pièce, se dévisageaient avec colère et incompréhension. Jamais le bureau ne leur avait paru si étroit. Les murs se refermaient sur eux, sur l'orgueil démesuré du premier, l'amour-propre du second et leurs frustrations réciproques. L'altercation durait depuis plusieurs minutes déjà et la tension ne faisait que monter. Édouard devait faire appel à tout son sang-froid pour ne pas saisir son associé à bras-le-corps et le balancer par la fenêtre.

Frédéric mettait son sens du commandement à l'épreuve. Pourtant, se disait Édouard, il savait très bien lequel des deux était véritablement à la tête du moulin. « Je gèrerai la situation comme je l'entends, un point c'est tout, décida-t-il. J'ai simplement besoin d'un peu de temps afin de reprendre mes esprits. »

Édouard avait tellement été accaparé par son journal qu'il avait failli à sa tâche au moulin. Il avait négligé, apparemment, le bienêtre de ses hommes, non seulement au moulin même, mais aussi sur les chantiers, dans les camps de bucherons. Il avait mis en péril sa précieuse image auprès de la population. Édouard n'arrivait pas à comprendre comment il avait pu ne pas ressentir la hargne, le ressentiment, et le mépris de ses travailleurs. Un mépris qui, de toute évidence, ne datait pas de la veille, même si lui ne le découvrait qu'à l'instant.

Les deux associés se trouvaient depuis le matin dans une situation précaire; tous deux n'en avaient que trop conscience. Ironiquement, tout juste hier, Édouard se félicitait d'être l'un des fournisseurs majeurs en papier pour les journaux des Maritimes et des États-Unis. L'industrie papetière était des plus lucratives et le commerce du bois n'avait jamais été si profitable. Or, sa bonne humeur avait brusquement été interrompue par l'entrée quasi hystérique de Frédéric dans le bureau qu'ils partageaient au moulin. Frédéric l'adjurait de faire appel aux agents de la paix. Cédant à la panique, il était prêt à fermer le moulin, à porter des accusations criminelles et à congédier tous les ouvriers sur place ainsi que ceux œuvrant dans les campements sur leurs terres à bois.

– Les cargaisons de bois et de papiers ont été prises d'assaut! Les envois sont paralysés! Par nos propres hommes! s'énerva Frédéric. Il nous faut du renfort!

– Veux-tu bien te calmer! s'emporta à son tour Édouard. Il est hors de question que l'on réagisse sous le coup impulsion! Je veux d'abord entendre la version des employés et surtout, connaitre la raison de cette manifestation subite de hargne.

Contrairement à son associé, Édouard n'était pas prêt à céder si facilement à la panique. Ses hommes avaient toujours été loyaux et vaillants au travail. Il croyait sincèrement s'être montré juste et équitable envers eux. D'où provenait donc ce mécontentement général, aussi soudain qu'inattendu?

– Nos clients ne tarderont pas à s'impatienter! le relança Frédéric. Ils vont menacer de se ravitailler ailleurs! Nous allons tout perdre par ta faute, parce que tu n'as pas voulu entendre mes mises en garde!

L'impatience d'Édouard se traduisit par un durcissement très net de son ton :

– Quelle mise en garde? De quoi parles-tu? Et pourquoi diable dramatises-tu?

– Sacrebleu, Édouard! Je ne dramatise pas! Je ne fais qu'exposer la réalité! La même réalité que j'ai essayé de t'expliquer l'autre jour.

Frédéric avait levé les bras dans un geste théâtral. Édouard eut une moue dégoutée; son défaitisme le révoltait. Un certain dédain transparut dans son ton lorsqu'il lâcha son injure :

– Je ne te savais pas si pessimiste, ni si trouillard, Frédéric.

Les deux hommes se soupesèrent du regard. Une force insoupçonnée vint au secours de Frédéric et lui inspira cette répartie avisée :

– Quant à moi, je ne te savais pas si borné, Édouard.

Au même instant, la porte du bureau s'ouvrit à la volée. Les yeux hagards et les membres tremblants, Françoise, suivie de près par une Laura au visage défait, s'exclama d'une voix blanche :

– Ils m'ont arraché Preston!

– Comment? Qu'est-ce que tu dis? tonna Édouard.

– Les hommes du moulin le gardent en otage, reprit Françoise avec une angoisse mal contenue. Mon Dieu, Édouard, ce n'est encore qu'un bébé!

Frédéric bondit de l'autre côté du bureau et dévisagea son épouse craignant pour leur propre fils, mais Laura calma ses inquiétudes :

– Il va bien... il est à la maison, le rassura-t-elle, nerveusement.

Comme les deux femmes avançaient, Édouard constata que Laura soutenait Françoise. Bien qu'elles n'aient jamais vraiment sympathisé, l'instinct maternel suffisait en ce moment éprouvant à les rendre solidaires. Édouard étreignit son épouse et lut sur son visage ce que lui-même ressentait. Elle avait les yeux larmoyants et faisait visiblement un effort pour rester calme.

– J'étais seule dans le jardin avec lui, expliqua Françoise. Je n'ai même pas eu le temps de crier à l'aide. Heureusement que les filles étaient à l'école...

Le couple Roussel se permettait rarement d'exprimer ses sentiments. Ainsi, personne, incluant Françoise, ne pouvait deviner quel trouble, quelles craintes se dissimulaient sous l'air confiant d'Édouard alors qu'il lui serrait doucement les épaules. Lorsque ce dernier se mit à arpenter la pièce de long en large, son pouce et son index caressant méthodiquement ses favoris, il devint apparent qu'Édouard fût dépassé par les évènements. Il devait agir avec force et rapidité; sa décision devait être radicale, tranchante. *Surtout, dépasser l'émotion. Mon sang-froid est mon arme la plus importante dans l'immédiat.*

On frappa à la porte, ce qui interrompit abruptement ses pensées. Un ouvrier du moulin, à en juger par sa tenue, s'aventura d'un pas incertain sur le seuil et bredouilla :

– Messieurs? Un des travailleurs demande à vous parler.

Édouard rajusta immédiatement sa mise et prit une expression grave, imité à la seconde près par Frédéric. Un grand gaillard, portant un pantalon de tweed usé, mais propre et une chemise de coton repassée pour l'occasion, fit son entrée. Il enleva respectueusement sa casquette, la tint serrée entre ses deux mains. Il paraissait fort jeune et ses yeux d'un gris perçant n'avaient d'intérêt que pour Édouard, suivant ses moindres faits et gestes. Lorsqu'il prit la parole, tous, Édouard le premier, furent surpris de l'assurance avec laquelle il s'exprimait :

– Je suis ici pour vous faire part de l'insatisfaction qui règne dans votre moulin et dans les campements de vos bucherons, messieurs.

Édouard eut un rire sans joie. Frédéric, lui, croisa ses bras sur son ventre et tourna la tête vers son associé avec un air suffisant qui semblait vouloir dire : « Je te l'avais bien dit! »

Édouard ignora la mine presque satisfaite de Frédéric et l'effarement des deux femmes. Il dévisagea ouvertement le garçon :

– Eh bien! Voilà qui résume plutôt bien la situation!

L'ouvrier parut sur le coup décontenancé par l'ironie mordante de son supérieur, mais se reprit en un tour de main :

– Les conditions de travail et les maigres salaires. Voici ce qui a mené la main-d'œuvre à la rébellion... Messieurs.

Il manquait de spontanéité, comme s'il avait récité ces deux phrases dans sa tête depuis un moment déjà. Et n'eût été la gravité de la situation, Édouard eut peut-être été tenté d'en rire. Le jeune homme était plus grand que Frédéric et la force qui se dégageait de sa personne le faisait paraitre imposant. En réponse à son entrée en matière si bien préparée, Édouard se croisa les mains dans le dos et toisa l'ouvrier de toute sa hauteur :

– Je vois... Et vous êtes?

L'ouvrier dressa le menton dans un geste de défi naturel qui frappa Édouard.

– Alexandre Maillet, Monsieur. Porte-parole des ouvriers, et responsable du transport du bois en temps normal.

– En temps normal! répéta Édouard, avec sarcasme.

Il le trouvait beaucoup trop jeune pour occuper un tel poste. Édouard s'avança lentement vers l'ouvrier, avec un air clairement menaçant :

– Dites-moi, Maillet. Où est mon fils?

Alexandre Maillet, imperturbable, ne cilla pas lorsqu'il rencontra le regard inquisiteur de son patron. De toute évidence, l'ouvrier n'était pas facilement intimidé. Pourtant, Édouard put voir les mains d'une propreté discutable se crisper sur la casquette lorsque le garçon répondit :

– Je peux vous affirmer qu'il est entre bonnes mains, monsieur Roussel. Ma petite amie, Marguerite, s'en occupe. Les gars ne lui ont fait aucun mal. Tout ce qu'ils veulent, tout ce que nous voulons, appuya-t-il, c'est que vous reconsidériez nos demandes : de meilleures conditions de travail et un meilleur salaire.

Généralement, Édouard n'était guère du genre à se laisser attendrir. Il avait eu vent des conditions de travail inhumaines dans les usines des grandes villes. Avides de profits, les patrons n'hésitaient pas à imposer des conditions de travail désastreuses à leurs ouvriers pour un bénéfice supplémentaire. Or, la pensée que son propre moulin puisse être tombé si bas le dérangeait au plus haut point. « C'est vrai, admit-il en lui-même, que j'ai négligé le moulin ces derniers mois au profit du journal. Mais Frédéric, lui, devait être au courant de ce qui se passait ici! » La fierté et l'orgueil l'emportaient toujours. Édouard n'aimait pas reconnaitre ses torts. Il se tourna froidement vers son associé :

– Depuis combien de temps règne cette... insatisfaction générale?

Frédéric se dressa sur les pieds, instantanément sur le qui-vive.

– Depuis quelques semaines au moins, fit-il d'une voix mal assurée. J'ai essayé de t'en parler, mais...

– J'ignorais que nous avions été approchés en vue d'une augmentation de salaire, coupa sèchement Édouard. J'ignorais aussi que nos conditions de travail n'étaient pas satisfaisantes.

L'étonnement, puis la colère se peignirent sur le visage de Frédéric. *Comment oses-tu?! Tu n'es jamais là, toujours préoccupé par ton maudit journal! Et j'ai essayé de te mettre en garde! Oui, j'ai essayé à plusieurs reprises de t'expliquer l'atmosphère qui régnait dans le moulin. Mais tu as refusé de m'écouter!*

Frédéric s'inclina, abattu. Édouard attendit qu'il prenne la parole, qu'il se ressaisisse, en vain. Son silence et son attitude étaient déplorables. Mais ultimement, s'avisa Édouard, cela jouait à son avantage. Surtout s'il se fiait à l'air confondu de ce Maillet. Ce dernier roulait des yeux. Il tenait pour acquis qu'Édouard avait été tenu à l'écart et qu'il avait ignoré la gravité de la situation jusqu'à ce jour, au moment où les ouvriers brandissaient leurs haches et leurs poings aux portes du moulin!

Alexandre Maillet se permit, l'espace de quelques secondes, un regard à l'endroit des deux épouses. L'immobilité de la première femme retint d'abord son attention. Il reconnut madame Roussel de par la description que lui avait faite la belle Normande, sa voisine d'enfance. Alexandre ne put s'empêcher d'admirer cette grande dame qui se tenait raide et digne dans ses beaux habits. Seule une femme très sure de sa position pouvait se permettre d'engager à son service une femme de chambre aussi attirante que Normande.

Près d'elle, la ravissante épouse de Frédéric La Croix lui inspirait à la fois pitié et incompréhension. Elle n'était pas seule dans la pièce et pourtant, un souffle de solitude presque palpable l'enveloppait. Les détails de ses liaisons couraient dans toute la ville et il ne pouvait s'empêcher de plaindre son mari, même si ce dernier était sans doute en partie responsable des infidélités de sa femme. Sans compter qu'il donnait l'impression d'être à blâmer pour l'état actuel du moulin. Du moins, si l'ouvrier en croyait les propos et l'attitude de monsieur Roussel.

Un silence pesant s'était installé dans la pièce, pénible, insoutenable. Tous avaient conscience que l'atmosphère s'était radicalement détériorée et craignaient qu'Édouard n'explose. Ses sautes d'humeur parfois explosives entretenaient sa réputation d'homme imprévisible; les rumeurs sur le tempérament emporté de son patron circulaient rondement. Alexandre Maillet pensa que ce dernier aurait avantage à cultiver la patience; le seul véritable danger en affaires, comme dans bien d'autres domaines d'ailleurs, était la précipitation et l'impatience. Chaque chose devait se manifester à son heure.

Surprenant la crispation du visage d'Édouard, puis son relâchement soudain alors qu'il contournait sa table de travail, Alexandre et les autres devinèrent qu'une décision de la plus haute importance avait muri dans son esprit et qu'il s'apprêtait maintenant à la partager. Il était temps pour lui de renoncer à quelqu'un qui lui avait été très cher quand il avait débuté en affaires, mais qui à ce moment, lui était devenu insupportable. Ce sacrifice – en était-ce vraiment un? – s'avérait essentiel pour redresser la situation au moulin. Une rupture était inévitable et irréversible. Sans quitter des yeux Frédéric, Édouard ordonna d'une voix sourde :

– Dites à vos hommes de reprendre le travail. Leurs demandes seront accordées. Vous en avez ma parole.

Édouard détourna momentanément son attention de son associé, tendit la main vers l'ouvrier qui s'empressa de la serrer avec force. Édouard apprécia la fermeté de son geste et la franchise de son expression. Il semblait sincèrement vouloir tempérer le conflit.

– Marguerite sera ici dans quelques minutes pour vous rendre votre garçon, promit Alexandre en se tournant vers les deux femmes.

Du coup, Françoise laissa échapper un soupir et porta la main à son cœur.

Frustré par la tournure des évènements, Frédéric regardait de tous côtés comme un animal en cage. Tandis qu'il acceptait à son tour la main que lui tendait le jeune homme, son humeur ne fit qu'empirer. Frédéric sentit distinctement que ce geste avait été inspiré davantage par complaisance que par respect pour sa supériorité et il en prit ombrage.

Tous voient Édouard comme le maitre indiscutable des lieux, alors que nous sommes tous les deux, dans les faits, des associés, des égaux!

Il s'obligea néanmoins à surmonter sa répugnance et serra mollement la main que lui tendait l'ouvrier. Les ongles d'Alexandre, incrustés de saletés, le dégoutaient; le manque d'hygiène des travailleurs le révoltait. *Le travail manuel ne devrait pas servir d'excuse à la malpropreté!* Frédéric s'essuya les mains sur son mouchoir alors que tous les regards accompagnaient Alexandre Maillet qui remettait sa casquette avant de sortir. Il se retourna brièvement sur le seuil afin de s'adresser directement à Édouard :

– Gardez confiance, monsieur Roussel. Rien n'est encore perdu.

– Avoir confiance, répéta à mi-voix Édouard. *Décidément, ce Maillet est bien avisé pour son âge.*

La porte était à peine refermée derrière l'ouvrier que Frédéric explosa :

– Nous commettons une erreur fatale en leur accordant cette augmentation de salaire!

Édouard, qui jusqu'à présent était parvenu à contrôler son irritation, devint blême de fureur. Il se tourna avec une lenteur déroutante vers les épouses silencieuses :

– Allez à la rencontre de cette Marguerite.

Sa voix, profonde de colère, résonna entre les quatre murs et les deux femmes n'eurent pas à se faire prier. De son côté, Frédéric rongeait son frein.

– Tu gouvernes le moulin en maitre absolu! lâcha-t-il. Aurais-tu oublié que je possède la moitié de cette entreprise!

Frédéric s'était exprimé avec une rudesse inhabituelle, dans laquelle transparaissait une cuisante rancœur. C'était un sujet brulant qui revenait sans cesse sur le tapis. Aujourd'hui, Édouard refusait d'éteindre les feux. Il avait plutôt la furieuse envie de jeter de l'huile sur le feu! Il en avait assez de ménager l'amour-propre de son associé. La réalité, c'est qu'il était en position de force, de supériorité depuis longtemps et que s'il avait toléré Frédéric à ses côtés durant toutes ces années, c'était par égard pour leur amitié de jadis.

Édouard eut un élan de pitié pour l'homme précocement vieilli qui se tenait debout devant lui, pour ce visage autrefois souriant, mais qui était désormais complètement ravagé. « Nous n'avons pourtant que quatre ans de différence », songea Édouard. Cette montée de compassion fut de courte durée. *Frédéric a toujours été un ami loyal, soit, mais son jugement est horriblement erroné! Il est entièrement responsable des évènements malheureux de la journée! Moi-même, je ne suis coupable que d'une seule faute : avoir cru en les capacités de gestion de Frédéric.*

Dans son raisonnement, Édouard omettait volontairement le fait que Frédéric avait effectivement essayé de le mettre en garde contre une éventuelle rébellion. De plus, il minimisait l'importance de l'apport financier de même que les contacts que Frédéric lui avait apportés dans ses débuts en affaires. Il était convaincu que même sans cette aide, son succès eut été le même. Peut-être un peu plus lent à venir, se disait Édouard, mais n'empêche qu'il était l'auteur de sa propre réussite. *Ce sont mon savoir-faire, ma vision, ma détermination et ma force de volonté qui m'ont conduit jusqu'ici.*

Il déposa de manière décisive ses mains sur le dossier du fauteuil. Le sentiment de sa puissance lui fit gonfler le torse. L'évidence même de sa supériorité lui faisait perdre la tête.

J'ai travaillé trop fort pour risquer de tout perdre par ta faute, Frédéric. Tu as fait ton temps, tu es complètement dépassé.

– Ce que tu as fait est tout simplement inacceptable et fort peu chrétien, Frédéric. Tu sais pertinemment que j'aurais été en faveur d'une révision des salaires. Surtout maintenant, alors que le moulin n'a jamais été si rentable.

Édouard secoua gravement la tête et lui tourna le dos :

– Ça me coute d'avoir à te le dire, mais de toute évidence, j'ai eu tort d'avoir confiance en ton jugement.

Excessivement humilié par ces propos, Frédéric redressa le menton avec hargne, davantage par réflexe toutefois que par réel désir de confrontation. En vérité, il était si choqué par la déclaration que pas un son ne franchit ses lèvres. Frédéric entendit le long soupir d'Édouard qui gardait obstinément les yeux rivés vers la fenêtre :

– Il n'y a pas de place pour les sentiments dans les affaires.

Ce n'était pas la première fois qu'Édouard lui lançait cette phrase. Mais jamais cette mise en garde ne lui avait semblé si menaçante. Frédéric sentit ses mains devenir moites. Il retrouva précipitamment l'usage de la voix :

– Écoute, Édouard. Nous avons eu notre part de surprises, je te l'accorde. Mais nous sommes associés. Pour le meilleur et pour le pire.

Frédéric avait plaidé sa cause d'un trait, le visage crispé par le doute et l'insécurité qui l'habitaient, mais ses paroles auraient tout aussi bien pu tomber dans l'oreille d'un sourd.

Édouard avait déjà pris sa décision. Il devait laisser partir Frédéric pour montrer son innocence aux ouvriers et à la population. Puis, il doublerait le salaire de ses employés pour qu'ils restent plus tard et viennent en fin de semaine rattraper le temps perdu. « Cet Alexandre Maillet a raison, pensa Édouard. Je dois garder confiance. Le moulin saura regagner son prestige auprès de mes hommes et de la population de Montpellier. »

Édouard prit une grande inspiration pour se donner du courage et se retourna vers Frédéric :

– Je suis prêt à t'offrir le triple de ce que tu as investi au départ dans le moulin. Étant donné les circonstances, c'est plus que généreux, tu en conviendras.

Le regard d'Édouard croisa celui stupéfait de son associé et le soutint. Frédéric eut un petit rire bref, amer, qui s'interrompit brusquement lorsqu'il comprit qu'Édouard était sérieux. De surprise, Frédéric faillit s'étrangler. La colère l'étourdissait. Il voyait rouge. Édouard fixa avec étonnement le poing que Frédéric venait d'abattre sur son bureau. Jamais il n'avait été témoin d'un tel excès d'agressivité chez Frédéric.

– Si seulement, tu avais fait preuve d'autant de passion et d'autorité dans tes fonctions! laissa tomber Édouard, presque avec regret. Mais c'est trop peu, trop tard.

À bout, Frédéric étouffa un juron avant de lui décocher un sourire cynique, plein de haine :

– Avoue-le, tu n'attendais que ça, le jour où tu aurais enfin le prétexte de me mettre à la porte! Mais crois-moi, Édouard, tu n'as pas fini d'entendre parler de moi! Tôt ou tard, j'aurai ma vengeance, tiens-toi le pour dit!

Frédéric traversa le bureau et ouvrit violemment la porte :

– Que le diable t'emporte! se récria-t-il, en se tournant une dernière fois vers Édouard qui lui, ne broncha pas.

Frédéric croisa au passage Françoise qui n'avait d'yeux que pour son fils retrouvé. Laura, d'un simple coup d'œil vers son mari comprit que ses pires craintes étaient justifiées. Elle l'avait appelé avec inquiétude, en vain, pour ensuite s'élancer à sa poursuite.

De la fenêtre, Édouard aperçut Frédéric titubant se diriger vers sa calèche, suivi de Laura qui avançait lamentablement derrière lui, comme s'il lui en coutait. Il n'y avait aucun doute dans l'esprit combattif et fier d'Édouard qu'il voyait son ex-associé pour la dernière fois. Frédéric ne le lui avait peut-être pas confirmé, mais il s'était incliné. Le sentiment de culpabilité inattendu qui l'avait assailli à la vue de la silhouette voutée de Frédéric qui montait à bord de la calèche s'effaça d'un coup lorsqu'il surprit un peu plus loin les gestes de bonheur exubérants des ouvriers regroupés autour d'Alexandre Maillet.

« Si nous restons unis, nous triompherons », leur avait dit Alexandre. Il avait eu raison. La joie qui se reflétait sur la figure des hommes était belle à voir. Les visages moustachus barrés de rides graves semblaient avoir miraculeusement rajeuni.

Alors que les yeux d'Édouard déviaient à nouveau vers la calèche des La Croix qui disparaissait dans un nuage de poussière, les menaces de vengeance proférées par Frédéric lui revinrent sournoisement à l'esprit. Édouard refusa de s'y attarder ne serait-ce qu'une seconde de plus. *Des paroles vides de sens!* Frédéric était beaucoup trop passif pour porter ses menaces à exécution. Et quand bien même il essaierait de nuire à sa réputation, personne, il le savait, ne porterait attention à ce que Frédéric avait à dire. *Personne n'osera se mettre à dos, publiquement du moins, le grand Édouard Roussel! Avec l'aide de Maillet, je réparerai les dommages faits à ma réputation. J'en ressortirai plus solide et plus fort que jamais.*

Parce qu'il excellait dans l'art de dominer son entourage et les évènements, Édouard se croyait invincible. À ses yeux, Frédéric ne méritait aucune considération. Il n'aurait jamais la trempe, le courage de le défier sur son terrain. Et s'il se trompait sur son compte, si l'idée lui prenait de lui créer des ennuis – ce qui était vraiment peu probable – il l'écraserait avec son pied, tout simplement, comme une vermine.

Édouard avait vu juste. Non seulement il retrouverait l'estime de la population en un temps record, mais aussi, il se débarrasserait de Frédéric. Le soir même, il fit livrer à la résidence des La Croix une mallette pleine à craquer de billets de banque; ceux-ci se préparaient à plier bagage. En revanche, le destin, obstiné, n'avait pas encore dit son dernier mot. Au moment où Édouard s'y attendrait le moins, Frédéric La Croix renaitrait de ses cendres.

La journée était bien avancée, les ouvriers avaient paisiblement repris leur travail, lorsqu'Édouard reçut à nouveau Alexandre Maillet dans son bureau. Il l'accueillit d'un grand sourire, comme pour faire oublier la froideur du précédent accueil :

– Ah! Maillet! Prenez place, je vous en prie.

Alexandre pensa le corriger, lui rappeler que « Maillet » était son nom de famille, mais il se ravisa. « Maillet » sonnait plutôt bien comme prénom et cela le distinguerait de l'autre Alexandre qui travaillait sur les terres à bois du moulin.

– Dites-moi, quel âge avez-vous? lui demanda Édouard.

Il le dévisageait et Maillet sentit une appréhension le traverser. Il pensa un instant mentir, car il craignait que son jeune âge ne jouât contre lui. Pourtant, il opta pour la franchise, peut-être parce que l'honnêteté lui avait été jusqu'à ce jour profitable :

– J'ai quinze ans, Monsieur. Mais ne laissez pas ce chiffre vous démonter. Je travaille aussi fort que n'importe lequel de vos hommes.

Édouard accueillit son commentaire d'un signe de tête encourageant.

– L'âge n'a pour moi aucune importance, assura-t-il. Ce qui compte à mes yeux, c'est la loyauté et l'ardeur au travail.

En réalité, ce n'était pas tout à fait vrai. L'âge comptait beaucoup pour Édouard. Un homme avait déjà construit son identité et celle-ci pouvait difficilement être modifiée, à moins d'y mettre beaucoup d'efforts. Au contraire, l'attitude et le caractère d'un jeune garçon étaient plus malléables. « Je pourrai le modeler à mon gout, pensa Édouard. Maillet a tout pour réussir sous mon égide, s'il le souhaite vraiment. »

– Maillet, commença Édouard sur un ton bienveillant, dorénavant, vous serez mon homme de confiance. Je compte sur vous pour me tenir au courant de ce qui se passe dans mon moulin. Je ne veux plus jamais être pris au dépourvu. S'il y a des demandes, des soucis, je veux en être avisé afin que je puisse y remédier. Entendu?

– Oui, monsieur Roussel, lui répondit avec hardiesse l'ouvrier. Je ferai selon vos exigences.

– Bien, Maillet. Soyez assuré que votre loyauté sera largement récompensée.

Lorsqu'il prit congé de son patron, Maillet avait l'étrange impression de marcher sur un nuage. Jamais encore son avenir ne lui avait semblé si prometteur. C'était aussi l'avis d'Édouard, assailli par un grand bienêtre, un sentiment de liberté, d'excitation et de confiance en l'avenir que les évènements des dernières heures avaient temporairement étouffé.

Son regard clair s'orienta à nouveau vers la fenêtre de son bureau et s'attarda longuement sur l'énorme panneau en hauteur à l'extérieur. C'est alors que l'ampleur de sa décision – celle d'écarter Frédéric – les répercussions et les ramifications qu'elle ne manquerait pas d'engendrer, frappa Édouard de plein fouet. Il connut un instant d'euphorie comme jamais encore il n'avait expérimenté. *Je suis désormais le roi à part entière de mon royaume! Mon moulin portera désormais exclusivement le nom Roussel. Exactement comme cela aurait dû l'être au départ.*

L'allégresse qui animait son visage s'estompa peu à peu; un sentiment tout autre naissait en lui. Édouard savait qu'il l'avait échappé belle.

– Que cela me serve de leçon! se sermonna-t-il à voix basse.

C'était une chose de poursuivre ses objectifs, mais il devait rester vigilant quant au bienêtre de ses hommes. Son appétit monstre pour les affaires, pour des retombées économiques favorables, ne devait pas pour autant entrainer la misère et la famine chez ses travailleurs. *Je dois être juste et équitable, si je veux garder le respect de la population.*

Cette nouvelle résolution lui collerait désormais à la peau; elle le titillerait à l'occasion et s'imposerait à sa conscience lorsqu'il serait tenté d'agir de manière peu chrétienne. Ainsi, Édouard Roussel, qui ne reculait devant rien pour arriver à ses fins, connaitrait dans sa spectaculaire réussite en affaires de grands élans de générosité et d'indulgence, tout à fait inattendus. Ce serait ainsi qu'on se souviendrait de lui, longtemps après sa mort.

La calèche surchargée de malles et d'objets précieux, rassemblés en l'espace de quarante-huit heures, s'enfonçait dans la nuit laissant derrière des rêves brisés plus que des ruines. Anéanti, Frédéric contempla une dernière fois cette ville qu'il avait tant aimée et qu'il avait vue s'épanouir sous ses yeux. L'horrible sentiment d'avoir échoué lui laissait un gout amer dans la bouche.

Près de lui, sur la banquette, le journal *Sur le Vif* qu'il avait acheté par dépit – il avait pris un malin plaisir à encourager le principal compétiteur d'Édouard – résumait en première page les évènements des vingt-quatre dernières heures : « Le moulin des pâtes et papiers de Montpellier échappe de justesse à la grève générale : Son propriétaire, Édouard Roussel, s'en tire à bon compte ». Le nom La Croix était déjà chose du passé. Un nouveau panneau portant exclusivement le nom Roussel avait été érigé en un temps record devant le moulin.

Frédéric leva les yeux et aperçut la grande propriété d'Édouard, bien visible du haut de la colline. C'était une maison impressionnante qui avait visiblement été agrandie au fil des années de manière à accueillir un grand nombre d'invités lors de festivités. Mais lui n'y serait plus jamais convié.

Manifestant ses sentiments pour la première fois depuis la nouvelle de leur départ, Laura écarquilla les yeux. *Non, ce n'est pas un cauchemar. Nous quittons bel et bien Montpellier, en pleine nuit... peut-être pour ne pas avoir à subir la honte, le déshonneur que la lumière du jour ne manquera pas d'apporter.* Elle sentit son fils de six ans bouger contre elle, somnolant, et d'un geste maternel elle entoura ses épaules frêles. Pâle et d'aspect maladif, il souriait rarement. Néanmoins, la naissance tant attendue de cet enfant avait comblé son besoin d'amour et l'avait en quelque sorte sauvée. « Et maintenant, se disait Laura, c'est à moi de rescaper Frédéric. »

Laura était prête à suivre son mari peu importe où leur cocher les conduirait. Elle ne l'aimait plus. Elle se demandait même si elle l'avait déjà réellement aimé. Pourtant, elle savait qu'elle ne le quitterait pas. Enfin, il avait réellement besoin d'elle. Pour la première fois depuis des années, Laura se sentait désirée, indispensable. Frédéric comptait sur elle, sa femme, et cette fois, elle ne le décevrait pas, elle l'épaulerait dans ce terrible revers du destin. « J'ai bien des fautes à me faire pardonner, songeait Laura. Et si Frédéric m'en donne la chance, je me rachèterai. » Peut-être que ce départ nocturne marquerait un nouveau tournant pour leur couple?

Laura tendit la main vers son époux assis en face d'elle qui gardait les yeux obstinément tournés vers la route. Leurs doigts s'entrecroisèrent, ceux de Frédéric, avec une force désespérée, ceux de Laura, avec absolution.

– CHAPITRE SIX –

Chaque fois qu'Édouard venait rendre visite au couple St-Cœur, la perspective de voir sa mère le rebutait. Depuis que celle-ci avait emménagé avec Isabelle et Lucas, il espaçait encore plus ses visites. Il avait toujours la désagréable impression que sa mère le jugeait. Et plus ou moins favorablement selon son humeur... Élisabeth lui reprochait de négliger sa famille, de concentrer toutes ses énergies dans le bon fonctionnement de son moulin et dans le succès de son journal. Qui plus est, jamais elle ne l'avait félicité pour sa réussite en affaires, ni vraiment témoigné la moindre reconnaissance pour toutes ses générosités vis-à-vis d'elle. Comme si cela ne comptait pour rien à ses yeux.

Édouard pensa à la relation qu'il avait avec les autres membres de sa parenté; sa mine se rembrunit. Il ne pouvait se rappeler la dernière fois qu'il avait vu ses frères. Et lorsque ses sœurs se manifestaient, c'était immanquablement dans le but de lui soutirer de l'argent, mis à part Claire qui, elle, avait fait un beau mariage. Non que Régine et Esther fussent dans la misère – elles faisaient travailler leurs époux comme des forcenés! – mais elles s'étaient tout à coup découvert des gouts extravagants.

S'il lui arrivait parfois de répondre favorablement à leurs demandes – et même de surprendre Claire avec des cadeaux somptueux – Édouard ne nourrissait aucune illusion à leur endroit. Régine et Esther n'en voulaient qu'à son argent, rien de plus, rien de moins; Claire se souciait autant de son propre bienêtre, que lui du sien. En vérité, Isabelle était la seule de la famille qu'il aimait réellement. Et celle-ci le lui rendait bien, de tout son cœur, sans conditions, ni attentes en retour. « Elle m'aime, tout simplement, se disait Édouard, et sans doute plus que je ne le mérite. »

Faisant son examen de conscience, pendant qu'il longeait la clôture blanche et les arbres regorgeant de lilas qui menaient à la jolie maison de campagne, Édouard respirait l'air pur avec un air de contentement inconscient. Le tapis verdoyant des pelouses s'étendait à perte de vue, les chiens et les chats d'Isabelle se prélassaient à l'ombre des grands arbres, les oiseaux chantaient. Il avait presque oublié à quel point la nature sentait bon, à quel point aussi il était reposant de ne pas entendre les bruits de la ville.

Cette impression de quiétude était trompeuse. Les mauvaises nouvelles concernant la santé chancelante d'Isabelle étaient la raison de son déplacement. Au début du mois de janvier, elle avait de nouveau pris froid et malgré le retour du printemps, elle n'était toujours pas rétablie. Sa faiblesse inquiétait vivement Lucas bien que jamais elle ne se plaignît; elle affichait une humeur égale.

Faisant fi de son emploi du temps chargé, Lucas s'était présenté aux bureaux de *L'Averti* et avait insisté pour qu'il vienne leur rendre visite dans les plus brefs délais. « Tu sais, Édouard, à quel point tes longues absences affectent Isabelle. Je ne prétends pas comprendre le lien particulier qui vous unit, mais je suis absolument convaincu qu'un tête-à-tête avec toi est précisément ce dont elle a besoin. Une visite de ta part ne pourrait lui être que bénéfique », l'avait-il pressé avec instance.

Édouard chassa mécaniquement une mouche de son visage. Après une demande aussi sincère de la part de son beau-frère, il eut été impossible pour lui de ne pas accourir au chevet de sa sœur. À son grand désagrément, ce fut Élisabeth qui vint lui ouvrir. Elle était enveloppée dans un grand châle noir, son éternel rosaire à la main et des mèches de cheveux hirsutes, d'un roux délavé, s'échappaient de sa coiffure remontée sur la nuque.

– Ah... C'est toi, fit-elle en s'effaçant pour le laisser passer.

Édouard lut de la lassitude sur les traits de sa mère et en fut offensé malgré lui.

– Bonjour, maman, lui répondit-il sur un ton soigneusement détaché.

Chacune de ses apparitions lui enlevait toute joie. À dire vrai, Élisabeth n'avait plus jamais été tout à fait la même depuis le décès de son mari. Elle s'était retranchée du monde, totalement dévouée au bienêtre d'Isabelle dont la santé déclinait d'année en année. Pour cette raison uniquement, Édouard essayait de se convaincre que sa mère n'était pas une mauvaise personne. Elle n'était qu'une femme solitaire et sans doute incomprise.

Alors qu'Élisabeth s'effaçait pour le laisser entrer, à contrecœur semblait-il, Édouard découvrit inopinément que bien qu'il lui fût reconnaissant de prendre soin d'Isabelle, il n'éprouvait plus aucun attachement pour cette femme âgée et distante qui vivait, comme sa chère jumelle, sur du temps emprunté.

Édouard s'aventura dans la chambre ensoleillée de sa sœur, un bouquet de fleurs sauvages à la main.

– Isabelle! Me voilà enfin, s'excusa-t-il, une tendresse indicible faisant trembler sa voix grave.

– Édouard?! Quelle bonne surprise! l'accueillit Isabelle, les yeux brillants.

Elle avait le ton si doux, presqu'un murmure. Il contrôla avec difficulté son émotion et vint à la rencontre de la main gracile qui se tendait vers lui, touché par ce visage aimant qui s'était illuminé au simple son de sa voix. Étendue sur le lit à baldaquin, le dos qui reposait sur des oreillers épais, Isabelle, coquette jusque dans la maladie, insistait pour porter ses plus belles robes de nuit. Après avoir déposé les fleurs sur la table de chevet, il se pencha pour l'embrasser; il lui sembla qu'elle était plus fragile qu'avant. De petites gouttes de sueur perlaient sur son front. Sa peau était sèche et tendue sur ses pommettes hautes.

– Tu as chaud? lui demanda Édouard.

Mais bien sûr qu'elle a chaud! Pestant intérieurement contre son étourderie, Édouard retira son veston et marcha résolument vers la fenêtre; il voulait libérer la chambre de l'odeur de la maladie. Il remonta sans effort le châssis et respira avec soulagement l'air frais, à pleins poumons. Puis, il chassa résolument l'inquiétude de son visage avant de revenir vers sa sœur, les traits volontairement détendus.

Pendant plus d'une heure, ils discutèrent de tout et de rien, Isabelle visiblement ravie de sa présence. Puis le flot de paroles vint à se tarir. Au bout d'un moment, pour meubler le silence, Édouard s'exclama, avec un enthousiasme forcé :

– Les affaires vont bien. Tu as devant toi l'homme le plus prospère de Montpellier.

Une ombre passa sur le visage d'Isabelle et elle eut un sourire triste :

– Oh Édouard... Je sais que quand notre père est mort, tu t'es senti pris au piège... mais tu t'es malgré tout fait une belle vie ici à Montpellier, n'est-ce pas? Tu es un époux, un père de famille... et tu me parais heureux. Mais est-ce que c'est comme ça que tu imaginais ta vie?

Décontenancé par la tournure de la conversation, Édouard bougea sur sa chaise rembourrée, inconfortable, et fit craquer les jointures de bois.

– C'est vrai que j'avais pensé faire ma vie ailleurs, reconnut-il, mais finalement, j'ai réussi à faire d'une pierre deux coups : j'ai honoré la volonté de notre père en restant à Montpellier pour m'occuper du journal et ce faisant, grâce au moulin, j'ai fait fortune!

Il s'était exprimé avec une désinvolture superficielle, pensant ainsi chasser l'inquiétude du visage de sa sœur; confronté au regard clair et soucieux qui maintenant soupesait le sien, Édouard sentit son entrain diminuer.

Isabelle posa une main aimante sur celle de son frère. Il semblait avoir perdu la véritable valeur de la vie et cette constatation la chagrinait. Son frère avait changé. Son pouvoir l'aveuglait.

– Mais, es-tu heureux, Édouard? insista-t-elle, agitée.

Touché par les yeux bleus larmoyants de sa jumelle, Édouard reprit la parole avec toute la conviction dont il était capable :

– Bien sûr que je suis heureux! Que vas-tu me chercher là? J'ai tout ce dont j'ai toujours rêvé et plus encore! Richesse, puissance, respect...

À mesure qu'il parlait, le visage d'Isabelle s'attristait. Édouard comprit que son argument n'avait pas de réelle valeur aux yeux de sa sœur. Pour la première fois, il fut pris d'un étrange malaise. Édouard détourna brièvement les yeux, déchiré entre son amour inconditionnel pour Isabelle et son amour-propre inévitablement froissé.

– Ce n'est quand même pas un crime, Isabelle, que d'être un homme prospère... et encore moins d'être fier de sa réussite, de son succès. *À croire que l'indifférence de notre mère a déteint sur toi.*

Avec peine, celle-ci fit un geste pour se redresser sur ses oreillers :

– Je t'ai blessé? Excuse-moi, Édouard... Là n'était pas mon intention. Je me suis mal exprimée, pardonne-moi.

La culpabilité qui se lisait sur le visage d'Isabelle lui était aussi insupportable que sa souffrance et Édouard s'empressa de la rassurer :

– Nous voyons les choses sous un angle différent, c'est tout. L'important, c'est que nous soyons tous deux heureux dans notre façon de mener notre vie. Tu ne penses pas?

Il lui souriait avec une telle tendresse qu'Isabelle lui répondit spontanément, avec ferveur :

– Tu as raison. Si tu es heureux, je suis heureuse pour toi. Mais Édouard, reprit-elle doucement, crois-moi lorsque je te dis que la seule vraie tragédie dans la vie, c'est la perte de la foi, de l'amour... et non la perte de la richesse.

L'instant d'après, une toux creuse la terrassait et la laissait épuisée; Édouard put lire sur les traits fins de son visage l'étendue de sa douleur. Il tendit ses mains vers les siennes, son propre corps se crispant involontairement. Son impuissance face à la maladie de sa sœur le révoltait. Un étau comprimait sa poitrine tandis qu'il remontait avec délicatesse les oreillers, incapable de détacher ses yeux de la rondeur de son ventre.

– Tu as besoin de repos, lui recommanda-t-il d'un ton ferme et aimant. Je reviendrai bientôt. D'ici là, prends soin de toi... et de ton bébé.

Ce serait un miracle si l'enfant qu'elle portait survivait. Édouard se pencha pour l'embrasser sur le front et remarqua le prie-Dieu de l'autre côté du lit. Simultanément, sa sœur resserrait son emprise autour de lui; ses bras frêles s'agrippèrent à ses épaules plus longuement que de coutume. Il avait d'abord pensé que c'était pour y puiser de la force, mais très vite, Édouard se ravisa. Il devina que cette étreinte d'Isabelle avait plutôt été motivée par son désir de lui communiquer tout l'amour et la foi chrétienne qu'elle avait en elle et faire ainsi de lui une meilleure personne.

Au bas de l'escalier, Lucas l'attendait. Les deux hommes échangèrent une poignée de main vigoureuse. Son beau-frère avait les traits tirés et pourtant, il paraissait inexplicablement serein. Comme si le fait d'avoir Isabelle à ses côtés, même malade, suffisait à le rendre heureux.

– Comment va-t-elle, vraiment? lui demanda Édouard, d'une voix pressante.

Lucas fit bravement front, incapable toutefois de masquer l'anxiété dans son regard.

– Sincèrement, je n'en sais trop rien, avoua-t-il. Le docteur dit qu'elle a surtout besoin de beaucoup de repos dans son état...

Édouard serra l'épaule de Lucas dans un geste d'encouragement.

– Je passerai vous revoir bientôt. Si vous avez besoin de quoi que ce soit...

Lucas ne l'écoutait plus. La simple allusion, bien que subtile, à une aide financière l'avait visiblement refroidi. À croire que le mépris d'Isabelle pour l'argent avait fini par déteindre sur son mari. « Lui, un banquier?! », s'offusqua en lui-même Édouard. Vraiment, il avait sous les yeux la preuve qu'à vivre trop proches, certaines personnes étaient susceptibles de perdre leur identité.

Songeur, Édouard suivit des yeux la silhouette de son beau-frère qui montait diligemment les marches de l'escalier, pressé d'être au chevet de sa femme alitée. Lucas et Isabelle semblaient sincèrement amoureux et heureux en dépit des circonstances, même plus que lui. *Et si Isabelle a raison? Et si se sont eux qui détiennent la vérité, la clé du bonheur, celle dont parle en paraboles le curé?*

Visiblement secoué, Édouard se dirigea d'un pas lourd vers le vestibule. L'image qu'il aperçut dans le miroir en argent massif lui parut sans beauté et marquée par l'égoïsme et la cupidité. Le visage d'Isabelle, si bon dans sa tendre naïveté et si pieux, lui transperça le cœur.

– Il faut que j'apprenne à être meilleur, énonça-t-il tout haut, le souvenir de la rébellion lui revenant brusquement en mémoire, de même que les bonnes résolutions qu'il avait prises à ce moment-là et qu'il avait modérément tenues.

Édouard se mit à penser à la une de son journal : l'annonce de la condamnation à mort d'un certain Louis Riel, un homme qu'il considérait – après s'être renseigné sur sa vie – non pas comme un criminel, mais bien comme un héros. Issu lui-même d'un peuple minoritaire, il pouvait aisément s'identifier à ce métis vivant au Manitoba, à ce besoin viscéral de se faire entendre, de se faire respecter. C'était avant tout une question de survie. Mais pour monsieur Riel, qui s'était porté à la défense des métis manitobains, le dénouement s'annonçait des plus malencontreux.

Combien de fois Auguste Roussel, de son vivant, avait mis Édouard en garde contre la menace bien réelle de l'assimilation, vantant le courage et la résilience de leurs ancêtres qui avaient non seulement survécu à la Déportation de 1755, mais qui avaient mis un point d'honneur à promouvoir la langue française, à leurs risques et périls? L'instinct de préservation était foncièrement ancré dans la génétique de cette descendance de survivants acadiens. Et comme les anglophones autour d'eux semblaient depuis toujours dominer dans les sphères de la vie publique, tant sur le plan économique, politique que social, il allait de soi qu'en tant que peuple minoritaire, pour se faire remarquer, il fallait exceller. Ce qui, tout compte fait, avait produit une lignée d'Acadiens particulièrement résiliente, débrouillarde et fière... *Voire une race supérieure?*

Les pensées se chevauchaient toujours dans la tête d'Édouard lorsqu'il franchit le seuil de la résidence au charme victorien. Il était habité par ses ancêtres et par ce Louis Riel qui avait si valeureusement défendu les droits des siens face à la politique chauvine du gouvernement canadien. Édouard se surprit à considérer son journal sous un autre angle. Jusqu'à présent, il s'était limité aux sujets percutants susceptibles d'intéresser le public en général, dans le but ultime d'augmenter son lectorat et par ricochet, les revenus. Son désir initial et noble d'éduquer et d'influencer positivement la population s'était quelque peu égaré en cours de route.

Voilà qu'en y réfléchissant bien, Édouard était forcé de constater qu'au-delà des retombées économiques positives, il y avait quelque chose d'incontestablement gratifiant à influencer l'opinion publique. « Ce Louis Riel ne mérite pas la mort, pensa-t-il, mais plutôt des applaudissements! Et je ferai en sorte que mon journal lui rende les honneurs qui lui sont dus. »

Accaparé par ses pensées, Édouard ferma la porte avec énergie, sans apercevoir sa mère qui se tenait à quelques pas de lui. Malgré le beau temps, Élisabeth rajusta en frissonnant son châle sur ses maigres épaules. Elle émergea lentement de l'ombre, son chapelet à la main. Elle n'avait rien perdu de la scène, frappée au cœur par la déclaration de son fils qui souhaitait devenir une meilleure personne, figée sur place par cette voix qui ressemblait à s'y méprendre à celle de son cher Auguste.

Si Élisabeth ne s'était jamais remise émotionnellement de la mort de son mari, elle lui avait encore moins pardonné de l'avoir prise au dépourvu avec le testament qui l'avait lésée. Soit, Édouard avait scrupuleusement veillé à ce qu'elle ne manquât de rien. Mais n'empêche qu'elle anticipait les retrouvailles avec son mari au ciel. « Tu auras des comptes à me rendre, Auguste! le gronda-t-elle intérieurement. À commencer par ton obsession pour *L'Averti*, une obsession que tu as transmise à notre fils! Et le danger avec Édouard, c'est qu'il est né avec l'âme d'un conquérant. »

Élisabeth voyait l'intransigeance orgueilleuse de son fils comme étant à la fois sa pire faute et son pire ennemi. Si Auguste avait été de nature pacifique, Édouard, lui, traversait la vie avec une volonté féroce de vaincre, de réussir, de s'imposer. À l'inverse, raisonnait Élisabeth, cette même âme dominatrice était prompte à se cabrer devant des injustices bien précises. Édouard donnait généreusement à la quête et tendait la main aux démunis comme aux riches sans distinction de classe, conscient sans doute que s'il n'avait cette force de caractère, il serait en train de s'occuper de la ferme ou de la terre. « C'est sans doute ce qui le préserve de devenir un tyran, songea-t-elle. Du moins, pour l'instant. »

Élisabeth s'en fut d'un pas trainant. Elle regarda par-dessus de son épaule, incapable de se défaire de la singulière impression qu'Auguste marchait à ses côtés.

– Tu ne perds rien pour attendre, marmonna-t-elle sur un ton faussement bourru, l'esquisse d'un sourire détendant légèrement ses lèvres plissées.

Élisabeth n'aurait pas à attendre indéfiniment ce tête-à-tête péremptoire avec son mari. Peu de temps après la naissance de Victoria, la fille chérie d'Isabelle et de Lucas, Élisabeth mourait dans son sommeil, de son propre chef on eut dit, habillée en tenue du dimanche, son rosaire entremêlé entre les doigts, le visage confiant et les bras en croix.

– CHAPITRE SEPT –

Chablis, Nouveau-Brunswick – 1910

- Madame! Ne me laissez pas! Je vous en prie! Je serai bon, je serai sage! s'écriait l'enfant âgé de cinq ans, ses petites mains se crispant convulsivement sur son pantalon, tandis qu'un filet d'urine laissait sa marque sur le plancher poli.

Ses cris faisaient trembler les murs de l'édifice et trouvaient résonnance dans ceux que d'autres petits garçons avant lui avaient poussés. C'était sa voix qui implorait cette femme, sa mère, de ne pas l'abandonner. Enfin, c'était ses larmes qu'il goutait, bien malgré lui, aux commissures de ses lèvres.

Hoquetant, étouffée par les sanglots, Nathaniel luttait pour retrouver son souffle. Une dernière fois, il considéra la dame élégante qu'il savait confusément être sa mère - même si celle-ci lui avait toujours formellement interdit de s'adresser à elle en d'autres termes que « Madame » -, espérant peut-être que celle-ci changerait d'idée, qu'elle reviendrait le chercher et le ramener à la maison. Mais non. Sans un dernier regard pour son fils unique, Gabriella descendit prestement les marches du perron et alla avec empressement à la rencontre de sa calèche.

Le père François posa une main épaisse sur la tête du garçon, plus par habitude que par réelle sympathie. Cette femme paraissait trop âgée pour être une fille-mère et elle n'était visiblement pas dans la misère non plus. Le religieux conclut qu'elle était une femme sans alliance, tout simplement, et qu'elle avait voulu sauvegarder l'honneur de sa famille en renonçant à ses responsabilités de mère, mais plutôt sur le tard.

Le père François trouvait quand même curieux que l'enfant l'appelle « Madame ». C'était à se demander quelle sorte de garçon était ce Nathaniel pour qu'il ait à ce point besoin de discipline, pour que sa mère exigeât de lui cette marque de respect inhabituelle. Elle l'avait néanmoins convaincu que son fils faisait plus vieux que son âge et qu'il se mêlerait parfaitement avec les autres petits garçons de six ans et plus. Car c'était normalement à la crèche de Pic-Bois, dirigée par des religieuses dévouées, à qui revenait la tâche de veiller au bienêtre d'orphelins en bas âge. Ce n'était pas la première fois que le père François contournait les règles. Et ce ne serait certainement pas la dernière fois non plus.

L'homme dans sa soutane noire et l'enfant dans ses habits de riche épiaient, impuissants, le départ de Gabriella Trahan qui se dirigeait vers sa voiture fermée et tirée par deux chevaux quand, soudain, le père François fronça les sourcils. Les rubans qui retenaient le chapeau de la dame se desserrèrent; comme celui-ci pendait mollement dans son dos, sous les rayons du soleil, le père crut distinguer des reflets roux dans la chevelure de celle-ci. « C'est toujours de mauvais augure des cheveux roux, songea le religieux. Rouge. Comme le feu, comme le diable… »

Avec une certaine hésitation, le père François dévisagea le petit garçon, désormais orphelin et ne put retenir un soupir de soulagement. L'enfant avait les cheveux châtains. Nulle trace de roux. Puis, comme Nathaniel toujours en pleurs s'essoufflait, le père François lui administra machinalement une gifle, croyant ainsi le calmer.

Les yeux dilatés par la douleur et la colère, Nathaniel leva la tête, serra les poings et défia l'homme du regard. Mais le père en avait vu d'autres. Au fond, ils étaient tous semblables ces enfants qu'il accueillait à l'orphelinat. La majorité était faible et vulnérable. Et pourtant, l'orphelinat Saint-Christophe accueillait parfois de petits garçons dont le courage aurait fait rougir plus d'un homme. Oui, certains se montraient braves. Mais tous, sans exception, seraient brisés et porteraient à perpétuité en eux les cicatrices de l'abandon.

Le père François passa outre la mine insolente et provocante du garçon. Il haussa les épaules et posa sa main qu'il voulait rassurante fois-ci sur la tête de Nathaniel.

Gabriella monta lestement dans sa carriole. Elle ignora les mains que lui tendaient son cocher et son fils éploré, Grégoire. « Quel piètre valet il fera ce garçon! », se dit-elle. Elle trouva la mine de l'enfant plus exaspérante que jamais avec ses grands yeux tristes et ses lèvres tremblantes. Ils se ressemblaient tous. Le père, cocher, la mère, cuisinière, leur fille, qui tenait lieu de femme de chambre et de ménagère, et leur fils, Grégoire, qui ne lui était d'aucun service et qui ne quittait pas son père d'une semelle.

Gabriella poussa un soupir irrité et se laissa choir lourdement sur la banquette. « Et dire que cette famille maussade m'accompagne dans tous mes déplacements! pensa-t-elle. Le prix que j'ai dû payer, pour assurer le silence entourant l'existence de Nathaniel. Enfin, il ne pourra plus me causer d'ennui désormais. C'est comme s'il n'avait jamais existé. »

Alors que le cocher activait les lourdes grilles en fer de la propriété, Grégoire en profita pour jeter un dernier coup d'œil par-dessus l'épaule vers le bâtiment austère en pierres. Il eut pour son ami un geste de la main hésitant, l'ayant repéré, toujours debout devant la fenêtre du deuxième étage, un représentant de Dieu à ses côtés; son signe d'adieu demeura sans réponse. L'instant d'après, les deux silhouettes disparaissaient derrière un rideau opaque.

– Les yeux devants, Grégoire, le réprimanda le cocher. Ceci ne nous regarde pas.

Pris en faute par son père, l'enfant sursauta, même si ce rappel à l'ordre avait été fait sur un ton plus autoritaire que menaçant. Le cocher s'installa près de lui à l'avant. Sans tarder, il fit claquer les brides et les chevaux se mirent en marche. Silencieux, Grégoire leva les yeux vers son père, rigide dans son coupe-vent; il comprit à sa mine sombre qu'ils avaient entrevu Nathaniel pour la dernière fois.

Rentrée dans sa villa de Montpellier, en bordure de mer, Gabriella s'était dirigée vers ses appartements. Elle avait chassé de la main sa jeune femme de chambre et son plumeau, avant de s'allonger paresseusement sur son récamier. Fourbue après son voyage, elle s'était contemplée sans complaisance dans le grand miroir fixé au mur, le menton reposant sur l'endos de sa main. Ses grands yeux obscurs étaient durs. Elle ne pleurait pas. Elle n'en avait jamais été capable. Comme pour s'en convaincre, Gabriella toucha le coin de ses yeux. Satisfaite, elle se redressa en position assise et déposa ses mains sur le coussin qui reposait sur ses cuisses.

Par habitude, elle examina ses ongles. L'ovale était parfait, mais les petites taches rougeâtres qu'elle crut déceler sur son majeur gauche la contrarièrent. Du coup, elle ouvrit le tiroir de la table basse près d'elle et en retira un petit pot. Avec beaucoup de soins, elle l'ouvrit, plongea deux doigts dans la substance onctueuse afin d'en recueillir une généreuse quantité. Puis, elle se mit ensuite à enduire méthodiquement de crème ses deux mains.

Comme ses yeux, comme le reste de son corps d'ailleurs, ses mains étaient en tout temps rugueuses, au mépris de toutes ses séances de crémage. Même ses parties intimes lui avaient semblé anormalement desséchées à la naissance de Nathaniel. Inconsciemment, Gabriella eut une moue de dégout. *Nathaniel...* Elle avait tellement espéré que la naissance de ce fils la comblerait. Un enfant de lui. Mais très rapidement, elle avait déchanté.

Gabriella rajusta le décolleté en dentelle de sa robe et frissonna d'aversion. L'accouchement avait été horrible. Elle avait poussé des cris de martyr lorsque la tête de l'enfant avait finalement déchiré la chair tendre pour faire son entrée dans le monde, braillant comme un veau. Lorsque la religieuse lui avait tendu le nouveau-né, Gabriella avait eu un mouvement de répulsion, qu'elle n'avait pas tenté de refouler. Elle l'avait trouvé affreux. Elle avait même accusé la sainte femme d'avoir substitué son fils par un autre. Et elle l'avait placé contre son sein uniquement pour chasser la consternation qui se lisait sur le visage de la sœur.

Effarouchée, Gabriella avait longuement dévisagé le fruit de sa chair, incapable de concevoir qu'elle avait enfanté un bébé aussi laid. Il ne ressemblait en rien à son père. Son fils aurait dû être blond, aux yeux bleus, avec un teint de pêche... À la minute où ses yeux froids s'étaient posés sur le petit visage rouge et crispé, Gabriella avait su qu'elle n'aimerait jamais l'enfant. Même si sa raison lui disait qu'il était pourtant bien de lui. Elle s'était raccrochée à cette réalité pour se convaincre de garder le bébé.

Elle l'avait ramené chez elle, à sa résidence principale de Chablis, confiante que l'instinct maternel prendrait éventuellement le dessus, que sa répugnance première s'estomperait avec les jours, les semaines, mais peine perdue. Elle avait sciemment renoncé à son rôle de mère, insistant pour se faire appeler « Madame » une fois qu'il avait été en mesure de parler, exactement comme c'était le cas avec son maigre personnel.

Néanmoins, avec les années, elle avait dû admettre que Nathaniel n'était pas ce que l'on pouvait appeler un bel enfant, mais qu'il était au moins agréable à regarder. Il avait un visage intelligent et débordant de santé. Malheureusement, même en reconnaissant ce fait, Gabriella n'avait jamais été en mesure d'éprouver de l'attachement pour son fils, sans compter que le garder auprès d'elle, c'était ruiner toute chance possible d'être avec l'homme qu'elle aimait. Car si cette grossesse lui avait procuré un certain bonheur au départ, Gabriella s'était ravisée. Ce fils nouveau-né aurait dû lui assurer une place permanente dans le cœur de son amant. Or, avant qu'elle ne puisse lui apprendre la nouvelle de sa grossesse, celui-ci lui annonçait, dans un instant de confidence plutôt rare, qu'il redoutait le jour où il serait père, craignant de ne pas être à la hauteur. Gabriella ne voyait pas comment elle aurait pu, à ce moment-là, lui annoncer la nouvelle; il lui avait coupé l'herbe sous le pied.

Coincée, elle s'était montrée patiente, mois après mois, année après année, dans l'attente du moment propice pour lui révéler l'existence de son fils. Elle avait naïvement cru qu'une fois avisé, il quitterait sa femme et les enfants qu'il avait eus entretemps. Mais ce jour n'était jamais venu, puisqu'elle n'avait pas eu le courage de lui présenter ce fils qui lui ressemblait si peu. Le garçon qui grandissait se faisait plus turbulent et les risques que quelqu'un ne découvre son existence se faisaient de plus en plus menaçants, en particulier lorsque son bel amant venait lui rendre visite.

Un beau matin, Gabriella avait soudain compris que Nathaniel n'était pas la solution, mais plutôt l'obstacle à son bonheur; plutôt que de servir de pont entre son amant et elle, plutôt que de les unir, en fait, cet enfant se dressait entre eux! *Nathaniel a entravé ma relation avec mon bienaimé. Mais plus maintenant.*

Gabriella se redressa et porta un regard glacial sur la glace, confiante qu'elle avait fait ce qui devait être fait : elle s'était débarrassée de Nathaniel, avant qu'il ne ruine toutes ses chances d'être auprès de l'homme qu'elle aimait.

Avec une fébrilité montante, Gabriella commença à déboutonner les boutons de sa robe. Le tissu glissa sur son épaule droite et laissa entrevoir une nouvelle tache sur sa peau laiteuse. Troublée, elle fit glisser négligemment sa robe à ses pieds. Elle étudia le reflet de son corps en petite tenue, sous toutes les coutures, le cœur serré d'angoisse. Matin et soir, elle prenait grand soin d'enduire sa peau d'un produit hydratant, mais rien n'y faisait. Les plaques rougeâtres tranchaient nettement sur sa peau. Elles apparaissaient périodiquement sur ses bras, ses cuisses, son dos... Elle parvenait à cacher ses imperfections avec de la poudre, mais depuis quelques jours, il lui semblait que ses marques se faisaient plus prononcées.

Contrariée, Gabriella marcha jusqu'à sa penderie et en ressortit un peignoir qu'elle enfila. Depuis la première apparition de ces rougeurs, elle avait appris à faire preuve d'astuce pour se vêtir de manière à cacher ce qu'elle croyait être des irritations. Mais il était difficile pour elle de choisir à l'avance une tenue pour la réception du lendemain si ces plaques surgissaient n'importe où sur le corps. « À mon retour à Chablis, décida-t-elle, j'en aurai le cœur net : j'irai consulter le docteur Robichaud. »

Gabriella toucha du bout des doigts l'ovale rose à l'intérieur de sa cuisse, là où la chair se faisait plus tendre. Elle souhaita que cette tache-là surtout ait disparu pour le lendemain. Elle ne savait jamais où il allait l'embrasser, mais elle le savait fou de ses jambes. Gabriella frissonna de désir et ferma les yeux. Elle ne l'avait pas vu depuis si longtemps! Mais demain, il la récompenserait de sa patience. Elle en était convaincue.

Gabriella l'adorait. En fait, son amour pour lui tournait davantage à l'obsession avec les jours et les semaines qui s'écoulaient sans qu'elle ait de nouvelles de sa part.

Par inadvertance, ses yeux se déposèrent sur la dernière lettre qu'il lui avait fait parvenir et qui trainait encore sur son lavabo. Elle réprima sa colère. Elle se demanda d'où lui venait cette subite prise de conscience; il n'était pas le premier mari à tromper sa femme! *Je ne te laisserai pas me quitter. Pas après tous les sacrifices que j'ai faits pour toi, pour nous.* D'abord sa réclusion dans sa villa, puis son séjour à Saint John, dans la « maison de repos » dirigée par des religieuses qu'elle jugeait assommantes, sans compter le congédiement de pratiquement tout son personnel afin que ne s'ébruite pas la nouvelle de sa maternité, pour finalement abandonner ce fils qui lui pesait sur les bras. Un fils qui, elle en était désormais persuadée, ne jouerait pas en sa faveur.

Gabriella recommença à se crémer, systématiquement, avec une expression de pure détermination sur le visage. Elle se ferait un plaisir indécent à lui rappeler tout ce qu'il avait manqué au cours des dernières semaines. *Oui, il succombera à mes avances. Il ne peut en être autrement.*

* * * * *

– J'aurais tellement souhaité t'accompagner!

Victoria se pencha au-dessus de son mari assis à sa table de travail. Ses longs cheveux blonds défaits pour la nuit vinrent lui chatouiller les joues. Preston ferma les yeux, respira son odeur avec délice et oublia l'espace d'une seconde le compte rendu qu'il tenait entre les mains; il y relatait l'arrestation spectaculaire au port de Québec, de Hawley Jarvey Crippen, un Britannique accusé du meurtre de sa femme. Toujours penchée au-dessus de l'épaule de son mari, Victoria s'efforçait de parcourir les grandes lignes de l'histoire, consciente que Preston examinait avec attention son profil.

– Captivant..., risqua-t-elle.

N'ayant rien trouvé de mieux à rajouter, lorsqu'elle lui fit face, elle posa aussitôt un air aimablement intéressé sur son beau visage, en guise de compensation.

– Il s'agit d'une première, crut bon de préciser Preston, indécis. *La* première arrestation faite grâce à la télégraphie sans fil. Et mon article fera certainement la page couverture de *L'Averti* demain.

Il scrutait les traits harmonieux et figés de sa femme; il cherchait encore à y détecter un réel signe d'intérêt. Victoria n'avait jamais montré une inclination particulière pour *L'Averti* ou pour ses écrits; ni n'avait tout à fait saisi l'ampleur de son attachement au journal de la famille. Il ne pouvait lui en tenir rigueur. Comme le lui avait fait remarquer un jour Victoria pour sa propre défense : « Peu de femmes prennent véritablement gout à ce genre de distraction ou de stimulation intellectuelle. »

Le charmant visage mutin de sa cousine Maude lui traversa brièvement l'esprit, comme pour remettre en cause le raisonnement de son épouse. Preston ne put s'empêcher de sourire. Dans l'instant qui suivit, Victoria lui rappela sa présence, comme si elle avait senti que l'esprit de son mari lui échappait au profit d'une autre femme. Elle contourna sa chaise, puis se laissa glisser à ses pieds. Sa robe de nuit blanche diaphane et souple, ondulait autour d'elle, camouflant sa grossesse récente.

Sous le coup d'une impulsion, Preston laissa tomber son article et prit doucement la tête de son épouse entre les mains. Même dans cette position humble, Victoria avait l'air d'une reine. Ils se perdirent passagèrement dans la contemplation de leurs regards limpides, presque identiques. Leurs cœurs se gonflèrent simultanément d'orgueil; ils formaient un couple au physique exceptionnellement choyé.

– Dommage que tu ne puisses m'accompagner pour la soirée donnée en mon honneur chez mes parents, réitéra Preston, avec un désappointement renouvelé. J'aurais aimé t'avoir à mes côtés lorsque je vais recevoir officiellement des mains de mon père le travail acharné de toute une vie.

– J'en suis navrée aussi, lui répondit en toute sincérité Victoria. Mais à ton retour, tu me raconteras tous les détails de la soirée.

Excité à la perspective de ce qui l'attendait, Preston attira avec ardeur sa femme vers lui. Elle s'était parfumée. Il respira à nouveau son odeur et sentit son désir monter en lui. Victoria lui tendit les lèvres, les paupières closes. Elle laissa avec bonheur ses mains se promener sur son corps, caresser son cou recouvert de dentelle puis défaire les quatre boutons de satin. Mais lorsque, en gémissant, Preston s'empara de son sein gauche, gonflé de lait, Victoria repoussa à regret, doucement, mais fermement sa main :

– C'est encore trop tôt Preston. Le docteur Sivret m'a fait promettre d'attendre deux semaines.

Déçu, ce dernier retira sa main à contrecœur et déposa un léger baiser sur le front lisse de Victoria.

– Je sais bien, mais je suis un homme et j'ai des besoins, remarqua-t-il, pince-sans-rire.

Elle eut un sourire de sympathie forcée qui l'amusa. Il la fit assoir sur ses genoux, effleura timidement son ventre et demanda avec une sollicitude évidente.

– C'est encore douloureux? Veux-tu que je fasse venir le médecin?

Embarrassée par la question, Victoria rougit et se contenta de répondre :

– Ce n'est pas nécessaire. Il faut seulement être un peu patient; laisser la nature faire les choses.

– Je comprends. Je serai patient, lui souffla-t-il à l'oreille.

À la naissance d'Olivia, Victoria avait bien failli mourir. Le docteur Sivret avait même parlé de miraculeuse sa survie et celle de l'enfant. Victoria avait perdu beaucoup de sang. Preston l'embrassa à nouveau à la naissance du cou, dissimulant son visage et l'expression fautive qui s'y était logée. La culpabilité résonnait en lui tout comme la voix de la conscience. Il avait fait un pacte avec le Seigneur. Si Victoria s'en sortait, il serait un meilleur époux. Il lui serait fidèle.

Preston avait le curieux pressentiment que sa promesse risquait d'être mise à l'épreuve. Il tenta de retrouver un semblant de tranquillité et aida sa femme à se remettre debout.

– Alors? fit-il, en balayant de la main son habit avec une fausse modestie. Comment me trouves-tu? N'ai-je pas l'air d'un homme qui s'apprête à prendre les commandes?

Preston, comme son père, était d'une extrême élégance, mais sans recherche exagérée; ce qui était aussi le cas de sa plus jeune sœur, Clémence. Victoria joignit les mains sous le menton, faisant chatoyer l'énorme saphir qu'elle portait au doigt et répondit, les yeux miroitants :

– Tu es beau. Beau comme un dieu. Et je suis tellement fière de toi.

Victoria savait que son mari souhaitait depuis un certain temps qu'Édouard se retire des entreprises familiales. En fait, depuis le premier jour où il s'était présenté au moulin et à la salle de presse, Preston avait ressenti la supériorité de son père, supériorité qui le paralysait et le mettait mal à l'aise. Libéré du joug d'Édouard, il pourrait enfin s'épanouir.

– Il est grand temps de montrer à tous tes compétences et ta juste valeur, autant au journal qu'au moulin, ajouta Victoria avec ferveur.

Touché par l'authenticité de ces belles paroles, Preston l'attira à nouveau à lui :

– Tu es bien certaine de ne pas vouloir m'accompagner?

Victoria fit mine d'hésiter, de considérer la possibilité avant de répondre savamment :

– Tu sais bien que je meurs d'envie de parader au bras du plus bel homme de Montpellier. Mais je ne peux pas sortir. Pas encore, directives du médecin.

– Très bien, se résigna-t-il. À ce soir, alors.

– Preston?

Victoria observa une courte pause, avant de reprendre d'une voix qui lui parut lointaine :

– Tu penseras à moi?

– Bien sûr, ma chérie. Tu es toujours dans mes pensées.

Après un dernier baiser, Preston quitta la pièce spacieuse, le dos bien droit, l'air digne, comme s'il récoltait déjà les compliments et les applaudissements qui l'attendaient, sans contredit, à la résidence de ses parents. Il avait presque atteint la porte de leur chambre lorsqu'il regarda brièvement par-dessus l'épaule. Il caressa des yeux la silhouette ravissante de Victoria qui admirait le tableau de famille au-dessus du foyer. Le profil parfait de son visage et souvent indéchiffrable, éclairé par les deux bougeoirs de la cheminée, semblait si serein. Et pourtant, se demanda Preston, avait-il imaginé le léger frémissement de ses lèvres roses et l'inquiétude qui était venue troubler ses sourcils blonds?

Plutôt que de s'enquérir de son état d'âme, Preston détourna lâchement les yeux et sortit à la hâte de la pièce. Il emprunta le grand escalier, ses pas amortis par le tapis épais.

– Je suis un homme comblé, raisonna-t-il tout bas, avec fermeté. J'ai tout ce dont j'ai toujours rêvé. J'ai épousé la femme de mes rêves et elle m'a donné trois beaux enfants, en parfaite santé.

Je ne peux pas, je ne dois pas lui être infidèle, même pas en pensée.

Dans la voiture qui le transportait chez ses parents, dont la demeure sur la colline, était voisine à la sienne, Preston était parvenu à repousser de son esprit sa culpabilité vis-à-vis de Victoria. Il devait se préparer mentalement à ce qui l'attendait. Sa destinée commençait réellement ce soir. On comparerait ses prouesses futures à celles de son père et la barre était haute. *Et si j'arrive à le surpasser?* Cette possibilité fit aussitôt naitre un sourire ambitieux sur les lèvres de Preston.

En fait, il souriait toujours lorsque la calèche s'immobilisa devant l'impressionnante résidence de Françoise et d'Édouard Roussel. Preston jeta un coup d'œil dehors. Son sourire s'estompa et il sentit son pouls s'accélérer. *Mais... qui sont tous ces gens?!* Il compta une vingtaine de calèches. Son père lui avait pourtant promis une soirée « avec quelques intimes ». Nerveux, Preston fit un signe de tête poli au cocher qui lui avait ouvert la portière. S'il avait appris une chose de sa mère, c'était la courtoisie, et de son père, le respect d'autrui, sans distinction de la classe sociale.

Ému par la perspective de ce qui l'attendait, Preston resta immobile quelques secondes au pied des marches. Il contempla la superbe propriété de ses parents, s'attardant aux six imposantes colonnes blanches qui longeaient la façade et au balcon continu qui surplombait le grand porche. Il avait connu une enfance heureuse là, avec sa sœur Clémence et avec Victoria, sans compter la proximité de Gervais et de Maude, qui avaient pratiquement grandi avec lui sous le même toit. Il n'avait eu qu'à tendre la main, littéralement, pour récolter tous les éléments essentiels à son bonheur.

« Preston! » En entendant son prénom, il se retourna aussitôt afin d'accueillir avec une expression détendue son cousin Gervais qui marchait vigoureusement dans sa direction, Arthur le suivant de près, de sa démarche inégale.

– Je suis heureux de vous voir! Il y aura au moins deux visages familiers et sympathiques parmi tout ce beau monde! lança Preston, avant de leur serrer chaleureusement la main.

– Clémence n'est pas avec toi? demanda-t-il à Arthur.

Le visage naturellement grave de son beau-frère s'illumina aussitôt :

– Elle est déjà à l'intérieur. Elle tient compagnie à Germaine.

Étonné, Preston se tourna promptement vers son cousin :

– Ma parole! C'est un nouveau record, si je ne m'abuse. Deux semaines, c'est bien cela? Serait-elle l'élue?

Gervais ne releva pas l'ironie. Il se contenta de s'exclamer avec bonne humeur :

– L'élue? Je ne pense pas. Mais que voulez-vous? Il est difficile de lui résister... C'est qu'elle est extrêmement féminine. Elle a un corps à vendre son âme au diable!

Arthur baissa les yeux; il devina que Preston n'avait pas apprécié le commentaire. Ce dernier se força à sourire. Superstitieux, Preston détestait toute allusion aux enfers. Gervais, plongé dans ses souvenirs amoureux, ne remarqua pas la tension manifeste de Preston.

Tandis qu'ils grimpaient les marches du perron, Gervais s'enquit des nouvelles de son épouse. Preston accéléra le rythme pour se donner une longueur d'avance et répondit sur un ton vague :

– Beaucoup mieux, je te remercie. L'accouchement a été difficile pour elle.

Il semblait à Gervais que depuis son mariage, Victoria était toujours enceinte. Preston considéra la figure joviale de son cousin et devina ce qui le faisait sourire.

– Je sais, je sais, fit-il avec un haussement d'épaules. Cinq ans de mariage et déjà trois enfants... Mais crois-moi, aussitôt qu'elle me donnera un fils, ça va s'arrêter là.

Pour toute réponse, Gervais lui donna une claque amicale dans le dos.

– Un fils ne saurait tarder! De toute façon, à compter de ce soir, avec tout l'argent que tu vas gagner à la tête de l'empire familial, tu pourras te permettre quelques bouches de plus à nourrir! Après tout, n'est-ce pas ce que le curé s'entête à nous répéter? Une fois mariés, nous avons la responsabilité de mettre au monde le plus d'enfants possible!

Si tôt qu'il eut prononcé ces paroles, Gervais se rendit compte de son impair. Il eut une mine embarrassée à l'endroit d'Arthur, imité par Preston. Clémence était de loin sa sœur préférée. Et il partageait sa peine : après quatre années de mariage, la venue au monde d'un enfant se faisait toujours attendre.

– Ça va... ça va, voulut les rassurer avec une fausse désinvolture Arthur. Pas la peine de faire votre tête d'enterrement.

Arthur eut un rire qui sonnait faux. Il rajusta ses lunettes, conscient du malaise des deux cousins et se sentit lui-même glisser vers un terrain dangereux.

Alors que le trio atteignait la dernière marche du perron, les paroles de Gervais lui revinrent brusquement à l'esprit. Preston s'arrêta net, avec une expression de surprise :

– Attendez un peu! Comment saviez-vous pour...

– Enfin, Preston! coupa Gervais, reconnaissant de cette intervention qui éclipsait son indélicatesse précédente. Tu ne pensais quand même pas que c'était un secret?! Si tu veux mon avis, tout le monde est au courant! Pas vrai, Arthur?

Celui-ci approuva de la tête également soulagé du tour que prenait la conversation, trouvant néanmoins déplacée l'exubérance de Gervais, qui continuait sur sa lancée :

– Une célébration donnée en ton honneur, Preston, ne peut signifier qu'une chose! Ton père va officiellement te passer le flambeau. Laisse-moi être le premier à te féliciter. Ensemble, nous allons révolutionner les nouvelles! Et tu pourras toujours compter sur Arthur pour assurer la réussite de l'usine des pâtes et papiers Roussel!

Preston se dérida devant ce déferlement joyeux de paroles. L'évidente bonne disposition de son cousin était communicative; même Arthur s'était laissé gagner par l'excitation de Gervais. Preston serra affectueusement les épaules de son beau-frère qui venait de lui offrir à son tour ses meilleurs vœux et qui en profitait pour réitérer sa loyauté vis-à-vis de l'usine. Preston se sentit soudain envahi par une incroyable sensation de bienêtre. *Je pourrai toujours compter sur mon cousin et mon beau-frère afin de mener l'entreprise familiale à bon port.*

Avec cette aisance inhérente aux fils de bonne famille, Preston tendit son manteau et son chapeau au portier. Arthur et Gervais firent de même; le second avec un peu plus d'empressement. Il avait aperçu un peu plus loin la délicieuse Katherine Brideau. Gervais se tourna distraitement vers Preston et expliqua, en pointant du menton la jolie brunette :

– Je pars à la conquête. À tout de suite!

– Quoi, déjà? C'est pas vrai..., maugréa Arthur.

Instinctivement, il chercha avec appréhension du regard son épouse. La mine désolée de sa femme et celle cramoisie de Germaine n'étaient guère encourageantes.

– Voilà! Toujours la même histoire, ajouta Arthur avec ennui. Ce sera encore à Clémence qu'incombera la responsabilité de consoler la maitresse abandonnée de Gervais. N'y a-t-il aucune limite à son libertinage?!

– Gervais a le défaut de sa qualité, le défendit Preston, mi-figue mi-raisin. Il est un séducteur né, il n'y peut rien. Les dames l'adorent pour son amabilité innée et son empressement. Les jeunes filles, elles, rougissent devant ses éloges.

Preston aperçut sa sœur qui écartait gracieusement les mains, en un geste impuissant, et il enchaina aussitôt :

– Ne tarde pas trop Arthur. Clémence m'apparait un peu fébrile. Allez, Bonne chance!

– Je te remercie, je vais en avoir besoin. Il va y avoir des grincements de dents, je peux le prédire, soupira Arthur, en marchant lourdement vers les deux femmes.

La soirée, pour lui, s'annonçait longue.

– Bon sang, Gervais, pouffa Preston, aussitôt que son beau-frère se fut éloigné.

Tu aurais pu au moins aller saluer Germaine avant de te mettre à jouer les don Juan.

Preston suivit des yeux son cousin à l'impressionnante carrure, enviant la liberté dont il jouissait. Il comprenait la nature féminine mieux que quiconque. Elles étaient nombreuses à vanter ses prouesses de séducteur, le comparant souvent à un dieu grec, ce qui était loin de déplaire à l'intéressé. Preston vit Gervais s'incliner respectueusement devant madame Brideau, puis baiser la main de Katherine. Il se demanda avec amusement laquelle des deux lui paraissait la plus alléchante. *La mère ou la fille?*

Grand et massif, le fils unique de Suzanne Chevalier et de Philorome Guignard était assez beau garçon, avait un charme indéniable et un sens de l'humour bien ancré qui l'empêchait de se prendre trop au sérieux. Son statut de célibataire amenait certaines mères à pousser littéralement leur fille dans les bras du jeune homme, convaincues qu'il finirait tôt ou tard par se ranger et fonder une famille. Or, bien que Gervais fût extrêmement sensible à la gent féminine, il gardait la tête étonnamment froide vis-à-vis du mariage. C'est pourquoi il entendait retarder le plus longtemps possible l'inévitable. Son choix serait issu d'une décision murement réfléchie et parfaitement éclairée. Lorsqu'il prendrait une épouse, il respecterait le sacrement du mariage et lui resterait fidèle jusqu'à la mort.

Preston se désintéressa de la nouvelle conquête de Gervais et admira l'étalement d'une vie aisé, dont Victoria et lui-même avait joui dans leur jeunesse et dont ils s'étaient inspirés pour l'aménagement de leur propre résidence.

Édouard et Françoise avaient fait preuve d'une générosité remarquable, en offrant à deux de leurs enfants, Preston et Clémence, de superbes propriétés dignes de la haute bourgeoisie et situées tout près de la leur sur la colline. Toutefois, comme la demeure de Preston contenait une salle de réception, Françoise s'attendait à ce que ce soit Victoria et non Clémence, qui prenne la relève des soirées mondaines.

Ce soir-là, particulièrement, Édouard et Françoise n'avaient pas lésiné sur la dépense. Le meilleur de la mer et de la terre, des plats savamment apprêtés, défilaient sur des plateaux ambulants, lesquels circulaient parmi les relations haut placées de son père, tous des gens influents de Montpellier et parmi eux, des hommes d'affaires unilingues anglophones, ce qui n'empêcherait pas Preston de livrer son discours exclusivement en français. C'était une question de principe, par respect pour le nombre majoritaire d'Acadiens qui étaient présents. Il avait décidé qu'une brève formule de salutations en anglais suffirait.

Debout au centre du vestibule nouvellement aménagé – le marbre gris et blanc du plancher faisait jaser en ville –, Preston embrassa les pièces du regard, se laissant envahir par l'ivresse de sa puissance. L'empire forestier des Roussel, alors que l'industrie papetière était en constante progression et que la demande en bois d'œuvre était toujours en croissance, se portait à merveille. Mais c'était réellement la présidence de *L'Averti* qui l'emportait dans son cœur. Ce journal, si cher à son père et à son grand-père, l'était peut-être même davantage pour lui.

À sa gauche, des violonistes couvraient des paroles d'amour défendu et les discussions sur la bourse. Les femmes avaient revêtu leurs plus beaux atours; les hommes portaient sur eux l'expression de la réussite et de l'accomplissement. Preston répondit poliment aux salutations de monsieur et madame Leblanc. Il fit mine de ne pas remarquer le regard provocateur de leur fille Odile qui était désespérément en âge de se marier. *Une véritable petite peste!* Les Leblanc étaient des amis de la famille depuis longtemps. Pourtant, Preston n'avait jamais pu s'habituer à la pédanterie de Madame et de ses filles, encore plus prononcée maintenant qu'elles étaient adultes. En contrepartie, les filles de monsieur et madame Basque étaient tout à fait charmantes.

Tout en répondant à leur sourire timide, Preston se mit à observer distraitement les couples autour de lui; il se fit la remarque à quel point Victoria et lui étaient bien assortis. « Ces jeunes femmes au bras d'hommes de quinze ans leur ainé, songea-t-il, et ces vieilles dames déguisées par une généreuse couche de maquillage et dans des tenues provocantes pour leur âge, sont d'un ridicule! Vraiment, Victoria et moi formons le couple idéal. » Preston regretta encore une fois qu'elle n'ait pu l'accompagner. Avec quelle fierté il aurait aimé l'avoir à son bras.

– Preston! Mon chéri! Te voilà!

Preston accueillit en souriant les baisers pincés de sa mère.

– Bonsoir, maman. Vous êtes ravissante, comme d'habitude, mentit-il aimablement.

Preston vit le regard maternel hésiter, puis s'illuminer brièvement et il comprit qu'elle l'avait cru. Françoise, qui n'avait jamais vraiment été une jolie femme, même parée de ses plus beaux bijoux et de ses robes couteuses, ne se fiait guère aux compliments. Ce soir, l'alcool qui coulait dans ses veines embrumait légèrement son jugement. Minaudant, elle lui tendit un verre de scotch et fit mine de remonter sa coiffure.

– Merci, très cher. Comment se porte Victoria?

Preston allait lui répondre qu'elle se remettait tranquillement de l'accouchement. Françoise ne lui en laissa pas le temps :

– Je suis désolée, mon chéri, s'excusa-t-elle avec finesse, mais je dois remplir mon rôle d'hôtesse. Gaston De Montigny vient d'arriver avec le maire Laplante. C'est un Québécois de passage à Montpellier, un nouveau riche de la dernière heure que convoite ton père pour des possibilités de partenariat, lui confia-t-elle. Nous reprendrons notre conversation un peu plus tard, si tu veux bien?

– Bien sûr, mère. Je comprends.

Et je sais à quel point votre rôle d'hôtesse vous tient à cœur.

Il n'y avait rien d'étonnant, à ce qu'Édouard attribuât une partie de son succès à Françoise. Ensemble, ils formaient une équipe hors pair. Au fil de sa longue carrière d'homme d'affaires, c'était Édouard qui, ultimement, avait décidé avec qui il souhaitait établir des alliances; c'était indéniablement Françoise qui avait entretenu par la suite de bonnes relations avec les candidats choisis, veillant à ce que ceux-ci figurent régulièrement sur leur liste d'invités et qu'ils reçoivent tous les égards qui leur revenaient. Sans compter que Françoise avait la mémoire des prénoms et des visages. Un art qui s'était avéré indispensable au succès d'Édouard.

Preston remarqua tout à coup sa cousine Maude qui lui faisait signe de la rejoindre, un sourire épanoui sur ses belles lèvres rouges; il ne se fit pas prier. Il avait espéré revoir sa cousine, rentrée d'Europe depuis quelques semaines déjà et fiancée à un créancier depuis peu. En fait, il ne l'avait pas revue depuis l'annonce de ses propres fiançailles à Victoria, cinq ans auparavant. Pourtant il lui semblait que, la veille encore, elle lui tenait des discours passionnés sur les articles que publiait le journal.

Preston avait toujours beaucoup aimé Maude. Non seulement elle était jolie, mais en plus, elle avait de l'esprit. Jusqu'à l'adolescence, ils avaient été inséparables. À une époque, il avait même secrètement et brièvement envisagé de l'épouser. Preston se demanda fugitivement si leur famille se serait réjouie de cette union. Difficile à dire... surtout s'il repensait à la réaction explosive qu'avaient eue ses parents à l'annonce de ses fiançailles à Victoria.

Maude avait reçu une éducation exceptionnellement soignée pour l'époque. Une vieille tante éloignée, fortunée et excentrique, l'avait accueillie dans sa villa en France. Sur l'insistance de celle-ci, Maude s'était initiée aux grands philosophes avant d'entreprendre des études en lettres. Ce n'était pas le bagage intellectuel impressionnant de sa cousine auquel songeait Preston tandis qu'il arrivait à sa hauteur et qu'elle lui tendait gracieusement les deux joues. Il les lui embrassa, un peu plus longuement que nécessaire. Maude s'en aperçut et en fut touchée :

– Je suis si heureuse de te revoir! Je serais passée te voir plus tôt, mais j'ai été tellement occupée depuis mon arrivée avec les préparatifs du mariage!

Preston vit le visage de Maude rayonner du simple plaisir de le revoir après ces cinq années d'absence; il se fit la remarque qu'il serait difficile pour un homme, même marié, d'y rester indifférent, de ne pas être flatté par l'expression ravie de ses yeux verts en amande. Leur jeunesse insouciante était bien loin derrière eux, mais les responsabilités de la vie adulte ne semblaient pas avoir éteint la belle personnalité de Maude.

– Je suis très heureux de te revoir aussi chère cousine, lui répondit-il d'un ton aimable quoiqu'un peu distant.

Preston tourna momentanément la tête, comme pour chasser un souvenir importun, avant de prendre une mine de circonstance pour s'enquérir des nouvelles de son oncle :

– J'ai cru comprendre que ton père ne se porte pas bien?

Preston regretta presque sa question lorsqu'il vit le beau visage de sa cousine s'assombrir. « Le vieil Archibald se meurt », lui avait annoncé sa mère la veille, sur un ton à peine concerné. Bien que, comme Françoise, il n'ait jamais particulièrement aimé son oncle, qu'il trouvait dur et colérique, Preston connaissait l'affection que lui portait Maude, attachement qu'il n'avait d'ailleurs jamais pu s'expliquer. Celle-ci le dévisageait toujours, hésitante, tiraillée entre la formule appropriée et évasive qu'employait généralement sa mère et son habituelle franchise. Elle opta pour la seconde :

– Hélas, non, pas très bien, répondit-elle tristement. Le docteur lui donne quelques semaines encore, peut-être quelques mois, tout au plus. Mais il est en paix avec lui-même. C'est ce qui compte, n'est-ce pas?

– Oui, c'est là le souhait de tout homme, reconnut Preston, d'une voix solennelle.

Maude baissa sa jolie tête; elle montra innocemment les broches en émeraude dans sa chevelure de jais, présent de son fiancé et qui s'agençait parfaitement avec sa robe de soirée. Preston avait espéré faire sa connaissance ce soir, mais Gervais l'avait prévenu qu'Henri-

Paul Richard était retenu à Toronto pour affaires. Preston ne pouvait qu'espérer qu'il ne ressemblât en rien au père de Maude, contrôlant et mauvais. Il estima que c'était sans doute bon signe, qu'Henri-Paul ne voyait aucun inconvénient à ce que sa jeune et belle fiancée socialise pendant son absence. Cette observation le rassura un tant soit peu, quant à la nature de ce dernier.

N'eût été le drame que vivait sa cousine, Preston l'aurait sans doute complimentée sur ces bijoux. La seule chose à laquelle il pouvait penser à ce moment, était le fait que Maude allait épouser un homme dont elle n'était pas amoureuse; c'était du moins l'impression que lui avait donnée Gervais, leur confident à tous les deux.

Preston avait sa part de doutes et d'inquiétudes quant à l'avenir de leur cousine, poussée dans ce mariage de convenance. Le vieil Archibald ayant investi à tort et à travers toute la fortune des Savoie, avait fait revenir sa fille ainée de l'étranger, pour lui imposer un fiancé, Henri-Paul Richard. Le créancier gagnait une ravissante épouse de dix ans sa cadette, en échange de quoi il prenait à sa charge – une fois Archibald décédé – madame Savoie et ses trois filles, Sophie, Florence et Maude, qu'il épouserait au printemps.

Les beaux yeux verts de Maude se voilèrent à nouveau. Elle appréhendait le jour où elle jurerait devant Dieu d'aimer et d'obéir à Henri-Paul. Elle était trop réaliste pour concevoir qu'une vie de bonheur puisse jaillir de cette union arrangée. Elle se remémora avec amertume leur première rencontre. Attablés autour d'un déjeuner trop copieux, elle s'était contrainte à sourire au créancier qui racontait à toute sa famille les circonstances entourant cette première rencontre officielle :

– Lorsque j'ai vu Maude en peinture miniature, je me suis dit : Tiens! Voilà une jeune fille qui a le potentiel sérieux de devenir ma femme.

Comme pour donner plus de poids à sa déclaration, Henri-Paul avait sorti de la poche de son habit l'objet cité, avant de poursuivre :

– Le hasard fait bien les choses, n'est-ce pas? Si je n'étais pas tombé sur Archibald à la sortie de mon bureau et s'il n'avait pas eu avec lui cette fameuse peinture, qui sait si nous serions ici, aujourd'hui à faire plus amples connaissances.

Pour toute réponse, Eugénie et ses filles s'étaient contraintes à reprendre l'expression de bonheur résigné de Maude. Quant à Archibald, sa mine satisfaite et rusée attestait clairement de son état d'esprit devant un dénouement qu'il avait provoqué de toutes pièces.

Maude l'avait trouvé plutôt ordinaire ce jour-là. Condescendant, sûr de lui et surtout, sans aucune notion de littérature. Mais, il se montrait très empressé envers elle, à la grande satisfaction de son père. Évidemment, Henri-Paul ignorait tout de ses sentiments. Maude se doutait bien que même avisé, son fiancé préfèrerait contourner ce léger détail. Elle s'était donc montrée aussi charmante que possible face à sa cour assidue.

Lorsqu'elle avait finalement accepté sa demande en mariage et consenti à déménager avec lui à Toronto une fois mariée, elle n'avait pas versé une larme. Son sacrifice effacerait la dette de son père, préserverait sa famille de la honte et assurerait à ses deux sœurs un destin plus rose que le sien. De plus, Maude n'aurait jamais pu refuser cette dernière volonté à son père.

Elle dévisagea Preston pendant de longues secondes; elle chercha encore malgré elle dans son regard une lueur ardente, un regret d'avoir choisi une autre qu'elle pour épouse, mais en vain. Toute sa jeunesse de passion retenue déferla en elle comme une vague chaude. *Je t'ai tant aimé, Preston. Une partie de moi t'aime encore aujourd'hui.*

Maude n'avait jamais compris comment deux êtres si fondamentalement différents avaient pu se plaire. Sérieux, brillant et particulièrement beau garçon, Preston avait de l'énergie, du talent et de l'ambition à revendre, ainsi que des valeurs morales bien ancrées. Il était l'incarnation de l'homme idéal à ses yeux. Bien qu'elle reconnaisse la beauté exceptionnelle de sa rivale, Maude était convaincue d'avoir cerné la véritable personne qu'était Victoria, la complexité de sa personnalité remplie de paradoxes. Sous la façade trompeuse d'une jeune fille réservée et pondérée, sous ses airs dociles et ses manières doucereuses, se cachait un être extrêmement manipulateur, calculateur et indigne de l'affection de Preston, Maude l'aurait juré.

À la mort tragique de ses parents, Victoria avait été recueillie par son oncle Édouard. Toute sa vie, Isabelle, sa mère, avait été d'une santé très délicate et lorsqu'elle s'était éteinte, Lucas, son époux, l'avait accompagnée dans le trépas. Aucun homme à Montpellier n'avait tant aimé une femme, à ce qu'on disait.

La rumeur voulait qu'il se fût enlevé la vie par empoisonnement, sitôt après avoir fait la découverte du corps d'Isabelle, incapable de concevoir une vie sur terre sans la présence de sa femme. On avançait également que c'était Victoria qui avait fait la découverte des deux corps étendus dans le lit conjugal, leurs mains jointes, le même sourire libéré aux lèvres.

La vie s'était avérée plus clémente pour la fille unique d'Isabelle. La petite Victoria était vigoureuse et en bonne santé; elle possédait la beauté classique de sa mère qui avait jadis fait tourner les têtes. La naissance de Victoria, qualifiée de miraculeuse, avait donné lieu à des déferlements d'excès en tout genre. L'enfant, affreusement gâtée, avait grandi en voyant tous ses désirs et caprices exaucés par ses parents, du moins jusqu'à son arrivée chez les Roussel.

Maude cligna des yeux à quelques reprises, comme pour chasser l'image embrouillée qui masquait ses yeux. À l'époque, ils étaient inséparables : Preston, Gervais et elle-même étaient les trois mousquetaires. Puis Victoria était entrée dans leur vie et leur univers tranquille avait basculé.

– CHAPITRE HUIT –

1892

– Les enfants, venez accueillir votre sœur!

La voix grave et impatiente d'Édouard appelait ses filles et son fils du bas de l'escalier. À ses côtés, les bras croisés sur sa maigre poitrine, Françoise avait une expression critique au visage. « C'est à peine croyable, ruminait-elle silencieusement. Voilà que je dois faire preuve de charité chrétienne en adoptant la fille d'Isabelle, alors que celle-ci, de son vivant, ne m'a jamais fait preuve de grands égards! »

Depuis leur toute première rencontre sur la patinoire des années auparavant, Françoise avait jalousé la relation d'Édouard, son futur époux, et de sa sœur jumelle. Les paroles élogieuses d'Édouard vis-à-vis de celle-ci – qu'il qualifiait de bonté et de beauté incarnées – n'avait fait qu'accroître au fil des années le ressentiment de Françoise. Pour n'avoir absolument rien en commun avec sa belle-sœur, autant sur le plan physique qu'au niveau de la personnalité, il était difficile pour Françoise, si intelligente et perspicace de concevoir que son mari ait pu l'avoir mise sur le même piédestal que sa jumelle. « Une sainte princesse qui n'a eu qu'un enfant, se disait-elle, et une fille de surcroit! »

Françoise ravala son dépit et tourna les yeux vers l'escalier. Elle accueillit d'un sourire plutôt tendre son neveu qui en descendait. Gervais avait un tempérament si agréable qu'elle ne voyait aucun inconvénient à ce qu'il passât le plus clair de son temps chez eux, à tenir compagnie à Preston. Gervais se frotta le bout du nez, considéra un moment la fillette dans sa robe bleu pâle, ses longs cheveux blonds lisses retenus par un nœud sur le côté, et demanda avec cette spontanéité innocente propre aux enfants :

– Mon oncle, c'est elle, l'orpheline?

Édouard s'éclaircit la gorge, pris de court par la franchise de Gervais. Il chercha une réponse; Françoise vint habilement à son secours. D'une voix mielleuse qui masquait mal son antipathie envers sa nièce, elle expliqua :

– Mais non, Gervais. Victoria n'est plus orpheline puisqu'elle fait désormais partie de notre famille. Dorénavant, elle est la sœur de Preston.

– Ah! Bon! déclara-t-il, peu convaincu, couvé par le regard approbateur de sa tante.

Pour la centième fois, Édouard ne put s'empêcher de s'étonner de l'évidente affection de son épouse pour leur neveu. À certains égards, Françoise était encline à faire preuve de plus d'indulgence envers Gervais qu'envers leurs propres enfants. Gervais n'avait pas encore deux ans que Françoise lui avait fait promettre une place assurée au sein des dirigeants du moulin lorsqu'il serait en âge de travailler. Une demande qu'elle avait savamment enrobée d'une évidence irréfutable : Preston aurait toujours un allié en Gervais. Les cousins étaient aussi proches qu'il était possible de l'être.

Ce fut au tour de Clémence, leur fille cadette, de dévaler l'escalier. Françoise rajusta le ruban dans le dos de sa fille et pointa du menton la nouvelle venue :

– Clémence, ma chérie, dis bonjour à ta sœur Victoria.

L'enfant murmura un petit bonjour timide auquel Victoria répondit à peine : pour la première fois de sa vie, elle était incertaine quant à son pouvoir de séduction, déstabilisée par l'indifférence de Gervais à son endroit. Victoria leva ses yeux clairs vers son oncle et se rapprocha sensiblement de lui. Spontanément, Édouard passa un bras autour de ses petites épaules dans un geste protecteur et aimant. Françoise, à qui rien n'échappait, devina que son époux avait pour la fillette un amour protecteur réservé à peu d'élus. Elle fixa durement sa nièce, envahie par la rancœur.

Victoria était tout le portrait de sa mère. « Une vraie beauté blonde, pensa Françoise, faussement innocente, habituée à ce que les gens fassent des pieds et des mains pour lui plaire ou pour être gratifié d'un simple battement de cils! » Elle dévisagea Victoria avec cette froideur que l'on réserve habituellement à une rivale, avant d'attirer Clémence contre elle. « Je ne laisserai pas la fille d'Isabelle prendre la place de mes filles, se jura-t-elle intérieurement. Et surtout pas celle de ma petite Clémence! »

Bien entendu, jamais Françoise n'aurait exprimé tout haut de telles pensées, surtout qu'Édouard était encore bouleversé par le décès de sa jumelle et de son époux. Elle-même était encore perturbée par l'affliction évidente de son mari, par la tristesse qu'elle avait surprise, à plus d'une reprise, logée dans son regard limpide. Malgré ses réserves à l'endroit de sa nièce, Françoise s'était montrée plutôt complaisante devant le fait accompli. Édouard ne l'avait pas consultée, tenant pour acquis qu'elle accueillerait à bras ouverts l'enfant de sa chère jumelle. Et elle n'aurait certainement pas démenti l'impression charitable qu'il se faisait d'elle. Avec des paroles obligeantes, Françoise était tout à fait capable de faire preuve de générosité de cœur, de charité chrétienne. Accueillir l'enfant de sa belle-sœur, c'était à la fois accueillir une dot, plutôt modeste, soit, mais surtout, recevoir des éloges sur sa compassion.

La veille, lorsqu'elle était passée prendre le thé avec sa sœur Suzanne dans le restaurant du grand Hôtel Jonquille, les Dames de l'Association des Tulipes – organisme de charité pour lequel œuvrait Isabelle lorsque sa santé le lui permettait – l'avaient chaudement félicitée pour sa grandeur d'âme. Madame Viger, la présidente, avait eu pour elle ces beaux mots : « Chère Françoise, nous avons appris que vous aviez pris sous votre aile la fille de notre bienaimée Isabelle. Je vous félicite de votre générosité à l'endroit de votre nièce orpheline. Après le vide laissé par le départ d'Isabelle, c'est un grand réconfort pour nous toutes de savoir sa fille entre de si bonnes mains. »

Toujours très élégantes, ces dames ne pouvaient passer inaperçues. « La moitié d'entre elles sont des parvenues, se disait Françoise, mais cela ne les empêche pas d'être aussi prétentieuses que leurs compagnons qui sont nés avec une cuillère d'argent dans la bouche! » Chose certaine, ces femmes étaient très influentes et respectées dans leur milieu. Elles avaient le pouvoir de démolir ou au contraire de consolider une réputation.

Édouard se tourna vers son épouse qui semblait perdue dans ses pensées et s'écria, mécontent :

– Mais que font-ils à la fin?

Françoise eut un haussement d'épaules hautain et jeta un coup d'œil vers Gervais, en quête d'une réponse qu'il ne tarda pas à lui donner :

– Preston est en train de réciter un discours à Maude. Elle critique et applaudit à la ronde sa performance, ajouta-t-il avec un grand sourire. Quant à Cécile, Léonie et Gaële, j'ignore ce qu'elles font.

– C'est bien Gervais, le remercia d'un signe de tête satisfait Françoise.

Elle savait pertinemment que ses filles s'étaient encabanées dans leur chambre. Elles n'avaient aucune envie de venir faire des courbettes de bienvenue à leur nouvelle rivale, Victoria. La simple présence de celle-ci suffirait à éveiller des sentiments d'insécurités chez elles; la beauté de Victoria accentuerait leurs physiques ingrats.

Enfin, Preston suivi de Maude, descendirent l'escalier, les joues rouges d'avoir couru. Édouard examina d'un œil critique la tenue de son fils, ce qui l'amena à remonter nerveusement ses chaussettes blanches puis à aplatir de la main ses cheveux blonds lissés sur le côté.

– Preston, mon garçon, tu te rappelles certainement de ta cousine Victoria. Elle va vivre avec nous désormais, annonça Édouard sur un ton affable.

L'enfant leva un œil interrogateur vers sa mère et Françoise crut bon de rajouter, sur un ton neutre :

– Tu ne te souviens probablement pas d'elle. Les St-Cœur ne nous ont jamais reçus à dîner. Et ils répondaient si rarement à nos invitations...

Édouard lui jeta un regard choqué devant ces insinuations, Françoise fit mine de ne rien voir, un sourire délibérément innocent posé sur les lèvres.

La mine grave, en parfait gentilhomme, Preston tendit la main à sa cousine. Il était visiblement intimidé par la beauté de l'enfant. En riant, Maude le bouscula et s'empara amicalement des deux mains de Victoria, avec une familiarité que Françoise déplora. *C'est désolant! La fillette manque d'encadrement.* Elle fut prompte à conclure que sa cousine par alliance, Eugénie, ne savait pas comment s'y prendre avec Maude. Françoise se sentit brusquement indispensable; elle retrouva son aplomb et sa raison d'être. « Dorénavant, décida-t-elle, je veillerai *personnellement* à ce que Maude reçoive une éducation adéquate pour devenir une jeune fille convenable, tout comme Victoria ayant jusqu'à ce jour grandi à la campagne. »

– Bonjour! Je suis la cousine Maude. Tu vas beaucoup te plaire ici! Crois-moi!

Surprise par sa familiarité et ses yeux verts espiègles, Victoria eut un mouvement de recul, elle se reprit rapidement avec une assurance qu'elle était pourtant loin d'éprouver :

– Bonjour! Je suis Victoria St-Cœur.

Édouard caressa la tête de sa nièce et se pencha afin de lui chuchoter discrètement à l'oreille avec une tendresse indéniable :

– Tu es une Roussel maintenant.

Tandis que les autres enfants entouraient la nouvelle venue avec une bienveillante curiosité, le malaise de Françoise revint en force. Victoria n'était là que depuis quelques minutes que déjà elle les avait sous son emprise, y compris Édouard. Aux aguets, Françoise avait immédiatement décelé une transformation dans l'attitude et la voix de son mari lorsqu'il s'adressait à Victoria. Ce changement d'attitude était sensiblement le même que lorsqu'il évoquait le prénom d'Isabelle.

Édouard dédaigna l'éclair d'irritation qu'il avait cru apercevoir dans les yeux de chatte de sa femme et pointa du doigt avec bonne humeur Maude et Gervais :

– Tu vois ces deux-là? Tu devras t'habituer à leur présence. Ils sont pratiquement toujours ici! Aussi bien dire qu'ils vivent sous notre toit!

Édouard se tourna vers sa femme et il continua sur un ton moins enjoué :

– À croire que Gervais ne manque pas à ta sœur Suzanne et que Maude ne manque pas à ton cousin Archibald!

La répartie maligne de Françoise se perdit dans le brouhaha des enfants. Preston ayant agrippé la main chaude de Victoria, Gervais s'emparait vivement de celle de Maude. Ils s'échappaient joyeusement vers la cour arrière, pourchassés par le duo Gervais et Maude tout aussi bruyant.

Lorsqu'il entendit le rire clair de sa nièce, le premier depuis le décès d'Isabelle et de Lucas, Édouard se détendit un peu. Mais le soupir de Clémence, qui avait été comme oubliée, le contraria. Édouard ne tint pas compte de la mine déconfite de sa fille. Il se tourna plutôt vers sa femme avec perplexité :

– J'aurais souhaité que *toutes* nos filles aient la délicatesse d'accueillir leur nouvelle sœur, remarqua-t-il avec une pointe d'irritation.

Confuse, Françoise ne souffla mot. Elle s'empara de la main de Clémence et l'entraina à sa suite. En réalité, Françoise avait bien essayé, mais elle n'avait plus le moindre contrôle sur leurs filles ainées. Ni ses belles paroles ni ses menaces n'avaient de l'effet sur elles.

À mi-chemin dans l'escalier, Françoise se retourna, sa robe raffinée épousant sèchement son mouvement, afin d'offrir un semblant d'explication à son mari.

– À quoi donc t'attendais-tu, Édouard? Nos filles sont grandes maintenant. Elles ont leurs propres occupations.

Clémence se mit à rechigner. Elle venait de comprendre que c'était l'heure du bain.

* * * * *

1894

La journée avait été douce et ensoleillée. Réunis dans le jardin des Roussel, les quatre enfants profitaient des derniers jours de l'été. La tête renversée vers l'arrière, Maude rêvassait, le visage caressé par les rayons du soleil. À l'ombre, le dos reposant contre un tronc d'arbre, Gervais l'observait d'un regard furtif. Lui, dont les aptitudes à communiquer étaient pourtant très vives, était souvent muet en présence de sa cousine. Il n'avait que onze ans, mais il pouvait déjà apprécier la noblesse des sentiments de Maude. Son cœur lui appartenait déjà, si seulement elle en voulait.

Les joues roses de santé et laissant échapper de temps à autre un petit rire, Victoria se laissait pousser sur la balançoire par Preston. À chaque exclamation de joie de celle-ci, Preston souriait bêtement. Sans doute était-ce pour ne pas être témoin de ce spectacle ridicule que Maude avait fermé les yeux. Elle trouvait humiliant pour Preston, qu'il soit à ce point aveuglé par la beauté de sa « sœur ». Depuis l'arrivée de Victoria parmi eux, plus rien n'était comme avant. Leur trio s'était séparé en deux clans. Le clan Preston et Victoria et le clan Gervais et Maude.

Maude ne pouvait comprendre l'attraction qu'exerçait Victoria sur son cher Preston, pas plus d'ailleurs que sur son oncle Édouard. Heureusement que Gervais remettait celle-ci à sa place à l'occasion. Néanmoins, Maude avait parfois l'impression d'être la seule, à part Gervais et sa tante Françoise – même si jamais celle-ci n'en soufflait mot – à voir à quel point Victoria pouvait être manipulatrice. Elle ne pouvait qu'espérer qu'avec le temps, le charme serait rompu et que Preston verrait les travers de Victoria.

Alors qu'elle se relevait et secouait sa robe, voulant se débarrasser des brindilles d'herbe qui y étaient restées accrochées, Maude entendit la voix fluette de Victoria :

– Quand je serai grande, j'épouserai Preston et nous serons riches et puissants!

Cette déclaration faisait suite à l'annonce attendue du mariage de Cécile, la sœur aînée de Preston. Rouge de plaisir et de fierté, Preston poussa la balançoire avec encore plus d'énergie, tandis que Maude tressaillait, saisie d'un accès de jalousie douloureux; la peur d'avoir définitivement été délogée dans le cœur de Preston s'étant installée sournoisement dans son esprit. Gervais en profita pour attirer l'attention de Maude : d'un air faussement étonné, il lança, blagueur, à l'endroit de Victoria :

– Comment? Mademoiselle la princesse ne m'accorderait pas sa main de velours?

– Jamais de la vie! répliqua-t-elle, avec une moue dégoutée. Je te laisse volontiers à Maude. Vous feriez un couple intéressant. Une pie et une carpe ensemble! Qu'en penses-tu, Maude? Gervais n'est-il pas parfait pour toi?

C'était une question méchante. Preston cessa mollement son mouvement, les bras ballants. Maude, quant à elle, s'empourpra et dut user de toute sa bonne volonté pour ne pas donner à Victoria une correction bien méritée.

L'amour enfantin qu'éprouvait Gervais à l'endroit de Maude n'était un secret pour personne. Les adultes en parlaient souvent entre eux avec attendrissement. Ils vantaient la délicatesse de Preston qui cédait souvent sa place à Gervais afin que celui-ci se retrouvât assis au côté de Maude lors des repas en famille. Malgré l'évidente tendresse qui liait les deux enfants, il était flagrant pour tous que Maude n'éprouvait pour Gervais que de l'amitié. Voilà pourquoi le commentaire de Victoria – qui était loin d'être innocent – avait alourdi l'atmosphère dans le jardin.

Maude dressa le menton et dévisagea Victoria avec hargne. Ses yeux verts et froids, d'une pureté saisissante, comme des lames d'acier, étaient prêts à la poignarder; les trois enfants reculèrent imperceptiblement. Sur le coup, Victoria cambra le buste, refusant de se laisser intimider. Son audace fut de courte durée. Sa lèvre inférieure fut prise de tremblement, comme chaque fois qu'elle s'apprêtait à pleurer, et elle trouva refuge contre le torse de Preston. Ce dernier, prêt à la réconforter, rencontra le regard lourd de reproches de Maude, puis celui indécis de Gervais; il se retint de le faire gauchement.

Maude faisait habituellement preuve d'une souplesse de caractère admirable, sauf lorsque les sentiments des gens qu'elle aimait étaient menacés. Tout son corps s'était raidi tandis qu'elle s'avançait vers Gervais et l'embrassait maladroitement sur la joue, pour ensuite déclarer avec toute la vivacité de ses huit ans :

– Je pense que nous sommes beaucoup trop jeunes pour discuter mariage. Quoi qu'il en soit, reprit-elle avec hauteur, si tu tiens tant à faire fortune, Victoria, tu n'as qu'à épouser un homme riche. N'importe lequel fera l'affaire!

– Bien dit, Maude, ajouta Gervais, remis de son embarras. Espérons, Victoria, que tu ne ruineras pas ton mari!

Victoria n'avait pas bronché, la tête enfouie dans le cou de Preston. Maude put distinctement voir celui-ci sourire et elle s'en était secrètement réjouie. Sa colère émoussée, elle avait déclaré à Gervais avec une sincérité désarmante :

– Toutes les filles seraient heureuses d'épouser un garçon aussi gentil et attentionné que toi.

Gervais avait eu pour Maude un regard reconnaissant. Victoria, qui s'était détachée à contrecœur de Preston, avait roulé les yeux et croisé les bras avec humeur, ayant épuisé ses larmes. Elle se disait, avec agacement, que Maude devait constamment avoir le beau rôle, en plus d'avoir le dernier mot à ses dépens.

Désormais libre de ses mouvements, Preston retourna seul vers les balançoires. Victoria l'avait rattrapé à la hâte et après s'être réinstallée sur son siège, elle lui avait envoyé son sourire le plus aguichant. Machinalement, Preston s'était remis à la pousser, mais son visage d'enfant avait singulièrement pris un air préoccupé. Gervais, de son côté, avait sorti des billes de sa poche qu'il s'était mis à faire rouler dans sa main, songeur, sans quitter des yeux Maude, qui était retournée s'assoir dans la pelouse. Elle s'occupait l'esprit en arrachant quelques mauvaises herbes. Elle en voulait à Preston de son silence. Gervais était son meilleur ami et il ne l'avait pas défendu. Profondément déçue, Maude ne put s'empêcher d'épier celui-ci du coin de l'œil, avec une incompréhension grandissante et même une certaine dureté.

Preston sentait sur lui, comme une brulure cuisante, le regard réprobateur de Maude; il gardait obstinément les yeux fixés sur un point invisible. Il détestait les confrontations et il lui semblait que Maude et Gervais cherchaient souvent querelle à Victoria. L'esprit justicier de Maude et l'humour pince-sans-rire de son cousin l'irritaient, mais il dut bientôt se rendre à l'évidence que c'était contre lui-même qu'il était furieux. À force de vouloir protéger la susceptibilité de Victoria, il négligeait son amitié pour Maude et Gervais. Il finissait invariablement par se ranger du côté de sa sœur adoptive, même lorsque son cœur lui disait qu'il avait tort. Car le plus souvent, Victoria était fautive. Mais Preston ne pouvait s'empêcher de voler à sa défense, persuadé que Victoria était incapable de se défendre, contrairement à Maude et Gervais qui, eux, avaient la répartie facile.

En vérité, l'image que s'était faite Preston de Victoria n'aurait pu être plus fausse. Il la voyait comme une magnifique petite poupée vulnérable et sans défense, alors qu'elle était au contraire étonnamment forte et capricieuse. En fait, depuis qu'elle était en âge de parler, Victoria s'attendait à ce que tous ses désirs fussent exaucés, à grand renfort de cajoleries ou de persuasion. Inévitablement, en grandissant, cette croyance que tout lui était dû – et qui ne ferait qu'empirer avec les années – et que rien n'était pour elle hors de portée, s'installerait en elle au point de lui obstruer sévèrement le jugement.

Ni Victoria ni Maude ne devaient oublier cet incident pourtant enfantin. La première, pour avoir exprimé haut et fort que l'objet de son désir était Preston; la seconde, pour ne pas avoir dénoncé avec plus de conviction la mesquinerie de Victoria. Encore ce jour-là, Victoria se plaisait à raconter comment, à l'âge de neuf ans, elle se savait destinée à Preston. Maude, de son côté, avait pressenti que leur univers – le sien et celui de Victoria – tourneraient pour toujours autour du même garçon : Preston.

Édouard et Françoise avaient élevé Victoria comme leur propre fille. Pendant longtemps, Preston la considèrerait même comme une trop proche parente pour considérer la prendre comme épouse. Puis, du jour au lendemain, tout avait changé.

* * * * *

Maude sursauta, ramenée douloureusement au présent par un éclat de rire sonore. Les dés avaient été jetés ; leur destin décidé alors qu'ils n'étaient encore que des enfants. « À présent, se dit-elle, je suis fiancée, Preston est marié à Victoria et Gervais, lui, est toujours célibataire... Et je suis ici, ce soir, pour célébrer la passation de pouvoir entre mon oncle Édouard et son successeur désigné. »

Étourdie, Maude s'agrippa quelques secondes au bras de Preston. Ses yeux verts firent le tour des invités pour finalement s'attarder longuement sur son cousin dont le visage penché vers elle apparut inexplicablement troublé. Preston se sentit, comme par le passé, englouti par le regard lumineux de sa cousine. Ses longs cils noirs et épais donnaient à son regard une aura de mystère et une transparence presque sensuelle, particulièrement ce soir. Ce ne fut que lorsque Maude cligna des yeux qu'il parvint à se détacher de leur envoûtante emprise et s'obligea à délaisser son déroutant malaise.

– Mais, Preston, énonça-t-elle lentement. Pourquoi fais-tu cette tête ? C'est un grand jour pour toi !

Le sourire aux lèvres, Maude voulait tromper ses larmes.

– C'est un grand jour, en effet, convint-il, avant de détourner les yeux, légèrement agacé par la tournure des évènements.

Dans un élan de tendresse, Maude allait lui toucher la joue, mais suspendit son geste pour joindre finalement ses deux mains sous son menton.

– Je suis si heureuse ! Si heureuse pour toi ! répéta-t-elle avec effusion.

Preston n'était pas dupe : le bonheur qu'elle ressentait pour lui était authentique. Mais il n'y avait absolument rien de réjouissant dans les circonstances de sa vie à elle. Contre toute attente, leurs retrouvailles commençaient à lui peser lourd. Il se sentait étrangement responsable du malheur de Maude. Il lui en voulait un peu d'avoir gâché sa soirée de réjouissance, tout en sachant que cela n'avait pas été son intention et surtout, qu'elle n'était absolument en rien responsable. Sa seule faute était de s'être dévouée à sa famille, de s'être pliée à la volonté du vieil Archibald, d'avoir fait passer le bien-être et le bonheur de sa mère et de ses sœurs avant le sien.

Instinctivement, comme au temps de leur jeunesse, Maude ressentit l'ambivalence teintée de contrariété de son cousin et elle tâcha aussitôt de se rattraper :

– Preston, d'aussi loin que je puisse me rappeler, tu as toujours été passionné par l'écriture, par *L'Averti*. C'est toute ta vie! Et ce soir, ton rêve se concrétise enfin! Allez! Va célébrer avec Gervais! continua-t-elle avec un entrain renouvelé. Le voilà justement qui te fait signe!

L'excitation contagieuse de Maude vint finalement à bout des réserves de Preston.

– Oui, je le vois, s'enthousiasma-t-il à son tour. Je pense que tu as raison, il vaut mieux que j'aille le rejoindre, avant qu'il ne provoque des esclandres en public, prit-il pour prétexte. Il y a un peu trop de prétendantes réunis sous un même toit ce soir... Il pourrait y avoir des étincelles.

Lorsque Preston effleura la joue qu'elle lui tendait d'un baiser affectueux, Maude sentit avec apaisement qu'il avait retrouvé une certaine sérénité. Elle pensa, en le regardant partir, qu'il était largement temps pour elle de faire face à la réalité, de faire sa vie avec les cartes qu'elle avait jouées.

En allant à la rencontre de son cousin, facilement identifiable même si tous les hommes étaient vêtus du même costume noir et blanc, Preston prit une longue gorgée de scotch que lui avait remis plus tôt sa mère. Les glaçons en avaient dilué le gout. Lorsqu'il sentit le liquide tiède descendre dans sa gorge, ses dernières appréhensions se dissipèrent comme par enchantement. *Maude a raison. J'ai toutes les raisons de me réjouir. Cette soirée m'appartient.* Brusquement animé, Preston eut pour Gervais un signe d'excuse. Il voulait d'abord s'entretenir avec son père. Il aurait tout le temps de célébrer avec Gervais après.

Avec application, Édouard faisait glisser la plume sur la page. Un pli barrait son front, témoignant de l'effort que ce simple mouvement exigeait de sa part. Lorsqu'il vit la tache d'encre grossir sur le papier, il marmonna un juron. « Comment écrire mes dernières recommandations, s'insurgea Édouard, si je n'ai même plus le contrôle de mes doigts?! » Il serra furieusement les poings et tourna la tête avec exaspération vers les grandes portes de cèdre closes, d'où lui parvenaient les rires et les conversations étouffés. *Avec tout ce tapage, je ne peux pas m'entendre penser!*

À soixante ans, Édouard était toujours aussi charismatique et imposant. Sa moustache impressionnante et ses favoris grisonnants encadraient sa mâchoire et camouflaient les traces que le temps avait laissées. Contrarié, il chiffonna en une boule grossière son ébauche de lettre, puis avec un soupir résigné, il commença une nouvelle page.

Le 1ᵉʳ mai, 1910

Très cher fils. Le jour est enfin arrivé, celui que je redoutais et que j'espérais à la fois et que toi, tu attendais surement avec impatience. Je peux aujourd'hui imaginer l'émotion que mon père, ton grand-père, Auguste Roussel– que Dieu ait son âme– a ressentie en me léguant son journal. « L'Averti » a toujours été une affaire de famille, de notre famille. Pourtant, aussi admirable que puisse être le mandat de notre journal, « L'Averti » n'est pas encore aussi lucratif que je l'aurais voulu. C'est pourquoi ta présidence à la tête de notre empire forestier sera doublement significative. Les revenus du moulin compenseront largement cette légère lacune de la presse. Et j'espère voir de mon vivant le jour où « L'Averti », en plus de s'autosuffire, fera enfin un profit considérable.

N'oublie jamais, mon fils, que la réussite en affaires repose sur l'intégration verticale. Et que pour maintenir un monopole sur l'industrie forestière et papetière, il est essentiel de contrôler la chaîne de production à partir de la matière première : le bois, d'où l'importance d'investir continuellement dans nos forêts, d'acquérir de nouvelles terres à bois. Je compte sur ton savoir-faire pour faire prospérer notre moulin et amener « L'Averti » vers d'autres horizons.

Mon fils, j'ai confiance en ton jugement, en ton sens des affaires et à la droiture de ta conscience. Enfin, je te laisse sur ces quelques recommandations. Utilise-les à bon escient. « L'Averti » et l'usine des pâtes et papiers Roussel sont désormais entre tes mains. Honore ton père et ton grand-père. Fais en sorte que le nom des Roussel inspire éternellement le respect et la réussite.

Que Dieu te bénisse,

Ton père, Édouard Auguste Roussel.

Satisfait, Édouard déposa la feuille au coin de son bureau pour laisser sécher l'encre. Lui-même avait honoré au mieux de ses capacités les dernières volontés de son père. Somme toute, *L'Averti* se portait bien, même s'il n'était pas encore la mine d'or que son père et lui avaient espérée.

Sous le coup d'une impulsion, Édouard s'empara d'une autre feuille et écrivit en haut la devise du défunt Auguste : « Un homme averti en vaut deux. » D'un air satisfait, il formula cinq grands principes : « L'objectivité est le meilleur outil du journaliste. Il y a toujours deux côtés à une médaille. La vérité doit prévaloir. L'indépendance d'un journal est indissociable de la liberté de la presse. *L'Averti* a pour mission d'éduquer la population et de se faire la voix des opprimés, des justes causes et de la démocratie. »

Édouard se cala dans son fauteuil, songeur. Tout au long de sa carrière, il avait plus ou moins honoré ces recommandations transmises par son père, par souci de rentabilité et pour préserver son image et ses bonnes relations avec l'élite de Montpellier. Le reportage objectif demeurait un idéal toujours d'actualité, mais peu réalisable en raison d'alliances politiques et économiques. Les témoignages recueillis sur un enjeu de société et qui étaient publiés dans le journal reflétaient généralement son opinion personnelle. Par contre, en termes d'authenticité, de véracité et de qualité des nouvelles, il faisait plutôt bonne figure. Il avait certainement contribué à éduquer et à éclairer la population acadienne sur les questions sociales... à travers son regard. Rien n'était jamais gratuit. Lorsqu'il servait les intérêts de sa ville, qu'il vantait son succès commercial, il contribuait ainsi à son essor démographique et économique, et par ricochet, il récoltait nécessairement des retombées financières.

Édouard se renfrogna devant l'évidence de ses paradoxes. « M'est-il jamais arrivé de servir par le biais de *L'Averti*, les intérêts de la population, avant mes propres intérêts? », s'interrogea-t-il. « Oui, se répondit-il avec suffisance, je l'ai fait, au moins une fois ».

Dans l'affaire Louis Riel, Édouard avait dénoncé l'injustice que commettait le gouvernement canadien face au métis. Il s'était servi du procès de Louis Riel pour faire un parallèle entre les revendications du peuple métis manitobain, des autochtones et du peuple acadien éparpillé dans le pays pour relancer le débat sur la question d'égalité. Et s'il s'était fait critiquer discrètement dans son milieu par quelques anglophones endurcis, la vaste majorité des citoyens de Montpellier avaient applaudi sa prise de position. Par surcroit, ce jour-là, les gens s'étaient arraché son journal. Il est vrai, toutefois que dans l'affaire Louis Riel, il avait renoncé à sa ligne de conduite; il avait laissé ses sentiments teinter son objectivité.

Édouard fut tenté de jeter à la poubelle ses recommandations. À la dernière minute, il se ravisa. « En théorie, se dit-il, sur papier, cette ligne de conduite est tout à fait légitime, même si en principe, elle peut difficilement être appliquée à la lettre. Mais elle servira tout au moins de guide, de point de repère à mon fils. »

Dans le secret de son cœur, Édouard espérait que Preston, tout en se consacrant comme lui-même l'avait fait au succès financier de *L'Averti*, ferait preuve de plus de discernement que lui vis-à-vis de ses responsabilités morales en tant que rédacteur en chef. Édouard reconnaissait qu'il fallait parfois beaucoup de courage pour faire ce qui devait être fait. Il se laissa émouvoir, car le visage gracieux et pieux de sa jumelle lui traversa l'esprit. *J'ai encore du travail à faire pour m'améliorer.*

L'influence d'Isabelle, même dans l'autre monde, sur sa façon de mener sa vie s'était plus d'une fois fait sentir. À commencer par ses innombrables dons aux œuvres de charité. Les Dames de l'Association des Tulipes, ne le laissaient jamais en paix. Ratoureuses, elles glissaient immanquablement le prénom d'Isabelle dans leurs conversations, exprès pour l'enjôler et l'inciter à faire preuve de largesses.

Perdu dans ses réflexions, Édouard sursauta, lorsqu'il entendit la pendule sonner sept heures du soir. Comme s'il avait été pris en défaut, il se leva promptement de son fauteuil, sa main reposant sur une canne en ébène orné d'un pommeau en or. Il s'en servait plus pour le style que par réel besoin. Le dos droit, les jambes bien plantées, il s'avança vers le long miroir. Édouard eut envie de rire de son reflet. L'homme qui le dévisageait paraissait précocement vieilli. Il était toujours aussi élégant, mais ce soir-là – et depuis sans doute plusieurs années déjà – les femmes ne se retournaient pas sur son passage. Ce n'était pas étonnant, que Maillet lui conseillait depuis un certain temps de céder les rênes à Preston.

Édouard qui, avec l'âge, se faisait plus tolérant et conciliant, avait fini par lui donner raison. Il avait le respect, l'admiration et la crainte de ses hommes, aussi bien au journal qu'à l'usine. C'était avec cette image qu'Édouard souhaitait se retirer. « Partir pendant qu'il était encore au sommet », pour reprendre l'expression de Maillet.

Tout en conservant une certaine gravité, Édouard croyait sincèrement être devenu plus indulgent avec les années, plus tendre même envers ses proches. On continuait pourtant à le voir comme un ogre. Ceci n'avait rien de surprenant. Les éloges sur les hommes de son espèce ne venaient habituellement qu'à leur décès. Quelle ironie, songea Édouard, d'avoir à attendre sa propre mort pour qu'enfin éclate au grand jour sa grandeur d'âme. À supposer que les citoyens de Montpellier, anglophones comme francophones, se rappellent ses dons innombrables au tronc des pauvres, à l'église et aux institutions publiques acadiennes surtout.

Édouard soupira avec un ennui teinté de frustration : la reconnaissance, se disait-il, pourrait être longue à venir.

Pour la dixième fois, Édouard sortit son peigne de sa poche et lissa ses cheveux gris. *Encore chanceux, que j'aie gardé mes cheveux.* La raie étant parfaite, il s'attaqua à la moustache. Il mouilla son index et son pouce et en étira les pointes, avec minutie. Content du résultat, Édouard toisa le reflet que lui renvoyait la glace, une expression de pur orgueil sur le visage. Son dévouement pour sa ville se ferait sentir pendant des décennies. Certes, les anglophones avaient encore la mainmise sur une grande part de l'économie de la région. Cela dit, de plus en plus d'Acadiens, Édouard en tête, étaient parvenus à s'approprier une part importante du marché; de ce fait, l'économie francophone, commençait à jouer un rôle non négligeable à Montpellier.

Lorsque son regard se posa malgré lui sur le léger renflement qui tendait ses bretelles, Édouard fronça à nouveau les sourcils. Il était en santé. *Trop!* C'était ce qu'il avait voulu retenir de sa conversation avec le médecin. « Trop de bonne chère, trop de bons vins », se répéta-t-il de mémoire. Édouard retint son souffle et s'étira de toute sa longueur; il perdit instantanément cinq livres. « Baliverne tout ça! pensa-t-il. Et dire que le docteur Sivret essaie de me faire croire que mon cœur ne tient plus que par un fil! Je me sens au meilleur de ma forme. J'ai l'esprit aussi vif qu'un jeune homme de vingt ans! »

Infatigable, malgré son âge, Édouard était toujours aussi respecté et redouté des hommes d'affaires de la région. Mais, il était temps pour lui de ralentir le rythme, non pas pour respecter les ordres de son médecin, mais plutôt par orgueil. Si ce n'était de ce tremblement, aussi imprévisible que gênant, il n'aurait pas lâché prise si tôt! Édouard avait consacré toute sa vie au journal et au moulin et il ne regrettait pas une minute passée à gérer ses affaires, en maitre de son domaine. Mais toute bonne chose avait une fin.

Il eut une pensée pour son épouse et un rare sourire, affectueusement moqueur, se dessina sous sa moustache. Alors que pour une bonne partie de leur vie commune, Françoise lui avait laissé toute latitude, depuis quelque temps, elle avait changé son discours : « Tu te tues au travail, Édouard. Sur ton lit de mort, tu vas regretter de ne pas avoir passé plus de temps avec ta famille. » Édouard laissa échapper un rire sonore. *Si seulement Françoise savait!* Sa plus grande fierté avait toujours été ses affaires. Il préfèrerait de loin mourir à sa table de travail plutôt que dans son lit, veillé par le curé.

Le visage de Françoise lui traversa à nouveau l'esprit et Édouard se laissa brièvement attendrir. Il n'aurait pu imaginer être marié à une autre femme. Depuis le premier jour de leur union, il n'avait cessé d'éprouver pour Françoise une immense fierté. Et à ses yeux, c'était aussi valable que de l'amour.

Édouard enfila un gilet et un veston noirs et il rangea dans la poche intérieure la lettre destinée à son fils. Enfin, il sortit une grosse montre en or de son gousset, plus par habitude que par réel souci de l'heure. Comme il fixait le cadran doré, il sentit ses yeux s'embuer. Le moment était venu. Preston n'allait plus tarder à frapper à la porte.

Il marchait vers le bureau de son père lorsqu'il l'aperçut. Debout près des portes françaises, lesquelles ouvraient sur la terrasse, la jeune femme guettait son arrivée. Dans sa robe de soirée noire, les cheveux lui caressant les épaules, elle lui paraissait plus exotique, plus mystérieuse et plus troublante que jamais. Sans le quitter des yeux, elle traversa le jardin, et d'un geste onduleux de la main, lui fit signe de la suivre. D'où il était, Preston aurait juré qu'il pouvait entendre le délicieux froufrou de sa robe. En souriant distraitement aux convives qu'il rencontrait sur son passage, Preston emprunta la terrasse dallée.

Enfin, il aperçut derrière la roseraie un bout de sa robe. Tandis qu'il marchait résolument vers le buisson, Preston se répétait inlassablement le prénom de son épouse, espérant qu'elle lui donnerait le courage dont il aurait besoin. Soudain, elle apparut derrière les roses, l'agrippa par la manche, le fit pivoter sur lui-même et se pressa contre lui. Il eut à peine le temps de voir son visage que déjà elle s'emparait de sa bouche, toute frémissante. Lorsqu'il s'aperçut qu'il répondait au baiser, Preston recula, dépité, et la tint à bout de bras.

– N'avez-vous pas reçu ma lettre?

Gabriella cligna des yeux, sembla ne pas comprendre, puis, à son grand désarroi, elle éclata de rire.

– La lettre? Oui, bien sûr, répondit-elle, amusée. Mais, mon amour, vous n'étiez pas sérieux!

Preston recula imperceptiblement, mécontent. S'il y avait une chose qui l'irritait, c'était de ne pas être pris au sérieux et pire encore, qu'on rie à ses dépens.

– Gabriella, reprit-il avec autorité, je pensais pourtant avoir été clair. Nous ne devons plus nous revoir. J'aime ma femme. Je suis un homme...

Elle posa un index sur ses lèvres, l'enjoignant de se taire. L'absence de Victoria lui donnait de douces espérances. Avec l'assurance d'une femme qui se sait belle, Gabriella se rapprocha et leva amoureusement et avec abandon ses yeux vers Preston. Elle noua les bras autour de son cou, écrasa sa poitrine contre son torse et murmura d'un ton suave :

– Je sais, oui. Vous êtes un homme avec des besoins...

Ses courbes attrayantes se pressaient contre lui et Preston sentit son corps répondre à cette intimité. Incapable de résister plus longtemps, il s'empara sauvagement de ses lèvres. Il l'aurait prise, là, derrière le buisson. Un bruit de pas mêlés à des voix féminines sembla tout à coup se rapprocher. Maudissant sa faiblesse, Preston la repoussa à nouveau durement, le souffle court. Il rajusta avec colère son pantalon et se dégagea violemment de l'emprise de Gabriella qui s'était agrippée avec l'énergie du désespoir.

– Je ne veux plus jamais vous revoir. Plus jamais, martela-t-il, vous m'entendez?

Cette fois, une indéniable volonté transparut dans son ton et Gabriella le sentit. Il y avait quelque chose de définitif, d'irrévocable dans la façon dont il s'était exprimé. Sans pitié pour le regard blessé de la jeune femme, Preston continua sur sa lancée, soulageant du même coup sa conscience et rendant grâce au ciel de lui avoir enfin donné le courage de mettre un terme à leur liaison :

– Je ne vous aime pas, Gabriella, déclara-t-il d'une voix grave et mesurée. J'aime ma femme et jamais ne la quitterai.

– Vous ne m'aimez pas..., débita-t-elle avec un air absent.

Comment est-ce possible? Après tout ce que j'ai enduré?! M'avez-vous déjà aimée? Même au début de notre fréquentation?

En un instant, Gabriella se métamorphosa. Elle ne pleurait pas; une colère froide et vengeresse s'était répandue sur son visage. Elle darda sur lui un regard mauvais :

– Ainsi, vous vous êtes joué de moi!

Des lignes cruelles se dessinèrent aux coins de sa bouche. Le visage blême de douleur, elle enchaîna, jetant son fiel, vulgaire :

– Si je comprends bien, pendant que vous engrossiez votre femme, vous vous soulagiez sur moi?! Je vous hais! Je vous hais!

Avec sa bouche barbouillée par le fard à lèvre et ses cheveux décoiffés, elle n'était plus aussi séduisante. Le visage déformé par la colère, elle était presque laide et Preston eut un mouvement de recul involontaire. *Comment ai-je pu être attiré par cette femme? Avoir sacrifié mon honneur et ma paix d'esprit pour elle?* Preston n'avait plus qu'une envie : fuir cette langue empoisonnée et cette poitrine palpitante.

– Adieu, Gabriella! laissa-t-il tomber durement, en lui adressant un signe de tête révérencieux, avant de tourner les talons.

Il n'avait pas fait deux pas qu'elle l'interpelait, d'un ton étrangement calme; si calme, en fait que Preston se retourna lentement, presque malgré lui. Comme il croisait le regard mauvais de sa maitresse, il fut frappé par un terrible pressentiment.

– Vous n'avez pas seulement engrossé votre femme, lâcha-t-elle sans préambule, tout en remontant sans façon sa robe sur ses seins à demi découverts.

– Qu'est-ce que vous dîtes? bafouilla-t-il, envahi d'une crainte indicible.

– Vous pensiez peut-être pouvoir me monter dessus sans qu'il n'y ait de conséquences? Eh bien, vous avez eu tort! Vous avez un fils, Preston. Il vient tout juste d'avoir cinq ans.

Le sang de Preston ne fit qu'un tour. Épouvanté, il lui demanda d'une voix blanche, étrangère :

– Comment est-ce possible? Comment savez-vous qu'il est de moi?

– Mais pour qui me prenez-vous? s'offusqua-t-elle en levant fièrement le menton. Je n'ai eu qu'un seul amant.

Gabriella se débattit avec une de ses manches bouffantes, avant de poursuivre avec détachement, la vengeance apaisant son cœur brisé en mille morceaux :

– Mais je n'en voulais pas. Il m'embêtait. Alors, je l'ai abandonné.

– Vous l'avez abandonné? répéta bêtement Preston, le souffle coupé, les poumons comme écrasés par le poids de cette révélation foudroyante.

– Oui. À l'orphelinat Saint-Christophe, continua Gabriella sans la moindre trace de remord.

Preston ne pouvait en croire ses oreilles. Il détourna les yeux, incapable de soutenir plus longtemps la froideur de cette femme.

– Comment avez-vous pu? souffla-t-il d'un ton accusateur.

Gabriella eut un bref éclat de rire, amer :

– Vous voulez le retrouver peut-être? L'adopter? Je suis convaincue que votre chère Victoria accueillerait à bras ouverts l'enfant illégitime de son époux!

Preston dut se faire violence, pour ne pas s'élancer vers elle, la secouer brutalement et chasser l'horrible rictus de son visage. Une expression de haine pure, authentique masqua les traits de Preston. Il n'avait jamais autant haï quelqu'un. Confrontée à sa colère muette, aux tremblements incontrôlables de son corps, Gabriella lança, méprisante :

– C'est bien ce que je pensais. Adieu, Preston. Nous aurions pu être heureux ensemble.

Elle souleva ses jupons, tourna le dos et entreprit péniblement la descente abrupte du jardin; elle voulait à tout prix éviter de croiser quelqu'un sur son passage. Pour rien au monde elle n'aurait voulu faire face à des gens avec cette tête-là. Elle avait subi plus que sa part d'humiliation pour la soirée.

Anéanti, Preston restait sur place à la regarder s'éloigner. *J'ai un fils. Un fils!* Il s'entendit lui demander, presque malgré lui, la gorge étranglée :

– Comment s'appelle-t-il?

Un prénom s'éleva au loin dans le jardin désert : « Nathaniel. »

Chancelant, Preston vit la silhouette de Gabriella disparaitre dans la pénombre. Le destin tissait ses fils invisibles, liant à jamais le passé et l'avenir.

– J'ai un fils, chuchota-t-il. Victoria ne m'a donné que des filles, et Gabriella m'annonce que j'ai un fils.

Toujours accablé, il n'entendit pas venir son cousin et n'eut aucune réaction au son de sa voix :

– Mais que fais-tu là, en solitaire? Ton père demande à te voir! Ça y est Preston! Le moment est venu!

Dans son excitation joyeuse, Gervais ne remarqua pas immédiatement l'air hébété de Preston et il insista, avec plus d'énergie cette fois :

– Alors, tu viens? Tout le monde t'attend!

Preston fixait obstinément un point invisible, dans un état second. Le monstrueux égoïsme de Gabriella le révoltait. « Et moi, se condamna-t-il intérieurement, qu'ai-je fait? Et surtout, que vais-je faire maintenant que j'ai été avisé de la situation? Qu'est-ce que je peux faire? » La honte, alors qu'il connaissait parfaitement la réponse à cette question, lui donna le vertige. *J'ai les mains liées.*

Comme s'il avait subitement flairé l'imminence d'un danger, Gervais s'était approché de son cousin et serrait les poings. Avec méfiance, il fouillait des yeux la pénombre, essayant de détecter l'origine de cette menace insaisissable qui pesait dans l'air. Le regard horrifié de Preston se transformait peu à peu en une haine de soi terrible. Gervais comprit d'instinct que la menace en question était le résultat d'un de ces éternels cas de conscience propres à son cousin.

Depuis l'enfance, Gervais se montrait toujours prêt à défendre l'honneur de son cousin, à lui porter secours. Lorsque la menace venait de l'intérieur, que Preston se livrait bataille à lui-même, comme c'était de toute évidence précisément le cas et pour une raison qui lui échappait, il était malencontreusement impuissant.

Pendant un long moment, Preston observa un silence que Gervais se garda bien de troubler. En vain, il se demanda qui ou quoi était venu perturber son esprit à ce point et assombrir cette soirée mémorable. Enfin, Gervais lui prit le bras avec sollicitude :

– Preston? Est-ce que ça va?

À ce contact physique, Preston sembla enfin sortir de sa torpeur.

– Non...Oui..., bredouilla-t-il. Oui, tout va bien, un peu nerveux, c'est tout, se reprit-il sur un ton plus convaincant.

Les doigts tremblant, il se passa un mouchoir sur le visage, comme pour effacer les dernières traces de son malaise. Lorsqu'il lui fit face, Preston fut en mesure de présenter à son cousin l'esquisse d'un sourire.

– Je suis prêt. Allons-y, affirma-t-il avec fermeté, précédant Gervais d'un pas décidé vers l'intérieur.

Preston entendit vaguement son père l'accueillir à mi-chemin entre le premier salon et le hall d'entrée, avec à son bras sa mère et derrière eux, regroupés en un demi-cercle, les invités aux visages familiers et souriants, dont celui de Maude, de Gervais, d'Arthur et de sa sœur Clémence... Comme il arrivait à la hauteur de ses parents, Preston sentit que son père lui glissait entre les mains une enveloppe en s'exclamant :

– Ah! Le voici! Mon fils. La relève de demain!

Sous les applaudissements chaleureux, Preston serrait solennellement la main de son père et rangeait méthodiquement dans sa poche les recommandations. Hanté par la nouvelle de sa paternité, Preston dut faire appel à toute sa volonté pour retrouver sa contenance et maitriser sa nausée. Puis, après un léger flottement, oubliant complètement sa décision d'inclure une brève formule de salutation en anglais, il prononça son fameux discours; celui qu'enfant il avait répété devant son miroir; une ébauche qu'avec les années, il avait méticuleusement peaufinée et qu'enfin, ce soir, il livrait avec émoi pour la première fois devant un auditoire :

– Très chère famille, très chers amis, c'est pour moi un très grand honneur d'être parmi vous ce soir....

La nuit était fort avancée lorsque Preston rentra chez lui. Son visage était crispé d'avoir tant souri poliment et sa voix enrouée à force de répéter les mêmes remerciements de mise. Comment il était parvenu à garder son sang-froid, à suivre le fil des conversations, alors que les paroles de Gabriella lui revenaient sans cesse en mémoire, demeurait pour lui un mystère. Preston fit pression de sa main sur son front; il espérait calmer son mal de tête et chasser de son esprit, ne serait-ce que quelques minutes, la voix de Gabriella. Il regrettait d'avoir bu ce dernier verre, mais il n'avait pu refuser ce plaisir à son cousin. Gervais était son plus vieil ami, son plus grand allié. « Ensemble, nous allons révolutionner *L'Averti!* », lui avait dit Gervais, avant de partir.

Comme tous les soirs, Preston fit le tour des chambres. Il s'arrêta d'abord à la porte entrebâillée de Marie-Ange. L'enfant dormait paisiblement dans son petit lit, sa poupée prisonnière de son bras droit. Il n'osa s'aventurer plus loin de peur de l'éveiller, d'interrompre la sérénité rêveuse de ses traits angéliques. Puis, il se dirigea vers la chambre de Joséphine. Penché au-dessus du lit, il contemplait avec émotion sa fille, sa première-née. Quel choc il avait eu en voyant l'enfant pour la première fois! Preston l'embrassa sur le front et caressa au passage ses cheveux naturellement bouclés et roux, trait que Joséphine avait vraisemblablement hérité de son arrière-grand-mère, Élisabeth Beauregard Roussel. Il sentit son cœur se serrer douloureusement. Joséphine n'avait que quatre ans, mais elle était déjà tellement indépendante. *Quatre ans. Un an de moins que mon fils... Nathaniel.*

Preston sortit précipitamment de la pièce, le cœur battant pour se diriger comme un somnambule jusqu'à la chambre qu'il partageait avec sa femme. Victoria s'était endormie sur son côté du lit et tout en se dévêtant, Preston se demanda si, pour une fois, il ne devrait pas lui céder sa place. Dans le moïse près de sa femme, la petite dernière, Olivia, tétait goulûment son pouce les yeux grand ouverts. Il remonta la couverture sur son petit ventre et lui chatouilla les joues, au grand plaisir de l'enfant. Elle n'était encore qu'un bébé, mais sa beauté était déjà là, latente, rappelant celle de Victoria.

Sans un mot, Preston se glissa sous les couvertures et se lova contre le dos de sa femme. Il passa son bras autour de sa taille et sentit ses angoisses se dissiper quelque peu. Il essaya de se convaincre que Gabriella avait tout inventé pour se venger. Elle en était certainement capable. *Mais... si elle a dit vrai? Si j'ai réellement un fils quelque part, abandonné comme un vulgaire paquet aux portes d'un orphelinat...* Rongé par la culpabilité, Preston serra les dents et dissimula son visage dans les cheveux blonds de sa femme.

Les yeux mi-clos, Victoria souriait. Pour la première fois depuis très longtemps, elle se sentait le cœur léger, libéré d'un poids énorme; il avait rompu avec sa maitresse. Elle le sentait dans chaque fibre de son corps, de son âme. Enfin, se félicitait-elle, il lui était revenu. *Tout à moi, en entier.*

Comme elle fermait les yeux, le visage de Maude traversa de façon tout à fait inattendue son esprit. Perplexe, Victoria fronça les sourcils. « Tiens…, se dit-elle. Maude doit être en train de penser à moi. » Savourant sa victoire, Victoria glissa une main entre sa joue et l'oreiller de plumes. Elle parvint à se convaincre que Maude n'avait jamais été une rivale de taille, puisqu'elle avait trop de principes. Victoria estimait qu'en amour, comme pour tout ce qui méritait d'être gagné en somme, il fallait être prêt à tout, même aux coups les plus bas.

– CHAPITRE NEUF –

Saint-Germain, Nouveau-Brunswick – 1901

– Regarde-moi cette paire de …

Comme Gervais rapprochait les images provocantes de son visage, le reste de sa phrase mourut dans un grognement joyeux et approbatif. Preston, dont l'attention était sans cesse perturbée par les exclamations enthousiastes de son cousin, se leva avec contrariété de sa chaise et traversa vivement leur chambre commune.

– Tu veux bien garder tes commentaires pour toi? Tu m'empêches de me concentrer! fit-il, en arrachant des mains de Gervais les dessins.

Preston ne put cependant résister à la tentation d'y jeter à son tour un coup d'œil. Il devait bien reconnaitre que la demoiselle plantureuse, qui posait en petite tenue dans un fauteuil, était des plus aguichantes. Preston maugréa et rendit la belle à son propriétaire qui n'avait pas bougé d'un pouce, les mains tendues, et retourna s'assoir à sa table de travail. *Je n'ai pas le temps pour ce genre de divertissement. Je dois me concentrer sur mes études. Être premier de classe demande quand même certains efforts de ma part.*

Preston tâcha d'oublier les croquis et reprit avec détermination sa lecture. En tournant les pages de son manuel, il remarquait avec satisfaction à quel point il se plaisait au Collège Sieur-de-Pont-Gravé. L'institution avait été créée en 1890 en l'honneur de l'explorateur de 1604, le dénommé Sieur de Pont-Gravé. Elle avait été érigée stratégiquement au cœur du Nouveau-Brunswick, dans la ville de Saint-Germain, afin de la rendre accessible au plus grand nombre possible de francophones éparpillés à travers la province.

Si, en termes de proximité géographique, le Collège Saint-Joseph de Memramcook, dans le sud-est de la province, eut été de prime abord le choix évident pour les deux cousins, ceux-ci avaient néanmoins choisi d'un commun accord de s'inscrire au Collège Sieur-de-Pont-Gravé, pour des raisons d'appartenance. En effet, le collège de Saint-Germain avait été financé par un groupe d'Acadiens nantis des Maritimes, dont Édouard Roussel. Sa construction était relativement récente et la qualité architecturale du bâtiment n'était peut-être pas aussi impressionnante que celle de certaines écoles anglophones environnantes déjà bien établies. Les citoyens de langue française qui fréquentaient le Collège Sieur-de-Pont-Gravé, s'en prévalaient toutefois avec fierté et leur orgueil démesuré plaçait avec conviction leur institution au même rang que la prestigieuse Sorbonne de Paris.

Réputé pour la qualité de son enseignement en français et pour l'importance qu'il accordait aux activités de plein air, le collège pour garçons accueillait chaque année les fils des meilleures familles. « Un esprit sain dans un corps sain » était le mot d'ordre. Pour ceux qui n'étaient pas prêts à limiter leur vie sociale aux contacts compétitifs et sportifs masculins, à moins de deux kilomètres, se dressait le clocher de l'Académie Notre-Dame, qui en était à sa première année d'opération et qui déjà s'attirait des éloges. Dirigé par des religieuses, ce collège classique, qui avait pour mission d'éduquer et de préparer les jeunes filles à la vie domestique, devenait pour leurs heureux voisins, aux hormones bouillonnantes, une source intarissable d'inspiration. Le jour, ils flânaient à l'extérieur, espérant apercevoir de loin ces demoiselles en excursion dans le cadre d'une leçon de botanique. Le soir, les plus téméraires se faufilaient en dehors de leur dortoir et se pressaient aux portes en fer forgé de l'Académie, les yeux rivés sur les fenêtres dégagées du bâtiment, dans l'espoir d'y entrevoir, ne serait-ce que pour un instant, une silhouette féminine.

Élève particulièrement discipliné, Preston n'était pas de ceux qui participaient à ces aventures nocturnes. Socialisant très peu, consacrant toute son énergie à ses études, il se contentait d'écouter d'un air aussi intéressé que circonspect les détails croustillants que ne manquait pas de lui relater Gervais au retour de ses escapades. D'ailleurs, celui-ci ne se faisait guère prier pour raconter, à qui voulait bien l'entendre, ses succès répétés auprès des demoiselles. Preston n'ignorait pas que Gervais avait, à plusieurs reprises, goûté aux plaisirs amoureux. Et bien qu'il essayât de se convaincre que son abstinence à lui était tout à fait honorable, il lui arrivait d'envier le côté libertin de son cousin.

À dix-huit ans, les expériences sexuelles de Preston se résumaient à quelques baisers volés. Rien à voir avec les exploits des aventures de Gervais avec des femmes soi-disant plus âgées, et avec certaines bribes de conversations saisies au passage. Plus d'une fois, l'idée de se priver de quelques heures de sommeil et de laisser ses livres afin d'accompagner Gervais dans ses rendez-vous galants lui était venue, mais sans plus.

Bien que Preston fût parvenu à se convaincre que son abstinence était motivée par son sens de la moralité, Gervais, lui, n'était pas si dupe. L'appréhension d'être inadéquat devant un terrain inconnu pesait lourdement dans la balance. Peut-être même à un degré plus élevé que sa peur d'être châtié par le Tout-Puissant.

Intuitif comme il l'était, Gervais avait depuis longtemps compris que le besoin viscéral chez Preston d'être à la hauteur des attentes de son père lui insufflait, d'une part, la volonté et la discipline nécessaires pour s'investir tout entier dans ses études, et d'autre part, laissait peu de place aux nouvelles expériences pourtant tellement enrichissantes.

Preston tourna par automatisme la page de son livre. Il essaya de ne plus porter attention aux sifflements admiratifs et impulsifs que Gervais laissait échapper de temps à autre. Ils avaient un examen dans deux jours et c'était à peine si son cousin s'était mis à étudier. Que ce dernier ait pu maintenir des notes au-dessus de la moyenne restait pour Preston un mystère. Gervais voyait sa présence dans la salle de classe comme un préliminaire ennuyeux et incontournable au travail qui l'attendait à la sortie du collège; il n'était guère ce que l'on pouvait appeler un étudiant zélé.

Il était convenu depuis toujours que le fils de Suzanne Chevalier et de Philorome Guignard occuperait un poste de subalterne aux côtés de Preston dans le moulin des pâtes et papiers Roussel. Ce poste lui assurerait une source de revenu substantiel, tout en leur permettant de s'adonner à leur passion commune : l'écriture. Contrairement à Gervais, Preston prenait réellement gout à l'expérience collégiale. Il tirait profit au maximum de ses cours d'économie et de finance, acquérant l'expertise qui lui serait indispensable lorsque viendrait le temps de gouverner le journal et le moulin.

Preston pensa à l'avenir, au travail qui l'attendait, et il sentit son cerveau s'échauffer. C'était une chose, de savoir que sa place était assurée dans l'empire familial, le véritable exploit serait d'exceller. Car même si sa destinée était depuis sa naissance tracée pour lui, Preston savait qu'il aurait à répondre aux exigences pointilleuses de son père. Mais il avait de l'ambition à revendre et avec Gervais comme allié, Preston était convaincu que rien ne lui serait impossible.

* * * * *

– Alors, tu vois quelque chose? s'impatienta Preston, marchant de gauche à droite avec une ardeur fébrile.

Gervais s'étira le cou davantage, il se servit des épaules du garçon devant lui pour gagner quelques centimètres, mais il retomba brusquement sur ses pieds et conclut :

– Non! Rien que des têtes!

– Allez! Dépêchez-vous un peu! somma Preston à l'endroit des autres étudiants qui se pressaient contre la feuille collée au mur, leurs doigts et leurs yeux cherchant leur nom et la note attribuée.

– Mais enfin! Cédez votre place à d'autres! revint à la charge Preston.

-Vous avez entendu ce qu'a dit mon cousin? Allez, du nerf! ajouta Gervais, avec une teinte d'humour, mais sans résultat convaincant.

Lorsque, finalement, les deux premières rangées s'éloignèrent, laissant derrière eux autant de soupirs déçus que de silences satisfaits, Gervais fit une seconde tentative. Enfin, il s'exclama, excité :

– Ah Ça y est! Je vois maintenant... Bravo! Tu es deuxième, Preston! Et moi, voyons voir...

Gervais s'interrompit, son index glissa sans tarder le long de la colonne.

– Septième! Ce n'est pas si mal! trancha-t-il avec bonne humeur.

Le sourire de Gervais mourut lorsqu'il vit l'évidente contrariété sur celles de son cousin.

– Deuxième?! répéta Preston. Mais... qui est le premier de classe?

Gervais passa outre le ton autoritaire qu'il avait employé et repoussa sans peine les quelques étudiants qui s'éternisaient devant la feuille des résultats. Il ne fut pas long à identifier « l'escroc ». Il considéra Preston avec une sympathie comique et marmonna :

– Côté. Arthur Côté.

Sur ces entrefaites, ils aperçurent le jeune homme en question qui marchait tranquillement dans leur direction. Il boitait légèrement et avait l'air plus âgé que les autres étudiants de première année. Preston le reconnut aussitôt, bien qu'il n'ait encore jamais eu l'occasion de fraterniser avec lui. Ce n'était pourtant pas faute d'occasions. Comme lui, il était invariablement parmi les premiers à arriver en classe et parmi les derniers à partir.

La réputation d'Arthur Côté, un étudiant doué intellectuellement, indépendant, pour ne pas dire antisocial, et sûr de lui, aurait suffi à en intimider plus d'un. Preston le savait brillant. Ses interventions en classe, quoique rares, étaient toujours pertinentes. Mais il ignorait encore, jusqu'à quelques secondes plus tôt, qu'il était un adversaire académique de si haut niveau; de son calibre à lui.

– C'est toi, Arthur Côté? demanda Preston d'un ton cassant.

Le jeune homme s'était à son tour arrêté avec nonchalance devant la fameuse feuille; il se retourna lentement et les regarda avec indifférence, ce qui amusa Gervais, mais qui ne fit qu'aggraver l'humeur de Preston. « Non seulement il a volé ma place dans le classement, se dit-il, mais en plus, c'est à peine s'il semble en retirer une réelle satisfaction! »

– Oui, c'est moi, répondit Arthur d'une voix impersonnelle.

L'impassibilité sur son visage aurait rebuté la personnalité la plus hardie, mais pas Gervais. Il bouscula un peu Preston qui n'était toujours pas remis de sa déception et tendit amicalement la main au nouvel arrivant :

– Enchanté de faire ta connaissance! Moi, c'est Gervais et lui, Preston.

Arthur les dévisagea tour à tour avec une expression indéchiffrable avant de laisser tomber :

– Je sais qui vous êtes.

Il prit un peu sèchement la main que lui tendait Gervais, comme refroidi devant l'évidente mauvaise grâce de Preston qui gardait obstinément les bras croisés. Puis, ils restèrent là à se dévisager mutuellement, essayant de percer les apparences qui pouvaient si souvent être trompeuses.

La bonne humeur de Gervais, qui imitait à la perfection l'accent recherché de leur professeur de finance, était communicative. À sa grande surprise, Arthur se dérida et sourit. Preston, lui, demeurait sérieux, méfiant sans pouvoir se l'expliquer. Il finit par attribuer sa réserve à la physionomie d'Arthur, curieux mélange de ruse et de froideur. Et peut-être aussi à une certaine envie. Mais sur l'insistance de son cousin – les coups de coude discrets de Gervais lui faisaient clairement comprendre qu'il n'approuvait pas son comportement prétentieux –, Preston se contraignit à prendre les devants, retrouvant ses bonnes manières comme par enchantement. Avec un détachement étudié, Arthur le fixa droit dans les yeux et serra vigoureusement la main que lui tendait Preston.

Ce jour-là, leur amitié et leur destin avaient été scellés. Arthur Côté venait d'accomplir la première partie de sa vengeance.

*****

Saint John, Nouveau-Brunswick

« ... La gare de McAdam au Nouveau-Brunswick à l'aube d'accueillir ses premiers passagers... », lut à mi-voix Édouard. *Quelle bonne nouvelle!* L'essor du chemin de fer continuait, le désir d'établir des liens commerciaux au sein des provinces de la Confédération canadienne étant toujours d'actualité. Comme pour promouvoir le rôle qu'allait jouer le train, voilà que leurs Altesses Royales arrivaient précisément à bord de ce moyen de transport.

Se félicitant d'avoir avec lui son journal, Édouard porta son attention sur la une de *L'Averti* : « Le passage du duc et de la duchesse de Cornwall et d'York fort attendu par les Néo-Brunswickois. » Puis, il la compara, non sans un sentiment de supériorité, à la une du *Public Knowledge*, qu'il s'était discrètement procuré le matin même et qui reposait à ses côtés sur la banquette de la calèche. Édouard se demanda fugacement si le « furet » avait participé à cette édition spéciale et s'il participerait, ce jour-là, à la couverture de l'évènement. Il préféra ne plus penser au succès potentiel de son ancien journaliste Jimmy Daigle. D'autant plus qu'il se sentait particulièrement bien disposé – son rendez-vous d'affaires avec Matthew McDougall s'était avéré profitable –.

Édouard se surprit à sourire. *J'ai bien fait de me laisser convaincre par Françoise de venir.* Il était important qu'il se fît voir lors de tels rassemblements, et pas seulement dans son milieu. « Ces apparitions publiques consolident ton image d'homme d'affaires prospère. Du reste, tous les gens importants de Montpellier vont assurément se déplacer pour l'évènement », lui avait astucieusement fait valoir sa femme. En vérité, ce n'était pas tant pour embellir et solidifier l'image de son époux que Françoise avait insisté pour qu'ils fassent le voyage à Saint John. Elle rêvait depuis longtemps de satisfaire sa curiosité, d'examiner, d'admirer, de critiquer, et de se comparer au couple royal.

Édouard jeta un bref coup d'œil à sa montre gousset; il fronça les sourcils avec impatience et donna un coup de sa canne – accessoire d'élégance masculine ultime – au plafond de la calèche, faisant comprendre au cocher qu'il était pressé. Il n'y avait pas de temps à perdre. S'il se fiait à l'efficacité de Françoise, les filles et elle devaient déjà être prêtes, de même que sa belle-sœur Suzanne, en train de l'attendre dans le lobby de l'hôtel. Il aurait aimé se rafraichir un peu, mais pour ne pas manquer le spectacle de la fanfare, il fallait quitter l'hôtel dans les plus brefs délais.

L'ambiance était à la fête. On célébrait dans toutes les villes du Nouveau-Brunswick et spécialement à Saint John, comme en témoignaient les banderoles et les guirlandes, les cris enthousiastes et les petits drapeaux colorés que les citoyens agitaient vigoureusement le long des rues. Hommes, femmes et enfants s'étaient regroupés en un cordon joyeux en bordure de la rue Mill afin d'accueillir comme il se devait la visite royale.

Pour l'occasion, Françoise avait revêtu un tailleur turquoise très cintré aux épaules bouffantes, assorti d'un petit chapeau fleuri à la mode. Sa sœur Suzanne était tout aussi élégante et semblait particulièrement ravie d'être de la partie. Quant à Victoria, du haut de ses seize ans, et Clémence, quatorze ans, elles avaient eu droit à une séance de « pomponnement » avant d'enfiler une robe neuve et de mettre un chapeau qui faisait très grande dame, pour leur plus grand plaisir. Édouard, lui, avait endossé ce matin-là, sa redingote de meilleure qualité et son faux-col glacé qui était d'un blanc immaculé, grâce au savoir-faire de Normande, leur domestique aux multiples talents. Au service de la famille depuis des années, Normande était capable de chasser les taches les plus tenaces sur ses habits et empesait cols et poignets comme personne. Ils étaient aussi raides que du bois! Et cela, même après des heures!

Françoise avait eu la gentillesse d'inviter Maude à se joindre à eux. Si elle n'avait pas craint d'abuser de la bonne disposition d'Archibald, elle aurait insisté pour amener les deux autres fillettes, Florence et Sophie, avec eux pour ce voyage mémorable. Mais elle n'avait pas osé. L'humeur de son cousin empirait avec les années. Ainsi, la famille du vieil Archibald – que les réjouissances et les célébrations de tout genre énervaient – brillerait encore une fois par son absence. Françoise posa un regard plutôt tendre sur Maude, dont la toilette pour une jeune fille de quinze ans laissait à désirer, et ne payait pas de mine en comparaison des tenues de Clémence et de Victoria.

Françoise eut une pensée pour les absents, Preston et Gervais, lesquels étaient toujours à Saint-Germain, au Collège Sieur-de-Pont-Gravé. Quant à ses trois autres filles, toutes mariées et ayant un nombre respectable d'enfants, elles avaient quitté Montpellier depuis si longtemps que Françoise n'avait pas pensé à elles. Elle avait toutes les raisons pourtant d'être fière de ses filles. Cécile, Léonie et Gaële avaient épousé des hommes riches, bien établis, qu'elles avaient suivis sans se faire prier dans l'Ouest canadien.

Or, dans le fond de son cœur, Françoise reconnut ce pincement distinctif. Elle savait qu'elle avait échoué dans son rôle de mère. Pour être exacte, c'était par jalousie et dépit que les trois filles d'Édouard et de Françoise avaient pris leur distance, géographiquement du moins. Ayant hérité du physique plutôt ingrat de leur mère, elles avaient d'emblée pris en grippe leur frère, l'enfant roi, de même que leur jeune sœur plus jolie. Pour comble, non seulement Preston et Clémence avaient été choyés par la nature, mais en plus, ils s'étaient attiré l'amour maternel dont les trois sœurs jugeaient avoir été privées. Cette inclination naturelle de Françoise pour deux de ses enfants – qui avaient pour seul mérite, aux yeux des filles ainées, d'avoir hérité des traits harmonieux de leur père Édouard – ne ferait que creuser plus profondément, avec les années, le gouffre qui les séparait du reste de la famille.

Françoise caressa des yeux les boucles blondes de Clémence. « Avec ma dernière, s'apaisa-t-elle intimement, je me suis reprise. Notre relation sera différente de celle que j'ai avec Cécile, Léonie et Gaële. Clémence est si mignonne et si attachante. » Françoise se concentra sur la réussite de sa relation avec sa fille cadette; elle parvint à retrouver une certaine satisfaction personnelle.

Soudain, la vision radieuse s'effaça. À quelques pas d'eux, une femme, un bébé dans les bras et à ses côtés, un homme au visage taciturne suivaient des yeux le défilé sans grand entrain. Le regard alerte de Françoise se posa sur la femme assez bien vêtue. Il n'y avait pas d'erreur possible. C'était bien elle. Ils venaient à leur rencontre. L'homme avait un visage solennel marqué par des crevasses – cicatrices de la variole, supposa Françoise – et la femme, plus grasse que dans son souvenir et précocement vieillie.

Françoise jeta un œil en coulisse vers son époux; elle comprit par le froncement de ses sourcils qu'il l'avait lui aussi reconnue. Spontanément, Françoise resserra son emprise sur le bras d'Édouard, ne pouvant s'empêcher de se sentir humiliée d'avoir été jadis en compétition avec un être si peu attrayant aujourd'hui. L'amertume, ou quelque châtiment du destin peut-être, avait empâté le visage autrefois séduisant de Lili. Sa bouche, encadrée de rides amères, lui donnait un air sinistre difficilement supportable. « Il y a bel et bien un Dieu dans ce monde », pensa Françoise. Elle se sentit tout à coup plus jeune, plus droite, plus belle.

C'est alors qu'elle aperçut le beau jeune homme particulièrement élégant qui suivait quelques pas derrière, transporté par la foule. Le cœur stoïque de Françoise connut un bref fléchissement. La ressemblance était trop frappante pour que le doute soit permis. *Ainsi, Lili avait dit vrai.*

Lili croisa brièvement son regard et Françoise eut beau y chercher quelque émotion, en vain. Elle l'avait sommairement balayée de ses yeux bleus verts, sans regret, ni intérêt, comme si elle n'avait pas la moindre idée de qui elle était. Son regard se posa machinalement sur Édouard, et là encore, elle sembla n'avoir aucune réaction. Ses prunelles dilatées semblaient l'avoir oublié. Puis, comme elle passait à quelques mètres de lui, Édouard décela une subite, quoique brève, transformation dans les yeux mornes de Lili. Une fragile étincelle avait allumé, l'espace d'une seconde, le regard trouble de son ancienne maitresse. Édouard aurait juré avoir vu le cœur de Lili frémir sous son chemisier de dentelles, lorsque la tête du bébé qu'elle tenait serré contre son sein avait glissé de ce coussin improvisé.

Édouard sentit les doigts gantés de son épouse accentuer encore plus fermement leur pression. Elle souriait, inconsciemment bien sûr, tout en observant Lili se frayer un chemin, avec une lueur de joie mauvaise, comme si sa triste transformation lui faisait grand plaisir. Songeur, Édouard détourna les yeux de Françoise. « Les femmes, songea-t-il, sont encore plus dures entre elles que ne le sont les hommes. »

« Les hommes sont si prévisibles, pensa Françoise. Il suffit qu'une vieille flamme se présente, même fanée, et ils ne voient qu'elle. » Françoise remercia le ciel que la vue de Lili, même enlaidie, soit parvenue à détourner l'attention d'Édouard du jeune homme à la prestance indéniable. Elle leva le menton avec supériorité; elle désirait oublier ces retrouvailles accidentelles qui l'avaient forcée à revivre non pas un, mais deux tête-à-tête décisifs, gravés dans sa mémoire, et dont elle aurait tant souhaité être épargnée. Jusqu'à ce jour-là, elle avait réussi à caser dans un coin de son esprit Lili et les deux entretiens privés qu'elle avait eues avec elle par le passé.

D'un coup d'œil vers son mari, Françoise devina que cette rencontre l'avait laissé perplexe, brusquement hanté par les souvenirs d'un amour passé. En réalité, Édouard s'était souvent demandé ce qui était advenu de Lili. Or, jamais, même dans ses scénarios les plus désolants, il ne l'avait imaginée dans une situation aussi décevante. Elle n'était de toute évidence pas en difficulté financière, mais il ne restait plus rien de gracieux et d'attirant en elle. Il était difficile, pour Édouard, d'imaginer que cette femme avait fait naitre en lui un désir si fort par le passé.

C'était aussi l'avis de Françoise qui ne pouvait comprendre comment la beauté pouvait l'avoir désertée à ce point, ni comment Lili avait pu être attirée par un être aussi repoussant que l'homme qu'elle suivait lentement, aussi riche fût-il.

Plongée dans ses pensées, Françoise laissa errer son regard autour d'elle, pendant qu'Édouard connaissait à nouveau un certain trouble, son attention happée par le visage jovial d'un homme qui lui rappelait à s'y méprendre son ancien associé. Il se demanda ce qui était advenu de Frédéric La Croix, de Laura et de leur fils. Ils semblaient s'être volatilisés dans la nature, sans laisser de traces, rompant toutes attaches avec Montpellier.

Le jour où Frédéric avait quitté les bureaux du moulin, Édouard avait consciemment rayé de son vocabulaire le prénom de son associé. Il n'y avait plus jamais fait allusion, aussi bien au travail que lors de soirées mondaines; son entourage avait tout naturellement emboité le pas. En fait, il n'avait plus repensé à lui jusqu'à ce jour.

Bien décidé à chasser Frédéric La Croix de son esprit, Édouard détourna abruptement son regard. De l'autre côté de la rue, il aperçut

Maillet, accompagné de son épouse Marguerite, qui levait son chapeau en guise de salutations. Édouard l'imita aussitôt et Françoise eut un sourire presque excité à l'endroit de la jeune épouse.

Positive et compréhensive, Marguerite faisait, malgré son jeune âge, une compagne idéale. Françoise, qui était pourtant de nature méfiante et rancunière, avait excusé avec une rapidité étonnante le rôle qu'avait joué Marguerite dans l'enlèvement de leur fils lors du soulèvement ouvrier au moulin; elle préférait s'attarder sur le fait que c'était elle qui lui avait remis Preston en mains propres. Alors que les attraits de Laura avaient jadis éveillé en Françoise les épines de la jalousie – peut-être parce qu'elle se plaisait à les mettre bien en évidence –, Marguerite, dans sa sobriété, ne lui inspirait que de bons sentiments.

Édouard observa attentivement le jeune couple. Polis et agréables, ils étaient aimés des citoyens de Montpellier. Maillet était reconnu pour son habilité à intervenir avec diplomatie et humilité dans toutes les discussions; Marguerite, pour son écoute attentive et discrète des maux des autres épouses. Elle le dépassait un peu de taille, mais cela n'avait pas l'air de le gêner. Édouard se redressa instinctivement. Jamais il n'aurait pu être avec une femme plus grande que lui. Mais il devait reconnaitre que cette Marguerite avait une certaine allure.

L'implication de Maillet avait été essentielle pour redresser l'image du moulin auprès des ouvriers et de la population. Une solide amitié s'était nouée entre Édouard et son jeune protégé, une amitié qui reposait sur le respect. Maillet était ses yeux et ses oreilles et Édouard savait qu'il pouvait compter sur lui pour défendre ses intérêts.

La vaillance de Maillet s'était avérée aussi grande que sa débrouillardise. Après avoir fait ses débuts comme bucheron, il s'était intégré aux rouages et au fonctionnement du moulin avec une facilité étonnante, à titre de superviseur, veillant rondement à la production. Édouard l'avait nommé à ce poste, où, de l'avis de tous, il excellait. Bien qu'il se trouvât des envieux pour estimer que son ascension au sein du moulin avait été trop rapide, Maillet, en gardant une attitude modeste et en obéissant à son intégrité morale, avait réussi à maintenir d'assez bons rapports avec ses hommes, en particulier avec les ainés qui l'avaient initié à la coupe du bois à ses débuts.

Lorsque les applaudissements et les cris de joie s'élevèrent pour accueillir le passage du Duc et de la Duchesse de Cornwall et d'York, Édouard eut un sourire lointain et il se mit à rêver. Il aurait pu être roi. Françoise aussi aurait pu être reine. Ils partageaient le même gout du pouvoir et cette volonté de puissance dignes des nobles. Tout compte fait, cette visite était inspirante et il était heureux d'être venu. Et de toute évidence, il n'était pas le seul qui avait souhaité s'en inspirer. Même Gédéon De Grâce avait fait le déplacement.

De l'autre côté de la rue, à quelques mètres de Maillet, Édouard venait de repérer le profil disgracieux de son ennemi juré, nul autre que le propriétaire du journal *Sur le Vif*. Édouard darda furieusement sur lui ses yeux bleus; comme s'il avait été piqué par tant d'animosité, ce dernier tourna la tête dans sa direction. Les deux hommes se défièrent longuement en silence, pour finalement détourner hautainement leur regard de façon presque simultanée.

La rivalité entre les deux rédacteurs en chef était telle que Gédéon préférait le désagrément de faire venir son papier de Montréal, le payant plus cher, plutôt que de soutenir financièrement le moulin des pâtes et papiers Roussel. De même, lorsque Gédéon De Grâce avait eu vent de la contribution financière substantielle d'Édouard à l'aménagement du Collège Sieur-de-Pont-Gravé, lui-même avait versé une somme respectable afin de se retrouver en tant que membre fondateur, sur le même tableau d'honneur.

Édouard se disait que Gédéon avait toutes les raisons de l'envier; il n'avait ni sa prestance, ni son élégance, ni son envergure. Néanmoins, Édouard devait reconnaitre que son rival avait une belle progéniture, avec deux jolies demoiselles bientôt en âge de se marier si ce n'était déjà fait; il était triplement choyé avec trois fils, lesquels lui assureraient une descendance... Restait cependant à voir s'ils pourraient se débrouiller avec le journal de leur père, s'ils seraient plus fins que lui. « Enfin, se disait Édouard, ce n'est pas pour demain. Et d'ici là, peut-être que le journal *Sur le Vif* sera de l'histoire ancienne. »

Dans son for intérieur, Édouard croyait toujours que les Acadiens de Montpellier n'avaient besoin que d'une seule source d'information écrite : *L'Averti*. En outre, il demeurait persuadé qu'il finirait par avoir raison de son compétiteur, même si, après toutes ces années passées à essayer de l'écraser, il était bien forcé d'admettre que ce Gédéon De Grâce avait les reins plus solides qu'il n'aurait pu l'imaginer.

Édouard considéra brièvement madame De Grâce, avant de porter finalement son attention sur sa propre épouse, la dévisageant songeusement. Soit, Françoise ne serait jamais belle. Mais il constata que son visage s'était épanoui et que ses courbes s'étaient adoucies avec la naissance de leurs enfants. Et elle était toujours aussi posée et raffinée que par le passé.

Comme si elle avait deviné ses pensées flatteuses, Françoise tourna la tête et leurs yeux se rencontrèrent. Après tant d'années, il en était arrivé à ne plus pouvoir se passer de sa présence et surtout à reconnaitre le choix judicieux qu'il avait fait en l'épousant. Elle le savait et il le savait.

À l'unisson, ils portèrent leurs regards sur le couple royal, admirant leurs beaux atours et leur charisme. Françoise et Édouard connurent un moment de tendre béatitude partagée, chérissant intimement une vision commune de leur couple : À défaut d'être roi et reine d'une nation, ils jouissaient toutefois de l'admiration, de l'estime et de tous les égards réservés à l'élite de Montpellier.

– CHAPITRE DIX –

Saint-Germain, Nouveau-Brunswick – 1902

– Et si elles ne venaient pas? demanda Preston, embêté.

Gervais, confiant, chassa d'un mouvement de la main les inquiétudes de son cousin.

– Mais puisque je te dis qu'elles vont venir! réitéra-t-il, avec désinvolture.

Arthur, lui, roula des yeux devant sa confiance inébranlable et croisa en frissonnant ses bras contre sa poitrine.

– J'aurais dû mettre un chandail de laine plus épais, reconnut-il avec ennui, lui qui n'était pourtant pas du genre à se plaindre ouvertement.

Ce n'était que la première semaine d'octobre et l'air frisquet rappelait que l'hiver passerait bientôt à leurs portes. Debout devant les grilles d'entrée de l'Académie, les trois jeunes hommes attendaient avec impatience que les demoiselles, dont leur avait parlé Gervais, se révèlent enfin.

L'air furibond, Arthur contenait difficilement son exaspération. Il plongea les mains dans ses poches et avança, prudemment :

– Et si elles nous ont vus et qu'elles ont fait demi-tour?

– En voilà une idée! s'esclaffa Gervais. Ma foi, remarqua-t-il avec une pointe de dérision, c'est tout à fait possible!

Preston, lui, parut franchement offensé. Il avait bien des incertitudes, mais s'il y a une chose dont il était sûr, c'est que son physique ne pouvait être mis en cause. Il remonta son collet sur ses joues engourdies et en profita pour se passer une main dans les cheveux. Ce faisant, il croisa le regard impénétrable d'Arthur derrière ses lunettes rondes. Il devait se demander lui aussi ce qui leur avait pris de se laisser convaincre d'aller là en pleine nuit. Gervais maitrisait l'art de la persuasion comme personne d'autre.

Arthur s'était révélé un compagnon d'études idéal. Comme Preston, il prenait très au sérieux ses résultats scolaires et les deux jeunes hommes étaient en constante compétition pour la première place. Preston avait dû ravaler son orgueil plus d'une fois, car Arthur était doté d'une remarquable intelligence. Perfectionniste et minutieux, il ne ménageait pas ses efforts afin de conserver la première place au tableau d'honneur.

Extrêmement réservé, Arthur se livrait très peu et ne parlait jamais de son passé. Mais Gervais, en as de la conversation, était parvenu à lui soutirer quelques détails sur sa vie privée. Ainsi, Arthur leur avait révélé que ses parents étaient décédés depuis plusieurs années, qu'un grand-oncle célibataire et fortuné l'avait recueilli à Grand-Sault au Nouveau-Brunswick, qu'il boitait des suites d'une polio qu'il avait eue enfant; plus intéressant encore, il rêvait de se lancer en affaires, de diriger un jour une usine.

De son côté, Arthur avait longuement analysé les deux cousins. Gervais suscitait chez lui un sentiment proche de l'envie. Ses dons d'amuseur et de conteur étaient certains. Amical et charismatique, tout en faisant constamment preuve d'un solide sens de l'humour qui l'empêchait de se prendre trop au sérieux, il était extrêmement populaire et monopolisait joyeusement les conversations. Mise à part son apparente insouciance, Gervais avait des qualités de cœur admirables. Sa loyauté inconditionnelle envers Preston – loyauté qui lui était rendue d'ailleurs – ainsi que sa nature généreuse et souple lui permettaient de supporter le tempérament parfois lourd de son cousin.

Preston était un personnage plus complexe et paradoxal. Son caractère changeant était difficile à cerner. Tantôt il se montrait humble et plein de compassion, tantôt il prenait des airs prétentieux de gosse de riche, il portait des jugements sur son entourage. Sa conscience était sans cesse tiraillée entre le bien et le mal, entre son désir d'être une bonne personne et son penchant naturel pour l'intransigeance. Arthur qui connaissait la nature humaine mieux que quiconque jubilait intérieurement lorsqu'il était témoin de ces remises en question. Cet aspect de sa personnalité, espérait Arthur, le rendrait plus vulnérable à la manipulation, le moment venu.

Comme s'il avait ressenti le cynisme d'Arthur à son endroit, ou encouragé par son expression de plus en plus sceptique, Preston eut un mouvement d'impatience qui se voulait concluant :

– Pour une fois qu'Arthur et moi acceptons de délaisser nos livres, c'est le comble qu'elles aient osé ne pas se présenter à ce rendez-vous orchestré par toi, Gervais! Tant pis, j'en ai assez d'attendre!

– Donnons-leur un autre cinq minutes, risqua Gervais, porté par un regain d'optimisme.

– Non, on a déjà trop perdu de temps, soutint Preston avec mauvaise humeur. Je n'aurais pas dû t'écouter! Toi et tes idées! Allez, viens, Arthur.

– Attendez! Je les vois! Elles arrivent! s'exclama subitement Gervais, incontestablement animé.

Elles étaient quatre. Quatre jeunes filles dans leur tunique blanche identique qu'elles tenaient relevées au-dessus du mollet afin de faciliter leur course. Leurs cheveux libres flottaient, s'entremêlant dans leur châle en laine, tandis que leurs rires frais et leurs petits cris étouffés s'élevaient au clair de lune. Bientôt, elles furent devant eux, les deux groupes séparés par la grille en fer forgé. Elles tâchèrent de retrouver leur souffle, relâchant leur robe de nuit qui glissa sur leurs pieds nus et glacés.

Elles étaient toutes jolies, mais le regard des trois garçons se dirigea naturellement vers celle du milieu. Droite et sure d'elle, les bras croisés sous sa poitrine libre, la pensionnaire les dévisageait tour à tour avec provocation et sensualité. Elle s'appelait Mathilde Richardson et sa réputation la précédait. Tous les garçons du collège la connaissaient de nom, et certains, les plus chanceux, la connaissaient *personnellement*. Mathilde était de celles qui allaient « presque jusqu'au bout » et loin de ternir sa réputation, ses prouesses amoureuses l'élevaient au rang de déesse.

Comme si elle avait deviné les pensées flatteuses qui les habitaient, Mathilde eut un sourire aguicheur. Leste comme une chatte, elle enjamba la grille et encouragea ses copines à faire comme elle. Ni Arthur, ni Preston ne furent surpris de voir les quatre demoiselles encercler Gervais. Il avait généralement plus de succès auprès de la gent féminine, et ce, même si Preston était le plus beau des trois. Gervais avait une expression vive et joviale, un charme qui suffisait à le rendre attrayant. Et à en croire les rires féminins, il s'était montré amusant comme d'habitude. Son tact, son habileté et sa manière de séduire étaient d'une rare efficacité, comme en témoignait son bras qui en moins de deux, s'était retrouvé autour de la taille de Mathilde.

Gervais étant de nature généreuse, ses deux amis se virent bientôt convoités par Valentine, Alice et Lydia. Devant cet intérêt manifeste, Preston eut un grand sourire. On lui avait souvent dit que ses dents, droites et blanches, étaient son principal atout. Sa blondeur et ses yeux bleus aussi devaient assurément jouer en sa faveur. Arthur, quant à lui, se contenta de hausser les épaules avec détachement. Cette piètre mise en scène l'irritait, tout comme ces petits pieds nus qui pointaient sous les robes de nuit chastes.

Arthur était très responsable, trop habité par son objectif pour se laisser distraire par des jeunes filles à peine sorties de l'enfance. Il travaillait obscurément pour lui, dans un but bien précis, sans jamais laisser tomber sa réserve. Curieusement, son indifférence, jointe à un teint hâlé, à une physionomie grave et à une démarche bancale, dégageait une sorte d'aura ténébreuse et mystique qui intriguait les jeunes filles et intimidait généralement les garçons. Bien qu'il ne parlât pas beaucoup – il n'était guère du genre à s'étendre sur lui-même –, rien n'échappait à son regard subtil.

Enfant, Arthur s'était souvent senti dépassé et lésé par sa singularité, sans cesse confronté aux moqueries de ses camarades. Les enfants pouvaient se montrer horriblement cruels. En vieillissant, il avait su puiser sa force dans son intellect. Il avait mis un point d'honneur à ne jamais laisser son handicap brimer ses désirs. Ainsi, aujourd'hui, son courage faisait en sorte que rien ni personne ne pouvait détruire sa force intérieure ni son amour-propre.

Preston sentit que la petite blonde, Valentine, lui prenait la main. Elle le détaillait avec insistance, comme si elle se reconnaissait en lui, étant elle-même une blonde aux yeux bleus.

– Tu viens faire un tour? lui demanda-t-elle, un sourire en coin.

Preston ne lui offrit aucune résistance. Il se contenta de la suivre derrière les grands sapins, empruntant le sentier qui avait avalé Mathilde et Gervais quelques instants plus tôt. Arthur, qui n'avait pas bougé et qui demeurait obstinément silencieux maintenait une distance raisonnable entre Lydia et Alice. La première, qui n'était guère patiente de nature, se lassa la première. Elle déclara piteusement :

– Et dire que je risque d'attraper une pneumonie pour... ça!

Arthur ne souffla mot. Il l'observa escalader à nouveau la grille avec colère et difficulté. Lydia pestait toujours lorsqu'elle se laissa retomber de l'autre côté, remontant laborieusement la pente jusqu'à l'Académie.

Délivrée du poids de la compétition, Alice se montra tout à coup audacieuse :

– Enfin! Ce n'est pas trop tôt. Bon débarras!

Arthur se retourna avec surprise vers la jeune fille, étonné par ce commentaire peu charitable. Alice se frottait les pieds l'un contre l'autre en frissonnant. De toute évidence, elle était frigorifiée, mais elle n'était pas prête à abandonner si facilement :

– Tu es timide, c'est ça? Tu n'as pas l'habitude de parler aux filles?

Elle lui tendait la perche aussi gentiment que possible et Arthur se contenta de la regarder fixement. Il n'avait qu'une envie, retourner dans le confort de son lit, bien au chaud, et oublier cette soirée ridicule. Son ton lui sembla plus cassant qu'il ne l'aurait voulu lorsqu'il finit par répondre :

– Non. Ce n'est pas de la timidité. J'aimerais être ailleurs, c'est tout.

Alice eut une moue contrariée, presque enfantine. Elle avait des lèvres naturellement roses, joliment ourlées, un regard naïf qui l'attendrissait malgré lui.

– Pourquoi es-tu venu alors? insista-t-elle, avec candeur.

– Je me pose la même question, avoua Arthur, en détournant les yeux. Retourne te coucher, enchaina-t-il d'une voix sourde. Il n'y a rien ici pour toi.

Brusquement, comme si elle avait atteint les limites de sa bonne volonté et de sa tolérance au froid, Alice tourna sèchement les talons, escalada avec agilité la grille et s'éloigna à grandes foulées. Enfin seul, Arthur se détendit un peu. Il s'était initié aux plaisirs amoureux depuis longtemps. *Avec des femmes, des vraies.*

Arthur plongea ses doigts dans sa poche et en retira une cigarette qu'il avait minutieusement roulée plus tôt dans la soirée. Il aurait au moins son tabac pour lui tenir compagnie pendant les prochaines minutes.

À quelques mètres de là, couché dans le taillis, les branches de sapin lui labourant les reins, Preston sentait son assurance disparaitre à mesure que les caresses de Valentine se précisaient. Elle avait des lèvres douces et était plutôt mignonne, mais la pression qui lui pesait sur les épaules lui devenait insoutenable. « Le Seigneur condamne les relations intimes avant le mariage, songeait Preston. Mais est-ce que ces quelques caresses innocentes comptent réellement comme un péché charnel? »

En désespoir de cause, Preston prétexta un malaise inopiné : une crampe douloureuse dans le mollet.

– J'ai dû m'être étiré un muscle en marchant jusqu'ici. C'est bête, non? lui dit-il, faisant mine de se masser vigoureusement la jambe.

L'astuce fonctionna; la jeune fille prit aussitôt ses distances et le regarda avec compassion. Au bout d'une minute, Valentine interrompit son geste d'une main ferme. Preston redressa la tête et lui fit face; il crut mourir de honte en la voyant sourire. Il se reprit rapidement devant ce sourire qu'il avait d'abord cru moqueur, mais qui en fait était plutôt timide.

– Tu sais, je n'ai jamais rien voulu de plus que faire la conversation..., admit-elle d'une voix feutrée, en rajustant son châle sur sa poitrine.

Valentine le dévisageait avec gentillesse et la tension entre leur deux corps se dissipa enfin. Preston eut un soupir de soulagement qui lui valut une étreinte réconfortante de la part de la jeune fille.

De son côté, Gervais, qui se croyait à juste titre un expert dans les préliminaires de l'amour usait de tout son savoir-faire sur sa belle. Si bien que, dans le feu de l'action, Mathilde en oubliait ses repères. Elle remonta fiévreusement sa robe de nuit sur ses hanches et invita Gervais au rapprochement ultime, irréversible :

– Allez, Gervais, prends-moi! Tu seras mon premier... N'est-ce pas ce dont rêve tous les hommes?

– Non... il ne faut pas, tu vas le regretter, protesta valeureusement Gervais.

– Je sais que tu en as envie. Allez, cesse de lutter et fais-toi plaisir... Mieux encore, fais-moi plaisir!

– Non, Mathilde. NON!

Gervais dut user de toute la force de sa volonté pour se détacher de ce corps féminin qui s'offrait sans équivoque à lui. Passer à l'acte final ruinerait toute chance possible pour Mathilde de faire un beau mariage. Il ne pouvait, en toute bonne conscience, ignorer cette réalité.

Lorsque, plusieurs minutes plus tard, les trois garçons prirent le chemin du retour, personne ne semblait vouloir briser le silence pesant qui accompagnait leurs pas. Preston priait silencieusement que le Seigneur lui pardonne ce petit écart de conduite, tandis qu'Arthur espérait que cette aventure nocturne l'ait rapproché un peu plus de son but. Quant à Gervais, il se remettait lentement de sa surprise.

– Vous ne devinerez jamais... Mathilde m'a infligé une rupture définitive. Elle est devenue furieuse contre moi, après que j'eus honorablement repoussé ses avances!

– Elle est peut-être froissée contre toi ce soir, mais un jour, lorsqu'elle prendra mari, elle te sera incontestablement reconnaissante, le rassura Preston, d'un ton moralisateur.

– Il n'y a rien de plus sacré pour une jeune fille que sa virginité, renchérit Arthur, le plus sérieusement du monde.

– C'est exactement ce que je lui ai dit! affirma Gervais avec force.

Désireux de détendre l'atmosphère singulièrement tendue, il fit mine de mettre en doute sa finesse et son art de la séduction :

– Je ne comprendrai jamais les femmes, soupira-t-il, d'un air faussement résigné.

Gervais éclata de rire la seconde d'après. Puis, il passa un bras amical autour des épaules de Preston et d'Arthur et parvint enfin à leur soutirer un mince sourire.

* * * * *

Montpellier, Nouveau-Brunswick

« ... Le journal de Bathurst, *Le Courrier des Provinces Maritimes*, annonce sa fermeture... », lut Édouard à voix haute. « Pour des raisons financières, sans doute, pensa-t-il, comme c'est le cas pour la majorité des journaux qui rendent l'âme. » N'empêche que cette fois, Édouard estimait qu'il s'agissait d'une perte réelle pour la province. Il avait toujours eu ce quotidien en haute estime; fervent défenseur des droits et des intérêts des Acadiens.

Il abaissa le journal et considéra les journalistes réunis autour de lui, la mine grave. Il prit la parole, avec fermeté et vigueur :

– La compétition est féroce, messieurs. Rappelez-vous qu'il n'y a qu'une seule première place dans un classement et que celle-ci est convoitée par tous! Il faut viser l'excellence, rien de plus, rien de moins.

Après ce discours qu'il souhaitait inspirant, Édouard s'en fut, pressé de retrouver Maillet et deux invités forts attendus au bureau du moulin. Il détestait être en retard pour un rendez-vous d'une telle importance, ce qui pourrait être malheureusement le cas ce jour-là.

Heureusement que Maillet était sur place. S'il tardait trop, celui-ci gagnerait du temps en leur offrant le « grand tour » des installations.

Édouard n'était pas de ceux qui s'expriment à la légère. Lorsqu'il décrivait Maillet comme son bras droit, c'était bien parce qu'il le pensait sincèrement. Maillet veillait avec diligence aux intérêts du moulin. Il était, sans contredit, sa plus belle acquisition. De plus, son attitude discrète et confiante se mariait parfaitement à celle d'Édouard, tempérant à un degré variable sa nature explosive.

Son journal soigneusement roulé sous le bras, Édouard monta à la hâte dans sa calèche noire. Il réfléchissait intensément. *Ce va-et-vient continuel entre les deux bureaux, est une telle perte de temps! Preston a raison. Je dois vraiment considérer la possibilité de réunir sous un même toit le siège social de « L'Averti » et du moulin.*

Bercé par la calèche en mouvement, Édouard se détendit un peu, conscient que prochainement il pourrait compter sur l'aide de son fils et de son neveu, Gervais, qui viendraient bientôt l'épauler. Pour rien au monde il ne l'aurait admis à qui que ce soit, mais à cinquante-et-un ans, Édouard commençait à s'essouffler, à perdre du terrain. Il n'y avait tout simplement pas suffisamment d'heures dans une journée pour remplir comme il se devait ses fonctions au journal et au moulin.

Profitant de ces quelques minutes de répit forcé – il ne pouvait pas avancer plus vite que ses chevaux –, Édouard prit son mal en patience. Il regarda vers la gauche, contemplant, avec un air de propriétaire, l'animation qui régnait dans l'allée des commerçants. Puis sur la droite, il admira de l'autre côté de la rue le grand espace vert qui avait été récemment aménagé en un parc magnifique, agrémenté de bancs et de jardins fleuris et tout aussi achalandé. Lorsque le maire Laplante lui avait parlé de son projet, il avait aussitôt accepté de financer en grande partie l'aménagement paysager. Édouard était le premier à reconnaitre les bienfaits de la nature autant sur l'esprit humain que sur la forme physique. Sans compter qu'une plaque en bronze y avait été érigée en son honneur.

Les yeux bleu clair d'Édouard localisèrent à la hâte la plaque, puis glissèrent naturellement vers des visages féminins qui lui étaient familiers. Sa fille, Clémence, un panier de roses rouges au bras, avançait tranquillement dans l'herbe. Elle observait d'un air rêveur les oies sauvages qui se pavanaient librement près de l'étang. Ces sorties en plein air, propices à l'évasion, plaisaient également à Victoria qu'il venait à l'instant de repérer; elle flânait près d'un arbre mature, une ombrelle posée sur son épaule. Enfin, à quelques pas d'elles, il reconnut Maude, assise aussi droite que possible sur un banc. Elle s'adonnait à son passetemps favori : l'écriture. Son expression tour à tour pensive puis inspirée, alors qu'elle griffonnait dans un petit journal de bord, laissait penser qu'elle profitait de l'absence d'une figure d'autorité, ce qui lui permettait de laisser libre cours à son imagination.

Édouard détacha lentement son visage de la vitre, soudainement préoccupé. Maude n'était encore qu'une enfant qu'elle demandait déjà à jouir d'une grande autonomie personnelle, d'avoir les mêmes droits et privilèges que ses cousins. Contrairement à sa femme qui semblait ne pas prendre trop au sérieux l'allure et les désirs d'indépendance de Maude, Édouard restait sur ses gardes.

Il comprenait parfaitement les raisons qui avaient poussé le vieil Archibald à lui refuser un travail de bureau. Lui offrir un emploi ne ferait qu'alimenter les rumeurs concernant la situation financière douteuse de la famille et ne ferait qu'encourager Maude dans ce fâcheux désir qu'elle eût de s'affranchir, d'être indépendante financièrement.

« Tout compte fait, pensa-t-il, il est peut-être temps qu'elle se trouve un mari. » Édouard frotta pensivement ses favoris, d'une part confiant de l'avenir dégagé d'inquiétudes qui attendait Clémence et Victoria – ses trois premières filles étant déjà mariées – et d'autre part, soulagé de ne pas être responsable du sort incertain de Maude. Ce n'était pourtant pas faute de sa part d'avoir voulu l'encadrer, ni faute de la part de Françoise. Elle avait mis tellement d'effort dans l'éducation de Maude, presque autant qu'avec leurs propres filles, élevées dans le respect des bonnes mœurs et des conventions. De même, lorsque Maude était dans sa propre famille, les règles de conduite étaient encore plus strictes. « Elle se prépare un avenir teinté de déceptions, songeait Édouard, en nourrissant autant d'attentes et de désirs tous plus inaccessibles les uns que les autres! »

Édouard en était encore à se demander s'il n'était pas trop tard pour Maude – est-ce que sa beauté et sa personnalité plutôt attachante suffiraient à faire oublier à son mari ses mauvais plis? – lorsque sa calèche s'immobilisa. Arrivé à destination plus tôt que prévu, il eut pour son cocher des paroles bien méritées :

– Bien joué, jeune homme! Si tous les cochers menaient leurs chevaux comme vous, la ponctualité serait acquise!

– Merci, monsieur Roussel, lui répondit le cocher d'un signe de tête poli.

Édouard chassa résolument Maude de son esprit et se mit en marche. Il prit une expression de circonstance, supérieure et assurée, se préparant mentalement à faire bonne figure auprès des deux Américains qui avaient pris la peine de se déplacer pour le rencontrer. « Après un si long voyage, se dit-il, ils n'ont pas intérêt à partir les mains vides, sans contrat! Oui, si je joue bien mes cartes, le moulin fournira en papier un journal new-yorkais d'envergure. »

Au même moment, les portes massives qui donnaient accès aux bureaux de l'usine s'ouvraient et trois silhouettes, dont celle de Maillet, venaient à sa rencontre. Les deux visiteurs portant un complet presque identique paraissaient impressionnés par ce qu'ils avaient vu. Édouard échangea brièvement un regard avec Maillet; il connut un fourmillement familier dans le dos. La moitié de la bataille était gagnée.

– CHAPITRE ONZE –

Saint-Germain/Montpellier – 1904

Arthur se tenait dans le cadre de la porte, un sourire plus prononcé qu'à l'habitude aux lèvres. Une malle était à ses pieds.

– Vos bagages sont-ils prêts? demanda-t-il avec une fébrilité mal contenue.

– Oui. Fin prêts! confirma avec sa bonne humeur habituelle Gervais, enroulant un foulard autour de son cou.

Pour toute réponse, Preston enfila son manteau. Il jeta un dernier coup d'œil à la chambre qu'il partageait avec son cousin depuis quatre ans, un brin nostalgique. Ses livres étaient empilés sur un coin de son pupitre, son lit soigneusement fait... Tout était en ordre. Leurs années collégiales avaient passé tellement vite! « Plus qu'un semestre, songea Preston, et Gervais et moi-même travaillerons officiellement à *L'Averti...* et Arthur? S'il fait bonne impression auprès de mon père, peut-être trouvera-t-il lui aussi sa niche au moulin des pâtes et papiers Roussel. »

Le rire jovial de Gervais et le singulier entrain d'Arthur qui, déjà engagés dans le couloir, faisaient la conversation avec d'autres étudiants, secouèrent Preston. Il agrippa à son tour sa valise. Les trois jeunes hommes s'engouffrèrent dans le corridor du dortoir; leurs pas et leurs rires se mêlèrent à ceux des autres garçons. L'excitation à la perspective de vacances bien méritées était communicative.

Le train filait à vive allure, le paysage d'hiver défilait devant leurs yeux dans toute sa majesté. Gervais et Preston somnolaient sur leur banc, Arthur, lui, gardait les yeux grand ouverts. Il trépignait d'impatience; il ne pouvait toujours pas y croire. Depuis des mois il avançait dans le silence et dans l'ombre de Preston et de Gervais, attendant désespérément une invitation qui n'arrivait jamais, le contraignant à rester seul au collège pendant les vacances. Enfin, ses prières avaient été exaucées : Preston l'avait invité dans sa famille pour les festivités de Noël.

Ce pas de géant prometteur, Arthur en rêvait depuis longtemps. Il allait bientôt être récompensé de sa patience et de sa persévérance. Son plan, parfaitement exécuté jusqu'à présent, allait sans aucun doute être mis à rude épreuve à son arrivée à Montpellier. Arthur savait qu'il devrait user de tout son sang-froid. Il sentit son pouls s'accélérer dangereusement; il se résigna à fermer les yeux, anticipant nerveusement ces retrouvailles imminentes. « Du calme, s'intima-t-il intérieurement, du calme. Surtout, ne pas éveiller de soupçons. Et au terme de mon séjour, réussir à entrer dans les bonnes grâces de la famille Roussel. »

Elles étaient toutes les trois sur le perron, emmitouflées dans leur manteau d'hiver, les joues colorées par le froid. Tranquilles, malgré l'excitation contenue sur leur visage, elles scrutaient l'entrée enneigée du domaine. Clémence fut la première à voir les chevaux approcher. Elle se mit à crier joyeusement :

– Ils arrivent! Ils arrivent!

Victoria et Maude se dressèrent aussitôt sur la pointe des pieds, se balançant de droite à gauche en scrutant à leur tour l'horizon. Lorsque, enfin, le traineau s'immobilisa devant la résidence des Roussel, Gervais fut le premier à descendre, suivi d'Arthur qui, dans l'énervement du moment, faillit perdre l'équilibre, oubliant son clopinement embarrassant. La famille Roussel était visiblement très à l'aise. Plus encore qu'Arthur ne l'avait espéré. Leur maison, bien en évidence en haut de la colline, était sans contredit l'une, sinon la plus impressionnante qu'il avait vue en traversant la ville.

Avec leurs moustaches fraichement taillées et leurs habits neufs, les trois jeunes hommes avaient fière allure. La présence de l'inconnu ralentit à peine leur ardeur et ensemble, Clémence et Maude s'élancèrent à leur rencontre. Dans la hâte de retrouver son frère qui se faisait attendre, Clémence avait relevé l'ourlet de sa jupe d'une main, pour ne pas gêner ses mouvements. Elle accourait vers eux avec bonheur, souriante et animée, sa cape blanche au vent. Arthur vit un instant seulement un jupon bordé de dentelles dépasser de sa jupe bleu pâle et un pied minuscule chaussé d'un bottillon. Debout devant lui, sur le qui-vive, Clémence lui rappelait ces biches que son grand-oncle et lui avaient chassées dans la forêt autrefois.

Pendant que Maude couvrait Gervais de baisers affectueux, Clémence n'avait d'yeux que pour le jeune homme aux cheveux noirs qui la dévisageait avec intérêt derrière ses lunettes. Entre deux baisers, Gervais fit les présentations et ne put s'empêcher de jeter un coup d'œil complice à Arthur qui semblait vouloir dire : « Elle n'est pas mal du tout la dernière fille Roussel ! »

Avec une nervosité inhabituelle, Arthur prit la main que celle-ci lui tendait.

– Enchanté de faire votre connaissance, mademoiselle Clémence, déclara-t-il cérémonieusement.

– Et moi de même, monsieur Arthur, lui répondit-elle d'une voix incroyablement douce et les yeux brillants.

Décontenancé par son sourire inaltérable, Arthur s'avisa qu'il avait gardé la main de Clémence dans la sienne. Confus, il la relâcha avec une certaine maladresse.

Les yeux rivés sur le traineau, Victoria n'avait pas bougé d'un pouce. *Mais qu'attend-il pour descendre!* Enfin, elle vit apparaitre avec une lenteur exaspérante un soulier, puis une jambe. Victoria sentit son cœur redoubler d'ardeur. Il était encore plus beau que dans son souvenir. Avec ses cheveux blonds lissés vers l'arrière et ses manières pondérées, il était très élégant et faisait très monsieur.

« Preston! » Maude se jetait dans ses bras, sans souci de froisser sa jolie robe sous son manteau, ni d'écraser sa coiffure bouffante. Du temps où il la voyait quotidiennement, il ne s'était pas rendu compte à quel point Maude était une jolie fille. Preston détailla son beau visage épanoui, ses yeux verts en amande et comprit que son sourire vif et espiègle lui avait manqué. Lorsqu'il répondit à son étreinte, il sentit malgré lui la pointe de ses seins. Maude s'en aperçut aussi et en voulut presque à sa nouvelle poitrine de se dresser entre eux.

Preston l'embrassa chaleureusement sur les deux joues et lui glissa à l'oreille :

– Chère Maude. Tu m'as tellement manqué!

– Toi aussi, si tu savais, Preston... Tu m'as manqué, plus que je ne saurais le dire!

Rose de plaisir, Maude laissa, un peu à regret, sa place à Clémence. Elle prit affectueusement le bras de Gervais et offrit à nouveau un sourire de bienvenue à Arthur, lequel paraissait envoûté par Clémence.

Preston enlaça sa sœur cadette et s'exclama, sincèrement admiratif :

– Mais Clémence! Te voilà devenue une vraie jeune femme!

– Merci Preston! J'ai dix-sept ans, je te le rappelle.

Coquine, Clémence lui adressa son plus beau sourire avant de se tourner subtilement vers Arthur, coquette.

Preston leva les yeux et aperçut Victoria qui s'avançait tranquillement vers lui. Il fut frappé par l'intensité de son regard bleu clair. En allant à sa rencontre, il remarqua combien elle avait grandi depuis sa dernière visite. Elle était ravissante. Maude aussi d'ailleurs. Victoria avait un éclat particulier. Elle avait dix-neuf ans, à peine un an de plus que Maude, mais elle faisait plus femme.

Preston voulut la prendre dans ses bras, mais Victoria se déroba. Elle se contenta de l'embrasser légèrement sur les deux joues. Le geste décontenança quelque peu Preston, mais il refusa d'en être chagriné. Les temps changeaient. Cette distance nouvelle qu'affectait Victoria était sans doute inévitable. *Mais, est-ce que ce ne serait pas plutôt à Maude de prendre ses distances? Victoria est, après tout, plus parente avec moi que ne l'est Maude.*

Prisonnier de ses réflexions, Preston précipita un peu les présentations d'usage entre Victoria et Arthur. Attendus dans leur famille respective, Maude et Gervais montaient lestement à bord d'un traineau. Ils leur firent de grands signes enjoués et réitérèrent leur désir de les retrouver très bientôt.

Côte à côte sur la banquette et bien au chaud sous l'épaisse fourrure, le bruit des clochettes tintant joyeusement sur le poitrail des chevaux tandis qu'ils remontaient lentement l'allée, Maude et Gervais demeuraient silencieux. Le regard lointain de la jeune fille trahissait l'émoi de son cœur et Gervais, loyal et solidaire, lui serra doucement les doigts, faisant fi de son propre désarroi. *Moi qui l'aime tellement... et elle qui aime tellement Preston.*

Sur ces entrefaites, Édouard et Françoise ouvraient toutes grandes les portes de la demeure familiale, dévoilant par la même occasion le personnel de la maison rassemblé en une ligne bien droite afin d'accueillir en bonne et due forme le fils chéri et son invité, singulièrement solennel.

*****

Étendu sur son lit, Arthur ne pouvait trouver le sommeil. Il ne faisait que repasser dans sa tête et jusque dans les moindres détails, cette première rencontre officielle avec la famille Roussel. Les formules de politesse échangées, les sourires pincés de Françoise à table qui contrastaient avec ceux de plus en plus engageants de Clémence à mesure que la soirée avançait... Les coups d'œil inexplicablement méfiants de Victoria à son endroit et ceux, contre toute attente, étrangement bienveillants d'Édouard... Ils avaient attribué ses réponses évasives à de la simple nervosité. Heureusement pour lui, Preston était parvenu à détourner à plus d'une reprise l'attention portée à sa personne.

Arthur se préparait mentalement depuis si longtemps à ce face à face décisif qu'il s'était cru immunisé à l'effet de choc. Or, être en présence de cet homme, lui avoir serré la main, l'avoir fixé dans le blanc des yeux, avaient failli avoir raison de lui. Prudent, il s'en était tenu à peu de mots :

– Bonjour, monsieur Roussel. C'est un honneur de faire votre connaissance.

Son hôte n'avait guère semblé plus enclin à éterniser les civilités. Il l'avait dévisagé avec une expression sévère et digne, pour finalement lui dire :

– Soyez le bienvenu, Arthur.

Quant à Françoise, elle avait attiré l'attention d'une domestique d'un mouvement subtil de la main et lui avait offert un sourire hautain :

– Normande va vous conduire à votre chambre. J'espère qu'elle vous plaira.

Arthur avait été agréablement surpris de leur accueil. Il était parvenu à se montrer courtois, peut-être un peu trop distant, mais pas au point d'éveiller les suspicions. Tout allait comme prévu. Avec en prime, la surprise inattendue et plus ou moins bienvenue de Clémence.

Arthur avait toujours eu un faible pour les femmes très féminines, mais rarement pour les très jeunes filles. Or, cette fois, l'innocence enfantine du visage de Clémence, sa fraicheur et sa beauté naissante l'attiraient irrésistiblement. Il se souvenait de son sourire candide et de l'attirance qu'il avait éprouvée pour elle, avant même qu'il n'ait su son prénom. Arthur ferma les yeux, bien décidé à prendre du repos.

Au bout de quelques minutes, n'ayant pas pu trouver le sommeil, il tendit la main vers la table de chevet afin de récupérer ses lunettes. Puis, il se redressa sur les coudes et laissa son regard errer dans la chambre d'ami. Il s'extasia sur son élégance et son confort, à l'image du reste de la propriété d'ailleurs. La pensée fugitive que la chambre de Clémence se trouvait sur le même étage que la sienne lui fit baisser les yeux. L'amertume masqua le visage grave du jeune homme.

– Surtout, ne jamais céder complètement à l'amour, se rappela Arthur à voix basse.

Car cela impliquait un don de soi, une ouverture totale de sa personne à l'autre, ce qu'il se savait incapable de faire dans les circonstances actuelles. Ce n'était pas la première fois qu'Arthur se retenait, car Clémence n'était pas l'unique femme à l'avoir ému. Et pourtant, elle lui avait fait une telle impression au cours de la soirée qu'il avait dû se raisonner, à maintes reprises, pour résister à la tentation de faire plus ample connaissance. Son discours à la fois humble et vrai, sans la moindre trace d'arrière-pensées dans sa spontanéité juvénile, l'avait indéniablement charmé.

Il devait absolument garder la tête froide. Ne pas perdre de vue ses objectifs. Arthur se croisa les bras derrière la tête et chassa vigoureusement le visage de Clémence de son esprit. Il le remplaça par la liste des démarches qu'il avait entreprises au cours des cinq dernières années pour arriver à ses fins. D'abord, la falsification de son certificat de naissance le rajeunissant de six ans, puis sa recherche auprès des différentes universités et collèges des provinces de l'Est afin d'identifier laquelle recevrait le fils d'Édouard Roussel. Enfin, sa propre inscription au Collège Sieur-de-Pont-Gravé pour finalement atteindre son but ultime : s'immiscer dans la vie personnelle de Preston.

Arthur avait rampé avec patience autour de lui pendant presque quatre ans. Il avait d'abord fait valoir son intelligence, puis tissé lentement et soigneusement des liens d'amitié, pour finalement s'imposer tout naturellement dans les plans d'avenir de Preston. Son succès avait été au-delà de ses plus folles espérances. Non seulement il s'était lié d'amitié avec le fils d'Édouard, mais en plus, il était parvenu à se tailler une place dans ses projets. Preston s'était compromis. Et maintenant qu'il était ici parmi sa famille et qu'une visite était prévue le lendemain au moulin des pâtes et papiers, métamorphosé en usine impressionnante aux dires de Gervais, ce n'était plus qu'une question de temps avant qu'un Roussel, père ou fils, ne lui offre un poste au sein de l'entreprise familiale. Il ne pouvait en être autrement.

Comme il s'apprêtait à changer de position pour la dixième fois, Arthur en eut finalement assez. Il repoussa avec impatience la couverture de plumes et se glissa hors du lit. Sur la pointe des pieds, il marcha jusqu'à la fenêtre qu'il ouvrit toute grande. Il sentit le vent d'hiver s'engouffrer dans la pièce, percer ses vêtements de nuit. Les lumières de Montpellier étincelaient dans le ciel et Arthur se sentit curieusement ému. Il ne reconnaissait plus la ville qu'il avait quittée des années auparavant.

« Les perspectives d'emplois seront plus favorables au Québec »,
lui avaient dit ses parents, en guise d'explication pour leur départ précipité.
Et ils n'avaient pas eu tout à fait tort. Son père avait trouvé un emploi à
temps plein comme clerc dans une firme comptable et pendant les cinq
premières années, ils vécurent relativement heureux à Montréal. Mais
leur qualité de vie avait sensiblement diminué. Sa mère n'avait jamais
pu s'habituer à son nouveau statut. Ses rides, nouvelles, témoignaient
d'une immense lassitude. Quant à son père, les reproches muets qu'il
pouvait lire dans les yeux de sa femme avaient sans conteste amorcé sa
mort lente. Ses lèvres, qui avaient cessé de sourire le jour de leur départ
de Montpellier, n'étaient plus qu'un pli avide et amer. La déception et
la colère teintaient désormais ses propos. Combien de fois son père lui
avait répété le nom du responsable de tous leurs maux : Édouard Roussel.

Lorsqu'en 1891, sa mère était décédée des suites d'une mauvaise
chute, l'état de santé de son père s'était rapidement détérioré. À peine
un an après la mise en terre sa mère, Arthur avait dû ensevelir son père.
Orphelin à l'âge vulnérable de douze ans, ce fut à un grand-oncle aigri –
dont il avait emprunté le nom de famille – et vivant à Grand-Sault au
Nouveau-Brunswick, qu'incomba la responsabilité de l'accueillir. Le
vieux bonhomme n'était certainement pas ce qu'on pouvait appeler un
tendre, mais il avait fait au mieux de ses capacités... surtout financières.
Et Arthur gardait à tout le moins, quelques bons souvenirs de leurs
parties de chasse.

Arthur sortit la tête par la fenêtre et respira l'air froid. Il
avait l'impression que ses poumons allaient exploser par cet exercice
respiratoire qu'il s'imposait. Une ombre douloureuse passa sur son
visage, pendant qu'il s'efforçait de faire remonter à la surface sa haine,
sentiment tellement plus facile à supporter que la tristesse. Il refusait
de s'apitoyer sur son sort. Surtout maintenant qu'il était si près du but.

Arthur savait qu'il lui faudrait encore beaucoup d'ingéniosité et
de ténacité pour parvenir à ses fins. Chaque fois qu'il se sentait dépassé
par la tâche, il n'avait qu'à revisiter les dernières paroles de son père afin
d'y puiser le courage nécessaire : « La vérité trouve toujours sa voix. Que
ce soit pour couvrir celle de la trahison ou du mensonge, la voix de la
vérité finit toujours par se faire entendre. »

« Le jour viendra, se disait Arthur, où justice sera rendue, où la vérité sera dévoilée. En temps et lieu, je me lancerai dans une action d'éclat! » D'ici là, il devrait exercer une grande vigilance et ne pas se laisser attendrir. *Tant que je ne ferai confiance à personne, et que je serai seul à connaitre ma véritable identité, tout ira bien.*

Sentir le vent glacé sur son visage n'arrivait plus désormais à le libérer de la terrible tension dont il souffrait, d'autant plus que ce même vent avait chassé provisoirement son désir de vengeance. Il avait fait une promesse à son père et il comptait bien la tenir. Néanmoins, s'il était honnête, Arthur devait reconnaitre que l'amitié de Preston et de Gervais comptait beaucoup plus pour lui qu'il ne s'y était attendu. Arthur repensa à leur camaraderie et par ricochet, à l'énorme mensonge qui lui servait d'assise, et il poussa un soupir désabusé.

Les joues paralysées par le froid, il referma les châssis et regagna lentement son lit d'une démarche inégale, tourmenté comme jamais. Décidément, ce soir, sa conscience ne le laisserait pas en paix.

– Victoria? Mais qu'est-ce que tu fais? lui demanda Preston, encore à moitié endormi.

Il se passa une main sur les yeux, croyant rêver. Il avait passé la moitié de la nuit dans les bureaux de *L'Averti*, à rédiger un article qui devait paraitre le lendemain. Maude et Gervais s'étaient joints à lui pour le simple plaisir d'être ensemble, se permettant même quelques commentaires critiques sur son texte. Nullement intimidée par le fait qu'elle savait pertinemment que son oncle n'appréciait pas sa présence dans la salle de presse, Maude lui avait d'autant plus semblé particulièrement épanouie ce soir-là, se promenant avec aise entre les bureaux des journalistes absents, comme au temps de leur jeunesse. Car si Édouard n'était plus ouvert à l'idée que Maude – ainsi que toutes les femmes d'âge adulte – fréquente son milieu de travail, à une certaine époque, il ne voyait pas d'objection à ce que les enfants, Maude et Victoria y compris, l'accompagnent à l'occasion le samedi au siège social de *L'Averti*.

Si Preston partageait modérément la position de son père vis-à-vis de la place que devait occuper la femme dans la société, Maude était à ses yeux une exception. Elle appartenait à une classe à part et jamais il n'aurait eu le courage ni l'indélicatesse de lui refuser l'accès à la salle de nouvelles. De plus, Gervais ne lui aurait jamais permis un tel affront.

Ramené au présent, alors que tel un serpent, Victoria se coulait dans ses draps, Preston se réveilla pour de bon cette fois.

– Chut! Tu risques d'attirer quelqu'un! lui glissa-t-elle à l'oreille.

Prenant soudain conscience du corps de sa cousine contre le sien, il eut un mouvement de recul spontané. Il marmonna, plus durement qu'il ne l'aurait voulu :

– Qu'est-ce que tu fais dans ma chambre, dans mon lit?

– Je n'arrive pas à dormir. Ce doit être l'excitation de t'avoir à nouveau près de moi... Et si c'était Maude, enchaina-t-elle d'une voix de petite fille, est-ce que tu la repousserais?

Preston se redressa contre ses oreillers. Il fronça les sourcils et dressa les mains dans un geste qui se voulait à la fois apaisant et dissuadant :

– Tu ne vas pas recommencer avec ça. Je vous aime autant toutes les deux. Je n'ai pas de préférée, tu entends?

En guise de réponse, Victoria baissa la tête. Oui, elle entendait, mais ce n'était pas ce qu'elle désirait entendre. Loin de se laisser démonter, elle se colla à lui.

– S'il te plait Preston, le supplia-t-elle en lui passant les bras autour du cou, laisse-moi dormir avec toi, rien que cette nuit. Tu m'as tellement manqué et bientôt tu vas nous quitter.

Elle leva les yeux vers lui, remplis de larmes. Preston se sentit faiblir :

– Bon, d'accord. Tu peux rester. Mais seulement pour cette fois! Et assure-toi d'avoir disparu avant le réveil de la maisonnée.

Victoria opina sagement de la tête, mais son cœur, lui, était prêt à exploser. C'était sa première grande victoire.

Lorsqu'il entendit sa respiration se faire régulière tout près de lui, Preston se retourna et dévisagea attentivement sa cousine. Victoria reposait sur le lit avec grâce, une main enfouie dans ses cheveux blonds répandus sur l'oreiller, l'autre agrippant le couvre-lit de plumes. Dans son sommeil, sa robe de nuit avait dégagé une partie de son épaule et la naissance de son sein gauche. Preston sentit malgré lui son corps répondre à la nudité de Victoria. Une chaleur familière monta en lui et du coup, il se réfugia à l'autre extrémité du lit.

Preston avait naïvement cru que Victoria prendrait ses distances. Ce qu'il avait cru être un évènement isolé se répétait tous les soirs. Une fois la nuit tombée, Victoria se faufilait silencieusement dans sa chambre et grimpait dans son lit. Elle refusait d'écouter ses protestations et fortifiait sa détermination, convaincue que Preston ne pourrait se retrancher éternellement. Victoria croyait sincèrement qu'il découvrirait qu'elle était celle qui lui était destinée, qu'il était amoureux d'elle, tout comme elle l'était de lui, et il ferait d'elle sa femme. Le pire, c'est que même endormi, Preston pouvait sentir ses mains le caresser et son souffle dans son cou. À moins, que ce ne fut que le fruit de son imagination? Ses désirs devenaient réalité dans ses rêves?

Mortifié par les émotions qu'elle suscitait en lui, Preston s'était résigné à se confier à son cousin. Il lui avait avoué, désemparé, son attirance pour Victoria. Au grand désagrément de Preston, Gervais s'était moqué de lui :

– Depuis le temps qu'elle te fait les yeux doux!

– Mais... c'est ma cousine! Et nous avons grandi ensemble sous le même toit! crut bon de lui rappeler Preston, pris de court par la légèreté de son cousin.

Gervais l'avait dévisagé avec une expression des plus étranges :

– Victoria n'est pas ta sœur, Preston. Elle est, comme tu viens de le dire, ta cousine. Et les mariages entre cousins sont relativement fréquents. Il vous suffirait de demander une dispense à l'évêque et le tour serait joué. Enfin, si c'est vraiment ce que tu souhaites...

– Si c'est ce que je souhaite, avait répété Preston, machinalement.

Le visage radieux de Maude avait subséquemment traversé l'esprit des deux jeunes hommes, habités par la même idée : puisqu'il était concevable d'épouser une première cousine, d'épouser sa seconde cousine l'était encore davantage. Tous deux étaient d'accord sur un point : Maude était une idéaliste, aussi belle et attachante qu'il était possible de l'être, dont l'avenir était difficile à prédire. Son intelligence vive, son désir d'indépendance et sa prédisposition à se cabrer devant les injustices ou plutôt, ce qu'elle interprétait comme telles, laissaient présager quelques complications.

Preston en était arrivé à la conclusion qu'une union avec Maude serait ponctuée d'obstacles. Jamais elle n'accepterait de vivre dans l'ombre d'un homme. Elle lui tiendrait tête, elle lui dicterait sa conduite, et ce, bien malgré elle. Sa droiture et son intégrité seraient constamment source de débats. Gervais, lui, estimait qu'aucune autre femme ne lui arrivait à la cheville et que l'homme qui parviendrait à lui glisser la bague au doigt serait le plus heureux au monde. « Si seulement, se disait Gervais, le sentiment amoureux pouvait être forcé! Mais parfois, l'amour pouvait être lent et même récalcitrant à se manifester... enfin, à supposer qu'il se manifeste! »

Une fois seulement, Gervais avait essayé de tâter le terrain; comme si elle avait deviné ses intentions, Maude l'avait adroitement devancé, ménageant avec grande délicatesse son orgueil masculin. Devant son visage déconfit qui le remerciait avec chaleur pour son amitié, il s'était fait la promesse de ne plus recommencer, à moins bien sûr d'y être invité.

Face à l'ironie du sort qu'ils croyaient être connue d'eux seuls, Preston et Gervais échangèrent un sourire embarrassé. Le premier savait que son cousin était amoureux de Maude et que le sentiment ne lui était malencontreusement pas retourné. Le second savait que Maude était secrètement amoureuse de Preston et que celui-ci refusait obstinément de le voir.

Plus tard, dans l'intimité de ses appartements, Preston s'était surpris à repenser à Maude, à imaginer quel genre d'homme – à supposer que Gervais qu'il avait en si haute estime ne soit pas l'élu – était susceptible d'être un bon parti pour elle. Personne ne lui vint en tête et après quelques minutes de cet exercice non concluant, Preston abandonna. Il présuma que si Gervais n'avait pu se montrer digne des attentes de Maude, c'était perdu d'avance pour tous les autres, y compris lui. *À bien y penser quel homme serait prêt à vivre dans la crainte constante de ne pas être à la hauteur? De voir ses décisions sans cesse remises en question? De lire, ne serait-ce qu'une seule fois, dans ces beaux yeux verts, un soupçon de déception?*

Lorsque Victoria se glissa dans son lit ce soir-là, Preston avait pris sa décision. Dans les yeux bleus de Victoria, il ne verrait toujours que de l'admiration. Ou bien elle était inconsciente de ses faiblesses ou bien elle préférait tout simplement ne pas les voir, et l'une ou l'autre de ces explications lui suffisait amplement. Somme toute, Victoria ne semblait avoir aucune attente vis-à-vis de lui, sinon qu'il fit d'elle sa femme, avec tous les avantages et les privilèges qui venaient avec.

* * * * *

Assise devant sa coiffeuse, Clémence se surprit à sourire à la pensée des réjouissances que sa mère organiserait pour célébrer le Nouvel An. Elle avait enfin le prétexte tant attendu de se mettre en beauté, rien que pour lui. En dépit de sa confiance en elle, Clémence se montrait souvent timide. Ayant hérité de la blondeur et des traits gracieux de son père, elle était, tout comme Preston, naturellement tombée dans les bonnes grâces de sa mère. Pourtant, contrairement à ce que ses sœurs ainées avaient toujours pensé, la place qui revenait à Clémence au sein de la famille n'était pas aussi idyllique qu'elles se l'étaient imaginé.

Avoir grandi auprès d'un frère adulé et d'une cousine adoptive d'une rare beauté l'avait sournoisement tenue à l'écart, la maintenant le plus souvent dans l'ombre de Preston et de Victoria. Une position qui s'était avérée inévitable, puisque l'âme naïve de Clémence cadrait mal avec l'ambition démesurée de son frère – qu'elle adorait néanmoins – et la suffisance de Victoria qu'elle avait appris à tolérer. Sans rancœur,

Clémence s'était humblement résignée à l'inclination naturelle de son père pour son frère et pour Victoria à ses dépens, les démonstrations d'affection pudiques que lui témoignait sa mère compensaient pour ce léger manquement à ses yeux. Mais le moment était venu pour elle de trouver ailleurs des marques de tendresse.

Rêveuse, Clémence se mit à brosser ses longs cheveux. Depuis quelque temps, la jeune fille se languissait de rencontrer l'amour. Et sa prière semblait avoir été exaucée par l'arrivée inespérée d'Arthur. Elle le trouvait hautement intellectuel, galant et il paraissait sincèrement s'intéresser à sa personne. L'intérêt qu'il lui vouait avait ému et troublé la jeune fille à un point tel qu'elle avait l'impression de se métamorphoser en princesse en sa présence. Et le cadeau qu'il lui avait offert la veille de Noël, aussi inattendu que touchant, n'avait fait que lui confirmer ce qu'elle savait déjà : elle était amoureuse.

Clémence fit une torsade de sa chevelure blonde qu'elle remonta et elle s'observa avec attention dans le petit miroir au manche ajouré que lui avait offert Arthur. Elle savait qu'elle avait l'air plus jolie lorsqu'elle n'était pas aux côtés de Victoria. Et pour une fois, elle aimerait voir ce que c'était que d'attirer les regards masculins. « Non, se corrigea-t-elle, c'est le regard d'Arthur que je souhaite attirer. Les autres n'ont aucune réelle importance à mes yeux. »

Victoria se prépara avec le soin méticuleux qu'elle portait invariablement à sa toilette. Pour l'occasion, elle avait choisi une magnifique robe de soie blanche – un avant-gout prometteur de ce qu'elle aurait l'air en mariée – qui accentuait les courbes de sa poitrine et de ses hanches. Des pierres semi-précieuses étincelaient à son cou et à ses oreilles. Subjuguée par sa propre beauté, Victoria sentit l'euphorie lui monter à la tête. *Preston, mon amour, tu en tomberas des nues!*

Enfant, elle avait longtemps étudié la démarche impérieuse de Françoise, son parfait maintien, ses épaules droites, ses gestes posés, sa voix distinguée... Et Victoria se disait que le jour viendrait où elle serait une parfaite maitresse de maison, exactement comme Françoise. *Mais en beaucoup plus belle et charmante, évidemment.* Et ce jour était enfin arrivé. L'élève avait dépassé le maitre.

Lorsqu'elle apparut en au haut de l'escalier, toutes les têtes se dirigèrent vers elle comme sous l'effet d'une hypnose et dans un mouvement étrangement ralenti. Même Françoise eut un sourire approbateur à la vue de la jeune fille qui descendait gracieusement les marches, ses doigts glissant lascivement sur la rampe d'escalier. Victoria avait l'allure d'une reine. Lorsqu'elle passa devant Françoise, elle eut un air de triomphe impossible à ignorer, avant de prendre le bras que lui tendait Preston complètement envouté.

La salle à manger était remarquable, spacieuse et décorée avec gout pour souligner le Nouvel An, tout comme toutes les autres pièces. Plutôt que de se détendre sous le charme environnant, la pression artérielle d'Arthur ne faisait que s'exacerber. Cette demeure accueillante, digne de la royauté, et l'abondance de toute cette nourriture, il n'en avait que trop conscience, offraient un contraste révoltant avec la misère et la pauvreté de certains coins de la province. Les Roussel, avec leur fortune considérable récoltée grâce au moulin et surement grâce aux faveurs du maire – en avait déduit Arthur –, étaient des privilégiés. Ils se démarquaient clairement des autres familles acadiennes de Montpellier, même si celles-ci ne semblaient pas lésées.

Les deux paroisses, la catholique et l'anglicane, vivaient, en apparence du moins, en parfaite harmonie, sous l'égide d'un maire acadien. « Quel tour de force! », s'était dit Arthur en l'apprenant. La vie à Montpellier semblait être exceptionnellement douce. Mais cette réalité n'était pas représentative de la réalité acadienne dans l'ensemble du Nouveau-Brunswick, et ce, Arthur le savait. Lui-même était passé à un cheveu de se retrouver en très mauvaise posture, n'eût été la charité de son grand-oncle Côté.

Depuis plus d'une semaine, Arthur rongeait son frein. Il se montrait sous son meilleur jour, échangeant formules de politesse et banalités. Il écoutait, avec une patience de saint, Édouard lui vanter l'entreprise familiale; Preston lui lisait ses écrits pour *L'Averti*. Et il attendait désespérément la confirmation officielle du père ou du fils comme quoi il allait se joindre à l'équipe du moulin. Une initiative qui tardait à venir, mais qui, une fois clairement énoncée, scellerait enfin leur destin à tous.

Sa main fouilla dans sa poche, ses doigts s'accrochèrent à une vieille photographie de famille, un rappel constant de sa mission sur terre. Instinctivement, ses yeux cherchèrent son hôte. Il aurait su reconnaitre son visage parmi mille. Avec quel bonheur il les ruinerait. *Ils n'ont aucune idée de ce qui les attend, les pauvres crétins!* La haine qu'il nourrissait depuis l'enfance remonta à la surface avec une violence qui le fit chanceler.

Un éclat de rire lui fit tourner la tête et Arthur l'aperçut. Droit, imposant dans son costume noir, Édouard était en conversation animée avec une jeune beauté blonde qu'il ne voyait que de dos pour l'instant dans sa robe blanche magnifique. *Victoria.* Elle se mit de profil et il surprit avec dégout, l'expression à la fois aimante et admirative qu'elle dédiait à Édouard. Son expression à lui était tout aussi tendre. Arthur se demanda si Édouard savait que, tous les soirs depuis son arrivée, Victoria se faufilait en cachette dans la chambre de son fils.

Son regard dévia à nouveau de la jeune femme heureuse à l'homme charismatique et puissant, l'objet de son animosité; une animosité qui fermentait en lui depuis tant d'années. Le choc avait été tel lorsqu'Arthur avait vu l'énorme panneau à l'entrée du moulin et sur lequel était écrit « Moulin Roussel » qu'il en avait été malade, littéralement. Avec pour témoins Édouard, Preston et Gervais, il avait honteusement vomi, nausée qu'il s'était empressé d'attribuer à sa gourmandise des derniers jours. « Je suis horriblement embarrassé... J'ai bien peur d'avoir commis trop d'excès », avait-il bredouillé. L'explication semblait les avoir satisfaits, chacun étant désireux d'oublier l'incident.

Était-ce l'alcool fort qu'il avait consommé un peu plus tôt, ou tout simplement un surplus d'émotions trop longtemps refoulées, et qu'il venait de revivre en repensant à cet épisode fâcheux? Toujours est-il qu'Arthur faisait fi de son plan pourtant murement préparé : ivre d'une rage incontrôlable prête à se déchainer, il fendait de sa démarche boiteuse la foule de convives, guidé par une force souveraine.

Soudain et comme sortie de nulle part, elle fut devant lui; elle interrompit abruptement son élan et le désarma totalement. Les yeux étincelants, les joues roses de plaisir, un sourire ravi aux lèvres, son apparition avait été si subite qu'Arthur sursauta.

– Bonsoir, Arthur. N'est-ce pas une soirée magnifique? Il y a de la magie dans l'air, on dirait, vous ne trouvez pas? lui demanda Clémence, d'un ton rêveur.

La jeune fille, toute à sa joie, ne perçut ni la raideur que dégageait le langage corporel d'Arthur, ni la dureté de son visage, qu'elle prit pour sa gravité habituelle. Elle n'avait conscience que de sa main qu'elle avait tout naturellement posée sur son bras et de sa robe de taffetas jaune; la jupe très ample bordée de crêpe rehaussait, elle le savait, l'or de ses cheveux qui étaient remontés en tresses savantes sur la nuque.

Arthur dut faire appel à toute sa volonté pour calmer son ardeur et les battements précipités de son cœur. Il lui semblait que la température de son corps était montée en flèche et qu'il était sur le point d'étouffer. Sa figure s'était dangereusement colorée. Pleine de sollicitude, Clémence oublia le fait qu'il n'avait pas répondu à ses questions précédentes et le relança :

– Vous me paraissez un peu rougeaud, Arthur... Peut-être qu'un peu d'air frais vous ferait du bien? Je vous accompagne, si vous le souhaitez.

Arthur savait que Clémence lui parlait, mais il était incapable de répondre quoi que ce soit. Il parvint finalement à grimacer un sourire. Il concentra toute son attention sur sa gorge ronde et lui répondit :

– Ce ne sera pas nécessaire. Je vais bien, je vous assure.

En effet, son visage retrouvait progressivement sa complexion normale. Clémence eut un soupir de soulagement, sans pour autant le quitter des yeux.

Lorsqu'il sentit que sa fureur s'était écartée, Arthur la regarda vraiment; il remercia le ciel pour cette belle distraction qui l'avait empêché de commettre ce faux pas irréparable. *J'ai bien failli tout gâcher! Heureusement qu'elle s'est manifestée au moment où elle l'a fait!*

Clémence le dévisageait toujours avec un mélange d'amusement et de timidité qui le laissa perplexe. Il lui accorda un sourire inconscient et la complimenta avec un accent de sincérité :

– Vous êtes absolument ravissante.

La douceur de sa voix démentait la violence qui luisait encore dans ses yeux. Clémence n'y vit que du feu.

Édouard écoutait distraitement Victoria. Il cherchait du regard, parmi les invités, cet Arthur qui, il l'aurait juré, l'avait si furieusement dévisagé quelques secondes plus tôt. Quelle ne fut sa surprise de le voir approcher en compagnie de Clémence, son visage si tranquille, si serein même qu'Édouard pensa avoir imaginé le tout. À moins, supposa-t-il, qu'il n'eût simplement pris sa colère pour de la passion?

– Monsieur Roussel, Victoria, les salua poliment Arthur, quelle belle soirée du Nouvel An! Certainement la plus belle à laquelle il m'ait été donné d'assister depuis longtemps. Très franchement, reprit-il, si vos invités sont à l'image de la population de Montpellier, je comprends pourquoi votre ville est si prisée.

Arthur prit une pause comme pour donner plus de poids à ce qui allait suivre :

– Je pourrais aisément imaginer un avenir ici. À condition, bien entendu, qu'une opportunité de travail suffisamment intéressante se présente.

– Oui, il en va de soi, répondit Édouard, de manière évasive.

À l'idée qu'Arthur envisageait de s'établir à Montpellier, Clémence s'enthousiasma, comme une petite fille. Elle jeta vers son père un regard implorant qui semblait vouloir dire : « Il faut lui trouver un poste à l'usine papa! Je veux le garder près de moi! »

Édouard considéra avec une attention nouvelle le jeune homme que sa fille cadette tenait de manière possessive par le bras et que celui-ci couvait d'un air attentionné. Il se demanda ce qui chez Arthur avait bien pu émouvoir sa douce et naïve Clémence. Le front haut, les sourcils bien dessinés, un nez droit et fin... Ses traits exprimaient le plus souvent un calme plat que trahissait un regard alerte. Édouard le trouvait plutôt ordinaire; infirme, il était l'unique héritier d'un oncle soi-disant assez fortuné et il était brillant. C'était du moins ce que lui avait appris son fils, cet Arthur étant plutôt avare de commentaires, ce qui, Édouard devait l'admettre, n'était pas une faute en soi. D'ailleurs, l'intelligence et la discrétion pouvaient compenser bien des lacunes.

Édouard n'ignorait pas que Preston voulait qu'Arthur se joigne à leur équipe sitôt la fin de leurs études; l'idée faisait encore son chemin. Son fils et son neveu ne tarissaient pas d'éloges à l'endroit d'Arthur. Maillet, lui, s'était dit impressionné par sa compréhension naturelle et instinctive de l'usine. Et maintenant qu'Arthur était la source du sourire épanoui de sa fille, l'idée de l'accueillir dans leur rang lui paraissait de moins en moins mauvaise.

– Si vous parlez le français et l'anglais, Montpellier est en effet une ville agréable où vivre. Sinon, il est difficile de l'apprécier à sa juste valeur, fit remarquer Victoria qui s'était savamment immiscée dans la conversation.

Son visage figé et son regard pénétrant semblaient vouloir dissuader le jeune homme de s'installer à Montpellier. C'était du moins l'avis d'Arthur qui s'empressa d'affirmer :

– Cela tombe bien! Je suis parfaitement bilingue.

– Ah bon... C'est merveilleux, répliqua Victoria, avec un sourire pincé.

– Décidément, on gagne à vous connaitre, Arthur, observa Édouard.

Il eut un coup d'œil entendu pour Clémence, tout à fait inutile. Elle avait compris les insinuations de son père et pour le lui prouver, elle déposa un baiser reconnaissant sur sa joue.

Comme dans un rêve, Arthur vit la main d'Édouard se tendre vers lui. Impassible, il la serra, avec une force égale. « J'ai réussi père! J'ai réussi! se répéta-t-il en lui-même. Et j'ai Clémence à remercier pour cela! »

Victoria, elle, détourna les yeux, prise d'un malaise inexplicable. Le comportement d'Arthur était irréprochable, mais elle ne pouvait s'empêcher d'être méfiante à son endroit. « C'est un manœuvrier, pensa-t-elle. Avec quelle agilité il s'est faufilé dans les projets de Preston et maintenant dans ceux de Clémence. » Sans compter qu'elle-même lui était redevable de sa discrétion.

En effet, le matin précédent, Arthur l'avait surprise, en robe de chambre, s'éclipsant en catimini des appartements de Preston : Victoria se sentit rougir de honte. Il lui avait clairement laissé entendre, de loin, en posant un index sur la bouche, qu'il garderait son secret. Et de toute évidence, il avait tenu parole. Quoique cela n'avait plus aucune importance à ce moment.

Édouard détourna son attention de sa fille et de son cavalier qui prenaient congé, pour s'intéresser à Victoria chez qui il avait détecté un léger trouble. Il ne s'en formalisa pas trop; une certaine nervosité était tout à fait à prévoir. C'était un grand jour pour elle.

Édouard entraina sa nièce vers la piste de danse improvisée et jeta inopinément un coup d'œil vers Arthur. Leurs regards se croisèrent brièvement; Édouard pensa que quelque chose dans l'expression de son visage, dans l'éclat de ses yeux noirs lui était étrangement familier.

Maude et Gervais virevoltaient avec aisance, attirant les sourires admiratifs des danseurs. Sa robe mauve épousait son corps à merveille; elle mettait en valeur sa taille fine et son cou élancé. Sa coiffure haute et bouffante était ornée de perles qui contrastaient avec le noir de ses cheveux. Gervais, attendri, constata que des mèches lui caressaient les tempes et la nuque. Alors que Maude s'abandonnait dans ses bras et fermait passagèrement les yeux, il se demanda si elle s'imaginait être prisonnière des bras de Preston; cette pensée le laissa amer, malgré les bonnes résolutions qu'il avait prises.

Bercée par la musique et en sécurité dans les bras musclés de Gervais, Maude sentait peu à peu son inquiétude se dissiper. Depuis son arrivée, une angoisse qu'elle croyait injustifiée la tenaillait. Preston l'avait à peine saluée, Victoria s'était montrée particulièrement charmante et Gervais jouait le chevalier servant.

Maude sentit que Gervais la serrait un peu plus contre lui. Elle s'étonna de voir combien son corps épousait parfaitement le sien. Elle redressa la tête et lui fit un sourire, le premier vrai sourire depuis le début de la soirée. Au lieu de s'en réjouir, Gervais sentit son cœur chavirer. *Et dire qu'elle n'a pas la moindre idée de ce qui se prépare.* Pour la dixième fois ce soir-là, il regretta d'avoir promis à son cousin la plus grande discrétion.

La lueur des chandeliers étincelants jouait dans sa chevelure blonde et faisait miroiter ses yeux bleus; Clémence faisait tourner la tête des hommes comme des femmes. Jamais elle n'avait été si belle. Mais elle-même n'avait d'yeux que pour Arthur. Sa peau s'électrisait dès qu'il lui frôlait la main. Chaque fois que leurs regards se croisaient, montaient en son cœur une chaleur, une effervescence qui, Clémence en était convaincue, ne pouvaient être provoquées que par le grand amour.

De son côté, Arthur était incapable de détacher ses yeux de cette adorable et charmante personne. Au fur et à mesure que la soirée avançait, il découvrait que derrière l'innocence de son visage se cachaient un esprit éveillé et une grande sensibilité. Lorsque fut lancé le compte à rebours qui annonçait la nouvelle année, Arthur sut qu'il n'avait qu'une envie : l'embrasser.

– Bonne et heureuse année, Arthur, murmura Clémence, d'une voix câline et invitante.

– Bonne et heureuse année, Clémence, lui répondit aimablement Arthur en inclinant la tête.

Lorsqu'il posa ses lèvres sur la joue rose timidement offerte, Arthur pensa, l'espace d'un moment, que cette fois, le destin l'avait bel et bien pris au piège. Il reprit rapidement possession de ses moyens, tandis qu'un nouveau plan se précisait dans son esprit. « Clémence est vraisemblablement vulnérable aux périls de l'amour, songea-t-il. Gagner sa confiance ne devrait pas être très difficile. Ensuite, tout tombera en place. Et ma vengeance n'en sera que plus douce. »

Arthur comprit alors, sans le moindre doute possible, qu'il épouserait Clémence.

C'était également au mariage que pensait Victoria tandis qu'elle déposait un baiser chaste sur la joue de Preston, et qu'autour d'eux, couples, parents et amis s'échangeaient les bons vœux d'usage.

– Le moment serait bien choisi pour annoncer la nouvelle aux invités, tu ne penses pas? lui susurra-t-elle à l'oreille.

Victoria le dévisageait et attendait visiblement une réponse positive. Preston parut hésiter; devant l'insistance de son regard, il se résigna à prendre la parole. Il réclama le silence en levant simplement sa coupe de champagne dans les airs :

– Très chers amis, j'ai ce soir une grande nouvelle à vous annoncer. J'ai demandé à ma cousine Victoria St-Cœur sa main et elle a bien voulu me faire l'honneur de me l'accorder.

Personne ne sembla remarquer le sourire crispé d'Édouard, ni l'air hautain de Françoise, ni la disparition discrète de Clémence et d'Arthur.

Victoria savourait intensément son heure de gloire. Elle accueillait avec un bonheur authentique les félicitations et les applaudissements qui fusaient de toutes parts. Preston, lui, serrait mécaniquement les mains qui se tendaient vers lui, la tête ailleurs. Il ne pouvait s'empêcher de chercher des yeux les silhouettes de Maude et de Gervais qu'il avait aperçues quelques instants plus tôt, mais qui s'étaient volatilisées.

– Il faut que je voie Victoria! *Comment est-ce possible? Comment a-t-elle fait pour l'embobiner de la sorte?!* Je t'en prie, Gervais, va me chercher Victoria! l'implora Maude, en se laissant tomber sur le canapé, ravalant ses larmes à grand-peine.

– D'accord, puisque tu insistes, obtempéra Gervais de guerre lasse, à bout d'arguments et convaincu que rien de bon n'émergerait de ce tête-à-tête risqué.

Les pires craintes de Maude étaient devenues réalité. Devant l'annonce aussi publique qu'imprévue de leurs fiançailles, confrontée au fait accompli, elle avait failli s'effondrer. En un éclair, tout l'amour refoulé qu'elle trainait depuis l'enfance était remonté à la surface avec une violence terrible. Comme assommée, elle s'était laissé guider par Gervais dans ce petit boudoir, à l'abri des regards indiscrets, où elle reprenait peu à peu ses esprits. Lorsque Victoria fit enfin son entrée, Maude l'attendait d'un pas ferme, debout, et en pleine possession de ses facultés mentales.

Les deux jeunes filles se défiaient du regard, la première avec un mélange de fierté et de contrariété, l'autre avec un mélange de tristesse et d'inquiétudes.

– L'aimes-tu? Je veux dire : l'aimes-tu vraiment, de tout ton cœur? demanda Maude, après un court silence.

Victoria caressa des yeux le diamant que Preston venait de lui glisser au doigt. « Mais pour qui se prend-elle? s'insurgea-t-elle intérieurement. Je n'ai aucun compte à lui rendre! Et comment ose-t-elle insinuer que je ne suis pas amoureuse de Preston alors qu'à l'âge de neuf ans, je savais déjà que je lui étais destinée! Je l'ai exprimé à ce moment-là d'ailleurs! Haut et fort, et en sa présence en plus! Et je ne vais certainement pas m'abaisser à répondre à une question aussi insultante! »

Au mépris de sa révolte silencieuse, Victoria s'entendit lui dire sèchement :

– Bien sûr que je l'aime! Quelle question!

Victoria serait morte plutôt que de l'admettre : quelque chose en Maude l'amenait toujours, bien malgré elle, à se justifier et cette faiblesse l'enrageait. Comme Maude n'avait aucune réaction, Victoria se demanda si elle avait entendu son commentaire. Soudain, elle lui demanda de but en blanc :

– Et Preston, lui? Il t'aime? Il te l'a dit?

Victoria s'aperçut alors que Maude était au bord des larmes, signe d'une blessure profonde. Plutôt que de l'attendrir, cette constatation ne fit qu'exacerber sa mauvaise humeur.

– Évidemment qu'il m'aime! Ce n'est un secret pour personne. Preston m'a toujours aimée, lui lança Victoria sur un ton plein de prétention.

Exaspérée par la mine douloureuse de Maude qui s'était à nouveau affaissée sur le canapé, Victoria tourna rageusement les talons. Elle s'exclama, en marchant à la fenêtre :

– Tu ne pourrais pas être plus heureuse pour nous? Tu sembles aussi enchantée que mes beaux-parents!

Elle lui tournait le dos; Maude pouvait voir Victoria frémir sous le coup de la déception et elle comprit qu'elle n'était pas la seule à désapprouver cette union, quoique, pour des raisons bien différentes, cela allait de soi.

Victoria s'était attendue à une réaction raisonnablement favorable de la part de sa famille. L'accueil que lui avait réservé Françoise quelques jours plus tôt l'avait ébranlée. Scandalisée, celle-ci l'avait dévisagée d'un œil mauvais, pour ensuite laisser libre cours à ses accusations, d'une voix agitée et méconnue : « Comment as-tu osé t'en prendre à notre fils unique?! Sous notre toit?! C'est scandaleux! Tu n'as pas seulement corrompu et piégé Preston, tu as abusé de notre confiance et de notre affection! »

Pendant toutes ces années, Françoise avait perçu Maude comme la femme qui viendrait lui prendre son fils, ce qui était loin de lui déplaire au début. Les années passant et la personnalité de Maude s'affirmant, Françoise s'était refroidie devant la possibilité de cette alliance. Car bien qu'elle fût la première à reconnaitre l'esprit, l'intelligence et l'indépendance de Maude, qualités très valables à ses yeux, quelque chose dans son attitude, notamment l'aversion qu'elle éprouvait ouvertement envers les époux dominants et la compassion que lui inspiraient les épouses soumises –modèle offert par ses propres parents – annonçait une vie maritale compliquée. Maude avait des velléités de liberté très marquées. Elle ne se fiait guère à l'intelligence masculine et elle n'avait pas toujours tort. Mais Françoise demeurait convaincue qu'il serait hasardeux et mal vu si Preston était l'époux d'une femme aux idées si libérales.

Françoise n'avait guère d'espoir pour celle qui avait pratiquement grandi sous son toit. Elle pensait que Maude serait probablement l'une de ces auteures modernes écrivant sous un « pseudonyme ridicule ». Par ailleurs, la possibilité que Maude fût tentée de faire des avances à Preston ou vice versa lui avait plus d'une fois effleuré l'esprit. Prévoyante, Françoise s'était préparée; elle leur aurait présenté, le cas échéant, une liste d'arguments. Liste qu'elle aurait gracieusement prêtée à sa sœur Suzanne, si l'amour enfantin de Gervais pour Maude s'était avéré plus sérieux.

Mais voilà que c'était Victoria, l'enfant de sa défunte belle-sœur qu'elle avait généreusement accueillie sous son toit, qu'elle avait élevée comme sa propre fille, qui l'acculait au fait accompli. Françoise, qui avait la rancœur encore plus tenace avec les années, n'était pas prête d'oublier un manque aussi flagrant de considération et de respect.

Toujours immobile devant les grandes fenêtres qui donnaient sur la cour enneigée, Victoria tâchait tant bien que mal de s'expliquer la réaction de Françoise. Soit, celle-ci ne lui avait jamais témoigné de grands déploiements d'affection, mais cela n'expliquait pas pour autant l'injustice de la tenir seule responsable de ce dénouement qui, à ses yeux, était tragique. « Elle voit Preston comme une victime, pensa-t-elle. Comme si je lui ai jeté un sort! »

Victoria ferma les yeux, humiliée, mais refusait de le laisser transparaitre. Si Françoise avait fait mine de se réjouir ce soir-là de cette union, ce n'était ni plus ni moins pour sauver les apparences. C'était également l'impression que lui avait donnée la réaction de son oncle, quoique, à un degré moindre.

Confronté à la nouvelle, Édouard avait eu pour son fils et sa nièce un regard où se lisait une incompréhension totale, avant de tourner brusquement la tête, choqué et incapable de soutenir plus longtemps la vue des jeunes gens. Il était demeuré silencieux, les yeux dans le vide. Dans un geste de désespoir pour le moins rare de sa part, Victoria s'était jetée aux pieds de son oncle et en lui baisant les mains, avait demandé pardon :

– Je suis terriblement navrée de vous avoir déçu, oncle Édouard... Mais je l'aime! Et il m'aime! Preston est toute ma vie. Si je le perds, j'en mourrai, c'est sûr!

Touché par son repentir et par les mots d'amour qu'elle avait eus pour son fils, Édouard l'avait relevée et avait essuyé de son mouchoir les joues de sa nièce. Puis il avait échangé un regard déconcerté avec son fils, condamnant intérieurement son silence, avant de rendre sa décision d'une voix impérieuse :

– C'est fini, Victoria. Ne pleure plus. Allez... Vous avez ma bénédiction Preston et toi.

Cet élan d'indulgence exceptionnel de la part d'Édouard avait déchainé la colère de Françoise : elle eût certainement giflé Victoria si Preston, n'ayant deviné son intention, n'était intervenu.

Finalement, Françoise s'était résignée. Personne n'était vraiment enchanté de cette union. Les futurs beaux-parents avaient intercédé auprès de l'évêque afin d'obtenir une dispense. Une permission spéciale leur avait été concédée la veille, par l'entremise d'une missive exceptionnellement rapide et avait rendu possible ce soir-là l'annonce de leurs fiançailles.

Vu les circonstances, Victoria avait parfaitement conscience que si Maude décidait de se montrer désagréable, pire encore, que si l'idée lui prenait de se dresser ouvertement contre leur union, sa situation déjà délicate deviendrait insupportable. Elle ne doutait pas de la loyauté de Preston envers elle – même enfant il s'était toujours rangé de son côté aux dépens de Maude –, mais l'opinion de celle-ci avait néanmoins un certain poids aux yeux de Preston. C'est dans cet état d'esprit que Victoria prit sa voix la plus sincère pour dire :

– Je l'aime, Maude. Plus que tout au monde.

C'était en partie vrai. La seule autre personne qu'elle aimait peut-être autant que son fiancé était son oncle Édouard et bien entendu, sa propre petite personne.

Victoria se retourna vers la jeune fille éplorée sur le sofa; elle ressentit brièvement de la compassion pour elle. Maude avait toujours eu de la difficulté à exprimer ses émotions. Elle qui était pourtant si loquace dans d'autres occasions devenait incroyablement réservée en matière de cœur. C'était sans doute ce qui l'avait retenue d'avouer son amour pour Preston pendant toutes ces années. De toute façon, se disait Victoria, même si elle l'avait fait, le résultat aurait été le même; obligé de faire un choix, Preston aurait infailliblement jeté son dévolu sur elle.

Victoria n'ignorait pas que son fiancé avait beaucoup d'affection pour sa cousine, mais rien ne méritait à ses yeux de s'y attarder, sauf pour en rire avec détachement. Elle avait toujours balayé de la main la relation – même si dans les faits, elle était plus étroite qu'elle ne l'eût souhaité – qu'entretenait Preston avec Maude. « Preston est beaucoup trop fier et orgueilleux pour être avec une femme aussi indépendante et marginale que Maude, pensa-t-elle. Il a besoin d'une épouse comme moi à ses côtés : admirative et compréhensive. »

Perdue dans son raisonnement, Victoria sursauta lorsqu'elle entendit Maude lui dire d'une voix éteinte :

– Je vous souhaite beaucoup de bonheur.

Les joues brulantes, Maude se leva avec ce qui lui restait de dignité.

– Je te remercie pour tes bons vœux, lui répondit Victoria sur un ton passablement radouci. Je vais les transmettre à Preston, naturellement.

Elles s'adressèrent mutuellement un signe de tête respectueux, puis Maude, avec une noblesse admirable, se retira. Elle savait reconnaitre la défaite.

Comme en transe, Maude traversa le vestibule heureusement désert, offrit un sourire triste à la servante qui lui présentait sa cape de fourrure qu'elle jeta ensuite négligemment sur ses épaules. Elle s'apprêtait à franchir la porte d'entrée lorsqu'une voix l'interpela. Dans un effort surhumain, Maude posa sur son visage une mine de circonstances avant de se retourner, non sans une singulière langueur :

– Toutes mes félicitations, Preston. Vous faites vraiment un très beau couple, parvint-elle à articuler, difficilement.

Elle avait les yeux brillants et son sourire était plus mince qu'à l'habitude, mais Preston refusa inconsciemment de voir ces détails. Pressée d'en finir, tremblant de l'intérieur, Maude se distançait déjà.

– Tu veux bien s'il te plait prévenir mes parents que je rentre? lui dit-elle, en faisant à nouveau volteface.

– Oui, bien sûr.

Preston remarqua enfin les joues colorées et le regard fiévreux. Il fit un geste dans sa direction :

– Maude? Est-ce que tu vas bien?

Prise au dépourvu par sa sollicitude évidente, celle-ci cligna des yeux à quelques reprises, cherchant ses mots.

– Oui... Non... En fait, ce n'est rien. Un léger malaise, vraiment. Une indigestion, je crois, balbutia-t-elle.

Elle parlait vite, voulant en finir au plus vite avec lui. Preston ressentit une inquiétude familière lui barrer la poitrine. *Maude n'a jamais été une grande admiratrice de Victoria, mais de là à désapprouver mon choix?* Il fouilla les yeux mouillés de sa cousine et crut n'y lire que l'effet de la surprise. « Évidemment qu'elle a été prise de court! se dit-il. Ils l'ont tous été, à commencer par mes propres parents! »

Preston lui prit les mains. Elle fit un faible mouvement afin de les dégager; il resserra son emprise et leurs doigts s'entrelacèrent.

– Merci, Maude de partager mon bonheur, lui dit-il avec chaleur. Cela compte beaucoup pour moi.

Un bref frémissement passa sur le visage pâle de la jeune fille. Elle crut défaillir. C'était plus qu'elle ne pouvait en supporter. Maude parvint à sourire, avec une légère crispation, comme si cela lui coutait. Alors qu'elle s'échappait de son emprise, Preston ne put s'empêcher de remarquer qu'il y avait de l'amertume au coin de ses lèvres. Ce qui était tout à fait compréhensible, en convint-il; lui-même était peiné d'avoir à modifier quelque peu leur rapport, leur étroite complicité, maintenant qu'il était officiellement promis à une autre.

Une fois dehors, Maude sentit les larmes déferler sur ses joues. Tout s'écroulait autour d'elle. Preston ne lui avait jamais laissé sous-entendre qu'il l'aimait et elle non plus d'ailleurs. *Parce que rien n'a été dit, il va en épouser une autre! Et Victoria par-dessus le marché! Mon Dieu, quelle erreur! Quel gâchis!*

Lorsque la douleur s'estompa, laissant place au dépit, sentiment plus facile à supporter, Maude s'obligea à regarder la réalité en face. Il était temps pour elle de passer à autre chose, d'élargir son horizon et surtout, de couper le cordon. Il y aurait certainement quelques mauvaises langues qui attribueraient son départ de Montpellier à un cœur brisé, mais peu lui importait. Elle n'avait qu'une envie, celle de fuir. Fuir ses folles espérances, fuir Preston et son mariage.

Maude essuya furtivement les dernières traces de larmes et remercia le ciel d'avoir retrouvé son bon sens. Libérée de ses attaches envers Preston, elle retrouverait ses racines, sa véritable identité, sa bienheureuse indépendance. Son cœur avait battu pour lui d'aussi loin qu'elle pouvait se le rappeler. Désormais, elle garderait son cœur jalousement pour elle. « Il deviendra solide et autonome », se jura-t-elle.

Lorsqu'elle descendit les marches du perron, Maude avait retrouvé ses esprits. Elle aperçut entre deux cèdres un couple étroitement enlacé et qui échangeait un long baiser passionné. « Un baiser du Nouvel An tardif », s'était dit Maude, un sourire timide aux lèvres, encore capable de se réjouir et même de s'attendrir devant les élans amoureux.

Elle ne savait pas encore ce que les astres lui réservaient, mais elle avait confiance en l'avenir. *L'homme n'est pas un partenaire indispensable à ma survie. Vraiment, je n'ai besoin de personne pour construire ma vie, une vie que j'entends plus que jamais mener à ma façon.* Armée de ses nouvelles résolutions, Maude s'en fut, d'un pas leste. Elle laissa derrière elle la musique entrainante de l'orchestre, les échos des rires et des conversations étouffées et plus près d'elle, les soupirs languissants et suggestifs du couple.

Derrière les buissons, les deux amoureux émergeaient enfin avec précaution, jetant des coups d'œil furtifs. La jeune fille se détacha à contrecœur et marcha vivement vers l'entrée de service, tout en rajustant discrètement sa coiffure. Le jeune homme resta un moment sur place et se contenta d'observer la silhouette féminine sauter gracieusement les marches du perron. *Ma petite biche des bois.* Puis, il se mit tranquillement en marche, empruntant par prudence l'entrée principale, clopinant légèrement.

– CHAPITRE DOUZE –

1908

Ils n'avaient pas cessé de travailler depuis le matin, s'interrompant seulement pour boire du café et fumer. Si Édouard s'était montré très à cheval sur la crédibilité et l'exactitude des nouvelles publiées dans *L'Averti*, les règles et l'éthique journalistique ne s'étaient fait autant sentir, ni autant resserrées que sous la supervision encore non officielle de Preston. Ainsi, il leur témoignait confiance et respect; tous savaient que Preston se montrait intraitable au chapitre de la malversation. Fausses nouvelles ou rumeurs non fondées et c'était la porte qui les attendait.

De plus, si les hommes appréciaient son tempérament plus prévisible et surtout moins explosif que celui de son père, à certains égards, Preston pouvait se montrer plus intransigeant quant à l'exécution du travail. Mais l'atmosphère dans la salle de presse était indéniablement plus agréable, en partie grâce à la présence décontractée de Gervais, que chacun estimait grandement, à commencer par Preston.

Le regard alerte, les deux cousins analysaient les dernières statistiques. Ils jubilaient. En l'espace de quatre ans, ils avaient doublé les revenus du journal et augmenté le lectorat de dix pour cent. *L'Averti* avait donc une longueur d'avance sur son concurrent francophone établi à Montpellier, le quotidien *Sur le Vif*. Le vent semblait enfin avoir tourné en leur faveur, au grand enchantement d'Édouard. Ce dernier, mis au courant de la situation, s'était laissé emporter comme un jeune adolescent; il avait fait parvenir au bureau de son compétiteur, Gédéon De Grâce, un bouquet de fleurs accompagné d'une note, quelques mots d'encouragements. Aux dires du jeune livreur, cela avait mis l'homme dans une fureur épouvantable, au plus grand plaisir d'Édouard.

Réunis autour de la table de travail jonchée de papiers éparpillés, Gervais et quatre de leurs meilleurs journalistes avaient été convoqués et attendaient le verdict, les yeux rivés sur Preston. Celui-ci devinait que ses hommes s'attendaient à ce que leur prochain objectif soit d'écraser définitivement les petits quotidiens qui s'essoufflaient dans les villages et les villes voisines, puis d'anéantir celui qui empiétait directement sur son terrain à Montpellier : le journal *Sur le Vif*.

Contrairement à son père, qui préférait la compétition à la collaboration, Preston était d'avis qu'une rivalité saine ne pût que s'avérer positive pour la population, qu'elle fût anglophone ou francophone. Si les journaux anglais dominaient le marché, la province avait quand même à son actif de sérieux joueurs francophones; notamment *L'Évangéline*, implanté dans la ville de Moncton depuis 1905 et dans la ville voisine de Shédiac, le *Moniteur Acadien*, datant de l'époque de son grand-père Auguste et toujours dans la course, malgré quelques interruptions dans sa publication au fil des ans. Sans compter tous les petits journaux acadiens intermittents qui essayaient de percer, ici et là.

En définitive, Preston était persuadé que pour Montpellier et pour les autres villes, deux sources d'informations majeures valaient mieux qu'une, et dans la même veine, qu'un homme averti en valait deux! Qui mieux est, les « rapporteurs » du quotidien *Sur le Vif* garderaient en éveil ses propres « rapporteurs » et les motiveraient à viser l'excellence. Comme il l'avait expliqué à son père, de plus en plus absent du journal, Preston avait des plans ambitieux pour *L'Averti*. Il voyait grand. Beaucoup plus grand que les limites de Montpellier et des environs. Et bien qu'il n'ait pu tout à fait convaincre Édouard qu'une rivalité était la bienvenue entre journaux au sein d'une même communauté, son père avait été forcé de reconnaitre sa réussite et pour cette raison, lui avait donné carte blanche en ce qui avait trait à son désir d'expansion.

– Messieurs, annonça Preston, voici ce que je propose. L'ouverture de trois nouveaux centres de distribution positionnés stratégiquement aux abords de la frontière du Québec, dans les villes de Dauphine, Rochefort et Pic-Bois. Je veux étendre l'influence de *L'Averti* au-delà de Montpellier et des alentours. Le jour viendra où nous desservirons non seulement tout le Nouveau-Brunswick francophone, mais aussi nos voisins québécois!

Preston scruta d'un œil aigu son équipe, puis se tourna vers Gervais, l'invitant à prendre la parole.

– Si *Le Journal du Madawaska* a réussi à s'implanter à la frontière canado-américaine, qu'est-ce qui empêche notre journal acadien de franchir une simple délimitation provinciale? fit remarquer astucieusement Gervais.

L'excitation gagna rapidement les visages. L'exaltation de Gervais était communicative et Preston échangea avec lui un sourire complice et victorieux. Le degré d'enthousiasme de l'équipe pour le plan d'expansion égalait presque le leur.

Édouard avait tenu sa promesse : Gervais travaillait aux côtés de Preston dans la salle de presse. Ils avaient aussi tous deux le titre de sous-directeur de l'usine des pâtes et papiers Roussel, dénomination accordée surtout pour la forme, puisque les deux cousins passaient la majorité de leur temps dans les bureaux de *L'Averti*. Mais il n'y avait pas lieu de s'inquiéter. Sous la supervision de Maillet et de son plus jeune associé, Arthur Côté, le moulin et ses installations prospéraient.

Malgré leur différence d'âge, les deux hommes avaient sympathisé sur-le-champ. La maturité et la réserve d'Arthur concordaient parfaitement avec la nature sérieuse et responsable de Maillet. L'arrivée d'Arthur ne l'avait guère étonné. Maillet connaissait suffisamment Preston – aussi bien ses forces que ses faiblesses – pour deviner la raison et surtout la pertinence de cette alliance. Preston avait toujours été intimidé et invariablement attiré par les érudits. Il voulait s'entourer d'intellectuels, de gens d'esprit. Arthur, qui semblait être doté d'une grande intelligence, et Gervais, qui maniait l'art de la parole comme personne, en étaient sans contredit la preuve.

Pour Maillet, il allait de soi que Preston avait vu en Arthur son opposé idéal. Preston était orgueilleux, charismatique et secrètement anxieux; Arthur était sombre, effacé, mais sûr de lui. Ils étaient très différents l'un de l'autre, mais chacun possédait les qualités qui faisaient défaut à l'autre. Ensemble, les trois garçons pourraient accomplir de grandes choses. « La relève de demain », comme le réitérait de plus en plus souvent Édouard, sur un ton qui laissait clairement entendre que ce « demain » fatidique approchait beaucoup trop vite à son gout. À croire que toutes ces années consacrées au développement et à l'expansion de l'industrie forestière et papetière l'avaient finalement rattrapé, le faisant précocement vieillir.

Maillet avait pour la famille Roussel une loyauté sans faille et un attachement inaltérable. Les liens d'amitié authentique qu'il avait tissés avec Édouard au fil des ans allaient bien au-delà de leurs rapports professionnels et s'étaient, par la force des choses, reportés sur la famille élargie de celui-ci. Un sentiment d'appartenance que Maillet comptait d'ailleurs transmettre à ses deux fils.

La fierté du travail bien fait était la valeur commune qui dominait leur existence. Et quand Maillet surprenait les regards de propriétaire d'Arthur lorsqu'ils faisaient ensemble le tour des installations de l'usine, il se réjouissait. « C'est de bon augure », se disait-il, convaincu que les employés les plus zélés étaient indéniablement ceux qui prenaient vraiment à cœur le succès de l'usine.

Or, malgré ses bons sentiments à l'endroit d'Arthur, quelque chose au sujet du jeune homme le tracassait. Il était poli quoique distant, serviable et en tout temps respectueux, mais il y avait une lueur déroutante dans ses yeux, une intensité qui se traduisait parfois en une colère farouche, déraisonnée, même si elle était contenue. Cette colère devenait parfois si poignante, si palpable, que Maillet l'avait plus d'une fois questionné sur son état d'esprit. Lui qui pourtant prônait de ne pas se mêler de ce qui ne le regardait pas! Chaque fois, Arthur le rassurait d'un air penaud et confus, blâmant tour à tour ses maux de tête chroniques, ses ulcères et son manque de sommeil pour ce qu'il appelait ses « petits moments d'égarements ». Toutefois, avec sa perspicacité habituelle, Maillet avait deviné qu'Arthur trainait en lui un passé trouble, tout comme un prisonnier trainait avec lui son boulet.

En fait, Arthur était de plus en plus hanté par des souvenirs pénibles, aussi bien le jour quand il était parfaitement éveillé, que la nuit, par des terreurs nocturnes. Il revivait inlassablement son départ fatidique de Montpellier enfant, en particulier cette scène récurrente où son père le prenait par les épaules pour lui dire, sur un ton glacial et condamnatoire : « Ton père est mort. Édouard Roussel a tué ton père. »

Une partie de son père était réellement morte ce jour-là. Et sans doute était-ce vrai pour Arthur aussi. Car à force d'alimenter, d'entretenir puis de cacher son passé toxique en vue d'un grand dévoilement – qui tardait à venir –, Arthur était littéralement en train de s'empoisonner.

* * * * *

– Tu rentres bien tard...

Preston se retourna lentement, d'un pas incertain, en direction de cette voix faussement accueillante. Tenant fermement Marie-Ange sur une hanche, Victoria s'approcha de lui. Elle ne put se résoudre à l'embrasser. D'un simple froncement de sourcils, elle chassa la servante qui s'essoufflait à ramasser manteau, chapeau et foulard dont se départait Preston. Il bafouilla une excuse, toujours la même :

– J'avais du travail à terminer au bureau.

Victoria caressa le duvet blond du bébé. Elle hésitait entre le fou rire et la crise de larmes. *Quelle tête il fait! Me croit-il naïve au point de croire une histoire pareille? Il revient de chez elle, ivre en plus!* Elle ravala son orgueil, s'approcha de son mari et effleura d'un léger baiser sa joue.

– Je monte me coucher, lui dit-elle. Ne fais pas trop de bruit, Joséphine s'est finalement endormie.

En proie à une jalousie sauvage qui la tourmentait depuis des années de façon intermittente et qu'elle ne pouvait exprimer, Victoria, déchirée de l'intérieur, monta dignement le grand escalier.

Preston s'effondra dans un fauteuil et observa sa femme partir, hypnotisé par le balancement de ses hanches. *Victoria est une véritable beauté. Pourquoi diable suis-je incapable de lui rester fidèle? Quel mari médiocre je fais!* Honteux, il porta une main à ses lèvres, avant de fermer les yeux. Il se sentait plonger dans une somnolence fiévreuse. Il pouvait encore sentir sa bouche gourmande sur la sienne, la pression de son corps contre le sien.

Elle l'avait accueilli avec effusion, vêtue d'une simple tunique couleur crème, longue et souple, qui révélait plus qu'elle ne cachait son corps sensuel. Elle l'avait invité à prendre place sur le canapé et lui avait offert un verre de cognac qu'il avait poliment accepté. Curieusement, leurs rendez-vous débutaient toujours avec ces règles de bienséance, comme s'ils ignoraient tous deux la raison de sa visite. Ce n'était que lorsque l'un ou l'autre fermait la porte à double tour que le jeu de la séduction commençait réellement.

Gabriella Trahan était l'héritière unique d'une des plus anciennes et plus riches familles acadiennes du Nouveau-Brunswick. Elle vivait allègrement de son héritage; elle voyageait et séjournait au gré des saisons dans sa villa de Montpellier et sa résidence de Chablis. Preston savait qu'elle était superficielle, égocentrique et sans scrupule quand ses désirs étaient en jeu. D'ailleurs, il ne l'aimait pas. Mais elle était passionnée, sans pudeur et audacieuse. Et elle lui avait fait découvrir des plaisirs insoupçonnés.

Preston, que l'introspection effrayait, regrettait sincèrement d'avoir accepté cette première invitation à l'adultère, et pire encore, de continuer à solliciter sa présence. Il n'était marié que depuis quelques semaines, lorsqu'il avait malencontreusement fait sa connaissance. Un soir de pluie diluvienne, alors qu'après une longue journée de travail il rentrait chez lui, Preston avait croisé un carrosse garé sur le bord de la route. Le cocher, un pauvre diable tout dégoulinant de pluie et les souliers vaseux, un morceau de roue dans la main et un harnais dans l'autre avait d'abord attiré son attention. Puis, il avait entrevu un chapeau orné de plumes qui émergeait timidement de la fenêtre et Preston s'était arrêté sur-le-champ. Avec sa galanterie habituelle, il avait offert à la dame de la conduire à l'abri :

– Puis-je vous déposer quelque part, mademoiselle?

– Je vous en saurais gré, cher monsieur, avait-elle soupiré, une main gantée posée sur le chapeau qui dissimulait en partie son visage.

Sans hésitation, la dame avait abandonné sa calèche embourbée, laissant le soin au brave cocher de ramener les deux chevaux exténués et grelotants jusqu'à la villa. Au moment où Gabriella prenait place vis-à-vis de lui dans la voiture fermée tirée par deux étalons bruns, son regard avait plongé dans le sien. Preston avait été frappé par l'expression impudique de ses yeux noirs et la moue sensuelle de sa belle bouche rouge. Il se dégageait d'elle une sorte de vulgarité innée qui avait fait bouillir son sang.

Tout le long du trajet, elle demeura silencieuse. Elle ne répondait que par un oui ou par un non à ses questions, sans jamais le quitter des yeux. Subjugué par l'énergie sexuelle qui se dégageait de sa personne, Preston acceptait son invitation à prendre le thé, la suivant docilement à l'intérieur de sa villa. Sitôt la porte refermée sur eux, Gabriella l'avait coincé au pied du mur, son visage si près du sien que leurs souffles se mêlaient. Elle avait posé une main sur le mur à droite de sa tête, pendant que de l'autre elle tirait sur les lacets de son corsage... Preston ne savait pas ce qui lui avait pris : le besoin d'être en elle l'avait rendu presque sauvage...

Cette misérable rencontre avait modifié à jamais l'image valeureuse qu'il s'était faite de lui-même. Toutes ses valeurs, tous ses principes s'étaient effondrés en chute libre. Elle l'avait corrompu. S'il voulait retrouver un semblant de paix d'esprit, Preston savait très bien qu'il devait annoncer à Gabriella son intention de ne plus la revoir. « Oui, décida-t-il, je dois rompre, avant que mon âme ne soit complètement perdue. »

Une vive inquiétude traversa le beau visage tendu de Preston. *Victoria a-t-elle des soupçons? Difficile à dire. Elle est toujours si charmante, si tolérante avec moi.* La culpabilité faisait sournoisement son chemin jusqu'à son cœur et Preston courba l'échine, honteux.

– Mais qu'est-ce qui m'a pris? se reprocha-t-il à voix basse. Pourquoi diable ai-je cédé à ses avances la première fois, puis la seconde et chaque fois depuis?

Si seulement Gabriella retournait à Chablis, ou entamait un de ses longs voyages... Si j'ai pu me passer d'elle pendant plusieurs mois consécutifs, je pourrais certainement apprendre à vivre sans elle.

Preston se frotta les yeux et réprima un juron. Le mal était fait. Mais il n'en tenait qu'à lui de revenir sur le droit chemin.

Victoria atteignait l'étage des chambres lorsqu'elle s'aperçut avec frustration qu'elle n'arrivait pas à chasser de son esprit l'image de son mari dans les bras d'une autre. Indignée, elle se demandait ce que cette autre femme lui offrait qu'elle-même n'était pas prête à lui offrir. *Tu n'as qu'à me le demander, Preston!* Dans ses bras, la petite Marie-Ange se mit à gazouiller, ses yeux bleus levés vers sa mère, comme si elle voulait lui changer les idées, mais peine perdue.

Choquée et confuse, Victoria jeta un coup d'œil vers les fenêtres passantes qui donnaient sur la résidence de sa belle-sœur; elle s'étonna d'y voir encore de la lueur. Victoria se demanda si Clémence attendait elle aussi le retour de son mari.

Le bébé contre son sein, Victoria s'étendit sur le lit moelleux, luttant encore contre les larmes. Les écarts de conduite de Preston la torturaient, mais elle était trop fière pour laisser transparaitre son impuissance. Elle ne pouvait tout simplement pas s'expliquer la raison de ses infidélités. « Les présents dont il me comble, songeait-elle, sont une preuve évidente de son amour pour moi. Alors, où est donc le problème? Je fais tout pour lui plaire. Jamais je ne me plains de ses longues absences, je dirige efficacement le personnel de la maison et je veille seule au bien-être de nos deux filles. Dans la chambre à coucher, je me montre docile et aimante à souhait. Pourtant, quelque chose doit forcément le pousser dans les bras d'une autre... »

De son pouce, Victoria fit tourner le solitaire dont elle ne se départait jamais. *Cette nuit, il ne me touchera pas. Demain peut-être.*

De l'autre côté de la colline, dans le confort de leur demeure, Clémence et Arthur reprenaient leur souffle. Étendue sur le dos, sans force et alanguie, elle renouait lentement avec son corps frémissant de plaisir. Elle n'avait pas de point de comparaison, mais il n'y avait aucun doute dans son esprit : Arthur était le meilleur amant de la terre. Des images délicieusement indécentes lui traversèrent l'esprit. Clémence se sentit rougir; dans un excès de timidité, elle couvrit spontanément son visage de son bras replié.

Arthur pensait toujours à deux choses à la fois et elle avait souvent la pénible impression qu'elle ne pouvait jamais capter toute son attention. Sauf lorsqu'il lui faisait l'amour. Clémence le sentait alors si présent, si intense... La passion avec laquelle il baisait ses lèvres et caressait son corps, l'attention qu'il portait à son bienêtre, étudiant fiévreusement ses traits, tirant son propre plaisir du sien, s'en contentant même parfois, ne passant pas toujours à l'acte de procréation comme tel... « C'est péché, naturellement, se disait Clémence. Mais puisque je me confesse tous les dimanches à l'église, le Seigneur, dans sa bonté infinie, ne peut m'en tenir rigueur. » Du reste, ce soir-là, ils étaient allés jusqu'au bout. Elle espérait de tout son cœur que ce rapprochement ait porté fruit. Elle souhaitait tellement lui donner un fils!

Clémence sentit les doigts d'Arthur descendre lentement le long de ses côtes menues, diverger vers son ventre plat, puis glisser entre ses cuisses. Un sourire de béatitude aux lèvres, elle ferma les yeux avec abandon. Elle pressentit qu'elle devrait, encore une fois, aller au confessionnal dimanche.

Lorsqu'Arthur avait épousé Clémence, il avait, en toute honnêteté, pensé faire d'une pierre deux coups. Il devenait non seulement l'associé de Preston, mais aussi son beau-frère, ce qui le rapprochait un peu plus de ses plans de vengeance. Or, il était tombé amoureux de Clémence. Il ne s'y était pas attendu, mais c'était ainsi et pour rien au monde il n'aurait voulu la perdre. Il l'aimait de tout son cœur. *Ma belle petite biche des bois.*

Portant tous les jours un masque, Arthur affrontait la vie grâce à la fragmentation de sa conscience. Tantôt il rêvait de s'approprier la fortune des Roussel, tantôt il vivait des jours heureux et tranquilles avec sa douce. Après quatre années passées auprès de sa belle-famille, sa rancœur était toujours aussi vive, même s'il la maintenait dans les profondeurs de son être. Mais la digue menaçait de céder s'il n'agissait pas bientôt.

Arthur avait pensé se débarrasser de l'usine. Mais la simple pensée de voir le bâtiment qu'avait jadis connu son père détruit par les flammes le répugnait. Il en était donc arrivé à la conclusion que la meilleure façon d'honorer la mémoire de son paternel était de reprendre son dû. *Diviser pour régner.*

Lorsqu'il jugerait le moment opportun, il provoquerait une émeute au sein de l'usine. « Et cette fois, se disait-il, ce sera à Édouard de se démettre de ses fonctions et à moi, Arthur Côté, de prendre les rênes. » Arthur était persuadé que Preston et Gervais n'y verraient que du feu, trop occupés qu'ils fussent par le journal. Quant à Maillet, il ne pouvait qu'espérer, pour son propre bien, qu'il s'effacerait, comme il le faisait avec Édouard.

Arthur était conscient de sa valeur. Après s'être lancé avec énergie dans l'étude du fonctionnement du moulin et de son usine de transformation, il avait mis en place de nouvelles techniques de travail afin d'augmenter la production, ce qui avait conduit à l'agrandissement des chantiers. Responsable, avec Maillet, du contrôle interne et de la gestion des actifs, il régissait d'une main de fer la comptabilité et le système de la paie, sachant que sa meilleure garantie restait l'excellence de son travail.

Il devrait éventuellement sacrifier l'amitié qu'il portait à Preston et à Gervais. Et il s'y était résigné depuis longtemps. *Mais, comment venger la mémoire de mon père, tout en l'épargnant, elle?* Arthur était prêt à tout pour reprendre son dû. Oui, à tout, sauf à sacrifier son mariage avec Clémence.

Arthur courba le dos et posa doucement sa tête sur la poitrine de sa femme. Il pouvait entendre les battements saccadés de son cœur. Il sentit sa main qui lui caressait tendrement les cheveux, le front. Sa vie au quotidien n'était qu'un énorme mensonge, mais son attachement pour sa femme, lui, était bien réel. « Clémence est tellement aimante, pensa-t-il. Elle ne saura probablement jamais à quel point son amour a transformé mon univers. »

Arthur tendit machinalement la main vers la table de nuit où deux comprimés d'aspirine l'attendaient et il les avala d'un trait, sans tenir compte du verre d'eau que lui avait préparé sa femme. Puis, il ferma péniblement les yeux, frappé par son mal de tête récurrent. *Je ne la mérite pas.*

Clémence remonta le drap sur eux. Elle caressa des yeux son mari, souffrant de le voir souffrir, et se demanda s'il était encore avec elle. Avec une tendresse émouvante, elle effleura l'arcade sourcilière droite de son époux, constamment tendue. Il était souvent contrarié, mais jamais sa colère n'était dirigée contre elle. D'ailleurs, Clémence se disait que bien souvent, sa seule présence suffisait à lui faire retrouver le sourire. Arthur, trop sérieux et constamment préoccupé, apprenait à se détendre auprès d'elle. Du moins, lorsqu'ils étaient au lit.

Clémence n'était peut-être pas très intelligente au sens propre du terme, mais elle était intuitive. Dans son cœur, elle savait qu'Arthur lui cachait des secrets sur son passé, fardeau qu'il trainait avec lui au quotidien et qui était sans doute responsable de son anxiété et de ses malaises physiques. « Oh, Arthur, lui dit-elle intérieurement, si seulement, tu saisissais l'ampleur de mon amour. Rien de ce que tu pourrais me révéler de ton passé ne pourrait diminuer ou ternir l'amour que je te porte. Absolument rien. »

Arthur redressa un peu la tête et son regard fut enveloppé par celui de sa femme. Son visage était si près du sien qu'il ne voyait plus que ses deux yeux bleus, incroyablement aimants, qui fouillaient avidement les siens et qui semblaient le supplier de se libérer le cœur et l'âme. Un court instant, l'idée folle de tout lui avouer lui traversa l'esprit. Mais Arthur manqua de courage et se ravisa. Le voile que Clémence avait appris à reconnaitre masqua à nouveau son visage. Il lui offrit un pâle sourire; en désespoir de cause, elle se contenta de le serrer contre elle de toutes ses forces.

– CHAPITRE TREIZE –

Chablis, Nouveau-Brunswick – 1910

Laurent était, et de loin, le préféré de tous. Doux et tranquille, il agissait toujours dans l'intérêt des autres. Comment il pouvait manifester cette intégrité sereine, dans un milieu aussi maussade et règlementé que l'orphelinat, demeurait un mystère pour les autres pensionnaires. Ses paroles, ses gestes, tout dans sa personne exhalait l'obéissance, pour ne pas dire la soumission. Sa santé fragile dont jamais il ne se plaignait, jouait en sa faveur auprès des religieux, évoquant mystérieusement l'image de la sainteté tant prisée par ceux-ci. Même le frère Vincent avait la main moins leste avec le bel orphelin qu'avec les autres garçons. Ses grands yeux bleus rêveurs étaient constamment levés vers le ciel et sa bouche en forme de cœur s'étirait naturellement en un doux sourire. C'était un être à part dont la beauté angélique, voire dérangeante pour certains, ne pouvait passer inaperçue.

Ainsi, les pensionnaires furent stupéfaits de voir l'intérêt évident de Laurent pour le nouveau venu. Avec ses cheveux en broussaille, ses petits yeux marron et sa bouche trop grande et moqueuse, Nathaniel inspirait spontanément de la contrariété chez les frères et une certaine méfiance teintée de curiosité chez les garçons. Rien, si ce n'était qu'ils avaient le même âge, cinq ans, et qu'ils étaient tous deux orphelins, ne semblait rapprocher les deux enfants.

Laurent, qui avait assisté de son poste d'observation au départ précipité et insensible de la mère, s'était senti interpelé. Peut-être était-ce la force avec laquelle Nathaniel avait serré les poings, tel un boxeur prêt pour le combat de sa vie, qui avait frappé son imagination. À moins que ce ne fût de la pitié, de la gêne aussi, d'avoir été témoin du relâchement d'une vessie nerveuse. Toujours est-il que la vue de Nathaniel gardant, malgré son pantalon trempé d'urine, une allure fière pour ne pas dire provocante, avait fait naitre une vive impression chez Laurent. Lorsque Nathaniel s'était retourné dans sa direction, comme dérangé par la pesanteur du regard étranger, Laurent avait été séduit par l'intelligence frondeuse qui brillait dans ses petits yeux.

Presque malgré lui, par un signe de tête impulsif, Laurent lui avait fait signe de le suivre. C'était à peine si Nathaniel avait hésité. Il repoussa la main calleuse du père François et il se lança aux trousses du voyeur qu'il avait l'espace d'une seconde pris pour un de ces anges annonciateurs d'une mort imminente. Et lorsque Laurent avait fait son entrée dans la grande salle à manger, talonné par son nouveau protégé, un malaise presque palpable s'était emparé des garçons attablés, aussi bien chez les plus vieux que chez les plus jeunes. Instinctivement, tous avaient pressenti que leur séjour à l'orphelinat Saint-Christophe serait perturbé par l'arrivée du nouveau venu. Celui-ci, avec ses poings fermés et ses yeux de loup, paraissait bien décidé à prendre sa place à la tête de la meute, malgré son jeune âge.

* * * * *

Bien au sec dans sa voiture fermée, le front contre son bras replié, lui-même appuyé contre le bord de la petite vitre, Preston contemplait, songeur, le clocher de son église. Le mouvement régulier de l'énorme cloche de bronze au grondement retentissant trouvait familièrement écho auprès de celle tout aussi bruyante de l'église anglicane, située un peu plus bas de l'autre côté de la rue. Le temps était gris et pluvieux, comme son humeur.

L'annonce de la fondation, en pleine campagne québécoise, d'un orphelinat mixte à caractère agricole dirigé par un groupe de religieuses – nouvelle qui devait paraitre le lendemain dans *L'Averti* – avait réveillé le démon endormi en lui. C'était une nouvelle qui méritait d'être publiée, non seulement parce qu'elle touchait directement le lectorat québécois naissant – le succès de ses trois centres de distribution aux frontières de la province voisine continuait de progresser, lentement mais surement –, mais surtout parce qu'elle inciterait les gens à faire preuve de générosité.

L'esprit de Preston dérapa, pour la énième fois de la matinée. Gabriella ne lui avait pas donné signe de vie depuis des semaines, depuis la fameuse soirée donnée en son honneur. Preston s'interrogeait toujours. *A-t-elle tout inventé? C'est plus que probable. Et si elle a dit vrai?*

Les cloches des deux églises s'étaient tues. Il était midi passé. L'attention de Preston s'était fixée, faute de mieux, sur l'eau qui coulait sur le flanc des chevaux qu'il croisait sur sa route lorsqu'il s'entendit ordonner soudainement au cocher, avant de saisir l'ampleur de ce qu'il s'apprêtait à faire :

– Émilien? Faites demi-tour. Je change mon emploi du temps!

Preston fit un premier arrêt à sa banque. Son second arrêt ne se ferait qu'au terme d'une longue route, ce qui lui donnait amplement le temps de se préparer mentalement à la suite des choses. « Je dois en avoir le cœur net! », se dit-il. La pluie avait redoublé de violence lorsque trois heures plus tard, aux abords de la ville de Chablis, la calèche noire aux roues boueuses s'engagea dans le portail ouvert et s'immobilisa devant les marches austères du bâtiment.

– J'en ai pour une minute, lança Preston à son cocher, lequel parvenait tant bien que mal à garder un visage impassible malgré sa curiosité.

Émilien résista à l'envie de suivre des yeux son patron qui bravait la pluie et montait lestement les marches de l'établissement. Le cocher se renfrogna et frissonna sur son banc; il était peu protégé des intempéries par son long pardessus reluisant. « Si monsieur Roussel se sent subitement si généreux et enclin à faire preuve de charité, songea-t-il, pourquoi alors ne pas tout simplement me donner une avance ou un petit extra sur ma paie? »

Le père François contenait à grand-peine sa reconnaissance. *Enfin une âme charitable parmi ces gens de la haute bourgeoisie!* Il serra chaleureusement la main de ce bienfaiteur qui tenait absolument à garder l'anonymat, ce que le religieux trouvait tout à son honneur.

– Merci infiniment, Monsieur, de votre *grande* générosité, appuya-t-il. Soyez assuré que ce montant sera utilisé à bon escient. Dieu seul sait à quel point nous en avons besoin : tant de bouches à nourrir, tant de corps à vêtir… et d'esprits à élever!

– Je vous en prie, mon père, répondit Preston avec humilité. J'ai tellement d'admiration pour tous vos bienfaits envers ces enfants.

Le cœur sensiblement allégé, alors qu'il venait de remettre cérémonieusement l'argent au directeur de l'établissement, Preston jugea qu'il en avait fait suffisamment, du moins pour ce jour-là. Ne sachant comment aborder le sujet de Nathaniel sans éveiller les soupçons sur son identité, il avait jugé plus prudent de s'en tenir à un don global, pour l'ensemble des orphelins. Il avait gardé sur lui l'enveloppe qu'il avait pourtant préparée en cours de route et qui était destinée exclusivement à son fils. Au moins, il aurait l'assurance que l'enfant ne manquerait de rien ici. « À supposer que ce Nathaniel existe réellement, se dit-il. Sinon, mon don ne sera pas perdu pour autant. Les pensionnaires de l'orphelinat en profiteront assurément. »

Preston enfilait son pardessus, prêt à prendre congé, lorsqu'il entendit des pas résonner dans le couloir, mêlés à des rires étouffés. Par réflexe, il se tourna vers la porte entrouverte du bureau. Il aperçut deux jeunes garçons vêtus du même uniforme, short bleu marine et chemise blanche, qui dévalaient le corridor en se bousculant avec camaraderie. Il intercepta le coup d'œil désapprobateur du père. D'emblée, Preston posa son regard sur le plus beau des deux, le petit blond aux joues roses. Il remarqua à peine l'autre enfant qui, avec ses genoux écorchés et sa frimousse malicieuse, ne lui disait rien qui vaille.

Le père François marmonna, mécontent :

– Ah! Ce sacré Nathaniel! Toujours en retard! Et Laurent qui le suit comme son ombre…

Preston devint blême comme un drap. *Ainsi, Gabriella a dit vrai.* Le cœur frémissant, sous le choc, Preston resta quelques secondes immobile, son chapeau mouillé dans les mains; il scrutait, à travers la vitre de la porte, les garçons qui continuaient leur chemin, frappé par l'intime conviction d'avoir entrevu son fils.

Par un cruel tour du destin, Preston confondit l'identité de Nathaniel et de Laurent. *Mon fils... blond, aux yeux bleus comme moi.* Fébrile, Preston retira de la poche intérieure de son manteau l'enveloppe épaisse, s'étant brusquement ravisé. « L'argent de la culpabilité », pensa-t-il, lorsqu'il tendit celle-ci au curé.

– Mon père, le pria-t-il d'un ton pressant, lorsque ce... Nathaniel sera en âge de quitter l'orphelinat, je tiens à ce que vous lui remettiez ceci. Il en aura besoin pour commencer sa nouvelle vie.

– Très bien, Monsieur. J'y veillerai personnellement, déclara gravement le père François, masquant plutôt bien son étonnement.

En silence, le religieux suivit des yeux avec confusion l'homme qui quittait prestement son bureau. On eut dit qu'il avait vu un fantôme. Le père François fit un signe de croix, troublé par l'image qui était venue contaminer son esprit. « Nathaniel lui a sans doute rappelé quelqu'un de son passé », avait-il conclut avec empressement.

Sur le chemin du retour, Preston attendait avec impatience le sentiment de délivrance ou du moins de bienêtre, que suscitait généralement une bonne action. *J'ai fait tout ce que j'étais en mesure de faire pour l'enfant. Maintenant, il n'en tient qu'à lui de réussir sa vie à sa sortie de l'orphelinat. Il est beau garçon et surement intelligent puisqu'il a du sang Roussel en lui. Il pourra faire quelque chose de bien de sa vie grâce à mon argent. Certes, je n'ai pas assumé par ma présence ma responsabilité de géniteur, mais je n'ai pas non plus été infidèle à Victoria depuis Gabriella.*

Preston espérait que cette contribution financière, de même que sa résolution de ne plus tromper son épouse, compteraient pour quelque chose aux yeux du Seigneur. Or, en dépit de son raisonnement éparpillé et des espoirs qu'il avait fondés sur cette visite improvisée et couteuse, Preston dut se rendre à l'évidence qu'il n'avait pas pu se défaire complètement de son sentiment de culpabilité. Et pour ajouter à son lot de déceptions, la route était désormais en mauvais état; l'eau accumulée s'était transformée en une boue épaisse. Il devrait prendre son mal en patience. Il ne serait pas rentré avant la nuit.

Secoué sur la banquette arrière, la tête entre les mains, Preston ferma les yeux. Le doute, le poids terrible des conséquences de son infidélité feraient à jamais partie de lui. *Je dois apprendre à vivre avec ma faute. Je n'ai pas d'autre choix.*

Le père François avait longtemps contemplé l'enveloppe d'argent destiné à Nathaniel. Il ne nourrissait aucun espoir pour l'enfant. Avec son visage rusé et narquois, insolent de surcroît, moqueur et indifférent aux réprimandes, rien de bon ne pourrait survenir de sa sortie de l'orphelinat et de son entrée dans le monde, le religieux en était convaincu. *Mais il est malgré tout un enfant de Dieu.* D'une main hésitante, il griffonna quelques mots sur une feuille, craignant que sa mémoire défaillante ne lui fasse faux bond, puis il ouvrit son grand classeur noir.

Lorsqu'il trouva le prénom en question, le père François inséra cérémonieusement l'enveloppe dans la chemise; ses doigts parcoururent nerveusement les autres dossiers pour finalement s'arrêter subitement. Comme s'il avait peur de changer d'idée, il glissa vivement sa note explicative dans un autre dossier, referma soigneusement à clé le classeur, puis s'essuya le front de sa manche évasée. « Voilà, se dit-il, c'est fait. Le Seigneur se chargera du reste : le sort de l'enfant est entièrement entre ses mains. »

* * * * *

Chablis, Nouveau-Brunswick

– Alors, docteur, de quoi s'agit-il à votre avis?

Le praticien d'un certain âge retira le stéthoscope de ses oreilles et plissa pensivement le front. Il hésitait à prononcer un diagnostic décisif.

– Est-ce que c'est sensible au toucher?

La patiente hocha négativement la tête, les yeux levés vers le plafond blanc, les jambes pendant mollement de la table d'auscultation.

– Et vous me dites que ces plaques se déplacent? lui demanda-t-il, comme s'il souhaitait que la patiente se ravise; qu'elle se contredise.

– Oui, c'est bien ce que j'ai dit, répondit Gabriella un peu sèchement, agacée d'avoir à se répéter.

-Vous pouvez vous rhabiller, mademoiselle Trahan, marmonna le docteur Robichaud, la mine grave.

Ce qu'elle fit à la hâte, portant discrètement un mouchoir de dentelle à son nez avec répugnance. Elle détestait l'odeur renfermée des cabinets privés. Gabriella s'accorda encore quelques secondes de répit avant de prendre place sur la chaise destinée au patient et qu'elle imaginait avec écœurement fourmillant de maladies indétectables à l'œil nu.

« La pauvre, se dit le médecin. Je ne peux rien faire pour elle. » Assis derrière son bureau et visiblement mal à l'aise, il évita son regard. Et pour la première fois depuis son arrivée, Gabriella sentit une crainte, bien réelle, s'emparer d'elle. *Que se passe-t-il? Pourquoi ne dit-il rien?*

– Mademoiselle Trahan, commença doucement le praticien, j'ai bien peur d'avoir de mauvaises nouvelles.

Elle le dévisageait sans comprendre et attendait la suite avec impatience, l'estomac noué par l'angoisse. Mais comme le médecin cherchait ses mots, Gabriella, n'y tenant plus, s'exclama à bout de patience :

– Enfin, docteur Robichaud! Mais dites quelque chose! Vous m'effrayez!

Ce dernier baissa les yeux et marmonna, avec une réticence évidente :

– Avez-vous déjà entendu parler de... la lèpre?

Horrifiée, Gabriella se redressa de sa chaise, aussi raide et tendue qu'un piquet. Elle recouvra à nouveau précipitamment sa bouche et son nez de son mouchoir. Elle avait entendu, comme le reste du monde d'ailleurs, les histoires d'horreur sur ces malades défigurés aux membres atrophiés.

Soulagé de lui avoir enfin révélé la vérité sur sa condition, le docteur Robichaud était désormais plus détendu. Il se pencha d'une façon qu'il souhaitait rassurante au-dessus de son bureau :

– Rassoyez-vous, mademoiselle Trahan. Je vous en prie.

Anormalement docile, Gabriella reprit place sur la chaise, le visage blême, les pupilles dilatées. Elle accusait encore le choc de la nouvelle. D'une voix qui lui parut étrangère, elle se contraignit à demander :

– Mais comment est-ce possible? Je veux dire, une femme de ma classe, de mon rang...

Le médecin retira ses lunettes et la regarda franchement :

– La lèpre frappe sans distinction de classes sociales, mademoiselle Trahan, la sermonna-t-il avec indulgence. C'est une maladie contagieuse, causée par une infection bactérienne. Vous êtes entrée en contact avec la bactérie, il n'y a aucun doute possible, mais je ne saurais vous dire comment.

Un visage. Un seul apparut devant les yeux suspicieux et dévastés de Gabriella. « Le vieux jardinier de la maison de repos à Saint John, pensa-t-elle. Le vieux jardinier aux doigts tordus, au nez crochu et au visage ravagé qui s'occupait des roses! C'est lui! Ce ne peut être que lui! Il m'a jeté un sort derrière son ridicule chapeau de paille! À moins qu'il ne se soit aventuré dans ma chambre pendant mon sommeil... qu'il ait souillé mes vêtements, qu'il m'ait même touchée?! »

Épouvantée par ses propres fabulations et en proie à une panique grandissante, les questions se bousculèrent sur ses lèvres :

– Suis-je contagieuse? De quoi vais-je bientôt avoir l'air? Je ne pourrai plus sortir de chez moi?! Mon Dieu, qu'est-ce que vais devenir?!

Voyant qu'elle s'affolait, le praticien eut un geste apaisant de la main :

– Calmez-vous, mademoiselle Trahan. Vous n'êtes pas contagieuse, du moins, pas dans l'immédiat. Écoutez, reprit-il avec douceur, il existe un traitement. Seulement, par précaution, vous devrez être mise en quarantaine.

Le docteur Robichaud prit une courte pause, laissant à sa patiente le temps d'assimiler l'information. Puis, il lui demanda avec bienveillance :

– Vous avez surement entendu parler du Lazaret de Tracadie, ici au Nouveau-Brunswick?

Le visage blafard et défait de Gabriella devint alors d'une pâleur de craie.

– Vous n'y pensez pas sérieusement, docteur! s'exclama-t-elle, d'un ton incrédule. J'aurais trop peur d'y être reconnue! Vous imaginez un peu le malin plaisir qu'auraient ces pauvres de me ridiculiser, moi, une bourgeoise, souffrant de la même affliction qu'eux?! Non. Non, c'est impossible, protesta-t-elle avec véhémence.

Devant les mouvements de tête obstinés de sa patiente et ses propos si peu charitables, le docteur Robichaud eut un soupir résigné. « De toute évidence, se dit-il, elle n'a rien compris de mon commentaire précédent : la lèpre n'est pas une maladie de pauvre! » L'homme soupira :

– Dans ce cas, je ne vois qu'une autre solution : l'ile de Molokai. Mais je dois vous prévenir. Le trajet en bateau sera long et pénible.

Gabriella avait baissé la tête et le médecin crut qu'elle pleurait sur son sort, mais voilà qu'elle lui faisait à nouveau face, les yeux secs.

– Dites-moi la vérité docteur.... Suis-je condamnée ou puis-je espérer une rémission? lui demanda-t-elle, d'une voix étonnement ferme.

Impressionné par son sang-froid, le médecin parvint à grimacer un sourire :

– Plus le diagnostic est prononcé rapidement, meilleures sont les chances de rétablissement. Dans votre cas, je suis des plus confiants. Avez-vous de la famille? Une amie proche? Un amoureux peut-être? insistait-il, dérouté par l'expression flegmatique de sa patiente.

Prise au dépourvu par la question, Gabriella fit rondement le bilan peu flatteur de ses relations. *Mon cercle social est restreint. Et j'ai*

Nathaniel à remercier pour cette réalité! Pour être exacte, même avant la naissance de son fils, Gabriella s'était déjà sensiblement isolée du reste du monde. Elle n'avait cultivé dans sa vie que des relations superficielles. Elle n'avait pas d'amitié sincère. Pas de famille, sinon de la famille très éloignée. Personne vraiment vers qui se tourner pour de l'aide, pour du soutien moral. Tout ce qu'elle avait, c'était des moyens financiers.

Forcée de reconnaitre son isolement, Gabriella déclara finalement d'un ton dur et sans équivoque :

– Non. Personne. Absolument, personne.

Enfin, elle posa la question qui lui brulait les lèvres :

– Et quand devrais-je partir?

– Le plus tôt possible, fit le médecin. Je vais entreprendre les démarches pour vous et je vous tiendrai au courant. D'ici là, évitez dans la mesure du possible tout contact avec les gens.

Le docteur Robichaud se redressa lourdement de son fauteuil et tira, par habitude, sur son sarrau blanc.

– J'attendrai vos directives, dit-elle simplement, en se redressant à son tour.

Gabriella enfila fiévreusement ses gants et se dirigea d'un pas incertain vers la sortie, encore étourdie par la nouvelle. *Le ciel me punit d'avoir abandonné mon fils. Il me punit d'avoir séduit un homme marié, en m'infligeant cette horrible maladie.*

Pressée d'en finir, elle ouvrit d'un coup sec son ombrelle et la déposa sur son épaule – elle ne quittait jamais sa résidence sans celle-ci – et se retourna une dernière fois vers le médecin.

– Je serai l'une de vos survivantes, docteur, déclara-t-elle d'un air hautain qui, le docteur Robichaud l'avait deviné, se voulait avant tout courageux.

Le praticien la regarda partir. Il l'imagina monter à bord d'un de ces majestueux bateaux de croisière, un matelot transportant ses malles couteuses, et elle, paradant avec son ombrelle sur le pont... Un tableau qui, bien évidemment, n'était pas représentatif de ce qui l'attendait sur l'ile. Le docteur Robichaud éprouva un élan de pitié pour la jeune femme. Avec ses airs de princesse, elle avait visiblement eu la vie facile. Il ne serait pas étonné d'apprendre qu'elle se serait enlevé la vie une fois rentrée chez elle et il ne pourrait l'en blâmer. Mais, si elle s'embarquait dans ce voyage, son sort serait précaire : si la maladie et le long trajet en bateau ne l'achevaient pas, sa vie de misère sur l'ile, elle, s'en chargerait.

Le docteur Robichaud avait tristement vu juste. Moins d'un mois après l'arrivée de sa patiente sur l'ile de Molokai, dans l'archipel d'Hawaï, il recevait un télégramme lui annonçant le suicide de la jeune femme.

Preston, pour sa part, apprendrait la terrible nouvelle avec plus d'un an de retard. Debout derrière son bureau, il parcourait distraitement le courrier de la semaine lorsqu'une enveloppe brune s'échappant du lot avait retenu son attention. Mu par un terrible pressentiment, Preston avait ouvert l'enveloppe. Après quelques secondes de lecture seulement, le sang s'était retiré de son visage.

Le 1ᵉʳ mai, 1911

Très cher Preston,

Je souhaite que cette lettre te trouve heureux et bien portant. Pour ma part, je suis au plus noir de ma vie. J'ai fait une horrible découverte, il y a de cela plusieurs semaines, ce qui m'a forcée à quitter le pays en catastrophe. J'ignore encore comment, mais j'ai contracté la pire maladie qui soit, la lèpre. Je suis désormais prisonnière d'une ile, à l'autre bout du globe, un dépotoir de pourriture humaine, tenue malgré moi à l'écart d'un monde qui était pourtant mien jusqu'à tout récemment.

J'ai fait la connaissance d'un homme, un père de famille, qui est sur cette ile depuis treize ans. Le courage dont il fait preuve est admirable et pathétique à la fois. Sœur Madeleine m'affirme que depuis son ouverture en 1866, les conditions de vie sur l'ile se sont beaucoup améliorées. Nous ne manquons ni de nourriture, ni d'eau potable, c'est vrai. Mais lorsqu'on a connu la vie que j'ai connue, je ne peux que m'apitoyer sur mon sort. Tous les soirs, les bonnes sœurs font une prière empreinte de gratitude pour le père Damien et parfois, je me joins à elles. Il est mort depuis plus de vingt ans, mais son esprit ici est toujours bien vivant.

À mon arrivée, j'ai dû faire face à l'hostilité des malades. J'imagine que je leur rappelais ce dont ils avaient l'air avant la perte de leurs membres et l'apparition de leurs nœuds monstrueux. Depuis deux jours, mon visage est enflé et mes doigts ont perdu de leur sensibilité. C'est fort peu, je le sais, surtout lorsque je me compare à ceux qui ne sont plus que des loques humaines. Je ne suis pas encore comme ces femmes et ces hommes, répugnants, hideux. Il émane de leur corps une odeur indescriptible qui empoisonne littéralement l'air.

Preston, je n'ai jamais vu autant d'horreur. Et je n'ai pas assez de foi pour espérer une rémission ni assez de courage pour subir l'évolution de la maladie. Plutôt mourir que d'être témoin du relâchement, de la mort de son propre corps. Je refuse de pourrir et d'assister à ma mort lente parmi ces gens. Ainsi, lorsque tu recevras cette lettre, j'aurai déjà mis fin à mes jours. Sois sans crainte, mon docteur m'a assuré avant mon départ que je n'étais pas contagieuse au moment où nous nous fréquentions. Personne n'est au courant de ma maladie, de notre aventure ni de notre pauvre fils, à part mon maigre personnel en qui j'ai une confiance absolue... mais dont j'ai néanmoins acheté le silence par précaution. J'emporte notre secret avec moi dans la mort. Comme notre triste histoire, comme ma vie misérable, tout a une fin. Je te demande humblement pardon pour tout le tort que je t'ai causé. Je me repentis devant toi et devant Dieu.

Prie pour mon âme,

Ta dévouée, Gabriella

Pris d'un haut-le-cœur, Preston lâcha la lettre sur son bureau et eut tout juste le temps de s'emparer de la poubelle pour vomir. Tandis que d'une main, il retirait fébrilement de sa poche un mouchoir en lin, de l'autre il s'accrochait au dossier de son fauteuil, chancelant. Il avait peine à imaginer Gabriella dans ses bas de soie et ses belles toilettes parmi ces morts vivants. Il n'aurait souhaité ce sort à personne, même à son pire ennemi.

N'empêche que pendant une fraction de seconde, il s'était senti délivré d'une inquiétude qui le poursuivait depuis longtemps. « Ainsi, songea Preston, mon secret est désormais enfoui avec Gabriella sur une île éloignée et inaccessible au reste du monde. » Le danger que s'ébruite la vérité au sujet de leur fils semblait être écarté. Néanmoins, Gabriella l'avait condamné, lui, à vivre dans le mensonge, à porter le poids de ce terrible secret qui venait sans cesse tourmenter sa conscience, au point qu'il passait souvent des nuits blanches. *Elle a fait de moi un époux et un père indignes.* Pour la deuxième fois, Preston se soulagea. Il avait honte de lui-même, de sa lâcheté. *Je suis aussi, sinon plus à blâmer pour la tragédie de notre aventure.*

Le regard de Preston s'abaissa sur la lettre et plus précisément sur la date, laquelle correspondait jour pour jour à leur anniversaire de rupture. Il se demanda s'il s'agissait d'un simple hasard. « Non, conclut-il silencieusement, ce n'est pas un hasard. »

Quelques minutes plus tard, ses coups frappés à la porte étant restés sans réponse, Gervais se décida à entrer dans le bureau de Preston. Celui-ci n'avait toujours pas bougé; debout il était de biais derrière son bureau. Immobile, les épaules voûtées, il semblait perdu dans ses pensées. Gervais comprit d'instinct qu'un malheur avait frappé. « Preston? » La voix, à la fois familière et inquiète, secoua suffisamment Preston pour l'amener à réagir. Il humecta de sa langue ses lèvres sèches et déclara d'un ton d'abord hésitant, puis de plus en plus assuré à mesure qu'il progressait sur sa lancée :

– Je tiens à ce que dans la prochaine édition du journal, une page entière soit consacrée à la lèpre et aux pauvres malheureux qui en sont atteints. Je veux déclencher un mouvement de solidarité pour venir en aide aux malades, organiser une collecte de fonds.

Preston ne tint pas compte du mouvement de recul de Gervais, de toute évidence pris au dépourvu, et continua sur une note de plus en plus emportée :

– Demande à l'un de nos hommes d'aller rencontrer les Religieuses Hospitalières de Saint-Joseph du Lazaret de Tracadie. C'est le seul qui, à ma connaissance, possède un pavillon réservé exclusivement aux lépreux. Je ne suis pas un expert de cette maladie, mais je sais qu'elle est moins contagieuse que veulent nous le laisser croire les agents sanitaires.

– Et si aucun journaliste ne consent à se porter volontaire? se risqua à demander Gervais qui masquait mal son aversion.

– Nom de Dieu! Ces malades sont quand même des êtres humains! se récria Preston, en faisant violemment volteface.

Gervais reconnut aussitôt dans l'expression de son cousin ce déchirement intérieur si familier. Le teint rougeaud de Preston et sa main qui cherchait à l'aveugle le rebord de son bureau afin d'y prendre appui suffirent à convaincre Gervais que quelque chose de grave s'était bel et bien produit. Il ne l'avait qu'en de rares occasions vu ainsi, troublé au point d'en perdre tous ses moyens.

Son regard effleura l'enveloppe brune au format inhabituel, puis ce qui avait tout l'air d'être une lettre, froissée, sur sa table de travail. Gervais comprit d'un seul coup que celle-ci était porteuse de mauvaise nouvelle; qu'un désastre s'abattait sur son cousin. « Mais qui donc a été atteint de cette terrible maladie? se demanda intérieurement Gervais. Quelqu'un de son passé? Une personne inconnue de moi? Forcément, il faut que ce soit quelqu'un d'assez proche pour mettre Preston dans un état pareil. Il doit s'agir d'une personne sans affiliation à notre famille ou à notre cercle d'amis, sinon j'aurais moi-même été mis au courant. »

Avec sagesse et retenue, Gervais n'insista pas. Comme il sortait du bureau, il déclara résolument :

– Si cette rencontre avec les Religieuses Hospitalières est si importante pour toi, j'irai, moi.

Preston aurait tellement souhaité le remercier de sa discrétion et surtout, de son amitié et de sa loyauté infaillibles; mais sa gorge l'empêchait de prononcer une parole de plus, hanté qu'il était par une effroyable déduction. *Gabriella a reçu une sentence terriblement cruelle. Et moi? Quel sera mon châtiment pour les péchés que j'ai perpétrés?*

Preston eut la force d'adresser à Gervais un maigre sourire, mais il était trop tard. Celui-ci avait déjà et avec le plus grand soin refermé la porte, comme si l'air du bureau était soudainement devenu irrespirable.

Une autre porte se refermait tout aussi soigneusement dans la résidence d'été de Gabriella Trahan à Montpellier, en bordure de mer. Ses domestiques, dévoués jusqu'à la fin, partaient vers d'autres horizons, leurs modestes possessions hissées à bord de la voiture fermée, laquelle leur avait été offerte gracieusement par leur maitresse.

Debout sur la passerelle privée de la villa, attenant à la plage désertée, Grégoire, emmitouflé jusqu'au cou, était songeur. Il n'avait jamais imaginé quitter le Nouveau-Brunswick, ni voir le jour où sa famille ne serait plus au service de madame Trahan. Il ne l'avait jamais particulièrement aimée – et le sentiment était réciproque – surtout après qu'elle eut abandonné Nathaniel à l'orphelinat, son seul compagnon de jeu. Malgré son antipathie envers la maitresse de maison, Grégoire avait tout naturellement tenu pour acquis qu'il prendrait la relève de son père, qu'il deviendrait cocher à son tour et promènerait madame Trahan dans ses vieux jours, où bon lui semblerait.

Face à l'incertitude de leur avenir, Grégoire leva les yeux vers son père, en quête de réconfort. Devant la rigidité singulière de son corps, il comprit que celui-ci partageait son désarroi. En fait, ce n'était pas tant les perspectives d'emploi qui préoccupaient l'homme de quarante ans, mais plutôt le vent du large qui prenait de la force et le ciel de plus en plus menaçant. Il avait bien fixé les volets aux fenêtres, et tout semblait être en ordre. Il avait fait le tour des résidences au moins dix fois.

Le cocher se demanda ce qui adviendrait des deux propriétés. Sans testament, sans famille ou succession légitime, les biens et possessions de madame Trahan tomberaient sans doute dans l'oubli ou seraient vendus aux enchères. « À moins, se disait le cocher, que Nathaniel ne réapparaisse un jour et vienne réclamer son dû... s'il y a réellement une justice en ce monde. »

Grégoire sentit sur son épaule la main épaisse et réconfortante de son père. Bien que ce dernier ait conservé une mine grave, il s'en trouva un peu encouragé. « Nous ne sommes pas des voleurs », avait dit son père, comme s'il avait deviné qu'il caressait l'idée d'emporter des souvenirs de leur ancienne vie, ce qu'il n'avait pas fait, évidemment... à part le petit soldat de bois qu'il avait sauvé lors du grand nettoyage des effets personnels de Nathaniel. Madame Trahan avait voulu effacer toute trace de son fils. Et elle y était parvenue, enfin, presque.

Grégoire se sentit tout à coup coupable. Il redirigea son attention vers son père. Il savait que ce dernier avait lui aussi emporté un souvenir : une enveloppe pleine à craquer d'argent. Comme si le vieux cocher avait lu dans les pensées de son fils, il baissa honteusement la tête. Ses doigts se refermèrent sur la liasse de billets qui brulaient les poches de son manteau; le prix de leur silence. Au même moment, les doigts de Grégoire agrippaient *son* souvenir à lui, le petit soldat de bois rescapé, bien au chaud dans son blouson de laine.

La veille, ils avaient tous prêté serment sur la bible usée; d'abord son père, puis sa mère, sa sœur et enfin Grégoire. Ils avaient tous juré devant Dieu que jamais plus ils ne mentionneraient le prénom de Nathaniel. C'était surtout pour la forme puisque depuis la naissance du garçon des années auparavant, la directive avait toujours été très claire : faire preuve de la plus grande discrétion quant à l'existence de l'enfant. Or, malgré toutes ces précautions, Gabriella n'avait pu empêcher une camaraderie sincère de s'installer entre les deux garçons. Jamais elle n'avait ouvertement autorisé son fils à fraterniser avec le personnel de la maisonnée.

– Ta mère et ta sœur nous attendent. Il faut y aller maintenant. Une longue route nous attend et il ne faudrait pas que nous soyons surpris par le mauvais temps!

L'entrain forcé de son père ne trompait personne, pourtant Grégoire tâcha de le reproduire sur sa propre figure. Obéissant, il lui emboita le pas. Père et fils longèrent pour la dernière fois la passerelle.

De prime abord, tout portait à croire que la famille au service de Gabriella Trahan tiendrait parole, comme celle-ci l'avait attesté dans sa lettre à Preston. Après tout, ils avaient tous prêté serment une main sur la bible. Or, aussi bien Gabriella que la famille de domestiques avaient sous-estimé l'amitié qui s'était tissée entre les deux garçons. Lorsque Grégoire avait d'une main donné sa parole d'honneur, de l'autre, cachée dans le creux de son dos et à l'abri des regards indiscrets, il avait délibérément croisé deux doigts, comme s'il avait pressenti qu'un jour viendrait où il serait appelé à témoigner de l'existence de Nathaniel.

– Qu'est-ce que c'est que cette ordure! hurla Édouard.

Il se tenait debout au centre de ce qui avait été jadis son bureau au moulin, sa canne dans une main, le journal dans l'autre. La figure cramoisie, la moustache frémissante et le menton rentré dans son manteau de castor, il fulminait. Après s'être arrêté aux bureaux de *L'Averti*, croyant y trouver son fils, il était tombé sur Gervais qui devant sa mauvaise disposition, l'avait redirigé avec empressement au moulin.

Édouard laissa tomber l'édition du matin sur la table avec répulsion, comme si le simple contact avec le mot maudit risquait de lui communiquer la maladie.

– C'est comme ça, reprit-il avec emportement, que tu espères écraser la concurrence?! En dégoutant nos lecteurs potentiels?!

Preston se leva tranquillement de son fauteuil et se croisa les mains derrière le dos, étonnamment posé. Il s'était attendu à cette visite. Il savait à quel point son père accordait de l'importance à l'information véhiculée par le journal et conséquemment, aux apparences. Les « qu'en-dira-t-on » avaient tenu Édouard Roussel en laisse toute sa vie. Son image à lui et celle du journal étaient ce qu'il avait de plus précieux. Et s'il en croyait l'attitude outrée de son père, il voyait la réputation de *L'Averti* menacée par cette couverture inusitée.

Preston détacha brièvement son regard de l'expression courroucée de son père.

– J'estime qu'il est de notre devoir de renseigner la population sur cette terrible maladie, déclara-t-il, sentencieusement.

Il s'était exprimé avec calme et avec une autorité déconcertante qui déstabilisa momentanément Édouard. *Son aplomb est peut-être louable, mais moyennement bienvenu!* Il s'inspira inconsciemment de l'attitude pondérée de son fils. Il bomba le torse, croyant ainsi contenir sa colère; sa voix grave résonnait toutefois entre les quatre murs :

– D'accord, je veux bien croire que tu t'es subitement découvert une conscience sociale, reconnut-il. Mais pourquoi maintenant? Aucun citoyen de Montpellier n'a contracté cette maladie depuis des années. En fait, si je me souviens bien, le dernier cas remonte à 1894. Tu te souviens bien de la famille Gendron...

Preston fixa longuement son père qui parlait toujours et dont le maintien empreint d'arrogance et de supériorité occupait tout l'espace. Cette habitude ne l'avait jamais vraiment dérangé auparavant, mais inexplicablement, en ce moment, le rebutait.

Preston ne l'écoutait plus, complètement à la merci de ses propres sentiments; il se rappelait la promesse qu'il s'était faite à voix haute ici-même dans ce bureau. *À moins que ce ne fût dans celui de «L'Averti»?* Enfin, peu importe de quel bureau il s'agissait, ce qui comptait, se disait Preston, c'était l'engagement qu'il avait pris : remplir au mieux de ses capacités son devoir de journaliste, ne pas laisser ses craintes et ses faiblesses obstruer son jugement quant au choix des nouvelles qui méritaient d'être publiées.

Fort de ses résolutions – et pour la première fois dans son souvenir lorsqu'il était question du journal –, Preston ne sentait nullement le besoin de se justifier. L'explication qu'il donna à son père, brusquement et hors contexte, un simple « parce que », interrompait abruptement le monologue de celui-ci et témoignait indéniablement de son nouvel état d'esprit.

La réponse, tranchante, laissait clairement entendre que Preston était fort peu disposé à lui donner des précisions. De colère, Édouard leva un doigt accusateur; les yeux de Preston s'accrochèrent à ce doigt irrité qui fendait l'air au rythme de ses syllabes :

– Je ne t'ai pas laissé la gouverne de *L'Averti* pour que tu exorcises ta conscience! J'ignore pourquoi tu t'intéresses tout à coup à ces malades et je m'en fiche pas mal! On va comparer *L'Averti* à ces journaux vulgaires qui minent notre province! Tu t'imagines un peu? Quand je pense que je me suis investi complètement dans ce journal! reprit-il sur un ton cinglant, que je lui ai donné une visibilité et une vraie notoriété dans tout le Nouveau-Brunswick! Je l'ai bâti à partir de rien, à partir de l'étable de mon père, tu te rappelleras! Et je refuse ....

– Comme vous l'avez si bien dit précédemment, c'est moi maintenant qui gouverne *L'Averti*, interrompit calmement, mais fermement Preston, pour la deuxième fois ce jour-là. Et je suis tout à fait apte à le faire, poursuivit-il avec ardeur. J'ai les chiffres et le volume de ventes pour en attester. Tout bien considéré, je n'ai pas à justifier mes choix d'articles, ni à vous... ni à personne!

Preston se rendit compte que son dos s'était systématiquement raidi et qu'il s'était mis à vouvoyer son père sur un ton outré, ce qui ne lui était pas habituel. Au plus profond de son être, il savait que sa vie était en train de prendre son envol à cet instant précis, alors qu'il venait d'exprimer à voix haute le serment qu'il s'était déjà fait dans le privé : d'être la voix officielle de *L'Averti*. Désormais, cette voix serait à la hauteur de ses idéaux moraux. Des idéaux que son père lui-même lui avait transmis et qu'il avait fait encadrer dans la salle de presse, à la vue de tous. Ces fameuses directives, cinq points écrits noir sur blanc devaient dicter la conduite des journalistes et de leur directeur en chef.

Confondu, Édouard eut un mouvement de recul et son index, désormais immobile, resta suspendu en l'air. C'était bien la première fois que son fils lui imposait le silence. Édouard sembla être sur le point de parler; à la dernière minute il se ravisa. Contre toute attente, sa colère faisait place à un autre sentiment. Cet échange verbal compterait parmi ses rares moments d'indulgence. Car même s'il doutait sérieusement du bon gout de l'article sur les lépreux, Édouard ne pouvait qu'admirer la conviction et l'assurance nouvelle qu'affichait son fils. *Ma foi, il a l'étoffe d'un président!*

Édouard se surprit à le regarder avec un respect nouveau. Non qu'il eut douté de ses compétences, mais jusqu'à présent, Preston ne lui avait jamais *vraiment* démontré qu'il se considérait à la tête du journal. « *L'Averti*, songea-t-il, vient véritablement de changer de mains. » Par le biais de cette nouvelle pour le moins discutable – Édouard trouvait son sujet des plus disgracieux –, son fils avait néanmoins franchi une étape déterminante. Preston venait de montrer à son père qu'il était complètement investi et habité par son rôle de rédacteur en chef, exactement comme ce dernier l'avait été en son temps.

Une expression étrange, difficile à interpréter, vint troubler le visage d'Édouard. Il se disait, non sans une certaine inquiétude, que si lui-même avait été modérément enclin à dénoncer les injustices au nom de la responsabilité journalistique – et certainement pas aux risques et périls de sa réputation et de la rentabilité de *L'Averti* –, Preston, lui, n'hésiterait pas à le faire si sa conscience était interpelée. « Chère Isabelle, pensa Édouard. C'est toi, n'est-ce pas la responsable de l'intégrité morale de mon fils unique? Car ce trait de caractère ne vient certainement pas de moi, ni de Françoise. »

Pris d'une nostalgie aussi inattendue qu'inhabituelle, Édouard se racla la gorge et fit émerger avec suffisance son menton de son col de fourrure, avant de reprendre possession du journal qu'il avait déposé plus tôt sur le bureau. En réalité, Édouard n'avait jamais été aussi fier de son fils, même s'il ne partageait pas tout à fait sa vision des choses.

Preston vit son père rouler consciencieusement *L'Averti*, puis le glisser sous son bras. Il remarqua le tremblement de ses mains – il ne pouvait désormais le cacher – et l'émotion contenue sur son visage. Preston fut tenté d'aller vers lui et même de s'excuser pour son manque de respect, mais une certaine gêne teintée d'orgueil l'avait retenu.

Édouard se dirigea lentement vers la sortie, son gabarit imposant reposant en partie sur sa canne élégante. Il prit une courte pause, ses doigts parurent hésiter à tourner la poignée de la porte.

– Les grands moments de ma vie se sont tous déroulés dans ce bureau... *ou dans l'autre*, remarqua-t-il enfin, son regard faisant une dernière fois le tour de la pièce, avant d'ouvrir la porte et de la refermer, presque doucement, derrière lui.

CHAPITRE QUATORZE

1914

Les yeux plissés, la tête appuyée contre le dossier de son fauteuil, Preston réfléchissait. La voix de Maillet, la voix de la prudence, résonnait à ses oreilles : « Les perspectives de paix sont sombres et il faut se préparer à toute éventualité. » Avec sa clairvoyance habituelle, Maillet avait vu juste, comme toujours. Encore ce matin-là, Preston avait reçu deux autres avis de démission – cette fois de bucherons acadiens désireux de prendre les armes, dans l'effervescence de l'heure –.

Bien que Maillet se gardât d'exprimer trop fort sa position sur la guerre, Preston devinait que malgré sa sympathie naturelle pour la France, celle-ci n'était pas susceptible d'attirer réellement son allégeance. Maillet était un homme de principes et c'était tout simplement inconcevable pour lui de militer pour une cause à laquelle il ne croyait pas. L'appel aux armes, au nom de la mère patrie actuelle, la Grande-Bretagne, ou au nom de celle d'autrefois, la France, toutes deux engagées dans le conflit, le laissait indifférent. « Et il n'est certainement pas le seul », pensa Preston.

Maillet n'avait que quarante-quatre ans; depuis la mort récente et accidentelle de sa femme Marguerite, il en paraissait dix de plus. Il commençait à grisonner et son visage reflétait une sorte de gravité permanente. Une gravité qui disparaissait miraculeusement, pourtant, lorsqu'il mentionnait le prénom de ses enfants. C'était sans contredit ses deux fils, Maurice, neuf ans et Jacob, six ans, qui étaient sa plus grande réussite. Et bien qu'il fondait sur ses deux garçons les plus folles espérances, Maillet s'était fait la promesse de ne jamais contrôler leur destin.

Preston passa une main fatiguée sur ses paupières closes, songeur. Maurice et Jacob seraient libres de s'investir dans le métier de leur choix, de mener leur vie comme bon leur semblerait, lui avait dit Maillet. Pourtant, Preston se demandait si Maillet aurait laissé ses fils se porter volontaires pour cette guerre s'ils avaient été en âge de le faire. Et surtout, s'ils avaient jugé qu'il était de leur devoir de se porter à la défense de la France et de la Grande-Bretagne, comme l'avait fait valoir Gervais.

À titre de colonie au sein de l'Empire britannique, le Canada se retrouvait automatiquement engagé dans le conflit. L'étendue de la participation militaire canadienne relevait du gouvernement fédéral et il était de plus en plus apparent que l'offre d'assistance du premier ministre de l'époque, Robert Laird Borden, serait généreuse.

Preston ouvrit à nouveau les yeux et étudia le journal étalé sur sa table de travail. Ses yeux clairs tombèrent sur la déclaration de Sir Wilfrid Laurier qui était jusqu'à tout récemment encore – son mandat ayant pris fin trois années auparavant – le premier ministre. Il survola l'article, admirant le sens du devoir de Laurier, alors chef de l'opposition. Celui-ci souhaitait voir les Canadiens faire front commun avec la mère patrie dans le conflit mondial. Sa position reflétait plutôt bien l'opinion générale, y compris celle de Preston, à condition, toutefois, que chacun fût libre de prendre ou non les armes.

Ne pouvant qu'appréhender l'avenir, Preston agrippa nerveusement les bras de son fauteuil, sa mâchoire carrée – la même que celle de son père – se contracta et son regard s'assombrit. Qu'adviendrait-il, comme Maillet le lui avait sagement fait remarquer, si le nombre de Canadiens français et anglais à se porter volontaires était jugé insuffisant? Si le sentiment d'allégeance, ou encore l'appât de la paie promise avec l'enrôlement n'était pas un moyen de persuasion assez efficace? La division entre le Canada anglais et le Canada français allait-elle se creuser davantage, comme le croyait Maillet ou au contraire, allait-on finir par resserrer les rangs, par s'unir pour une cause commune? Et comment

Montpellier, ville modèle en termes de tolérance, avec ses deux langues et ses allégeances distinctes, allait-elle vivre la guerre?

L'esprit bombardé par mille questions, Preston essaya de s'occuper. Il contempla sa table ensevelie sous un fouillis de dossiers, de numéros de *L'Averti* et de *Sur Le Vif*, qu'il ramenait toujours, d'états de comptes et de vieux bouts de cigares. Même lorsqu'il occupait son bureau à l'usine, comme c'était le cas ce jour-là, le journal accaparait ses pensées. Il avait des décisions importantes à prendre pour l'avenir. Les journaux du Canada anglais avaient bien entamé leur propagande militaire et patriotique, mais la position de *L'Averti* demeurait un peu ambiguë. Preston se demanda s'il devait soutenir plus ouvertement l'effort de guerre, surtout depuis que Gervais et qu'une poignée d'Acadiens de Montpellier pensaient à se porter volontaires.

Sous le coup d'une impulsion, Preston se leva. Il traversa le corridor de l'étage supérieur à grands pas. Au fond, la porte du bureau d'Arthur était ouverte et il se permit d'entrer sans frapper. Il constatait, comme chaque fois, la propreté et l'ordre de la pièce. Tout était méticuleusement à sa place et Preston se fit la remarque, non sans une certaine envie, que son beau-frère, toujours vêtu d'un costume trois pièces, avait particulièrement fière allure assis dans son fauteuil. Il siégeait derrière son bureau comme le maitre invétéré des lieux, complètement absorbé par son travail, à un point tel qu'il n'avait pas perçu sa présence.

Comme lui, Arthur faisait des heures supplémentaires; il assumait scrupuleusement ses responsabilités. Il s'était toujours montré digne de confiance. Preston se demanda s'il lui disait assez souvent –et à Gervais aussi – à quel point son aide lui était précieuse.

Spontanément, Preston se redressa et tira sur son veston de façon à atténuer les mauvais plis accumulés au cours de la journée.

– Bonsoir, Arthur, dit-il. Tu as deux minutes?

Son beau-frère sursauta et se redressa promptement de son fauteuil afin de l'accueillir comme il se devait. Preston, qui était sensible aux marques de respect, apprécia son empressement.

– Oui, bien sûr. Entre, je t'en prie, lui répondit Arthur, l'invitant révérencieusement d'un geste de la main à s'installer dans le fauteuil en face de lui.

À l'expression songeuse, pour ne pas dire tourmentée qu'affichait Preston, Arthur sentit d'instinct que cette visite n'était pas une visite de courtoisie. Une fois assis, Preston lui parut encore plus tendu qu'à son arrivée, ce qui ne fit qu'accroitre le malaise d'Arthur. Son regard limpide se faisait de plus en plus inquisiteur. Il cherchait ses mots, hésitant, comme s'il ne savait pas par où commencer et le cœur d'Arthur se serra. *Juste Ciel! Se peut-il après tout ce temps qu'il m'ait démasqué? Je ne suis pas prêt!*

– J'imagine que tu te doutes de la raison de ma présence ici ce soir? lui demanda Preston, d'une voix mesurée. Je présume aussi que tu es au courant de ce qui se prépare?

D'une extrême vigilance, Arthur garda le silence. Les sourcils froncés, il tendit le cou, invitant plutôt Preston à s'étendre sur le sujet. Son langage corporel sembla attirer l'effet voulu puisque Preston reprit la parole :

– Voici ce qui en est. Gervais m'a annoncé ce matin qu'il entend s'enrôler dans l'armée. J'ai longuement réfléchi et je suis arrivé à la conclusion que ma place est également au front... mais à titre de journaliste pour *L'Averti*.

Arthur s'obstinait dans son mutisme; l'expression jusqu'alors crispée de son visage se détendit un peu, de même que son agitation intérieure. « À priori, pensa-t-il, cette visite n'a rien à voir avec moi, ni avec mon secret. On n'a pas découvert mes plans. »

En fait, cette entrée en matière ne signifiait qu'une chose : Preston comptait sur son aide. « Mais faut-il être si désespérément en quête de reconnaissance, songea Arthur, pour aller risquer sa vie sous prétexte d'exercer sa profession de journaliste! Pire encore, prendre les armes comme Gervais, aux côtés des Anglais de la Grande-Bretagne, alors que celle-ci est responsable de la déportation de nos ancêtres au dix-huitième siècle! »

Preston s'était accordé une pause. Il s'attendait à un commentaire de la part de son beau-frère dont le cerveau s'était incontestablement activé, du moins s'il se fiait à l'éclat particulier de ses yeux noirs derrière ses lunettes dorées. Comme celui-ci se taisait et se contentait de le fixer avec intensité, Preston jugea qu'il pouvait poursuivre :

– Maillet n'est pas encore remis du décès de Marguerite, il a la tête ailleurs et ça se comprend. Il semble même avoir pris un coup de vieux...

Preston s'interrompit momentanément. Il secoua la tête comme s'il voulait échapper à l'image endeuillée de Maillet, pour reprendre sur un ton réticent en raison de la nature délicate du sujet qu'il s'apprêtait à aborder :

– Étant donné ta situation, je veux dire, à cause de ta mauvaise jambe, j'imagine que l'armée n'est pas une option...

Preston prit une autre pause, soulagé que l'allusion au handicap physique d'Arthur fût derrière eux, pour enchainer :

– Bref, ce que j'essaie de dire, Arthur, c'est que ta présence à l'usine va être extrêmement importante dans les mois à venir. En réalité, tout le temps que durera le conflit. Je compte sur toi pour être l'homme de la situation. Tu seras officiellement à la tête des opérations de l'usine pendant mon absence.

Arthur sentit son cœur s'emballer et son regard s'allumer malgré lui; il saisissait l'ampleur des retombées inespérées de cette guerre. L'occasion qu'il attendait depuis si longtemps était enfin à portée de main. Il serait en position de contrôle. *C'est presque trop beau pour être vrai. Je me suis patiemment préparé dans l'ombre pendant toutes ces années, murissant la meilleure façon de déposséder les Roussel, et sous peu, la voie sera libre! Je reprendrai mon dû et personne ne sera là pour m'en empêcher!*

Arthur se leva avec vigueur et serra cérémonieusement la main que lui tendait Preston.

– Je te remercie pour cette marque de confiance, observa dignement Arthur. J'ose espérer que je serai à la hauteur.

Il croyait être parvenu à contenir son émoi, mais l'attitude de Preston l'en fit douter. Il lui sembla que sa poignée de main se refermait un peu plus, le retenant à sa merci plus longuement que nécessaire; son regard clair le dévisageait avec une attention particulière, comme s'il avait discerné une faille en lui. En fait, quelque chose dans le visage d'Arthur, Preston n'aurait su dire quoi exactement, avait retenu son attention. Ce n'était pas tant sa gravité habituelle, mais son état d'esprit peut-être qui l'avait trahi.

Dans le tumulte de ses émotions, Preston avait d'abord interprété l'énervement extatique mal contenu d'Arthur pour de l'anxiété devant le poids inattendu de la nouvelle et de ses répercussions, dont l'ajout considérable de responsabilités. « Mais il y a autre chose, se dit Preston. C'est plus que le choc de la nouvelle. Mais quoi? »

Tandis qu'il relâchait avec une certaine réserve la main d'Arthur, Preston eut l'inexplicable certitude que son beau-frère, exactement comme lui, ne connaissait pas la paix intérieure. « Qu'est-ce qui peut bien le tourmenter? se demanda intérieurement Preston. Est-ce, comme moi, la crainte de faillir à la tâche, de ne pas être à la hauteur de ses propres normes? Peut-être a-t-il simplement besoin d'être rassuré? »

Arthur ne devait jamais oublier ce regard qui l'avait transpercé jusqu'au fond de l'âme, ni les paroles qui allaient suivre :

– Je te fais confiance, mon ami. Avec toi aux commandes, je sais que je peux partir l'esprit tranquille.

Arthur s'agita, mal à l'aise. D'une part, il ne pouvait qu'être touché par ces belles paroles; d'autre part, Preston, par ces simples mots, venait de lui gâcher son plaisir, lui qui justement, quelques secondes plus tôt, imaginait mettre son dessein à exécution.

– Tu peux compter sur moi, Preston, déclara enfin Arthur, difficilement.

La résonance dans sa propre voix lui avait paru étrangement sincère à ses oreilles. *Est-ce bien ma voix, mon ton, que je viens d'entendre? Mais que se passe-t-il?!*

L'instant d'après, Preston quittait la pièce et Arthur, manifestement agité, s'était mis à faire les cent pas, son boitement accentué par son état d'esprit désordonné. Ses plans de vengeance se décomposaient sous ses yeux à une rapidité effrayante. La réalité du danger, aussi bien pour Gervais que pour Preston, le terrassait. Et si l'un ou l'autre, ne revenait pas vivant de la guerre, ou pire encore les deux?

Arthur rêvait de passer à l'action, mais il était encore forcé de repousser ses plans. « Mon père, se dit-il, n'aurait pas voulu que je prenne la voie facile. » C'était réellement trop facile de prendre littéralement la place de Preston à l'usine pendant qu'il serait au front. « Non, décréta Arthur, ce n'est pas dans ce genre de contexte que je souhaite renverser les Roussel. Je n'ai pas attendu tout ce temps pour passer à l'attaque en l'absence de l'un des principaux intéressés! Quelle gloire y aurait-il alors? »

Conscient que son raisonnement tenait plus ou moins la route, Arthur interrompit brusquement ses allées et venues, puis se laissa choir lourdement dans son fauteuil, désorienté. Plus rien n'était comme avant. Il n'était plus le même homme. Ses convictions, sa raison d'être, son mobile, tout lui échappait.

Bouleversé, Arthur se cacha le visage entre les mains. Il se mit alors à pleurer, de manière incontrôlable.

* * * * *

Toronto, Ontario

Étendue sur le lit, les paupières mi-closes, Maude attendait que son mari ait terminé de lui faire l'amour. Les rares fois où il la prenait d'assaut, elle obtempérait de bonne grâce. Il faut dire qu'elle se sentait particulièrement obligée à son endroit depuis qu'il lui avait annoncé leur départ, lequel était prévu au cours des prochains jours. Ce n'était sans doute pas un hasard si Henri-Paul lui avait fait part de cette nouvelle, juste avant d'initier un rapprochement.

Il y avait de l'exaspération dans sa manière à lui de faire l'amour, mais Maude refusa de s'en culpabiliser. Elle tendit la main vers son sexe pour accélérer le processus et se força à feindre le plaisir en soupirant. Henri-Paul avait besoin de se sentir admiré dans ses prouesses au lit. Malheureusement pour lui, l'adulation était un sentiment qui était totalement étranger à Maude.

Henri-Paul ferma les yeux. Il ne se sentait nullement fautif de laisser sa pensée vagabonder vers d'autres femmes. Ses nombreuses liaisons discrètes, dont certaines avec des femmes mariées à des maris complaisants ou tout simplement aveugles, avaient suffi à le rassurer sur ses talents d'amant. Il menait ses aventures avec intuition et gourmandise, cherchant dans les autres ménages la tendresse et l'admiration dont il était le plus souvent privé chez lui.

Maude allongea les bras de chaque côté de son corps et ses doigts s'agrippèrent au drap. Si elle se concentrait un peu, elle parviendrait à oublier ce corps d'homme sur le sien et avec un peu de chance, elle verrait un autre visage que celui de son mari au-dessus d'elle. « Je l'ai trompé, de la pire façon qui soit, songea-t-elle. Je l'ai épousé, sachant que mon cœur bat pour un autre. »

Entre de nostalgiques moments de tendresse, des réconciliations sans bonheur et éphémères, Maude continuait d'espérer qu'avec le temps, ses sentiments envers Henri-Paul se transformeraient. Bien qu'elle lui fût sincèrement reconnaissante de pourvoir aux besoins de sa mère, veuve, et de ses deux sœurs qui n'étaient pas encore promises, et malgré aussi toute sa bonne volonté, elle avait peine à ressentir autre chose que de la gratitude pour cet homme dont la respiration se faisait maintenant de plus en plus rapide. Maude l'entendit jouir et comprit avec soulagement que c'était fini.

Henri-Paul roula sur le côté, se redressa lourdement et la dévisagea un moment. Il hésita, se demandant quelle marque d'affection était la plus appropriée; finalement il lui caressa furtivement une épaule avant de la laisser seule. Maude attendit qu'il eût refermé la porte de la salle de bain pour se lever avec vivacité du lit. Elle enfila son peignoir qui trainait sur le dossier du fauteuil et marcha vers l'immense garde-robe. Avec un mélange de fébrilité et d'excitation, elle se hissa sur la pointe des pieds pour atteindre ses malles.

L'étendue de la fortune d'Henri-Paul – qui avait financé pendant près de quatre ans diverses institutions en échange d'intérêts grotesquement élevés – était à ce point impressionnante que le financier avait jugé qu'il pouvait se permettre de longues vacances chaque année et qu'il était temps pour lui de retrouver ses anciennes amours, c'est-à-dire la ville de Montpellier et ses conquêtes.

Lorsque, à leur réveil, il lui avait annoncé leur départ imminent de Toronto, Maude s'était jetée dans ses bras dans un débordement de bonheur qu'il n'avait pas vu venir. Comme, pour une fois, elle semblait particulièrement bien disposée à son endroit, la suite, prévisible, ne s'était pas fait attendre.

Ayant terminé sa toilette, Henri-Paul trouva sa femme assise à même le sol au centre de la penderie, entourée de chaussures, de chapeaux et de vêtements pêlemêle accrochés aux cintres. Elle ne lui avait jamais paru si heureuse et il s'en trouva froissé :

– Tu es donc si misérable dans notre luxueuse résidence de Toronto? Tu dois être la seule femme au monde à se plaindre de n'avoir rien de mieux à faire de ses journées… que les boutiques!

– Je n'ai jamais dit que j'étais misérable, lui répondit Maude d'un ton posé. Et je n'ai rien contre les boutiques non plus… Sauf que mes sœurs et ma mère me manquent.

Henri-Paul s'était attendu à ce que Maude fût enthousiaste à l'idée de retrouver ses racines, mais pas au point de faire ses valises sur-le-champ. Il lui fit remarquer un peu durement constatant le désordre :

– En tout cas, tu n'as pas perdu de temps!

– Je sais… je me suis un peu laissé emporter! Mais je n'ai pas pu m'en empêcher. J'ai si hâte de retrouver Montpellier!

Et de revoir Gervais et bien entendu, Preston… et fuir l'ennui qu'est ma routine quotidienne à Toronto!

– Dieu du ciel, Maude. Je ne vois pas où est l'urgence. On ne part pas demain, quand même! Dois-tu toujours agir si impulsivement?

Maude refusa de s'attarder au ton désagréable de son mari.

– Je suis comme ça, dit-elle, je n'y peux rien.

Elle s'était exprimée avec bonne humeur, un sourire aux lèvres et les yeux brillants. Et bien qu'il essayât encore de se convaincre qu'il ne l'aimait pas – il s'était résigné depuis longtemps à l'échec de leur mariage –, Henri-Paul sentit malgré lui son cœur s'émouvoir et cela se traduisit dans sa voix :

– Tu sais que la femme de chambre peut t'aider avec tout ça. Après tout, c'est pour cela que je la paye, non ?

– Je sais, oui. Mais j'ai envie de prendre un peu d'avance. D'ailleurs, on n'est jamais aussi bien servi que par soi-même !

Le visage à demi dissimulé par un chapeau à large rebord qu'elle venait d'essayer, Maude souriait toujours.

Henri-Paul haussa les épaules et s'éloigna vers l'autre bout de la pièce. Maude l'agaçait avec sa manie de vouloir toujours tout faire elle-même. Alors qu'il rajustait son faux col devant le miroir sur pied, il ne pouvait s'empêcher de jeter de temps à autre un coup d'œil à Maude ; elle s'en donnait à cœur joie dans la vaste penderie. Et le soupçon d'amertume qui s'était logé dans les yeux d'Henri-Paul trahissait incontestablement l'obscur regret de son cœur.

*****

Montpellier, Nouveau-Brunswick

La jeune femme regardait autour d'elle, impressionnée par l'activité, le bruit et le désordre. L'endroit n'avait pas tellement changé. Tout était resté à peu près comme dans son souvenir. Des piles de papier journal se dressaient un peu partout dans la pièce centrale, de vieilles tasses de café trainaient ici et là... sans oublier l'odeur du papier fraichement imprimé mêlée à celle des cigarettes. Comme elle s'y était attendue, il n'y avait que des hommes. « Mais pas pour longtemps », pensa Maude.

Elle l'aperçut au loin, assis au bureau jadis occupé par son oncle Édouard. Penché au-dessus d'un article, les manches de chemise retroussées, une main dans ses cheveux blonds légèrement décoiffés, il était absorbé par sa lecture.

Maude contourna du mieux qu'elle put les papiers qui jonchaient le sol et les hommes qui la dévisageaient avec curiosité. Elle frappa joyeusement à la porte déjà grande ouverte.

– Bonjour!

Preston redressa la tête et eut un mouvement de recul, suivi d'un grand sourire :

– Maude?! Quelle belle surprise! Mais qu'est-ce que tu… je veux dire, que faites-vous ici?

– Je suis arrivée hier matin en train. Juste à temps pour voir la ville s'éveiller! Montpellier ne cesse de se développer! Je me serais presque crue à Toronto!

Elle riait, tout en s'avançant gracieusement vers lui. Preston contourna son bureau pour l'accueillir. Il attribua les battements saccadés de son cœur au saisissement et au réel plaisir de la revoir.

– C'est vrai qu'il y a eu de nouveaux projets d'infrastructures depuis ton départ, observa-t-il. Le maire Laplante est parti pour la gloire. Il est déterminé à faire de Montpellier une ville de renommée nationale.

– Avec l'appui bien ressenti d'Édouard j'imagine, non?

Maude le gratifia d'un nouveau sourire, taquin, ce qui amena Preston à défendre l'honneur de sa famille :

– C'est vrai que mon père peut se montrer très persuasif. Mais dans ce cas-ci, Gustave et lui partagent réellement une vision commune de Montpellier, une vision de grandeur.

– Et moi de même!

Enjouée, Maude s'installa le plus naturellement du monde sur la chaise la plus proche tandis que Preston reprenait place dans son fauteuil.

– Et Henri-Paul est avec vous? demanda-t-il d'un ton innocent.

Maude baissa les yeux, un peu mal à l'aise, mais ce fut de courte durée.

– Non, pas encore, répondit-elle. Mais il va venir me rejoindre sous peu, le temps de finaliser certains projets à Toronto. Pour ma part, je n'en pouvais plus d'attendre, alors j'ai décidé de faire le trajet seule.

Maude remonta la voilette de son petit chapeau perché crânement sur sa tête et lui demanda à brule-pourpoint :

– Preston, tu veux bien me tutoyer? Nous ne sommes pas des étrangers.

Il acquiesça, trop heureux de sa visite pour relever le soupçon d'ironie dans sa voix.

Maude tourna brièvement la tête. Elle inspecta à nouveau l'aire commune avant de réorienter son regard vers lui. Avec une douce nostalgie, elle s'exclama, ses beaux yeux verts chatoyants :

– Mon Dieu, Preston. Rien n'a changé.

Il opina de la tête en silence, comprenant son émotion.

– Combien d'heures avons-nous passées ici à lire *L'Averti!* soupira-t-elle. Et à rédiger des articles retentissants dans l'espoir que ton père reconnaisse notre incroyable talent!

– À qui le dis-tu! J'attends encore cette reconnaissance de mon talent, plaisanta Preston, avec une insouciance inhabituelle.

Maude éclata d'un rire espiègle et Preston se laissa emporter par celui-ci, par le flot de souvenirs qui l'accompagnait. Maude avait toujours partagé son amour de l'écriture. Elle avait un réel talent. « Quel dommage, songea Preston, quelle perte, vraiment, de savoir qu'elle n'aura probablement jamais l'opportunité de le mettre en pratique, pour la simple raison qu'elle est une femme. »

– Te souviens-tu quand ton père nous amenait ici? lui demanda Maude. Toi, tu étais du groupe des sans-culottes avec Victoria. Et Gervais et moi étions des loyalistes.

Maude eut un sourire moqueur :

– Quel piètre Robespierre tu faisais!

– Et toi alors! rétorqua Preston qui fit mine d'être offusqué. Tu étais prête à sacrifier ta vie pour un régime corrompu!

Ensemble, ils éclatèrent de rire. Preston remonta dans le temps, renouant avec cette belle complicité qu'il avait cru perdue pour toujours et qu'il retrouvait aujourd'hui intacte. Comme si les années d'éloignement, leur mariage respectif et le temps écoulé venaient miraculeusement d'être effacés.

Il fut le premier à retrouver son sérieux. Surprenant une soudaine rougeur sur les pommettes hautes de Maude, la méfiance naturelle de Preston fut brusquement attisée :

– Je suppose que tu as appris la nouvelle et que tu es ici pour essayer de convaincre Gervais de renoncer à partir outre-mer? C'est inutile, crois-moi! De toute façon, il est sorti pour la journée.

Vexée par son insinuation et le ton suspicieux qu'il avait employé, Maude le considéra avec hauteur :

– Non, tu as tort. Je ne suis pas ici pour m'ingérer dans les affaires de Gervais. Et je l'ai déjà vu, si tu veux tout savoir. D'ailleurs, reprit-t-elle, si j'étais un homme, je prendrais moi aussi les armes pour me battre aux côtés des Français et de leurs alliés. C'est bien la seule valeur qu'a pu me transmettre mon père : l'attachement à la France.

Maude reporta son attention sur ses gants de dentelles; Preston eut une moue de dépit. Honteux de son excès de jalousie injustifié, il était quand même froissé que Maude soit passée voir Gervais avant lui. D'autre part, impressionné par son discours, il avait admiré l'authenticité valeureuse de sa position. Avec un air soigneusement désinvolte, il lui demanda :

– Et moi alors? Que penses-tu de ma décision d'agir en tant que journaliste sur le terrain? À supposer que je puisse obtenir une accréditation pour le front.

– Je comprends et j'admire sincèrement tes intentions, déclara-t-elle avec conviction. Cette guerre mérite d'être suivie de près et d'être racontée, objectivement. Mais ne me demande surtout pas, si j'avais le choix de vous retenir, si je vous laisserais partir Gervais et toi... Je ne voudrais pas avoir à te mentir.

Un soupçon d'inquiétude parut aux commissures de ses lèvres rouges, dans ce sourire qui se voulait pourtant au départ coquin. Cela émut Preston davantage que le débordement d'émotion que lui avaient réservé tour à tour Victoria, son père et sa mère. Maude était la seule personne, avec Gervais, à comprendre l'origine et la motivation de sa décision. Depuis une semaine, sa famille lui faisait la tête. C'était, sans contredit, son père le pire; il lui faisait du chantage et le menaçait de reprendre la direction du journal s'il partait. Même si cette menace était sans réel fondement – sa santé déclinante ne lui permettrait pas de revenir –, elle était tout de même dérangeante.

Avec une assurance qu'elle était loin d'éprouver, Maude prit la parole :

– En fait, Preston, pour être tout à fait honnête avec toi, ma visite n'est pas innocente. Je suis venue te voir pour une raison bien précise.

– Ah bon? Très bien, dit-il, je t'écoute...

Encouragée par l'air bienveillant de Preston qui, elle le savait, changerait d'expression dans les trois secondes suivant sa déclaration, Maude poursuivit courageusement :

– Je veux te proposer mon aide. Tu vois, je me suis dit que durant ton absence, tu aurais sans doute besoin de quelqu'un de fiable pour diriger les opérations du journal. Quelqu'un qui a vraiment à cœur les intérêts de L'Averti.

Comme l'avait prédit Maude, Preston prit un air embarrassé et allait gentiment l'interrompre, mais elle ne lui en laissa pas le temps. Elle savait qu'elle devait battre le fer pendant qu'il était chaud :

– Comme je te le disais tout à l'heure, j'ai vu Gervais. Je sais qu'il compte se porter volontaire pour le troisième déploiement outre-mer. Je sais aussi qu'il désire commencer, le plus tôt possible, son entrainement de base à Valcartier. Et j'ai ouï-dire que la santé de ton père n'est plus ce qu'elle était, alors j'imagine que tu ne pourras pas compter sur son aide... Et si tu pars toi aussi, sans compter peut-être certains de tes journalistes... Enfin, bref, reprit-elle avec énergie, tu vas avoir besoin de toute l'aide possible au cours des prochains mois, possiblement des prochaines années, surtout après le départ de Gervais et le tien, qui est aussi fort probable, non?

Ne sachant que répondre, Preston se contenta de la dévisager bizarrement. Il avait du mal comprendre. *Est-elle en train de me proposer de prendre la direction de L'Averti? Une femme à la tête de mon journal? C'est de la folie... ou au contraire...* Preston la savait plus que capable de rédiger des articles de qualité. Il se rappela combien de fois elle l'avait secrètement dépanné par le passé, écrivant des articles qu'il remettait par la suite à son père. Même Édouard n'avait jamais vu la différence. Douée et consciencieuse, elle rédigeait à merveille, voire peut-être mieux que Preston à l'occasion.

Le regard chargé d'espoir, Maude étudiait ses traits. Ses doigts fébriles jouaient nerveusement avec ses gants. « Allez, Preston! le suppliait-elle intérieurement. Pour une fois dans ta vie, fais confiance à ta volonté, à ton esprit de décision! Je t'en prie, ne te remets pas en question! Tu sais que tu peux avoir confiance en moi! »

Elle avait réellement besoin de s'investir dans un projet, de s'occuper l'esprit. Henri-Paul trouvait toujours un prétexte pour retarder son départ de Toronto – sans doute avait-il fait la connaissance d'une dame plus intéressante encore que ses anciennes conquêtes de Montpellier? – et il ne semblait pas pressé de la retrouver. Elle non plus d'ailleurs. Mais n'empêche qu'entre les visites à sa mère et à ses sœurs, le temps serait long dans la maison à deux étages qu'Henri-Paul avait achetée et qui donnait sur la rue commerciale. Elle n'avait certainement pas quitté Toronto pour mener une vie encore plus ennuyante là.

À vingt-huit ans, Maude savait désormais qu'elle ne pourrait jamais avoir d'enfant. « Vraiment, pensa-t-elle, j'ai besoin de m'investir dans quelque chose, de donner un sens à mon existence. C'est maintenant ou jamais. » Maude vit Preston bouger et elle devina qu'il allait rendre sa décision.

– Tu me laisses y réfléchir?

Il avait dit cela machinalement et il se rendit aussitôt compte qu'il avait l'air d'être indifférent à sa proposition. Il chercha quelques mots encourageants à lui offrir pour se reprendre, mais son manque d'enthousiasme n'avait pas échappé à Maude. Visiblement déçue, elle s'empressait de mettre un terme à leur entretien. Elle l'interrompit poliment, mais fermement :

– Je suis heureuse de t'avoir revu, Preston. Merci d'avoir bien voulu m'écouter. Et transmets s'il te plait mes salutations à ta famille.

Alors qu'elle se redressait et lui souriait tristement dans sa belle robe neuve pour l'occasion, Preston vit distinctement l'éclat lumineux de ses yeux s'éteindre, avant qu'elle ne baisse les paupières, ses cils noirs tranchant nettement sur ses joues anormalement pâles. Il regarda nerveusement autour de lui, comme s'il cherchait une solution, tandis que Maude s'éclipsait de son bureau, avec une lenteur délibérée, peut-être pour gagner quelques précieuses secondes.

Cloué sur son fauteuil, il suivait des yeux le déplacement singulièrement lent de Maude. Preston se mit à réfléchir intensément. Il avait déjà été convenu qu'Arthur et Maillet s'occuperaient de l'usine, des terres à bois et du transport des marchandises pendant son absence. C'étaient des hommes sérieux et chevronnés. Pour le journal, c'était une autre paire de manches. Les journalistes du temps de son père étaient pour la plupart partis à la retraite et les nouveaux, bien que compétents, étaient encore trop jeunes ou pas assez fiables à ses yeux pour superviser un journal de l'envergure de *L'Averti*. Il ignorait toujours à ce point-ci qui il allait nommer directeur temporaire des opérations. En fait, il était dans une impasse. Et le temps commençait à lui manquer.

Tourmenté, Preston se redressa et observa le port altier de Maude qui se frayait un chemin à travers la salle de presse. « Et si le retour de celle-ci à Montpellier, songea Preston, coïncidait avec l'urgence de mes nombreuses prières? J'aurais dû être plus spécifique dans mes demandes; préciser que je cherchais un *homme* pour me remplacer. Car Maude! Vraiment... »

Preston piétinait sur place. Le visage crispé par l'effort que ce débat intérieur lui coutait, il vint à bout de son raisonnement. *Elle sera peut-être un peu rouillée au départ, mais j'ai en elle une confiance absolue. Je dois penser avant tout au bien de mon journal.*

Preston avait pris sa décision. Et maintenant, rien ni personne ne le ferait changer d'idée.

– Maude?! cria-t-il, Attends!

Lorsqu'il la vit faire volteface, qu'il entrevit la lueur d'espoir sur ses traits harmonieux, Preston connut un élan d'euphorie qu'il ne chercha pas à s'expliquer. Maude revint sur ses pas, de plus en plus vite, son sourire s'épanouissant sur ses lèvres en réponse au sien. Preston vit distinctement l'étincelle ressurgir dans ses beaux yeux verts; il pressentit qu'il avait pris une bonne décision.

Quelques heures plus tard, une véritable tempête de protestations s'élevait dans la salle de rédaction. Installés dans leur fauteuil respectif, Preston et Gervais secouaient tour à tour la tête. Ils captaient les échos étouffés derrière la porte close du bureau : « … Recevoir des ordres d'une femme ici?! Alors qu'on a tous une mère ou une épouse qui nous dicte notre conduite à la maison?! Décidément, elles veulent s'immiscer dans tous les aspects de notre vie! C'est à peine croyable! Pas moyen d'être en paix, même au travail! »

Nonchalamment, Gervais s'alluma un cigare. Il présenta la boite à Preston et d'un sourire malicieux, l'encouragea à faire de même. À défaut d'avoir de l'alcool à portée de main, Preston se laissa tenter. Entre deux soupirs, le cigare l'aidant à se détendre, Preston laissa échapper le juron qu'il retenait depuis trop longtemps. Gervais éclata de rire, délivré de sa propre tension. Ils ne s'étaient pas attendu à moins de la part des journalistes. Passant des chuchotements aux exclamations accompagnées de mouvements de bras en guise de protestations, ils avaient au moins eu l'obligeance d'attendre leur départ de la salle de presse pour laisser libre cours à leurs vociférations.

Sans quitter son cousin des yeux, Gervais croisa les jambes et prit une longue bouffée, un sourire énigmatique aux lèvres. L'idée lui était venue tout naturellement, lors de la visite inattendue de Maude la veille. Dès qu'il lui eut parlé de la possibilité de diriger *L'Averti*, Maude s'était enthousiasmée. Gervais, lui, avait eu, par la suite, un instant de doute et l'avait aussitôt mise en garde :

– Je suis le premier à reconnaitre ton talent, Maude. Et je sais que tu es la candidate idéale pour ce poste, sinon je ne te l'aurais pas suggéré. Mais que feras-tu si les journalistes, aveuglés par leurs égos masculins démesurés, refusent de reconnaitre ta valeur et de respecter ton autorité?

– Je ferai mes preuves, Gervais, lui avait-elle répondu avec détermination. Je leur montrerai à tous que j'ai ce qu'il faut pour diriger efficacement le journal. Je les convaincrai. Tu verras.

Avant de partir, elle l'avait regardé avec cet air qu'il connaissait bien :

– Cher Gervais... Tu as eu une idée de génie, mais si tu n'y vois pas d'inconvénients, lorsque je vais la présenter à Preston, je vais la faire mienne... par prudence.

Ne pouvant prédire avec exactitude comment Preston réagirait à sa proposition, Maude avait jugé préférable de le tenir à l'écart. Elle ne voulait pour rien au monde créer une rivalité ou un froid entre les deux cousins. Lorsqu'il était question de protéger les intérêts ou de ménager les susceptibilités des gens qu'elle estimait, Maude était d'une rare sensibilité.

Gervais renversa la tête vers l'arrière. Il savourait avec un plaisir évident le rôle qu'il avait joué dans ce dénouement qu'il jugeait des plus positifs. Oui, il avait connu un bref instant d'incertitude, mais pas Maude, ce qui était tout à son honneur. Gervais était convaincu que s'ils lui donnaient une chance, les hommes verraient qu'elle était brillante et parfaitement capable de diriger le journal. Et puisque Preston et lui-même ne partiraient que dans quelques semaines, Maude aurait amplement le temps de se familiariser avec l'équipe avant de prendre officiellement les rênes.

Gervais écrasa son cigare à peine entamé dans le cendrier. Il croisa le regard indécis de son cousin – de toute évidence, il en était encore à se demander s'il y avait lieu de se réjouir ou non – et il devina que celui-ci repassait mentalement le monologue qu'il venait de livrer à l'équipe de journalistes. En fait, si Preston hésitait à se prononcer sur l'impact de son discours qu'il avait voulu rassurant et convaincant, Gervais, lui, était optimiste et son visage en attestait amplement.

Perplexe devant tant d'assurance, Preston dévisagea son cousin ouvertement. Non seulement Gervais avait accueilli la nouvelle en privé par une solide claque approbatrice dans son dos, mais en plus, il avait paru prendre plaisir à son discours, à voir les figures contrariées de leurs hommes. « Tiens, se dit-il, encore maintenant, il semble franchement amusé par toute la situation. »

Preston se laissa gagner par la bonne humeur de son cousin; il s'esclaffa à son tour d'un rire nerveux, puis franchement libérateur. Il repensait, avec amusement, à la tête qu'avaient faite les hommes lorsqu'il leur avait annoncé qu'une femme prendrait la direction du journal pendant leur absence. Mais ce n'était rien en comparaison avec la réaction qu'avait eue son propre père.

Quand Édouard avait appris, plus tôt, son intention de nommer Maude au poste de rédactrice en chef de *L'Averti*, il était tombé dans une terrible colère.

– Tu as perdu la tête ou quoi?! Maude à la direction de *mon* journal?! Il en est hors de question! avait-il protesté vigoureusement.

Françoise, qui s'inquiétait sincèrement pour le cœur de son époux, avait fait taire Preston d'un regard noir. Elle s'empressa de faire assoir un Édouard récalcitrant sur le canapé le plus proche du salon. Lorsqu'elle lui avait tendu un verre d'eau, Édouard avait cru lire de la sollicitude sur les traits figés de sa femme et il s'était laissé emporter à nouveau par un sentiment de rage et de frustration.

– Je n'ai pas soif! avait-il rugi, faisant voler du revers de la main le verre de cristal qui s'était fracassé à leurs pieds.

Ni Preston ni Françoise ne doutèrent de l'origine de cette rage. Édouard tenait absolument à ce que les gens continuent de voir en lui un homme d'affaires imposant, fort et doté de toutes ses capacités, autant intellectuelles que motrices. En réalité, sa santé déclinante ne lui permettait plus de superviser un journal, malgré toute sa bonne volonté. Son orgueil souffrait horriblement de ne pouvoir mettre ses menaces à exécution, soit celle de reprendre le contrôle de *L'Averti*. La simple pensée que les journalistes puissent être témoins du tremblement incontrôlable de ses mains ou d'un spasme musculaire involontaire, suffisait amplement à le refroidir. Mais il y avait pire. Le fait que son ennemi juré, Gédéon De Grâce, qui avait le même âge, était toujours en fonction à son journal *Sur le Vif*, l'enrageait.

Défait et frustré face aux caprices et aux limitations de son corps de soixante-quatre ans, Édouard avait longuement contemplé la flaque d'eau et les morceaux de verre. Il n'y avait pas pire sentiment à ses yeux que celui de se sentir impuissant. Impuissant devant la volonté de son fils à s'engager, impuissant devant la décision de mettre Maude en charge de son journal.

« Je n'ai pas accompli tout ce travail, se disait-il, pour voir mon nom, ma lignée mourir avec Preston et moi! S'il fallait, par malheur, que mon fil unique ne revienne pas vivant de cette croisade... d'autant plus que jusqu'à présent, Victoria ne nous a donné que des filles. Et s'il fallait, en plus, que Maude conduise *L'Averti* à sa perte. »

Édouard était prêt à reconnaitre qu'elle écrivait bien – Eh oui, il lui était arrivé de lire ses ébauches pour *L'Averti* oubliées comme par hasard sur son bureau –. Mais indépendamment de son talent, Édouard se demandait si les journalistes consentiraient à être dirigés par une femme. Lui-même ne l'aurait certainement pas toléré.

Sur ces entrefaites, la petite Joséphine, comme sortie de nulle part, traversa en courant le salon, un livre serré contre elle.

– Je t'attends à la bibliothèque, grand-père! s'exclama-t-elle, sans ralentir sa cadence, sa longue chevelure rousse naturellement bouclée retenue par un ruban rose.

La brève apparition de la fillette de huit ans, comme un coup de vent dans la pièce, avait radicalement changé l'atmosphère. Édouard sentit malgré lui sa colère battre en retraite. Il avait un faible pour sa première petite-fille. Sa belle chevelure de feu – un caprice exaucé de la défunte Élisabeth peut-être –, sa perspicacité, son intelligence vive et sa passion pour la lecture suffisaient à l'attendrir. Elle passait la majeure partie de ses visites dans sa bibliothèque privée, à admirer respectueusement sa collection de livres ou à les feuilleter avec beaucoup d'égards.

La présence de sa petite-fille lui avait redonné confiance en l'avenir et Édouard avait relevé la tête avec un regain d'énergie. Avec fierté et défiance il avait conclu, cinglant :

– Eh bien. Tout ce que nous pouvons espérer, c'est que Maude n'ait pas perdu la plume... Et maintenant, si vous voulez bien m'excuser, ma petite-fille m'attend.

Admirant le sens de la répartie de son père, Preston jeta un coup d'œil vers la porte de son bureau. Il constata avec soulagement que les journalistes offensés retournaient peu à peu à leur poste de travail. Les esprits semblaient s'être calmés, à croire que l'optimisme teinté de réserve d'Édouard s'était propagé jusque dans la salle de presse.

Véritablement soulagé, Preston expira un bon coup et reprit son cigare qui trainait sur le bord du cendrier. Quant à Gervais, il avait croisé les mains derrière la tête et souriait d'un air rêveur; il repensait aux lèvres douces de Maude qui, dans un trop-plein de gratitude et d'excitation, étaient venues tout naturellement se poser sur ses deux joues. *Tu pourras compter sur moi, Maude. Je ferai tout en mon pouvoir pour que la transition au journal se fasse le plus aisément possible. Et je serai le premier à applaudir ton succès.*

CHAPITRE QUINZE

Sur la place publique, du haut de la tribune, madame Deslauriers se laissait emporter par sa propre exaltation :

– Vous avez la chance aujourd'hui de participer à la plus grande croisade jamais menée par les femmes! Joignez-vous à nous, mes amies! Joignez-vous à nous!

Des applaudissements passionnés s'élevèrent de la foule féminine, entrainée par la fougue de l'oratrice. À l'arrière, Maude écrivait furieusement sur son calepin, tandis que sa nouvelle amie Lucie lui chuchotait à l'oreille :

– Madame Deslauriers a été une originale toute sa vie et elle est suffisamment haut placée pour agir à sa guise. Ses réceptions sont reconnues de tous pour être distrayantes, luxueuses et de bon gout.

Maude hocha gravement la tête pour lui faire plaisir, consciente que Lucie prenait son rôle d'informatrice très au sérieux.

C'était Gervais qui avait introduit Lucie, sa flamme du moment, dans ce cercle mondain en pleine expansion. Doué pour l'amour, possédant un charme et une séduction indéniables, sans cesse à la recherche de distractions et de plaisirs nouveaux, Gervais était rarement seul. Le mariage demeurait pour lui un pacte redoutable : il savait dans son for intérieur que la femme qu'il épouserait serait inévitablement lésée. Après toutes ces années, la souveraine de son cœur demeurait la même. Et bien que sa nature optimiste voulait lui faire croire qu'un jour une autre femme parviendrait à déloger Maude de son cœur, dans les faits, cela restait à prouver.

Inévitablement, leur liaison n'avait duré que quelques semaines, Lucie n'étant pas très tolérante des autres attaches de son soi-disant ami de cœur. D'ailleurs, si Gervais était prêt à flirter et à profiter des faveurs de toutes les femmes, à l'exception des pucelles et de celles déjà promises, il n'avait aucune envie de provoquer un scandale dans un lieu public, s'étant déjà heurté en privé au tempérament bouillant de Lucie. Ils avaient donc mis un terme à leur relation. Les deux femmes, qui avaient sympathisé, continuaient de se fréquenter, au grand désarroi de Gervais, qui redoutait les conséquences de cette amitié sur la carrière de Maude. Car comme toute militante pour le droit des femmes, Lucie avait mis un point d'honneur à rallier Maude au mouvement. C'était ainsi que la journaliste fréquentait ces femmes convaincantes et téméraires, découvrant chez Lucie et les suffragettes énergie et vivacité d'esprit.

– Tiens, voilà Bernadette! Elle va prendre la parole! s'enthousiasma Lucie, poussant son amie du coude pour attirer son attention.

Maude délaissa son calepin pour se concentrer sur l'avant du petit podium improvisé où une jeune femme s'avançait. Bernadette n'en était pas à sa première apparition publique. Maude qui la voyait pourtant pour la cinquième fois, ne pouvait détacher ses yeux de la jeune oratrice.

– Elle n'a que dix-huit ans, lui rappela Lucie, et elle peut tenir la foule en haleine pendant de longues minutes. Tu savais que Bernadette avait fait de la prison? Pour avoir défié l'autorité et pour s'être livrée à des voies de fait sur des agents de la force publique... notamment pour leur avoir craché au visage, précisa-t-elle, avec un air à la fois amusé et satisfait.

– C'est bien que tu me le rappelles, observa Maude, un sourire un coin.

Elle avait de la difficulté à imaginer cette fille mignonne aux yeux rieurs et au visage rond, se livrant à de tels agissements. Lorsqu'elle prenait la parole sur la tribune, Bernadette se métamorphosait. Elle semblait perdre son innocence et sa voix prenait les accents enivrés et étourdissants de sa mentore, madame Deslauriers. Rien qu'à la regarder, Maude en avait des frissons dans le dos.

Galvanisée par les cris et les encouragements de la foule, Bernadette s'enflammait :

– Chères camarades, nos adversaires sont nombreux. Il faut tenir tête au clergé, aux politiciens, à la majorité des hommes, et même... à certaines femmes!

À ces derniers mots, un murmure désapprobateur s'éleva, les suffragettes présentes trouvant inconcevable qu'une des leurs ne puisse pas adhérer à leur cause. Bernadette n'y fit pas attention, poursuivant avec véhémence :

– La quête pour notre liberté sera peut-être longue et notre route pavée d'écueils. Mais nous viendrons à bout de l'ordre social établi et croyez-moi, l'exclusion des femmes dans la sphère politique ne sera bientôt plus qu'un mauvais souvenir! Et je défie, oui, je défie nos adversaires de nous empêcher de devenir des citoyennes à part entière!

Il y avait dans sa voix une telle conviction, sur les visages une telle ferveur, que Maude devina qu'elles n'hésiteraient pas à provoquer une confrontation, le cas échéant. Un tonnerre d'applaudissements vint clôturer le discours de la jeune Bernadette qui, souriante, serrait les mains qui se tendaient vers elle.

Comme Maude tournait lentement la tête, ayant inconsciemment senti sur elle la pesanteur de regards, elle aperçut deux femmes qui la pointaient discrètement du doigt. Elles étaient suffisamment proches pour que Maude puisse distinctement entendre la voix de l'une, à travers le bruit environnant :

– Elle aimerait bien se faire passer pour une grande radicale, mais en réalité, elle est aussi bourgeoise que toutes les autres!

Hérissée, Maude soutint leurs regards méprisants et ne se détourna que lorsque les deux femmes eurent battu en retraite. C'est alors que Lucie lui remit de force entre les mains des feuilles de propagande.

– Je dois y aller, s'excusa-t-elle. J'ai rendez-vous. Tu passes me voir demain? Nous assisterons ensemble à la manifestation si tu veux.

Maude hocha distraitement la tête et regarda la petite silhouette de Lucie disparaitre dans la foule. Elle se demanda ce qu'elle allait bien pouvoir faire de tous ces tracts. *Les distribuer dans la salle de nouvelles peut-être?* L'idée suscita un sourire sur ses lèvres, lequel fut de courte durée. Les militantes se déchainaient à nouveau, conduites par l'agressive madame Deslauriers qui se montrait de plus en plus menaçante.

Maude l'observa courir d'une femme à l'autre. Elle se sentit tout à coup comme une étrangère dans son propre milieu. Pour la première fois, elle ne partageait pas l'euphorie des militantes, ce qu'elle n'arrivait pas à s'expliquer. À croire que le commentaire désobligeant et l'expression condescendante des deux femmes l'avaient troublée plus qu'elle ne l'avait pensé au premier abord.

Soucieuse, Maude prit encore quelques notes sur son calepin, tout en prenant conscience de l'inutilité de la chose. Preston refusait de publier le résumé détaillé de ces rencontres et de ces manifestations. À force d'insister, Maude espérait qu'elle finirait par le convaincre du bien-fondé de leurs revendications. Elle rangea son calepin dans son porte-document qu'elle portait en bandoulière et se mit en route, jetant un dernier regard sur madame Deslauriers. « Si elle persiste à se dépenser de la sorte, songea Maude, son énergie va se transformer en fumée... »

Lorsqu'elle s'engagea dans la ruelle dallée, raccourci qu'elle empruntait souvent pour se rendre aux bureaux du journal, Maude ressassait dans sa tête les discours et les témoignages de la journée. Perdue dans ses réflexions, elle n'entendit pas les commentaires flatteurs qu'elle suscitait sur son passage. Lorsque le groupe de jeunes gens poussa l'audace jusqu'à siffler cette fois dans sa direction, Maude se retourna sur le qui-vive. Loin d'être flattée par cette démonstration d'intérêt qu'elle jugeait de mauvais gout, hostile, elle fixa le plus costaud des garçons qui criait maintenant sans façon :

– Hey! Mignonne! Vous êtes pas mal de mon gout!

La journaliste fronça les sourcils, peu habituée à ce genre de hardiesse. Elle fit un pas vers l'avant, prête à lancer une réplique qu'elle espérait mordante; comme rien ne lui venait à l'esprit, elle se contenta de le fusiller du regard.

Ils pouffèrent, en se bousculant amicalement. Maude, de plus en plus mal à l'aise face à l'attention qu'ils lui prêtaient, jugea qu'il était préférable de battre en retraite. Comme elle tournait sèchement les talons, elle aperçut un jeune homme aux traits étrangement familiers. Il se tenait un peu à l'écart du groupe, une cigarette collée aux lèvres. Elle aurait juré qu'il avait suivi la scène avec attention. Pressée d'en finir, Maude l'avait simplement chassé de son esprit, davantage préoccupée par l'heure que par l'identité de l'individu.

Au bout de quelques mètres, un bruit de pas derrière elle la fit sursauter, puis scruter la ruelle, par-dessus son épaule. *Encore lui...* Plutôt que de s'arrêter, Maude rajusta son sac sur l'épaule et accéléra le pas, malgré sa longue jupe dans laquelle elle s'empêtrait les jambes. Or, voilà qu'il la rattrapait, sans effort, et qu'il épousait sa cadence afin de marcher à sa gauche. Prête à sortir les griffes s'il l'importunait, Maude sentit son corps se raidir. Mais l'étranger se contentait de marcher à ses côtés en silence. Il regardait droit devant lui, sa cigarette toujours pendue aux lèvres.

Sans ralentir, Maude l'observait du coin de l'œil, irritée par son sans-gêne, intriguée, malgré tout, par sa présence qui, tout compte fait, n'était pas menaçante. Il avait une façon indolente de fermer à demi les paupières, comme s'il essayait de masquer l'ironie de son regard. Ses yeux bruns étaient espacés, ses joues creuses trahissaient un style de vie plutôt modeste; sa bouche avait du caractère. Il portait une chemise rapiécée aux coudes qui avait visiblement connu des jours meilleurs. Bien que sobrement vêtu, il dégageait une prestance naturelle qui expliquait peut-être la désinvolture, pour ne pas dire l'arrogance, de sa démarche.

Comme il s'obstinait dans son mutisme, elle s'arrêta brusquement et lui fit face, ses beaux yeux verts étincelants :

– Je peux vous aider?

Elle avait eu du mal à garder son ton de voix habituel. Ils se dévisagèrent, elle, piétinant sur place, lui, prenant une dernière bouffée avant de jeter sa cigarette et de l'écraser nonchalamment. Lorsqu'enfin il se décida à parler, son visage lui parut encore plus railleur et elle n'allait pas tarder à comprendre pourquoi sa physionomie lui avait paru si familière :

– Je suis Jack. Jack Desroches? Vous connaissez ma sœur, je pense. Lucie?

Rassurée pour de bon cette fois, le visage de Maude s'illumina aussitôt, le mystère entourant son identité dissipé.

– Mais oui, bien sûr! s'exclama-t-elle d'un ton enjoué. Votre sœur m'a déjà parlé de vous. C'est un plaisir de faire votre connaissance! Je suis Maude Richard.

Elle souriait et le fouillait des yeux, à la recherche de similitudes entre le frère et la sœur. Jack avait un teint foncé alors que sa sœur était très pâle; pourtant, une ressemblance indéniable, dans les traits comme dans l'expression de la bouche, indiquait, sans doute possible, qu'ils étaient parents.

Jack repoussa de son front une mèche de cheveux gênante et lui lança, sans préavis :

– J'ai assisté au rassemblement de lundi dernier. J'ai surpris la fin de votre échange avec madame Deslauriers, dans lequel vous critiquiez les actions téméraires des suffragettes extrémistes.

– Oui, c'est exact, reconnut Maude, un brin sur la défensive. Je n'approuve pas la violence. Et alors?

Jack se frotta les mains l'une contre l'autre et continua d'un ton que Maude trouva d'abord déplacé, puis franchement insolent.

– Vos propos, l'autre jour, étaient malvenus. Bien que je n'approuve pas toujours leurs façons d'attirer l'attention sur leur cause, il reste que leurs voix sont entendues dans tous les milieux. En vous en prenant à leurs méthodes, vous vous en prenez aussi à la très respectée madame Deslauriers, ce qui pourrait être perçu par vos congénères comme de la lâcheté de votre part. La prochaine fois, la sermonna-t-il, faites preuve d'un peu plus de diplomatie.

Maude n'avait pas dit mot, mais l'indignation monta en elle comme un volcan en éruption.

Non, mais, il se prend pour qui?! Quelle condescendance! Moi, une lâche?! Ah ça, c'est le comble!

– Je vous demande pardon? fit-elle furieusement, en le foudroyant du regard, les mains sur les hanches.

Loin de se laisser intimider, Jack continua sur sa lancée, avec un détachement remarquable :

– Et pendant que j'y suis, la prochaine fois que vous décidez de prendre la parole, laissez de côté votre air supérieur et évitez vos formules grandiloquentes. La pédanterie est peut-être d'usage dans votre milieu, mais elle est déplacée dans ces assemblées. Certaines femmes le voient d'un très mauvais œil.

De colère, le visage de Maude s'était empourpré, ce qui sembla amuser le jeune homme; du même coup, la fureur de la journaliste décupla. D'une voix dont le ton avait clairement monté, elle cria presque :

– Comment osez-vous! C'est vraiment de la bassesse, vous savez? Porter des jugements sur des gens que vous ne connaissez pas! Que votre sœur, une si charmante personne, soit parente avec un homme de votre espèce me parait inconcevable!

Piquée au vif, les joues rouges, Maude tourna opiniâtrement les talons et reprit sa marche à grandes foulées. Elle voulait se distancer de cet insupportable personnage le plus rapidement possible. Ce fut alors qu'elle l'entendit s'esclaffer. « Alors là, pensa Maude, il dépasse les bornes! Il va voir de quel bois je me chauffe! »

Elle s'était retournée avec une telle violence que ses cheveux noirs vinrent lui fouetter le visage; elle fulminait intérieurement et revenait sur ses pas d'un air décidé. *Tu ne perds rien pour attendre, Jack Desroches! Je vais te faire ravaler ton rire odieux!*

Une main dans les airs, se préparant à administrer à cet effronté une gifle formidable, Maude semblait incontestablement prête à partir en guerre. Tandis qu'elle se rapprochait de Jack, quelque chose de tout à fait inattendu se produisit. La vue de son long corps d'homme plié en deux par le rire, les mains sur les cuisses et la tête penchée en avant, lui fit peu à peu ralentir l'allure; simultanément sa colère fondit. Si bien qu'une fois arrivée à sa hauteur, elle resta là, ne sachant que faire, ni quoi penser. Clouée sur place, elle l'observait stupidement. Enfin, il reprit son souffle et son sérieux. Jack lui prit familièrement le bras et s'expliqua :

– Ma sœur m'avait prévenu que vous n'étiez pas du genre à vous laisser intimider. Mais je ne pensais pas vous faire monter sur vos grands chevaux aussi facilement! Allons, venez! Je vous invite au café du coin. Lucie m'y attend. Allez!

Il accentua sa pression sur son bras et à sa propre surprise, Maude se laissa entrainer sans résistance, confuse et complètement désorientée, oubliant le travail de rédaction qui l'attendait au bureau.

Ce fut le début d'un amour étourdissant. Un courant mystérieux était passé entre eux. Leur passion commune pour un monde juste et équitable les avait réunis. Avant de rencontrer Jack, Maude s'était sentie seule et désemparée face à l'échec de son mariage à Henri-Paul. Jack, avec toute la passion de ses vingt-trois ans, avait en quelque sorte réveillé son cœur qui s'était endormi depuis le mariage de Preston.

Derrière son air impérieux et distant se cachait un être sensible et foncièrement humain. Jack était fait pour défendre des idées. Verbalement, rien ne lui était impossible; il maniait l'art de la parole en orateur chevronné. Il luttait de toutes ses forces pour l'équité, debout sur les tables des tavernes avoisinantes ou simplement dressé sur le parvis de l'église.

Grisé par sa jeunesse et par sa ferveur, il donnait à la fois l'impression d'être survolté et invincible. Bien qu'elle trouvât ses propos parfois un peu fanatiques, Maude ne pouvait ignorer sa compassion pour autrui. Jack haïssait la prétendue haute société, ces gens qui gaspillaient sans considération pour tous ces miséreux qui déambulaient de par le monde. Le mépris qu'il vouait à l'élite était d'autant plus surprenant que sa propre famille en faisait partie.

Étendus sur le lit défait, leurs jambes entremêlées et leurs fronts collés, Jack attira la jeune femme plus près de lui.

– Pourquoi l'as-tu épousé? lui demanda-t-il, avec une certaine tristesse.

Maude sentit sa propre déception remonter; elle ramena le drap humide sur leurs corps refroidis.

– Parce qu'à l'époque, lui confia-t-elle d'une voix douce, ce mariage m'apparaissait comme la seule solution possible. J'aurais pu trouver pire, tu sais. Henri-Paul n'est pas si mal. Je dirais même qu'il est plutôt complaisant, dans la mesure où il me laisse une entière liberté; en retour, je ferme les yeux sur ses faits et gestes.

– C'est vrai que tu aurais pu trouver pire, consentit Jack, en laissant échapper un petit rire sans joie.

Maude sentit qu'ils s'aventuraient vers un terrain dangereux; elle détourna habilement la conversation :

– Dis-moi, Jack... Pourquoi nourris-tu une telle animosité envers les riches? Qu'est-ce qu'ils t'ont fait au juste?

– À moi, personnellement, rien, répondit-il, après avoir poussé un soupir qui sembla venir du plus profond de lui-même. En fait, je les méprise parce qu'ils s'enrichissent aux dépens des plus pauvres. Et le pire, vois-tu, c'est que les plus nantis, comme mon propre père par exemple, sont souvent les plus avares.

En réalité, le dédain de Jack envers la structure sociale qu'il rêvait de voir tomber avait débuté par un sentiment de rancœur envers pour père, un magnat de la finance. Celui-ci l'avait renié pour avoir embrassé avec passion la cause des pauvres et affront ultime, celle des suffragettes. Depuis qu'il avait quitté la résidence familiale, Jack vivait modestement, se contentant de peu. Il alimentait son esprit de lectures marxistes et philosophiques et acceptait de bon cœur l'aide financière que lui procuraient sa mère et sa sœur à l'insu du paternel. Pour des raisons que Lucie elle-même n'arrivait pas à s'expliquer, son père ne l'avait pas encore châtiée. Il s'obstinait à fermer les yeux sur les affiliations douteuses et les activités propagandistes de sa fille.

Maude sentit que Jack accentuait son étreinte autour de sa taille, comme s'il craignait qu'elle ne lui échappe, l'ayant surprise à regarder le cadran de l'horloge.

– Encore cinq minutes, chuchota-t-il dans le creux de son oreille et conquise, Maude s'enfonça dans les oreillers pour lui prouver qu'elle n'avait nulle part où aller.

Du moins pour les cinq prochaines minutes.

Entre le journal, les réunions des suffragettes et sa liaison torride avec Jack, Maude avait enfin trouvé une forme de bonheur. Un bonheur qu'elle refusait pourtant d'approfondir. Elle s'interdisait de penser à l'avenir, sachant dans le secret de son âme que sa relation amoureuse avec Jack ne pourrait durer indéfiniment. Elle ne pourrait éternellement ménager le chou et la chèvre. Entre ses responsabilités vis-à-vis du journal, d'Henri-Paul, de Jack, de Lucie et des suffragettes, elle commençait à déraper. Tôt ou tard, elle le pressentait, il lui faudrait choisir un camp.

* * * * *

Édouard se laissa aller contre le dossier rembourré de sa voiture dans un grognement d'inconfort. Une torpeur moite écrasait la ville depuis trois jours et même les sièges de sa toute nouvelle voiture, une belle Ford noire, lui paraissaient collants.

Pestant contre cette chaleur accablante, il épongea d'une main tremblante la sueur de son front à l'aide d'un mouchoir défraichi et porta son attention à son journal.

Depuis que Preston avait installé trois centres de distribution aux frontières du Nouveau-Brunswick, il s'assurait d'inclure les nouvelles en provenance de leurs voisins francophones québécois, sans pour autant laisser tomber les nouvelles locales et provinciales. *L'Averti* restait ainsi fidèle aux Néo-brunswickois tout en se faisant tranquillement adopter par les villages québécois en périphérie.

« … À Saint-Germain, une centaine de personnes, majoritairement des jeunes, se sont réunis dans le parc pour manifester contre la guerre… », lut-il silencieusement. Édouard fronça naturellement ses sourcils et abaissa brièvement son journal. Il avait lu récemment dans

L'Averti qu'un rassemblement de ce genre avait eu lieu à Montréal, mais *pour* la guerre. Une foule de quelque 2 500 personnes avait chanté à la ronde « La Marseillaise » et « God Save the King ».

Il n'y avait eu aucune manifestation de ce genre à Montpellier, ni pour, ni contre la guerre. Ceci n'avait pas empêché pour autant l'enrôlement de son neveu à tire de militaire et de son propre fils à titre de journaliste sur le terrain, s'avisa Édouard, contrarié, avant que le fil de sa pensée ne soit abruptement interrompue.

– Qu'est-ce que c'est que tout ce grabuge?! Que se passe-t-il? s'exclama-t-il mécontent, à l'endroit de son chauffeur.

– Je pense que ce sont les suffragettes qui *paradent*, monsieur Roussel, lui répondit révérencieusement l'employé.

Édouard tendit le cou par-dessus son journal et scruta le parebrise de la voiture. Il ne pouvait les distinguer, cachées qu'elles étaient par le coin d'une rue, mais Édouard pouvait entendre leurs cris et leurs huées. Depuis quelque temps, les suffragettes se faisaient agressives et leur présence bruyante devant la mairie – où Gustave Laplante se terrait et refusait de leur accorder audience – était un spectacle familier.

– Encore elles! grommela Édouard. Elles sont partout, ma parole! Vous les avez déjà vues, Nestor? demanda-t-il à son chauffeur.

Ce dernier se contenta d'un signe de tête discret. Après un bref silence, Édouard reprit de plus belle :

– Avec leurs bannières et leurs panonceaux proclamant « Aux femmes : le droit de vote! », elles ont l'air d'une meute de louves en furie! Ces femmes hurlantes et sans retenue sont prêtes à tout pour faire parler d'elles! C'est à se demander, Nestor, si elles ne sont pas toutes possédées! Quand donc vont-elles comprendre, qu'elles n'ont tout simplement pas leur place dans la sphère politique!

– Je partage votre avis, monsieur Roussel, fit le chauffeur, prudent.

La *Women's Enfranchisement Association* de Saint John, au Nouveau-Brunswick, avait gagné du terrain au cours des quinze dernières années. Ses membres venaient des quatre coins de la province, comme Édouard le constatait aujourd'hui. Ce qui le stupéfiait, le scandalisait à dire vrai, c'était que des femmes de la haute société, comme cette madame

Deslauriers dont parlaient sans cesse les journaux à potins, adhèrent à un mouvement qui les incitait à toutes sortes d'actes qu'il trouvait tout à fait dégradants et humiliants.

– Et dire que nombre d'entre elles sont des épouses, des mères, des filles de familles respectables! reprit Édouard, sévèrement. Vous le savez, Nestor? C'est tout simplement honteux!

– Vous m'enlevez les mots de la bouche, monsieur Roussel, risqua le chauffeur du bout des lèvres.

Les atrocités auxquelles s'exposaient ces femmes une fois qu'elles étaient emprisonnées, décidées à endurer le martyre, s'étalaient dans tous les périodiques. La presse à sensation se délectait à décrire à grand renfort de détails, le procédé répugnant qui consistait à les nourrir de force par les narines lorsqu'elles s'entêtaient à faire la grève de la faim. Et bien qu'Édouard refusait de lire ces horreurs, Nestor, lui, s'en délectait avec un plaisir coupable.

Discrètement, Édouard relâcha le bouton de son col de chemise et se sentit aussitôt plus à l'aise. L'expression satisfaite de son visage fut de courte durée : les cris des femmes au loin devinrent subitement plus stridents.

– Mais que cherchent-elles à prouver à la fin? rumina Édouard à voix haute, comme s'il se parlait à lui-même. L'homme et la femme ont des rôles bien définis dans la société et c'est pour le mieux! Le rôle de l'homme est de subvenir aux besoins de sa famille; celui de la femme, de veiller au bon fonctionnement de la maisonnée. C'est un travail à plein temps et tout à fait légitime. Mais de toute évidence, insatisfaisant ou tout simplement pas assez prenant pour certaines femmes.

Nestor émit un son pour signifier qu'il abondait dans le même sens, mais Édouard n'y prêta pas attention. Il pensait à Preston; il le louangeait intérieurement de ne pas s'être laissé entraîner par ce mouvement, malgré la présence de Maude et de ses idées libérales dans la salle de presse. *Ce serait affreux s'il fallait que « L'Averti » participe à cette poussée de sensationnalisme débridé!*

En raison de la chaleur ou de sa contrariété, le visage d'Édouard rougit encore. Preston et Gervais avaient beau vanter les mérites de

Maude, de son travail « soi-disant exceptionnel », cela ne changeait rien au fait que c'était une femme et dans le monde d'Édouard, elle n'avait tout simplement pas sa place parmi eux. Encore heureux, se disait-il, que Maude – du moins à sa connaissance – n'ait pas endossé publiquement le mouvement des suffragettes, comme certaines dames de la haute société. Il avait entendu dire que plusieurs femmes qui étaient membres de l'organisme de charité les Dames de l'Association des Tulipes – dont sa jumelle Isabelle avait autrefois fait partie –, avaient adhéré au mouvement.

Édouard était fier de Françoise qui s'était scrupuleusement distancée des dames qui s'affichaient ouvertement suffragettes et de celles qu'elle soupçonnait être des sympathisantes du mouvement. Dans la même veine, il se félicita de son bon jugement pour l'avoir choisie comme épouse.

Édouard se détendait à nouveau; son journal lui glissa lentement entre les doigts, son corps s'affaissa un peu plus sur son siège. La moiteur de l'air ayant eu raison de lui, ses réflexes se retrouvèrent amoindris; lorsque la voiture s'immobilisa violemment, Édouard roula sur le côté et se retrouva coincé entre la banquette arrière et celle de devant.

Humilié de se retrouver dans cette posture délicate, il cria furieusement à son chauffeur, pendant qu'il se redressait difficilement :

– Nestor?! Voulez-vous bien me dire...

Le reste de sa phrase fut étouffé par les cris sauvages des femmes et le sifflet strident des agents de la paix qui venaient d'émerger dans la rue principale, à quelques pas de la voiture. Édouard sortit comme un furibond la tête par la fenêtre; il ne pouvait en croire ses yeux. *Non seulement elles harcèlent les membres du conseil de ville et mon ami personnel le maire, mais en plus, elles violent la paix publique... et entravent ma route!*

Dans la mêlée, les chapeaux des femmes tombaient, les tracts s'éparpillaient à leurs pieds. Certaines couraient, voulant échapper aux policiers, d'autres restaient sur place à crier leurs revendications, attendant bravement leur arrestation.

– Regardez-moi ces folles! Échevelées, les bras dressés, jupons en l'air, hurlant et courant dans tous les sens..., grondait Édouard, visiblement choqué.

Dieu merci, je n'aurai jamais à connaitre une telle humiliation avec Françoise, Victoria ou l'une de mes filles. Jamais elles ne se mêleront à ce genre de manifestation.

Ce fut à ce moment précis qu'un visage parmi ces femmes déchainées attira son attention. Un visage très familier.

Non! Ce n'est pas possible! Je rêve! Les doigts d'Édouard s'accrochèrent au rebord de la portière et il tendit le cou à s'en déplacer un disque. Il fouilla fébrilement du regard la foule; la jeune femme en question semblait s'être volatilisée. Pendant une fraction de seconde Édouard avait cru reconnaitre Maude.

Lorsque la voiture se remit lentement en marche, Édouard eut un soupir de soulagement. Il consulta sa montre gousset, puis la rangea soigneusement dans la poche intérieure de sa veste.

– Ce n'est pas trop tôt! observa-t-il, plus pour lui que pour son chauffeur, qui d'ailleurs n'avait pas relevé le commentaire.

« Nestor doit sans doute se demander ce qui peut bien m'attendre de si pressant chez moi », songea Édouard, avec un sourire goguenard. Enfin, il déplia son journal froissé. Il se remit assidument à sa lecture et s'adonna à son exercice préféré digne d'un grand détective : identifier lesquels de ces articles avaient été rédigés par Maude.

Tout s'était déroulé si vite! Elles marchaient tranquillement, clamant leur slogan : « Aux femmes, le droit de vote! », lorsqu'elles entendirent le sifflet des gendarmes accourant dans leur direction, les matraques dressées, menaçantes. Bernadette et Lucie s'étaient mises à crier comme des poulets qu'on passe à l'abattoir :

– À mort les antidémocrates! Aux femmes, le droit de vote!

Maude avait échappé à la rafle de justesse en s'élançant vers le premier commerce à sa gauche; elle s'y était engouffrée, faisant tinter la clochette au-dessus de la porte. Essoufflée, le cœur battant la chamade, elle avait soigneusement refermé la porte derrière elle et restait là, immobile, à regarder autour d'elle.

L'odeur du pain frais et les pâtisseries sur les comptoirs lui indiquèrent qu'elle était dans une boulangerie : la boulangerie de la famille Breau. Une voix enjouée d'homme lui parvint de l'arrière-boutique :

– Je suis à vous dans une minute!

Maude bredouilla quelque chose pour signaler qu'elle avait compris, puis, tremblante, elle écarta légèrement le petit rideau de dentelle qui cachait la vitre de la porte et jeta un coup d'œil inquiet. Des passants s'étaient attroupés autour des manifestantes, secouant la tête, certains avec indulgence, d'autres avec colère.

Tandis que les manifestantes montaient à bord de la fourgonnette dans le désordre le plus total – emboîtant le pas et s'inspirant de l'attitude rebelle de madame Deslauriers –, Maude sentit son cœur faire un bond. Parmi les militantes, elle avait reconnu Lucie qui arborait fièrement au revers de sa robe écrue le mot « vote » cousu en lettres dorées. Un policier à l'air mauvais la faisait rudement avancer. Maude se couvrit spontanément la bouche pour étouffer un cri. C'était pourtant ce que la majorité d'entre elles avaient souhaité, y compris Lucie. Être arrêtées, puis emprisonnées, espérant ainsi sensibiliser la population à leur cause.

Un bruit de pas derrière elle la fit sursauter. Maude fit volteface, la poitrine palpitante, les yeux hagards. Le boulanger d'un certain âge, les joues roses et la moustache blanche de farine, se tenait debout près d'elle. Il s'essuyait les mains sur son tablier tendu sur son ventre rond et la dévisageait avec bienveillance.

– Ne restez pas là debout devant la porte, ma petite dame, lui dit-il. Vous pourriez vous attirer des ennuis...

Encore secouée, le corps vacillant, Maude suivit l'homme jusqu'à son comptoir, reconnaissante de sa gentillesse et de sa discrétion. Elle remercia la Providence d'avoir guidé ses pas jusque dans ce commerce. Sincèrement inquiète pour la sécurité de Lucie et des autres femmes, Maude se plongea en silence dans la contemplation des petits pains et des gâteaux miniatures.

Monsieur Breau fit mine d'être absorbé par les taches de farines collées à son tablier qu'il grattait de son index épais et calleux. La tête baissée, il marmonna d'un ton lourd de sous-entendus :

– Ces manifestations de rue honteuses doivent cesser. Ce n'est pas la façon de s'y prendre, vous savez! Ce n'est pas en faisant tout ce tumulte que vous... je veux dire, *qu'elles* auront gain de cause...

– Honteuses vous pensez? protesta Maude, amère. Ce qu'il y a de honteux, c'est que les femmes ne peuvent pas manifester paisiblement dans la rue sans se faire harceler par des hommes. Et le tumulte, comme vous dites, c'est la force policière, excessive, qui le crée.

Le boulanger leva la tête; leurs regards se croisèrent, le sien décontenancé, celui de Maude, pénétrant.

– Je vous avouerai que tout ceci me dépasse, avança monsieur Breau avec humilité. Et pourtant, je sais que l'idée commence à faire son chemin! Autant chez de simples commerçants que chez certains politiciens.

Il avait voulu se montrer encourageant. Voilà qu'il lui adressait même un clin d'œil et Maude sentit son ressentiment fondre.

– Il faut seulement prendre son mal en patience, continua l'homme avec un sourire de connivence qui fit retrousser sa moustache. De toute façon, reprit-il avec sérieux cette fois, je ne vois pas comment pourrir en prison peut aider les femmes à faire avancer les choses.

– Vous avez peut-être raison sur ce point, lui concéda Maude, se contraignant à sourire.

Elle était bien forcée de reconnaitre que cet homme était sympathique et qu'il n'avait pas tout à fait à tort.

Dehors, le calme était revenu et Maude jugea qu'elle avait assez abusé de l'hospitalité du boulanger. Elle rajusta son petit chapeau, lui adressa un petit signe d'acquiescement en guise d'adieu et fit un mouvement vers la sortie. Elle n'avait pas fait trois pas que Maude l'entendit s'exclamer d'un ton jovial :

– Je viens à l'instant de sortir des petits pains du four. Ils sont encore tout chauds...

Maude revint sur ses pas, avec une mine résignée plutôt comique et se prépara à ouvrir les cordons de sa bourse en velours. C'était la moindre des choses, après tout.

* * * * *

« … Un premier bataillon canadien de 32 000 hommes se prépare à traverser l'Atlantique pour aller se battre en Europe… » Maude tendit l'article qu'elle venait de lire à voix haute à Gervais et eut pour lui un sourire triste. Ce n'était plus qu'une question de jours maintenant. Bientôt, il serait à bord d'un navire ainsi que Preston.

Maude fut brutalement arrachée à ses pensées par le bruit de la porte du bureau qui s'ouvrait avec violence.

– Ah! Te voilà! constata âprement Preston, les sourcils froncés.

Penchés au-dessus de l'immense table de travail où une pile d'articles attendaient d'être passés en revue, Gervais et Maude se redressèrent comme des ressorts. Instinctivement, Gervais fit un geste protecteur envers la jeune femme, l'enjoignant à rester calme. Maude se remémora la scène des années plus tard : elle se rappelait qu'il y avait eu dans ce simple mouvement une tendresse si flagrante que même si l'intensité des sentiments de Gervais à son endroit était demeurée à jamais inavouée, elle n'en aurait pas douté.

Pour l'instant, Maude ne voyait que le visage frustré et dur de Preston qui venait vers elle, brandissant une feuille. Maude se sentit aussitôt rougir. Elle avait reconnu l'article qu'elle avait rédigé la veille et qu'elle avait glissé parmi les autres nouvelles du lendemain, à l'insu de Preston et de Gervais. La manœuvre, de toute évidence, n'avait pas marché.

– Tu es surement au courant, lança Preston d'un ton accusateur, qu'une forte campagne anti-suffragiste est menée par pratiquement tous les journaux du pays au moment même où l'on se parle?! Imagine alors mon étonnement lorsque je suis tombé sur cet article par inadvertance, en cherchant des feuilles vierges sur ta table de travail!

– Par inadvertance, dis-tu? En cherchant des feuilles vierges? répéta Maude, avec une pointe de sarcasme. C'est curieux, je ne me rappelle pas avoir laissé trainer mon article de la sorte sur le bureau…

En outre, *L'Averti* est un journal indépendant à ce que je sache! Il n'est pas tenu de suivre bêtement les idées véhiculées par les autres journaux!

Si le ton menaçant de Preston avait sur le coup déstabilisé Maude, elle s'était reprise avec brio. Elle le fixait droit dans les yeux, avec défiance, ne pouvant s'empêcher de remarquer qu'avec l'âge, Preston semblait avoir adopté le caractère irascible d'Édouard. Une disposition qui était loin d'être à son honneur et qui insuffla à Maude le courage dont elle avait besoin pour continuer de lui faire front. Pour avoir grandi avec un père au caractère extrêmement difficile, elle était pratiquement insensible aux débordements colériques.

Maude ignora l'embarras et l'irritation évidente de Preston. Elle avança, sure d'elle, les mains posées sur ses hanches fines :

– Vraiment, je ne vois pas où est le problème.

– Le problème?! rétorqua Preston qui, de colère, faillit s'étrangler. Laisse-moi te rafraichir la mémoire. Le problème, c'est que j'ai formellement interdit qu'on couvre le sujet de ces militantes! Non seulement, tu as désobéi à mes directives, mais en plus, tu as délibérément rédigé ton article de façon à ce que le lecteur pense que *L'Averti* est du côté des suffragettes!

Maude savait pertinemment qu'en tant que journaliste, elle avait le devoir de raconter les évènements sans influencer la perception des lecteurs. Elle savait aussi que Preston avait formellement interdit qu'on écrive des articles sur les suffragettes, aussi bien sur leurs petites victoires que sur leurs bavures répétées. C'est pourquoi elle s'en était toujours tenue à imprimer, en cachette la nuit, des tracts en faveur du droit de vote des femmes, se servant des installations de *L'Averti*. Or, pour une fois, elle s'était permis de glisser un article dans le journal de Preston, article expliquant leurs revendications et qui avait été effectivement orienté de façon à ce que le lectorat soit enclin à sympathiser avec la cause des militantes. Un article qui malheureusement ne verrait pas le jour.

Sachant qu'elle n'était pas sans torts, Maude continua d'un ton plus posé :

– La demande de ces femmes est tout à fait raisonnable, Preston. Elle fait appel à la démocratie du pays.

– Là n'est pas la question! répliqua Preston, qui arpentait la pièce comme un ours en cage.

Il s'arrêta l'espace d'une seconde pour lui crier :

– Je refuse que mon journal serve de tremplin à cette cause! Ce mouvement hasardeux est l'œuvre de femmes qui n'ont rien de mieux à faire que de déambuler dans les rues et de se rendre ridicules!

Sitôt qu'il eut prononcé ces paroles, Preston constata qu'il n'avait fait que reprendre, mot pour mot, celles de son père. Du coup, sa colère contre Maude fut redirigée contre lui-même, conscient qu'il était, sans doute, allé trop loin. *Maude va-t-elle me croire si borné? Et Gervais, lui?*

La vérité, c'était que Preston, bien qu'il refusât de participer au débat, avait forgé sa propre opinion sur le sujet, bien avant l'écart de conduite de Maude. Cette opinion n'était pas du tout en concordance avec celle d'Édouard. En fait, si les circonstances avaient été autres, il se serait rangé publiquement du côté de Maude, de ses camarades et de leurs demandes. Mais, dans le contexte actuel, c'était impensable, puisque ni Gervais ni lui-même ne seraient en mesure de défendre le journal une fois qu'ils seraient partis pour l'Europe. Preston savait que *L'Averti* serait vivement attaqué s'il se rangeait du côté des demanderesses. Selon lui, le moment choisi par Maude et ces femmes n'aurait pas pu être pire. Avec l'imminence de son départ et de celui de Gervais, l'heure n'était pas aux prises de position controversées et explosives. *Au contraire!*

Balloté entre son désir d'avouer sa réelle position sur le sujet et sa crainte que Maude ne se laissât emporter par le mouvement en son absence, Preston se résigna à garder la vérité pour lui. Son message devait être clair et sans équivoque. La tête basse de Gervais montrait sa perplexité et son reproche; Maude gardait un silence farouche et son visage avait une expression de profonde incompréhension.

Ce fut alors que le diplomate Gervais jugea qu'il était temps de s'interposer, de ménager les susceptibilités des deux êtres qu'il aimait le plus au monde :

– Je ne doute pas une seconde que tu pensais bien faire, Maude, en mettant en lumière leurs revendications qui sont, sans contredit, légitimes. Mais depuis une semaine, le journal *Sur le Vif* de Gédéon De

Grâce discrédite les efforts des suffragettes. Et ses articles représentent malheureusement la façon de penser de la majorité de la population.

– Mais nous ne travaillons pas pour eux! s'éclata Maude, sa volonté de rester calme se dissipant. Et, dois-je vous rappeler que tout juste hier vous ridiculisiez ce même journal pour son recours à la publicité afin de payer ses frais d'impression?

Preston, lui, avait atteint la limite de sa patience, d'autant plus qu'il venait de comprendre entre les lignes que Gervais appuyait le mouvement de ces femmes. « Ainsi, pensa Preston, aux yeux de Maude, Gervais est un allié, alors que moi, je suis son opposant... » Nourri par sa cuisante déception, Preston s'emporta :

– N'essaie pas de détourner le sujet! L'opinion publique est largement réfractaire au mouvement des militantes. Et à *ce sujet*, martela-t-il, il est très mal vu que la future rédactrice en chef *temporaire* de L'Averti soit mêlée à des manifestations comme celle d'hier!

Les yeux de Maude s'agrandirent de stupéfaction. *Comment l'a-t-il su?* Elle se tourna vers Gervais en quête d'une explication; devant son visage embarrassé, elle devina la vérité.

Gervais s'en voulait d'avoir trahi la confiance de Maude. Lorsque Preston l'avait confronté la veille sur les rumeurs concernant les allées et venues de la journaliste aux réunions et aux manifestations des suffragettes, il avait été incapable de mentir. De plus, si Henri-Paul apprenait les activités de son épouse, il pourrait très bien l'empêcher de travailler au journal. Et Gervais savait à quel point Maude tenait à son poste.

La mâchoire serrée, Preston s'avança à quelques centimètres de son visage. Il la toisa durement, masquant magnifiquement son trouble intérieur :

– As-tu pensé à l'impact que ta décision pourrait avoir sur le journal? lui demanda-t-il d'une voix dure. Je ne t'ai jamais, jamais donné le droit de mettre en péril la stabilité de L'Averti.

À ces derniers mots, Maude devint blême. *Mon Dieu, s'il fallait que quelque chose arrive au journal, jamais je ne me le pardonnerais! Et comment peux-tu penser cela de moi, Preston?*

Devant son air inquiet et surtout blessé, Gervais ne put s'empêcher de voler à sa défense, exactement comme elle le faisait jadis à son endroit :

– Preston, plaida-t-il, tu sais très bien que Maude tient autant au journal que nous! Jamais elle ne mettrait volontairement *L'Averti* en danger.

Gervais se tourna vers la jeune femme et la supplia du regard. Il semblait vouloir lui dire : « Bats en retraite! » et pour une fois, Maude obtempéra. La sincérité dans sa voix, même si elle était anormalement sèche, était indéniable lorsqu'elle prit la parole :

– Non. Bien sûr que non. Tu sais bien, Preston, que je ne voudrais jamais faire quoi que ce soit qui puisse nuire au journal.

– La question est réglée alors. Et je ne veux plus en entendre parler, trancha Preston, avec une fausse désinvolture, désireux de mettre fin à ce désagréable affrontement. *Tout ce que je te demande Maude, c'est de prendre ton mal en patience, d'attendre notre retour.*

Gervais, fidèle à lui-même, s'était immédiatement activé. Il attira son cousin vers l'autre bout du bureau pour soi-disant lui montrer un article particulièrement intéressant, accordant ainsi à Maude les quelques secondes dont elle avait besoin afin de se ressaisir.

« C'est définitivement la fin, se dit-elle. La fin de quelque chose à laquelle je tenais tellement. » À cet instant précis, Maude savait que son militantisme auprès des suffragettes était terminé, du moins jusqu'à nouvel ordre. Mais elle croirait jusqu'à sa mort à l'égalité des sexes et comptait bien briser les barrières que dressaient les hommes. « Je le ferai à ma façon, se jura-t-elle intérieurement, sans violence et – jusqu'à ce que Preston se ravise –, sans l'aide de *L'Averti*. » Maude ne perdait pas espoir; elle croyait fermement que les femmes feraient changer la loi, avec ou sans l'appui des hommes. *Le jour viendra où tu partageras ma vision, Preston. Je te persuaderai, exactement comme je l'ai fait avec Gervais.*

Sans rancœur, Maude jeta un bref coup d'œil dans la direction de Gervais. Il avait trahi sa confiance par désir de la protéger, elle le savait bien. Maude sentit une sourde tristesse fondre sur elle et l'espace d'une seconde, elle crut, avec horreur, qu'elle allait pleurer, là, devant eux. Elle comprenait brusquement qu'en abandonnant la cause des suffragettes, elle devait renoncer subséquemment à Jack et à son amitié avec Lucie. Le mouvement, Jack et Lucie faisaient un tout. Ils étaient indissociables.

Maude s'éclipsa, le plus discrètement possible, les poings serrés sur le ventre. Elle traversa la pièce avec une singulière raideur, contenant à grand-peine ses larmes. Elle avait presque atteint la porte lorsque Preston l'interpela, à son grand désespoir :

– Un dernier mot, Maude.

La journaliste ne se retourna qu'à moitié et se mordit la lèvre inférieure. Elle savait que si elle ouvrait la bouche, sa voix étranglée par l'émotion contenue la trahirait à coup sûr.

– Je voulais te féliciter, continua Preston, pour ton initiative d'inclure une colonne sur les sports et les faits divers. J'ai ouï-dire que les journalistes sont particulièrement heureux de cet ajout. Mais prends garde de ne pas tomber dans le journalisme à sensation.

Il avait accompagné sa recommandation d'un sourire entendu et Maude comprit que c'était sa façon à lui de s'excuser pour son emportement. Il lui tendait la perche et la rassurait quant à sa place au journal. Il ne reviendrait pas sur sa décision : elle gouvernerait, comme convenu, L'Averti pendant son absence. Maude parvint à sourire, lui faisant comprendre que leur relation sortirait intacte de cette première et – elle le souhaitait de tout son cœur – dernière altercation.

Une fois la porte refermée derrière elle, Maude y prit appui; les larmes qu'elle avait retenues se mirent à couler sur ses joues. Jack allait disparaitre de sa vie, aussi subitement qu'il y était entré. Son cœur brièvement allumé par son amour pour lui allait à nouveau s'éteindre. Maude comprit alors que tout au fond de son cœur, elle avait su depuis le début qu'il en serait ainsi. Trop d'obstacles incontournables se dressaient devant eux.

Lorsqu'elle entendit deux journalistes en conversation se rapprocher, Maude ravala ses pleurs et essuya promptement ses joues mouillées. Ce n'était ni l'endroit ni le moment de se laisser aller de la sorte : le respect durement acquis et relativement nouveau des hommes à son endroit était encore fragile.

Elle accueillit les deux journalistes d'un signe de tête cordial, puis se dirigea, d'un pas décidé, vers son bureau de travail privé. « Je dois m'occuper l'esprit, décida-t-elle, ne penser à rien d'autre qu'à mes responsabilités envers le journal. » Elle songeait, malgré elle et avec désespoir, combien Jack allait lui manquer : l'ironie cruelle de la situation la frappa de plein fouet. *Je m'apprête à tourner le dos à l'amour pour du papier. Pour du papier!* Cette pensée ne la quitta pas de la journée et la hantait toujours au moment où elle se coucha, pleine de colère, mais résignée.

Lucie avait eu de la chance. Son père avait offert de payer sa caution à condition qu'elle se retire du mouvement, ce qu'elle avait d'abord refusé avec véhémence. Elle se ravisa, pressée par ses compatriotes qui la jugeaient plus utile à leur cause de l'extérieur et par son frère, Jack, qui ne pouvait supporter l'idée que sa sœur passât la nuit dans une cellule en compagnie de prostituées qui la lorgnaient. Restées stratégiquement en prison, Bernadette et les autres avaient refusé de payer l'amende imposée pour infraction à l'ordre public. Elles avaient fait la grève de la faim pendant trois jours et avaient dénoncé, à qui voulait bien l'entendre, la cruauté du gouvernement et la violence des policiers, avant d'être finalement libérées.

La presse en général – à l'exception de *L'Averti* qui demeurait coi sur le sujet – qui voyait leur cause d'un très mauvais œil, s'était délectée de l'affaire de Montpellier; soit en contestant tout simplement les déclarations des suffragettes au moyen d'arguments discutables – « des preuves fabriquées de toutes pièces », dénonçait haut et fort cette Lucie Desroches –, soit en exagérant grotesquement leurs déclarations de manière à leur enlever toute crédibilité.

Le lendemain, Maude rencontra Jack pour la dernière fois. Il avait exprimé sa douleur par de la colère :

– Je compte donc si peu pour toi? Et le mouvement, lui? Es-tu vraiment prête à renoncer à notre amour et à notre lutte, par loyauté à *L'Averti?*

Maude n'avait pu qu'acquiescer de la tête et Jack s'était redressé avec impétuosité :

– Je jure devant Dieu, Maude, que tu ne me reverras jamais plus!

Jack tiendrait parole. Maude avait ensuite annoncé à Lucie son retrait public du mouvement; Lucie s'était montrée plus compréhensive :

– Je suis déçue, évidemment, mais je ne t'en veux pas, Maude. J'espère de tout cœur que tu ne regretteras pas ta décision... tu vas tellement me manquer!

Elles avaient pleuré dans les bras l'une de l'autre, conscientes que leur amitié prenait fin et que leurs chemins se séparaient.

Même si Maude respectait son engagement envers Preston en se retirant officiellement du mouvement – ce qui ne l'empêchait pas de suivre dans l'ombre les avancées de Lucie et de ses amies –, elle continuait de publier secrètement des dépliants pour faire avancer la lutte des suffragettes. Si Preston eut vent de ces feuillets qui inondèrent un certain temps la ville de Montpellier, pas une fois il ne la confronta à ce sujet.

Au cours des semaines qui suivirent, Maude s'acharna au travail, acceptant presque passivement l'affreux sentiment de vide affectif qui s'était réinstallé en elle. Les séjours de plus en plus espacés d'Henri-Paul à Montpellier ne diminuaient en rien la solitude qui lui pesait.

* * * * *

« ... Les locaux du journal *Sur le Vif* à Montpellier, au Nouveau-Brunswick, ont été rasés par les flammes dans la nuit du lundi 20 octobre; un incendie s'étant déclaré dans l'aire commune des installations. Les pertes sont énormes; le propriétaire, monsieur Gédéon de Grâce, s'est dit soulagé que personne n'ait été blessé et promet à ses abonnés de reprendre les opérations dans les meilleurs délais... » Les sourcils obstinément froncés, Édouard expira bruyamment. Pour la cinquième fois ce jour-là, son regard était irrésistiblement attiré par son journal, par la calamité inattendue qui avait frappé son ennemi juré.

Il avait toujours pensé que ce serait lui – grâce à la supériorité de son journal – qui viendrait à bout éventuellement de la ténacité de son adversaire. Mais voilà que Gédéon de Grâce allait vraisemblablement perdre le combat à cause d'un malencontreux revers du destin.

Édouard doutait sérieusement que les promesses de réaménagement de son compétiteur fussent réalisables. En apparence, Gédéon De Grâce semblait avoir des moyens financiers importants. Il avait une belle maison et pouvait se permettre une gouvernante, mais sa qualité de vie avait été rendue possible – Édouard le savait – grâce à l'héritage de sa femme, fille unique d'un entrepreneur québécois futé. De même, il était peu probable que la famille De Grâce avait suffisamment d'actifs, d'économies pour faire face aux dépenses considérables occasionnées par l'incendie.

Édouard se tenait raide, immobile, au centre de son salon privé. Une expression indéchiffrable se lisait sur ses traits tendus. Il fixait devant lui les trois peintures parfaitement alignées et agencées au mur, son journal dans une main, son verre de scotch dans l'autre. Il connaissait d'expérience les défis de la presse, les contraintes de l'emploi, les couts de production élevés et la marge de profits aléatoire. Et, contrairement à lui, Gédéon n'avait pas de revenus autres que ceux de son journal. Il n'avait pas comme lui la mine d'or, le moulin, pour renflouer ses coffres...

L'attention d'Édouard était invariablement attirée par le tableau du centre, comme si le cavalier, les chiens et les gibiers qui y étaient peints revêtaient une importance particulière. Sans quitter des yeux son point de mire, il prit une gorgée, mécaniquement. La tempérance prônée par la prohibition n'avait pas franchi les portes de sa demeure. Et si c'était également le cas pour Gédéon, ce soir-là, le désespoir avait dû le conduire à l'excès dans sa consommation.

Brusquement, Édouard lâcha *L'Averti* sur la table basse et déposa sèchement son verre d'alcool, traversant d'un pas décidé la pièce. Il s'arrêta à quelques pouces du mur du fond, face à la peinture du centre, et fixa d'un regard absent la scène de chasse. Les mains tremblantes, il souleva la toile et la déposa avec précaution sur le sol, dévoilant du même coup une irrégularité insolite sur la tapisserie à rayures dorées et bleu marine. L'œil averti d'Édouard repéra rapidement le crochet désuet qui tenait lieu de poignée. Il le tira sans effort; une ouverture se fit comme par magie dans le mur. Il y glissa résolument les deux mains et ses doigts se refermèrent comme un étau sur le petit coffre.

Édouard essaya encore de se convaincre qu'il n'avait pas encore pris de décision finale et qu'il pourrait toujours se raviser.

La résidence en pierres de Gédéon De Grâce était anormalement tranquille. Les persiennes avaient été fermées à une heure inhabituelle, un peu avant l'heure du souper, comme si les évènements des vingt-quatre dernières heures avaient eu raison de sa volonté de rester debout. La propension naturelle du patriarche et de sa progéniture à se livrer à des débats mouvementés en fin de soirée au salon – les esprits échauffés et enhardis par l'alcool – ne s'était exceptionnellement pas manifestée ce soir-là. Chacun s'était retiré en silence, avec la même expression de colère impuissante et d'inquiétude, à l'exception de Gédéon toutefois. D'une humeur exécrable, celui-ci s'était réfugié dans son cabinet privé, se sentant agressé par les visages pessimistes de ses fils. Enfin, après des heures à examiner, la tête entre ses mains, les états de compte éparpillés sur son bureau et la liste des actifs, Gédéon s'était résigné à abandonner chiffres et calculs jusqu'au lendemain matin.

« La nuit peut-être me portera conseil, se dit-il. Un miracle me sera peut-être accordé. » Abattu, l'homme de soixante-quatre ans s'apprêtait à rejoindre sa famille à l'étage des chambres. Il venait à l'instant de poser un pied sur la première marche d'escalier, lorsque son élan fut interrompu par des coups frappés à la porte d'entrée principale. Les nerfs à fleur de peau depuis l'incendie, Gédéon sursauta et chassa d'un geste de la main furibond la gouvernante fatiguée qui s'était pointé le nez au bout du couloir.

– Je vais m'occuper en personne de ce visiteur malvenu à une heure aussi tardive! tonna-t-il.

Gédéon ouvrit la porte : le perron était inexplicablement désert. Il regarda à gauche puis à droite dans la noirceur avec méfiance, un poing menaçant dans les airs. Il défiait l'intrus invisible – un jeune, avait-il présumé, qui avait voulu lui jouer un mauvais tour – et qui se cachait lâchement dans la pénombre. Comme personne ne se manifestait, Gédéon s'apprêtait à refermer en maugréant la porte, lorsque ses yeux tombèrent sur un objet.

Après un bref moment d'hésitation, il se pencha afin de ramasser une boite en métal; il recommença à fouiller l'obscurité avec un mélange de nervosité et de suspicion, tandis que ses doigts activaient machinalement les deux attaches qui retenaient le coffre fermé. Une fois ouvert, Gédéon laissa échapper un hoquet de surprise et il se remit à fouiller systématiquement la pénombre, les yeux dilatés et le visage confus. Les jambes molles, son regard chancelant habitué à la noirceur, il aperçut de l'autre côté de la rue une voiture fermée; debout à ses côtés, une ombre immobile et imposante. Gédéon crut défaillir : un nom lui venait instinctivement sur les lèvres, au mépris de sa raison qui s'énervait et protestait.

Sous le choc, cloué sur place, Gédéon était comme en transe. Il avait longuement étudié la silhouette de l'homme qui n'avait toujours pas bougé de son poste d'observation. Agité, déchiré par son orgueil, son cerveau bouillonnant exigeait une réponse à la question qui résonnait encore et toujours en lui : « Mais pourquoi diable me viendrait-il en aide?! » Enfin, il surprit un mouvement de tête étrangement ralenti, un mouvement vers le bas qui semblait vouloir lui dire : « D'un homme d'honneur à un autre, accepte mon aide et gardons tout ceci entre nous. » Gédéon acquiesça lentement à son tour, consentant.

Dans le silence de la nuit, un simple signe de tête solennel entre deux Acadiens orgueilleux et fiers, même si les circonstances de la vie en avaient fait des ennemis, avait autant de poids qu'une parole d'honneur ou un contrat signé en bonne et due forme.

Gédéon De Grâce resserra fiévreusement les mains autour de la précieuse boite. *Je te rembourserai jusqu'au dernier sou, même si je dois me tuer à l'ouvrage pour y arriver. Cette dette sera remboursée, coute que coute. Tu dois forcément le savoir...*

Édouard Roussel savait tout cela.

– CHAPITRE SEIZE –

Chablis, Nouveau-Brunswick

Les mains croisées derrière le dos, debout devant la fenêtre qui s'ouvrait sur le jardin, le père François était en état de contemplation, le dos arqué vers l'arrière, imposant dans sa soutane noire. Il observait en silence les garçons s'amuser ensemble sur le gazon, admirant leur insouciance. Il se demandait fugacement lequel d'entre eux serait le prochain à les quitter et par ricochet, lesquels resteraient jusqu'à l'âge de seize ans derrière les murs de l'orphelinat.

Là, c'était de bon gré que les jeunes mères abandonnaient leurs garçons. Certains, les plus chanceux comme Laurent, étaient abandonnés dès la naissance. Ceux-là seraient épargnés des regrets et des souvenirs amers, n'ayant jamais connu autre chose que les murs austères et grisâtres de la crèche, puis de l'orphelinat Saint-Christophe.

Et pourtant, tous ces enfants – à quelques exceptions près – rêvaient du jour où ils quitteraient l'établissement, pendus à la main d'un père et d'une mère aimants. C'est pourquoi ils se raccrochaient aux paroles remplies d'espoir des frères, qui leur répétaient chaque soir : « Vous êtes des voyageurs. Saint Christophe veillera sur vous, il guidera vos pas jusque dans votre nouvelle famille. Et toute votre vie, peu importe le chemin que vous emprunterez, il vous accompagnera. »

Des voyageurs... Avec le sérieux de ses neuf ans, Nathaniel avait compris l'importance de toujours croire en l'imminence d'un départ. Au fil des semaines, des mois et des années, il avait dû se rendre à l'évidence que sa mère, « Madame », ne reviendrait pas le chercher. Aussi, évitait-il d'y penser. Et bien qu'il ne fût pas plus malheureux à l'orphelinat que chez lui – seul son ami Grégoire, le fils du cocher, lui manquait réellement –, Nathaniel rêvait du jour où il partirait à la découverte du monde, enfin libre comme l'air.

Enfant pour le moins téméraire et un brin bagarreur, Nathaniel avait gagné en un temps record le respect de ses camarades. Il avait plus de hardiesse, d'agilité physique et d'imagination que tous les autres. Malgré tout, plus d'une fois, ses querelles avec les autres pensionnaires, en particulier avec Victor, que Nathaniel avait baptisé Cheval, avaient donné lieu à des réprimandes et parfois à des sanctions sévères de la part des frères. Jamais Nathaniel ne versait une larme. Il subissait son châtiment sans broncher, avec une dignité qui frisait l'insolence aux yeux des frères. Nathaniel courait ensuite rejoindre ses copains; avec une fierté non dissimulée, il baissait son pantalon et remontait sa chemise pour montrer à tous les traces rougeâtres laissées par la correction infligée.

Il était justement en train d'afficher fièrement, à ce moment, ses meurtrissures devant un groupe de garçons. Le religieux qui n'avait pas quitté son poste d'observation fronça les sourcils de contrariété. *Comme s'il y avait là de quoi être fier! Seigneur! Il n'y a décidément rien à faire avec ce jeune garçon!*

– Dis donc, le navet! Au lieu d'exhiber tes petits bleus de rien du tout, approche un peu que je te donne quelque chose qui vaille la peine d'être vu, le provoqua Cheval, les yeux plissés.

De deux ans son aîné, Victor avait pris Nathaniel en grippe le jour même de son arrivée à l'orphelinat. Et voilà qu'il l'invitait à une nouvelle bagarre, serrant les poings, son gros visage tordu par un sourire cruel. Aussitôt, Laurent s'interposa et supplia Nathaniel de résister à la provocation :

– Ignore-le, Nathaniel. Il n'en vaut pas la peine.

Près d'eux, Jérémie, le niais, s'empressait de répéter les propos de Laurent. Il riait bêtement et essuyait ses mains sales sur son pantalon. Nathaniel hésitait. Il n'avait pas l'habitude de se dérober. Sauf que là, sa correction était encore trop fraiche pour en subir une autre. Car même s'il faisait comme si de rien n'était, ses reins et ses épaules le faisaient souffrir.

Comme s'il avait deviné ses pensées, Victor le relançait :

– Dis donc, est-ce que ce sont tes petits bleus qui te font hésiter comme ça?

Piqué, Nathaniel cherchait néanmoins à gagner du temps. Il grimaça et il lui dit d'un ton moqueur :

– Écoute, Cheval, je ne crois pas que tu aies intérêt à recevoir d'autres claques. Tu n'es déjà pas très beau, tu sais. S'il fallait, par accident, que je te casse une dent, ce serait la fin du monde! Aucune famille alors, c'est certain, ne voudrait t'adopter!

– Ouais, s'il fallait qu'une de tes dents pourries tombe! avait rajouté le pauvre Jérémie, encouragé par les éclats de rire des garçons, à l'exception du principal intéressé.

Victor serra les poings, accusant le coup sans broncher, conscient de son visage ingrat et de ses grandes dents croches et décolorées. Nathaniel, qui sentait le vent tourner en sa faveur, alla jusqu'à renchérir :

– Ferme la bouche, Cheval. J'ai mal au cœur rien qu'à te regarder!

Encore une fois, la répartie de Nathaniel provoqua rires et claques sur les cuisses chez les garçons, à l'exception de Cheval et de Laurent. Bien que celui-ci eût Victor en horreur, il n'approuvait pas la méchanceté. Nathaniel pouvait se montrer dur. Aujourd'hui, il avait été trop loin. Laurent se promit de le sermonner en privé.

Pour sa part, Victor hésitait; il se savait perdant d'avance. Il n'avait pas la répartie facile, contrairement à Nathaniel qui excellait dans le domaine. Malgré sa rancœur, Victor devait bien reconnaitre que Nathaniel avait l'esprit vif et la parole facile. Il savait aussi reconnaitre quand il était battu. Les regards moqueurs des garçons posés sur lui, Victor cracha et marmonna avec dépit :

– Tu ne perds rien pour attendre... espèce de fofolle.

Plus tard, bien des années plus tard, Nathaniel se remémorerait l'incident, l'insulte qu'avait employée Victor. Il se demanderait alors si Cheval avait deviné, alors que lui-même en avait plus ou moins conscience, la nature de ses pulsions latentes. Et si oui, pourquoi, n'avait-il pas fait courir une rumeur à ce sujet, ce qui aurait rendu son existence misérable à l'orphelinat?

Au moment où l'insulte avait été lancée d'un ton railleur, aucun des garçons n'y avait prêté attention, leur centre d'intérêt ayant bifurqué vers Jérémie qui venait d'uriner dans son pantalon. Ainsi, dans la confusion générale – Jérémie étant désormais le bouc émissaire des railleries –, personne n'avait remarqué les joues rouges de Laurent ni la pâleur de Nathaniel.

Avec lassitude, le père François s'éloigna de la fenêtre et vint prendre place à son bureau. Il parcourut distraitement sa correspondance. Il repéra immédiatement l'écriture soignée sur l'une des enveloppes et la retira avec empressement du lot.

– Merci, mon Dieu, soupira-t-il.

Leur bienfaiteur anonyme avait encore une fois entendu ses prières ce mois-ci. Ces dons réguliers en argent qui avaient débuté peu de temps après la visite du riche étranger à l'orphelinat, quatre ans auparavant, étaient toujours bienvenus.

En fait, si le père François suspectait que cet homme de la haute bourgeoisie – qui semblait avoir éprouvé un intérêt spontané pour Nathaniel – était le donateur de cette aide financière mensuelle, il n'en avait soufflé mot à personne. Il ignorait l'identité du donateur et respecterait son désir de conserver l'anonymat aussi longtemps qu'il faudrait. Mais cela ne l'empêchait pas, pour autant, de le mentionner dans les prières quotidiennes avec les enfants : « ... Et maintenant, ayons une pensée spéciale pour notre bienfaiteur anonyme, afin que Dieu le garde bien portant... ».

*****

Montpellier, Nouveau-Brunswick

– Alors, déjà au poste? Tu ne perds pas de temps, dis donc!

Gervais se tenait devant elle, un sourire mutin aux lèvres, les mains dans les poches de son uniforme d'armée avec une aisance que Maude se surprit à trouver presque sensuelle. Elle se leva de son bureau avec une expression plus émue qu'espiègle et s'exclama :

– Gervais! Comme tu es beau!

– Je te remercie! Ce doit être l'uniforme qui me rend tout à coup irrésistible!

Souriant, il vint à la rencontre de Maude. Elle l'embrassa chaleureusement sur les deux joues, refusant de se laisser fragiliser émotionnellement par cet habit et la menace qui s'y rattachait. Maude eut vaguement conscience que les mains de Gervais s'étaient égarées dans le bas de son dos. Elle se détacha de sa carrure imposante; elle eut pour lui un regard suspicieux, ce qui déclencha chez Gervais un fou rire. « Ainsi, pensa-t-elle, je ne me suis pas imaginé ce léger écart de conduite. »

Résister au charme de Gervais était impossible, même si Maude savait que pour lui, séduire était un acte aussi automatique que celui de respirer. Dans l'espoir de retrouver sa contenance, Maude croisa les bras. Elle tendit sans s'en rendre compte le tissu brillant de son chemisier sur sa poitrine. Remarquant le regard intéressé de Gervais, elle laissa retomber ses bras le long du corps et ses mains se perdirent avec embarras dans les plis de sa jupe longue.

Gervais parut s'amuser de cette gêne innocente. Lorsqu'elle croisa ses yeux malicieux, sans une once de malveillance, Maude regretta presque de n'avoir jamais éprouvé pour lui, malgré tous ses efforts, autre chose qu'un attachement sincère. « Pourtant, songea-t-elle, ce que je ressens pour Gervais est bien une forme d'amour. Mais pas au sens où les amoureux l'entendent. »

– Cher Gervais..., commença-t-elle doucement, secouant la tête, comme si elle n'arrivait pas à formuler sa pensée. Preston est avec toi? lui demanda-t-elle enfin.

Gervais s'efforça de cacher sa déception. De la même manière qu'il n'avait jamais douté de l'intensité de ses sentiments pour Maude, il n'avait jamais douté non plus de l'inclination naturelle de sa cousine pour Preston. Le silence en amour semblait être le mot d'ordre de part et d'autre.

– Oui, il est ici. Il fait ses dernières recommandations à *tes* hommes.

Maude accueillit son commentaire d'un petit rire, puis un silence tomba, comme s'ils pressentaient que cet « au revoir » pouvait être définitif, prenant le sens d'un adieu et qu'ils se voyaient peut-être pour la dernière fois.

Maude fit à nouveau un pas dans sa direction et tendit, émue, la main vers sa large poitrine; elle y chassa une poussière imaginaire. Gervais était fort, massif et il continuait de lui inspirer un sentiment fraternel, un désir de protection. Et c'était vrai aussi pour lui. Gervais l'avait guidée, épaulée. Il avait tout fait, vraiment, pour qu'elle se sente à l'aise dans les bureaux du journal. *Je te dois tellement, Gervais.* Avec un entrain qui sonnait faux, Maude eut pour lui cette recommandation :

– Promets-moi de ne pas jouer aux héros? Pense à toutes ces jeunes filles et jeunes femmes qui vont attendre ton retour avec impatience...

Maude le taquinait gentiment pour cacher sa peine et Gervais se laissa prendre au jeu :

– C'est vrai que ma liste de conquêtes est de plus en plus longue. Peut-être qu'à mon retour, je pourrai y ajouter quelques prénoms européens, qui sait? Comme une Anna, par exemple?

Comme il la dévisageait, Gervais changea soudainement d'expression. Son regard se voila d'une manière qui trahissait son amour et Maude y réagit immédiatement. Elle s'en voulait furieusement d'être si émue, sachant que Gervais se méprendrait sur le tremblement de ses mains et sur son regard larmoyant. Elle baissa les yeux; la main de

Gervais lui releva doucement le menton. Sans l'avoir prémédité, comme si le barrage qui retenait son amour avait brusquement cédé, il murmura d'un même souffle :

– Je t'aime tant, Maude. Si tu savais...

Je peux partir en paix désormais. Si, par malheur, il devait m'arriver quelque chose, je n'aurai aucun regret.

Cet amour, Maude le ressentait depuis toujours. Mais l'entendre le lui avouer lui causa une souffrance presque physique.

– Je t'aime aussi, Gervais, tellement, mais pas...

– Non, ne dis rien, je t'en prie, l'interrompit-il en posant un doigt sur sa bouche rouge. Je préfère me bercer de douces illusions. Il n'y a pas de mal à cela.

Ces dernières paroles avaient été dites d'un ton léger, presque rieur, et Maude sentit à nouveau ses émotions remonter à la surface, touchée et reconnaissante de tant de délicatesse. Elle parvint à lui rendre son sourire, difficilement, tout juste comme Preston faisait son entrée dans la pièce.

Les deux hommes échangèrent un sourire complice que Maude trouva touchant. Ils avaient le même âge, trente-et-un ans. Le visage de Preston laissait deviner beaucoup plus de maturité, beaucoup plus de soucis. Ils étaient vêtus du même uniforme; Preston, pour la forme seulement. L'assurance teintée de nonchalance de Gervais tranchait nettement avec l'attitude solennelle de son cousin. Ils comptaient parmi les premiers Canadiens français à se joindre au Corps expéditionnaire canadien, à s'embarquer pour la Grande-Bretagne. Gervais, comme soldat et Preston, à titre de journaliste.

Alors que Gervais prenait congé afin de leur laisser un dernier moment d'intimité, Maude saisit un instant son sourire confiant, secouée par un terrible pressentiment. Elle fut tentée de rappeler Gervais, de le prendre une dernière fois dans ses bras. « Maude? » L'indéfinissable crainte qui avait fait frissonner son âme s'estompa au son de la voix de Preston; elle détacha lentement ses yeux de la porte qui s'était refermée sur Gervais. Ils échangèrent un long regard et Maude regretta de s'être retranchée derrière son bureau; le meuble se dressait devant eux, énorme, infranchissable.

Les mains pendant de chaque côté du corps, ses doigts jouant nerveusement avec le tissu épais de sa jupe grise, Maude, émue, hésitante, ne savait que dire, paralysée par le mutisme de Preston. En rétrospective, ses au revoir à Gervais s'étaient déroulés plus naturellement. Comme si une partie d'elle en voulait toujours un peu à Preston d'avoir entravé son désir de participer à l'avancement des femmes.

Maude croisa à nouveau le regard de son cousin. Elle ressentit un élan de tendresse familier, ce lien d'attachement si profond et qui remontait à si loin, qu'elle ne put que s'incliner devant sa supériorité. Émue, elle contourna sa table de travail et sans le quitter des yeux, elle prit la tête de Preston entre ses mains. Instinctivement, il la baissa et Maude n'eut qu'à se dresser sur la pointe des pieds pour déposer un baiser protecteur sur son front. Il sembla à Preston que ses lèvres rouges s'étaient légèrement attardées, que ses pouces lui avaient caressé les joues, rasées de près.

Sans même en avoir conscience, ses propres mains avaient encerclé la taille fine de Maude, la retenant prisonnière. Il hésita un moment, si proche d'elle qu'il pouvait sentir l'odeur parfumée de sa peau. Son cœur s'était mis à battre si fort qu'il craignait qu'elle ne l'ait entendu.

Maude sentit son souffle s'accélérer et son esprit faire le saut. *Comment est-ce possible? Comment puis-je encore l'aimer d'amour, après tout ce temps?* Le visage habituellement animé de la jeune femme se figea dans une expression indéchiffrable, tandis que la vérité honteuse explosait dans son corps et la faisait chanceler.

Pour une raison que Preston préféra ne pas approfondir, les larmes lui vinrent aux yeux. Une émotion vive et tout à fait inattendue le transperçait de toute part et il l'attribua spontanément à leur au revoir.

Pour la première fois, il la vit. Il la vit vraiment dans toute sa splendeur, sa loyauté, son dévouement et son amour. Devant l'évidence même de ses propres sentiments, Preston recula d'un pas, consterné. Ses yeux rencontrèrent ceux de Maude, plus brillants que jamais. Il comprit que non seulement il l'aimait, mais que le sentiment était réciproque. *Comment ai-je pu ne pas savoir? Comment ai-je pu être aveugle si longtemps? Et pourquoi ne me l'as-tu jamais dit, Maude?*

Preston retira vivement ses mains de sa taille. Il cherchait des mots, une parole réconfortante, n'importe quoi à dire, mais son cerveau ne lui obéissait plus. Ce fut Maude qui mit fin à cette scène, à l'aveu qui pesait dans l'air, aveu qui même en n'ayant été exprimé ni par l'un ni par l'autre, retentissait comme un canon autour d'eux. Elle se détacha complètement de son cousin. Puis, elle s'entendit dire, la voix chevrotante :

– Sois sans crainte, Preston. Je veillerai sur ton journal.

Lorsqu'elle entendit ses pas s'éloigner et la porte se refermer doucement, Maude soupira. Ses yeux ne voyaient plus. Les larmes qu'elle avait retenues toute la journée jaillissaient à présent sans retenue, tandis que sa gorge se remplissait de mots d'amour qu'elle ne pourrait jamais prononcer.

La tête entre ses mains, elle laissa libre cours à son chagrin. Elle pleura l'amour à sens unique de Gervais, l'amour irrévocable qu'elle ressentait pour Preston et pour l'étincelle qu'elle avait entrevue dans ses yeux bleus.

Son regard tomba sur le solitaire qu'elle avait toujours trouvé ostentatoire et elle se mit à penser à Henri-Paul; Maude cessa alors de pleurer. Elle eut honte de son instant de faiblesse. Elle avait tellement de choses à prouver, autant à elle-même qu'aux hommes qui gravitaient autour d'elle. Sa présence au journal à titre de rédactrice en chef était une exception, elle n'en avait que trop conscience. D'ailleurs, si jamais elle l'oubliait, il se trouverait assurément quelqu'un pour le lui rappeler. « N'empêche, songeait Maude, je dois me réjouir du pas spectaculaire que je viens de franchir sur le plan professionnel. »

Maude sécha résolument ses larmes et fixa pendant de longues secondes ses mains qui reposaient sur son bureau. Elle prit une longue inspiration. Elle avait encore à faire ses preuves et elle entendait bien tenir la promesse qu'elle avait faite à Preston et à Gervais aussi. « À leur retour, se dit-elle, mes cousins vont s'extasier devant le travail que j'aurai accompli. »

Maude se sentit écrasée par la responsabilité, mais cela ne diminua en rien son ardeur. L'ébauche d'un sourire se dessina même sur sa bouche.

* * * * *

Montpellier, Nouveau-Brunswick – 1916

Assise à son secrétaire, Victoria écrivait furieusement. « *Ta place est ici, Preston. À mes côtés et aux côtés de nos enfants! Pas à l'autre bout du monde à noter sur ton calepin l'histoire héroïque des soldats! Tu as donné deux ans de ta vie à cette guerre! N'est-ce pas suffisant?! Et le fait que nos énormes moyens financiers rendent possible cette extravagante aventure ne justifie pas ton absence!* »

Les rires joyeux des jumeaux qui s'élevaient à l'instant dans la pièce, lui firent tourner la tête et chassèrent momentanément sa frustration; un soupir d'apaisement monta en elle. Elle n'aurait pu rêver de bébés plus faciles ni d'un accouchement plus rapide. Pourtant lorsqu'elle avait su qu'elle était enceinte, Victoria avait été anéantie. Elle pensait sincèrement ne plus avoir d'enfants. Elle s'était même résignée à ne pas avoir de fils, au grand désespoir ouvertement exprimé de sa belle-mère, Françoise, et celui passablement mieux contenu de son beau-père Édouard et de son mari.

À vingt-neuf ans, Victoria redoutait que cette grossesse ne lui arrache la vie, compte tenu des complications qu'elle avait eues à la naissance d'Olivia. Mais tout s'était miraculeusement bien passé, en l'absence du principal intéressé. Les jumeaux étaient nés prématurément, mais Charlotte et Anthony étaient en parfaite santé. Ils étaient merveilleux et faisaient preuve d'indépendance. Victoria pouvait enfin dormir l'esprit tranquille. Elle avait finalement accompli son devoir : assurer la postérité des Roussel.

Des deux enfants, Charlotte était la plus active et celle qui parlait le plus. Dans son petit lit, elle prenait ses aises; elle écartait ses petites jambes potelées et ses petits bras dodus. Comme sa sœur jumelle, Anthony était blond, avait un teint rose et les yeux bleus. Il était déjà apparent que le garçon n'aurait jamais la force de caractère de sa jumelle. Doux et souriant, c'était un être tendre qui voulait volontiers se faire prendre dans les bras et recherchait sans cesse les câlins.

Assis au centre du salon dans des tenues parfaitement agencées, Anthony jouait avec les poils longs du tapis, Charlotte, elle, lissait avec sa petite brosse les cheveux de son frère. Les jumeaux s'observaient tour à tour dans les yeux en silence, puis en babillant, avec une espèce d'adoration mutuelle. Curieusement, cela fit ressurgir la colère de Victoria. *Et dire, Preston, que tu n'as même pas encore vu ton fils!*

Trop près des jumeaux à son gout, la présence de Joséphine, sa fille ainée, exacerba sa contrariété. La fillette maigrichonne de dix ans disparaissait dans la fourrure épaisse du tapis. Elle était très grande pour son âge; ses chevilles, ses mollets et la naissance de ses cuisses émergeaient de sa robe. Elle grandissait trop vite pour avoir une garde-robe à sa taille. Étendue sur le ventre, sa chevelure rousse, abondante et aux boucles naturelles, était éclairée d'une singulière lueur, comme si elle captait l'éclat des flammes dansant dans l'âtre. Les yeux rivés sur son livre d'histoire, elle lisait silencieusement et avec avidité les mots qui défilaient sur les pages. Joséphine semblait vivre dans un monde à part.

À l'exception de ses emportements colériques qui n'étaient pas sans lui rappeler Édouard, et de son regard d'azur propre au Roussel, physiquement, Joséphine restait un mystère pour Victoria. Elle ressemblait fort peu à ses sœurs et à son frère.

– Joséphine?

Celle-ci tourna à contrecœur la tête dans sa direction et comme chaque fois, Victoria fut frappée par l'intelligence vive de son regard limpide.

– Couvre ta bouche lorsque tu tousses, la réprimanda-t-elle.

Joséphine fronça opiniâtrement les sourcils, insultée d'avoir été interrompue; elle hocha sagement la tête et se replongea dans son livre, captivée par les aventures de Christophe Colomb.

Bébé, Joséphine pouvait hurler des heures. Elle manifestait une sorte de fureur devant son inaptitude à communiquer. Cette volonté farouche de se faire non seulement entendre, mais comprendre, avait toujours troublé Victoria, qui ne pouvait venir à bout de ses pleurs frustrés qu'en lui faisant interminablement la lecture. Elle s'y était résignée, ne pouvant compter sur l'aide de leur gouvernante dont le niveau d'éducation laissait à désirer. Depuis qu'Elsa avait été embauchée, elle pouvait enfin respirer, sachant ses enfants entre bonnes mains.

Victoria considéra encore un moment sa fille ainée, songeuse. Elle s'était souvent demandé ce que bébé, Joséphine pouvait avoir de si pressant à dire. Aujourd'hui, elle le savait parfaitement. Avec ses déclarations provocantes et ses raisonnements à n'en plus finir, Joséphine avait une opinion arrêtée sur tout et sur n'importe quel sujet malgré son jeune âge.

Son désir d'apprendre et ses fameux « pourquoi? » surtout avaient le don d'exaspérer Victoria. Elle pensait que c'était un mauvais présage, cette manie que Joséphine avait de toujours tout questionner sans fin. Victoria était persuadée que sa curiosité et son intelligence lui joueraient des tours. Heureusement que Joséphine aimait encore autant la lecture, accordant ainsi à la famille des moments de répit et de grâce.

Victoria entendit les éclats de rire de ses deux autres filles qui jouaient à la poupée dans un coin du salon; celui, timide de Marie-Ange et l'autre plus bruyant d'Olivia. Marie-Ange qui n'avait que huit ans était d'une sagesse désarmante. Le sourire éternellement posé sur ses lèvres, elle fredonnait des airs à toute heure du jour, tout en martelant les touches du piano. Mais c'était Olivia qui faisait fondre le cœur de Victoria. Coquette, Olivia pouvait changer de vêtements plusieurs fois par jour sous prétexte que sa robe était froissée ou tachée. Elle n'avait que six ans et déjà elle rêvait du prince charmant.

Victoria reporta ses yeux sur sa correspondance. Elle se relut, satisfaite, puis déchira soigneusement le papier et jeta le tout à la corbeille. Elle n'avait jamais eu l'intention de lui faire parvenir cette lettre. C'était pour elle une forme de thérapie, rien de plus.

Victoria prit une nouvelle page blanche et sans hésitation se mit à écrire une lettre sereine qui, cette fois, serait envoyée à son époux. Elle lui parlerait des enfants, d'Anthony surtout, de leurs progrès, et de son amour pour lui qui était toujours aussi fort.

* * * * *

« ...Plus de 35 000 Canadiennes participent à l'effort de guerre, offrant notamment leurs services dans les manufactures de munitions, pendant que leurs époux, leurs frères et leurs fils se battent outre-mer. » Les doigts de Maude frappaient avec énergie les touches de sa machine à écrire.

« Voilà, se dit-elle, qui devrait faire taire les mauvaises langues qui accusent *L'Averti* de ne pas être suffisamment engagé politiquement. » Il fallait trouver l'équilibre entre la publication des faits divers – qu'elle avait tendance à garder au strict minimum – et les nouvelles concernant la guerre – mais pas n'importe lesquelles. On devait mettre de l'avant l'effort valeureux des troupes, écarter les nouvelles défaitistes, ajouter à l'occasion des textes dont le seul but était de dévaloriser l'ennemi. Tout cela demandait un certain doigté que Maude ne possédait pas encore tout à fait. C'était également le cas du journal *Sur le Vif*, qui avait pu renaître de ses cendres après seulement quelques semaines d'interruption.

Dès le déclenchement de la guerre deux ans auparavant, le contrôle des communications par câble et les transmissions par télégraphie sans fil avaient été instaurés. Le danger qu'un correspondant révèle par inadvertance des secrets militaires, ou tout aussi grave, que ses écrits démoralisent les troupes, était pris très au sérieux.

Au Canada, comme au front, le mot d'ordre était sensiblement le même : mobiliser l'opinion publique dans le but de favoriser l'effort de guerre. Pourtant, dans certaines régions, les esprits étaient de plus en plus partagés, au fur et à mesure que la liste des pertes humaines s'allongeait. Dans l'ensemble, les journaux, aussi bien au Canada anglais que français, soutenaient publiquement les troupes et affichaient clairement leur patriotisme. Par contre, sans vraiment condamner la guerre, *L'Averti* ne la glorifiait pas non plus.

Car même si Preston avait souhaité être le témoin oculaire de cette guerre, en réalité, l'information de plus en plus irrégulière qu'il lui faisait parvenir était le plus souvent inutilisable. Une fois passées entre les mains des censeurs, des phrases, parfois des paragraphes complets, étaient devenus illisibles.

Il ne fallait pas que ses inquiétudes prennent le dessus; Maude décida de se changer les idées. Elle jeta délibérément un coup d'œil sur *ses* hommes qui s'activaient dans la salle à côté, ressentant aussitôt un délicieux mélange de reconnaissance et de fierté.

Ils s'étaient montrés presque unanimement hostiles à son arrivée, la regardant avec condescendance à cause de son sexe, ou l'évitant tout simplement, gênés de faire affaire avec elle, un état d'esprit collectif que Maude avait craint de voir empirer lorsqu'elle avait pris officiellement la direction de *L'Averti* près de deux ans auparavant. La transition s'était faite plus facilement qu'elle ne l'avait espéré. Et si certains d'entre eux n'avaient pu cacher tout à fait leur malaise d'avoir à suivre ses directives, de s'incliner devant sa volonté, au fil des semaines et des mois, ils avaient été forcés de reconnaitre qu'elle avait non seulement les qualités et la trempe nécessaires pour mener à bon port *L'Averti*, mais qu'en plus, elle accomplissait son travail avec une énergie et une passion qui méritaient, aux yeux des plus sceptiques, une certaine reconnaissance. Et aujourd'hui, elle se sentait réellement comme une des leurs.

D'humeur optimiste, Maude porta un regard critique sur le dernier article de son chef de pupitre, Michael Sonier. Il avait un talent évident pour la rédaction. Un style bien à lui, quoiqu'un peu trop littéraire peut-être.

– Maude? Puis-je t'interrompre une minute?

Elle leva la tête. Ils la tutoyaient tous à présent, même si elle était, à trente ans, la plus âgée du groupe, la plupart des hommes étant au début de la vingtaine.

Debout dans l'entrée de son bureau, Michael tenant d'une main un crayon et de l'autre un paquet de feuilles, la dévisageait avec contrariété.

– Oui, Michael? Qu'y a-t-il?

– Nos lecteurs en ont assez de lire des articles sur cette foutue guerre! Dans sa dernière édition, le journal *Sur le Vif* nous accuse carrément de manquer de contenu! Entendu, admit-il, *Sur le Vif* ne nomme pas expressément *L'Averti*, mais c'est évident qu'il parle de nous. Ces journaux, récita-t-il de mémoire, qui, à défaut de dénicher des nouvelles intéressantes, se contentent de remplir leurs pages de statistiques et de comptes rendus de la guerre... C'est de nous qu'il s'agit! Si nous ne changeons pas notre fusil d'épaule, nos loyaux abonnés n'auront d'autre choix que d'aller se distraire ailleurs!

Le ton mordant de Michael eut raison de la patience de Maude. Elle comprenait sa frustration, mais cela ne justifiait pas son manque de respect. « Je suis la patronne après tout, se dit-elle, du moins, jusqu'au retour de Preston. »

Avec calme, Maude se redressa et vint se planter bien à la vue des autres journalistes, à mi-chemin entre son bureau et la salle de presse commune. Une dizaine de paires d'yeux guettaient sa réaction. « Et dire que quelques secondes plus tôt, songea-t-elle, je me gonflais de fierté devant mes avancées, ce respect nouveau... »

Sa voix s'éleva, claire et forte, de façon à être entendue de tous :

– Pensez-vous vraiment que je sois aveugle au point de ne pas voir ce qui se dit dans les journaux? Que je ne sois pas au courant des attaques personnelles du journal *Sur Le Vif*?! Mieux encore, que je sois ici contre mon gré ou pour passer le temps peut-être?!

Maude les fusilla tous du regard avant de continuer, avec fermeté et conviction :

– Mettons une fois pour toutes les choses au clair. Je suis ici par choix. Et jamais! Jamais, je ne rabaisserai *L'Averti* en publiant des articles insignifiants, des faits divers aux dépens des nouvelles d'outre-mer, alors qu'à l'autre bout du monde des hommes, nos hommes, risquent leur vie!

Ses yeux verts étincelants se posèrent avec sévérité sur chacun des visages.

– Pour vous tous, qui n'avez que vingt ans, le métier de journaliste est peut-être une situation temporaire, un tremplin qui vous propulsera vers d'autres horizons. Mais pour moi, reprit-elle avec fougue, c'est une carrière, la plus noble profession qui soit. Plutôt démissionner de mon poste, que d'être forcée à relater des faits divers, spécialement en ces temps décisifs!

Enflammée par son propre discours, Maude s'était laissé emporter; la vision de madame Deslauriers lui traversa l'esprit et suffit à la calmer. Lorsqu'elle reprit la parole, ce fut sur un ton plus posé.

– Qui sait quand la guerre prendra fin? Combien de semaines, de mois encore, nous devrons nous priver de la présence de ceux qui nous sont chers? S'inquiéter de leur sort, de leur privation, de leur misère, de leur disparition... Il faut honorer le courage de ceux qui luttent toujours. Et honorer aussi la mémoire de ceux qui ont sacrifié leur vie. Des hommes valeureux, des hommes comme... comme Gervais.

Lorsqu'elle prononça le prénom de son cousin, Maude sentit sa poitrine se serrer douloureusement, son corps se vider complètement de son aplomb. Horrifiée à l'idée de faire preuve de faiblesse devant les journalistes, elle se sauva dans le bureau le plus proche; comme par hasard c'était celui de Gervais. Maude referma la porte derrière elle juste à temps, car les larmes qu'elle avait retenues coulaient sur ses joues.

« Moi qui n'ai pratiquement jamais pleuré dans ma jeunesse, se dit-elle, je me suis largement rattrapée depuis mon arrivée à *L'Averti!* À croire qu'il y a ici quelque chose dans l'air... »

Les mains sur ses tempes lancinantes, Maude se mit à faire les cent pas. La guerre s'éternisait. Le contrôle se resserrait autour de l'information véhiculée et jugée sensible. Tenu à l'écart des champs de bataille, Preston lui faisait parvenir des nouvelles censurées, qui se résumaient essentiellement à ce que les soldats les plus optimistes lui décrivaient à leur retour des tranchées.

Lorsqu'un soir, dans un campement d'infirmerie improvisé, Preston avait reconnu parmi un convoi de soldats blessés, Gervais à l'article de la mort, ses points de repère avaient complètement basculé. Son ton amer transparaissait dans ses lettres dans lesquelles les ratures témoignaient du passage des censeurs.

Maude cessa son va-et-vient et baissa les bras. Elle contempla à travers ses larmes le contenu familier et intact du bureau : les piles de journaux dans les quatre coins de la pièce et sur sa table de travail, la boite de cigares poussiéreuse, son porteplume desséché, des exemplaires de *L'Averti* et une tasse... Tous ces objets étaient restés exactement là où Gervais les avait laissés.

Avec un respect teinté de tendresse, Maude s'avança vers le fauteuil et ses doigts fins caressèrent le dossier rembourré. Puis, elle ferma les yeux. *Preston est là-bas à sillonner l'Europe comme correspondant pour « L'Averti », alors que sa place aurait dû être ici... avec Gervais et avec moi.*

« Gervais! » Ce prénom, sa tante Suzanne ne pouvait même plus le prononcer, tant la douleur d'avoir perdu son enfant unique, son cher fils, était intense. Inconsolable, elle ne portait plus que du noir depuis des semaines et semblait décidée à ce qu'il en soit ainsi pour le reste de sa vie. Car chaque jour sans son fils serait pour elle un jour de deuil.

En désespoir de cause, Maude chuchota une prière, la même qu'elle faisait depuis des mois :

– Mon Dieu, Vous nous avez déjà pris Gervais. Je Vous en prie, épargnez Preston. Je Vous en supplie, ramenez-le-nous vivant.

* * * * *

1917

Maillet quittait tranquillement son bureau, son pardessus sur l'avant-bras et son chapeau dans une main, lorsque les échos d'une altercation retinrent son attention. La conversation animée provenait du bureau d'Arthur. Visiblement dans l'embarras – sa discrétion ayant toujours été sa ligne de conduite –, Maillet accéléra le pas et garda résolument le regard rivé sur un point invisible. Pour une raison qu'il ne put s'expliquer, au moment où il se rapprochait de la pièce, Maillet, malgré lui, ralentit l'allure et il s'immobilisa à quelques pas du bureau.

La fureur d'Arthur parut augmenter et comme il élevait la voix, Maillet remarqua que c'était la première fois qu'il était témoin d'une telle perte de contrôle de la part d'Arthur :

– ... C'est humain de désirer plus, je le reconnais. Mais je ne peux ni vous accorder cette augmentation de salaire, ni vous promouvoir à un autre poste.

– Mais monsieur Côté, fit l'ouvrier, il me semble que j'ai fait mes preuves.

– Vos preuves? Quelles preuves?! répéta Arthur d'un ton cassant. Nous savons très bien tous les deux que vous n'avez d'une part, pas suffisamment d'expérience pour mériter une augmentation et d'autre part, certainement pas les compétences professionnelles requises pour diriger une équipe sur le terrain!

– Mais, monsieur Côté..., bredouilla l'employé.

– Il n'y a pas de *mais monsieur Côté,* coupa Arthur sur un ton qui ne souffrait pas de réplique. D'ailleurs, je vous conseille fortement d'être à l'heure à votre poste lundi matin! Et que je ne vous prenne plus à provoquer vos pairs. Vos retards et vos chamailleries ne seront plus tolérés. C'est une entreprise que je gouverne, pas une cour d'école!

– Je comprends, mes excuses. Je vous prie de bien vouloir oublier ma demande déplacée. À lundi, sans faute et je promets de bien me comporter, balbutia l'homme qui battait en retraite et s'éclipsait sans demander son reste.

Le pauvre était tellement abattu qu'il ne remarqua même pas la présence de son superviseur, Maillet n'ayant toujours pas bougé de son poste d'observation dans le corridor.

Maillet attendit que l'ouvrier eût disparu de son champ de vision pour poursuivre son chemin, bien décidé à se mêler de ses affaires. Mais, lorsqu'il passa devant la porte du bureau d'Arthur, son regard fut irrésistiblement attiré vers l'intérieur. Le soleil couchant inondait la pièce d'une lueur orangée, éclairant le profil énigmatique de son protégé. Ce front qui portait les marques de l'anxiété, ces yeux rivés au plancher comme prêts à s'y fondre, ce cou cassé vers l'avant dans une attitude curieusement défaitiste...

Maillet plissa les yeux; il cherchait la raison de ce malaise déroutant. Il fouillait fébrilement sa mémoire, incapable de chasser l'impression de déjà-vu qui l'assaillait. Soudain, il fit un saut dans le passé : la grève au moulin, sa rencontre percutante et déterminante avec Édouard Roussel, la mine de chien battu de son associé de jadis. Le sang de Maillet ne fit qu'un tour. La ressemblance physique entre le père et le fils était quasi inexistante. Pourtant, quelque chose dans l'attitude de leurs corps à cet instant précis trahissait, inexplicablement et sans l'ombre d'un doute, un lien de parenté.

Bouleversé, chancelant, Maillet s'agrippa à l'embrasure de la porte. Au visage d'Arthur se superposait celui de Frédéric La Croix, l'ancien associé d'Édouard Roussel.

Au même moment, Arthur constata la présence de son mentor, le trouble évident qu'il projetait, et il s'exclama :

– Mon Dieu, Maillet! Quelle mine vous faites. On dirait que vous avez vu un revenant!

Devant l'ironie de la remarque, le visage de Maillet se crispa. Pris de sueurs froides, il sortit un mouchoir et s'épongea le front. L'appréhension naquit dans l'esprit d'Arthur et gagna successivement son visage.

– Maillet? Vous allez bien? Venez vous assoir, le pressa-t-il, visiblement inquiet.

– Arthur... articula péniblement Maillet, incapable d'en dire davantage.

Suis-je le seul à avoir découvert ta véritable identité? Représentes-tu une menace pour l'usine, pour la sécurité et la prospérité des Roussel? Pour Clémence?

Arthur posa une main pleine de sollicitude sur l'épaule de Maillet et le guida vers un fauteuil. Devant le désarroi sincère du jeune homme, Maillet sentit les battements saccadés de son cœur se calmer peu à peu.

– Ça va. Ça va. Je suis bien maintenant, marmonna-t-il, en se dérobant gauchement de son emprise. Pas la peine d'en faire tout un plat, ajouta-t-il d'une voix un peu éraillée. J'ai eu un léger étourdissement, c'est tout.

Maillet observa Arthur s'activer avec efficacité autour de lui, s'emparer de la carafe, lui verser un verre d'eau et le lui tendre.

– Tenez. Buvez, lui ordonna-t-il avec un paternalisme qu'en d'autres circonstances, Maillet aurait trouvé cocasse; pour l'heure, il n'avait vraiment pas le cœur à rire.

Il accepta le verre que lui tendait le jeune homme et but sans le quitter des yeux. Il s'interrogeait toujours à savoir si Arthur avait connaissance du lien existant entre son père, Frédéric, et sa belle-famille. Après tout, raisonnait Maillet, il n'était qu'un enfant lorsque sa famille avait pris la fuite, en pleine nuit. *Est-ce le hasard qui a conduit le fils de Frédéric La Croix dans le cercle fermé des Roussel?* Un instinct plus fort que la raison – le même instinct qui lui avait révélé la véritable identité d'Arthur – donna réponse à sa question. *Non, ce n'est pas le hasard.*

La discrétion d'Arthur était compréhensible. Édouard n'aurait jamais autorisé une alliance entre sa fille et le fils de Frédéric La Croix. Et il lui aurait encore moins ouvert les portes de l'usine. Il aurait toujours douté de ses intentions. « Et justement, songeait Maillet, quelles sont les intentions d'Arthur? » Avec Preston à l'autre bout du monde et la santé déclinante d'Édouard, il aurait très bien pu tenter un « coup d'état » depuis au moins deux ans déjà.

Maillet surprit le regard d'Arthur posé sur sa personne : il le dévisageait avec un curieux mélange d'affection, de respect et d'inquiétude. La vérité sur son identité lui avait paru sur le coup épouvantable. Maintenant qu'il était revenu de sa stupéfaction, Maillet n'en était plus aussi sûr. Il se demandait même s'il y avait vraiment lieu de sonner l'alarme. À cet instant précis, il ne doutait ni de l'intégrité d'Arthur vis-à-vis de l'usine, ni de la noblesse de ses sentiments envers Clémence, peu importe les motivations obscures qui l'avaient conduit jusqu'ici. *Même si, à son arrivée parmi nous, Arthur était possiblement animé par un esprit de vengeance, il est évident que ce n'est plus le cas aujourd'hui.*

Maillet croyait avec un zèle ardent que le bon l'emportait toujours sur le mauvais. Et lorsqu'il croisa le regard alerte d'Arthur, il eut l'intime certitude qu'il n'était pas un ennemi. Aussi, bien qu'il brûlât d'envie d'avouer à Arthur qu'il avait deviné sa véritable identité – et que cela ne changeait en rien son opinion de lui –, une certaine sagesse l'avait retenu. *Ton secret, Arthur, restera en sécurité avec moi.* Maillet en était arrivé à la conclusion que la décision de révéler au monde, un jour, son nom véritable revenait à Arthur et à lui seul.

– Vous aviez raison, Maillet, débita Arthur sans préavis.

– Ah bon? À quel sujet? rétorqua Maillet, d'une voix tendue, pris au dépourvu.

Pour toute réponse, Arthur lui tendit l'édition de *L'Averti* qui trainait sur son bureau. Maillet comprit aussitôt ce à quoi il faisait allusion, ayant également lu la une ce jour-là. Il avait, en effet, prédit un tel dénouement. Mais il n'était certainement pas le seul à l'avoir anticipé. Le nombre de volontaires canadiens à s'enrôler dans l'armée étant insuffisant, le gouvernement de Robert Laird Borden avait décidé d'adopter la Loi sur le service militaire obligatoire, ce qui avait donné lieu à des soulèvements un peu partout au Canada. Maillet partageait de tout cœur la frustration de ceux qui se révoltaient, même si lui, âgé de quarante-sept ans, ne risquait pas d'être appelé.

« Les émeutiers contre le service militaire obligatoire récidivent à Pic-Bois », lut-il à mi-voix.

Maillet observa une courte pause avant de reprendre avec un certain abattement :

– Oui, je l'avais malheureusement prédit. D'abord la guerre en Europe et maintenant la conscription deviendraient source de division entre le Canada français et le Canada anglais.

– Encore heureux, remarqua Arthur, que Montpellier soit parvenu à maintenir la paix parmi ses citoyens aux allégeances partagées; les rapports sont cordiaux, ou du moins tolérants et respectueux en ces temps mouvementés.

Maillet resta silencieux un moment, avant de déclarer, sentencieusement :

– Que la Providence divine vienne en aide à cette Europe saignée à blanc, à tous ces pauvres malheureux pris au piège de l'honneur national.

Puis, il déposa *L'Averti* et son verre vide sur le bureau. Arthur avait accueilli les dernières paroles de son mentor d'un signe de tête solennel, en silence; son visage trahissait encore une certaine inquiétude sur son état précédent. Maillet lui tendit la main et le regarda intensément dans les yeux. Arthur, lui, se questionnait toujours sur l'origine du malaise de Maillet.

Resté seul, Arthur hésita, confus, conscient que quelque chose lui échappait, mais incapable de mettre le doigt dessus. Il resta longtemps sur place, les mains dans les poches de son pantalon, les yeux dans le vague. Un doute lui effleura l'esprit quant à la véritable raison de l'émoi de Maillet, mais il le chassa aussitôt. Il supposa que c'était peu probable. D'ailleurs, cela n'avait aucune importance à présent.

– CHAPITRE DIX-SEPT –

Montpellier, Nouveau-Brunswick – 1918

Confortablement installé dans son fauteuil capitonné, bien au chaud dans sa robe de chambre au tissu moelleux, Édouard gardait les yeux rivés sur le foyer, comme hypnotisé par les flammes mouvantes qui s'obstinaient à rester en vie. De toutes les pièces de sa fastueuse propriété, la bibliothèque, de forme ovale, était, de loin, sa favorite. Sa conception avait d'ailleurs nécessité les services d'un architecte de renom. Et le résultat en valait la peine!

C'était ici qu'il passait la majeure partie de son temps depuis qu'il s'était retiré de ses fonctions à l'usine et au journal, s'adonnant à son passetemps de prédilection : la lecture. Il y avait quelque chose d'inspirant et de réconfortant à la fois, à admirer ces bibliothèques aux étagères encastrées chargées de livres aux reliures dorées; l'échelle en bois coulissante, fixée sur un rail, apportait une touche de sophistication masculine à la pièce.

À soixante-huit ans, Édouard était toujours aussi impressionnant. La vivacité de son esprit et la puissance de son caractère compensaient largement pour sa faiblesse physique, qu'il essayait de camoufler. Chaque fois qu'il s'en sentait la force, que son corps indiscipliné lui accordait un répit et devenait obéissant, Édouard se présentait au journal et à l'usine. L'étendue de son pouvoir se faisait encore ressentir. Il pouvait distinctement lire sur le visage des employés le respect, l'admiration, et même une certaine crainte : exactement les mêmes émotions qu'il suscitait, le plus souvent, chez les membres de sa propre famille.

Perdu dans ses réflexions, Édouard étirait machinalement les pointes de sa moustache. Il appréciait l'éclairage du chandelier électrique qui émettait une lumière discrète et diffuse grâce à ses petits abat-jour. L'électricité s'était finalement rendue jusqu'à sa demeure.

Autrefois familièrement appelée la « colline des Roussel » par les gens de la région – sa famille agrandie était propriétaire de la vaste majorité des terrains –, cette élévation naturelle était, depuis peu, officiellement reconnue comme la leur, gracieuseté du maire Laplante. Un sourire de pur orgueil égaya le visage d'Édouard : il pensait au panneau de signalisation planté au flanc de la colline qui portait son nom.

Avoir de son vivant, une plaque honorifique dans le principal parc de Montpellier – sans compter les mentions de reconnaissance affichées dans diverses institutions bénéficiant de sa contribution financière – et une colline à son nom, étaient une preuve, non seulement de l'étendue de sa fortune, mais aussi de sa réussite sociale, de son influence et de son importance.

Édouard délaissa sa moustache pour donner un répit à ses mains qui s'étaient mises à trembler. Il repensa à la conversation qu'il avait eue la veille avec le maire. La rue commerciale avait été électrifiée; de beaux lampadaires longeaient la rue principale, rue qui s'allongeait d'année en année. Et s'il n'en tenait qu'au maire Laplante, le jour viendrait où dans les coins les plus reculés de la ville, là où il y avait de belles petites maisons de campagne comme celle où avait vécu Isabelle autrefois, on installerait des poteaux électriques, certes disgracieux, mais combien efficaces.

« Le développement du réseau électrique va de pair avec le développement durable d'une ville! » Cette formule inspirante et récurrente dans le discours du maire – il la livrait sans faute à chaque assemblée municipale –, Gustave Laplante l'avait d'abord entendue de la bouche d'Édouard. Celui-ci avait une forte influence sur le maire de Montpellier et il s'en félicitait. Du moment que c'était pour servir les intérêts de sa ville – et celui de sa famille –, il ne voyait aucun inconvénient à ce que Gustave tirât profit de son éloquence. Et à ce qu'il restât en poste, continuellement réélu, à la fin de chaque mandat.

À l'instar des grandes villes canadiennes, Montpellier avait adopté l'électrification, l'impact s'étant montré des plus positifs : en l'espace de quelques années seulement, celle-ci avait entrainé un essor démographique et industriel remarquable. Édouard, entrepreneur et visionnaire comme il l'était, avait rapidement misé sur ce nouvel engouement.

Dans son moulin transformé en usine, il avait assisté à l'arrivée des turbines et des roues hydrauliques, des petites génératrices et à l'agrandissement d'un impressionnant barrage; c'était maintenant la centrale hydroélectrique de Montpellier dont sa famille était propriétaire. S'inspirant du modèle de « La Shawinigan », la centrale de Montpellier fournissait l'électricité à l'usine de même qu'à d'autres industries qui s'étaient judicieusement implantées en périphérie.

Édouard soupira avec nostalgie. « Mon usine, mon journal..., songea-t-il. Aussi longtemps que je vivrai, je les considèrerai comme tels, ma propriété, même si, officiellement, ils appartiennent désormais à mon fils. » Une expression perplexe et un brin contrariée se dessina sur ses traits, alors qu'il se faisait la remarque que, dans les faits, Maillet et Arthur maniaient en son nom les rênes de l'usine et Maude, ceux du journal. « Et il en sera ainsi jusqu'au retour de Preston, s'insurgea Édouard. Un retour qui se fait toujours attendre. »

Il se pencha, difficilement, vers le porte-journal à ses pieds et saisit la dernière édition de *L'Averti*, datée du matin. Il l'avait déjà lue, évidemment, mais cela ne l'empêcha pas, pour autant, de s'y replonger. « ... Un jour après le soulèvement violent du 28 mars dans le quartier Saint-Roch de Québec – soulèvement provoqué par l'arrestation d'un jeune homme de vingt-trois ans qui n'avait pas ses papiers d'exemption sur lui – voilà que le Québec est à nouveau l'hôte d'émeutes. Les bureaux du registraire du service militaire sont saccagés et deux journaux proconscriptionnistes voient leurs fenêtres pulvérisées par les agitateurs... »

Encore des contrecoups du zèle excessif des policiers chargés de débusquer les réfractaires à la conscription militaire... Et cette maudite guerre qui s'éternise en plus! Édouard ne dormirait pas tranquille aussi longtemps que son fils ne serait pas rentré d'Europe, et ce, même si sa descendance était assurée. Il avait enfin un petit-fils : Anthony, Anthony Roussel.

Refusant de se laisser attendrir, Édouard parcourut à nouveau les grandes lignes de *L'Averti*, les sourcils froncés, critiques, puis il poussa un soupir et laissa tomber le journal sur ses genoux. Il était bien forcé de reconnaitre qu'après quatre ans au journal, Maude avait, surpassé ses attentes. Non seulement *L'Averti* avait maintenu sa popularité auprès de la population du Nouveau-Brunswick, mais les trois centres de distribution stratégiquement positionnés à la frontière du Québec s'étaient consolidés. *L'Averti* avait incontestablement traversé la frontière, informant quelques villes et villages francophones québécois. La diligence de Maude sur la couverture d'évènements qui se produisaient dans les deux provinces, avait certainement contribué à maintenir le cap dans la bonne direction.

Le sentiment d'appartenance au journal, en partie implanté sous le règne d'Édouard, puis propulsé par Preston, semblait avoir atteint son apogée avec Maude. Ce qui était tout à son honneur, même si jamais Édouard ne le reconnaitrait publiquement.

Sa fatigue déclenchée à la vue des braises fumantes dans l'âtre, Édouard s'apprêtait à ranger *L'Averti*, lorsqu'il constata, avec surprise, la présence de sa femme à ses côtés. Les cheveux défaits, prête pour la nuit, Françoise le dévisageait avec une singulière tendresse, sensiblement rassurée de constater que les spasmes musculaires des épaules et des bras de son mari s'étaient atténués comparativement à la veille. Elle souriait, même, comme si de le voir ranger de son propre chef le journal, lui faisait grand plaisir.

– Il se fait tard, Édouard, dit-elle d'une voix trainante, inhabituelle. Tu montes bientôt?

– Tard? répéta-t-il avec étonnement. Il est à peine sept heures. Franchement, Françoise, tu n'as plus l'énergie et l'endurance d'autrefois.

Son penchant naturel pour la confrontation remontant à la surface, Édouard fut tenté de reprendre sa lecture, mais quelque chose dans l'expression de sa femme, une subtilité plutôt invitante, le fit se raviser.

– Je te suis, déclara-t-il avec vigueur, le regard allumé et brusquement ragaillardi. Il se dégagea alors avec une souplesse surprenante de son fauteuil.

* * * * *

Chablis, Nouveau-Brunswick

– Nathaniel! Réveille-toi! Il faut descendre im-mé-dia-te-ment! le pressait Laurent, le poussant doucement avec ses mains encore chaudes de sommeil.

Agacé, Nathaniel se tourna sur le ventre, bien décidé à retourner à ses rêves. Laurent secoua sans ménagement cette fois le long corps endormi :

– Nathaniel, il faut descendre à la chapelle. Allez, réveille-toi!

Péniblement, le garçon se redressa sur les coudes. À travers ses paupières lourdes, Nathaniel regardait sans comprendre. *À la chapelle? Maintenant?* Nathaniel prit soudain conscience de l'activité anormale autour de lui à une heure aussi avancée et reprit ses esprits.

– Y' a le feu ou quoi? s'enquit-il, avec vivacité.

Laurent allait répondre, mais William le devança :

– Mais tu es sourd? Il pleut comme ce n'est pas possible et il tonne à vous crever les tympans!

Pressé par Laurent qui lui lançait un pull et ses chaussettes, Nathaniel ne comprenait toujours pas où William voulait en venir, ni pourquoi on l'avait tiré de son sommeil. *Ce n'est quand même pas la première fois qu'il y a un orage!*

Nathaniel repoussa Laurent qui voulait l'aider à enfiler son chandail par-dessus sa chemise de nuit et insista :

– Et alors?

William, impatient, allait répondre, mais cette fois, ce fut au tour de Benjamin d'être le plus rapide :

– Et alors? Tu n'entends pas le frère André qui crie comme un cochon qu'on égorge? C'est l'heure des litanies!

William revint à la charge, sa voix se fit implorante; il souhaitait avoir le dernier mot :

– Dépêchez-vous! Le diable va nous tomber sur la tête!

À la seconde près, un coup de tonnerre retentit. Il n'en fallait pas plus pour les apeurer. C'est dans le chaos le plus complet que les garçons se présentèrent à la chapelle, à peine vêtus, les cheveux ébouriffés et pour la plupart, pieds nus.

À bout de souffle et de patience, le frère André put enfin cesser ses cris de rassemblement, au grand soulagement de ses confrères, en particulier de son supérieur, le père François qui ne pouvait plus contenir son exaspération : les derniers retardataires étaient finalement réunis dans la chapelle. Tous s'agenouillèrent, les plus jeunes singulièrement silencieux. Après un bref moment de silence, le frère André se mit à réciter les litanies d'un ton monotone, incantatoire :

– Arche d'alliance, priez pour nous...

Ce à quoi les garçons répondirent à l'unisson :

– Priez pour nous.

Trouvant peut-être qu'ils manquaient d'entrain, le frère André haussa la voix :

– Consolatrice des affligés, priez pour nous...

Ayant compris son manège, les enfants lui répondirent d'une même voix retentissante :

– PRIEZ POUR NOUS!

Entre deux litanies, Laurent chuchota à Nathaniel la raison de tout cet émoi :

– Les nuits de gros orages, on doit tous descendre à la chapelle pour prier les saints afin qu'ils nous épargnent de la rage du Diable.

– Mais est-ce qu'on ne pourrait pas prier au chaud dans notre lit? lui demanda tout bas Nathaniel, sarcastique.

– Mais non, fit Laurent avec un sourire indulgent. C'est que la foudre pourrait tomber dans l'escalier, un feu se déclencherait, et nous serions tous prisonniers en haut et... tu sais...

Nathaniel avait deviné la fin de sa phrase. Rationnel, il se disait qu'ils allaient tous mourir un jour, que ce soit d'une mort fortuite, brulés vifs par la foudre du diable ou d'une mort lente, aigris et seul. Il allait justement faire part de ses réflexions à Laurent, mais il se ravisa, se rappelant sa peur déraisonnée de la mort. « Comme si nos vies, songea Nathaniel, sont à ce point merveilleuses ici-bas, qu'on ne voudrait pas partir vers le paradis enchanteur dont les frères nous rabattent les oreilles?! Voyons donc! »

Les sermons ne l'avaient jamais particulièrement touché. Ainsi, après une quinzaine de minutes à supporter le récital du frère André, Nathaniel écoutait de moins en moins, plutôt intéressé par la violence du déluge. À travers les grands vitraux de la chapelle, il pouvait voir les branches des arbres ployer dangereusement sous les rafales du vent.

Du coin de l'œil, Nathaniel observait de temps à autre son meilleur ami. Laurent était beau dans sa peur de l'orage, du diable et de la mort. La tête penchée en avant sur sa chemise de nuit, les yeux fermés et les pieds sous ses fesses, il semblait écouter religieusement le monologue du frère André. Dans sa hâte, il n'avait pas pris le temps de peigner ses cheveux ordinairement bien lissés. Ils paraissaient plus blonds, laissés au naturel. Ses longs cils qui reposaient sur ses joues roses, sa bouche un peu boudeuse lorsqu'il rêvassait, tout dans sa personne évoquait l'enfance. Ils avaient pourtant le même âge : treize ans.

Déconcerté, Nathaniel s'avisa qu'il venait tout juste de quitter le monde de l'enfance. Presque déçu, il reporta son regard sur Laurent. Sa main gauche était sagement posée sur sa cuisse, sa main droite reposait sur le sol. Nathaniel examina, songeur, cette main qui pouvait se montrer tendre et parfois sévère. Il paraissait si paisible; sa respiration était lente et régulière. *Trop lente, à dire vrai...* Nathaniel eut un de ses rares sourires attendris; il devina que son ami s'était assoupi.

Ses yeux se posèrent à nouveau sur la main droite de Laurent. Elle n'était qu'à quelques centimètres de la sienne. Nathaniel eut un frisson qu'il attribua à sa tenue légère et à ses pieds nus. Il sentit les battements de son cœur s'accélérer et le bourdonnement dans ses oreilles s'intensifier. Au prix d'un effort soutenu, il détacha son regard de Laurent. Ses yeux se dirigèrent alors vers le grand crucifix à l'avant de l'autel. Il s'entendit vaguement répondre, sa voix se mêlant à celles des autres garçons :

– Priez pour nous.

Dehors, la tempête faisait toujours rage. On eut dit que la pluie cinglante essayait de briser les vitres, de défoncer les pignons et d'arracher le toit de l'orphelinat. Le vent soufflait si fort qu'il faisait trembler les fenêtres et vaciller les flammes des chandelles. Des ombres mouvantes se déplaçaient le long des murs.

Nathaniel avala sa salive, regarda droit devant lui, pris d'un malaise indescriptible. Son esprit lui échappait encore une fois. *Je n'aurais qu'à tendre les doigts...* La tentation était trop forte. *Je vais lui frôler la main, c'est tout.* Les yeux fixés sur l'autel, Nathaniel sentit sa main remuer. Elle ne lui appartenait plus.

Au moment où ses doigts entraient en contact avec ceux de Laurent, l'orage, en furie, se déchaina; les lourdes portes d'entrée s'ouvrirent violemment et le souffle de Dieu – ou était-ce, comme le croyait Nathaniel, celui du Diable? – plongea à brule-pourpoint la chapelle de Saint-Christophe dans les ténèbres.

Effaré, Nathaniel crut avoir provoqué par son geste la fin du monde, ce qui aurait expliqué la subite et totale noirceur autour de lui. Les cris des garçons le ramenèrent promptement à la réalité. Bénissant le ciel pour cette distraction tombée à point, Nathaniel allait retirer sa main, lorsqu'il sentit qu'on l'agrippait : il crut défaillir. *Laurent...*

Se ressaisissant, Nathaniel déduisit que personne ne pouvait les voir ni ressentir l'inexplicable tension qui avait surgi entre leurs deux corps. Lui-même avait de la peine à discerner les traits de Laurent à ses côtés. Mais c'étaient pourtant ses yeux qui fouillaient les siens, son pouce qui caressait la paume de sa main. Nathaniel savait qu'il devait dégager ses doigts avant que les frères ne réagissent, qu'ils ne referment les grandes portes de la chapelle et qu'ils rallument les lampions et les chandelles. Mais Laurent semblait bien décidé à garder sa main prisonnière pour toujours. À travers le brouhaha, Nathaniel entendit la voix du frère André s'élever dans le noir :

– Que tous les plus vieux cherchent la boite d'allumettes et que les plus jeunes restent tranquilles!

Nathaniel sentit la panique le gagner. Il marmonna entre les dents :

– Laurent, mais qu'est-ce que tu fais? Lâche-moi!

– Dis-le moi, Nathaniel, soupira Laurent, ses doigts s'agrippant aux siens avec une force insoupçonnée. J'ai tellement besoin de te l'entendre dire!

Affolé, Nathaniel tirait de toutes ses forces sur son bras afin de se dégager. La peur lui nouait l'estomac à un point tel qu'il crut vomir. En désespoir de cause, il articula un « Je t'aime » à peine audible. Seul Laurent avait fait cet aveu depuis longtemps. Aussitôt, celui-ci relâcha ses doigts. Il s'en était fallu de peu, car les chandelles finalement rallumées commençaient à refaire des ombres sur les murs de la chapelle et à faire chatoyer les vitraux de couleurs.

Nathaniel regardait fixement devant lui pendant que les frères s'activaient auprès des plus jeunes qui pleuraient. Il luttait pour respirer normalement; le regard tendre de Laurent le transperçait de biais. Faute de mieux, il ferma les yeux, espérant ne pas vivre un mauvais rêve. La claque qu'il recevait à l'instant derrière la tête était, elle, bien réelle.

– Hé! Vous avez vu la tête que fait Nathaniel? On dirait qu'il a vu le Diable en personne! s'esclaffa Victor, l'auteur de la gifle et du sarcasme.

Pour une fois, aucune répartie maligne de la part de Nathaniel ne parut venir. L'adolescent se réjouissait d'avoir eu le dernier mot, lorsque Nathaniel coupa court à ses jubilations, la voix blanche :

– Tu ne crois pas si bien dire, Cheval.

Ce soir-là, lorsque les garçons purent finalement regagner leur lit, Nathaniel avait retrouvé un semblant de calme et à son grand soulagement, personne ne paraissait avoir noté le trouble qui planait entre Laurent et lui. Tous se préparaient à nouveau à se coucher, lorsque Benjamin, la tête sous les draps, se mit à imiter la voix nasillarde et monotone du frère André :

– Tour de David, priez pour nous...

Dans le dortoir, les garçons pouffèrent de rire. Ses yeux habitués à l'obscurité, Nathaniel observait les pensionnaires qui étaient le plus proche de lui. Jérémie assommait son oreiller d'une avalanche de coups de poing; Alexis, sans doute le plus raisonnable du groupe, était déjà endormi. Sa courtepointe remontée jusque sous le menton, il ne prenait que rarement part aux conversations. Pourtant, rien ne lui échappait. Lorsqu'il était éveillé, ses petits yeux bruns remarquaient tout, suivant les propos des garçons. Même s'il parlait peu, Nathaniel était convaincu que derrière les lunettes à monture noire, se cachait un esprit brillant.

Son attention fut attirée par les rires de William et de Benjamin, les deux bouffons. Nathaniel ne put réprimer un sourire. Ils se disputaient sans cesse, mais leur inclinaison commune pour l'humour entrainait à tout coup leur réconciliation.

Nathaniel tourna ensuite la tête et ses yeux rencontrèrent ceux de Victor. *Cheval*. Même fatigués, ils gardaient une expression agressive et méfiante. Un monde semblait les séparer. Inconsciemment, le regard de Nathaniel s'était durci. Bientôt, Cheval les quitterait; il était pratiquement un homme.

Dans le lit à côté, Ferdinand, le plus jeune des pensionnaires, s'acharnait sur le dernier bouton de sa chemise de nuit. Il n'était avec eux que depuis quelques jours et déjà il s'habituait à son environnement. Les premiers soirs, il les avait tous tenus éveillés par ses pleurs. Malgré la sympathie éprouvée pour sa douleur, les garçons demeuraient silencieux. Ils savaient d'expérience qu'aucun mot n'aurait pu atténuer la peine du nouveau. Embarrassé, la plupart feignaient d'être profondément endormis; les autres, moins indulgents, soupiraient dans le silence de la nuit. Heureusement, il y avait Laurent. D'emblée, il avait adopté le petit

Ferdinand et c'était de bonne grâce qu'il quittait la chaleur de son lit pour aller consoler l'enfant.

« Une telle générosité, une telle bonté animent le cœur de Laurent, pensa Nathaniel. Il est probablement le seul parmi nous qui soit véritablement bon. » Alors qu'il faisait mentalement l'éloge de son meilleur ami, Nathaniel sentit son ventre se contracter. Laurent acceptait sa vie telle qu'elle était, sans récriminer. Il ne se plaignait jamais et ne paraissait ni déprimé, ni abattu par son sort d'orphelin. Il aurait souhaité être comme Laurent. Refusant de jeter ne serait-ce qu'un seul coup d'œil dans la direction de celui-ci – il avait appris sa leçon – Nathaniel ferma les yeux.

Comme chaque soir avant de s'endormir, il s'appliqua à reconstituer le visage de sa mère. Cet exercice lui était de plus en plus difficile, au point qu'il grimaçait devant l'effort. Ses traits sévères, mais beaux, devenaient flous au fil des mois et des années passés à l'orphelinat. Chaque fois qu'il pensait à elle, Nathaniel l'imaginait assise à sa coiffeuse, le regard vide face à l'image que lui renvoyait la glace. Et le souvenir de ses mains sèches, rugueuses, jamais aimantes à son endroit, continuait de le hanter. *Quelle différence avec celles de Laurent, douces et chaudes...*

À nouveau pris d'un malaise, Nathaniel glissa une main sous sa chemise de nuit et se frotta vigoureusement le ventre. Il eut vaguement conscience que les rires s'estompaient, tout comme les conversations. La fatigue avait eu raison des plus tenaces. Bientôt, plus un son ne s'élevait du dortoir plongé dans le noir. Bercé par les respirations régulières autour de lui, Nathaniel se laissa glisser vers le sommeil.

Laurent... Nathaniel oscillait entre le rêve et la réalité. Il revivait les émotions de la chapelle. Il pouvait encore sentir le regard brulant, transperçant de son meilleur ami sur lui. Son bas ventre se contracta à nouveau; cette fois, Nathaniel pressentit confusément que son inconfort n'avait rien à voir avec ce qu'il avait cru être une indigestion. Le visage angélique de Laurent défilant sous ses paupières closes, Nathaniel répondit à l'appel de son corps.

* * * * *

Montpellier, Nouveau-Brunswick

Avec un intérêt grandissant, Maude lisait la page couverture du journal *Sur le Vif*, qu'un de ses hommes avait négligemment laissé trainer dans la salle de nouvelles. « … Madame Deslauriers, rendue célèbre par son engagement dans le mouvement en faveur du droit de vote des femmes, a été arrêtée hier matin, en compagnie de quatre autres femmes – dont l'identité demeure inconnue pour l'instant pour s'être enchainées aux grilles de l'édifice municipal de Chablis dans un geste d'intimidation. Les agents de la paix appelés sur les lieux sont rapidement venus à bout de leur résistance. Les cinq manifestantes ont été conduites à la prison de Chablis, où elles attendent leur comparution… »

Maude soupira, partagée entre sa sympathie pour ces militantes acharnées et sa frustration face à la lenteur des progrès. « Au moins, pensa-t-elle, ces femmes sont dans l'action! Alors que de mon côté, je ne peux pas vraiment en dire autant. » Après tout ce temps, Maude demeurait convaincue que la violence et l'intimidation ne feraient pas avancer la cause féminine; que la meilleure voie restait celle des brochures, des campagnes d'information afin de rallier le public à leurs revendications et bien entendu, des manifestations pacifiques.

« Si seulement, ressassait-elle, je n'avais pas fait la promesse à Preston de tenir *L'Averti* à l'écart de ces débats! » Mais Maude l'attendait de pied ferme. Elle comptait bien le relancer sur le sujet et ce, dès son retour.

Elle s'étira voluptueusement devant sa machine à écrire. Après quatre longues années, la guerre était enfin terminée. Les soldats canadiens, ceux qui avaient défié la mort, rentraient par vagues au pays. Le retour de Preston, lui, se faisait toujours attendre. Et bien qu'elle le sût sain et sauf, elle ne serait vraiment tranquille qu'une fois qu'elle le verrait de ses propres yeux, en chair et en os.

Comme c'était samedi, les machines à écrire de la salle de nouvelles étaient silencieuses. Elle eut souhaité qu'il y ait eu suffisamment de travail pour lui donner une raison de s'attarder toute la soirée. Elle couvrit la machine à écrire de sa housse et déplaça quelques objets sous prétexte de mettre de l'ordre. Ce faisant, elle remarqua la date et se rappela qu'elle devait préparer la fameuse enveloppe pour le lundi suivant.

Maude fouilla dans son sac à main, à la recherche de la petite clé que lui avait remise Preston avant son départ et elle déverrouilla le dernier tiroir de son bureau. Puis elle retira avec précaution une boite en métal, dans laquelle elle conservait quelques billets, le solde des profits étant déposé régulièrement dans un coffre-fort à la banque.

Chaque fin de mois, selon les directives de Preston, elle devait mettre de côté un montant prédéterminé qu'elle devait envoyer à une adresse bien précise : l'orphelinat Saint-Christophe, de Chablis. Depuis quatre ans, elle s'acquittait de cette tâche connue d'elle seule, ne pouvant s'empêcher de se questionner sur les raisons qui avaient poussé Preston à verser une portion de ses profits à cette institution.

Dans le tumulte des préparatifs entourant son départ pour l'Europe, Preston lui avait demandé ce service dans la plus grande discrétion. Elle avait spontanément accepté et l'idée de le questionner sur le sujet ne lui était nullement venue à l'esprit. D'ailleurs, pour Maude, ce n'était pas tant les motivations qui se cachaient derrière cette bonne action, que l'action comme telle qui avait de l'importance. Il n'y avait pas plus grande preuve de générosité, selon elle, que celle faite dans l'anonymat; on n'attendait, ni espérait de la reconnaissance en retour.

Une fois l'enveloppe dument préparée, Maude la glissa dans son sac à main. Lundi matin, à la première heure, elle irait au bureau de poste.

Il ne lui restait plus qu'à faire le ménage de la salle de presse. Elle vida les cendriers de la veille, passa le balai, s'assura que les châssis étaient bien fermés et que l'imprimerie était en ordre, prête à reprendre la production, ce qu'elle fit avec une attention méticuleuse, consciente de la futilité de la chose. Car elle savait que dès lundi, les pupitres seraient à nouveau ensevelis sous les papiers et que l'air ambiant empesterait le cigare.

Comme elle montait sur une chaise pour épousseter le cadran de l'horloge, Maude en profita pour lire à voix haute les directives que Preston avait fait encadrer. *Les mots d'ordre des journalistes.* Elle passa respectueusement son chiffon sur le cadre fixé au mur, sur les recommandations qui remontaient à trois générations. À sa mort, Auguste Roussel les avait dictées à son fils Édouard, lequel les avait réécrites et remises à Preston, huit ans auparavant. « Et un jour, se dit-elle, le petit Anthony s'en inspirera à son tour. Un si bel enfant… et dire que Preston n'a pas encore vu ses jumeaux, son fils et sa fille Charlotte, qui viennent de célébrer leur quatrième anniversaire. »

Maude redescendit avec souplesse de sa chaise. Elle chuchota avec ferveur et de mémoire, une des consignes : « *L'Averti* a pour mission de se faire la voix des opprimés, des justes causes et de la démocratie. » Elle s'en inspirerait pour convaincre Preston, à son retour, de se raviser sur sa position et de défendre le droit de vote des femmes dans *L'Averti*.

La rue était déserte. Dans la clarté lunaire, les deux colonnes marquant l'entrée de l'édifice paraissaient plus imposantes que jamais. Preston et Gervais avaient apporté de beaux ajouts au bâtiment. Même Édouard avait accueilli favorablement ces rénovations. Maude se demandait ce que son oncle allait bien penser du futur site, de ce fameux plan que Gervais et Preston avaient conçu avant leur départ pour l'Europe. Un édifice impressionnant qui accueillerait le siège social de *L'Averti* et de l'usine des pâtes et papiers Roussel. À supposer, bien entendu, que Preston souhaitât toujours mettre son plan à exécution.

De gros flocons s'accumulaient sur son étole de fourrure. Le temps était doux. Loin de lui déplaire, la perspective d'une promenade à la nuit tombante l'enchantait. Maude avait subitement hâte de rentrer chez elle. Elle luttait contre la serrure qui lui donnait du fil à retordre. Elle laissa échapper un soupir d'exaspération. La clé semblait réellement coincée dans l'ouverture pourtant faite sur mesure. Maude reposa un instant son front contre la porte glacée et s'arma de patience.

« Henri-Paul va surement s'inquiéter de mon absence, pensa-t-elle. Il est plus de huit heures! » Presque aussitôt, Maude se rendit compte du ridicule de son inquiétude et elle eut un petit rire nerveux. Il ne rentrerait que dans deux jours, retenu par ses affaires à Toronto. « Encore! Et c'est pour le mieux! », se dit-elle. À chacun de ses passages en ville – heureusement, de plus en plus espacés –, Maude appréhendait le devoir conjugal. Pourtant, elle était la première à reconnaitre qu'elle ne pouvait pas vraiment se plaindre. Ils avaient trouvé un certain terrain d'entente. Henri-Paul la laissait mener sa vie à sa guise en échange de quoi elle devait se montrer des plus accommodantes durant ses courts séjours à Montpellier.

À bout, Maude finit par ouvrir la porte. Au moment où elle la refermait, elle aperçut une ombre qui venait, à l'instant, de se glisser dans son champ de vision. Cette silhouette masculine, aux traits encore indistincts, qui semblait sortir de nulle part et qui se tenait sur le bord du trottoir enneigé et désert, immobile dans un ample manteau grand ouvert... Le cœur palpitant, Maude cligna des yeux à plusieurs reprises, croyant rêver, pendant qu'une douce chaleur l'envahissait, qu'un soulagement infini mêlé à une joie immense éclatait dans sa poitrine.

Elle dévala les marches du perron et se jeta sans retenue dans les bras de l'homme qui venait à sa rencontre, avec une familiarité qu'elle ne se serait jamais permise devant des témoins. Maude sentit que Preston la soulevait, qu'il la serrait contre lui à la briser et que ses pieds ne touchaient plus terre. Sa voix, fatiguée et rauque, eut l'effet d'une caresse :

– J'aurais dû savoir que tu serais ici.

Assis dans la salle de presse à peine éclairée, ils avaient parlé des heures durant, de la guerre, du journal, de sa famille, de la sienne jusqu'à épuisement des sujets. C'était comme si Preston ne supportait plus le silence. Il reprit la parole, à peine conscient de ses propos, en proie à une violente et soudaine agitation. Maude était désormais la seule personne avec qui il pouvait parler en toute franchise, maintenant que Gervais n'était plus de ce monde. Il ne regrettait pas la mission qu'il s'était imposée, mais il avait le désagréable sentiment d'avoir été utilisé par le gouvernement, d'avoir été de connivence en ce qui avait trait au décès de son meilleur ami, de son plus proche confident et des Canadiens au front.

Preston se passa nerveusement une main dans les cheveux et il alluma une cigarette, les doigts tremblants. *Combien de soldats tomberont dans l'oubli? Des soldats valeureux comme Gervais, morts avant même de s'être distingués pour leur bravoure; une mort sans gloire, provoquée par une balle perdue.*

– ... Tu comprends, Maude, sans l'avoir consciemment voulu, j'ai utilisé *L'Averti* pour faire de la propagande, pour inciter les hommes à s'enrôler. Je me suis laissé entrainer dans ce tourbillon patriotique, du moins dans un premier temps... Nous avons mobilisé la population contre des gouvernements ennemis et j'ai participé, oui, indirectement peut-être, mais quand même, à la perte de nombreuses vies humaines.

Devant sa détresse, Maude se contenta de lui serrer doucement les doigts; elle ignora tous les muscles de son corps qui se tendaient vers lui. Elle n'avait qu'une envie : le serrer contre sa poitrine, lui communiquer sa chaleur, apaiser ses doutes. Mais elle se domina. *Ce n'est pas ma place. C'est à sa femme de le réconforter. Rien n'a changé. Le fait qu'à son arrivée à Montpellier, ses pas l'ont mystérieusement conduit vers moi d'abord ne change rien à la situation.* Les mêmes murs invisibles se dressaient entre eux.

– Je comprends ce que tu ressens, Preston, convint-elle doucement. Mais crois-moi, même si le gouvernement s'est servi des journaux comme d'une arme politique, au moins son ingérence aura fait en sorte, qu'aujourd'hui, nous somme plus forts comme peuple. Et le Canada ne sera désormais plus perçu comme une simple colonie, mais bien comme un pays!

– La fin ne justifie pas toujours les moyens, laissa tomber Preston, d'une voix sans timbre et le regard cuisant de culpabilité.

Il retira doucement ses mains et Maude dut se faire violence pour ne pas caresser le visage émacié, la barbe vieille de quelques jours sur ce visage tant aimé. Il avait changé. Son regard avait changé. Elle pouvait presque voir dans ses yeux bleus les horreurs de la guerre. D'instinct, Maude trouva les paroles apaisantes dont Preston avait tellement besoin :

– Tu as rempli honorablement ton devoir de journaliste, tu t'es fait le témoin oculaire de cette guerre, à tes risques et périls pendant quatre ans. Tu peux être fier de ce que tu as accompli, Preston. Je te le jure.

Touché par sa sincérité, Preston se mit à détailler le visage de sa cousine qui s'était coloré. Maude, elle, ressentait du bonheur, mêlé à de la culpabilité, culpabilité d'être toujours en vie alors que tous deux avaient perdu un être cher : Gervais. Comme s'il avait lu dans ses pensées, Preston posa la question qui lui brulait les lèvres depuis longtemps :

– Est-ce que tu savais que Gervais était éperdument amoureux de toi et que c'est pour cette raison qu'il refusait de se marier?

– C'est ce qu'il t'a dit? lui demanda-t-elle d'une voix éteinte.

Répondre à sa question par une autre fit comprendre à Preston qu'elle ne voulait pas commettre d'indiscrétions; devant cette loyauté inébranlable, il connut, comme par le passé, l'aiguillon de la jalousie. Mais presque aussitôt, il se passa une main sur le front, voulant chasser un mauvais souvenir ou plutôt la jalousie qui l'avait assailli.

– Oui, c'est ce qu'il m'a dit, confirma doucement Preston. En fait, il est mort en professant son amour pour toi.

Cette vérité, pourtant dite d'une voix basse et respectueuse, parut résonner autour d'eux. Maude regretta d'avoir retiré sa fourrure; son corps s'était tout à coup refroidi. Elle repensa au jour de leurs adieux et elle détourna les yeux, bouleversée. Ses lèvres se mirent à trembler de manière incontrôlable. Elle lui avoua dans un même souffle :

– Je savais qu'il avait beaucoup d'affection pour moi et Dieu sait si son amitié m'était précieuse, mais je n'ai jamais éprouvé autre chose pour Gervais qu'une infinie tendresse. Il le savait et malgré tout, cela ne l'a pas empêché d'être un ami loyal et fidèle... et il me manque horriblement.

Maude dissimula son visage entre ses mains, contenant à grand-peine ses larmes. Preston baissa humblement la tête. Gervais lui manquait terriblement à lui aussi. Ils avaient grandi ensemble, comme des frères. Ils avaient tout partagé, jusqu'à leur amour pour la même femme.

Preston tendit les mains vers Maude, en quête de cet aveu qu'il avait entrevu quatre ans auparavant et qui ne l'avait pas quitté depuis. Maude savait qu'elle aurait dû détourner les yeux, dégager ses mains, s'efforcer de rester sur le terrain de l'amitié prudente, mais elle en était incapable. Les yeux de Preston sondaient son âme et menaçaient de rompre le barrage qu'elle avait si soigneusement érigé. Elle eut vaguement conscience qu'il relâchait une de ses mains afin d'effleurer sa joue et une mèche de ses cheveux noirs. L'amour passionnel que Maude s'évertuait d'endiguer remonta violemment à la surface : la digue craqua, puis céda sous son poids.

Preston sentit le sol se dérober, éclaboussé par ce déferlement d'amour muet qu'il lisait sur le beau visage tourné vers lui. Il comprit brusquement qu'elle l'avait toujours aimé. Il supposa que lui aussi, sans doute, l'avait toujours aimée, mais qu'il avait lutté contre cet amour en alimentant ses insécurités, lesquelles avaient finalement pris le dessus. Il s'était saboté lui-même en se convainquant qu'il ne serait jamais à la hauteur de Maude et avait épousé Victoria par défaut. *Mon Dieu, qu'est-ce que j'ai fait!*

– Je suis désolé, Maude. Tellement désolé.

Devant l'air consterné de Preston, les yeux de Maude s'emplirent à nouveau de larmes.

– Non, ne dis rien, lui dit-elle la voix défaite. Je t'en prie, ne dis rien...

Le reste mourut étranglé dans sa gorge, étouffé par les lèvres ardentes de Preston qui s'étaient posées sur les siennes; il ne pouvait plus contrôler ni contenir ses émotions.

Depuis des années, Maude avait soigneusement dissimulé au fond d'elle-même la passion qu'elle éprouvait pour lui. Mais ce soir-là, elle ne s'en sentait plus la force. Avide de tendresse, elle n'avait qu'une envie : s'abandonner dans les bras de Preston, se fondre dans son corps. Ses mains déboutonnèrent son corsage, les siennes se perdirent dans l'encolure de sa chemise. Maude sut alors que le moment qu'elle avait espéré et redouté à la fois toute sa vie était enfin arrivé.

L'horloge sonna minuit. Ni Maude ni Preston ne firent un geste. Étendus côte à côte, à même le sol entre deux tables de travail et couverts seulement du long manteau de Preston, ils regardaient, comme hypnotisés, leurs doigts étroitement enlacés qu'ils avaient portés à la hauteur de leur visage. Chacun savait que les minutes étaient comptées, qu'une fois le silence brisé, l'enchantement serait rompu, la réalité, incontournable, s'imposerait à nouveau. Ils s'aimaient, mais c'était sans issue. Elle le savait; il le savait.

Ce fut finalement Preston qui rompit le premier le charme. Il détacha sa joue du sol afin de fixer le plafond. Sa voix s'éleva dans la pénombre, teintée d'amertume :

– Est-ce que tu penses que nous aurions pu être heureux ensemble?

– Il se fait tard, Preston... Je pense qu'il faudrait rentrer, lui répondit Maude qui avait sciemment refusé de répondre à sa question.

Elle le sentit remuer près d'elle; il relâcha ses doigts, un à un, comme s'il lui en coutait, puis il se redressa péniblement. Le manteau de Preston glissa de ses épaules et dans un élan de pudeur, Maude cacha sa poitrine. Elle frissonna et pensa que jamais plus elle ne connaitrait la chaleur, pressentant que c'était quelque chose de définitif.

Comme Preston baissait les yeux vers les boutons de sa chemise, Maude s'habilla en vitesse, enfilant sans coquetterie ses dessous puis son corsage. Une fois debout, elle remonta sa jupe longue qu'elle lissa nerveusement. Lorsqu'il lui fit face, Maude semblait avoir retrouvé son aplomb, du moins jusqu'à ce qu'elle soit confrontée au regard défait et coupable de Preston. Pour la première fois, elle entrevit l'être déchiré et vulnérable qu'il était. Toute sa vie, Preston avait été écartelé entre être un bon père et un bon mari, et sa volonté insatiable de réussir, d'être charitable, de se dévouer à l'entreprise familiale et de remplir son devoir de journaliste. La prise de conscience de son amour pour elle rendrait sa tâche encore plus ardue.

Dans un effort surhumain, Maude parvint à lui offrir un pâle sourire. Elle lui rendit son manteau, les yeux brillants, puis elle le guida doucement, mais fermement vers la sortie. Avec une délicatesse que seul un amour infini peut inspirer, elle le chassa :

– Rentre chez toi, Preston. Victoria doit t'attendre avec impatience. Ta place est auprès de ta famille. Je m'occupe de fermer.

Sa voix était triste, déjà lointaine et Preston comprit qu'elle savait, comme lui d'ailleurs, que le moment d'intimité qu'ils venaient de vivre ne se reproduirait jamais plus. Car il ne quitterait jamais Victoria. Celle-ci n'avait rien fait, à ses yeux, pour mériter un tel châtiment : elle était une épouse irréprochable. Avec une certaine maladresse, il effleura une dernière fois la joue de Maude d'un baiser et ressentit son tressaillement. Preston connut un déchirement intérieur qui ne devait plus le quitter.

La mine basse, il enfila son manteau et avec une grande inspiration, ouvrit la porte. De la neige vola à l'intérieur; il ne lâchait pas la poignée, les épaules affaissées, repoussant jusqu'à la limite du possible son départ, maintenu sur place par l'intensité de son émotion.

Enfin, il tourna légèrement la tête. Le vent balaya une fois pour toutes les dernières traces d'intimité qu'ils venaient de partager et porta les paroles de Preston jusqu'à Maude, immobile et frissonnante :

– Merci pour tout, Maude. Pour le journal, pour ton soutien, pour tes lettres. Tu ne sauras jamais à quel point elles ont compté pour moi.

La porte se referma tout doucement. Seule, Maude observa la poussière de neige se déposer délicatement sur le plancher. Depuis si longtemps, elle portait un masque. Elle avait enfoui son secret au plus profond d'elle-même. Voilà que ce soir-là, ils avaient dévoilé leurs sentiments. « Et pourquoi? se demanda-t-elle. Pour que nous sachions que nous étions faits l'un pour l'autre? Que nous sommes passés à côté d'une vie qui aurait pu être si heureuse? » Devant la cruelle réalité de la situation, Maude éprouva un désespoir inégalé.

Après toutes ces années, elle s'était faite à l'idée qu'elle était condamnée à porter le nom d'un homme qui la laissait indifférente, alors qu'elle en aimait un autre de tout son être. Or, savoir que leur amour était réciproque et que leur relation demeurait hors d'atteinte était doublement douloureux.

Le moment qu'ils venaient de vivre n'avait été qu'un instant de bonheur volé. Dès le lendemain, il ne resterait plus qu'un souvenir empreint d'une douce mélancolie. L'espace d'un soir seulement, elle avait entrevu ce qu'aurait pu être sa vie aux côtés de l'homme qu'elle aimait. Une vie de bonheur, de passion... une vie heureuse.

Le regard lointain, Maude porta une main à sa bouche et ses doigts caressèrent ses lèvres comme si elles portaient encore l'empreinte de celles de Preston. Elle murmura doucement, à la fois résignée et nostalgique :

– Oh oui, Preston... nous aurions pu être si heureux.

Rentré chez lui, Preston s'arrêta d'abord dans la chambre qu'il pensait être celle de son fils. Il s'était fait une telle joie de voir ses jumeaux autrement qu'en photo. Il retrouva aussi Charlotte, endormie de travers, un bras sur le torse de son frère. Il fut à peine étonné de les voir partager le même petit lit. Dans une de ses lettres, Victoria avait parlé de l'attachement instinctif qui liait les deux enfants. À la naissance des jumeaux, elle avait eu la présence d'esprit de coller les deux petits lits pour que jamais ils ne se sentent seuls. Heureusement, car dès que Charlotte avait été en mesure de se tenir debout, elle se hissait par-dessus les barreaux pour aller dormir serrée contre son frère, manège qui se répétait pratiquement tous les soirs.

Les yeux de Preston s'attardèrent inconsciemment sur le garçon : ému, il sourit. *Enfin un fils! J'œuvrerai avec encore plus de détermination, sachant que le fruit de mon travail profitera un jour à Anthony.* Preston pouvait déjà l'imaginer travaillant à ses côtés. Remué jusqu'aux larmes, il caressa les cheveux blonds de son fils, puis remonta doucement la couverture sur les épaules de Charlotte. À l'autre bout du monde, de jeunes vies avaient été brutalement interrompues, alors qu'ici, elles ne faisaient que commencer.

Il fit ensuite le tour des autres chambres. Il embrassa sur le front Joséphine, Marie-Ange et Olivia, sans troubler le moins du monde leur sommeil. Arrivé devant ses propres appartements, Preston fit une pause. Il tenta d'éprouver du remords et du repentir pour ce qu'il venait de vivre avec Maude, mais il en fut incapable. Rien ni personne ne pourrait l'amener à se sentir coupable de l'aimer; pas même sa propre femme. Elle qui pourtant, l'avait patiemment attendu pendant quatre ans, sans jamais se plaindre, gardant le contenu de ses lettres léger afin de ne pas l'inquiéter inutilement. « Quel contraste avec les lettres de Maude, songea-t-il, chargées d'émotions, me suppliant de ne pas prendre de risques inutiles et de revenir aussitôt que ma conscience me le permettrait. »

Preston eut subitement envie de faire demi-tour, mais il se retint au prix d'un effort suprême : son visage se crispa. « C'est mon erreur, se dit-il. J'ai choisi d'épouser Victoria. Et c'est à moi d'en payer les conséquences, non à elle. Certes, je ne peux contrôler ni mon cœur ni ma pensée, mais mes actions, mes gestes, oui. J'ai fait mon choix et je dois l'assumer. Je lui dois au moins ça. »

Preston considéra quelques secondes son jonc en or comme pour y puiser le courage d'avancer. Il était condamné à partager son lit avec une femme d'une beauté peu commune, incroyablement accommodante et, à bien des égards, parfaite, tout en se sachant éperdument amoureux d'une autre.

Lorsqu'il ouvrit la porte de la chambre opulente et de bon gout, il distingua de dos la silhouette de Victoria, ses cheveux blonds étalés sur l'oreiller. Preston éprouva un grand calme intérieur. Mais il n'aurait su dire si c'était celui du vide ou de la paix.

* * * * *

Les épaules d'une blancheur éclatante à côté de l'habit noir de son cavalier, Victoria tournoyait sur la piste avec grâce et aisance, élégante, magnifique. L'orchestre entamait les derniers accords. Maillet, qui s'essoufflait, en profita pour s'excuser. Il inclina la tête pour prendre congé de Victoria. Preston vit, l'espace d'un instant, son épouse à travers le regard d'un autre homme. Il constata que la simple beauté était capable, à elle seule, d'inspirer de bons sentiments, même pour un homme d'esprit comme Maillet.

Souriante, particulièrement animée ce soir-là, Victoria était plus belle que jamais. Comme chaque fois où ses yeux s'attardaient sur son épouse, Preston déterra les souvenirs amoureux d'autrefois, s'efforçant de les revivre.

Au moment souhaité, Victoria tourna la tête et ses yeux langoureux s'accrochèrent aux siens, ne laissant aucune équivoque. Son mari était divinement élégant dans son costume noir et ses chaussures bien cirées. C'était un homme extrêmement séduisant, surtout depuis qu'il était redevenu lui-même. Le bagage émotif, qu'il avait rapporté de ses quatre longues années d'errance en sol étranger, semblait enfin avoir été entreposé quelque part. « Mais où donc? », se demandait Victoria. En toute honnêteté, elle ne tenait pas vraiment à le savoir. Du moment qu'elle-même et les enfants n'avaient plus à être témoins de son regard effaré ou des sursauts de son corps lorsqu'un bruit ou quelqu'un le surprenait, elle s'estimait satisfaite.

Lorsque sa femme vint vers lui et posa sa main sur son torse, Preston se sentit submergé d'un sentiment de gratitude qu'il souhaita ne jamais oublier. Pas une seule fois Victoria ne lui avait reproché sa longue absence en Europe. Ni dans ses lettres, ni à son arrivée, ni depuis. Elle l'avait accueilli à bras ouverts, aimante et reconnaissante de le voir de retour, tout simplement.

Preston savait que s'il s'était offert une pause, un répit au milieu de toutes ces horreurs, s'il avait quitté son poste avant la fin de la guerre comme l'avaient fait certains de ses confrères, il n'aurait jamais eu le courage de retourner au front. Une issue inconcevable à ses yeux : il avait toujours estimé qu'il était de son devoir d'être témoin, jusqu'à la toute fin, des atrocités de la guerre. Ne serait-ce que pour honorer le sacrifice de Gervais et de tous les autres, morts au combat.

Preston reporta son attention sur Victoria qui, après s'être gracieusement détachée de lui, allait à la rencontre des convives. Preston lui emboita le pas. Il parvint, peu à peu, à échapper aux images troublantes et morbides; à apprécier son environnement, le décor qui s'offrait à lui. Chaque pièce, meublée avec gout s'inspirait du style Louis XV et respirait la richesse et la réussite. La grande salle à manger était brillamment éclairée par un superbe lustre et le service de table, en cristal et en argenterie, était exquis. Jamais Victoria ne s'était donné autant de mal pour souligner le Nouvel An. La demeure regorgeait de guirlandes dorées, de rubans rouges, de petits sapins magnifiquement décorés qui enjolivaient les tables, sans compter l'immense sapin qui trônait dans le salon principal.

Avec la fin de la guerre, les gens ressentaient le besoin de profiter des belles choses que la vie avait à offrir. Le confort, le luxe et la beauté continuaient de séduire et de faire rêver les petites gens et l'élite. La Première Guerre mondiale avait résonné autour d'eux : des fortunes s'étaient érigées, certaines, comme la leur, s'étaient véritablement consolidées, alors que d'autres s'étaient effondrées. Preston savait à quel point il était redevable à Maillet et à Arthur pour la réussite de l'usine, de même qu'à Maude pour celle du journal.

Maude, qu'il venait d'apercevoir à l'instant de dos, traversait tranquillement le salon, traquée par le maire Laplante. Bien que Preston ne lui ait jamais formellement exprimé son désir qu'elle garde son poste et bien qu'à l'origine, sa présence ne devait être que temporaire, l'idée que Maude quitte *L'Averti* ne lui avait pas effleuré l'esprit. Chacun avait repris son rôle, tout naturellement. Lui, à la direction comme telle du journal; elle, en tant que « directrice » de l'information.

Maude s'était tellement investie physiquement et émotionnellement dans le journal qu'aux yeux de tous – à l'exception d'Édouard –, sa présence était aussi justifiée qu'indispensable. De plus, sans Gervais pour l'épauler et le conseiller, Preston en était arrivé à la conclusion qu'il ne pouvait plus se passer de Maude dans la salle de presse. Quitte, à lutter quotidiennement contre son désir.

Son soutien lui avait été tellement précieux, surtout dans les premières semaines suivant son retour. Avec beaucoup de délicatesse et de doigté, elle l'avait aidé en privé à surmonter ou du moins à gérer ses troubles nerveux qui l'assaillaient depuis son expérience de journaliste de guerre. Et aujourd'hui, si Preston était redevenu sensiblement lui-même, c'était grâce à Maude, à son appui... et à une correspondance discrète avec un médecin spécialiste en trouble d'anxiété aiguë de Montréal.

Maude, de son côté, n'avait plus honte de son amour pour Preston. Et le plus remarquable, c'était que malgré la profondeur de leurs sentiments, malgré leur écart de conduite isolé, ils arrivaient à fonctionner efficacement, à travailler en étroite et constante collaboration dans la salle de presse, jour après jour. Leur rapport, du moins professionnel, avait retrouvé un semblant de normalité. Sur le plan personnel, une complicité plus grande encore qu'au temps de leur jeunesse les unissait. Tous deux se savaient transformés par le moment d'intimité qu'ils avaient partagé, par la découverte indéniable de leur amour réciproque.

Preston contempla avec admiration le dos dénudé de Maude, laquelle venait de se dérober adroitement d'une interminable conversation avec Gustave Laplante. L'économie de guerre avait engendré un avantage définitif : la pénurie de tissus, comme en témoignait la robe qui découvrait le dos de Maude.

Preston répondit distraitement au signe de tête cordial du maire. Gustave était un homme bien en chair aux joues colorées et au rire facile qui adorait la compagnie de jeunes et jolies demoiselles. Malheureusement pour lui, ce soir-là il se retrouvait coincé entre sa propre femme, Madeleine, et Françoise. Il avait beau étirer le cou, rouler des yeux, les belles du bal lui échappaient. Sa situation démoralisante n'avait fait qu'empirer avec le départ de Maude et l'arrivée de Suzanne, éplorée, incapable de se remettre du décès de son fils.

– Gervais aurait adoré cette soirée, soupira Suzanne. Je peux si bien l'imaginer en train de faire danser toutes les jolies demoiselles… Mon Gervais était si généreux de sa personne. Personne n'était jamais laissé pour compte avec lui.

Madeleine et Françoise lui offrirent une moue de sympathie, Gustave, lui, un signe de tête compatissant. Ignorant comment prendre congé des trois femmes sans les froisser, Gustave se résigna à monopoliser l'attention de son hôte :

– Édouard! Mon ami, l'intercepta-t-il. Justement l'homme avec lequel je voulais m'entretenir. Est-ce que je vous ai parlé de mon nouveau projet pour le centre-ville?

– Vous n'allez pas encore essayer de me soutirer de l'argent soi-disant destiné à l'embellissement du centre-ville, Gustave! lui demanda Édouard, pince-sans-rire.

En guise de réponse, le maire Laplante eut un rire énorme.

Lorsqu'il surprit la poignée de main échangée entre les deux hommes, Preston comprit que la conversation avait porté ses fruits. Il visualisa l'hôtel de ville qui avait subi des rénovations importantes et il eut envie de sourire; c'était une œuvre d'art imposante.

– Quelle belle soirée! Voir tous ces gens habillés de façon si soigneuse et avec tellement de gout me procure un réel bonheur, observa Victoria d'une voix mondaine, de retour aux côtés de son mari après avoir cordialement salué les invités en fête.

Preston accueillit le commentaire de son épouse en acquiesçant simplement de la tête pour lui plaire. Même avant son départ quatre ans auparavant, il avait toujours trouvé ces soirées futiles et longues à n'en plus finir. Surtout à ce moment, sans la présence joyeuse et enivrante de Gervais. Par le passé, son cousin était parvenu plus d'une fois à rendre ces longues soirées presque agréables.

Victoria accentua sa pression sur son bras pour avoir son attention et lui glissa à l'oreille :

– Regarde ta sœur comme elle est énorme! Je ne me souviens pas de m'être montrée en public durant les dernières semaines de mes grossesses.

Preston feignit de ne pas avoir entendu les propos désobligeants de sa femme; il échangea plutôt un sourire affectueux avec sa sœur, qu'Arthur aidait tant bien que mal à prendre place sur un canapé.

– Je trouve que Clémence, dans sa grossesse avancée, irradie de bonheur, remarqua avec tendresse Preston. Et cela me rassure de voir Arthur s'affairer de la sorte auprès d'elle.

Il prit une courte pause, avant de poursuivre sur un ton songeur, comme s'il se parlait à lui-même :

– Ils attendent cette première grossesse depuis si longtemps. Un cadeau du ciel, auquel ils avaient cessé d'espérer après toutes ces années…

– C'est vrai, reconnut Victoria, que cette grossesse soit une grâce aussi inattendue qu'inespérée à son âge… Trente-deux ans.

Franchement, c'est un peu tard pour fonder une famille.

– Le temps n'a pas eu raison de leurs sentiments amoureux, constata Preston d'un air absent.

À en juger par la façon dont ils se regardent, ils sont encore follement épris. J'aimerais pouvoir en dire autant… avec ma femme.

– C'est vrai qu'ils forment un couple très aimant, ajouta Victoria, du bout des lèvres. Et ils sont tellement pleins d'affection l'un envers l'autre… comme nous, tu ne trouves pas?

Elle guetta du coin de l'œil la première réaction de son mari – lequel avait simplement opiné de la tête –, avant de poursuivre de manière ingénue :

– Et tu as vu comme il se montre plein d'égards pour Clémence? Il ne la quitte pas des yeux, prend son bras sous prétexte de la soutenir, s'inquiète sans cesse de son bienêtre et cherche visiblement par tous les moyens à lui plaire et à soulager son inconfort...

Preston repensa à son propre comportement lorsque sa femme était enceinte et il se sentit rougir de honte. *Si je pouvais revenir en arrière, Victoria, je serais un autre homme. J'aurais fait preuve de beaucoup plus de considération pour toi.*

– Arthur est un bon mari, en effet. *Meilleur que moi.* Et toi, tu es une épouse parfaite, ma chère, conclut Preston en déposant un baiser tendre sur la joue de Victoria, au plus grand bonheur de celle-ci.

La vision de Maude enceinte et dans ses bras lui passa inopinément par l'esprit; Preston ferma les yeux, se sentant à nouveau déraper. Il prit une longue gorgée de vin. Il se refusa de penser davantage à Maude en présence de sa femme et il concentra toute son attention sur Clémence. Il était sincèrement heureux pour sa sœur. Elle avait fait un beau mariage. Arthur était un mari doux et attentionné.

De son côté, Victoria épiait toujours du coin de l'œil, avec envie, sa belle-sœur et son beau-frère. Après douze années de mariage, Clémence semblait n'avoir aucun souci, comme si elle savait qu'il ne pouvait lui arriver que des choses merveilleuses avec son mari. Envieuse malgré elle, Victoria détourna les yeux de l'énorme sourire qui se dessinait sur les lèvres d'Arthur. Il avait changé au cours des derniers mois. Il avait l'air plus détendu, moins sur la défensive. Il pouvait même faire preuve d'humour à l'occasion.

Victoria resta pensive. Elle s'était trompée au sujet d'Arthur. Au début, elle avait pensé que c'était un opportuniste sans personnalité qui essayait de détourner l'attention de sa personne; comme s'il avait quelque chose à cacher. Mais plus ils se côtoyaient, plus elle prenait conscience de son incroyable force de caractère. Il était solide comme un roc, et rien ni personne ne pouvait le faire parler ou agir contre son gré. « Finalement, pensa-t-elle, il nous a révélé sa véritable nature : un opportuniste, oui, mais un opportuniste aguerri et rusé. »

Si Victoria hésitait encore à laisser tomber complètement ses réserves envers Arthur, Preston, lui, n'avait jamais autant apprécié la compagnie de son beau-frère que depuis son retour d'Europe. Selon lui, Arthur avait changé en mieux. Il paraissait plus décontracté et même, il le surprenait souvent à sourire, et pas exclusivement au bénéfice de Clémence, comme cela avait toujours semblé être le cas auparavant.

Preston prit machinalement une gorgée, l'absence de Gervais se faisait à nouveau sentir. En cette soirée de réjouissances et de réminiscence, le décès de son cousin lui pesait particulièrement. Soudain, le visage de Preston s'éclaira. *Et si, au décès de Gervais, une partie de sa joie de vivre avait été transmise à Arthur et qu'un peu de son courage m'avait été accordé?* Preston secoua la tête, tandis qu'un sourire attristé errait brièvement sur ses lèvres. *Du courage pour m'aider à surmonter les défis qui m'attendent, et un peu d'humour chez Arthur pour détendre l'atmosphère.* Ils en auraient grand besoin dans les semaines à venir.

C'était également à Gervais que pensait Françoise. Elle essayait, sans grand succès, de distraire sa sœur dont la tristesse depuis la disparition de son fils marquait le visage. La mort de Gervais lui avait fait voir clairement le danger sournois que représentait pour une famille le fait de n'avoir qu'un seul fils. Elle avait renoncé à son orgueil et s'était résolue à faire l'impensable : mettre sur papier des informations aussi troublantes que précises, qu'elle avait remises dans le secret absolu à l'avocat de la famille. Une lettre cachetée contenant une bombe serait remise en mains propres à Preston suivant son décès à elle et uniquement dans le cas où la lignée des Roussel était menacée soit par l'absence d'un descendant mâle ou, en cas d'incapacité physique ou intellectuelle, du dernier successeur mâle survivant. La décision finale reviendrait à son fils. Preston ferait ce qui devrait être fait.

Françoise pria le ciel que jamais sa famille ne se trouve dans une situation qui nécessiterait – surtout pas de son vivant! – le dévoilement du contenu de la lettre. Ses doigts se resserrèrent, imperceptiblement, autour de sa flûte de champagne. Elle offrit un sourire crispé à sa sœur qui s'était remise à parler de Gervais. « Le passé appartient au passé, se dit-elle, sauf si l'avenir de la dynastie des Roussel est menacé. »

Près de la cheminée de marbre, un peu en retrait des autres convives, Maillet et Maude discutaient avec entrain. Vêtue d'une longue robe prune qui épousait à la perfection son corps mince et élancé, la journaliste était radieuse. Elle riait et il était évident que Maillet appréciait sa compagnie. Sa personnalité le fascinait et son esprit surtout le ravissait. Maude lui rappelait son épouse; ce qui était tout à son honneur. Car Marguerite était à ce point irremplaçable aux yeux de Maillet qu'il s'était condamné à vivre dans la solitude et à élever seul leurs deux garçons.

Maillet était de ces hommes qui avaient une présence réconfortante, rassurante même. Preston lui rendait régulièrement visite, pour le simple plaisir de sa compagnie. Maillet inspirait droiture et sagesse. Arthur, lui, inspirait devoir et confiance à Preston. C'était pourquoi, lorsqu'il avait découvert son beau-frère dans le bureau de Maillet, il s'était senti doublement à l'aise et disposé à se confier à eux :

– Mes amis, avant de rêver à un monde démocratique, nous devons d'abord redresser les standards au sein de notre ville et de notre province. Il est grand temps de réparer l'injustice commise à l'endroit des femmes... Et j'ai un plan.

Il était temps pour Preston de montrer à Maude ses vraies couleurs et à L'Averti de prendre position.

Preston surprit le geste affectueux de Maude qui prenait le bras de Maillet et il ressentit un léger pincement au cœur. C'était plus que ce que lui-même pouvait espérer, puisqu'ils évitaient soigneusement de se toucher, comme s'ils redoutaient qu'une fois cette barrière franchie, ils perdraient tout contrôle. Elle tourna un peu la tête et leurs regards se croisèrent. Maude fut la première à détourner les yeux; elle craignait d'éveiller des soupçons chez Maillet. Avec effort, elle parvint à se concentrer sur ses lèvres et sur les mots qu'il prononçait :

– ... Des perles, des fourrures, il n'y avait rien de trop beau pour ma chère Marguerite. Pourtant, de tous les cadeaux extravagants que je lui ai offerts au fils des ans, son préféré a toujours été, croyez-le ou non, le lilas que j'avais fait planté pour elle dans la cour arrière de notre propriété. Du ciel, elle doit veiller sur l'arbre, car je n'en ai jamais vu d'aussi beau nulle part ailleurs.

– Je trouve tout cela très romantique, murmura Maude, un sourire aux lèvres. Pour ma part, je pense que de tous les cadeaux que m'a offerts Henri-Paul, celui qui m'a fait le plus grand plaisir est la machine à écrire.

Preston, qui n'avait pas quitté Maude des yeux, ressentit un besoin pressant et incontrôlable de se trouver à ses côtés. Rien que d'être à proximité d'elle, il se sentait apaisé. Il marcha vigoureusement dans leur direction et saisit la fin de leur conversation.

– ... À dire vrai, je ne l'ai pas encore mise à l'épreuve, mais chose certaine, elle va me servir!

Maude parlait de son présent – une machine à écrire dernier cri – avec une joie si sincère que Preston sourit. *Elle peut se satisfaire de si peu.* En fait, il s'agissait d'un cadeau empoisonné; Henri-Paul brillait encore par son absence. Il avait donné rendez-vous à l'une de ses jeunes maitresses pour célébrer la nouvelle année. « Pauvre Maude », pensa Preston. La défection de son mari allait alimenter les cancans qui circulaient déjà au sujet de leur couple et de leur mariage « ouvert ».

Elle avait beau lui dire qu'ils avaient un terrain d'entente, Preston ne pouvait concevoir que les longues absences répétées de son époux à Toronto la laissaient réellement indifférente, particulièrement un soir de Nouvel An. Preston lutta contre son envie de la prendre dans ses bras; il se contenta de lui effleurer un coude. Il devait apprendre à contrôler ses émotions, à poser des gestes anodins, les mêmes que par le passé, sans pour cela être bouleversé.

Alors que les yeux brillants de Maude se posaient sur la main de Preston qui avait doucement accueilli son coude, il se pencha vers elle :

– Est-ce que Maillet t'a appris la nouvelle?

-Une nouvelle? répéta Maude, sa curiosité piquée, dévisageant, tour à tour, les deux hommes qui s'échangeaient des sourires complices.

Preston et Maillet se rapprochèrent de la jeune femme afin d'échapper aux oreilles indiscrètes. Lorsqu'ils virent les beaux yeux en amande de Maude s'agrandir de surprise, puis rayonner de bonheur, les deux hommes partagèrent un sentiment de fierté et de satisfaction personnelle.

Au cours de la soirée, des hommes s'étaient réunis dans le salon privé de Preston, lieu de prédilection par excellence pour ceux qui n'avaient qu'une envie : fuir les bavardages incessants et inconsidérés de leurs épouses. Le salon n'était pas très grand en comparaison avec les autres pièces de la résidence, mais tout avait été choisi avec un souci évident du détail. De lourds rideaux de velours bordeaux recouvraient les fenêtres, une table ovale massive trônait au centre de la pièce, entourée de fauteuils de cuir noir. Les lumières étaient tamisées, un feu crépitait dans le foyer et le cognac coulait généreusement.

Arthur avait pris place entre Athanase Murphy, un homme robuste qui avait fait fortune dans la construction navale, et Robert Simard, un avocat réputé. Le maire Laplante et Édouard Roussel ne le quittaient pas des yeux, comme s'ils essayaient de lire ses pensées. Arthur croisa les jambes pour éviter toute tension. Il croyait dur comme fer que le secret du poker résidait dans une attitude indifférente.

De son côté, Maillet pensait aux magnifiques décorations de Noël qu'il avait aperçues un peu partout au rez-de-chaussée. Ce Noël-là avait été particulièrement magique pour les enfants de Preston et de Victoria. *Un Noël en famille.* Maillet les avait entrevus brièvement plus tôt, lorsqu'ils étaient venus saluer les invités, avant de remonter sagement à l'étage des chambres, se faisant discrets.

Ses propres enfants, Maurice et Jacob, devaient eux aussi être sagement au lit, après un repas du Nouvel An particulièrement copieux. Les talents de cuisinière de leur bonne n'étaient pas tout à fait à la hauteur de ceux de Marguerite. C'était à cette période de l'année d'ailleurs que l'absence de sa femme lui était le plus pénible. Marguerite avait toujours tellement mis de cœur dans les préparatifs de Noël et dans les festivités du Nouvel An.

Maillet regarda autour de lui et pensa que c'était fort probablement l'unique pièce de la maison où la touche personnelle de Victoria était absente. De toute évidence, elle ne s'y était pas aventurée.

Chez lui, jamais Maillet n'aurait interdit à Marguerite l'accès au salon privé sous prétexte qu'il était réservé aux hommes. Elle pouvait aller où bon lui semblait. D'ailleurs, chaque pièce avec laquelle son épouse entrait en contact en ressortait plus belle, plus vivante. Maillet reporta son attention sur les cartes. Il évalua son jeu et se força à mettre de côté sa nostalgie; la forte odeur de cigare mêlée aux relents d'alcool qui flottaient l'y aida. « Ça par exemple! se dit-il. J'ai failli passer à côté de ma paire d'as! »

Au bout d'un moment, le maire laissa tomber d'un ton faussement innocent propre aux politiciens :

– Je lisais récemment dans votre journal un article portant sur les suffragettes. Il y avait longtemps que *L'Averti* ne s'était pas penché sur le sujet... sur cette fameuse madame Deslauriers. Elle n'a écopé que de quelques mois de prison, si je ne m'abuse. C'est fort peu, vous ne trouvez pas?

– C'est peu dire! Surtout après avoir menacé ouvertement nos élus, des hommes honorables comme vous, monsieur le maire, appuya Athanase Murphy, qui aspirait à être dans les bonnes grâces du maire, en partie à cause de certains commentaires disgracieux qu'il avait tenus lors des dernières élections municipales.

Preston, Maillet et Arthur demeurèrent étrangement détachés. Édouard avait froncé les sourcils, menaçant, prêt à mordre si quelqu'un osait critiquer *L'Averti*. Les autres accueillirent par des grognements approbateurs la déclaration de Murphy; le principal intéressé, lui, se bombait exagérément le torse devant tant d'égards.

Pendant qu'Athanase Murphy se réjouissait de ne plus figurer sur la liste noire du maire, l'avocat Simard profitait de cette rare occasion pour faire valoir son savoir; il émit quelques remarques bien placées concernant le droit criminel et les lacunes du système judiciaire. Édouard, quant à lui, contrarié, ne pouvait s'empêcher de constater que l'article en question coïncidait avec la rentrée au pays de son fils. Sous la supervision de Maude, *L'Averti* n'avait pas traité des suffragettes, alors que depuis le retour de Preston, le sujet épineux était revenu sur le tapis.

Une bonne minute de silence s'écoula, les hommes se concentrèrent à nouveau sur leur jeu et burent tranquillement leur cognac. Robert Simard, qui n'était pas avocat pour rien, fit une tentative pour relancer le débat :

– C'est quand même aberrant que ces femmes prétendent avoir le droit d'exprimer leurs opinions dans une sphère aussi complexe que la politique. Nous savons tous qu'elles obéissent à leurs émotions, et non à leur jugement!

– Serait-ce vraiment si terrible? Je veux dire, si nous leur accordions le droit de vote? avança Maillet, avec un scepticisme évident, lui qui n'avait fait qu'écouter depuis le début.

– Maillet! Vous nous faites marcher?! protesta Édouard. Si les femmes se mettent à revendiquer les postes qui, jusque-là, étaient propriété des hommes, nous nous dirigeons tout droit vers la catastrophe!

– N'empêche, fit remarquer Arthur, détournant habilement l'attention générale vis-à-vis de Maillet, qu'elles sont nombreuses à avoir fait preuve de patriotisme, en remplaçant tous ces hommes partis au front. Elles se sont vaillamment glissées dans le rôle de leur mari absent, elles ont travaillé dans les usines, elles ont occupé des postes administratifs, accompli les travaux de la ferme, et j'en passe.

– Et avec la guerre, renchérit à son tour Preston, les femmes ont pris conscience de leur importance et de leur capacité. Elles ont prouvé qu'elles sont les égales des hommes dans bien des domaines. L'ambition ne pouvait faire autrement que de suivre.

De sa voix impérieuse, Édouard s'empressa de mettre un terme à la discussion et par ricochet aux murmures désapprobateurs autour de la table qui avaient suivi les déclarations de son bras droit, de son gendre et de son fils :

– Elles ont fait leur part, je le reconnais. Mais il est temps pour tous de retourner à la vie normale, pour chacun de reprendre son rôle en société. Je suis contre ces femmes qui clament le *progrès* aux dépens de leurs responsabilités familiales. Du reste, maintenant que les hommes sont revenus de la guerre, le temps est venu pour elles de retourner à leurs occupations ménagères.

Arthur et Preston eurent le même regard inquiet et dévisagèrent Maillet, l'enjoignant à la prudence, comme s'ils avaient pressenti que ce dernier souhaitait à nouveau prendre la parole. Édouard, lui, se cala avec arrogance dans son fauteuil. *Oui, il est temps de remettre la pendule à l'heure.* Voilà pourquoi il n'avait jamais ouvertement reconnu le travail exceptionnel de Maude au journal; il espérait toujours qu'elle abandonnerait son poste.

« Si Maude consacrait autant d'énergie à son mariage qu'au journalisme, se disait-il, les mauvaises langues se tairaient enfin! » Par ailleurs, Édouard trouvait Henri-Paul beaucoup trop permissif et indulgent. Jamais il n'aurait permis à Françoise de s'installer seule en ville et encore moins d'œuvrer dans une sphère qu'il jugeait du domaine des hommes. C'était pour lui tout simplement inconcevable.

Édouard retourna à son jeu de cartes, faisant clairement comprendre aux joueurs que le sujet était clos. Maillet échangea un demi-sourire avec Preston, puis avec Arthur. Les trois hommes étaient du même avis : ce n'était plus qu'une question de temps pour que le suffrage universel soit adopté au Nouveau-Brunswick.

Preston repensa à l'air ravi de Maude lorsque Maillet et lui-même avaient annoncé leur intention de se ranger du côté des militantes. Preston était désormais prêt à rallier *L'Averti* au mouvement, à appuyer les suffragettes dans leurs démarches. Avant son départ pour le front, il avait secrètement épousé leur cause. Et maintenant qu'il était présent au journal, que la guerre était finie, le moment était tout indiqué pour passer à l'action. *Avec la participation des femmes naitra peut-être un monde meilleur que celui créé par les hommes.*

– CHAPITRE DIX-HUIT –

Montpellier, Nouveau-Brunswick – 1919

Le visage d'Édouard était complètement fermé, insondable. Seul le tressaillement de son œil gauche laissait deviner son trouble. Il dévisageait d'un regard stupéfait le bébé au visage rond, parfaitement paisible dans son moïse blanc et qui, il venait de l'apprendre avec le reste de la famille, porterait le prénom de Frédéric. *Comment ai-je pu être si aveugle?! Ne pas voir la vérité? Il n'y a peut-être à l'œil nu aucune ressemblance physique entre le père et le fils, mais n'empêche! J'aurais dû savoir! J'aurais dû!*

Depuis longtemps, Édouard croyait avoir maitrisé l'art de contrôler les éléments de sa vie, comme si les facteurs extérieurs lui obéissaient. Ses actions étaient toujours calculées et il pensait toujours en prévoir le résultat; sinon, il était prêt à prendre d'assaut les revers du destin. Cette fois, il était sans voix; tous ses points de repère lui échappaient.

Lorsque les nouveaux parents leur avaient fièrement présenté le nouveau-né et que Clémence avait annoncé avec bonheur le prénom, Arthur avait déclaré avec une suffisance inhabituelle, à la stupéfaction générale, incluant celle de son épouse, que l'enfant était un La Croix. Édouard avait failli avoir une crise cardiaque. Il avait littéralement senti son cœur protester. Les questions se bousculaient dans sa tête : « Comment ai-je pu me faire berner de la sorte par cet escroc d'Arthur?!

Lui accorder la main de ma fille?! Clémence, ma douce et naïve Clémence, l'épouse d'un La Croix! Mon gendre... le fils de Frédéric La Croix et de Laura Mailloux. Comment est-ce possible? Et qu'est-ce que cette réalité implique? Sont-ils toujours vivants? Cachés quelque part, attendant dans l'ombre? »

Hébété, Édouard se retourna vers Arthur dont le visage était impénétrable. Édouard comprit soudain combien il avait été crédule. La vie était rancunière. Elle n'oubliait rien. « Je ne peux qu'imaginer les mensonges que Frédéric a dû lui raconter, ruminait-il intérieurement avec la plus grande mauvaise foi. Sa perception déformée des choses, des évènements. »

Consternée, Françoise avait porté un mouchoir à sa bouche, sans quitter des yeux le berceau; Preston examinait avec une incompréhension grandissante son beau-frère. *Pourquoi maintenant, Arthur? Après toutes ces années de silence, pourquoi révéler ta véritable identité au moment de la naissance de ton fils?* Dans un coin de la pièce, Victoria demeurait silencieuse; elle ne saisissait pas complètement la portée de cette nouvelle. Clémence, confuse devant l'émoi collectif, avait posé un regard inquiet sur son mari; elle attendait une explication. C'était Arthur qui avait suggéré le prénom de Frédéric. Et elle n'y avait vu aucune objection. *Mais pourquoi le nom de famille La Croix? Ne sommes-nous pas des Côté?*

Devant la famille rassemblée, Arthur se livrait enfin. Pendant des années, il s'était senti comme un imposteur. Il vivait dans la hantise de commettre un impair; il luttait constamment pour sauvegarder son équilibre, déchiré entre son désir de protéger son amour pour Clémence et d'honorer la promesse faite à son père. Dans la vie, il fallait faire des choix. Et en donnant le prénom de son père à son fils, Arthur avait choisi de faire éclater la vérité. Il n'en pouvait plus de vivre dans le mensonge. Il attendait ce jour depuis si longtemps!

Arthur pointa Édouard d'un doigt accusateur :

– Cet homme sans scrupule ni morale n'a reculé devant rien pour parvenir à ses fins. Il a lâchement châtié mon père, Frédéric La Croix, son fidèle associé, pour diriger seul l'usine. Il a brisé l'âme de mon père et a enlevé le gout de vivre à ma mère... Il a précipité leur mort et m'a rendu orphelin à l'âge de douze ans.

Alors même qu'il portait ses accusations, Arthur sentit que sa voix manquait de conviction, que la fureur qu'il avait si longtemps portée s'effritait, pour ne plus être qu'une plainte douloureuse.

Les membres de la famille Roussel ne le quittaient pas des yeux, indécis, à l'exception de Preston qui, à la simple mention du mot « orphelin » avait détourné les yeux. Édouard, les épaules voutées et la tête basse, gardait obstinément les yeux rivés sur le nouveau-né. *Ainsi, Frédéric La Croix et Laura Mailloux sont décédés. Mais l'esprit de mon ancien associé vient de ressusciter en la personne du petit Frédéric. Mon petit-fils... et le sien.*

Arthur s'était attendu à une explosion de colère, à une tempête de vociférations, mais Édouard restait coi. La fureur née de la cuisante impression de s'être fait piéger avait failli avoir raison de son cœur. Mais voilà qu'une émotion tout autre était venue amoindrir sa colère : il était touché malgré lui par la déconfiture de son gendre, par la souffrance presque palpable de son âme tourmentée. Arthur n'avait pas eu la vie facile. Et de toute évidence, l'enfant en lui souffrait toujours.

Envahi par un singulier sentiment de pitié, Édouard tourna lentement la tête dans la direction d'Arthur. Celui-ci eut un mouvement de recul, complètement pris de court par la compassion qu'il lisait sur le visage de son beau-père, alors qu'il s'était mentalement préparé à un affrontement terrible.

Tandis qu'Arthur se ressaisissait avec difficulté, le regard d'Édouard s'attarda longuement sur sa fille : Clémence faisait un effort considérable pour endiguer ses émotions. Il pouvait voir sa nuque se contracter, ses doigts se crisper sur le hochet qu'elle tenait serré contre son ventre. Édouard fit un geste vers elle, mais se ravisa. Il s'avança vers Arthur; son visage trahissait indéniablement son trouble. « Je dois trouver les mots justes, se dit-il. Les mots capables d'apaiser les esprits, aussi bien chez les vivants que chez les morts. »

Édouard eut brusquement la chair de poule; il sentit incontestablement la présence de son ancien associé et de son épouse Laura. Il aurait juré qu'il s'apprêtait à faire face au jugement dernier. À force de persévérance, Édouard parvint à ignorer ses palpitations. Il s'adressa à son gendre :

– Tu aurais utilisé l'amour de ma fille pour arriver jusqu'à moi, pour me détruire, pour venger ton père? Je ne peux y croire Arthur. Trop d'occasions se sont présentées pendant toutes ces années au sein de notre famille, auprès de moi... Tu serais passé à l'acte si vraiment tu étais animé par la vengeance, si vraiment tu voulais ma perte, notre perte.

À chacune des paroles de son père, Clémence s'affolait. Elle commençait à entrevoir la vérité, l'horrible sentiment de s'être fait piéger. Son univers s'écroulait. Elle éclata en sanglots bruyants. C'était lamentable, elle le savait, mais elle n'y pouvait rien. Arthur lui jeta un regard rassurant pour qu'elle sache que son amour pour elle était sincère. Le visage caché par ses mains, Clémence ne voyait rien. Comme sa fille n'était pas en état de parler, Édouard continua sur sa lancée, bien décidé à faire preuve d'honnêteté et de sincérité :

– Je suis désolé pour ton père, Arthur, mais j'ai fait ce qui m'apparaissait comme nécessaire à l'époque. C'était lui ou moi. Le moulin traversait une période difficile et Frédéric et moi ne pouvions nous entendre sur la façon de le gérer. Il ne pouvait y avoir qu'un seul dirigeant. Et après avoir longuement discuté, ton père et moi nous nous sommes mis d'accord : il était préférable qu'il parte.

– Non! Ce n'est pas vrai! s'emporta Arthur, sa voix prenant les accents d'un enfant perdu. C'est vous qui l'avez mis à la porte!

Édouard secoua la tête comme pour chasser un mauvais souvenir et s'approcha de son gendre :

– Ce fut une décision pénible et pour lui et pour moi, mais elle apparaissait à ce moment-là essentielle à la survie du moulin. Ton père l'avait compris mieux que moi. C'est d'ailleurs lui qui a le premier abordé l'idée d'une rupture, mentit Édouard sans flancher. Notre amitié n'avait pu survivre à la crise ouvrière et il tenait à quitter le moulin la tête haute, son orgueil intact. C'est pourquoi je l'ai laissé partir sans effort pour le retenir. Mais crois-moi, je savais ce que nous perdions en le laissant aller. Je n'ai jamais oublié le prix que j'ai dû payer pour cette malheureuse rupture.

L'air solennel, Édouard se tenait à quelques pas d'Arthur et attendait une réaction de sa part. Il avait un peu embelli la vérité.

Beaucoup même. Mais, c'était avant tout pour garder intacte l'image qu'Arthur se faisait de son père. Il aurait été inutile et cruel de sa part de lui dire ce qu'il pensait réellement de son ancien associé.

« J'ai quand même un peu de cœur, quoique puisse en penser le reste du monde! se dit Édouard. Un jour peut-être, Arthur prendra conscience de l'homme sans envergure qu'avait été son père, Frédéric La Croix. Pour ma part, je n'ai pas le droit de détruire l'image que se fait Arthur de son père. Et dans l'immédiat, tout ce qui importe, c'est notre désir commun de voir prospérer l'usine Roussel. »

Arthur ne lui avait pas encore donné raison de croire, malgré cette fracassante révélation, qu'il avait changé son fusil d'épaule.

Tous demeuraient silencieux, pris de court par ce discours teinté d'un certain repentir et qui était tellement inattendu de la part d'Édouard, ce père contrôlant, ce mari obstiné qui ne reconnaissait jamais ouvertement ses torts. Enfin, Arthur se redressa de toute sa hauteur et posa sur son beau-père un regard brulant :

– Vous avez fait preuve d'une grande générosité envers moi, monsieur Roussel, je l'admets. Mais cela ne veut pas dire que vous êtes une bonne personne et cela n'efface pas les erreurs du passé ni l'injustice commise contre mon père. Cela étant dit, reprit Arthur avec fermeté, vous avez raison. Je n'ai aucune envie de voir l'empire Roussel tomber comme un château de cartes. Comme vous, comme vous tous, je n'ai qu'un seul désir : le voir grandir, s'étendre dans le monde. Ainsi, je saurai que la mort précipitée de mon père n'aura pas été vaine.

Arthur disait vrai. Autrefois, il les haïssait tous. Mais, au fil des ans, il s'était pris de respect et même d'affection pour eux. Son amitié pour Gervais et pour Preston, particulièrement depuis son retour d'Europe, était bien réelle, son amour pour Clémence était ce qu'il avait de plus précieux. Maintenant qu'il avait un fils, il devait se libérer définitivement des rancunes du passé. C'était précisément la raison pour laquelle il avait voulu donner le prénom de Frédéric à son enfant. C'était sa façon à lui d'exorciser le passé et d'aller de l'avant. Les La Croix et les Roussel formaient une famille désormais.

– Je suis heureux de te l'entendre dire, déclara finalement Édouard avec dignité, passablement rassuré par la teneur des propos d'Arthur.

Seul l'avenir dirait s'il avait eu tort de croire en la sincérité de son gendre. Édouard constata avec soulagement la disparition des deux spectres dont il semblait avoir été le seul à ressentir la présence. L'âme de Frédéric La Croix et celle de Laura Mailloux pouvaient enfin reposer en paix. Après un bref moment d'hésitation, Édouard prit le bras de sa femme et celui de Victoria, qui secouait toujours la tête, abasourdie. *Je le savais qu'il cachait quelque chose! J'avais raison de me méfier d'Arthur! Avec quelle habileté il s'est taillé une place près de nous!*

Preston se mit à les suivre machinalement. Il n'était pas remis de ses émotions; il ne s'était jamais douté de quoi que ce soit. D'une part, furieux contre Arthur de l'avoir dupé et d'autre part, furieux contre lui-même d'avoir été celui qui l'avait introduit dans la famille, Preston considérait son beau-frère avec une réelle incompréhension. « Comme tu as dû rêver à cet instant Arthur! l'accusait-il silencieusement. Exposer qui tu es réellement, venger la mémoire de ton père en confrontant le mien sur ses actions passées! »

Preston étudia sur son passage le visage de son beau-frère. Il n'y vit qu'un mélange d'amertume, de soulagement et d'extrême lassitude et sa perception changea d'un seul coup. *Cela a dû être extrêmement pénible pour Arthur de vivre avec un tel secret. Tout s'explique à présent. Les malaises, les retenues, son bonheur toujours un peu mitigé...*

Preston sentit fondre son ressentiment. Certes, Arthur avait menti sur son identité, mais il n'avait pas trahi sa confiance, malgré toutes les occasions qui s'étaient présentées. « Car Dieu sait si cela eût été facile de renverser ma famille, pensa Preston, et de prendre le contrôle absolu de l'usine pendant ma longue absence en Europe! » Oui, il aurait pu faire bien des choses pour leur nuire. Et c'était pour lui une preuve suffisante de sa loyauté.

Preston vit Édouard se retourner, une dernière fois, vers Arthur et lui adresser un signe de tête solennel : son père en était arrivé à la même conclusion que lui. Arthur ne serait pas tenu à l'écart de leur famille ni de l'usine. Un pont entre le passé et le présent venait de se bâtir. Animé de cette ferme certitude, Preston s'arrêta brièvement près de son beau-frère.

« Arthur ne m'a jamais donné une seule raison de douter de sa loyauté, décida-t-il une fois pour toutes. Au contraire, il s'est avéré au fil des ans un ami fidèle et une figure exemplaire. » Une fois à sa hauteur, Preston lui toucha l'épaule dans un élan de solidarité, auquel Arthur répondit par une poignée de main. Par ce geste et le regard confiant qu'ils échangèrent, les deux hommes scellaient officiellement leur réconciliation. Leur amitié sortirait intacte de ce remous. Les erreurs d'autrefois ne se répèteraient pas.

Dans un coin de la pièce, Clémence n'avait toujours pas bougé. Sa famille s'était retirée pour donner au couple la chance de s'expliquer et elle leur était reconnaissante de cette marque de délicatesse. Elle leva finalement les yeux vers son mari. Arthur vit une ombre passer sur son visage coloré par l'émotion; il frissonna.

– Clémence, laisse-moi t'expliquer..., commença-t-il, prudemment.

La lueur d'espoir qui venait à peine de passer dans les yeux bleus de sa femme s'éclipsa, remplacée par un abattement total. Arthur fut réduit au silence. Il se tordit les mains, cherchant fébrilement ses mots, conscient qu'au moindre faux pas, il risquait de perdre celle qui lui était la plus chère au monde. Il posa sur sa femme un regard implorant :

– Quand tu as tout perdu, tu n'as pas d'autres choix que de t'accrocher, à tort ou à raison, à la mémoire de ceux que tu aimais, aux promesses formulées... d'espérer pouvoir un jour les venger. C'est du moins ce que je croyais devoir faire. Et pendant des années, l'esprit de vengeance m'a habité. J'en voulais à ton père d'avoir conduit ma famille à sa perte, d'avoir précipité, même indirectement, la mort de mes parents. Et quand je suis arrivé dans ta famille, c'était dans l'intention de la détruire, je l'avoue. Mais je t'ai rencontrée et tout a changé, reprit-il avec ferveur. J'ai longtemps essayé de me convaincre que je me servais de toi et de notre mariage pour arriver à mes fins, mais au plus profond de mon cœur, je savais que c'était faux. Je t'ai aimée dès le premier instant où je t'ai vue. Et depuis, je n'ai jamais cessé de t'aimer. Je t'aime, Clémence, comme je n'ai jamais aimé personne auparavant. J'aime notre fils, j'aime notre famille, j'ai enfin pu surmonter mon passé... grâce à toi.

Arthur sentit une sourde tristesse fondre sur lui, l'impassibilité de sa femme lui faisait craindre le pire.

– Clémence..., implora-t-il à nouveau, mais celle-ci l'interrompit du revers de la main.

Alors qu'elle cherchait des points de repère, elle remonta dans le temps, s'efforçant d'établir la chronologie des évènements depuis leur première rencontre. Elle dut faire appel à toute sa bonne volonté pour verbaliser sa pensée :

– Pourquoi ne m'as-tu rien dit? Comment as-tu pu me cacher aussi longtemps cette partie de ta vie... tes origines, qui tu es! Mais, Arthur... En as-tu toi-même la moindre idée? Mon Dieu, quel énorme mensonge... Quel âge as-tu réellement?

Visiblement perdue, confuse, en proie à des images et à des souvenirs, Clémence gardait obstinément les yeux rivés sur le hochet. Arthur dut se faire violence pour maintenir une distance respectueuse; il ne désirait qu'une chose : accourir vers elle, la prendre dans ses bras et chasser l'immense tristesse de son visage.

– J'ai trente-neuf ans, répondit-il simplement et honteusement.

Clémence accusa le coup sans broncher; lorsqu'elle leva la tête, de grosses larmes roulaient sur ses joues. Elle le dévisageait, suppliante, le visage défait :

– Reste-t-il encore du vrai dans notre histoire?

– Mon amour pour toi a toujours été vrai, assura Arthur, dévasté, la voix brisée par l'émotion. Je t'ai aimé à la seconde où mes yeux se sont posés sur toi, ma petite biche des bois. Et je n'ai jamais cessé de t'aimer depuis. Tu dois me croire, l'implora-t-il.

– Mon Dieu, Arthur..., laissa échapper Clémence dans un soupir douloureux. Puis elle se redressa lentement, sa robe blanche vaporeuse s'évasa autour d'elle jusqu'à ses pieds.

Il la vit faire quelques pas dans sa direction, s'arrêter le temps de déposer le hochet sur la commode.

– Je crois, dit-elle, qu'il est grand temps pour toi de redevenir un La Croix et pour moi, de changer de nom.

– Je ne suis pas certain de comprendre; je ne sais pas comment interpréter tes paroles, hasarda Arthur, plongé dans l'incertitude.

Clémence eut pour son mari un sourire triste, chargé d'une tendresse infinie :

– Arthur... Lorsque je t'ai donné mon cœur, c'était pour toujours. Il est à toi. Il sera toujours à toi. Je veux porter le nom de mon mari, être également une La Croix.

Figé par la puissance de son émotion, Arthur baissa humblement la tête. La grandeur d'âme, la compassion et l'amour de sa femme le laissaient sans voix. Ses épaules fléchirent, un sanglot monta dans sa gorge, impossible à retenir. Les bras aimants de Clémence l'enveloppaient avec force. Son cœur fut submergé d'une telle vague d'amour pour elle qu'il crut exploser.

Malgré tous mes travers et mon énorme mensonge, elle m'aime toujours. Je ne l'ai pas perdue.

– Je ne te mérite pas, Clémence, je le sais bien, mais je te fais la promesse de ne plus jamais rien te cacher, et de t'aimer de toute la force de mon être, jusqu'à la fin de mes jours, parvint-il à articuler, le visage enfoui dans les cheveux blonds de sa femme.

Lorsque ses larmes honteuses se tarirent, Arthur éprouva, pour la première fois depuis l'enfance, un sentiment de béatitude, de sérénité authentique. Il était enfin en paix. Il était libéré, une fois pour toutes, de son passé. Son corps se défaisait miraculeusement de sa raideur. Clémence se détacha lentement de son mari, puis caressa amoureusement les joues encore mouillées :

– Je regrette de ne pas avoir eu la chance de connaitre ta famille. Ce devait être quelqu'un d'exceptionnel, ce Frédéric La Croix, murmura-t-elle avec une grande délicatesse, entrainant avec douceur son mari vers le berceau.

Un frémissement subtil traversa le visage d'Arthur pendant qu'il suivait docilement son épouse. *Oui, à une certaine époque, mon père était quelqu'un. Du moins, aux dires de ma mère.* Lui-même n'avait connu que le côté sombre de Frédéric; l'homme jovial et apprécié de la population de Montpellier appartenait à une époque lointaine, datant d'avant sa naissance. « Peut-être, songea Arthur, que la personnalité pleine d'entrain de mon père renaitra chez mon fils, Frédéric? »

Comme elle glissait son bras autour de la taille de son mari, Clémence déposa sa tête dans le creux de son épaule, bercée par l'ultime clarté que leur couple était plus fort et plus uni que jamais. Puis, à l'instar d'Arthur, elle contempla d'un regard aimant et rêveur leur fils endormi.

Ce soir-là, comme si Édouard Roussel n'avait pas déjà eu sa juste part d'émotions, un coup frappé à la porte de sa résidence, à une heure plutôt tardive, le plongea à nouveau dans tous ses états. Du rez-de-chaussée, il accourut vers l'entrée principale, sa canne à la main et émergea essoufflé dans le vestibule, inexplicablement convaincu que l'heure des rétributions avait sonné.

Édouard prit le temps de retrouver son souffle et de se composer une mine de circonstance. Il souhaitait de tout cœur que Gédéon De Grâce ait la même considération que lui; qu'il ait l'obligeance de lui épargner un tête-à-tête embarrassant.

– Gédéon... Tu as intérêt à ne pas être de l'autre côté de la porte! grommela-t-il entre ses dents.

Tu n'as qu'à déposer la boite métallique sur le seuil, exactement comme je l'ai fait, cinq ans passés!

Édouard compta jusqu'à dix, ouvrit lentement la porte et laissa échapper un soupir de soulagement.

Une heure plus tard, Édouard se tenait debout dans son salon privé, contemplant ses tableaux de chasse, et plus précisément celui du centre. Une main refermée sur le pommeau en or de sa canne, l'autre tenait un bout de papier. Tout est en ordre : le compte était bon. Le contraire l'eut d'ailleurs étonné.

Il aura fallu cinq longues années à Gédéon De Grâce pour rembourser sa dette, et à Édouard, autant d'années, pour essayer de s'expliquer la raison qui l'avait poussé à venir en aide à son ennemi. Aujourd'hui, la seule chose dont il était sûr, c'était que son geste n'avait été motivé ni par la charité ni par un sentiment de pitié.

Édouard avait longtemps essayé de se convaincre qu'il avait agi exclusivement par orgueil. Il voulait pouvoir dire un jour qu'il avait écrasé son adversaire par une lutte d'égal à égal, de journal contre journal, sans l'intervention d'une force extérieure majeure. Ce soir, il était bien forcé de reconnaitre que cela n'expliquait qu'en partie son intervention généreuse.

La vérité, c'est qu'Édouard se savait extrêmement béni. Et il était tout à fait conscient que, n'eût été du moulin grâce auquel il avait bâti sa fortune, Dieu seul savait si *L'Averti* aurait pu survivre. En fait, ce n'était que sous Preston que le journal avait véritablement commencé à rapporter des revenus intéressants.

Ce fameux soir de l'année 1914, Édouard avait relu pour la cinquième fois le témoignage de Gédéon De Grâce : dans sa déclaration au journaliste de *L'Averti*, Gédéon avait non seulement fait preuve de dignité, mais ses mots exprimaient clairement sa volonté de sortir victorieux de ce revers du destin. Une volonté de réussir qui lui avait rappelé la sienne. Peut-être était-ce en partie pour rendre hommage à ce trait de caractère qui se faisait de plus en plus rare qu'il s'était senti interpelé à lui apporter une aide financière? Enfin, cela n'avait plus d'importance. La trêve qu'ils avaient en quelque sorte instaurée depuis l'épisode du coffret pourrait désormais être levée. Chacun pouvait recommencer à critiquer ouvertement l'autre et son journal, comme bon lui semblait.

Édouard jeta à la poubelle la note qu'il avait trouvée parmi les billets de banque soigneusement empilés, un simple « merci » qui l'avait curieusement ému. Comme s'il ressentait tout à coup le besoin pressant de s'occuper, il s'avança vers ses belles peintures de chasse, ajusta méthodiquement l'encadrement doré de chacune d'elles pour qu'elles soient parfaitement à niveau, accordant une attention particulière à celle du centre. Avec un sourire mystérieux, il se demanda qui, dans un avenir lointain, découvrirait la cachette. Lui qui, toute sa vie, n'avait jamais rien laissé au hasard, caressait l'idée de garder secret l'existence de cette ouverture murale et de laisser le destin choisir son bienheureux héritier.

Or, tandis qu'Édouard dressait avec une pointe d'excitation la liste plutôt restreinte des personnes les plus susceptibles de découvrir son coffret, la possibilité que cet héritier fût sa petite-fille, Olivia, ne lui traversa jamais l'esprit.

* * * * *

Chablis, Nouveau-Brunswick

Chaque année, des petits garçons faisaient leurs débuts et d'autres, les plus chanceux, leurs adieux à l'orphelinat. N'eût été sa santé délicate, Laurent avec sa personnalité attirante et attachante aurait été adopté depuis longtemps, car il correspondait, de prime abord, aux standards habituels des parents désirant adopter un petit garçon. Toutefois, personne ne voulait s'attacher à un enfant dont le dossier médical laissait présager une vie éphémère ou du moins incertaine. Les frères étaient tous conscients de la fragilité physique de Laurent, de sa prédisposition aux virus de tout genre; les autres orphelins, eux, de ses limites sportives. Les couples de parents potentiels en visite, une fois revenus de la beauté de Laurent, s'inquiétaient de son souffle court, de la pâleur de son teint, que la rougeur permanente de ses joues accentuait. Et les années passant, ses chances d'être adopté diminuaient considérablement.

À quatorze ans, Nathaniel, pour sa part, ne recevait jamais de second regard et, étrangement, ne faisait rien non plus pour aider sa cause; il défiait ouvertement d'un œil critique ces adultes aux gouts aussi superficiels que prévisibles. Il avait perdu depuis longtemps l'espoir de se faire adopter et il s'en estimait heureux. Nathaniel avait son propre dessein : il serait un voyageur, comme saint Christophe, sans attaches, libre de se promener à son gré, aussitôt qu'il serait en âge de quitter l'orphelinat.

Réunis en trois rangs bien droits, les plus jeunes devant et les plus âgés derrière, la plupart des enfants se montraient sous leur plus beau jour; ils souriaient à pleines dents aux couples qui déambulaient lentement entre les rangées et qui cherchaient à repérer celui qui était susceptible d'émouvoir leur cœur, d'éveiller l'instinct maternel et paternel, et qui, en fin de compte, leur ressemblait le plus.

« C'est une telle perte de temps! pensa Nathaniel. Personne ne veut d'adolescents! Seuls les garçons de la première rangée et à la limite, de la seconde, ont réellement une chance d'être adoptés! » Il roula des yeux et croisa la mine réprobatrice du père François qui venait de lui faire comprendre d'un signe de tête qu'il pouvait être excusé. « En d'autres mots, se dit-il, je ne plais pas! Quelle surprise! »

Nathaniel s'en fut sans demander son reste, et dans la minute qui suivit, fut rattrapé par d'autres garçons, dont Laurent et Victor. Si Nathaniel avait l'air sincèrement soulagé de ne pas avoir été sélectionné, Cheval, lui, arpentait le corridor avec colère, rongeant son frein, tandis que Laurent retenait ses larmes, désemparé. Plus les années s'écoulaient, plus les chances d'être adopté s'amenuisaient. *Mon tour viendra-t-il un jour? Et s'il vient, qu'adviendra-t-il de Nathaniel? Parviendrais-je à convaincre mes nouveaux parents de l'adopter lui aussi?*

Confronté à l'air à la fois rêveur et résolu de son meilleur ami, Laurent éprouva cette crainte sournoise et récursive. « Si Nathaniel, songea-t-il, décide un beau matin qu'il en a assez de l'orphelinat, que le moment est venu pour lui de voler de ses propres ailes, qu'il n'en peut plus d'attendre l'âge adulte... me préviendra-t-il? Et surtout, me laissera-t-il le suivre? »

* * * * *

Montpellier, Nouveau-Brunswick

« La *Montreal Tramways Company* inaugure la première ligne d'autobus dans Montréal... », lut à mi-voix Édouard, pour ensuite revenir sur un article connexe. « Le maire de Montpellier, monsieur Gustave Laplante, promet des investissements massifs dans le réseau routier dans les mois à venir... »

Avec une singulière lassitude, Édouard déposa *L'Averti* sur la table basse près de lui. L'amélioration des routes, aussi bien à Montpellier qu'à Montréal, et la construction de nouvelles voies jusque dans les coins les plus reculés, semblaient vouloir préparer mentalement la population à de grands changements : la disparition inévitable des attelages de chevaux. Les bêtes avaient perdu du terrain depuis un certain temps déjà au profit des bicyclettes, sans compter les automobiles de plus en plus présentes et dont s'équipaient les familles les plus fortunées. Édouard se demanda s'il verrait, de son vivant, les chevaux disparaitre du quotidien campagnard, remplacés à leur tour par des machines toujours plus performantes.

Édouard éprouva fugitivement de la nostalgie pour une époque révolue, lui qui toute sa vie, avait prôné l'avancement de la technologie. Il fixa un moment le foyer éteint, puis laissa son regard errer sur sa chère bibliothèque. Il n'avait lu que le tiers de son contenu, Françoise, peut-être bien la moitié. Sans doute serait-ce Joséphine, avec son insatiable soif de lecture, qui en viendrait à bout. Car elle avait sur lui un net avantage : du temps.

Les traits d'Édouard se détendirent notablement : il pensait à sa petite-fille chérie, dont le tempérament bouillonnant n'était pas sans lui rappeler son propre caractère et pour laquelle son cœur battait un peu plus fort. Mais l'expression de contentement ne dura pas. Il eût souhaité que ce trait de caractère eût été transmis à Anthony, plutôt qu'à Joséphine.

« Mon petit-fils ressemble davantage à une gentille brebis qu'à un lion, pensa-t-il. Surtout lorsqu'il est au côté de sa jumelle! » Charlotte avait toujours été la plus hardie des deux. Édouard espérait qu'avec l'âge, et si Preston en faisait une priorité, il pourrait modifier et modeler à leur image le caractère d'Anthony en vue des responsabilités qui l'attendraient. Quant à Marie-Ange, elle passait le plus souvent inaperçue, tellement elle était accommodante et bien élevée. Et, Olivia? Certes, il la trouvait très jolie, mais...

Édouard bougea dans son fauteuil, comme pris en défaut pour sa déloyauté. Étant donné qu'Olivia était celle de ses petites-filles qui ressemblait le plus à Victoria, et donc à Isabelle, sa jumelle adorée, il eut été prévisible et logique qu'Édouard fût enclin à la favoriser. Or, il n'était pas particulièrement attaché à Olivia. Frédéric, le bébé de Clémence et d'Arthur, avec son regard intelligent et vif, avait éveillé en lui un sentiment d'attachement plus prononcé que n'avait jamais pu lui inspirer la fillette. Et les relations avec ses autres petits-enfants éparpillés dans l'Ouest canadien étaient pour ainsi dire inexistantes. Puisqu'Édouard n'avait pratiquement aucun contact avec ses propres filles, Cécile, Léonie et Gaële, les relations avec leurs enfants en avaient inévitablement souffert.

Brusquement incommodé par cette pression qu'il avait appris à reconnaitre et qui venait de le prendre d'assaut, Édouard porta, par réflexe, une main à sa poitrine. Il tendit difficilement l'autre main vers la table basse, parut hésiter entre le journal et la clochette en argent; comme son malaise s'intensifiait, il s'empara de l'objet. Il le fit tinter à la hâte, ferma les yeux et appuya la tête contre son fauteuil.

« Inutile de s'alarmer; ce n'est qu'une légère indigestion », essayait-il de se convaincre lorsque l'infirmière engagée à domicile manifesta sa présence. Devant son air tendu après qu'elle lui eut pris le pouls – elle qui avait jusqu'à présent balayé d'un sourire rassurant les inquiétudes de Françoise et les siennes –, Édouard pressentit que cette fois, il y avait lieu de s'inquiéter.

Étendu dans son lit, Édouard se concentrait sur sa respiration sifflante et de plus en plus laborieuse. Cela devait bien faire dix ans que son médecin lui disait que la fin était proche, que son cœur était prématurément fatigué. Pour la première fois, il sentait que c'était bien le cas. Il avait vraiment l'impression qu'un éléphant s'était installé sur sa poitrine et l'écrasait de tout son poids.

« Au moins, raisonna Édouard, je n'aurai pas à supporter ma déchéance, à la différence de mon père : d'abord une paralysie partielle, puis complète. » En effet, le cœur d'Édouard allait lâcher, tout simplement, comme cela avait été le cas pour sa mère, Élisabeth.

– Il est difficile de se résoudre à la mort. Surtout quand on a encore tellement de raisons de vivre, marmonna Édouard pour lui-même, pendant que le médecin rangeait son stéthoscope dans sa sacoche en cuir.

Sa voix, si autoritaire d'habitude, était devenue étrangement incertaine, mal assurée. Pour toute réponse, Françoise baissa les yeux, son menton se perdant dans le col fin et évasé de son chemisier. Elle contemplait, en silence, ses mains couvertes de bijoux, éplorée devant l'homme qu'elle avait toujours cru indestructible, même si elle avait remarqué dans les dernières années les limitations physiques de plus en plus prononcées.

Françoise aurait voulu lui dire des paroles rassurantes, mieux encore, lui avouer qu'elle ne pouvait imaginer une vie sans lui, mais elle ne s'en sentait pas le courage. Son front dégagé, laissait clairement voir un pli amer, un pli de frustration, né de son inaptitude à transmettre verbalement l'ampleur de son affection. Elle avait perdu l'habileté de communiquer ses émotions, même si son époux perdait subitement le besoin de refouler les siennes.

Édouard n'avait jamais eu l'énergie ou plutôt la volonté nécessaire pour se consacrer à l'amour ou à sa famille. Il n'y avait jamais eu d'ambigüité chez lui quant aux véritables passions qui dominaient son existence, à savoir le moulin et *L'Averti*. « Les enfants et moi, se fit intimement la remarque Françoise, avons toujours passé au second plan. » Pourtant, elle ne lui en voulait pas. Il l'avait choisie quarante-huit ans auparavant et elle avait dit « oui » sans retenue, sachant au fond de son cœur qu'Édouard serait d'abord un homme d'affaires avant d'être son époux. Et elle n'avait jamais regretté son choix. Ce jour-là encore, alors qu'il s'apprêtait à la quitter, qu'il avait reçu l'extrême-onction, elle n'aurait pu s'imaginer être l'épouse d'un autre homme.

– Monsieur Roussel, madame Roussel, prononça d'une voix grave le docteur Sivret en inclinant respectueusement la tête pour prendre congé.

D'une noblesse sévère, Françoise raccompagna l'homme d'un certain âge jusqu'au seuil de leur appartement.

– Ce n'est plus qu'une question de minutes, à mon avis, lui glissa discrètement le médecin à l'oreille, avant de se retirer sans plus de cérémonie.

Françoise se sentit chanceler. La présence de cet homme impérieux et plus grand que nature lui était indispensable. Et le fait qu'il eût connu plusieurs aventures au début de leur mariage ne diminuait en rien l'admiration et l'attachement qu'elle éprouvait pour lui. *Je t'aime vraiment, Édouard.* La gorge serrée et les jambes flageolantes, Françoise s'approcha du lit. Elle prit place sur une chaise et prit doucement, presque tendrement, la main de son mari.

Édouard considéra sa femme avec perplexité. Il n'avait pas l'habitude de la voir émue. Malgré la dentelle qui agrémentait son col et ses poignets et qui créait une illusion d'épaisseur, sa robe austère et couteuse la trahissait. Celle-ci dessinait en lignes sèches les contours de son corps qui, après s'être épaissi avec les naissances des enfants, avait retrouvé sa maigreur naturelle. Il la trouva vieillie, usée; pourtant, l'étincelle d'intelligence dans ses yeux d'ambre – *ses yeux de chatte* – était toujours aussi vive qu'autrefois, même à travers le voile de ses larmes.

L'image d'une jeune fille hautaine et étonnamment sure d'elle, au chapeau et au manchon de fourrure blanche, glissant sur la patinoire lui traversa l'esprit et amena un bref sourire sur ses lèvres. À l'époque – et c'était encore vrai aujourd'hui – il avait voulu l'épouser parce que Françoise représentait quelque chose d'essentiel à ses yeux : elle était une femme de tête, tout entière, tournée vers la réussite financière et sociale, exactement comme lui. Depuis leur mariage, elle n'avait cessé de l'épauler, de l'encourager, de le valoriser... Édouard ferma les yeux et répondit à l'étreinte de ses doigts :

– Françoise, je sais, j'ai toujours su que derrière moi, se tenait une grande femme, une femme exceptionnelle, aux ambitions de réussite quasi égales aux miennes... Et contrairement à ce que tu as toujours pensé, enchaina-t-il avec un soupçon de provocation, par la force de l'habitude, en réalité, j'ai su, avant toi, que je ferais de toi ma femme.

– Oh, Édouard, murmura-t-elle, la voix étranglée.

– Les épreuves du temps ne pourront détruire ce que nous avons accompli, *ensemble*, appuya-t-il, avec conviction.

Lorsque les doigts d'Édouard glissèrent mollement des siens, Françoise comprit avec une peine démesurée qu'il n'était plus. Alors seulement, elle se donna la permission de laisser libre cours à son chagrin, timidement, puis avec un laisser-aller exceptionnel pour elle et qui témoignait, sans équivoque, de l'ampleur et de l'intensité de ses sentiments.

Plongée dans un silence pieux et attentif, l'église catholique de Montpellier était pleine. Les portes principales demeurées ouvertes laissaient voir les retardataires qui se tenaient sur le parvis. À l'arrière, une partie des paroissiens avaient dû se résigner à rester debout, tassés les uns contre les autres.

En ce premier jour de février, l'annonce du décès d'Édouard Roussel avait littéralement plongé la ville dans un état de deuil collectif réservé à peu d'élus. Anglophones et francophones indifféremment, et peu importe l'impression personnelle que chacun se faisait du défunt – qu'il fût admiré, respecté, envié ou redouté –, tous s'entendaient sur un point : Édouard Roussel était en grande partie responsable de l'essor démographique et économique de leur ville, de sa notoriété aussi bien au Nouveau-Brunswick que dans les autres provinces. Et dans la conscience collective, un tel accomplissement méritait des obsèques mémorables : le défunt se devait d'être honoré publiquement par un déplacement massif et respectueux.

Les regards furtifs que se lançaient silencieusement les gens entre eux laissaient entendre qu'ils étaient nombreux à se sentir redevables à Édouard Roussel. Tous connaissaient un oncle, un cousin, un frère ou un père qui avait un jour frappé à sa porte pour solliciter un emploi, un emprunt ou tout simplement pour demander la charité. Le maire Laplante était sans doute celui qui avait le plus largement tiré profit de ses bons rapports avec Édouard. D'ailleurs, effondré dans son banc à l'avant, il ne cachait pas sa peine, parfaitement conscient qu'il venait de perdre d'une part son plus généreux partisan, et d'autre part les conseils judicieux d'un ami dont l'influence s'était toujours fait sentir dans sa vie.

Les reniflements discrets et les figures graves et solennelles rassemblées dans la maison de Dieu avaient semblé servir d'inspiration au curé dont l'homélie, touchante et élogieuse, qualifiant notamment le disparu « d'homme d'envergure exceptionnelle » et de « bon catholique pratiquant » en avait ému plus d'un.

– ... On se rappellera également monsieur Roussel, pour ses largesses envers sa communauté, comme en témoignent ses dons innombrables aux œuvres de bienfaisance, leur rappela le curé, s'attardant sur les visages des fidèles, comme pour les inciter à faire preuve à leur tour de générosité au moment de l'aumône.

Et s'il avait douté de sa performance, le curé, à la sortie de l'église, avait été rassuré pour de bon : de nombreux paroissiens étaient venus le féliciter pour son discours inspirant et pour son hommage au défunt, lequel avait été à la hauteur du personnage.

En grand nombre, ils se rendirent au cimetière enneigé; des gens issus de Montpellier et d'ailleurs, aux origines et aux professions variées, des dignitaires, des hommes des bois, des fermiers, des ouvriers, des hommes d'affaires accompagnés de leur épouse endimanchée.

Même Jimmy Daigle, le « furet » comme l'avait baptisé Édouard des années auparavant, était venu rendre un dernier hommage à l'homme qui l'avait initié au journalisme. Édouard avait eu tort à son sujet. Jimmy avait connu bien du succès à Saint John, parmi les anglophones. À un point tel qu'il avait été nommé directeur adjoint du journal anglophone le *Public Knowledge* pour lequel il travaillait depuis plus de trente-cinq ans. Jimmy n'avait pas épousé Angeline : lorsqu'il s'était présenté à sa porte, elle lui avait crûment annoncé qu'elle lui avait trouvé un remplaçant. Patricia Holmes, son épouse anglaise, lui avait donné quatre fils. Finalement, il ne regrettait pas sa décision d'avoir quitté Montpellier et *L'Averti*. Il s'en était plutôt bien tiré avec les anglophones, ce qui ne l'empêchait pas pour autant de reconnaître et de célébrer la contribution considérable et l'impact positif que son mentor avait eu sur l'économie de sa ville natale. Comme le disait le dicton : « Il faut rendre à César ce qui est à César », et Jimmy était le premier à reconnaître que sans l'influence d'Édouard Roussel il ne serait certainement pas arrivé là où il était ce jour-là.

C'était aussi l'avis de Maillet, qui, la mine défaite, rendait grâce au ciel d'avoir mis sur sa route ce grand homme qui avait changé le cours de sa destinée. Il n'y avait aucun doute dans son esprit : lui, Maillet, était le plus ancien et le plus estimé collaborateur d'Édouard. Il avait véritablement été son bras droit durant son règne et comptait parmi ses rares amis intimes. Et aujourd'hui, il pleurait la mort non pas de son patron, mais bien de son grand ami.

-... Ô Dieu, notre Père, venez faire grandir notre espérance jusqu'au jour de nos retrouvailles dans votre Royaume. Par le Christ, Jésus, notre Seigneur. Amen.

Le curé fit un signe de croix, inclina la tête et invita l'assistance à se recueillir un moment. Dans le silence respectueux qui suivit, la horde de journalistes, Preston en tête, déposa solennellement un exemplaire de *L'Averti* sur le cercueil. Sous peu, celui-ci serait transporté vers le charnier où il reposerait en attendant le dégel.

À cet instant, Preston remarqua, un peu en retrait, la présence de Gédéon De Grâce et de son fils ainé, George. La perplexité se répandit sur le visage sombre de Preston. Des gens étaient venus de partout au Nouveau-Brunswick et d'ailleurs, pour témoigner de leur sympathie, mais jamais il n'aurait pensé voir ici l'ennemi juré de son père.

La rivalité féroce entre Édouard Roussel et Gédéon De Grâce remontait loin dans le passé et prenait racine dans leur volonté commune de voir *leur* journal respectif être *le* quotidien acadien le plus lu non seulement à Montpellier, mais dans tout le Nouveau-Brunswick. Les deux quotidiens menaient encore aujourd'hui une lutte serrée en termes de popularité et dominaient largement les réseaux d'informations de langue française dans leur municipalité, de même que dans les villes et les villages avoisinants.

Preston était bien forcé de le reconnaitre : il n'y avait sur le visage ingrat et naturellement provocant de Gédéon De Grâce nulle trace de satisfaction personnelle. Il avait plutôt l'air hébété. Bien entendu, Preston ne pouvait savoir que le vieux Gédéon était habité par un cuisant sentiment de gratitude vis-à-vis de son père. Car malgré tous ses efforts au fil des années, il avait été incapable d'oublier – comment l'aurait-il pu ? – le geste d'une exceptionnelle noblesse d'Édouard Roussel. Dans la période la plus critique de sa vie, alors qu'il entrevoyait la mort de son journal, enseveli sous les ruines de ses locaux rasés par les flammes, Édouard Roussel était venu à son secours. Sans son soutien, difficile de savoir si le journal *Sur le Vif* serait aussi actif et bien portant aujourd'hui.

Preston interpréta l'air grave de Gédéon De Grâce comme le reflet d'un état de surprise; comme si le vieil homme ne pouvait tout à fait croire à un dénouement pourtant normal – Le grand Édouard Roussel n'était pas immortel –. Son fils, George, gardait obstinément les yeux tournés vers le cercueil visiblement mal à l'aise. Preston se demanda si George percevait, comme lui, la rivalité entre les deux hommes comme étant excessive et dépassée. Il éprouva une certaine pitié pour le fils ainé de Gédéon. Ils avaient sensiblement le même âge. Alors que Preston jouait depuis longtemps un rôle d'avant-plan dans le journal de sa famille, George était plus ou moins tenu à l'écart. C'était du moins la rumeur qui courait au sujet du rôle limité qu'exerçaient les fils De Grâce au sein de *Sur le Vif*. « Comment Gédéon, s'interrogea laconiquement Preston, peut-il espérer que George ou ses deux frères absents d'ailleurs, puissent éventuellement prendre la relève du journal, s'il continue à les maintenir à l'écart des décisions? »

Preston eut de la gratitude pour son propre père qui l'avait initié, dès son jeune âge au roulement de *L'Averti* et qui lui avait témoigné sa confiance en lui laissant toute la latitude voulue. Ce fut alors que Gédéon et son fils lui présentèrent, dans un synchronisme parfait, un signe de tête révérencieux; cette marque de respect sincère toucha singulièrement Preston, plus encore que tous les témoignages de sympathie qu'il avait reçus depuis l'annonce du décès de son père.

Françoise ne pleurait pas, ferme dans la tourmente, fidèle à elle-même et à son image. Intérieurement, elle était complètement effondrée. Il y avait quelque chose d'extrêmement émouvant, à voir tous ces visages éplorés, tous ces gens, réunis par centaines dans l'église, puis aux abords du cimetière recouvert de blanc, respectant l'intimité de leur famille et des proches pour ce dernier adieu, ce dernier hommage à ce grand homme, un homme comme il s'en faisait peu...

À la vue de cette foule éclectique rassemblée, Françoise parvint à trouver une certaine forme d'apaisement. Grâce à son incroyable savoir-faire et à son charisme légendaire, Édouard s'était incontestablement hissé au rang des plus grands, touchant, de près ou de loin, un nombre spectaculaire de personnes. Ils avaient sous les yeux la preuve irréfutable de l'étendue de son empire, la célébration d'une vie triomphale. *Tu peux être fier, Édouard, de tout ce que tu as accompli.*

L'expression digne de Françoise s'estompa quelque peu; elle pensait aux absents – les deux frères d'Édouard et Isabelle l'avaient précédé dans la tombe – et à ceux encore en vie. « Des vautours », se dit-elle. Françoise dévisagea longuement et sans émotion apparente les trois sœurs de son mari; Claire paraissait sincèrement peinée par la mort de celui qui avait apporté tant de gloire à la famille.

De son vivant, Édouard avait été amplement généreux avec eux tous. « Mais si ces trois profiteuses, pensa Françoise, croient être largement récompensées dans le testament, elles vont être bien surprises! » Françoise ne pouvait qu'éprouver une certaine forme de satisfaction à l'idée que ses belles-sœurs et leurs descendants ne recevraient qu'une infime partie de la fortune d'Édouard. Et s'il n'en avait tenu qu'à elle, leurs trois filles ainées n'auraient eu que des miettes. Elle estimait que c'était tout ce qu'elles méritaient, pour ne pas s'être souciées de la santé déclinante de leur père et pour avoir ignoré l'urgence dans ses lettres, les pressant de revenir à Montpellier. À la fin, elle les avait presque suppliées de venir voir leur père avant qu'il ne meure.

Françoise était convaincue, et avec raison, que c'était pour des raisons financières que Cécile, Léonie, Gaële et leur époux avaient eu l'obligeance de se déplacer, la possibilité de figurer parmi les héritiers ayant fortement motivé ce long voyage à travers le Canada. Malgré les réserves de sa femme, Édouard s'était montré particulièrement généreux envers tous ses petits-enfants, sans exception; il leur avait laissé une jolie petite somme. C'était sa façon à lui, peut-être, de rester bien vivant dans la mémoire de ses petits-fils et petites-filles.

Le regard glacial de Françoise dévia vers Clémence, puis vers Preston, et il se réchauffa quelque peu. Alors que le visage d'Édouard, beau, mais dur, commandait le respect et une certaine crainte aussi, le visage de leur fils, bien que tout aussi remarquable, inspirait la bienveillance. Il ne semblait pas avoir hérité de l'esprit conquérant et compétitif de son père, de cette propension naturelle à la confrontation. Sauf, bien entendu, lorsque sa conscience était interpelée et alors là, il devenait aussi entêté qu'Édouard.

Soudain, Françoise brisa le silence :

– Visez l'excellence et rien de moins. C'est la meilleure leçon de vie que nous aura laissée mon époux.

Montpellier vient véritablement de perdre LA personnalité phare de son époque. Et moi, le seul homme que j'aie jamais aimé.

Tremblant imperceptiblement, Françoise prit le bras de Preston, lui faisant comprendre qu'elle avait dit ce qu'elle avait à dire et qu'elle était prête à rentrer. Ils quittèrent le cimetière, dignes dans leur douleur, suivis de Victoria et de leurs enfants, des proches parents et des amis intimes, dont le fidèle Maillet et ses deux fils.

Personne ne remarqua la dame blonde, effacée derrière son chapeau à voilette et sobrement vêtue de noir qui attendait à l'orée du cimetière le départ des distingués invités pour faire, en privé, ses adieux à l'homme qui avait bouleversé sa vie. Lili Bourgeois n'avait que dix-huit ans lorsque son chemin avait croisé celui d'Édouard Roussel. Dans sa naïveté juvénile, elle s'était sincèrement crue éprise de lui. Mais avec l'âge venait la sagesse et ce jour-là, elle savait que ce n'était pas l'homme qu'elle avait aimé, mais plutôt l'image qu'il projetait. Elle avait été éblouie par ce personnage à la fois intransigeant et tendre, intimidant et irrésistible et à la prestance incomparable.

Lorsqu'il l'avait quittée, son monde s'était écroulé. Mais Lili avait joué le tout pour le tout et avec l'aide financière de Françoise, elle était parvenue à se construire une nouvelle vie, loin de Montpellier.

Le cœur alourdi par la nostalgie et les regrets, Lili s'avança lentement vers la parcelle de neige qui portait encore l'empreinte du poids du cercueil et y déposa une branche de pin.

– Tu vis toujours, Édouard, chuchota-t-elle d'une voix chargée d'émotion. Tu vis, à travers notre fils.

– CHAPITRE DIX-NEUF –

Chablis, Nouveau-Brunswick

Assis à la table de ses confrères, entamant sans grand appétit son bol de gruau, le père François ignorait, du mieux qu'il le pouvait, les rires et les cris des garçons turbulents de la salle à manger commune. D'un œil distrait, il parcourait la nouvelle qui faisait la une du journal *Sur le Vif* ce matin-là : « L'homme d'affaires de Montpellier, Preston Roussel, appuie publiquement le mouvement des suffragettes dans son journal *L'Averti...* » Le père François survolait les grandes lignes de l'article. Les demandes de ces femmes étaient pour lui un sujet redondant. *Depuis le temps, qu'elles font parler d'elles!*

Ses yeux tombèrent par hasard sur la photo de l'homme dont il était question et le saint homme faillit s'étouffer avec son gruau. *Mais... oui! Aucun doute possible! C'est bien lui! Le bienfaiteur anonyme n'est nul autre que Preston Roussel, le fils du grand Édouard Roussel récemment décédé, magnat de l'industrie forestière et papetière!*

Le regard allumé du père François glissa à l'autre bout du réfectoire, à la recherche parmi les rangées d'un visage bien précis. Il l'aperçut enfin, assis près de Laurent, comme de raison. La bouche étirée en un énorme sourire, sa cuillère en l'air, Nathaniel monopolisait l'attention de la tablée. Et à en croire l'expression attentive des garçons, il devait encore être en train de raconter une de ces histoires biscornues.

Songeur, le père François reporta son attention sur l'article et sur la photo. Il se demanda s'il y avait un lien secret entre l'homme sur la photo, Nathaniel et sa mère. Il ne l'avait croisée que brièvement, le jour où elle lui avait confié son fils, sans une larme, sans un remords apparent. Tout l'opposé de ce Preston Roussel, qui, lui, avait semblé tourmenté et nerveux, surtout lorsqu'il avait entrevu Nathaniel de loin, dans le corridor avec Laurent. Il baissa avec embarras la tête : l'idée que quelque chose s'était passé entre leur bienfaiteur et la mère de Nathaniel s'imposait avec force dans son esprit.

Le père François se remit avec un intérêt coupable à sa lecture : Preston Roussel était un père de famille et le riche propriétaire héritier de l'usine des pâtes et papiers Roussel et du journal *L'Averti*. Un mauvais pressentiment s'abattit sur lui. Nathaniel ne ressemblait en rien à l'homme sur la photo. Pas plus d'ailleurs qu'à sa mère, du moins s'il se fiait au souvenir flou qu'il en gardait. « Mais peut-être, présuma en son for intérieur le religieux, que c'est précisément là les conséquences d'un péché charnel? Fruit de l'adultère, le garçon ne ressemble ni à son père ni à sa mère? »

Absorbé par ses pensées troublantes, le père François termina son petit-déjeuner dans la prière. Il demanda au Seigneur de se montrer particulièrement indulgent envers cet enfant né du péché qui, il le présageait, aurait besoin de la bienveillance divine.

* * * * *

Montpellier, Nouveau-Brunswick

Victoria se tenait debout devant son mari, droite comme un I, élégante dans sa robe fluide, un pompon rose pâle sur sa ceinture tombait sensuellement sur la hanche. Mais sa tenue était loin de refléter son humeur. Depuis qu'il lui avait annoncé son intention de se ranger du côté des revendications des femmes, Victoria avait les émotions à fleur de peau. Aujourd'hui tout particulièrement, elle lui avait semblé anormalement nerveuse. Et à son retour du bureau, elle l'avait accueilli avec énervement, manifestement incapable de contenir ses inquiétudes devant la tournure que prenaient les évènements. Si une partie d'elle espérait encore le faire revenir sur son engagement, l'article publié ce matin dans *L'Averti* avait forcément effacé tout doute dans son esprit.

Paralysée, Victoria dardait son époux de ses yeux clairs :

– Es-tu bien sûr de vouloir t'engager sur cette voie?

Sa voix, sans agressivité réelle, avait laissé transparaitre une incompréhension totale et surtout, son appréhension. Elle éprouvait la même peur dévorante que lorsqu'il était parti à la guerre.

– Je le suis, répondit Preston avec fermeté. Je suis prêt à faire face aux conséquences de ma prise de position en faveur des suffragettes. Je suis navré que cela t'inquiète, mais je refuse de me faire à nouveau l'instrument du gouvernement comme au temps de la guerre, de subir la censure ou de museler ces femmes qui désirent être entendues.

– Juste Ciel, Preston!

Nous risquons de tout perdre! Et par la faute de Maude, j'en mettrais ma main au feu! C'est elle l'instigatrice de cette prise de position, c'est elle qui empoisonne ton esprit avec ses idéaux! De quel droit?! De quel droit s'immisce-t-elle ainsi dans notre vie privée?!

Preston se servit un verre de scotch à gestes mesurés, déstabilisé malgré lui par la réaction et la voix suraigüe de son épouse, elle qui d'ordinaire était si posée. Il enchaina d'un timbre qu'il voulait rassurant :

– Je peux comprendre, ma chérie, ta crainte de voir le nom de la famille mêlé à tout cela. Il y a de quoi effrayer toute femme de la bonne société. Mais tu n'as pas à t'en faire, cela ne se produira pas.

– Comment peux-tu en être si sûr? lui demanda Victoria, légèrement crispée.

– Je le suis, tout simplement, trancha-t-il. L'influence et le pouvoir de la famille Roussel sont connus de tous, y compris de moi.

– Tu n'es pas invincible, tu sais, déclara-t-elle lentement. Tu risques d'être crucifié pour ça.

Preston refusait de se laisser impressionner par les mises en garde de sa femme – qui frisaient la menace à dire vrai – ou par celles des autres. Il avait promis à Maude qu'il ferait tout en son pouvoir pour faire avancer la cause des suffragettes et il ne reviendrait pas sur sa parole. Surtout maintenant que son père n'était plus là pour essayer de l'en empêcher.

C'était également à Édouard que pensait Victoria. Constatant que son mari ne réagissait pas comme elle l'aurait souhaité à ses paroles, elle fit appel à ce qu'elle croyait être l'arme ultime :

– Ton défunt père n'aurait jamais accepté que tu mettes en jeu la survie et la notoriété de *L'Averti* pour une cause aussi risquée, tu le sais très bien. Mais enfin Preston, es-tu prêt à sacrifier ton journal, ta famille, ton statut social, tes amis, pour une cause qui ne te regarde même pas?

Saisi devant cette offensive visiblement bien préparée, Preston dévisagea longuement le beau visage de sa femme; il s'attarda sur la dureté inhabituelle de ses traits parfaits. *À quoi bon, essayer de lui expliquer que ma conscience m'impose cette conduite?* Les paroles de Maude lui revinrent opportunément à l'esprit et le poussèrent dans le dos, comme le vent dans les voiles d'un bateau : « Avoir l'appui et le soutien public d'un homme d'affaires respecté est une force inestimable pour le mouvement. Tu es cet homme, Preston. D'ailleurs, si toi tu ne le fais pas, qui donc le fera? »

Fort de la confiance inébranlable de Maude, il reprit la parole :

– Mon père a peut-être consacré toute sa vie au journal, mais c'est à moi que revient le mérite d'avoir fait de *L'Averti* un journal francophone rentable. Pour la première fois de son histoire, *L'Averti* ne fait pas que de s'autofinancer; depuis mon retour de la guerre, il est une source considérable de revenus. Et de ce fait, j'estime que je me suis mérité le droit de m'en servir pour promouvoir les causes qui me tiennent à cœur. Et la famille, les amis, ont tout intérêt à suivre le pas.

– Donc, si je comprends bien, je ne pourrai te faire changer d'idée, avança Victoria, d'une voix où sourdait la colère.

Jamais je ne t'ai confronté sur ton infidélité des années auparavant. Jamais je ne me suis plainte de tes longues absences au bureau et du mandat que tu t'es toi-même imposé comme journaliste de guerre et qui nous a volé quatre années de vie commune... J'ai toujours rempli parfaitement mon devoir d'épouse, de mère et de maîtresse de maison... et voilà que, pour une fois, j'exprime clairement mon désaccord et tu ne daignes même pas reconsidérer ta position?!

– Non, je ne reculerai pas, lui répondit Preston, d'un ton qui indiquait clairement qu'il ne reviendrait pas sur sa décision.

– Et bien soit. Advienne que pourra.

De dépit, Victoria serra les poings et tourna le dos; Preston, lui, marchait vers son bureau de travail pour dissimuler sa propre émotion. Il ne pouvait comprendre comment Victoria, en tant que femme, pouvait ne pas approuver le combat que menaient les suffragettes pour leur avancement. Pour la première fois, Preston eut un doute quant à la véritable nature de sa femme. *N'y a-t-il vraiment que l'argent et le statut social qui ont de la valeur à tes yeux, Victoria?*

Il se retourna dans sa direction, désireux de lire ne serait-ce qu'un semblant d'hésitation, de débat intérieur dans ses yeux, mais celle-ci venait de tourner la tête vers l'immense tableau de famille accroché au mur. Une déception bien réelle vis-à-vis de celle qu'il avait jusqu'alors considérée comme irréprochable atteignit Preston droit au cœur. L'étonnement marqua un moment son visage. Il s'efforça, en vain, de justifier le comportement de Victoria.

La domestique annonça l'arrivée de Gustave Laplante. Victoria ravala son orgueil, quitta la pièce, traversa le vestibule et souhaita aimablement la bienvenue à leur invité, avant de prendre rapidement congé. Elle n'était pas d'humeur à échanger des platitudes avec le maire. Preston s'avança, tout sourire. Le regard fuyant de Gustave l'interpela. Prudent, Preston prépara un généreux scotch sans glaçons au maire, qui en prit possession avec une agitation évidente. Preston se servit ensuite, tranquillement, afin de laisser au maire Laplante le temps de se remettre.

Gustave, qui avait refusé de se départir de son pardessus et de son chapeau malgré l'insistance de la domestique, commençait à être indisposé par la chaleur ambiante. Il retira en maugréant son vêtement qu'il jeta négligemment sur le bord du canapé, avant de s'installer pesamment dans un fauteuil capitonné. Il débordait de son fauteuil et Preston ne put s'empêcher de remarquer que l'embonpoint du maire commençait à devenir problématique.

Gustave chercha des yeux le décanteur en cristal que Preston venait de déposer, rassuré de voir qu'il était encore plein. Les évènements des derniers jours avaient eu raison de ses mois d'abstinence et un seul verre de scotch n'étancherait certainement pas sa soif.

Le maire Laplante n'était guère familier avec la résidence de Preston; il avait passé davantage de temps dans celle d'Édouard et de Françoise, où il avait connu de magnifiques soirées. Ceci dit, il entrevoyait avec enthousiasme les soirées à venir chez Preston et Victoria. « Vraiment, se dit-il, mes passages chez Les Roussel sont toujours des plus agréables. »

Or, le maire dépité constatait que la nature de sa visite aujourd'hui était plutôt pénible. Il n'aimait pas revenir sur sa parole. « Mais je n'ai pas le choix, esssaya-t-il de se justifier en lui-même. Je n'ai pas la trempe d'Édouard – que Dieu ait son âme! – et encore moins celle de son fils. »

Preston ne laissait aucune ambigüité sur sa position dans son journal. Il se rangeait non seulement du côté des suffragettes, mais il dénonçait aussi les injustices dont elles étaient victimes. « Il a osé le dire, pensa le maire, et pire encore, l'écrire! » Ces articles de la semaine précédente et particulièrement celui de ce matin-là avaient eu l'effet d'une bombe. Gustave ne pouvait qu'admirer son courage, mais il n'était pas prêt à se mettre le gouvernement à dos.

Gustave prit plusieurs longues gorgées et regarda distraitement autour de lui. Le salon était moins spacieux que les autres pièces de la demeure, mais avec ses grands miroirs dorés et ses nombreux tableaux de famille, l'ambiance était conviviale. La température était agréable depuis qu'il avait retiré son pardessus. Ses yeux fatigués appréciaient la lueur des lourds chandeliers de bronze. L'idée folle d'enlever ses chaussures et de plonger ses pieds dans le tapis à poil long lui passa par la tête et le fit même sourire.

Du coin de l'œil, Preston observait le maire. Lorsqu'il vit un demi-sourire apparaitre sous la moustache grise tombante et ses sourcils broussailleux se relâcher, il s'installa à son tour dans un fauteuil, fin prêt à passer à l'attaque.

– Les élections approchent à grands pas, laissa-t-il tomber, négligemment, tandis que son invité croisait nerveusement ses doigts sur son ventre énorme.

Gustave ne s'était pas attendu à cette entrée en matière. Plus tôt, lorsqu'il s'était aventuré dans l'allée bordée d'érables qui montait en pente douce jusqu'aux propriétés de la famille Roussel, Gustave s'était rappelé qu'il lui fallait insister sur l'importance des dons pour sa campagne électorale. Les Roussel étaient riches, immensément riches. En partie grâce à lui.

– Justement, commença le maire d'un ton enjôleur, je voulais qu'on discute de ma campagne de financement...

– Chaque chose en son temps, Gustave, interjeta Preston avec autorité. D'abord, j'ai eu connaissance de votre changement de position en ce qui concerne notre arrangement. Dois-je vous rappeler que si vous ne soutenez pas publiquement les suffragettes, vous ne pourrez pas compter sur mon soutien lors des prochaines élections municipales ?

Preston accompagna sa mise en garde d'un geste impérieux de la main qui n'était pas sans rappeler le style propre à Édouard. Instantanément, le maire tendit la main vers son verre. Une sueur froide mouillait ses gros favoris et Preston regretta presque d'avoir amené aussi hâtivement sur le tapis ce sujet brulant.

Le pauvre homme expliqua à Preston la raison de son émoi et de son recul vis-à-vis des suffragettes :

– Pas plus tard qu'hier, sur le seuil de ma résidence, on a déposé trois petits cercueils portant le nom de mes enfants ! Et en début de semaine, poursuivit Gustave d'une voix lamentable, le chien de la famille a été empoisonné !

– Je peux comprendre que cette mort a dû consterner vos enfants, reconnut Preston avec une mine désolée pour lui témoigner sa sympathie.

Le maire eut un soupir de reconnaissance et il accepta le cigare qu'on lui offrait. Il l'alluma, ce qui lui donna la volonté de poursuivre :

– La lutte des femmes pour obtenir le suffrage universel donne lieu à des débats houleux et je suis le premier à en souffrir.

Devant l'absurdité de la remarque, Preston dut se pincer les lèvres pour ne pas le remettre à sa place. *Ce Gustave est vraiment un lâche! Qu'est-ce que mon père a bien pu voir en lui pour mériter son soutien indéfectible?* En fait, Preston connaissait la réponse à cette question. Depuis que Gustave Laplante était à la mairie, Édouard, de son vivant, avait fait des affaires d'or. Le maire jouait le rôle d'intermédiaire et Édouard avait acheté des terres à bois à des prix de faveur.

Gustave avait besoin de l'appui des Roussel, autant pour ses campagnes de financement que pour maintenir sa crédibilité auprès de la population de Montpellier. Chacun avait quelque chose à gagner de ce partenariat. Et de la même façon qu'Édouard avait soutiré certaines faveurs au maire, Preston entendait bien lui aussi recevoir publiquement son appui pour faire avancer sa cause. Il servit à son invité une seconde ration de scotch.

– C'est une situation très délicate, je vous l'accorde, concéda Preston. Mais pensez un peu aux conséquences de votre prise de position. Vous pourriez passer à l'histoire comme ayant été un grand humaniste, un précurseur même, ayant rendu possible l'avancement de la condition féminine. Toutes les femmes célèbreront votre nom!

Preston savait pertinemment que la gent féminine était la grande faiblesse du maire. Et comme il l'avait prédit, les craintes qu'avait exprimées Gustave semblèrent tout à coup amoindries, lointaines même. Ce dernier se laissait entrainer par la perspective de se rallier toutes les femmes de Montpellier et celles d'ailleurs; il pouvait presque entendre son nom vénéré de manière sensuelle. « Mon propre harem de femmes... », rêvait tout éveillé Gustave, avec délice.

Preston se mit à réchauffer son verre, sans quitter le maire des yeux, lui accordant quelques secondes de plaisir; celui-ci était visiblement plongé dans un état de béatitude. Puis, il revint à la charge :

– Est-il nécessaire de vous rappeler, Gustave, combien il est profitable pour votre équipe électorale d'avoir mon soutien absolu et de profiter de mon vaste réseau social pour consolider vos relations et vos alliances politiques? *L'Averti* est un outil de communication extrêmement puissant!

Le maire, revenu de son moment d'extase, plissa pensivement les yeux et au bout d'un moment, tendit son verre vide, que Preston s'empressa de remplir. Gustave réfléchissait intensément. Il était pourtant bien décidé, avant ce bref entretien, à revenir sur sa parole. Mais l'idée ne lui paraissait plus aussi bonne. « Après tout, pensa-t-il, quel maire ne rêve pas de laisser sa marque? De passer à l'histoire? Tout bien considéré, si Preston est prêt à mettre sa réputation et son journal en jeu, ce ne peut être que parce qu'il est convaincu de l'heureuse issue de cette cause. »

– Très bien. Vous m'avez convaincu! Vive le droit de vote des femmes! Maintenant, continua le maire avec un air soulagé, passons aux choses sérieuses : votre contribution financière à ma campagne.

Les deux hommes levèrent leur verre en signe d'entente et Preston sentit que cette fois, le maire ne reculerait pas.

Pendant plusieurs semaines, Preston, Maude et leurs journalistes menèrent tambour battant la lutte en faveur du droit de vote des femmes. Ils distribuaient des tracts, publiaient divers articles à ce sujet, appuyés dans leur démarche par un groupe inestimable et particulièrement actif : les Dames de l'Association des Tulipes. Alors que dans son journal Preston invoquait la démocratie pour faire valoir les revendications des suffragettes, leurs opposants, autant anglophones que francophones, juraient que l'arrivée des femmes en politique représenterait un « danger sans précédent pour la province » et qu'avec leurs revendications « ces femmes menaçaient la paix sociale. » *L'Averti* devint rapidement la cible de critiques et de menaces. Quant au maire, après s'être ouvertement affiché en faveur des femmes, il n'osait plus sortir seul de chez lui.

Étonnamment, les ventes de *L'Averti* durant cette prise de position audacieuse montèrent en flèche, la curiosité des gens et leur propension naturelle à contester les idées à contrecourant l'emportaient à tout coup. Les hommes s'arrachaient le journal dans les tavernes. Certains soupiraient de manière ostentatoire; d'autres secouaient avec véhémence la tête lorsqu'ils en faisaient la lecture sur le bord du trottoir, après avoir acheté « les nouvelles de l'heure » annoncées par les jeunes crieurs de journaux postés aux intersections achalandées. Personne n'était indifférent. Et la popularité de *L'Averti* gagnait incontestablement du terrain, inondant le marché des villes voisines aussi bien que celui de Montpellier.

Ainsi, sans doute était-ce à prévoir que l'attention d'une des plus anciennes militantes du mouvement dans l'est du Canada, Lucie Desroches, serait éventuellement sollicitée par l'un de ces articles retentissants.

– Regarde Jack... Je suis certaine que Maude en est l'auteure, s'emballa Lucie, en présentant le journal à son frère et pointant du doigt l'article en question.

Assis près d'elle dans un petit bistrot, son éternelle cigarette collée aux lèvres avec une nonchalance étudiée, Jack accepta de mauvaise grâce de lire l'article audacieux. Il refusa résolument de laisser transparaitre la moindre émotion, même si son cœur s'emportait. Il s'agissait en effet un texte de haut calibre et nettement favorable à l'avancement des femmes. Exactement comme tous ceux qui traitaient du sujet d'ailleurs et qu'il avait lus religieusement dans *L'Averti* au cours des dernières semaines.

– Maude n'est peut-être pas aussi téméraire que certaines suffragettes, reprit Lucie, mais elle semble enfin avoir une voix au journal. Une voix qui sert à faire avancer notre lutte!

– Oui, c'est possible que ce soit elle, reconnut Jack avec une réserve évidente. Mais quelle importance? Du moment que le journal parle en bien du mouvement, c'est tout ce qui compte.

– Oui, j'imagine que tu as raison, se contenta de répondre Lucie, d'un air rêveur.

Chère Maude, je n'ai jamais abandonné espoir. Je n'ai jamais cessé de croire en toi, même quand ta loyauté pour le mouvement avait été officiellement et publiquement remise en question.

Jack, déconfit, passa la main dans ses cheveux longs et rebelles. Ni lui ni Lucie n'avait revu Maude depuis leurs adieux pathétiques, cinq ans auparavant. Ils avaient plié bagage sur un coup de tête, désireux d'échapper à l'emprise de leur père, et s'étaient d'abord installés à Pic-Bois, où ils avaient provoqué des vagues avec le mouvement pour le droit de vote des femmes. Puis, ils s'étaient déplacés à Saint-Germain, où leurs idéaux avaient gagné en popularité. Enfin, ils s'étaient récemment établis à Chablis, autre ville bilingue et sans doute la plus récalcitrante aux changements de toutes les villes où ils avaient habité et où il y avait une vaste clientèle fidèle au journal *L'Averti*, à en croire les nombreux points de vente et le nombre impressionnant d'exemplaires en circulation dans la ville.

« Lucie a probablement raison, pensa Jack. Maude est vraisemblablement responsable du changement d'orientation du journal. Mais quel a été le prix de ce revirement de position? Maude elle-même? Son corps ou son cœur? » Honteux de l'égarement de son esprit, de cette jalousie passionnelle qui l'habitait après toutes ces années, Jack repoussa violemment sa chaise; il fit gicler le café de sa tasse et sursauter le couple à leur droite.

– Excusez-moi, bredouilla-t-il, confus, avant de prendre brutalement congé.

Lucie récupéra le journal qui était tombé à terre et suivit avec égarement son frère qui sortait précipitamment de l'établissement. Par solidarité pour ce cœur qu'elle savait secrètement toujours brisé et pour Louisa Ross aussi – une partisane que Jack fréquentait –, Lucie n'avait pas tendu la perche à Maude. Elle ignorait combien de temps encore elle pourrait s'abstenir de reprendre contact avec elle. Surtout maintenant que la journaliste travaillait si fort pour leur cause et qu'avec ses écrits controversés, elle se mettait à dos une bonne partie de la population.

Deux jours plus tard, la tragédie qui frappait la ville de Chablis mettait à l'épreuve la conscience sociale de la population. Louisa Ross avait été battue et laissée pour morte dans sa cellule le lendemain de son arrestation pour avoir participé à une manifestation. L'article publié dans *L'Averti* et repris par d'autres journaux de la province révolta unanimement les citoyens et du jour au lendemain, la ville conservatrice de Chablis et celle de Montpellier changèrent de position.

Louisa Ross fut élevée au rang des saintes pour avoir défendu la cause au prix de sa propre vie; les agents de la paix de Chablis furent pointés du doigt et *L'Averti* fut sacré journal officiel de la démocratie pour avoir publiquement dénoncé la campagne aussi haineuse que virulente perpétrée contre les suffragettes. Quant à son propriétaire, Preston Roussel, qui avait vu son nom trainé dans la boue pour s'être rangé du côté des femmes et de leurs revendications, voilà qu'on ne parlait plus que de son courage et de sa noblesse d'âme.

Enfin, le 17 avril 1919, après une lutte acharnée, les citoyennes du Nouveau-Brunswick célébraient leur triomphe, certaines plus timidement, d'autres au contraire, en grande pompe. La grande nouvelle, reprise dans tous les journaux de la province, se propagea au-delà de la province. Avec cette victoire, le Nouveau-Brunswick devenait la septième province canadienne à accorder le droit de vote aux femmes.

– CHAPITRE VINGT –

Chablis, Nouveau-Brunswick – 1920

– Pour la dernière fois jeune homme, en quelle année a débuté la Révolution française?

– En l'année 1779? risqua Nathaniel.

Découragé, le frère Xavier frappa sa règle sur son pupitre et gronda :

– Non! Encore une fois, non! Si vous passiez autant de temps à réviser vos leçons que vous en mettez à vous bagarrer, peut-être pourriez-vous répondre correctement à mes questions!

La mine déconfite, Nathaniel reprit place sur sa chaise, pendant que le frère Xavier s'arrêtait, plein d'espoir, près d'un autre élève :

– La prise de la Bastille?

– En 1789, mon père, répondit avec aplomb Alexis qui s'était redressé de sa chaise sans délai.

– Très bien, Alexis. À présent, continua plus calmement le religieux, ouvrez votre manuel à la page cent-vingt-deux...

Le frère Xavier soupira d'aise. « Au moins, se dit-il, je peux toujours compter sur Alexis pour connaitre la réponse à mes questions. »

La leçon d'histoire fut brusquement interrompue par l'arrivée du frère André, talonné d'un nouveau venu. Le regard des élèves se porta sur le grand garçon qui se tenait près de la porte, aussi droit et tendu qu'un piquet dans ses habits de riches. Ses cheveux bruns ondulant naturellement étaient coiffés sur le côté. Ses yeux de la même teinte, aussi perçants que ceux d'un aigle, avaient balayé la classe sans intérêt évident. Sa bouche ne semblait guère encline à sourire. Après s'être entretenu discrètement avec son confrère, le frère Xavier s'adressa aux élèves :

– Classe, veuillez souhaiter la bienvenue à Christopher Peterson. Il sera avec nous... pour quelque temps seulement.

Disciplinés, les garçons accueillirent le nouveau d'un « Bienvenue » retentissant. Du bout de sa règle, le frère Xavier pointa un siège libre au nouvel élève. D'un pas réfléchi, Christopher ignora les regards curieux des garçons et se dirigea vers son pupitre. À peine s'était-il assis que le frère Xavier l'interpela :

– À quand remonte le début de la Guerre d'indépendance américaine, jeune homme?

– En 1776, mon père, clama Christopher avec un accent distinctif.

Loin d'être impressionné par le français quasi impeccable de l'Américain, le frère Xavier hocha la tête avec lassitude.

– Très bien, observa-t-il. Mais ce n'est pas la peine de crier la réponse. Je ne suis pas encore sourd.

Si Christopher fut embarrassé par la remarque du religieux ou les rires moqueurs des garçons, il n'en laissa rien paraitre. Le visage impénétrable, il reprit place et porta toute son attention sur le livre d'histoire que le frère Xavier venait de déposer sur son pupitre.

Alexis sentit que son titre de « premier de classe » était subitement menacé; il se retourna pour jauger Christopher. Nathaniel fit de même, mais pour des raisons différentes. Christopher l'intriguait. Son curieux accent, mêlé à ses airs de prince, le rendait perplexe.

Dans son coin, les yeux de Laurent passaient de Nathaniel à Christopher avec un intérêt teinté d'inquiétude. Il y avait une certaine ressemblance entre les deux garçons. Pas sur le plan physique, mais ils avaient incontestablement quelque chose en commun. Une attitude, nonchalante, qui frisait la prétention. D'un simple mouvement du menton, Nathaniel provoqua Christopher, qui détourna hautainement le regard. Laurent leva les yeux au ciel, déconfit.

L'été 1920 avait débuté avec l'arrivée insolite de Christopher Peterson à l'orphelinat Saint-Christophe. En vérité, le simple fait d'être un riche Américain et de pouvoir s'exprimer en français avec un accent anglais, était en soit exotique et suffit à troubler le quotidien monotone des pensionnaires de l'orphelinat. Or, les circonstances pour le moins dramatiques entourant le séjour de Christopher avaient eu tôt fait d'alimenter l'imagination féconde des garçons et de propulser l'Américain vers un certain vedettariat.

Christopher était venu passer ses vacances d'été avec ses parents dans la belle région du Madawaska au Nouveau-Brunswick. Or, quelques jours auparavant, ses parents, deux touristes inexpérimentés, avaient perdu le contrôle de leur voilier et s'étaient noyés dans la rivière Saint-Jean. Le testament des Peterson stipulait que ce serait l'oncle de Christopher et son épouse qui deviendraient les tuteurs de leur fils unique en cas de décès. Ainsi, moyennant un montant d'argent et étant donné les circonstances exceptionnelles, le père François avait gracieusement accepté d'accueillir le jeune Américain, dans son établissement quelques jours – quelques semaines, tout au plus – le temps pour les Peterson, qui vivaient au Connecticut, de faire les arrangements nécessaires pour le retour de leur neveu.

L'été 1920 demeurerait également gravé dans la mémoire des pensionnaires à cause de la canicule qui allait frapper la région.

En ce premier dimanche du mois de juillet, le frère André, qui ne supportait pas la sensation de la sueur sur la peau, avait moins de patience qu'à l'habitude. Les enfants ne lui avaient jamais paru aussi turbulents, sa soutane aussi lourde et encombrante. Les plus jeunes jouaient dans la cour et le religieux s'essoufflait rien qu'à les suivre des yeux. Ses confrères avaient dû s'absenter pour une cérémonie d'ordination sacerdotale; le frère André ne savait plus où donner de la tête. C'était dans cet état d'esprit qu'il avait accordé la permission aux plus vieux pensionnaires d'aller se baigner dans le lac situé à une dizaine de minutes seulement de l'orphelinat.

Nathaniel et Laurent avaient été les premiers à sauter à l'eau, suivis de près par le reste du groupe. Alexis était sagement demeuré assis sur le bord de la rive. Il ne savait pas nager et s'était joint à ses camarades pour veiller sur Jérémie, comme il l'avait promis au frère André. Du coin de l'œil, il surveillait les mouvements désordonnés du garçon, prêt à le rappeler à l'ordre s'il s'aventurait trop loin, si l'eau venait à lui dépasser les genoux.

Christopher, quant à lui, n'était pas pressé de rejoindre les garçons. Il prit tout son temps pour déboutonner sa chemise, retirer son short qu'il déposa soigneusement par terre avant de se diriger vers le saule qui surplombait le lac. Il avait rapidement repéré l'arbre et l'avait jugé assez solide pour supporter son poids. Sans préambule, il grimpa et se balança du haut d'une branche, puis se laissa tomber dans le vide, les genoux repliés contre le ventre, faisant gicler l'eau de tous les côtés.

Il n'en fallait pas plus pour soulever les cris admiratifs de Benjamin et de William. Déjà ils sortaient de l'eau, tout dégoulinants, et se dirigeaient avec enthousiasme vers l'arbre pour répéter l'exploit de l'Américain. Jaloux, Victor rouspétait dans son coin :

– Il se prend pour quoi ? Un singe peut-être ?

Nathaniel et Laurent échangèrent un regard complice. L'Américain avait fait ses preuves ; il était maintenant un des leurs, car rien ne suscitait autant l'admiration et le respect chez les pensionnaires que le cran et la témérité, surtout lorsqu'ils se présentaient de façon aussi subtile.

Le jour même de son arrivée à l'orphelinat, Christopher avait prévu d'apprivoiser Nathaniel, ce qui rendrait son séjour plus tolérable. Il était de toute évidence populaire, sans être craint comme l'était Victor. À quinze ans, Nathaniel croyait tout savoir de la vie ; rien ne pouvait le surprendre. Quant à Laurent, son ombre, il le laissait plutôt indifférent. Christopher le trouvait gentil, mais passif et d'une crédulité absurde, tout l'opposé de Nathaniel, qui avait un esprit vif et hardi. D'ailleurs, l'amitié entre les deux adolescents demeurait un mystère pour l'Américain. Il ne comprenait tout simplement pas comment deux personnes aussi intrinsèquement différentes pouvaient s'entendre aussi bien. Nathaniel et Laurent étaient comme les deux doigts de la main, inséparables.

Toute la journée, les garçons se baignèrent, joyeux, et lorsqu'ils entendirent les cloches de l'orphelinat sonner l'Angélus, ils quittèrent à contrecœur la rive. Sans grand entrain, ils se mirent en marche, empruntant le sentier. Jérémie en tête, un bout de branche à la main, frappait sur tout ce qui se présentait. Les roches, les broussailles, le tronc des arbres recevaient à l'aveuglette une correction. Derrière, Alexis écoutait, impressionné, Christopher décrire la ville de Paris; l'Américain se targuait d'y avoir appris les rudiments du français lors d'un séjour d'été.

– ... J'ai appris la langue, sur le tas. À notre retour, mes parents ont insisté pour que je peaufine mon français, avec l'aide d'un tuteur... et puis c'est tout, conclut hâtivement Christopher, les grognements malveillants de Cheval l'ayant refroidi.

La mine renfrognée, Victor ne pouvait cacher son envie – il aurait aimé lui aussi voir de ses yeux la fameuse Ville Lumière –. Dominique, insouciant, imitait le bruit d'animaux sauvages et le reste des garçons trainaient et se bousculaient gaiment.

Ce fut Alexis qui poussa le premier un cri, suivi par ceux plus stridents de Victor et de Jérémie. Ce dernier avait frappé un nid d'abeilles et les insectes en furie défendaient leur reine, attaquant les garçons sans pitié. Pétrifiés, ils restaient sur place. Soudain, Nathaniel cria, avec une présence d'esprit remarquable :

– Faites demi-tour! Au lac! Vite, au lac!

Victor, William, Dominique et Benjamin rebroussaient chemin à la course, fuyant l'essaim d'abeilles. Alexis avait instinctivement attrapé une main de Jérémie et l'entrainait à sa suite. Laurent suivait avec peine. Nathaniel se retourna pour voir si les abeilles les rattrapaient; horrifié, il aperçut un nuage noir envelopper Christopher dans un bourdonnement d'enfer.

Aveuglé, l'Américain se débattait, désorienté et souffrait le martyre. Nathaniel ignora les cris de Laurent qui le suppliait de revenir et fit demi-tour, s'élançant tête la première, comme un taureau qui charge. Il agrippa le bras enflé de Christopher, le tira sans ménagement et les deux garçons dévalèrent le sentier qui menait au lac. Sans douceur, Nathaniel poussa Christopher à l'eau et s'y jeta à son tour. Ses pensées se tournèrent avec reconnaissance vers le père de Grégoire. C'était lui, le cocher de sa mère, qui lui avait fait part de cette astuce infaillible : en cas de rencontre avec un essaim d'abeilles, l'eau restait la meilleure solution.

Lorsqu'il sortit la tête hors de l'eau, Nathaniel constata avec soulagement que les insectes s'étaient finalement dispersés. *Le cocher avait dit vrai.* Rassuré, il émergea lentement du lac et encouragea les autres garçons à faire de même. Nathaniel repéra Laurent, sain et sauf sur la rive, en compagnie des autres pensionnaires; ils ne s'éloignaient pas, sur le qui-vive, prêts à se jeter à l'eau en cas d'attaque surprise. Le regard de Nathaniel revint vers Christopher debout à ses côtés : celui-ci était dans un piteux état. En état de choc, l'Américain claquait des dents et son équilibre semblait des plus précaire. Ses bras, son torse nu et ses jambes étaient enflés. C'était lui qui avait subi de loin le plus de piqures.

– Vous trois, allez chercher le frère André, il saura quoi faire, ordonna Nathaniel s'adressant à Victor, William et Benjamin.

Pour une fois, Victor obtempéra de bonne grâce. L'heure n'était pas aux discussions. Comme en état de transe, Laurent et Alexis étaient accrochés l'un à l'autre et tremblaient de manière incontrôlable. Dominique refusait de s'aventurer complètement hors de l'eau. Mais ce fut l'attitude de Jérémie qui, avec le recul, était la plus troublante : recroquevillé sur lui-même, les yeux hagards, Jérémie se balançait inlassablement de gauche à droite et gémissait faiblement.

Nathaniel sentit les contrecoups de sa frayeur le gagner; il se mit à tordre nerveusement le bas de son short, question de s'occuper en attendant l'aide.

– Nathaniel? l'appela péniblement Christopher. Je ne me sens pas très bien.

Il eut tout juste le temps d'attraper l'Américain par la taille : ce dernier s'affaissait dans ses bras, sans connaissance, sur le sol sablonneux.

Christopher était toujours inconscient lorsque, au grand soulagement de Nathaniel, il aperçut le frère André, poussant une brouette, talonné de ses trois « éclaireurs ». Le religieux avait eu la bonne idée d'apporter son outil de jardinage pour transporter l'Américain qu'il savait déjà mal en point.

– Tassez-vous pour l'amour du ciel! Vous l'étouffez! Faites-moi un peu de place! somma le frère André, à bout de souffle, limité dans ses mouvements par sa soutane.

– Christopher? Tu m'entends mon garçon? Christopher! répéta-t-il plus fort.

Enfin, celui-ci laissa échapper une plainte sourde.

– Dieu soit loué, il retrouve ses esprits! s'exclama le religieux en sueur. Tout va bien aller. Je m'occupe de toi.

Le frère André s'appliqua aussitôt à extraire les dards et lorsque Christopher grimaça et laissa échapper un « Ouche! Ça fait mal! », les garçons furent rassurés pour de bon – il allait s'en sortir –.

Une fois rentré à l'orphelinat, le frère André avait diligemment traité les piqures avec un remède à base de feuilles de plantain. Ce ne fut que lorsque vint le tour de soigner Jérémie, si calme dans son coin, que les garçons s'avisèrent que quelque chose n'allait pas du tout. Dans l'urgence du moment, préoccupés par l'état de Christopher, ni le frère André ni les garçons n'avaient remarqué l'inhabituelle docilité de Jérémie, son apathie. Ses yeux grands ouverts louchaient vers le haut de façon continue, fixant de manière troublante un point invisible.

Jérémie ne serait plus jamais le même après cet incident. « La peur avait été trop intense pour ses capacités mentales restreintes », expliqua le père François aux garçons réunis dans son bureau. Et si, pendant longtemps, les frères espéraient un miracle – d'un point de vue médical, son état n'était pas irréversible – les garçons s'étaient résignés au fait que Jérémie soit destiné à demeurer muré dans son silence.

Le père François n'était pas ce que l'on pouvait qualifier de tendre. Ceci dit, il estimait sincèrement les gens de courage. Le geste héroïque de Nathaniel envers l'Américain n'était pas passé inaperçu et il avait été forcé de reconsidérer l'opinion qu'il s'était faite de lui. D'autant plus qu'avec ce sauvetage, Nathaniel lui avait épargné une conversation qui aurait pu s'avérer extrêmement pénible et délicate : annoncer aux tuteurs de Christopher – dont l'arrivée se faisait toujours attendre – que leur neveu était décédé accidentellement.

Cette nuit-là, incapable de trouver le sommeil, le père François avait revisité le dossier de Nathaniel; il relut la note qu'il avait rédigée le jour où Preston Roussel – leur bienfaiteur « anonyme » – était passé. La note lui rappelait de priver Nathaniel de son héritage au profit de Laurent, convaincu que ce dernier à sa sortie de l'orphelinat – si son état de santé lui permettait de vivre jusque-là – saurait en faire meilleur usage.

Il jeta honteusement la note dans la corbeille. Puis, son regard se posa sur les deux dossiers ouverts sur sa table de travail. L'argent que Preston Roussel lui avait confié et qui était destiné à Nathaniel lorsqu'il aurait atteint l'âge de la majorité était toujours bien rangé dans son enveloppe. Sauf qu'elle était dans le dossier de Laurent. Dans la pénombre, le visage suintant éclairé par une lampe à l'huile, le père François fit un signe de croix et rectifia son erreur.

Il avait pensé s'en tenir à cela, mais mu par une impulsion, il parcourut des yeux la fiche d'informations de Nathaniel. Il s'arrêta aux mots « mère connue : Gabriella Trahan » et à la ligne suivante : « Père inconnu ». D'une main hésitante, le père François s'empara de son stylo-plume. Il raya, avec conviction, l'inscription et écrivit au-dessus, avec application et en lettres bien lisibles : « Père connu : Preston Roussel ». Pas un instant l'homme de foi ne douta de la légitimité de son action. Si la volonté du Seigneur était qu'un jour Nathaniel fût réuni avec sa mère ou son père, qu'il en soit ainsi.

La conscience apaisée, le père François rangea les deux dossiers et sentit presque sur-le-champ une étrange lassitude s'emparer de son être. Alors qu'il retournait se coucher, le corps plus lourd que de coutume, le saint homme se disait tout bonnement qu'il pourrait ce soir-là partir pour l'autre monde, si tel était le dessein de Dieu. Il avait incontestablement l'âme en paix.

*****

Montpellier, Nouveau-Brunswick

« ... Les rumeurs courent toujours à savoir qui sont le ou les responsables du meurtre de Mademoiselle Blanche Garneau, jeune femme de vingt-deux ans retrouvée assassinée aux abords du parc Victoria à Québec... » Maude déposa l'article qu'elle avait lu à mi-voix et croisa le regard suspicieux de Preston qui venait de redresser la tête.

– Le fait que l'enquête policière n'aboutit pas n'aide certainement pas à faire taire les rumeurs, remarqua-t-il, pensif.

Il y avait dans la voix de Preston une hypothèse non formulée qui éveilla l'intérêt de Maude. Et à mesure que la journaliste se rapprochait, que ses yeux verts s'obstinaient à lui fouiller l'âme, Preston sentit qu'il rendait les armes.

Depuis sa prise de position en faveur des revendications des suffragettes, sa relation avec Maude s'était fortifiée. On aurait dit qu'ils étaient sur la même longueur d'onde, même dans leurs moments de silence ou lorsqu'ils se croisaient du regard dans la salle de presse.

– Tu penses que quelqu'un met des bâtons dans les roues des enquêteurs, c'est bien ça? lui demanda Maude, perspicace.

« Décidément, pensa Preston, je ne peux rien lui cacher. » Il eut un sourire en coin : Maude sut qu'elle avait deviné juste. Preston chercha malgré tout à réorienter son tir :

– Je n'ai pas dit ça... N'empêche que cette histoire nébuleuse me fait prendre conscience de notre chance de vivre à Montpellier, avec notre taux de criminalité quasi inexistant. Nous sommes en sécurité ici. Tu es en sécurité.

Il lui souriait et dans un élan irréfléchi, déposa une main rassurante sur la sienne.

Sitôt qu'il eut posé le geste imprudent, Preston perdit son sang-froid. Maude sentit son cœur faire un bond. Le temps parut s'arrêter. Liés par ce simple contact physique, leurs corps furent traversés par un puissant courant. Complices d'un amour connu d'eux seuls, leurs regards se soudèrent à nouveau, ils n'avaient qu'une envie...

Ils furent brusquement ramenés au moment présent par l'entrée impromptue et sans gêne d'un des journalistes. Tandis que Patrick déposait sur le seuil deux paquets de journaux soigneusement ficelés, Maude en profita pour dégager discrètement ses doigts et Preston fit mine de mettre de l'ordre dans sa paperasse.

– Pardonnez-moi l'intrusion, mais votre mari vous demande, Maude. Il est dans la salle d'attente et m'apparait plutôt... impatient, crut bon de préciser le journaliste.

– Zut! Où avais-je la tête! s'exclama Maude, après avoir jeté un coup d'œil vers l'horloge fixée au mur.

Preston la vit déboutonner puis retirer vivement la veste de son tailleur cintré, découvrant une blouse en satin blanc à manches courtes. Elle rajusta sa ceinture autour de ses hanches et lissa ses cheveux noirs et courts.

– J'avais complètement oublié qu'Henri-Paul rentrait aujourd'hui et que je dois l'accompagner à un rendez-vous d'affaires au restaurant de l'Hôtel Jonquille, expliqua Maude avec son entrain habituel.

Preston la dévisagea avec une admiration sincère. Henri-Paul était à peine de retour à Montpellier que déjà il réclamait sa présence. Maude n'avait guère le choix de se montrer conciliante; c'était le prix de leur arrangement. Elle vivait allègrement de sa fortune dans sa maison – mettant judicieusement de côté une partie de son salaire de journaliste pour les mauvais jours –, tout en étant libre de faire à sa guise en son absence. En échange de quoi elle devait se plier à ses caprices lorsqu'il était de passage à Montpellier.

– Pas le temps de rentrer chez moi me préparer alors tant pis, fit Maude, avec un rire léger.

À sa sortie, elle lui adressa un sourire que Preston trouva courageux et auquel il se força de répondre, malgré la pointe de jalousie qui lui transperçait le cœur. Comme elle quittait la pièce, il en profita pour admirer son profil de dos. Sa jupe droite et souple dévoilait ses chevilles minces et une partie de son mollet. Son chemisier blanc était particulièrement flatteur. En définitive, il y avait, dans sa tenue vestimentaire nouveau genre et très féminine, un désir évident de s'affirmer. Ceci lui donnait une liberté d'allure qui reflétait plutôt bien les bouleversements politiques des derniers mois.

Un peu moins d'un an s'était écoulé depuis le spectaculaire avancement des femmes du Nouveau-Brunswick sur le plan politique. Du jour au lendemain, les dames de Montpellier s'étaient réinventées. En général, la femme continuait de présenter l'image de l'épouse discrète et élégante régnant sur son foyer, mais quelque chose dans son attitude, une liberté nouvellement exprimée – comme en témoignaient les jupes qui s'étaient tout à coup mises à raccourcir, de même que les cheveux – faisait tourner les têtes. Victoria aussi avait emboîté le pas; elle donnait libre cours à sa créativité par l'entremise de robes du soir toutes plus éclatantes les unes que les autres.

Devant cette récente affirmation des femmes, Preston avait découvert qu'il y avait un profit à tirer du lectorat féminin. Maude, que l'idée d'une presse spécialisée destinée aux femmes enchantait, ne s'était pas fait prier pour mettre à l'œuvre ce nouveau projet. C'est ainsi que quelques pages de *L'Averti* étaient dorénavant consacrées à des sujets féminins, notamment la cuisine et la mode. Et bien qu'elle-même ne fût pas une maitresse de maison conventionnelle, Maude se réjouissait de cette nouvelle orientation.

Bientôt, Maude arriva à la hauteur de son mari, qui l'attendait à l'entrée et qui ne faisait aucun effort pour contenir sa contrariété, pointant le cadran de sa montre gousset. Preston la vit repousser derrière son oreille une bouche de cheveux et adresser un sourire d'excuse à son mari avant de prendre le bras qu'il lui présentait. « Dans un monde idéal, se dit-il, ce serait mon bras qu'elle prendrait. »

Preston reprit place à son bureau, et se mit à feuilleter machinalement *L'Averti*. Au bout d'un moment, comme repu des nouvelles du jour, il observa que les journaux en général, y compris le sien, semblaient avoir épuisé la question des femmes en politique. Les nouvelles ordinaires avaient tranquillement repris leur place. Il se demanda laconiquement quel serait le prochain enjeu de société à monopoliser toutes les conversations et à faire couler l'encre des journaux de la province.

Preston était loin de se douter que *L'Averti* s'apprêtait à livrer bataille et que les « petites nouvelles » seraient bientôt évincées par un procès hautement médiatisé. Qui plus est, cette fois, il serait, avec Maude, littéralement propulsé dans l'arène.

Debout au centre de la chambre à coucher principale, Henri-Paul dévisageait furtivement sa femme, une expression sceptique sur le visage, pendant qu'il se débattait avec ses boutons de manchettes. Il lui demanda, avec une trace d'irritation dans la voix :

– Eh bien? Ce n'était pas si mal comme soirée?

– En effet, c'était très agréable, lui mentit Maude, se contraignant à sourire à son mari dans la glace.

Elle déposa doucement sa brosse à cheveux sur la coiffeuse. En réalité, Maude avait masqué son impatience toute la soirée, ne pouvant s'exprimer comme elle l'aurait souhaité les rares fois où son opinion était sollicitée. Henri-Paul préférait qu'elle se contentât en public de peu de mots et de sourires aimables.

Sa toilette terminée, elle vint vers lui.

– Laisse-moi t'aider, lui dit-elle, détachant sans effort les petits boutons dorés.

Puis, elle se dirigea d'un pas léger vers le lit dans sa robe de nuit en soie rose. Henri-Paul parut hésiter; il suivit des yeux la silhouette gracieuse de sa femme.

– J'ai encore un peu de travail à faire, annonça-t-il avec une certaine raideur, en rajustant le col blanc de sa chemise.

– Je comprends, prends tout le temps qu'il te faut, lui répondit Maude, aimablement.

Et si tu préfères ne pas remonter, cela me convient très bien!

Après un bref moment d'hésitation, Henri-Paul s'en fut, furieux d'être encore sous le charme de cette femme qui, il le savait, ne l'aimait pas.

Henri-Paul s'installa à son bureau à l'étage du bas et fixa d'un regard absent les moulures blanches. Ce mariage de convenance ne lui procurait plus de joie. Et il avait beau se perdre dans les bras aimants de ses maitresses, chaque fois qu'il était de passage à Montpellier, que sa femme et lui se retrouvaient sous ce toit, il se sentait frustré. Frustré devant l'échec de leur mariage, frustré des manquements qu'elle avait envers lui, alors que lui-même estimait qu'il se montrait incroyablement indulgent vis-à-vis de son style de vie. « C'est ma faute, se dit-il. Je me montre permissif, je la laisse jouir de trop de libertés. Le temps est venu de la rappeler à l'ordre, de raccourcir la laisse pour la mettre au pas! »

Seule, Maude soupirait, les yeux levés vers le plafond, la tête reposant sur ses oreillers de plumes. Henri-Paul n'était là que pour la fin de semaine et elle souhaitait que cette visite soit la plus agréable et la plus harmonieuse possible. Il en allait de son confort, de sa liberté, et de sa paix d'esprit. Elle payait fort le prix de s'être pliée aux volontés de son père et d'avoir voulu préserver sa mère et ses sœurs de la pauvreté. Mais il était trop tard pour s'appesantir sur des décisions passées. D'ailleurs, sa vie aurait pu être pire. « J'ai tellement de raisons d'avoir de la gratitude, pensa-t-elle. Certes, je n'aime pas mon mari d'amour, mais il est incroyablement compréhensif et me laisse une liberté exceptionnelle. »

Une liberté qui pourrait facilement m'être arrachée... D'un air décidé et vaguement inquiète, Maude rabattit le duvet de plumes et se tira hors du lit. Elle ne devait pas oublier la réalité de sa situation. *Je suis une femme mariée et à ce titre, j'ai des responsabilités. Un peu de reconnaissance ne me tuera pas.*

Lorsqu'Henri-Paul vit sa femme descendre l'escalier sur la pointe des pieds et marcher silencieusement jusqu'à lui, il fut tenté de la chasser d'un simple geste de la main. Ses beaux yeux verts, particulièrement étincelants, le dévisageaient avec une singulière chaleur. Elle lui adressa son charmant sourire espiègle, tout en contournant, lascive, sa table de travail.

Henri-Paul sentit ses résolutions s'envoler, pendant que Maude s'installait le plus naturellement du monde sur ses genoux et passait de manière suggestive ses bras autour de son cou.

* * * * *

Chablis, Nouveau-Brunswick

– Je te dérange?

Sur le qui-vive, Nathaniel tourna promptement la tête et leva les yeux vers l'ombre qui était venue perturber son heure de tranquillité.

– Non, répondit-il, tu ne me déranges pas. Mais qu'est-ce que tu fais ici?

– La même chose que toi, j'imagine, rétorqua Christopher, après avoir émis un rire bref.

Nullement démonté par la sècheresse dans le ton de Nathaniel, Christopher prit place à ses côtés sur le gazon, sans y être invité.

– J'aime bien la solitude, enchaina-t-il avec désinvolture. Et j'aime aussi l'odeur de la nuit.

L'air méfiant, Nathaniel arracha un brin d'herbe et le mâchonna distraitement; il jeta un coup d'œil circonspect vers l'Américain.

L'odeur de la nuit? Comme si la nuit a une odeur! Et s'il aime tant la solitude, pourquoi est-il venu s'installer si près de moi? Ce n'est pas la place qui manque!

– Tu aimes l'odeur de l'herbe fraichement coupée tu veux dire, non? le corrigea-t-il, pince-sans-rire.

Nathaniel cracha l'herbe et se demanda ce qui pouvait bien retenir Laurent. Il lui avait dit pourtant de le rejoindre dans cinq minutes. Vaguement inquiet, Nathaniel concentra son attention sur Christopher, qui n'avait toujours pas réagi à son commentaire.

– Oui, c'est bien ce que je voulais dire, acquiesça l'Américain, bon prince.

Nathaniel l'amusait avec son ironie toujours livrée avec tellement de sérieux. Il était en tout temps sur la défensive, prêt à mordre; pourtant, Christopher devait bien reconnaître qu'il avait le courage de deux Napoléon Bonaparte. Il n'avait pas hésité à braver l'essaim d'abeilles pour venir à son secours.

– Je ne t'ai jamais vraiment remercié pour l'autre jour, au lac, commença à dire Christopher avec embarras.

– Eh bien voilà, c'est fait, observa Nathaniel, en haussant les épaules, lui-même saisi d'une inhabituelle timidité.

Les deux garçons se mirent à rire nerveusement. Christopher retrouva le premier son sérieux :

– C'est un miracle que je sois encore vivant, laissa-t-il échapper d'une voix cassée et chevrotante.

Le soupçon de mélancolie qui enrobait cet élan de confidence plutôt rare n'échappa pas à Nathaniel, qui comprit, d'instinct, qu'une partie de Christopher aurait souhaité mourir ce jour-là. « Sans doute, afin d'être réuni avec ses parents », pensa-t-il. Christopher était avare de mots sur le sujet et à sa connaissance, il n'avait jamais depuis son arrivée versé la moindre larme. Mais la tristesse derrière le sérieux de son visage était bien réelle.

Nathaniel, que les moments d'intimité rendaient inconfortable, se mit à arracher systématiquement des touffes d'herbe à ses pieds. Il prit la parole, avec un sarcasme à peine forcé :

– Quel dommage que le père François n'ait pu lui aussi recevoir les grâces du Seigneur. Deux miracles dans la même journée, tu imagines un peu?

Nathaniel s'esclaffa, croyant à tort avoir détendu l'atmosphère; Christopher, qui ne savait trop comment interpréter ce commentaire qu'il trouvait mesquin, demeurait coi. Le père François était vieux et souffrait d'arthrite. En proie à des douleurs constantes qui mettaient ses nerfs à rude épreuve, il pouvait se montrer assez désagréable. Bien que l'Américain n'appréciât pas particulièrement le directeur de l'orphelinat, son décès soudain ne l'avait pas laissé indifférent. *Un deuil reste un deuil.*

Nathaniel devina que son intervention au sujet du défunt n'avait pas été très bien reçue. Il changea de bouc émissaire :

– Le frère André t'a surement dit que tu devrais envisager la possibilité de donner ta vie au Seigneur, voire devenir prêtre, pour lui témoigner ta reconnaissance?

– Quelque chose comme ça, oui, répondit de manière évasive Christopher, prudent, devant le mépris grandissant de l'adolescent.

– Si tu veux mon avis, tu ferais mieux de rester maitre de ta destinée et de te méfier du Dieu vengeur.

– Tu ne crois pas en Dieu? souffla Christopher, estomaqué et frissonnant.

Je ne te comprends pas Nathaniel. Non seulement tu es prêt à défier le commun des mortels, mais en plus, tu défies le Tout-Puissant?!

Nathaniel le considéra ouvertement, sincèrement étonné :

– Mais bien sûr que je crois en Lui! Seulement, je ne veux pas l'avoir dans ma vie privée, à fouiner dans mes affaires. Tu comprends?

Non, Christopher ne comprenait pas. Mais c'était sans importance. Il adressa un signe de tête à Nathaniel, avant de s'allonger de tout son long dans l'herbe. L'instant d'après, Nathaniel l'imitait et dans la quiétude de la nuit, sous le ciel étoilé, les deux garçons observèrent une minute de silence, préférant laisser de côté les questions existentielles.

En retrait, accroupi près du hangar, Laurent rongeait son frein. Pour la première fois de sa vie, il éprouvait de la jalousie à l'endroit d'un autre être humain. Plutôt que de rejoindre les deux garçons étendus, il restait à l'écart, les poings fermés. Il était trop loin pour entendre leur conversation; seuls quelques brefs éclats de rire étaient parvenus jusqu'à lui. Mais cela avait été suffisant pour lui confirmer que son absence ne pesait pas à Nathaniel. Comme un animal blessé, Laurent se fit tout petit. Les genoux sous le menton, les bras tenant ses jambes serrées contre lui, il espérait que Nathaniel s'inquiète de son absence. *Il sait pourtant que je dois le rejoindre au bout de cinq minutes...*

Nathaniel était toujours le premier à s'aventurer hors du dortoir. Il était plus leste que Laurent; si par malheur la voie n'était pas libre, Nathaniel regagnait agilement son lit et ni l'un ni l'autre ne se faisait prendre. Ainsi, lorsque l'occasion était favorable, ils s'échappaient la nuit. Une fois dehors, étendus dans l'herbe à contempler les étoiles, ils éprouvaient un tel sentiment de liberté, de bienêtre, qu'ils étaient prêts à courir le risque de se faire prendre et d'être mis en pénitence. Allongés côte à côte, ils se racontaient leurs rêves et leurs peurs. En fait, c'était surtout Laurent qui exprimait ses craintes parce que Nathaniel, à priori, n'avait peur de rien.

Laurent soupira; son cœur débordait d'amour. Parfois, Nathaniel lui laissait prendre sa main. *Et une fois, rien qu'une fois...* Laurent ferma les yeux et serra plus étroitement encore ses jambes contre lui, se demandant s'il n'avait pas rêvé le tout. Avec Nathaniel, il avait constamment la cruelle impression d'osciller entre ses désirs et la réalité.

Aux yeux de tous, Laurent n'était qu'un enfant. Mais sous son apparence juvénile, il avait atteint un degré de maturité supérieur à la moyenne. L'orphelin de quinze avait accepté presque sereinement son attirance pour Nathaniel, tout en reconnaissant les conséquences périlleuses de cette inclination. Nathaniel, lui, refusait d'écouter son cœur; il luttait, il livrait bataille, de toutes ses forces, contre lui-même.

Laurent ouvrit les yeux et jeta un long regard sur les deux silhouettes étendues et se mit debout. « Je n'abandonnerai pas Nathaniel aussi facilement, décréta-t-il. Après tout, Christopher ne restera pas indéfiniment! Ce n'est plus qu'une question de jours maintenant avant que son oncle et sa tante se manifestent! »

D'un pas ferme, Laurent s'approcha, se plaça au-dessus d'eux et bloqua la vue de la lune; du coup, les deux garçons se redressèrent simultanément sur leurs coudes. Nathaniel eut un air coupable; il avait complètement oublié son ami.

– Laurent! fit-il avec un entrain un peu forcé. Tu nous as fait une de ces peurs!

– Tu es aussi discret qu'un voleur, dis donc! Nous ne t'avons même pas entendu venir! renchérit Christopher.

Laurent fut pris d'une malencontreuse quinte de toux qu'il s'empressa d'étouffer de ses mains. Avec crainte, il scruta la noirceur. Comme aucun bruit ne venait du bâtiment, il s'installa moyennement rassuré à droite de Nathaniel et toisa l'Américain avec un air de défiance.

Ne sachant pas de quoi au juste il était coupable, Christopher avait essayé d'amadouer Laurent :

– Nathaniel me parlait justement de toi.

– Ah bon. Qu'est-ce qu'il disait? lui demanda Laurent, en se retournant avec empressement.

– Eh bien, continua d'une voix égale Christopher, il me disait justement que tu étais son meilleur ami et que sans toi, sa vie ici serait misérable.

Ce n'est qu'un petit mensonge. Je n'ai fait que dire tout haut une vérité déjà connue d'eux.

Perplexe, Nathaniel baissa les yeux. *À quoi joues-tu, Christopher? Je ne t'ai pas parlé de Laurent!*

De toute évidence, Laurent avait mordu à l'hameçon; son bonheur presque pathétique ne fit qu'accentuer l'inconfort de Nathaniel. Laurent l'observait avec une étrange intensité et bien qu'il l'ait souvent surpris à le dévisager de la sorte, jamais son attention ne l'avait autant gêné qu'à cet instant précis. Christopher nota un subtil changement dans les traits expressifs de Nathaniel; il s'interrogea sur l'origine de ce malaise déroutant et récurrent entre les deux amis, comme chaque fois qu'il était en leur présence.

Cette nuit-là, Laurent s'endormit le cœur léger; la petite toux qu'il trainait depuis la journée mouvementée au lac semblait se calmer. Fidèle à lui-même, il avait oublié son mauvais sentiment à l'endroit de Christopher. Tout compte fait, il le trouvait plutôt sympathique. Convaincu qu'il avait désormais deux véritables alliés, Christopher avait enfin pu dormir sur ses deux oreilles. Il ignorait pourquoi son séjour à l'orphelinat perdurait – à croire que son oncle et sa tante n'étaient pas pressés de l'avoir auprès d'eux – au moins, il s'était fait deux vrais amis.

Nathaniel avait mis longtemps à trouver le sommeil. La naïveté de Laurent l'énervait un peu et en même temps, l'attendrissait. Christopher l'impressionnait. Il se remémora la façon dont l'Américain avait fixé Laurent dans les yeux et avait penché légèrement la tête de côté. Il se jura d'apprendre à mentir avec autant de conviction que Christopher; cela pourrait toujours lui être utile.

*****

Montpellier, Nouveau-Brunswick

« ...Vingt-neuf nations, incluant le Canada, prendront part aux Jeux olympiques d'été célébrés à Anvers, en Belgique, du 20 aout au 12 septembre. » Assise dans un fauteuil en osier, Joséphine posa le journal. Elle dévisagea de ses yeux azurés les jumeaux agenouillés à ses pieds puis ses deux autres sœurs assises sur le canapé rembourré. Joséphine adressa à Charlotte un sourire complice.

– Je parie que ce sera le Canada qui remportera le plus de médailles! s'exclama avec fougue Charlotte.

– Une autre histoire, Joséphine! S'il te plait! la supplia Anthony, pour faire plaisir à sa jumelle.

L'adolescente de quatorze ans fit mine d'hésiter. Elle voulait donner une chance à leur sœur Marie-Ange – qu'elle trouvait trop timide – de s'exprimer à son tour. Olivia, pour se désennuyer, entortillait les rubans de sa robe autour de ses doigts.

– Allez, Joséphine! Nous sommes tout ouïe! insistait Charlotte qui s'était rapprochée afin de réaffirmer sa présence et son intérêt.

Joséphine reprit donc sa lecture, pour le plus grand plaisir de sa jeune sœur et sous l'œil affable de Françoise qui se permettait de plus en plus souvent des élans de tendresse, tout en demeurant discrète à son poste d'observation.

Debout près des portes françaises, les cheveux argentés relevés et coiffés en une coiffure élégante qui serait sienne jusqu'à sa mort, Françoise jouait avec son collier de perles qui tombait en rangs sur sa poitrine plate. Elle écoutait la voix claire de Joséphine qui perpétuait la tradition de son grand-père. Elle revoyait son Édouard et à ses pieds, une petite Joséphine. Françoise n'avait qu'à fermer les yeux pour entendre la voix grave de son mari retentir dans la pièce inondée de soleil d'après-midi et voir Joséphine, enfant, repousser sa belle chevelure rousse afin de mieux entendre son grand-père.

Édouard s'était découvert des talents de conteur sur le tard ; il lisait les nouvelles du journal et en faisait des histoires, pour le plus grand plaisir de ses petits-enfants. Enfant, Joséphine ne pouvait tout simplement pas se lasser d'écouter la voix autoritaire et forte de son grand-père. Et même si, dans les deux dernières années, son désir d'indépendance, sa volonté de s'affirmer malgré son jeune âge provoquaient parfois des frictions, leur amour commun de la lecture parvenait à leur servir de pont.

Depuis qu'elle savait lire, Joséphine dévorait tous les livres qui lui tombaient sous la main. Ce n'était pas étonnant qu'elle fût première de classe. Un sourire orgueilleux apparut sur le visage ridé de Françoise ; elle s'accordait un certain mérite pour la réussite de Joséphine. Contrairement à Victoria qui semblait peu intéressée par les résultats scolaires de ses filles, Françoise avait toujours encouragé ses petites-filles dans leurs études, Joséphine surtout.

« Une femme instruite ne sera jamais prise au dépourvu, surtout si le charme lui fait défaut ou vient à disparaitre avec le temps », leur répétait-elle, inlassablement. Françoise se surprit à nouveau à sourire, sans raison. Avec l'âge, elle devenait plus tendre.

Françoise porta son attention sur Charlotte. Adorable avec sa petite fossette au menton et ses cheveux naturellement ondulés, Charlotte ne quittait des yeux le journal que pour échanger des sourires complices avec son jumeau. Anthony, dont les traits laissaient présager qu'il serait aussi beau que son père et son grand-père, était d'une nature complaisante et agréable. « Un peu trop peut-être pour un garçon, pensa-t-elle, mais surement qu'avec l'âge, il s'affirmera davantage. »

Françoise surprit la moue d'Olivia et le bâillement qu'elle réprimait; elle détourna les yeux. La nette préférence de Victoria pour Olivia n'était pas sans lui rappeler ses propres manquements vis-à-vis de ses trois ainées. Et celles-ci le lui avaient bien rendu. Françoise ne s'attendait même pas à ce qu'elles assistent à ses funérailles. « Et c'est aussi bien comme ça », songea-t-elle. Françoise, maintenant âgée de soixante-dix ans, n'avait toujours pas pardonné à Cécile, Léonie et Gaële de ne pas s'être déplacées voir leur père avant sa mort. Instinctivement, elle posa son regard d'ambre sur Marie-Ange, la sérénité de son visage parvint à apaiser quelque peu sa rancœur. Ses grands yeux bleus rêveurs étaient tournés vers la fenêtre; elle souriait, trouvant son bonheur dans le fait d'être avec sa famille.

Pensive, Françoise resta un moment à observer ses petits-enfants, tous des blonds aux yeux bleus, à l'exception de Joséphine. La nature les avait tous choyés. Une expression d'une rare tendresse se répandit lentement sur le visage de Françoise. Comme l'absence d'Édouard revenait la hanter, elle se retira silencieusement, ses doigts se perdirent dans la dentelle noire de son corsage. Se condamnerait-elle, tout comme sa sœur Suzanne, à porter exclusivement le noir pour le restant de ses jours?

*****

Chablis, Nouveau-Brunswick

L'écrasante chaleur qui s'était abattue sur le Nouveau-Brunswick pendant plus de deux semaines avait pris fin. Les rayons de soleil étaient toujours perçants, mais la moiteur de l'air n'était plus aussi étouffante.

Laurent, qui se remettait tranquillement d'un autre malaise pulmonaire, jouait aux billes dans la cour avec d'autres garçons; Nathaniel, lui, avait trouvé refuge sous un des immenses sapins du domaine. Le dos contre le tronc d'un arbre, le regard critique, il dessinait. Dans les derniers mois –en fait pour l'aider à passer le temps lorsqu'il était au chevet de Laurent –, il s'était découvert un intérêt et une habileté insoupçonnés pour le dessin. Il avait appris de son propre chef à manier le crayon, à créer les jeux d'ombres et de lumières et surtout, à déjouer les limites de ses modestes fournitures.

Depuis quelque temps, Nathaniel sentait qu'il avait réellement du talent. Laurent et les autres garçons rigolaient devant ses caricatures et les frères appréciaient ses paysages, se montrant particulièrement encourageants. Ils lui fournissaient crayons et papiers sur demande; ils préféraient de loin ce passetemps créatif à ses querelles avec Victor.

Attentif au moindre détail, Nathaniel s'appliquait à représenter les marques de sueur aux aisselles de Jérémie; son modèle qui suait à grosses gouttes.

– Tu es un naturel, Jérémie! le complimenta-t-il gentiment.

Nathaniel avait beau lui parler, l'encourager, le pauvre ne réagissait pas. Dans sa léthargie, Jérémie pouvait rester assis indéfiniment, son corps empâté et curieusement malléable gardait la pose choisie par l'artiste. Non sans quelques remords, Nathaniel se faisait la remarque que Jérémie était devenu le modèle parfait depuis « l'incident ». Sa figure bouffie et égratignée restait figée, tandis que l'artiste fixait sur papier son innocence confuse et mélancolique.

Absorbé par son travail, Nathaniel n'entendit pas venir Christopher. La mine sérieuse, ce dernier toussa pour signaler sa présence. Jérémie cligna des yeux et Nathaniel tourna momentanément la tête dans la direction de l'Américain. Une fois de plus, il pensa que Christopher était trop grand pour son âge. Depuis leur première rencontre – et bien qu'il ne l'eût jamais admis –, Nathaniel s'était senti intimidé par lui. Pourtant, au fil des jours il avait tissé des liens d'amitié sincères avec l'Américain. Il admirait sa diplomatie et surtout son allure : ses airs de prince, cette façon qu'il avait de se gonfler les pectoraux pour se donner de l'importance. En cachette, Nathaniel se pratiquait d'ailleurs à imiter sa posture et sa démarche.

– Tu as vraiment du talent, constata Christopher, sincèrement admiratif.

Flatté, Nathaniel mit ses dessins en ordre à ses pieds, de façon à ce que Christopher puisse y jeter un coup d'œil. Laurent figurait sur pratiquement tous les dessins; il faisait même compétition à Jérémie.

– Je suis venu te dire au revoir, lui annonça de but en blanc l'Américain.

La mine solennelle de Christopher, son corps très droit, ses jambes écartées, ses mains dans le dos évoquaient la posture d'un colonel devant un soldat. Et Nathaniel pensa inopinément à sa collection de soldats de bois. Des souvenirs de plus en plus confus et qui remontaient très loin dans le passé.

– Mon oncle et ma tante doivent arriver dans la prochaine heure. Ce n'est pas trop tôt! poursuivit Christopher, décontenancé par l'air absent de son ami.

Un froncement de sourcil de la part de Nathaniel laissa supposer qu'il avait saisi l'information; plutôt que de parler, il observa une minute de silence et aiguisa machinalement un crayon.

– Je savais que tu ne serais pas retenu prisonnier ici bien longtemps. Tu détonnais dans le décor, énonça-t-il enfin avec une pointe de sarcasme.

Ne sachant trop s'il devait être froissé par ces propos, Christopher surprit le sourire taquin de Nathaniel, qui gardait les yeux rivés sur son crayon; Christopher lui donna une tape amicale sur l'épaule.

– J'ai entendu dire que les Américains du Connecticut sont très sympathiques. Surement que ton oncle le sera aussi. Sinon, ta tante ne l'aurait pas épousé! s'esclaffa Nathaniel qui voulait détendre l'atmosphère.

– Possible… Je n'ai d'eux qu'un souvenir flou de mon enfance. Mais dis-moi, où as-tu entendu cela? demanda avec un scepticisme évident Christopher.

– Je l'ai lu quelque part.

Christopher savait pertinemment que Nathaniel mentait ; c'était gentil de vouloir le rassurer, bien que ce fût tout à fait inutile. À treize ans, Christopher se croyait un homme. Il avait murement réfléchi à ce qu'il attendait de la vie et en était arrivé à la conclusion que le Connecticut ne faisait pas partie de ses plans. Dans l'immédiat, il n'avait d'autre choix que de s'en remettre à la tutelle de son oncle. Il comptait bien revenir un jour à Chablis, avec ce qui lui restera de l'héritage de son père.

– Écoute, Nathaniel, je ne suis pas très habile avec les adieux, laissa-t-il tomber platement, en détournant les yeux.

Nathaniel, qui l'était encore moins, s'empressa de mettre un terme à leur au revoir :

– Christopher... Tu es riche. Ta famille est riche. Tu vas vivre comme un prince dans ta belle *mansion*. Alors, si tu penses que je vais te plaindre, tu n'as pas frappé à la bonne porte.

Le dépit dans la voix de Nathaniel n'échappa pas à Jérémie dont les yeux interrogateurs faisaient la navette entre les deux garçons. Offensé, Christopher tourna sèchement les talons. Il n'avait pas fait trois pas que Nathaniel le rattrapait et le retenait vivement par le bras.

– Attends ! Christopher, attends. Je ne sais pas ce qui m'a pris, s'excusa-t-il, confus. En fait, si tu veux tout savoir, je donnerais n'importe quoi pour être à ta place. Avoir une famille qui voudrait bien de moi, un endroit ailleurs qu'ici où aller...

Pris de court par l'amertume qui s'était logée sur le visage vulnérable de Nathaniel, Christopher baissa la tête. Il rassembla son courage et son sang-froid puis déclara :

– Tu seras bientôt en âge de partir, Nathaniel. Et une fois sorti d'ici, tu pourras faire tout ce dont tu as envie, être tout ce que tu voudras. Tu n'auras de compte à rendre à personne.

Les paroles pleines d'espoir de l'Américain parurent avoir atteint leur objectif : pensif, Nathaniel hochait longuement la tête et devant ses yeux un mirage prenait forme. « Je serai peintre, se dit-il avec ferveur. Je serai célèbre. Et des hommes riches, comme Christopher, se bousculeront un jour à ma porte pour acheter mes œuvres. »

Il tendit spontanément la main à Christopher et celui-ci la serra avec une force égale.

– Merci de m'avoir sauvé la vie, Nathaniel. Et je te promets que chaque premier dimanche de juillet, j'aurai une pensée pour toi. Et un jour, je te le revaudrai. Je ne sais pas comment, ni où, mais crois-moi, je te le revaudrai, lui promit-il.

Il y avait une telle conviction dans sa voix que Nathaniel fut tenté de le croire momentanément. *Mais qu'est-ce qu'il raconte? On ne se reverra jamais plus! Je te vois pour la dernière fois, Christopher Peterson. Nos chemins se séparent ici pour de bon.*

Ce fut alors que le regard perçant de l'Américain se fixa sur le sien. « Le regard d'un aigle », se dit Nathaniel, pour la énième fois.

– Je ne te souhaite pas bonne chance, Nathaniel, parce que tu n'en auras pas besoin. Tu seras grand! Un artiste célèbre, j'en suis convaincu, affirma Christopher avec une certitude troublante.

Pour une fois, Nathaniel ne sut s'il mentait ou s'il disait vrai. Christopher dévala la pente pour rejoindre le frère André qui lui faisait signe de la main. À ses côtés se tenait un couple très élégant – *l'oncle et la tante du Connecticut, forcément* –. Nathaniel contempla le billet de cinq dollars, ce corps étranger que lui avait glissé Christopher au dernier moment. *Une fortune!* Profondément reconnaissant et ému, il s'empressa d'enfoncer l'argent dans la poche de son short. Nathaniel se retourna vers son modèle et le regarda avec compassion. De grosses larmes coulaient sur les joues sales de Jérémie. Nathaniel lui tapota gentiment la tête et d'une voix tremblante et rauque, murmura :

– Je sais, je sais, Jérémie. À moi aussi il va beaucoup manquer.

– CHAPITRE VINGT-ET-UN –

Montpellier, Nouveau-Brunswick

Maude s'était réveillée de bonne heure avec un sentiment de bienêtre dû sans doute au départ d'Henri-Paul la veille. Si les passages de son mari lui étaient de plus en plus lourds à supporter, cette fin de semaine avait été doublement pénible. Elle avait dû passer trois jours interminables dans une villa de campagne à parader, aimante et admirative au bras d'Henri-Paul. En plus, il lui avait fallu se montrer charmante avec les amis de celui-ci, des prétentieux et des chauvins, et supporter leurs femmes frivoles et leurs conversations sans contenu. Certes, ils avaient été reçus comme des rois – et Henri-Paul avait fait de brillantes affaires – mais elle s'était ennuyée à mourir. « Enfin, pensa-t-elle, j'aurai au moins quelques semaines de répit avant sa prochaine visite! »

Maude avait profité du fait qu'elle était la première à se présenter au journal pour mettre un peu d'ordre dans son bureau. Elle avait gardé sa porte grande ouverte pour ne rien perdre de l'activité enthousiaste des journalistes. Comme elle avait dû s'absenter plus tôt le vendredi, une montagne d'articles trônait sur sa table. Elle parcourait sommairement les articles lorsqu'elle tomba sur une note que lui avait laissée Preston. Il la tenait au courant des derniers développements d'un dossier qu'ils suivaient. Maude sentit son cœur se gonfler de gratitude. Autant Henri-Paul lui donnait carte blanche sur sa façon d'occuper ses journées – du moins en son absence –, autant Preston lui accordait la latitude et la flexibilité dont elle avait besoin au travail.

La salle de presse reprenait lentement vie avec l'arrivée matinale des hommes. Maude astiquait sa machine à écrire, lorsqu'un « Madame? » prononcé sur un ton hésitant lui fit redresser la tête. Elle sursauta imperceptiblement : un jeune Noir la dévisageait avec un mélange de dignité et de réserve, ses larges épaules osseuses pointant sous une chemise en coton grossier. Il devait faire au moins six pieds. Ses vêtements étaient poussiéreux et trop courts. Son apparence laissait deviner qu'il avait dû faire une longue route avec peu de moyens. À sa connaissance, seule la région de Pic-Bois comptait des Noirs et autres immigrés qui s'étaient, par la force de circonstances incontrôlables, regroupés dans les basfonds de la ville. Jamais l'écart entre les riches et les pauvres ne s'était fait si criant que dans cette région ouvrière du Nouveau-Brunswick : les propriétaires d'usines se prélassaient dans l'opulence, aux dépens de leurs ouvriers qui s'éreintaient à joindre les deux bouts.

Maude se demanda avec inquiétude quel genre d'accueil avaient réservé les journalistes au visiteur. Certaines personnes pouvaient se montrer plus odieuses parfois envers les mulâtres qu'envers les personnes très foncées.

Comme si la couleur de la peau a quelque chose à voir avec la qualité de la personne!

– Bonjour! lui dit-elle avec bonne humeur. Excusez le désordre. Le lundi matin est toujours un peu plus difficile! J'espère au moins que vous avez été bien reçu à votre arrivée?

– Oh! Oui, madame. Votre personnel s'est montré particulièrement courtois à mon endroit, s'empressa de la rassurer le garçon qui avait relevé le ton insinuant de la journaliste.

– Heureuse de l'entendre! Je m'appelle Maude Richard, se présenta-t-elle. Et vous?

Sa voix était bienveillante, son sourire sincère; cela sembla le rassurer.

– Jeffrey Le Prince, madame, lui répondit-il poliment.

« Il porte bien son nom, pensa Maude. Même modestement vêtu, il a l'air d'un prince. » Devant la jeunesse de son visage, elle jugea qu'elle pouvait s'adresser à lui par son prénom :

– Très bien, Jeffrey. Dites-moi, en quoi puis-je vous aider?

La gentillesse de sa physionomie et de sa voix eut raison de ses dernières résistances. Le jeune homme prit une profonde inspiration, comme pour se donner le courage de répondre :

– M'aider? répéta-t-il. Je l'espère sincèrement, madame.

Ce n'était pas tant l'apparence miséreuse de l'inconnu que l'espoir dont étaient chargés ses mots qui secoua la journaliste. Avec beaucoup de sollicitude, elle l'invita à s'assoir, puis lui offrit un verre d'eau qu'il avala d'un trait.

Sa soif étanchée, Jeffrey reprit la parole :

– J'ai eu vent du rôle que vous et votre journal avez joué dans l'avancement des femmes. C'était très héroïque de votre part, et de la part de *L'Averti*, de prendre ainsi position.

Maude le remercia d'un bref sourire; elle pensa lui dire que ce n'était pas *son* journal, mais il ne lui en laissa pas le temps.

– Comme vous vous en doutez sans doute, reprit-il sur un ton plus bas et comme en confidence, j'habite la ville de Pic-Bois. Ma sœur et moi sommes arrivés de la Nouvelle-Écosse il y a deux ans, désespérément en quête d'une nouvelle vie. Ma sœur Madeleine a eu de la chance. Elle occupe un poste de domestique dans une maison de bonne famille. Quant à moi, n'ayant aucune qualification et étant un immigrant noir par-dessus le marché, je me suis retrouvé dans une usine de textiles.

Jeffrey abaissa la tête et Maude crut défaillir lorsqu'elle vit sa mâchoire se contracter violemment. Elle devina qu'il était à bout et retenait à grand-peine son émotion. Jeffrey trouva néanmoins la force de poursuivre, encouragé par la compassion qui se lisait sur le visage de la journaliste.

– J'en ai vu d'autres, vous savez, observa-t-il gravement. Je peux en prendre. Mais la vérité, c'est que j'arrive à peine à survivre avec mon salaire de misère. Ce n'est rien en comparaison avec la vie des hommes et des femmes qui ont des enfants. Vous ne pouvez imaginer leur condition.

Jeffrey s'arrêta un moment et contempla ses chaussures éculées. Puis il redressa la tête. Maude croisa son regard combattif et valeureux et elle se douta de la raison de sa visite.

– Je me suis dit que si quelqu'un pouvait nous aider à faire changer les choses, ce ne pouvait être que vous... avec votre journal, conclut Jeffrey, hardi.

Quelques minutes plus tard, Maude et Jeffrcy Le Prince traversaient la salle de presse. Le pas décidé, presque agressif, de l'une et celui solennel de l'autre, furent accompagnés par les regards à la fois suspicieux et intéressés des journalistes. Maude s'efforça de ne pas leur prêter attention. Elle pouvait comprendre leur curiosité.

Maude avait eu l'occasion lors de son séjour chez sa tante en Europe, de côtoyer des personnes de couleur. Or, pour la majorité des journalistes réunis dans la salle de nouvelles, c'était une première rencontre. Ils étaient à ce point tranquilles que, de son bureau, Preston avait relevé la tête, intrigué par le calme inhabituel des lieux. *Le calme avant la tempête?* Il vit venir à lui Maude, la mine sombre et résolue, et un grand Noir.

Ces quelques secondes lui permirent de se replonger dans ses souvenirs de guerre. Preston n'était pas entré en contact avec des hommes de couleur depuis la guerre. Mais il n'avait certainement pas oublié leur bravoure. Le 369e régiment d'infanterie, constitué uniquement de Noirs, l'avait particulièrement marqué. Après s'être levé de son fauteuil afin d'accueillir avec professionnalisme Maude et son protégé, il serra la main du jeune homme avec respect et courtoisie. Preston eut le sentiment que cette rencontre marquait un moment décisif dans sa vie.

Le silence dans la pièce, après que Jeffrey eut exposé la réalité des immigrés de Pic-Bois, était lourd. Le principal intéressé et Maude attendaient que Preston ait pris une décision. L'indécision et la tension se lisaient sur son visage; il les dévisageait tour à tour. Preston ne pouvait rester insensible à la situation que venait de décrire ce Jeffrey Le Prince. Et s'il écoutait sa conscience, *L'Averti* se devait de s'impliquer. Il avait été épargné, glorifié même pour sa prise de position en faveur du droit de vote des femmes.

« Ai-je tort, se demanda Preston, d'espérer un dénouement favorable cette fois-ci encore? Est-ce que je ne pousse pas un peu ma chance? À tant vouloir imposer mes standards de moralité à *L'Averti*, est-ce que je risque de le conduire à sa perte, comme semble le croire Victoria? Et si elle a raison? Si les lecteurs de mon journal et les riches clients de mon usine de pâtes et papiers décident de me boycotter? »

Lorsqu'il rencontra le regard confiant et inspirant de Maude, Preston sut qu'il ne pouvait reculer. Pour garder l'estime et le respect de Maude, il était prêt à tout. Avec la rapidité de l'éclair, un plan d'action prit forme dans son esprit. « Je ne serai pas le premier, pensa-t-il, à m'exprimer sur la condition de vie des immigrants dans les villes ouvrières. » Par contre, la façon dont Preston ferait état de la chose serait, elle, tout à fait innovatrice. *L'Averti* allait encore une fois soulever les passions.

– Je pense avoir une idée, annonça Preston avec un mélange d'excitation et de nervosité.

Aussitôt en état d'éveil, la journaliste plissa les yeux et agrippa, avec une familiarité inattendue, le bras de Jeffrey assis à ses côtés. À peine surpris par le geste de Maude – cet élan du cœur était né de sa propension naturelle à se cabrer devant les injustices sociales et à s'identifier à celui ou à celle dont elle voulait défendre les intérêts –, Preston continua :

– Je vais avoir besoin de votre aide, Jeffrey.

– Je suis à votre entière disposition, monsieur Roussel, lui répondit sans hésitation l'ouvrier.

– Et de la mienne aussi, j'espère, renchérit Maude, dont l'expression décidée et animée exprimait le désir de se rendre utile.

Preston eut un signe de tête entendu, croisa les doigts sur son bureau et se pencha en avant, le regard indéniablement allumé :

– Nous allons devoir faire preuve de la plus grande discrétion...

Après une semaine remplie de préparatifs fiévreux et tenus dans le plus grand secret, le trio était fin prêt à passer à l'action. Avec Jeffrey pour guide et complice, la journaliste était devenue du jour au lendemain une immigrée; avec son déguisement, personne n'aurait pu douter de ses origines.

En voyant le beau visage de Maude et ses mains parfaites, Jeffrey ne pouvait s'empêcher de se demander comment elle se tirerait d'affaire. Il la savait très intelligente, mais restait à voir si elle pouvait jouer la comédie et surtout, si elle saurait se débrouiller avec un fil et une aiguille.

Preston était convaincu du bienfondé de leur opération. L'expérience vécue et racontée par Maude, combinée aux témoignages de Jeffrey, serait publiée dans *L'Averti*, avec tous les détails sordides. Une fois exposée la condition de vie des ouvriers de Pic-Bois, les politiciens n'auraient d'autre choix que de reconnaitre les abus infligés à la classe ouvrière et seraient forcés – c'était là l'objectif – d'intervenir. Jeffrey serait vraisemblablement congédié une fois l'article publié, mais son avenir était assuré : il serait embauché à l'usine des pâtes et papiers Roussel.

En théorie, tout semblait être bien pensé et ordonné. Toutefois, comme Maude et son compagnon partaient, Preston ne put s'empêcher de se demander s'il ne s'était pas laissé aveugler, impressionné par le courage et la volonté de Maude. Elle avait absolument tenu à ce que ce soit elle qui infiltre le monde ouvrier. Pire encore, avait-il fait preuve de lâcheté en acceptant de la laisser servir d'appât.

Le soir de leur arrivée dans le bidonville de Pic-Bois, Maude et Jeffrey frappèrent à la porte de la famille Lachine. La mère aux traits tirés vint les accueillir, un bébé morveux dans les bras et un autre enfant braillard accroché à sa jupe. Elle s'effaça pour les laisser entrer. Maude partagerait la chambre des deux filles, Agnès, douze ans et Bécassine, seize ans. Elle poussa un soupir de soulagement : bien que pauvrement meublée, la chambre était passablement propre.

Debout dans la cuisine, la plus jeune la dévisageait avec curiosité, l'ainée, Bécassine, avec ennui. Maude ne pouvait lui en vouloir. Il n'y avait rien de réjouissant à laisser son lit à une parfaite étrangère. Devant l'insistance du père Lachine, un Français ruiné, Maude s'avança pour lui tendre deux dollars, son loyer pour la semaine. Comme par crainte qu'elle ne changeât d'idée, il enfonça aussitôt l'argent dans sa poche. Il retourna s'assoir dans sa chaise berçante, désintéressé.

Après avoir fait ses adieux à Jeffrey qui louait une chambre quelques rues plus bas, Maude sentit l'angoisse l'envahir. Rien ne l'avait préparée à un tel dénuement. Il y avait bien en périphérie de Montpellier des familles démunies, mais rien de comparable à ce qu'elle avait vu en pénétrant les venelles décrépites de Pic-Bois. À mesure que Jeffrey et elle avaient descendu la ruelle boueuse, suivis par les rats, il lui avait semblé entreprendre une descente périlleuse aux enfers. La plupart des logements étaient des passoires, livrés aux courants d'air et aux intempéries. Les cordes à linge suspendues d'un appartement à l'autre montraient sans aucune pudeur les dessous en haillons, les habits de travail rapiécés et les langes tachés. Elle avait réellement l'impression que les murs crasseux et délabrés se refermaient sur elle.

Partout, le même spectacle de désolation; à chaque tournant, les ordures qui jonchaient le sol dégageaient des odeurs nauséabondes. Les disputes conjugales et les lamentations d'enfants affamés résonnaient dans la nuit. Et par trois fois, Maude avait failli rebrousser chemin, prise de nausées. La pensée de pouvoir dénoncer dans un témoignage vibrant la misère de ces gens, d'exposer la réalité quotidienne des familles comme les Lachine lui avait insufflé le courage de continuer. Elle avait décidé de vivre jusqu'au bout son rôle de miséreuse.

Inconfortable dans son accoutrement – un foulard dépareillé sur la tête et une vieille robe trop grande dont le tissu lui irritait la peau –, Maude se laissa guider vers sa chambre. Elle n'avait qu'une valise. Jeffrey l'avait débarrassée des autres, car trop de vêtements risquaient d'éveiller les suspicions.

Maude dormit mal cette nuit-là. Elle eut beau relever les coins de son oreiller sur ses oreilles, les ronflements du père Lachine, mêlés aux pleurs fatigués et désespérés des bébés qui avaient perdu espoir d'être nourris, lui parvenaient clairement. Aussitôt qu'elle fermait les yeux, Maude revoyait le triste tableau du quartier, les visages blanchâtres et anémiques des Lachine... Finalement, au petit matin, la fatigue eut raison de sa détresse et Maude s'endormit d'un sommeil agité.

Pour le petit-déjeuner, elle avait dû se contenter d'un morceau de pain sec et d'un thé amer. Mal à l'aise devant le regard inquisiteur de Bécassine, Maude sentait ses doigts trembler sur sa tasse ébréchée.

La journaliste s'agita légèrement sur sa chaise. Malgré tous ses efforts, elle n'avait pu cacher sa sophistication naturelle. Son vocabulaire recherché, même si elle essayait de s'en tenir à peu de mots, l'avait de toute évidence trahie.

– Vous n'êtes pas des nôtres, fit Bécassine, perspicace.

– Non. Tu as raison, lui avoua Maude comme à regret. Je vivais assez confortablement avant la mort de mes parents. Mais j'ai tout perdu. Je n'ai plus personne au monde... seulement mon ami Jeffrey.

Bécassine se fit plus morose tandis que la mère Lachine prenait un air affligé et lui tapotait gentiment la main.

– Jeffrey nous a tout raconté, lui confia-t-elle avec un sourire triste. Un bon garçon, ce Jeffrey. Il a été plus que généreux pour nous autres. Et ça nous fait plaisir de vous dépanner en attendant qu'il trouve mieux pour vous. Mais vous êtes la bienvenue ici, reprit-elle avec plus d'entrain. Vous pouvez rester avec nous aussi longtemps que vous le souhaitez.

– Bien dit, la femme! approuva le père Lachine en se dérhumant bruyamment. En autant, bien sûr, que vous puissiez apporter votre contribution, s'empressa-t-il de préciser.

Dès sept heures, ils avaient quitté le foyer, à l'exception de la mère qui devait s'occuper des deux plus jeunes. Le père Lachine travaillait à la mine, Agnès lavait la vaisselle dans un petit restaurant à l'autre bout de la ville et Bécassine faisait de la couture dans un sous-sol en compagnie d'autres femmes. Du reste, c'était elle qui lui avait déniché une place comme couturière. La jeune fille espérait ainsi tomber dans les bonnes grâces de Jeffrey.

Il l'avait approchée à la sortie du travail quelques jours auparavant; il était à la recherche d'un boulot pour une amie. Jeffrey lui avait promis deux dollars si elle trouvait un poste pour Maude. Bécassine, qui mourait d'envie de s'offrir un repas copieux et une nouvelle robe, avait accepté d'emblée. « Avec son délicieux teint café au lait, son corps musclé et son français irréprochable, s'était dit Bécassine, comment puis-je lui refuser ce service? »

Voilà qu'au cours de ce bref échange, elle s'était soudain crue amoureuse. Le soir même, dans ses rêves, elle s'était imaginée à son bras dans une robe blanche. Brulant de passion virginale, Bécassine avait laissé sous-entendre le lendemain que sa famille tirait le diable par la queue et qu'un locataire serait le bienvenu, souhaitant l'attirer chez elle. Jeffrey avait une tout autre idée en tête.

Convaincre le couple Lachine d'héberger Maude avait été facile. Il n'avait eu qu'à faire miroiter l'argent devant les yeux du père et apporter à l'occasion du lait et un morceau de viande à sa femme pour faire pencher la balance en sa faveur. Bécassine avait accueilli la nouvelle venue avec consternation; elle avait distinctement vu ses chances de séduire Jeffrey s'amenuiser.

« Si une si belle femme ne fait pas fondre le cœur de Jeffrey, songea Bécassine, alors c'est peine perdue pour moi. À moins qu'il ne préfère des conquêtes plus jeunes? » Reprenant confiance, Bécassine accéléra l'allure. Elle fonçait dans la ruelle sinueuse et se retournait de temps à autre; elle se réjouissait de voir Maude suivre avec peine.

– Allez! Plus vite! Il ne faudrait surtout pas être en retard! la pressa Bécassine.

La puanteur qui emplissait l'air prenait Maude à la gorge et lui soulevait le cœur. Voyant le dégout sur le visage de Maude et le mouchoir qu'elle venait de ranger dans sa manche, la jeune fille réprima un sourire moqueur et se contenta de lui lancer sur un ton railleur :

– Ne vous en faites pas. Cette odeur, on finit par s'y habituer, vous verrez!

Maude n'était pas au bout de ses peines. Le sous-sol en question était sale, mal éclairé et surtout mal aéré. Le simple fait de respirer lui était pénible. Une trentaine de femmes, certaines à peine sorties de l'enfance, travaillaient pendant des heures, assises devant leur machine à coudre. Maude s'installa près de Bécassine et observa attentivement ses gestes, remerciant sa mère. Eugénie, prévoyante, qui lui avait patiemment appris à manier le fil et l'aiguille. Ces leçons se faisaient à l'insu du père, qui n'aurait pas souhaité voir sa fille faire le travail d'une ménagère. En réalité, le vieil Archibald aurait été étonné de savoir que Maude prenait beaucoup de plaisir à ces séances de couture. Elle n'avait pas des « doigts de fée », pour reprendre l'expression d'Eugénie, mais elle travaillait efficacement.

À 7 h 30 pile, Madame Gritte, la patronne fit son entrée et les conversations en sourdine se turent définitivement. Femmes et jeunes filles se mirent aussitôt au travail dans le silence le plus complet. Maude saisit une jupe dans son panier et, les doigts fébriles, se mit au travail. Madame Gritte circulait lentement entre les rangées et faisait cogner sa canne sur le sol. C'était une grande femme sèche, aux yeux durs et perçants. Arrivée à la hauteur de Maude, elle s'immobilisa. La journaliste sentit le souffle tiède de la vieille dame sur son cou. Madame Gritte renifla et poussa de sa canne le panier de vêtements contre la petite table. Puis, sans un mot, elle continua sa ronde avant de s'installer à l'avant de la salle, comme un professeur devant ses élèves.

À midi, madame Gritte fit sonner la cloche, signalant l'heure de la pause. Les couturières sortirent, leur diner à la main; elles préféraient les odeurs des ruelles à l'humidité du sous-sol. Maude regarda avec compassion les visages maigres et blafards dans la petite cour poussiéreuse. *Je ne pourrais jamais vivre plus de deux semaines dans de telles conditions.* Pourtant, certaines d'entre elles souriaient timidement, prouvant que la misère ne pouvait les briser tout à fait. Elles parlaient peu, mais il y avait entre ces femmes un esprit de camaraderie touchant.

Maude mangea sans grand appétit la tranche de pain beurré que lui avait préparée la mère Lachine et but le thé qui avait conservé son gout amer. Bécassine l'ignora royalement. Toute son attention était dirigée vers son diner qu'elle engloutissait, consciente que sa faim ne serait pas assouvie, contrairement à sa mère, qui mangeait avec une lenteur étudiée, habitée qu'elle était par le souci d'économie.

Elles n'eurent que trente minutes de répit, la cloche les rappela vite à l'intérieur. La mine basse, les couturières reprirent leur place et se remirent au travail. Maude avait le dos et la nuque en compote; cela ne l'empêcha pas de suivre le rythme des autres femmes. Lorsque, à cinq heures, madame Gritte sonna pour la dernière fois, un soupir de soulagement s'éleva dans le sous-sol. Enfin, la journée de travail était terminée. Maude avait les poumons en feu et les yeux rouges, mais elle éprouvait un sentiment de fierté immense. Elle avait survécu à son premier jour.

Jeffrey et Maude avaient découvert que l'usine de textiles où il travaillait et l'« atelier » de couture appartenaient aux mêmes propriétaires : monsieur et madame Gritte. Lorsque Madame prenait congé, c'était son mari, monsieur Gritte, qui prenait la relève et qui intimidait les couturières. Il était encore plus odieux que sa femme. C'était un pervers qui avait un penchant pour les jeunes filles. Lorsqu'il emmenait l'une d'elles dans son bureau, Maude se retenait pour ne pas voler à leur secours. Les pauvres en ressortaient tremblantes, honteuses et se remettaient au travail comme si de rien n'était. Parfois, Maude rencontrait le regard vide de Bécassine et elle se demandait si elle aussi avait eu à subir un tel traitement.

Les trois premiers jours, Maude fit ce qu'on attendait d'elle. Tous les soirs, elle rencontrait Jeffrey pour échanger leurs expériences et monter un dossier, se révoltant contre la misère humaine : partout dans Pic-Bois, des conditions de travail misérables, pour ne pas dire inhumaines, un rythme de production effréné qui prévalait sur la sécurité. Le plus tragique était le salaire pitoyable et l'humiliation quotidienne que devaient subir les familles. Jamais assez d'argent pour nourrir convenablement les enfants, pour les vêtir; il fallait quémander sans cesse, chercher par tous les moyens à gagner du temps.

Arrivée au jeudi soir, Maude en avait vu assez. Elle avait assisté à la correction d'une couturière qui, prise d'un malaise, s'était mise à saigner du nez. Lorsque la patronne avait vu les taches de sang sur le tissu, elle était entrée dans une de ses terribles colères et l'avait frappée à plusieurs reprises avec sa canne. Maude avait dû se faire violence pour ne pas intervenir. Le lendemain, la jeune fille s'était courageusement présentée à son poste, pour se faire dire que le prix de la chemise souillée et irrécupérable serait déduit de son salaire.

Le jour du départ arriva. Sur le seuil de la porte, Maude faisait ses adieux, curieusement émue :

– Merci encore pour tout. Tenez... c'est pour vous. Mais ne l'ouvrez qu'après mon départ.

La mère Lachine, prématurément vieillie, prit cérémonieusement l'enveloppe que lui tendait Maude et fit un signe de croix :

– C'est promis, je le jure.

Comme elle prenait Maude dans ses bras, elle soupira :

– Quel dommage que vous nous quittiez si vite! Voyez comme les petits se sont attachés à vous!

Maude eut un petit sourire triste et caressa la tête du bambin qui s'était accroché à sa jambe. Agnès lui donna un baiser sonore sur la joue et Bécassine, qui avait découvert sur son lit deux robes neuves, lui avait sauté au cou. Finalement, Bécassine avait décidé que Maude pouvait avoir Jeffrey si le cœur lui en disait. Elle ne serait pas en peine puisque l'aîné des Boudreau semblait avoir jeté son dévolu sur elle. Le père Lachine, lui, n'avait pas bougé de sa chaise berçante. Les yeux rivés sur l'enveloppe que tenait sa femme, il contenta de faire un petit signe de la main. Pour la dernière fois, Maude remonta la ruelle puante. Elle essuya furtivement ses larmes du revers de la main, consciente du regard de Jeffrey posé sur elle. Il lui tendit gentiment son mouchoir :

– Je savais, dès l'instant où je vous ai vue, que vous étiez une femme à part, sans prétention et foncièrement humaine. Et je peux dire en toute sincérité que ce fut pour moi un honneur de travailler avec vous.

– Merci, Jeffrey. Tes paroles me touchent beaucoup. Je n'aurais souhaité vivre l'expérience avec nul autre que toi, lui répondit Maude en lui lançant un coup d'œil larmoyant.

Ils échangèrent alors un sourire gêné, partageant une fierté commune de ce qu'ils avaient accompli ensemble.

Comme ils tournaient le coin de la rue, Maude entendit un cri effaré, puis les « Merci, mon Dieu! » renouvelés de la mère Lachine, suivis d'un juron enthousiaste de la part de son mari. Un sourire erra sur les lèvres de Maude; elle présuma qu'ils avaient ouvert l'enveloppe.

* * * * *

Montpellier, Nouveau-Brunswick

Preston, debout devant sa femme, cherchait comment lui annoncer sa prise de position. Il l'avait volontairement tenue à l'écart du dossier de Pic-Bois. Maintenant que les dés avaient été lancés, il devait lui annoncer la nouvelle avant qu'elle ne l'apprenne de quelqu'un d'autre. Face à son incapacité à trouver les mots justes, il se contenta de déposer *L'Averti* devant elle. Brusquement méfiante, Victoria posa sa tasse de thé en porcelaine et s'empara du journal qu'elle se mit à lire. Preston aperçut un léger tressaillement de ses paupières, pendant qu'elle lisait l'article.

« ... À l'instar des grands centres urbains comme Montréal et Toronto qui vivent l'urbanisation à un rythme quasi effréné, certaines villes du Nouveau-Brunswick font relativement bonne figure en termes d'expansion et d'industrialisation, leur réussite reposant en partie sur l'importation de travailleurs. Ces hommes et ces femmes constituent une main-d'œuvre bon marché et certains employeurs sans scrupules en abusent. Ils ne sont pas les seuls à être pointés du doigt. Notre société détourne les yeux de cette misère urbaine dans laquelle un grand nombre d'ouvriers sont contraints de vivre... Si vous pensez que ces propos sont exagérés, les témoignages recueillis par notre journaliste vous feront peut-être changer d'avis. »

Incapable d'en lire davantage, Victoria plia le journal et s'essuya méticuleusement les doigts avec sa serviette blanche. Au bout d'un moment, elle redressa la tête et fixa avec incompréhension son mari :

– Quand je pense à toutes les fois où je t'ai entendu proclamer que ton journal devait rester objectif, qu'il devait s'en tenir aux faits. Quel énorme mensonge, Preston! Tu ne fais pas que rapporter l'information, non, tu prends carrément position! Et cette fois, contre de gros joueurs en plus! Tu penses vraiment qu'ils ne vont pas mordre? Que tu vas t'en sortir à nouveau indemne?

Victoria s'était exprimée avec un calme déconcertant; pourtant, la menace sous-jacente de ces derniers mots flottait dans la salle de séjour. C'était comme si elle souhaitait presque les voir punis, lui et son journal. Preston voulut se montrer rassurant :

– Je les attends de pied ferme, crois-moi!

– J'y compte bien, mon chéri, lui répondit Victoria, d'une voix affable, mais dénudée de chaleur.

Elle prit une gorgée de thé, méthodiquement, comme pour se donner une contenance. Puis, une révélation germa dans son esprit et elle déposa sèchement la tasse.

– Attends un peu…, énonça-t-elle lentement. *Le journaliste* dont il est question… Non! Ne me dis pas qu'il s'agit de Maude?!

Devant l'expression interloquée de son mari – l'identité de Maude n'était pourtant révélée nulle part – et son silence embarrassé Victoria sut qu'elle avait deviné juste; ses joues s'empourprèrent. « C'est à peine croyable! s'indigna-t-elle intérieurement. Maude ne nous laissera donc jamais en paix! Elle continue de miner mon existence, d'impliquer *mon* mari dans des causes de plus en plus dangereuses sous prétexte que c'est la chose à faire! Elle va nous ruiner! Elle va nous conduire à notre perte! La dernière prise de position de Preston et du journal a peut-être connu un dénouement favorable, mais cette fois-ci, c'était différent; *L'Averti* s'en prenait à des gens puissants! »

Victoria se leva majestueusement du canapé, sa main se referma comme un étau sur son sautoir de perles. Preston croisa son regard, aussi dur et cassant que le verre :

– Maude a eu tort de t'entrainer dans cette croisade. Elle n'a peut-être rien à perdre, mais toi, oui. Tu as tout à perdre. Si j'étais un homme, je la provoquerais en duel, comme au temps du Moyen Âge. Et je puis t'assurer que ce serait son sang qui coulerait. Pas le mien.

Cette déclaration, dite de façon singulièrement anodine, était si inattendue et contraire à l'image que se faisait Preston de sa femme qu'il douta l'avoir réellement entendue. Il restait sur place, indécis. Mais alors qu'il imaginait Maude, la poitrine transpercée par la lame d'une épée, Preston se porta spontanément à sa défense :

– *Je* suis le propriétaire de *L'Averti* et *je* prends les décisions en ce qui concerne *mon* journal, articula-t-il d'une voix hachée. Personne ne peut me faire agir contre mon gré, y compris Maude. Dans ce dossier, elle n'a fait qu'obéir à mes directives, comme tout bon journaliste.

Quelques secondes s'écoulèrent avant que Victoria ne prenne la parole.

– Bien sûr... Tu as raison, répliqua-t-elle d'un ton doucereux, en inclinant la tête. C'est toi qui mènes et personne d'autre.

Victoria gratifia son mari d'un sourire aimable. *Si tu savais comme je désapprouve tes actions et combien je t'en veux de te laisser embobiner par Maude et de mettre à risque notre fortune et notre statut social... malgré tout je t'aime, c'est plus fort que moi.*

Victoria voulait à tout prix préserver l'harmonie dans leur couple et surtout, faire oublier à son mari Maude, qu'il avait été si prompt à défendre. Elle s'avança gracieusement vers lui et effleura sa joue d'un baiser avant de retirer dignement de la pièce.

Preston la suivit des yeux, songeur. Elle se retourna alors et déclara avec un calme olympien :

– N'oublie pas, mon chéri, que nous avons rendez-vous cet après-midi avec le photographe. J'ai déjà choisi la toilette des enfants et fait aérer ton habit bleu marine pour l'occasion.

Assise sur le bord du lit à baldaquin, la tête basse, Maude subissait également l'incompréhension et la fureur de son époux. Il fulminait, les paroles se bousculaient sur ses lèvres :

– Ma femme, imposteur pour ce foutu journal?! Quelle honte! Comme si je n'avais pas déjà assez souffert de ton implication avec les suffragettes, maintenant ceci?! Je vais être la risée de mes partenaires d'affaires! Tu jouissais de toute la liberté dont tu rêvais et c'est comme ça que tu me remercies? En jouant aux héroïnes? En mettant en péril mon honneur, mon statut, ma crédibilité? En apportant la honte sur ton mari?

Henri-Paul marchait de long en large dans leur chambre à coucher. Les actions de sa femme le mettaient non seulement dans une position délicate vis-à-vis son entourage, mais en plus, Maude semblait n'avoir aucun repentir. « Et elle se tait en plus! », s'insurgea-t-il intérieurement, avant de se récrier, à voix haute cette fois :

– N'as-tu rien à dire pour ta défense? J'attends!

Stoïque, Maude ne fit que secouer la tête; elle savait d'instinct que cela n'aurait servi à rien de justifier ses actions. Son mutisme décupla la colère d'Henri-Paul :

– Es-tu naïve au point de croire que les hommes les plus puissants de notre région vont réviser leurs politiques de travail? Qu'ils vont courber l'échine face à vos accusations et sacrifier leur productivité? Qu'ils ne réagiront pas férocement à votre attaque publique?! Les seuls qui vont écoper de votre ingérence sont ceux que vous prétendez vouloir aider : les ouvriers.

Henri-Paul termina de s'habiller en vitesse, refusant délibérément de regarder sa femme qui demeurait anormalement silencieuse. Il eut pour elle cette mise en garde, exprimée avec froideur, comme une sentence à mort :

– J'espère que tu sais dans quoi tu t'es embarquée et que tu es prête à faire front... et Preston aussi! Car si vous croyiez avoir rencontré une forte résistance avec votre lutte pour le droit de vote des femmes, vous allez vous retrouver surpris! Vous n'avez encore rien vu!

Sa valise à la main, Henri-Paul ouvrit la porte de la chambre. Maude ne fit aucun geste pour le retenir, ce qui ne fit qu'exacerber sa mauvaise humeur. Il se contenta d'effleurer brièvement du regard la silhouette toujours immobile sur la housse de plumes.

– Si toute cette histoire se retrouve devant les tribunaux, la menaça-t-il, je ne serai pas là pour te défendre. Tu seras seule dans le banc des accusés! Pas question que je te soutienne publiquement! Cette fois, tu es allée trop loin!

Consumé par la déception et l'exaspération, Henri-Paul claqua violemment la porte, faisant sursauter son épouse et trembler les murs.

Un spasme nerveux traversa Maude et elle fit un geste pour se lever. Son mouvement fut interrompu par la voix sarcastique qui venait du corridor :

– Félicitations, Maude. Tu es dans la ligue des grands, désormais!

Elle frissonna puis respira un grand coup. Maude ne s'était pas attendue à moins de la part d'Henri-Paul.

Le lendemain après-midi, les bureaux de L'Averti recevaient la visite de Maitre Haché, l'avocat des Gritte : le journal faisait l'objet d'une poursuite pour libelle diffamatoire. Ni Preston, ni Maude et ni Jeffrey n'eurent l'air étonné. En vérité, tout se déroulait exactement comme prévu. Ils seraient appelés à témoigner et ils le feraient avec honneur.

*****

Pic-Bois, Nouveau-Brunswick

La salle d'audience était pleine à craquer. La chaleur, mêlée aux odeurs de transpiration corporelle, était presque insoutenable. Jamais la cour d'instance de Pic-Bois n'avait accueilli une foule si diversifiée. Immigrants noirs, polonais, français et irlandais se pressaient au second étage contre la rambarde en bois. Au rez-de-chaussée, les hommes d'affaires au regard courroucé, certains accompagnés de leurs épouses, se partageaient les bancs. Les femmes secouaient leur éventail; ce simple mouvement leur était pénible. Les hommes, eux, avaient retiré leur chapeau et s'en servaient pour fouetter l'air devant leur visage suintant.

Les yeux de tous étaient rivés sur Preston Roussel. Ceux d'en haut priaient pour son acquittement, ceux d'en bas pariaient sur une sentence sévère et plus précisément, couteuse. Malgré l'enjeu politique et économique entourant l'évènement, le principal intéressé paraissait incroyablement confiant; il donnait l'impression de maitriser parfaitement la situation. Maitre Paulin écoutait d'une oreille distraite Preston qui lui donnait quelques conseils sur la façon de présenter sa cause. « Comme s'il sait mieux que moi, riait en lui-même l'avocat, comment exercer mon métier! Monsieur Roussel manie l'art de l'écriture, soit, mais je manie l'art de la parole! Et je n'en suis pas à mon premier procès, quand même! » L'avocat eut pour son client un signe de tête nonchalant, fort de son expérience et de sa relation cordiale avec le juge Langlois.

Au premier banc derrière, Victoria et Françoise gardaient un visage impassible, même si leur cœur battait la chamade. Françoise eut pour sa belle-fille un regard approbateur qui contrastait avec celui qu'elle avait adressé plus tôt à la famille de Maude. Eugénie et ses deux filles cachaient bien mal leur inquiétude. Et l'absence d'Henri-Paul parlait d'elle-même. Le jugement n'avait peut-être pas encore été rendu sur le rôle « d'agent d'infiltration » de Maude, mais sur le plan personnel, la sanction était des plus évidentes.

Dans un premier temps, le juge avait entendu deux témoignages favorables à l'usine de textile, témoignages qui démentaient les manchettes de *L'Averti*. Puis ce fut au tour de Jeffrey Le Prince de témoigner. Celui-ci s'attira la sympathie du public pour sa réserve empreinte de dignité et pour la qualité de son français. Il décrivait les conditions de travail déplorables dans l'usine avec un sang-froid remarquable et subissait courageusement le contrinterrogatoire.

L'expression de Françoise se durcit quand elle vit Jeffrey se lever du banc des accusés. Il sembla vouloir communiquer son courage à Maude et Françoise prit un air pincé. « Maude n'aura que ce qu'elle mérite! trancha-t-elle sévèrement en silence. Quelle idée d'avoir entraîné mon Preston dans une pareille situation! Elle n'a peut-être rien à perdre, elle, mais mon fils, oui! »

Au même moment, Maude s'avançait, élégante et sans prétention, se préparant mentalement à ce qui allait suivre. Elle eut pour sa mère et ses sœurs aux visages défaits, un léger sourire qu'elle souhaitait rassurant, avant de porter toute son attention sur Maitre Paulin.

Françoise bougea discrètement sur son banc, tout à coup inconfortable : est-ce que celle qu'elle avait pratiquement vue grandir sous son toit allait être sanctionnée? Elle condamnait les actions de Maude et Édouard aurait certainement partagé son opinion. « N'empêche, songea Françoise, que j'ai presque envie de me montrer clémente envers elle. »

De son côté, Victoria serrait avec colère ses gants de dentelle. « Tout est de ta faute, Maude! l'accusait-elle silencieusement. C'est toi l'instigatrice de toutes les prises de position explosives de *mon* mari! Et s'il est condamné à payer une amende, ce sera toi, la responsable! »

Avec une hargne mal contenue, Victoria dardait du regard la journaliste. Impeccable dans sa robe beige et son chapeau assorti porté très bas sur son front, elle répondait, d'une voix assurée et constante, aux questions de son avocat et à celles de l'avocat de la partie adverse. « Ma parole! se dit-elle. Comme si elle n'a absolument rien à se reprocher! »

Voyant qu'il ne pourrait la faire sortir de ses gonds par de simples questions-réponses, maitre Haché changea de tactique. Il passa à l'attaque, d'une voix outrée :

– Vous êtes consciente, madame Richard, que votre témoignage repose en grande partie sur des ouï-dire! Il n'y a aucune raison de croire que votre perception des faits représente la réalité. Le couple Gritte est un couple honorable et respecté de la communauté. Quant à vous… il est clair que vous vous êtes sournoisement infiltrée dans l'atelier de madame Gritte qui, par pitié et bonté de cœur, vous a engagée comme couturière, alors que vous étiez en train de monter un dossier contre elle!

Il prit une courte pause afin de laisser le temps au juge d'absorber ses paroles, avant de reprendre avec frénésie :

– Votre méthode frauduleuse est contre l'éthique même du journalisme! Vous avez joué le rôle d'une intruse pour recueillir de l'information!

Maude, que cette offensive avait rendue agressive, s'emporta :

– Je ne nie pas m'être donné une autre identité. Toutefois, les faits relatés dans *L'Averti* n'en demeurent pas moins véridiques. Et s'il a fallu que je m'infiltre sous une autre identité pour les dénoncer, mes intentions, tout au moins, étaient honorables!

Un sourire satisfait étira les lèvres de maitre Haché :

– Peut-être, comme vous dites, vos intentions étaient-elles honorables, mais votre démarche, elle, a été des plus malhonnêtes.

Un murmure à la fois désolé et satisfait selon les camps s'éleva dans la salle. Le juge Langlois, contrarié, dut faire appel à son maillet pour rétablir l'ordre.

Ce fut au tour de maitre Paulin de s'approcher, un sourire à peine déguisé sur ses lèvres charnues, fort de ses compétences d'orateur.

Après avoir posé une série de questions auxquelles Maude répondit avec aisance, l'avocat formula sa conclusion :

– L'engagement volontaire, intellectuel et physique a permis à ma cliente, madame Richard, d'avoir accès à de l'information, à une réalité qu'à titre de journaliste on lui aurait refusée. C'est au nom de la justice sociale que ma cliente s'est volontairement retirée du confort de son environnement pour s'imposer, pendant une semaine, une vie de misère, oui, une vie misérable, qui représente malheureusement la réalité de centaines de personnes dans cette ville.

Les applaudissements mêlés aux huées de protestation nécessitèrent encore une fois l'intervention du juge. Le calme revenu, maitre Paulin exposa une dernière fois la droiture et les motifs louables de Maude. Puis ce fut au tour de Preston de s'avancer. Il prit dignement place sur le banc des accusés, fit le tour de la salle de son regard impérieux et plusieurs fronts s'abaissèrent. La force contenue qui émanait de sa personne domina immédiatement l'auditoire. Plusieurs raconteraient plus tard que ce jour-là, c'était un peu comme si Édouard Roussel était venu intercéder pour son fils.

Françoise fit discrètement son signe de croix, frappée par la dignité de Preston qui lui rappelait comme jamais encore son défunt mari. « Que penserait donc Édouard de tout ce cirque, se demanda Françoise. De quel côté se serait-il rangé, lui dont l'appât du gain – malgré ses grands moments de générosité – avait toujours motivé ses actions? Aurait-il été influencé par les témoignages des accusés et de leur avocat? Aurait-il été interpelé, comme moi-même je l'ai été, par le témoignage désolant de Jeffrey, par l'attitude noble de Maude et par le discours impressionnant de l'avocat de la défense? »

Lors du contrinterrogatoire de Preston, maitre Haché voulut semer le doute sur la bonne foi de Preston, lui qui avait jusqu'à présent répondu de manière pertinente et pondérée à toutes ses questions :

– Et vous-même, monsieur Roussel, avec votre moulin, ne cherchez-vous pas tout autant que monsieur et madame Gritte à maximiser votre profit?

– Oui, je le reconnais, répondit Preston sans se déconcerter, la conscience tranquille. Comme tout homme d'affaires qui se respecte, je suis moi aussi avide de profits. Mais jamais je ne mettrais en péril la sécurité, le bienêtre et la dignité de mes hommes pour arriver à mes fins.

Il fallait dire que le jour où la grève au moulin avait avorté, Édouard s'était fait la promesse de toujours traiter ses employés avec respect et de les rémunérer correctement, une ligne de conduite que Preston avait lui-même endossée.

À un certain moment, Preston croisa le regard glacial de l'avocat et l'expression mauvaise et inquiète du couple Gritte; il eut l'intime et inexplicable certitude que sa victoire était imminente. « Je sortirai vainqueur, se dit-il. Il ne peut en être autrement. »

Maitre Paulin prit à nouveau la parole : il récita de mémoire le texte que Preston avait rédigé, tout en y ajoutant une touche personnelle pour faire de l'effet. Les gens dans la salle échangèrent des regards entendus. Avec ses yeux humides et ses élans, le tout accentué par des moulinets de bras et des voltefaces énergiques, maitre Paulin s'attirait irrésistiblement des sympathisants :

– ... Le rôle du journaliste n'est-il pas de révéler la réalité d'une société, dans ses heures de gloire, il est vrai, mais tout aussi important, dans ses moments de détresse? Lorsque les plus faibles ne peuvent se faire entendre, n'est-il pas du devoir de la presse de se faire la voix des opprimés?

Maitre Paulin avait une voix poignante, sincère, et il devint évident qu'ils étaient nombreux dans la salle à estimer sa performance autant que sa prise de position. Du coin de l'œil, Preston vit le juge faire un geste vers son maillet, mais l'avocat n'avait pas terminé. Maitre Paulin revenait à l'assaut, avec plus d'intensité cette fois :

– Le jour où mon client a choisi la profession de journaliste, il s'était juré de ne reculer devant rien pour faire jaillir la vérité. Il était prêt à tout – et l'est encore aujourd'hui! – pour dénoncer les abus de pouvoir. Et c'est pourquoi il est ici aujourd'hui à subir son procès. Monsieur Roussel a été récemment confronté à des faits sur lesquels il ne pouvait, en toute bonne conscience, fermer les yeux. Sa motivation, poursuivit l'avocat en s'échauffant, n'était autre que celle d'éveiller la conscience sociale sur les activités scandaleuses de certains propriétaires d'usines, d'exposer le caractère inhumain des conditions de travail qui perdurent dans nos villes, notre province, notre pays et ailleurs dans le monde! Oui, c'est un bien triste portrait de notre société que nous ont brossé monsieur Jeffrey Le Prince et madame Maude Richard dans *L'Averti*. Mais en nous révélant ces faits, ils nous ont forcés à voir une réalité que nous préférerions sans doute ne pas voir...

Maitre Paulin s'interrompit brièvement, se préparant à livrer le coup de grâce :

– Et donc je pose à cette honorable cour, la question suivante : Au lieu de condamner *L'Averti* et les auteurs de l'article en question, ne devrions-nous pas plutôt les remercier de s'être imposé cette responsabilité sociale? D'avoir mis en lumière les conditions de vie désastreuses de familles sans défense? De s'être fait la voix, comme l'a dit plus tôt monsieur Roussel, de ceux trop faibles pour se défendre?

Lorsque maitre Paulin se tut, à bout de souffle, un poing dressé dans les airs avec émotion, un silence pesant s'abattit sur la salle. Soudain, de timides applaudissements éparpillés s'élevèrent, puis retentirent bientôt, nullement freinés par les coups de maillet du juge.

« Ces ghettos dans les basfonds de ma ville, se dit le juge Langlois, sont une véritable honte pour notre communauté. » Et bien que lui-même traitât les ouvriers immigrants avec le même respect que les plus anciens résidents de Pic-Bois, son attitude, hélas, n'était pas représentative de la population en générale.

La délibération dura à peine quelques minutes. Jeffrey serrait les doigts de Maude à les lui broyer et échangea un regard solidaire avec Preston. Le juge Langlois rendit d'un air magistral son verdict :

– Dans l'affaire opposant monsieur et madame Jérôme Gritte et monsieur Preston Roussel, président du journal *L'Averti*, je rejette la poursuite du demandeur pour dommages-intérêts avec dépens. Le couple Gritte n'a pas réussi à rencontrer le fardeau de la preuve en ce qui à trait à l'accusation de libelle diffamatoire. Par conséquent, je déclare monsieur Roussel et le journal *L'Averti* non coupables. Dans la même veine, j'exonère tous ceux qui ont participé à la rédaction de cet article.

Un cri de victoire monta dans la salle; dans l'euphorie du moment, Jeffrey embrassa Maude sur les deux joues avant de serrer vigoureusement la main que lui tendait Preston. Derrière eux, leur famille et leurs sympathisants poussèrent simultanément un soupir de soulagement. Même Victoria sembla sortir de sa torpeur et exprima tout haut ce que sa belle-mère pensait tout bas :

– Eh bien! On peut dire que nous l'avons échappé belle.

Le juge Langlois n'avait pas dit son dernier mot. Inspiré par le discours de maitre Paulin et par le courage de Preston Roussel et de son équipe, il commanda silence et prit la parole :

– Il arrive parfois que certaines circonstances rendent nécessaire l'emprunt d'une identité pour dénoncer une situation inacceptable que notre société se doit de condamner. Même si l'on ne peut pas toujours dire que la fin justifie les moyens, il faut admettre qu'il y a des circonstances qui justifient l'emploi de méthodes plus ou moins orthodoxes pour favoriser l'enquête journalistique.

Outrés, les Gritte regardaient autour d'eux, dépités, tandis que le juge Langlois fusillait des yeux les hommes d'affaires de Pic-Bois qui quittaient discrètement les lieux. S'il n'en était tenu qu'au juge, celui-ci aurait fait payer une amende faramineuse aux Gritte pour que cela serve de leçon aux autres propriétaires d'usines sans scrupules. Pour l'instant, il avait les mains liées et ne pouvait qu'espérer que des lois plus sévères soient votées dans un futur rapproché.

Le regard fier et rempli d'espoir de Jeffrey Le Prince croisa celui du juge Langlois; celui-ci détourna tristement les yeux. Son intuition lui disait que même si les lois du travail venaient à être modifiées, les préjugés fondés sur la race, eux, prendraient du temps à disparaitre.

Au cours des jours qui suivirent, L'Averti et son propriétaire monopolisèrent toutes les conversations. Or, contrairement à ce qui s'était passé avec les suffragettes – le public s'était finalement rallié derrière Preston –, cette fois, les opinions étaient radicalement partagées quant au bienfondé de son intervention. Les propriétaires d'usines et de chantiers ne pouvaient comprendre comment un homme d'affaires comme eux pouvait ignorer les profits que la main-d'œuvre immigrante bon marché rapportait. Pour accentuer leur rancœur, sous la pression et les menaces de leurs ouvriers, plusieurs dirigeants avaient dû revoir leur gestion, ce qui s'était invariablement traduit par une augmentation des salaires.

Pour avoir exposé et osé condamner le caractère inhumain des conditions de travail imposées par les hauts dirigeants de Pic-Bois et des autres villes, Preston Roussel était devenu du jour au lendemain un héros aux yeux de la classe ouvrière de la région. On le comparait même au courageux Joseph Howe de la Nouvelle-Écosse qui, un siècle auparavant, avait été accusé de diffamation pour avoir osé s'en prendre au gouvernement par le biais de son journal, le *Novascotian*; il avait été acquitté, après avoir défendu avec passion le principe de la liberté de presse.

Quant à Jeffrey, à la famille Lachine et à tous les autres, ils partageaient le sentiment d'avoir enfin été entendus, s'accrochant fiévreusement à la vision utopique d'une société juste et équitable, vision que *L'Averti*, leur avait fait entrevoir.

– CHAPITRE VINGT-DEUX –

Montpellier, Nouveau-Brunswick – 1920

« ... Enfin, demain se tiendra la 35ᵉ élection générale au Nouveau-Brunswick », énonça Arthur à voix haute. Puis il se pencha au-dessus du petit lit et continua, le plus sérieusement du monde, comme s'il s'adressait à un adulte : « Mais, il faudra attendre demain pour connaitre les résultats. » L'enfant dans sa barboteuse se mit à gigoter, comme s'il protestait d'avoir à attendre une autre journée pour connaitre le dénouement des élections.

Frédéric fouettait l'air de ses petits bras, ce qui fit sourire de plaisir Arthur. Il tendit timidement la main vers son fils, qui agrippa aussitôt son index, sans jamais le quitter des yeux. À un an à peine, Frédéric dévisageait son père avec un intérêt étrange, comme s'il essayait de saisir les enjeux politiques de l'heure. C'était du moins l'avis d'Arthur. *La vigueur intellectuelle qui anime mon fils doit être chérie et encouragée!* C'était d'ailleurs dans cet état d'esprit que tous les soirs Arthur venait lui faire la lecture du journal. Et tous les soirs aussi, il rappelait à Frédéric la place qui était sienne au sein de l'empire des Roussel.

Prenant appui contre l'embrasure de la porte, Clémence observait dans un silence attendri la silhouette penchée au-dessus du petit lit. Elle ne pouvait se résoudre à interrompre ce moment d'intimité entre un père et son fils, malgré l'heure tardive. Elle ne pouvait se lasser de voir le sourire inconscient d'Arthur chaque fois qu'il posait les yeux sur Frédéric.

Clémence s'attarda un peu. L'air rêveur, elle jouait avec une boucle de ses cheveux blonds. Elle souhaitait avoir d'autres enfants et Arthur aussi. Mais si Dieu en décidait autrement, elle ne lui en demeurerait pas moins éternellement reconnaissante de leur avoir permis de connaitre le bonheur d'être parents.

Le cœur débordant d'amour et de gratitude, elle s'échappa discrètement, sa longue robe de chambre en satin flottant. « C'est presque péché d'être si heureuse », pensa Clémence.

« C'est péché d'être si misérable, songea Victoria, lorsque, en apparence, j'ai toutes les raisons du monde d'être heureuse. » Elle errait comme une âme en peine à l'étage des chambres; elle s'arrêtait systématiquement à chacune des portes entrouvertes, croyant encore pouvoir puiser un certain réconfort à la vue de ses enfants. Preston n'était toujours pas rentré. Elle se languissait de sa présence. Depuis le procès de Pic-Bois, il était plus obsédé que jamais par son journal, par son désir compulsif de dénoncer les injustices sociales. Tous les soirs, il travaillait comme un forcené, alors qu'il aurait dû en principe jouir de son poste d'autorité pour passer davantage de temps avec les enfants et elle.

« Le pire, se torturait-elle l'esprit, c'est qu'il n'est probablement pas seul ce soir à se dévouer corps et âme à ce journal. »

Comme si elle partageait son inquiétude, Marie-Ange, dans son lit à baldaquin rose, soupira dans son sommeil. À douze ans, la fillette faisait preuve de maturité et de compassion, ce qui était rare pour une enfant de son âge. Son cœur sensible souffrait en silence des malheurs réels ou imaginaires du monde extérieur.

« Mes enfants ont beau vivre dans la ouate, pensa Victoria, je ne pourrai éternellement les protéger des dangers qui les guettent dehors. Mes filles devront apprendre à étouffer leur insécurité, à ignorer la voix de leur conscience lorsque celle-ci leur fera une scène. »

Victoria rajusta en frissonnant son châle de cachemire sur ses épaules. Elle tâcha de chasser de son esprit le visage de Maude; elle refusait de laisser ses idées saugrenues, quant à la nature de sa relation avec Preston, venir à bout de sa raison. Si Maude, avec son mariage de convenance à Henri-Paul, ne lui inspirait guère confiance – en fait depuis le jour où elle avait imposé sa présence et ses idéaux au journal –, elle n'avait en revanche aucune raison de douter de Preston. Certes, se disait Victoria, son mari s'était permis des écarts de conduite au début de leur mariage, mais c'était de l'histoire ancienne, tout à fait oubliée.

Lorsqu'elle eut atteint la porte entrebâillée de la chambre de l'ainée de ses filles, Victoria passa une main tremblante sur son front. Joséphine n'était pas sans lui rappeler tour à tour Édouard, puis Maude, avec sa façon bien à elle de prendre position sur tout et n'importe quoi, pour le simple plaisir d'argumenter. À quatorze ans, elle ne donnait aucun signe de modération, bien au contraire.

Le visage de Joséphine conservait, jusque dans le sommeil, une expression farouche. Elle était intelligente. « Trop intelligente », se disait Victoria, persuadée que la forte personnalité de sa fille lui apporterait à coup sûr des ennuis. Elle referma doucement la porte, l'énergie de Joséphine même endormie, n'avait fait qu'accroitre son propre désarroi.

Victoria n'arrivait pas à s'expliquer ce sentiment contradictoire qui venait si souvent l'importuner; cette impression que tout en lui demeurant physiquement fidèle, le cœur de Preston ne lui était plus entièrement dévoué.

Victoria fut à peine étonnée de découvrir Charlotte profondément endormie dans la chambre de son jumeau. Étendue sur le dos, les bras et les jambes déployées comme une étoile de mer, elle prenait pratiquement toute la place dans le lit, alors que son frère, lui, dormait de tout son long au bord du matelas. À en juger par son sommeil serein et paisible, cet arrangement nocturne semblait convenir à Anthony. Ils avaient six ans et étaient toujours aussi dépendants l'un de l'autre. C'était à peine s'ils réclamaient sa présence à elle.

Tiraillée entre un curieux sentiment de jalousie et de soulagement, Victoria reprit son avancée dans le corridor, son visage s'adoucissant à mesure que ses pas la rapprochaient de la porte d'Olivia. Dans sa chambre coquette, la fillette de dix ans dormait d'un sommeil nerveux que Victoria attribua aussitôt à sa sensibilité aigüe. Elle ne put résister au désir de voir sa fille de plus près; elle remonta doucement la couverture piquée sur le corps assoupi. Elle caressa au passage la tête blonde d'Olivia : celle-ci eut un grognement contrarié, avant de se replonger aussitôt dans ses rêves de princesses. Victoria était attendrie par cette précieuse fille qui lui ressemblait tant.

Autant Victoria était incapable d'objectivité lorsqu'il était question d'Olivia, autant elle pouvait, avec un tant soit peu de bonne volonté, faire la sourde oreille lorsque son âme protestait. *Soit, Maude s'est taillé le rôle d'une alliée au journal, peut-être même celui de confidente. Mais c'est moi que Preston aime. Et la preuve, c'est qu'il m'a épousée... et non Maude.*

Lorsqu'elle eut regagné ses riches appartements, Victoria paraissait détendue. Elle était parvenue à étouffer les doutes lancinants sur la place qu'elle occupait dans le cœur de son mari.

* * * * *

Chablis, Nouveau-Brunswick

Les premières semaines d'hiver avaient été particulièrement pénibles pour Laurent, comme si son corps n'avait pu s'ajuster au changement rapide des saisons. L'été excessivement chaud avait cédé la place à l'automne, puis prématurément à l'hiver. La toux légère et intermittente que Laurent trainait depuis des mois aurait sans doute continué de passer inaperçue, s'il ne s'était plaint un matin à Nathaniel :

– J'ai tellement mal à la poitrine. Même avec les cataplasmes de plantes, la douleur m'a tenu éveillé toute la nuit.

En fait, Laurent lui avait paru si mal en point ce matin-là que Nathaniel avait quitté l'infirmerie en courant, assailli par une vive angoisse. Il avait cogné puis s'était permis d'entrer, sans y avoir été invité, dans le bureau du défunt père François, désormais occupé par son successeur le frère André, interrompant ce dernier dans ses prières matinales.

– Laurent va de mal en pis, frère André! s'était écrié Nathaniel. C'est lui-même qui me l'a dit!

Comme jamais Laurent ne s'apitoyait, ces plaintes avaient été prises très au sérieux; le frère André avait aussitôt fait venir un médecin.

Chassé de l'infirmerie, le cœur habité des pires craintes et les jambes vacillantes – il avait surpris à sa sortie la mine sombre du praticien –, Nathaniel s'était rendu à la chapelle de l'orphelinat, inoccupée.

Mu par une impulsion mystérieuse, l'adolescent s'était avancé jusqu'à l'autel et s'était agenouillé, les mains jointes sous le menton :

– Mon Dieu, avait-il commencé humblement, je sais que je ne suis pas votre fidèle préféré, mais je vous n'en demande pas moins d'écouter mes prières... et de les exaucer. Guérissez Laurent, je vous en conjure. J'ai besoin de lui. En échange, je vous promets de résister à la tentation qui m'est soumise... Aussi, si ce n'est pas trop vous demander, veillez sur mon ami d'enfance Grégoire et sur Christopher...

Dans son élan de foi, Nathaniel avait également prié pour son père, inconnu, et sa mère qu'il n'avait pas revue depuis l'abandon et dont il ignorait le tragique décès. Puis il s'était relevé, le cœur lourd et toujours aussi inquiet.

À l'heure du diner, le frère André s'était adressé aux garçons réunis dans la salle à manger :

– Sur ordre du médecin, étant donné la sévérité du mal dont souffre Laurent, des dispositions doivent être mises en place sur-le-champ.

Les enfants avaient échangé entre eux des regards confus et anxieux.

– Par crainte de la contagion, avait enchainé le religieux sur un ton dégagé qui alarma malgré tout Nathaniel, Laurent va être mis en quarantaine.

– Par mesure de précaution seulement, le temps qu'il se rétablisse, avait discrètement glissé à l'oreille de Nathaniel le jeune frère Regis, nouvellement arrivé parmi eux.

Il avait voulu se faire rassurant. Nathaniel, loin d'être apaisé, s'était tourné vers le frère André en quête de réponses. En fin de journée, poussé à bout par Nathaniel, celui-ci s'était résolu à lui avouer la vérité : Laurent luttait contre une tuberculose aiguë.

*****

– Je vous en supplie, frère Regis, laissez-moi le voir rien qu'une minute! le suppliait Nathaniel.

Débattant avec sa conscience, le jeune religieux dans sa soutane trop grande hésitait. Les ordres du frère André avaient été précises et sans équivoque : « Personne ne doit entrer dans la chambre du malade, à l'exception du médecin et du personnel autorisé! »

Mais le regard désespéré que lui lançait ce gringalet de Nathaniel – que ses confrères décrivaient comme turbulent et indiscipliné – le touchait malgré lui.

Par le jeu des hasards, le jour même de son ordination religieuse, le père François qui avait assisté à la cérémonie, lui avait offert un poste d'enseignant à l'orphelinat. En cette même fin de journée, lorsque le frère Regis débarquait aux portes de l'établissement, il apprenait par des bribes de conversations qu'un groupe de garçons avait été attaqué par un essaim d'abeilles, qu'un pensionnaire américain avait failli y laisser sa vie et qu'un simple d'esprit avait été traumatisé par l'expérience au point de devenir muet. Enfin, en pleine nuit – comme si les vingt-quatre dernières heures n'avaient pas été suffisamment mouvementées –, le père François s'éteignait dans son sommeil. Quant au bon frère Regis, il accordait ce soir-là son premier passe-droit; il avait fermé les yeux sur l'escapade nocturne de Nathaniel et de Laurent. Il ne voyait pas de mal à ce que les garçons observent en plein air les constellations célestes.

Le frère Regis avait toujours été de nature clémente et compréhensive. Les orphelins, les plus jeunes comme les plus vieux, avaient eu tôt fait de reconnaitre sa sensibilité et d'en tirer avantage. Bien qu'il fût passablement bien disposé vis-à-vis de Nathaniel, qu'il trouvait le plus souvent impertinent, à cet instant précis, le frère Regis fut envahi de compassion :

– Je suis vraiment navré, mon garçon, mais...

– Je vous en prie, frère Regis, interrompit Nathaniel sur un ton douloureux. C'est mon meilleur ami.

Nathaniel avait plissé les yeux, ce qui donnait l'impression qu'il luttait contre les larmes. Cela en fut trop pour le cœur sensible du religieux. D'une voix basse, de peur d'être entendu, il prit le pensionnaire par les épaules :

– D'accord. Vas-y, mais pour quelques minutes seulement. Et surtout, ne t'approche pas trop près du lit. Je vais garder la porte en attendant...

Sincèrement reconnaissant, Nathaniel eut un signe de tête entendu et sans perdre une seconde, se faufila sans bruit dans la chambre du malade.

Assoupi, Laurent ne l'entendit pas venir. Sur la pointe des pieds, le cœur qui battait à tout rompre, Nathaniel s'approcha du lit, ignorant les recommandations du frère Regis et ses propres craintes. Il le savait très souffrant; pourtant il ne s'était pas suffisamment préparé mentalement à ce qui l'attendait. Laurent, blême, gisait immobile, son drap blanc remonté jusque sous ses aisselles. La vue des taches de sang sur l'oreiller l'effraya. Son visage émacié et les cernes noirs sous ses paupières closes laissaient deviner son mal extrême. Même endormi, son visage se crispait, comme si chaque respiration rauque exigeait de lui un effort surhumain.

Ne sachant trop s'il devait le laisser dormir ou le réveiller, Nathaniel demeurait immobile près du lit à le dévisager, les bras pendants. Il ne l'avait pas vu depuis trois semaines. Et maintenant qu'il était là, l'envie de fuir lui passait par l'esprit. Nathaniel se reprocha sa faiblesse. *C'est peut-être ma dernière chance de lui parler. Qui sait si le frère Regis me laissera revenir!* Prenant son courage à deux mains, il s'approcha du lit et l'appela, presque timidement :

– Laurent? Tu m'entends?

Péniblement, le malade tourna la tête et ouvrit les yeux. L'étonnement et la joie se lisaient dans ses yeux fiévreux. Sa voix, bien que faible, était incontestablement heureuse :

– Je rêve?! Mais comment as-tu fait pour venir jusqu'ici?

– C'était facile! J'ai attendu que le frère André ne soit plus dans les parages pour amadouer le frère Regis, expliqua Nathaniel, fier de son exploit.

Encouragé par le regard admiratif de Laurent, il continua d'un ton moqueur et léger :

– Je n'ai eu qu'à faire semblant de pleurer! Tu sais comment il est!

Laurent émit un petit rire qui fut suivi d'une quinte de toux douloureuse et une autre petite tache rouge s'ajouta aux autres. Embarrassé, il fit un geste pour remonter le drap afin de dissimuler les traces de sang; Nathaniel s'empara doucement de son bras :

– Laisse, Laurent. Ça ne me dérange pas, tu sais.

Ni l'un ni l'autre ne parla. Le bruit de la respiration entrecoupée et difficile de Laurent meubla le silence, jusqu'à ce que Nathaniel, incapable de supporter le son que faisaient les poumons de son ami, reprenne subitement la parole :

– Benjamin a été adopté la semaine dernière. Il parait qu'ils sont riches ses parents et qu'il va avoir un tuteur privé. Comme Christopher, tu te rappelles?

Laurent eut un faible sourire. Il était sincèrement heureux pour Benjamin. Nathaniel, lui, continuait avec hardiesse :

– Paraitrait-il aussi qu'il va avoir sa propre chambre, un poney et ...

D'un simple mouvement de la main, Laurent l'enjoignit à se taire. Une ombre traversa son doux visage :

– Nathaniel... est-ce que je vais mourir?

Pris de court, ce dernier avala péniblement sa salive, contrôlant à grand-peine l'effarement qui s'était emparé de lui. Son regard erra sur le corps frêle à demi dissimulé par le drap blanc et un frisson le traversa. *Bien sûr qu'il va mourir. Et je ne peux rien faire.*

– Laurent..., débita-t-il difficilement, avant que l'expression franchement apeurée de son ami l'empêche de continuer.

Toute sa vie Laurent avait craint la mort. Et voilà que son pire cauchemar devenait réalité. Nathaniel s'éclaircit la gorge et puisa quelque part en lui les dernières miettes de courage qui lui restaient, le visage convaincant de Christopher Peterson lui traversant l'esprit. Comme l'aurait fait son ami l'Américain, Nathaniel le fixa droit dans les yeux et pencha légèrement la tête sur le côté, sa voix de plus en plus déterminée à mesure qu'il avançait dans son mensonge :

– Mais non, voyons! Qu'est-ce que tu vas chercher là?! Je voulais justement te dire que j'ai embusqué ton médecin l'autre matin et il m'a assuré que tu serais bientôt en rémission et que finalement, ton état n'est pas aussi grave qu'il l'avait d'abord pensé...

– Pas si grave que ça, hein? répéta Laurent, d'une voix éteinte.

Du coin de l'œil, il balaya les taches de sang bien visibles sur l'oreiller. Sans honte, il se mit alors à pleurer doucement :

– J'ai peur, Nathaniel. J'ai tellement peur de mourir.

Luttant pour ne pas pleurer à son tour, Nathaniel lui prit la main et la serra de toutes ses forces :

– Laurent, je ne laisserai personne te faire du mal, personne t'arracher à moi, pas même le Tout-Puissant. Tu m'entends? Je te le promets, tu as ma parole.

Laurent avait levé ses yeux pleins de larmes; son regard s'accrochait au sien, son cœur se berçait de ces paroles, même si son esprit lui disait que tout cela n'était qu'un énorme mensonge.

– Nathaniel? chuchota Laurent. Il faut que je te dise quelque chose.

Nathaniel relâcha la main fiévreuse de son ami et recula spontanément d'un pas. Il n'était pas prêt. Il n'était pas prêt à entendre les adieux de Laurent, sa dernière déclaration d'amour. Pas encore et sans doute jamais.

– Il faut que je m'en aille, prétexta Nathaniel, mais je vais revenir bientôt, je te le promets.

Nathaniel s'échappa à toute vitesse de la chambre. Laurent, lui, ferma les yeux et formula silencieusement un « Je t'aime » muet.

Un matin, avec la connivence du frère Regis, Nathaniel rendit une dernière visite à Laurent. Il lui sembla que son visage décharné était lumineux, que ses lèvres desséchées étaient plus roses, et que ses mains étaient à nouveau tièdes, comme dans son souvenir. Nathaniel sentit son cœur se gonfler d'espoir. *Se peut-il que le Seigneur ait finalement entendu mes prières? À moins que ce ne soit tout simplement pour ne plus avoir à m'entendre qu'il a finalement consenti à guérir Laurent?*

Depuis la nouvelle du mal dont était atteint Laurent, Nathaniel priait avec une réelle piété. Devant cette poussée miraculeuse de foi religieuse, les frères, d'un commun accord, s'étaient gardés de corriger les psaumes sensiblement modifiés qu'il marmonnait à voix basse à toute heure du jour et même la nuit dans son sommeil agité.

Or, l'élan d'espoir qui était né dans le cœur de Nathaniel avait brusquement été chassé au cours de cette visite lorsque Laurent avait ressenti le besoin pressant de s'exprimer :

– Je t'aime, Nathaniel. Je t'aime d'amour, comme un homme aime une femme. Et je n'aimerai toujours que toi.

Nathaniel pouvait encore voir ses grands yeux bleus fiévreux qui fouillaient les siens dans l'espoir d'y trouver la même passion, le même amour. Et lui, ignorant ce cri du cœur, préférant ne pas voir la main que Laurent lui tendait, la chance qu'il lui offrait de mettre enfin son âme à découvert. « Ce qu'il est beau, même malade comme il l'est », avait pensé Nathaniel. Il avait dû se faire violence pour ne pas le prendre dans ses bras, le serrer contre son cœur, lui caresser la nuque...

Nathaniel savait qu'il aurait dû lui avouer à son tour son amour, répondre à son appel. Mais il s'était dérobé. Il avait tout nié : les regards, le contact fréquent de leurs mains... et maintenant, il était trop tard. « Non, je ne suis pas comme Laurent, s'était dit Nathaniel. Jamais je n'en aurai le courage. » Et cela, Laurent ne pouvait le comprendre.

Dans le tumulte de ses émotions, Nathaniel avait réagi avec violence et méchanceté à l'endroit de Laurent, à la grande consternation de l'un comme de l'autre. Nathaniel avait soulagé sa peine immense, son déchirement intérieur par une colère déraisonnée :

– Je ne t'aime pas de cette façon! Et je n'en peux plus de jouer au grand frère avec toi! J'en ai assez de tes airs de martyr, de ta sérénité et de ton humilité prétentieuse!

Ses paroles cruelles et fausses avaient claqué comme des coups de fouet. Laurent avait accusé le coup en tournant la tête, afin d'échapper aux paroles blessantes de son meilleur ami. Il n'avait donc pas lu l'immense détresse dans le regard de Nathaniel qui voyait défiler ce qu'allait être sa vie, amputée de son âme sœur. Écorché vif, anéanti, Nathaniel avait quitté la chambre, accompagné par les sanglots étouffés de Laurent, seul dans sa douleur, recroquevillé sur le lit taché.

Le soir même, l'état de santé de Laurent déclinait rapidement. « La fin est proche », lui avait annoncé avec beaucoup de sollicitude le frère Regis, qui avait intercédé auprès de son supérieur afin que Nathaniel puisse faire ses adieux au mourant. Sur le coup, Laurent avait paru heureux de le revoir. En un instant, son expression avait changé, comme si le souvenir de leur conversation matinale était revenu le hanter. Il l'avait regardé fixement. Puis, dans son délire provoqué par la souffrance, Laurent s'était étouffé avant de cracher ces accusations :

– Tu m'avais promis que je vivrais! Tu m'as menti... Tu m'as toujours menti! Tu ne m'as même jamais aimé!

Ce seraient là ses dernières paroles. Si Laurent avait pu deviner l'impact funeste que ces propos dictés par un cœur brisé et un esprit confus auraient sur l'existence de son ami, jamais il ne les aurait prononcées. Ces mots, venant de la personne qu'il aimait le plus au monde, atteignirent l'adolescent comme un coup de poignard en plein cœur. Laurent ne lui avait pas pardonné son silence.

Chancelant, Nathaniel avait quitté la pièce, tandis que le frère Regis et le médecin s'activaient autour du malade. Resté dans le couloir, au seuil de l'infirmerie, Nathaniel vit le praticien baisser la tête en signe de défaite, puis le frère Regis faire en tremblant son signe de croix. « Laurent a raison, se dit Nathaniel, en larmes. Je lui ai menti. Je n'ai pas pu tenir ma promesse; Le Seigneur est venu le chercher. »

Quelques jours seulement avant Noël, Laurent s'éteignait, le cœur en peine, laissant derrière lui un être à jamais tourmenté.

Il n'apporterait rien avec lui, à part cette miche de pain et deux pommes. De quoi le soutenir pendant quelques jours, le temps de se trouver un emploi. L'argent que lui avait donné Christopher le jour de son départ le dépannerait. Nerveux, Nathaniel avait enfoncé le tout dans un sac de toile. *Ce n'est pas vraiment du vol, puisque si je reste ici, je mangerai bien plus que cela!*

Sur la pointe des pieds, son sac dans une main, il remonta à l'étage des chambres. La tête reposant contre la penture de la porte de l'immense pièce commune, il considéra ses camarades qu'il voyait sans doute pour la dernière fois. William, un bras replié sur le front affichait un sourire satisfait. Dans ses rêves, il avait toujours le dernier mot et la réponse à tout. Dans les lits suivants, Dominique et Alexis dormaient paisiblement, les bras en croix, comme le leur avait appris le frère André. Ainsi, le Seigneur les protègerait dans leur sommeil en cas de besoin.

Lorsque Nathaniel effleura du regard son propre lit, il eut un sourire de fierté. L'oreiller de travers donnait vraiment l'illusion qu'un corps, son corps, y reposait. Ses yeux dévièrent malgré lui vers le lit suivant, vide. Les draps blancs étaient anormalement propres, la couverture de laine bien à plat. Bientôt un autre enfant occuperait le lit de Laurent. La volonté du Seigneur avait été accomplie, au mépris de toutes ses prières : Laurent ne quitterait pas l'orphelinat.

Nathaniel ravala ses sanglots, serra les poings et se tourna vers trois autres petits lits vides eux aussi : ceux de Christopher, de Benjamin et de Victor. Ce dernier était parti peu de temps après le départ de l'Américain. Sans rancœur, Nathaniel lui avait souhaité bonne chance; Cheval en aurait surement besoin.

Parmi les autres garçons endormis, il y avait Jérémie, les jambes entremêlées dans les draps et l'éternel filet de salive coulant sur son menton. « Même Jérémie va me manquer », pensa-t-il. Sous le coup d'une impulsion, Nathaniel sortit sa tablette de son sac de toile. Amoureusement on eut dit, il passa ses mains sur les pages, ses précieux dessins. Puis sans bruit, il déposa le tout sur la table de chevet du garçon. « À son réveil, songea Nathaniel, Jérémie saura que malgré son mal étrange, il compte... au moins pour moi. »

Le cœur lourd, Nathaniel caressa une dernière fois des yeux le lit vide de Laurent avant de se faufiler prestement à l'extérieur du dortoir. Il longea les murs du corridor et descendit avec précaution les marches de l'escalier. Lorsqu'il arriva devant la chapelle du rez-de-chaussée, il s'arrêta respectueusement. Les portes, demeurées ouvertes, laissaient entrevoir l'immense crucifix au-dessus de l'autel. Nathaniel garda un long moment les yeux fixés sur le Christ. *Difficile de nourrir de la rancune contre Lui, alors qu'Il a donné sa propre vie pour sauver l'humanité.*

Une larme solitaire descendit lentement le long de sa joue, il l'essuya du revers de la main, comme on chasse machinalement un insecte qui dérange. Enfin, Nathaniel ajusta son sac sur l'épaule et s'enfonça dans la noirceur.

Dehors, il neigeait. De gros flocons venaient se déposer sur son manteau de tweed. Nathaniel remonta en frissonnant le collet de sa veste. Au loin, il pouvait apercevoir les lumières de la ville de Chablis. Quelques kilomètres seulement le séparaient de sa nouvelle vie. Et de sa nouvelle identité : Nathaniel Saint-Christophe. Il refusait de porter le nom d'une femme qui l'avait si lâchement abandonné à son sort. Curieusement ému, Nathaniel se mit en marche, sans jeter un seul regard en arrière. À l'âge de 15 ans, il était enfin libre. Confiant, il hâta l'allure. Chaque pas le rapprochait de sa destinée. « Dans cette vie, se dit-il d'un air décidé, je ferai quelque chose de grand, de bien. Je deviendrai quelqu'un. Je serai un peintre célèbre, exactement comme l'a prédit Christopher. »

– CHAPITRE VINGT-TROIS –

Montpellier, Nouveau-Brunswick – 1925

À quarante-deux ans, Preston avait gardé un visage lisse, à l'exception du pli qui lui barrait le front en permanence. Ses tempes, à peine grisonnantes, lui donnaient un air sérieux, réfléchi. Son costume, impeccable, témoignait de son importance et de sa réussite professionnelle. Victoria le trouva plus beau encore qu'au temps de leur jeunesse. *Et surtout, particulièrement amoureux.*

Assise devant sa coiffeuse, elle glissait ses doigts entre ses boucles blondes et courtes pour les défaire. Elle fredonnait doucement, joignant sa voix à celle plaintive de Bessie Smith qui s'élevait du gramophone dans un coin reculé de la pièce.

Sans détourner les yeux de la glace, Victoria adressa à son mari un sourire comblé. Comme un adolescent, il bomba le torse et oublia momentanément les dossiers qui l'attendaient à son bureau. La veille, ils avaient fait l'amour. Et Victoria s'était montrée si tendre et si amoureuse que Preston s'était senti transporté des années auparavant, lorsqu'il lui avait demandé sa main, confiant de son amour pour elle. Et si, à son réveil, le visage de Maude lui avait traversé l'esprit, il l'avait valeureusement chassé.

« Je fais tout ce qui est humainement possible, songea Preston, pour me montrer digne de Victoria et la rendre heureuse, comblée.

Même si mon cœur demeure habité par Maude, qu'il m'arrive de rêver au moment d'intimité isolé que nous avons partagé six ans passés, je ne me suis plus permis le moindre faux pas depuis. Cela doit bien compter pour quelque chose... » Lorsqu'il passa près de son épouse, Preston déposa un baiser sur la joue qu'elle lui tendait et murmura dans le creux de son oreille :

– Je ne rentrerai pas très tard ce soir.

L'intensité de son regard n'échappa pas à Victoria et à sa propre surprise, elle se sentit rougir. Son cœur se gonfla de désir pour lui, tandis qu'il s'examinait à son tour d'un œil critique dans le miroir. Elle noua son regard au sien et un long moment de silence et d'intimité s'écoula avant qu'elle ne prît la parole :

– Je t'aime, Preston. Je n'ai jamais aimé que toi.

Il y avait une telle ferveur dans sa voix que Preston en fut touché.

– Je sais ma chérie, lui répondit-il avec presque autant de chaleur. Je t'aime aussi.

Au grand plaisir des enfants, Preston insista pour prendre son petit-déjeuner avec eux. Il se montra plus tolérant qu'à l'habitude envers les provocations de Joséphine, particulièrement affectueux avec Marie-Ange et Charlotte. Il questionna Anthony sur l'école et complimenta Olivia sur sa robe neuve. Pendant que la bonne lui servait une tranche de jambon, Preston observa sa famille avec un mélange de fierté et d'affection. Il étudia ses quatre filles et son fils avec attention, essayant de se reconnaitre dans leurs traits physiques; malgré toute sa bonne volonté, il en fut incapable. De leur mère, Joséphine et Charlotte avaient hérité du même regard perçant – et d'un bleu à peine plus clair que le sien – Marie-Ange, ses traits fins et délicats, Anthony, son apparente tranquillité et Olivia, la beauté et l'air de supériorité à peine déguisé de Victoria.

Joséphine, l'ainée, lui parut soucieuse. Ses places à l'Université McGill et à l'Université Saint-Sulpice à Montréal ainsi qu'à l'Université de Dalhousie, en Nouvelle-Écosse en septembre prochain avaient été confirmées par trois lettres pompeuses reçues en début de semaine.

Sa fille était promise à un brillant avenir; peu de femmes à son âge choisissaient de s'instruire plutôt que de fonder un foyer. Mais Joséphine n'était pas comme les autres et elle cherchait par tous les moyens à le prouver. Il lui avait fallu une année complète de réflexion pour décider laquelle, parmi les disciplines universitaires possibles, elle allait choisir. Elle avait finalement arrêté son choix sur le droit. Ceci n'avait rien d'étonnant : elle semblait être née pour le débat.

Preston la vit secouer la tête avec une exaspération mal contenue, agitant sa belle chevelure de feu naturellement bouclée. Elle devait être la seule jeune fille dans tout Montpellier qui s'obstinait à garder les cheveux longs, affirmant sa volonté d'être à contrecourant de la mode.

Preston croisa l'expression perplexe et songeuse de Joséphine – de toute évidence elle n'avait toujours pas décidé à quelle université elle s'inscrirait –, et il se demanda s'il avait eu tort de la laisser s'investir autant dans ses études. Joséphine n'avait pratiquement pas de vie sociale; toute son énergie était orientée vers la lecture. Il ne pouvait qu'espérer que la voie qu'elle s'était choisie ne serait pas trop difficile et surtout, qu'elle lui procurerait du bonheur.

Dépassé par les aspirations de sa fille et quelque peu froissé de savoir que son opinion à lui comptait si peu dans la balance, Preston chercha le visage de Marie-Ange. Comme chaque fois, il fut frappé par sa beauté sereine. De ses quatre filles, Marie-Ange était sans doute la plus facile à vivre. Passive et accommodante, elle était prédisposée à sourire. Elle affichait une intégrité touchante chez une personne aussi jeune. À dix-sept ans, il y avait trop de sagesse dans ses grands yeux bleus. Elle n'avait pas encore cinq ans, que déjà elle avait des sentiments de grande personne.

Lorsqu'elle tourna la tête vers son frère, Preston suivit son regard. Il devina que la douce Marie-Ange enviait la tendre complicité des jumeaux. Charlotte s'activait autour d'Anthony, lui présentant avec insistance le pot de confiture :

– Allez Anthony! Sers-toi! Si tu veux terminer la tranche de pain beurrée, il va falloir plus qu'une seule cuillerée.

– Bon, d'accord, puisque tu insistes, lui répondit-il avec un sourire attendri.

Preston ne put s'empêcher de remarquer l'amour maternel qu'évoquaient les gestes de Charlotte. Dévouée à Anthony, elle donnait l'impression que son jumeau de onze ans se désintègrerait sans ses bons soins. Et bien qu'elle semblât mener son frère par le bout du nez, il était évident qu'elle se pliait à ses moindres caprices.

Enfants, ils pouvaient rester longtemps assis, à se sourire mutuellement, la main dans la main, leurs yeux exprimant une tendresse inégalée. Charlotte jouait sans s'en rendre compte un rôle protecteur, maternel, enveloppant son frère d'une tendresse inconditionnelle. Les jumeaux partageaient un amour impossible à définir par des mots et qui ne ferait que s'intensifier avec les années.

À son tour, Preston se surprit à envier le lien étroit qui unissait Charlotte et Anthony, ce lien qui leur donnait une force distinctive. « Comme s'ils savent, songea Preston, que le fait d'être deux leur assure une certaine sécurité. Peut-être croient-ils que du moment qu'ils restent ensemble, les dangers de ce monde ne pourront pas les atteindre. »

Les pensées de Preston s'éparpillèrent : les paroles élogieuses et l'amour que ressentait son propre père, lorsqu'il évoquait sa sœur jumelle, Isabelle, lui revinrent en mémoire. Si Édouard, par sa forte personnalité, avait difficilement surmonté le décès de sa jumelle, Anthony, lui, avec son cœur tendre, laissait supposer qu'il ne s'en remettrait jamais.

Preston pria secrètement pour que son fils fût épargné d'une telle épreuve et que sa propre mort précédât celle de ses enfants. Il termina son repas sans trop d'appétit. Au moment où ses enfants lui demandèrent la permission de se retirer, il prit conscience, non sans quelques inquiétudes, qu'il n'avait pas pu tirer la moindre parole de sa fille de douze ans. Comme sa mère, Olivia n'avait fait que picorer dans son assiette. Il lui fit un sourire invitant, alors qu'elle repoussait sa chaise. Olivia, qui se sentait particulièrement irritable, ne voulut pas s'attarder; elle jeta de longs regards ennuyés sur son passage.

* * * * *

À bord de sa Ford d'un noir rutilant qu'il avait préféré conduire lui-même ce jour-là, Preston roulait lentement, comme pour savourer chaque mètre qu'il franchissait. Il regardait droit devant lui, les yeux levés vers le nouvel édifice qui se dressait, majestueux, sur la rue principale.

Les commerces florissaient. La consommation n'avait jamais été aussi soutenue. Dans les quartiers riches de la ville, les familles investissaient et dépensaient avec une insouciance et un enthousiasme jamais vus. De plus en plus de voitures, symboles de richesse et de réussite professionnelle, circulaient parmi les rares calèches. Même les foyers modestes se permettaient à l'occasion certaines dépenses « inutiles ». Le confort au quotidien n'avait jamais paru si accessible. Il faisait bon vivre à Montpellier.

Preston descendit lentement du véhicule et sentit l'émotion le gagner. « Nous construirons un édifice à la hauteur de l'empire familial, lequel logera le siège social du moulin et accueillera les bureaux de *L'Averti* et éventuellement d'autres journaux! », lui avait rappelé Gervais, la veille de leur départ pour le front en Europe. C'était à la fois un rêve d'adolescence que Preston avait partagé secrètement avec Gervais, puis avec Maude, et un désir de prospérité qu'avaient exprimé d'abord Auguste, puis Édouard.

Auguste Roussel avait rêvé d'un avenir glorieux pour son journal; Édouard l'avait concrétisé et Preston, lui, l'avait consolidé.

L'édifice attirait indéniablement l'attention par sa prestance et son originalité. Preston avait misé sur la hauteur plus que sur la largeur. Il avait tenu à ce que chaque détail soit conforme au plan original que Gervais et lui avaient conçu avant la guerre. Il retira solennellement son chapeau afin de rendre silencieusement hommage à son cousin. De vieux souvenirs remontaient à la surface et il dut lutter contre l'émotion. Il n'y avait aucun doute dans l'esprit de Preston : Gervais avait été plus qu'un cousin; il avait été l'ami le plus fidèle, le plus dévoué et le plus digne de confiance qu'un homme n'eût jamais eu.

Quelques instants plus tard, un Preston en pleine possession de ses moyens se dirigeait avec assurance vers son tout nouveau bureau. Sur son passage, il reconnut dans le bureau adjacent une silhouette familière.

« Ainsi, pensa-t-il, je ne suis pas le seul à m'être montré plus matinal que de coutume. » Tout comme lui, Maude avait tenu à se familiariser avec son nouvel environnement de travail le plus tôt possible.

Un sourire tendre détendit les traits de Preston lorsqu'il s'immobilisa devant la porte grande ouverte; il l'observa travailler en silence. Maude se dévouait pour le journal avec autant d'ardeur que de fierté. Elle partageait ses idéaux, ses principes et son désir de voir *L'Averti* gagner de plus en plus de terrain. Tous les jours, Preston éprouvait une immense reconnaissance. *La présence de Maude m'est devenue essentielle.* Elle avait sincèrement les intérêts du journal à cœur et comprenait mieux que quiconque son profond attachement envers *L'Averti*. « Un attachement que d'autres, même ma propre femme, se dit-il, qualifient de démesuré. »

Preston ne voyait qu'une partie de son visage : une ride de concentration s'était logée temporairement entre ses sourcils. Vêtue d'une robe vert pâle qui lui allait à ravir, la journaliste demeurait éternellement belle, une beauté sans artifices. Son visage restait jeune et ses cheveux noirs étaient toujours aussi brillants. Il lui semblait qu'elle avait cessé de vieillir le jour où elle s'était présentée pour lui offrir ses services. Il y avait onze ans de cela. « Elle doit approcher la quarantaine, pensa Preston. A-t-elle seulement conscience de son éclatante beauté? Henri-Paul se rend-il compte de ce qu'il est en train de perdre? »

Des sentiments d'amour et de culpabilité montèrent en lui tandis qu'il détaillait son beau visage baissé, les sillons très fins qui marquaient le coin de ses yeux verts en amande. Ayant senti sa présence, Maude leva la tête et lui fit un grand sourire, les yeux pétillant du simple bonheur de le voir. Tous les efforts que Preston avait déployés au cours des semaines précédentes afin de s'investir davantage dans son mariage et le progrès qu'il croyait avoir accompli furent balayés par ce simple sourire.

– Tu as appris la nouvelle?

Ramené au présent par la question de Maude et par son intensité singulière, Preston secoua la tête en signe de négation. Elle prit une grande inspiration avant de lire les deux premières lignes de son article :

« La loi fédérale sur le divorce a été modifiée. Dorénavant, une femme peut divorcer de son mari pour motif d'adultère. »

Sa voix s'était adoucie au fur et à mesure qu'elle avançait dans sa lecture. Lorsque Maude leva les yeux, Preston lut dans son regard ému l'impact que cette nouvelle loi représentait pour elle. Son mariage à Henri-Paul avait en grande partie été forcé par son défunt père et il s'effritait depuis tellement d'années.

Pendant plus de quinze ans, Maude avait été mariée à un homme souvent absent, un homme qui ne se souciait ni de ses états d'âme ni de ses faits et gestes pourvu que ceux-ci ne portent pas ombrage à sa réputation. Elle devait lui faire honneur et être en tout temps disponible lorsqu'il avait besoin d'elle. Et si, les premières années, elle s'était montrée assez reconnaissante de cet arrangement marital – après tout peu d'hommes auraient laissé autant d'autonomie et d'indépendance à leur femme –, ce semblant de liberté ne lui convenait plus depuis longtemps.

« Les séjours d'Henri-Paul à Montpellier, si courts soient-ils, ses visites impromptues et les engagements mondains accaparants, décida-t-elle, tout cela doit cesser. » Maude partageait depuis trop longtemps, même si ce n'était qu'occasionnellement, son lit avec un homme qu'elle n'aimait pas. Elle pouvait compter sur les doigts d'une main le nombre de fois qu'elle avait vu Henri-Paul depuis l'épisode du procès Gritte. La débâcle entourant l'affaire avait eu raison de leur mariage. Ce jour-là, plus que jamais, elle désirait retrouver officiellement son indépendance.

– Maman est morte, Sophie et Florence se sont mariées, commença-t-elle d'une voix douce. J'ai fait tout ce que je pouvais pour elles.

Maude observa une courte pause avant de reprendre tranquillement :

– Mon mariage n'en a jamais vraiment été un, du moins au sens où je l'entends. Alors voilà, j'ai décidé qu'il était temps pour moi de reprendre mon nom de jeune fille : Savoie.

Cette voix, plus veloutée que de coutume et étrangement sereine interpela Preston. Il alla s'asseoir près d'elle et la dévisagea avec tendresse :

– Tu sais que tu peux compter sur moi. Je t'appuierai, dans toutes tes démarches. Mais... penses-tu qu'Henri-Paul sera d'accord? Qu'il va se montrer raisonnable?

– J'en suis certaine, répondit Maude avec un sourire indulgent. Il est amoureux d'une autre; c'est lui-même qui me l'a dit. Avec ce divorce il pourra enfin refaire sa vie et moi, reprendre le contrôle de la mienne.

– J'admire ton courage et ta sérénité, Maude. Vraiment.

La voix rauque de Preston trahissait son émotion. Il était assailli par l'amour immense qu'il ressentait pour elle, un amour qui, à défaut d'être vécu au grand jour, berçait et réchauffait néanmoins son cœur. *Belle et courageuse Maude. Tu seras bientôt libre de toute attache, mais moi, je ne le suis pas.*

Leurs mains se frôlèrent délicatement, comme par hasard. Ils échangèrent un long regard et dans le silence, l'intensité de leur sentiment les traversa au même moment. Ils s'aimaient toujours...

– CHAPITRE VINGT-QUATRE –

Chablis, Nouveau-Brunswick

Évelyne Hogan n'avait qu'un vague souvenir de son enfance. Seule l'odeur lui revenait parfois en mémoire, insistante et répugnante. Enfant, elle détestait cette odeur et elle s'était entraînée à ne pas trop en souffrir. Car ces relents d'alcool étaient responsables, la fillette l'avait deviné assez tôt, des violents maux de tête de sa mère, de sa mauvaise humeur et de la présence masculine variée au petit-déjeuner, quand déjeuner il y avait.

Certains de ces hommes étaient gentils avec elle, d'autres moins, mais tous, sans exception, ne pouvaient s'empêcher de faire un commentaire sur les cheveux de la fillette. Évelyne avait hérité sa tignasse d'un rouge orangé d'un père irlandais, « un bel imbécile », comme se plaisait à rappeler sa mère, Gloria. Pour cette raison et cette raison seulement, Évelyne ne détestait pas son père. Car ses cheveux pouvaient parfois attendrir sa mère, à défaut de ses prières qui demeuraient souvent sans réponses. Ainsi, lorsque les amants de Gloria pointaient la tête de l'enfant comme dans l'attente d'une explication, c'était dans un élan maternel plutôt rare que Gloria caressait les longues boucles rousses emmêlées et murmurait de sa voix éraillée : « Ne sont-ils pas magnifiques? Comme de la confiture... de la marmelade. »

Derrière ce corps frêle et ce visage marqué par la misère se cachait une femme prisonnière de ses contradictions. Gloria ne pouvait vivre au quotidien sans la présence d'un homme à ses côtés, et ce, même si elle dénigrait le sexe masculin, qu'elle jugeait faible et responsable de tous les maux de la terre.

Gloria n'avait pas connu la grande famine en Irlande dans les années 1840. La pauvreté qui était le lot de sa famille et qui durait depuis quatre générations avait suffi un matin de l'année 1918 à lui faire prendre ses jambes à son cou. Elle avait quitté son pays et son bon à rien de mari pour fuir, comme tant d'autres avant elle, la misère croyant naïvement trouver le bonheur ailleurs.

Son bateau avait accosté à Halifax, en Nouvelle-Écosse. Voyant toutes ces têtes aux airs de famille identiques émerger des ponts, Gloria avait eu la navrante impression de se retrouver dans le monde qu'elle venait de fuir. Hébergée par une cousine éloignée, la jeune et jolie Irlandaise, unilingue anglophone, n'avait pas perdu de temps. Puisque sa grossesse pouvait passer inaperçue, elle s'était arrangée pour se faire courtiser, ce qui avait porté fruit. Une semaine après son arrivée dans la ville portuaire, Gloria Hogan avait refait ses valises pour suivre au Nouveau-Brunswick un commis voyageur acadien. Ce dernier étant unilingue francophone, Gloria n'avait eu d'autre choix que d'apprendre la langue, ce qu'elle avait fait avec une rapidité surprenante.

Ironiquement, Gloria avait fui la misère de l'Irlande pour se retrouver prisonnière d'une autre sorte de misère. En effet, lorsque son fiancé s'était rendu compte qu'elle était enceinte, il l'avait cavalièrement mise à la porte : il savait qu'il ne pouvait être le père de l'enfant. Scandalisé par ses mœurs légères, il lui avait néanmoins donné quelques sous et avait promis de prier pour elle et pour l'enfant à naitre. Depuis, l'Irlandaise établie à Chablis avec sa fille vivait surtout de la charité de ses amants.

Entre deux whiskys, une cigarette à la main, Gloria expliquait à sa fille de sept ans sa position sur la gent masculine :

– Les hommes sont comme des bêtes sauvages. Pour les domestiquer, tu n'as qu'à répondre à leurs besoins primaires.

Évelyne opinait de la tête et feignait d'être intéressée par ces babillages inconsidérés. Dans sa lancée, Gloria poursuivait :

– Ils ont besoin d'être nourris, logés et, plus important encore, d'être satisfaits.

Et le sourire entendu qu'elle faisait alors était sans équivoque. Évelyne était trop jeune pour saisir exactement ce dont il était question, mais comme un mur seulement séparait sa chambre de celle de sa mère, son imagination fertile donnait libre cours à toutes sortes de scénarios, tous plus extravagants les uns que les autres.

Un jour, un des petits amis de Gloria était apparu à la porte de leur appartement, une bouteille à la main et dans l'autre, un sac de victuailles. Face à ce petit homme à demi chauve, éméché et bedonnant, la fillette n'avait pu s'empêcher de détourner les yeux. Gloria avait écrasé sa cigarette dans le cendrier, puis s'était penchée vers sa fille, prenant tout à coup son rôle d'éducatrice au sérieux :

– La beauté n'amène pas le déjeuner, ma fille.

Devant cette leçon de vie, Évelyne avait courageusement défié sa mère. Elle avait cligné des yeux et lancé, provocante :

– Oui, mais quand c'est trop laid et que ça sent le fond de tonneau, ça coupe l'appétit.

Du haut de ses sept ans, Évelyne avait soutenu le regard de sa mère ; elle se rappelait encore ce jour-là la surprise qu'elle avait eue de lire de l'amusement dans ses yeux. Les mains sur les hanches, retrouvant tant bien que mal son équilibre précaire dans des pantoufles trop grandes, Gloria avait un moment hésité. Puis, comme une réplique émergeait lentement du marécage qu'était son cerveau, son visage s'était illuminé :

– Dans ce cas-là, on se prive de manger.

– Je n'ai plus faim de toute façon, avait répondu Évelyne, désabusée.

Elle avait subitement compris qu'elle était allée trop loin. Comme elle allait quitter la pièce, le ventre vide, sa mère l'avait retenue par le bras et toisé d'un air moqueur :

– Tu as encore manqué une belle occasion de te taire, hein?

Évelyne s'était gardée de répondre et d'un mouvement brusque avait dégagé son bras. Elle savait exactement ce qui lui restait à faire. Elle avait vu sa mère le faire des centaines de fois.

Évelyne s'était mise à tortiller une mèche de ses cheveux. Puis, elle avait marché résolument vers l'intrus qui venait de s'assoir à la table de la cuisine et avait grimpé sur ses genoux. Jouant son rôle à la perfection, elle avait levé vers lui ses beaux grands yeux verts et avait battu des cils.

– Je peux en avoir un petit bout? avait-elle demandé d'une voix timide, presque humble, en pointant du doigt le jambon et le pain frais que l'homme venait à l'instant de retirer du sac devant lui.

– Bien sûr, ma mignonne! Tu prends tout ce que tu veux, lui avait répondu l'homme, pompette, après avoir avalé d'un trait le fond de son flacon.

Évelyne lui avait alors fait son plus beau sourire, s'était emparée d'une tranche de viande et s'était retournée pour défier bravement sa mère du regard.

Confondue, Gloria ne souriait pas. Entre deux longues bouffées, elle n'avait rien perdu de la scène; elle venait de comprendre qu'elle devrait se méfier de sa fille. Bientôt elle serait une rivale de taille. Mais sur le coup, elle s'était exclamée avec un entrain qui sonnait faux :

– Tu es bien la digne fille de ta mère!

Puis, Gloria s'était éclipsée dans le salon, une bouteille pendant mollement d'une main, un bout de cigarette dans l'autre.

Évelyne, quant à elle, était descendue des genoux de l'homme, qui somnolait, pour s'installer sur une chaise. Songeuse, elle avait pris une bouchée de viande froide. « Non, je ne suis pas comme ma mère et ses amis et ne le serai jamais, s'était-elle juré intérieurement. Plutôt mourir que de devenir comme ces femmes qui puent l'alcool et la cigarette. Lorsque je serai grande, je quitterai cet appartement minable, je ferai quelque chose de bien de ma vie. »

Il y avait six ans de cela. Rien n'avait vraiment changé. Évelyne était encore dans le même appartement avec sa mère, elles étaient toujours prisonnières de la pauvreté et dépendaient de la générosité des amants de Gloria. Une tristesse lugubre planait dans la cuisine; pour la première fois de sa vie, Évelyne se sentit envahie par un accablement d'adulte. Elle entendit sa mère se laisser choir lourdement sur le sofa du salon; la jeune fille sentit son désespoir s'intensifier.

Quelques instants plus tôt, Gloria lui avait dit, d'un ton particulièrement douloureux :

– Je n'ai pas toujours été réduite à cela; j'ai déjà été jolie, avec des rêves pleins la tête...

Comme chaque fois où sa mère tenait ce genre de discours, Évelyne baissait irrémédiablement les yeux, gênée par tout ce que ce simple « cela » impliquait. « Le mal provient du contact de l'homme; ils te dépossèdent de toi-même », lui rappelait constamment Gloria. Dans sa sagesse précoce, Évelyne comprenait que sa mère s'entretenait avec elle comme si elle avait été une femme de son âge et elle aurait donné n'importe quoi pour avoir quelques années de plus. Être assez forte pour la secouer sans ménagement et lui dire : « Aide-toi et le ciel t'aidera! »

Évelyne couvrit d'une couverture rapiécée la masse qui ronflait sur le sofa usé et s'efforça d'ignorer les cheveux hirsutes et la malpropreté de sa mère. Elle avait conscience de l'aversion que lui inspirait celle-ci et elle était souvent accablée par la culpabilité.

D'un pas lourd, la jeune fille de treize ans retourna s'installer devant la fenêtre de la cuisine qui donnait sur la rue; elle contempla à travers le rideau de dentelles jaunies les arbres squelettiques perdre leurs dernières feuilles. Clouée sur place, Évelyne eut envie de pleurer sur leur sort, quand la porte d'un appartement voisin claqua violemment, ce qui la fit sursauter et ravaler ses larmes.

Elle laissa son regard errer et nota la peinture blanche défraichie, la table jonchée de vaisselle sale, le panier de vêtements renversé dans un coin et qui était là depuis quelques jours... Elle eut brusquement l'impression que les murs crasseux se refermaient sur elle, tandis que dans sa gorge montait un cri de rage et de désespoir qu'elle ne parvint à retenir qu'au prix d'un effort suprême. Rien ne pouvait la soulager de cette cruelle sensation d'étouffement. Pas même toutes les larmes de son corps. Pourtant, Évelyne leur donna libre cours cette fois. Elle pleura, comme un adulte qui saisit pleinement la tristesse d'un sort qu'il croit irrémédiable.

Au bout d'une longue minute, elle ferma les yeux pour interrompre le flot intarissable de ses larmes. Lorsqu'elle retrouva sa respiration normale, Évelyne ouvrit les yeux. Ses longs cheveux roux vinrent lui caresser les bras, pendant qu'elle retroussait résolument les manches de son tricot. Avec un dégout croissant, Évelyne fixa un moment la vaisselle ébréchée qui encombrait l'évier. Les mains tremblantes, la gorge serrée, elle prit une grande respiration avant de s'emparer d'un torchon et de plonger les mains dans l'eau tiède et grasse.

Vautrée dans son vieux sofa, un bras replié sur le front, Gloria sombrait dans la douce vapeur de l'alcool. Elle grogna lorsqu'elle entendit le bruit de la vaisselle s'entrechoquer. « Évelyne est tellement serviable », pensa-t-elle. Le temps d'une gorgée, le cœur aigri de la mère Hogan s'attendrit. « Si seulement, se dit-elle, je n'étais pas si abattue, si épuisée, je l'amènerais faire un tour dans le parc. Mais peut-être qu'Évelyne est trop grande pour ce genre de promenade mère-fille? Une autre fois peut-être... »

* * * * *

Montpellier, Nouveau-Brunswick

– Si j'étais premier ministre, je ferais en sorte que toutes les femmes soient rémunérées au même titre que les hommes! affirma avec impétuosité Joséphine, assise sur le bout de sa chaise.

Victoria soupira et prit une gorgée de vin, brusquement incommodée dans sa robe de soirée. Le même scénario se répétait chaque fois que leur fille ainée venait leur rendre visite. Depuis qu'elle fréquentait l'Université Saint-Sulpice, à Montréal, Joséphine, lors de ses passages à Montpellier, monopolisait la conversation à table, conversation qui portait toujours sur le même sujet : la condition féminine. « Pire encore, protesta intérieurement Victoria, elle me dénigre moi, sa mère. Pourtant, c'est mon mari qui a épousé le mouvement des suffragettes et qui est sans doute le grand responsable du changement! »

Joséphine lança un regard de pure incompréhension à l'endroit de sa mère, avant de se tourner vivement vers son père :

– Le jour viendra où je serai nommée juge. J'aurai une vraie carrière; je serai une citoyenne à part entière!

Victoria fronça les sourcils : sa fille de dix-neuf ans l'attaquait. Joséphine ne lui avait jamais ouvertement dit qu'elle méprisait son rôle de femme au foyer, mais ses silences et ses regards en disaient long et étaient éloquents. Preston, qui avait surpris le coup d'œil méprisant de Joséphine, vint aussitôt à la défense de sa femme :

– Je te défends de t'adresser à ta mère de cette façon. Sois respectueuse!

Mais Joséphine n'avait pas dit son dernier mot. Encouragée par le visage animé de Charlotte et celui larmoyant de Marie-Ange, elle se redressa prestement de sa chaise, sans égard pour le service en porcelaine et la coutellerie en argent qu'elle avait brutalisés.

– J'ai une grande nouvelle à vous annoncer, déclara-t-elle avec fierté. J'ai joint le mouvement féministe à Montréal! Je vais lutter avec mes compatriotes québécoises afin qu'elles obtiennent à leur tour le droit de vote!

Victoria s'essuya machinalement la bouche avec sa serviette de table. Elle prévoyait un orage; sa fille ainée aimait toujours autant choquer son entourage. « Ma foi, pensa-t-elle, c'en est redondant! Et elle en retire un vilain plaisir en plus! » Marie-Ange se renfonça dans sa chaise, Anthony baissa la tête, Olivia eut un air franchement dédaigneux; Charlotte, tout ouïe, considérait alternativement son père et sa sœur ainée. Preston prit une bouchée de steak qu'il mastiqua lentement, le temps de se tranquilliser. Il avait mis un point d'honneur à ne jamais perdre le contrôle devant ses enfants. Et jusqu'à ce jour-là, il y était parvenu. Il avala sa bouchée et prit la parole, d'un ton calme, mais ferme :

– Je ne te permettrai pas d'être membre d'une organisation politique de cette nature. Tu n'as pas idée de ce que certaines femmes sont prêtes à faire pour parvenir à leur fin ni non plus de ce qu'elles sont prêtes à subir. Tu pourrais être impliquée malgré toi dans des activités dangereuses et ...

– Cette organisation politique, comme vous dites, interjeta Joséphine avec véhémence, est importante à mes yeux. Et elle l'a été également pour vous il n'y a pas si longtemps. À moins que ce n'ait été que du feu, de la poudre aux yeux pour augmenter le lectorat de votre journal...

Joséphine, sur la défensive, défiait son père du regard. Choqué par tant d'insolence, Preston abattit sa main avec colère sur la table. Il fit sursauter tous les membres de la famille; Marie-Ange mordit la lèvre pour retenir ses larmes. Elle se souciait moins du droit de vote que de l'harmonie dans la famille et elle ne pouvait comprendre l'obsession de sa sœur pour la condition féminine et surtout, son besoin de relancer le débat à chacune de ses visites.

Les mains jointes sous le menton, les coudes qui reposaient à même la table, Preston dévisagea longuement sa fille ainée. *Comment ose-t-elle insinuer que j'ai pris parti pour les suffragettes dans le but de faire avancer les intérêts de « L'Averti », à des fins purement monétaires et égoïstes? Alors qu'au contraire, j'ai été prêt à mettre mon journal en péril pour ces femmes et leur cause que je croyais, et que je crois toujours, d'ailleurs, juste! Et pourquoi diable a-t-elle préféré faire des études en droit à Montréal? Son avenir là-bas en tant qu'avocate est loin d'être assuré, contrairement à ici... Pourquoi a-t-elle choisi la voie la plus difficile, celle qui sera à coup sûr semée d'embuches?!*

Bombardé de questions intérieures, inquiet des choix et des affiliations de sa fille, Preston demeura momentanément coi. Il savait que l'éloquence fougueuse de Joséphine pourrait lui attirer des ennuis. Si une manifestation dégénérait en bataille, elle serait la première à donner des coups. Joséphine était une exaltée, une idéaliste éprise de justice, animée par un furieux désir de changer le monde ou d'imposer sa marque et elle ne reculerait devant rien, même devant l'imminence du danger.

– Je comprends ton désir de vouloir faire avancer les choses, reconnut-il enfin. Mais c'est trop dangereux. Tu démissionneras, un point c'est tout.

Joséphine sentit sur elle les regards pesants de sa famille. Presque aussitôt, les picotements de sa nuque se répandirent dans tout son corps, comme chaque fois où elle défiait son père. Le menton dressé, Joséphine se força à répondre d'un ton cassant :

– Avec tout le respect que je vous dois, papa, il n'en est pas question.

Un silence de mort accueillit la déclaration, Preston se recula, médusé, dans sa chaise. À cet instant précis, il crut reconnaitre chez l'ainée de ses filles le même l'air volontaire, buté et entêté, de son propre père. Il n'y avait rien d'étonnant à ce que de son vivant, Joséphine était la petite-fille préférée d'Édouard. Elle lui ressemblait en tout point.

Devant de tant d'impertinences, Victoria avait maladroitement reposé sa coupe sur la table. Elle regarda avec consternation les taches sur sa belle nappe blanche et fut prise d'une furieuse envie de mettre Joséphine à la porte. Victoria n'arrivait tout simplement pas à comprendre pourquoi sa fille tenait tant à les provoquer. Son comportement, qu'elle considérait comme un manque flagrant de respect, la déconcertait au plus haut point. « Elle n'a certainement pas hérité ce mauvais caractère de moi, songea-t-elle. Sans doute est-ce une prédisposition que Joséphine a héritée de son grand-père Édouard. À moins, supposa-t-elle, que ce ne soit un trait de caractère transmis par Élisabeth Roussel. Après tout, c'est d'elle que Joséphine vraisemblablement tient sa chevelure de feu. »

Saisissant l'échange muet entre son mari et leur fille, Victoria leva les yeux au ciel. Ils étaient trop semblables dans leur orgueil. Leur volonté de fer se heurtait à tout propos. « Elle aurait pu joindre le mouvement en cachette, pensa-t-elle. Preston n'en aurait probablement jamais rien su. Mais non! Il a fallu qu'elle nous annonce la nouvelle à table, face à toute la famille. C'est choquant! » Victoria, qui avait perdu l'appétit, repoussa son assiette et invita discrètement du regard Olivia à faire de même.

« Si seulement Preston m'avait écoutée », se dit-elle. Victoria avait plus d'une fois soulevé son inquiétude concernant l'éducation de leurs enfants. Elle lui reprochait de se montrer trop permissif envers leurs filles, particulièrement lorsqu'il était question de Joséphine et de Charlotte et de ne pas être assez présent pour servir de modèle à leur fils, Anthony.

Victoria ferma systématiquement les yeux, dérangée par cette voix intérieure qui lui rappelait l'influence libérale que Maude exerçait jusque dans l'intimité de leur demeure et qui ne concordait pas avec ses valeurs à elle. *Dieu merci pour Olivia si parfaite, la seule de mes filles qui me ressemble réellement.*

Tandis que Victoria faisait mentalement l'éloge d'Olivia, Joséphine et son père s'observaient toujours, s'évaluant longuement d'un même regard clair. Preston allait lancer un ultimatum, quand l'expression de son visage, un frémissement tout à fait inattendu, l'en empêcha. L'espace d'une seconde, son menton trembla, comme lorsque, enfant, des larmes s'apprêtaient à déferler sur ses joues; un signe de vulnérabilité qu'il n'avait pas vue chez sa fille ainée depuis si longtemps qu'il l'atteignit droit au cœur. Et ému, il se rappela sa naissance. Joséphine était née avec une semaine de retard, comme si elle avait estimé que le monde n'était pas encore prêt à accueillir une enfant de sa trempe. Ne le serait-il jamais?

Preston sentit un poids énorme s'abattre sur ses épaules, conscient que sa fille ainée était en train de lui filer entre les doigts. Joséphine avait l'âme d'une réformatrice. Et elle avait besoin d'épopée, comme lui. « En vérité, songea Preston, n'est-ce pas à elle de choisir le parcours qui la rendra heureuse? Elle bafoue les conventions, se sent parfaitement l'égale de l'homme et se moque éperdument du vieux rêve féminin de sécurité. »

Preston mit fin à son débat intérieur. Il fit mine de ne pas voir l'air abasourdi de son épouse lorsqu'il eut pour sa fille ainée cette dernière recommandation :

– Fais à ta guise, Joséphine. Tu es assez intelligente et perspicace pour choisir la voie qui te convient. D'ailleurs, comme tu me l'as fait remarquer, je serais mal placé pour te dire d'abandonner cette lutte. Seulement... sois prudente.

Joséphine perçut dans son « Sois prudente » tout l'amour que son père exprimait si difficilement en sa présence. Et pour la première fois depuis son retour à Montpellier, Joséphine afficha un sourire, un vrai.

* * * * *

– J'étais comme toi, Joséphine... une idéaliste, une femme moderne, pour reprendre l'expression de ton père.

Maude laissa échapper un léger rire, avant de reprendre avec enthousiasme :

– Aussi longtemps que j'ai pu, j'ai travaillé de concert avec les militantes pour leur cause, pour notre cause. Mais un jour, j'ai dû faire un choix : ma place au journal ou mes relations avec les suffragettes. Je ne pouvais pas me permettre de faire de faux pas, ce qui aurait menacé ma position au journal, déjà tellement précaire. Je n'aurais pas supporté d'être exclue de *L'Averti*.

Maude s'interrompit brièvement, un brin nostalgique. Ses pensées s'envolèrent vers Jack et Lucie Desroches; rapidement, elle enchaina, en toute franchise et avec un entrain communicatif :

– J'ai donc choisi le journal. Mais ça ne m'a pas empêché de soutenir mes camarades en relatant leurs aventures, en démontrant la justesse de leurs revendications... par d'autres moyens, évidemment. Et lorsque ton père s'est finalement joint au mouvement, nous avons pu, par le biais de *L'Averti*, atteindre le lectorat masculin et l'avons convaincu de se rallier à la cause des suffragettes.

Assise à son bureau, Maude parlait avec une passion que Joséphine avait toujours admirée. Elles partageaient des valeurs communes, à commencer par la croyance en l'égalité des sexes. Il était donc naturel que leurs conversations finissent invariablement par dévier sur le sujet.

D'ailleurs, l'étudiante ne ratait aucune occasion de rendre visite à celle qu'elle considérait affectueusement comme sa tante.

Joséphine demeura une minute silencieuse et laissa ses yeux bleus trainer sur les journaux éparpillés de la journaliste. Elle jouait machinalement avec le bout de sa longue tresse française, ressassant encore les paroles de Maude quand, soudain, son regard s'illumina :

– J'ai failli oublier! J'ai fait la connaissance d'une femme extraordinaire à Montréal, lors du dernier rassemblement : Lucie, Lucie Desroches. Elle vous transmet ses salutations et celles de son frère également.

– Transmets-leur également s'il te plait mes salutations, la pria aimablement Maude, les joues brulantes d'embarras.

Une certaine rougeur était apparue sur le visage de la journaliste et Joséphine en déduisit que Lucie et son frère appartenaient à un passé que sa tante ne souhaitait pas, de toute évidence, revisiter, du moins, avec elle. Ainsi, malgré sa curiosité naturelle, Joséphine se retint de la questionner et jugea qu'elle avait passablement abusé de son temps.

Reconnaissante de la discrétion de Joséphine – il avait dû lui en couter de se retenir de poser des questions au sujet de Lucie et de Jack – Maude l'accompagna amicalement jusqu'au seuil de son bureau. Joséphine se retourna une dernière fois pour lui faire affectueusement la bise. Comme elle ouvrait avec énergie la porte de la salle de presse commune, elle entendit les échanges et les prises de bec des journalistes qui défendaient passionnément leurs opinions. Joséphine fit volteface et déclara, avec une note d'exaspération et d'incompréhension mal masquée :

– Je n'ai jamais pu comprendre l'engouement légendaire pour ce journal de mon arrière-grand-père Auguste, de mon grand-père Édouard, de mon père et de toi, tante Maude. Il me semble que tellement de gens ont consacré leur vie à *L'Averti*, se sacrifiant eux-mêmes... J'espère sincèrement pour vous tous que le prix à payer en vaut la peine.

Après une dernière accolade, Joséphine tourna avec vigueur les talons. Maude fut un peu prise au dépourvu par la justesse des propos. Joséphine ne croyait pas si bien dire. Ils avaient tous fait de grands sacrifices pour le journal. « Et moi? s'interrogea Maude. J'ai perdu le seul homme, à l'exception de Preston, que j'ai réellement aimé. » Pourtant, elle ne regrettait rien. Maude n'aurait souhaité être nulle part ailleurs. Elle savait, sans l'ombre d'un doute, qu'elle était exactement là où elle était censée être : dans ce bureau, dans cet édifice.

Un sourire mélancolique aux lèvres, la journaliste observait Joséphine traverser la salle de rédaction d'un pas décidé, comme hypnotisée par ses cheveux à la couleur si vibrante retenus en une tresse épaisse qui se balançait dans son dos; elle devinait l'expression conquérante sur son visage. Buste en avant, le menton dressé, elle repoussa les lourdes portes d'entrée, nullement consciente des têtes masculines qui s'étaient retournées sur son passage.

Maude sentit son cœur se gonfler d'affection et de fierté pour la jeune fille têtue et obstinée. « Joséphine a encore beaucoup à apprendre de la vie, songea-t-elle. Il y a tellement de chemins possibles, de routes qui s'entrecroisent, ponctuées de détours, qu'il est facile de se perdre dans cet enchevêtrement, de revenir à la case de départ. Sans compter qu'il arrive parfois qu'on ait à imposer le silence à son cœur et à agir selon son devoir afin d'avancer dans ce labyrinthe qu'est la vie... »

Le regard vert pâle de Maude se voila, perdu dans un flot de souvenirs; elle croisa les bras sous sa poitrine, comme pour se réchauffer. *Surtout, ne jamais regarder en arrière, ne pas s'appesantir sur le passé, sur ce qui aurait pu être.* L'important, finalement, c'était de trouver sa voie et d'y faire sa place, tête première. Il n'y avait pas de sentiment plus gratifiant que d'accomplir sa mission sur terre et de s'y investir complètement. Qui donc pouvait savoir quel destin attendait Joséphine, si volontaire et si pleine de fougue?

Sereine et confiante en l'avenir de celle-ci, Maude revint sur ses pas et prit place à son fauteuil. Elle étira les doigts avec énergie puis se remit au travail. « ... Les sanatoriums au pays se multiplient. En réponse à la recrudescence de la tuberculose, nos voisins québécois mènent une vaste campagne de sensibilisation, notamment dans la grande ville de Montréal, où le nombre de décès causés par le « fléau blanc » est exceptionnellement élevé. Le Québec mise sur le vaccin antituberculeux BCG pour contrer la maladie... »

Maude était toujours plongée dans son article lorsqu'elle capta l'ombre d'une silhouette à sa porte.

– Jeffrey! s'exclama-t-elle avec un sourire ravi. Entre, je t'en prie.

Tandis que le jeune homme dans ses plus beaux habits s'avançait respectueusement, Maude se redressa avec un plaisir évident. Preston lui avait donné carte blanche en ce qui concernait l'avenir professionnel de Jeffrey. Elle voulait que son talent naturel soit pleinement utilisé, ce qui n'était pas tout à fait le cas à l'usine Roussel.

– Bonjour, madame... Savoie, fit Jeffrey, d'un petit air interrogateur accompagné d'un léger sourire.

La journaliste eut un rire timide, appréciant la délicatesse de son attention, mais elle le reprit :

– Maude, je t'en prie. Le divorce n'est pas encore officiel. Henri-Paul fait des pieds et des mains pour faire accélérer le processus, mais il faut être patient.

Elle secoua la tête pour chasser de son esprit la question de son état civil et demanda avec entrain :

– Alors? Tu es prêt à te mettre au travail?

Jeffrey acquiesça gravement. Il rajusta le col de sa chemise et tira sur son veston, voulant se présenter sous son plus beau jour.

Depuis leur première rencontre, Jeffrey avait développé pour Maude une confiance inébranlable, une loyauté féroce qui s'enracinait dans l'expérience qu'ils avaient partagée à Pic-Bois. Ainsi, lorsqu'après avoir lu un de ses articles, Maude lui avait suggéré de consacrer davantage de temps à l'écriture, et bien sûr elle l'encadrerait, Jeffrey s'était plié à sa volonté. Si Maude jugeait qu'il avait suffisamment de talent pour aspirer un jour à être journaliste, Jeffrey se disait, et avec raison, qu'il n'avait aucune raison d'en douter.

D'un geste ample et gracieux de la main, Maude invita son protégé à s'asseoir dans sa propre chaise. Le sourire aux lèvres, elle glissa une feuille vierge dans sa machine puis elle se tourna vers lui :

– Et si nous reprenions là où nous nous étions arrêtés la semaine dernière?

– CHAPITRE VINGT-CINQ –

Chablis, Nouveau-Brunswick – 1926

Laissée à elle-même pendant son enfance et son adolescence, il était à prévoir qu'Évelyne Hogan serait de nature renfermée. Elle savait qu'elle ne pouvait compter que sur elle; il n'y avait rien à attendre des autres. Les hommes lui inspiraient dégout et méfiance. Elle avait été témoin de trop de coups bas. Plus d'une fois, elle avait dû s'interposer entre Gloria et un de ses amants ivres, sans compter les avances inopportunes de ceux-ci vis-à-vis sa propre personne aussitôt que sa mère avait le dos tourné.

Les garçons et les hommes qui la croisaient devaient surement ressentir l'aversion de la jeune fille, car malgré sa beauté singulière, peu d'entre eux se risquaient à l'aborder. Bien qu'elle ait appris à pratiquer l'art de la séduction – c'était avant tout pour elle une question de survie –, chaque fois qu'un homme la touchait, ne serait-ce que pour lui frôler innocemment le bras, Évelyne avait un mouvement de recul. Elle n'y pouvait rien. La vision de sa mère venait la hanter. Elle la revoyait, enlaidie par l'excès, se pavanant perversement devant ses amants. Le comportement de Gloria, Évelyne le savait, avait empoisonné toute relation amoureuse qu'elle aurait à l'avenir.

La jeune fille n'avait pas eu à attendre l'âge adulte pour quitter sa mère. Car après l'enfer d'une vie de dépendance totale, le corps de Gloria s'était finalement révolté. Avec le temps, son cœur était devenu aussi sec et cassant que le verre, son foie s'était ratatiné comme un raisin sec. Une voisine charitable avait offert de s'occuper de la moribonde. Évelyne n'avait eu besoin que de quelques minutes pour prendre sa décision. Cette femme lui offrait une chance inespérée qu'elle n'était pas prête à refuser. Évelyne souhaitait, plus que tout, échapper à la médiocrité de son existence.

À l'aube de ses quinze ans, elle avait donc fui l'appartement, Gloria et l'horreur qu'elle lui inspirait. Par une nuit d'été, Gloria était décédée, seule, après avoir passé les dernières semaines de sa vie clouée au lit, une bouteille de whisky à la main.

Évelyne avait pensé avec naïveté que la chance enfin tournait en sa faveur le jour où elle avait fait la connaissance de Nathaniel Saint-Christophe dans le bistrot *La Bavaroise* où elle travaillait depuis quelques semaines comme aide. Le poste se résumait essentiellement à faire toutes les corvées que les serveuses jugeaient indignes d'elles. Nathaniel, qui était constamment à la recherche d'inspiration, fréquentait aussi bien les parcs publics que les terrasses et les petits restaurants. À vingt-et-un ans, le succès entourant sa carrière d'artiste se faisait toujours attendre, c'était le moins que l'on puisse dire.

Après avoir fui l'orphelinat en hiver et en pleine nuit, Nathaniel s'était retrouvé dans les basfonds de Chablis. Les gens en général étant plus généreux et enclins à aider leur prochain à l'approche de Noël, il avait trouvé refuge dans une maison close. La propriétaire de l'établissement avait accepté de l'héberger pour la nuit, en échange de quoi il ferait son portrait. Finalement, il était resté plus longtemps que prévu. Les demoiselles de madame Bondurand s'étaient entichées de lui et payaient à tour de rôle le prix de sa nuit à la tenancière, moyennant leurs portraits. Mystérieusement confortables en sa présence, elles conversaient avec lui sans la moindre retenue. Ces jeunes femmes aux mœurs légères n'en étaient pas moins, aux yeux de Nathaniel, des modèles de générosité et de compassion. Elles s'étaient même cotisées pour lui offrir le jour de son départ un ensemble de pinceaux et des tubes de peinture.

Pendant un certain temps, il avait fait toutes sortes de petites besognes sans toutefois perdre de vue son objectif : devenir un artiste de renom. Lorsqu'enfin, il avait été en mesure de louer un logement, Nathaniel avait décidé de se consacrer exclusivement à ses œuvres, les exposant régulièrement dans les endroits publics achalandés. Il se rappellerait toujours l'émotion qu'il avait ressentie quand on lui avait acheté sa première peinture. Soit, il vivait modestement, mais il jouissait d'une liberté qui n'avait pas de prix.

Toujours à l'affut de modèles ou de scènes inspirantes, en ce 20 juillet 1926, Nathaniel s'était arrêté par hasard devant *La Bavaroise*. Son univers avait basculé, lorsque son regard avait embrassé une auréole de feu qui encadrait le plus beau visage féminin qu'il n'eut jamais vu. D'immenses yeux verts, où se lisait un curieux mélange de désespoir et de hargne, semblaient dévorer le visage de la jeune fille. Un regard troublant, des yeux d'une profondeur indescriptible, comme un puits sans fond et un visage d'ange, s'était dit Nathaniel, incapable de détourner les yeux. Son menton reposait paresseusement dans la paume de sa main, sa bouche pulpeuse avait une expression boudeuse. Mais c'étaient ses cheveux qui retenaient indéniablement l'attention. Les longues boucles d'un roux orangé s'étalaient sur ses bras. D'une main distraite, elle tortillait une de ses mèches, perdue dans ses pensées. Elle paraissait incroyablement jeune dans sa robe blanche à pois noirs et son tablier froissé. Pourtant ses grands yeux verts avaient l'intensité de ceux d'une dame âgée, comme chargés de trop de vécu.

Nathaniel ignorait que cette délicieuse apparition n'était nulle autre qu'Évelyne Hogan, fille unique d'une prostituée alcoolique et d'un père irlandais inconnu. Celle par qui le génie artistique qui dormait en lui s'éveillerait enfin. Un souffle créateur avait traversé Nathaniel. Ses pas le guidèrent jusqu'à la table où était assise la jeune fille qui profitait de quelques précieuses secondes de répit avant l'heure du diner.

Pour être exacte, si Évelyne s'était résolue à s'assoir, c'était parce que ses jambes flageolantes ne la portaient plus. Elle était épuisée. Le soleil se levait à peine quand elle avait été expulsée sans préavis de la chambre qu'elle louait. Évelyne avait rassemblé ses maigres effets en un temps record et s'était présentée à son travail avec deux valises. Elle était littéralement à la rue, à moins qu'elle n'accepte l'offre de son patron. Une offre qui cachait, Évelyne en était persuadée, une intention malhonnête.

Désormais seule au monde et n'ayant personne de confiance vers qui se tourner, Évelyne avait perçu l'entrée de Nathaniel dans sa vie comme la réponse à ses prières. Il s'était présenté à elle, grand et mince, presque maigre; quelque chose dans sa physionomie l'avait tout de suite mise en confiance.

– Excusez-moi de vous déranger, mademoiselle... Je m'appelle Nathaniel et je suis artiste peintre, se présenta-t-il avec une maladresse presque attendrissante. Je me demandais si vous souhaiteriez poser pour moi. Je vous paierai pour vos services, évidemment.

Il s'était mis à la complimenter sur sa beauté d'une façon et sur un ton qui ne ressemblait en rien aux avances qu'Évelyne subissait quotidiennement à son travail. Il y avait quelque chose d'étrangement innocent dans sa façon de la détailler.

– Poser, vous dites? avait-elle répété d'une voix incertaine. Est-ce je devrai être...

– Nue? acheva-t-il pour elle. Non, enfin, pas complètement. Pensez-y et si mon offre vous intéresse, venez me rejoindre au parc après votre journée de travail. J'y serai, c'est promis.

Nathaniel faisait plus jeune que son âge – sa physionomie avait quelque chose de bon enfant –. Son sourire engageant était dépourvu de convoitise sexuelle. Cela avait suffi à convaincre Évelyne de se présenter au parc et le soir même, elle emménageait chez lui. Nathaniel lui était apparu comme son sauveur; il lui avait généreusement offert asile. Tout ce qu'il voulait en échange, c'était son visage, son corps qu'il désirait peindre sous tous les angles.

La première fois, elle avait failli se trouver mal. Le dos raide, les bras le long du corps et ses minces chevilles collées l'une contre l'autre, Évelyne s'était sentie violée dans son intimité, même si elle n'était pas complètement nue. Elle n'avait pu s'empêcher d'avoir une pensée pour sa mère qui, toute sa vie, avait offert son corps aux regards des pervers. Elle était inquiète à l'idée d'emprunter la même avenue que Gloria. Devant l'attitude obligeante et professionnelle de Nathaniel, Évelyne avait étouffé ses craintes. Certes, ce deuxième emploi n'était peut-être pas conventionnel, mais c'était de l'art et non de la prostitution, du moins elle essayait de s'en convaincre. Son corps à demi dénudé, elle l'offrait volontiers aux regards admiratifs de l'artiste, car elle n'avait jamais eu à subir d'avances de sa part. Une sorte d'entente non exprimée maintenait leur relation strictement platonique et professionnelle. À leur insu, cependant, une camaraderie indéniable, un attachement sincère s'installaient tranquillement dans leur cœur.

Réticents à partager les détails d'un passé qui n'avait rien de réjouissant, ils avaient néanmoins découvert certains points en commun : tous deux étaient nés d'un père inconnu et d'une mère inadéquate; tous deux avaient été malmenés par la vie.

Parfois, le prénom de Laurent s'échappait des lèvres de Nathaniel. Un visage angélique ou un geste anodin imprégné de bonté suffisait à éveiller chez lui des souvenirs. Or, la douleur enrobée de tendresse qu'Évelyne lisait dans son regard la retenait de le questionner sur cette amitié qui, elle l'avait pressenti, s'était mal terminée.

Devant son chevalet, Nathaniel pouvait passer des nuits entières à faire des retouches ou tout simplement à contempler ses œuvres. Évelyne était pour lui une source d'inspiration intarissable. Chaque fois qu'il peignait le visage de la jeune fille, Nathaniel laissait échapper avec admiration, fasciné : « Des yeux si bouleversants, d'une telle profondeur, et un si beau visage d'ange. »

À la vue de la peinture rouge et orange éclabousser la toile, Évelyne sentait son cœur frémir. Elle se souvenait jusque dans les moindres détails du geste et du commentaire de Gloria lors de sa dernière visite. Celle-ci lui avait touché les cheveux du bout des doigts, comme par crainte d'être brulée. « Le rouge orangé est une couleur tellement violente », avait-elle chuchoté avant de détourner les yeux. Pourtant, il n'y avait pas si longtemps, sa mère comparait avec une certaine tendresse ses boucles rousses à de la marmelade.

Évelyne avait perdu le compte des portraits qui la représentaient. Aux dires de Nathaniel, c'était elle qui retenait l'attention, lorsqu'il étalait ses peintures à même le gazon dans le parc. Le visage d'Évelyne, ses immenses yeux verts que l'artiste reproduisait avec une saisissante authenticité, interpelaient les passants qui se laissaient absorber par ce regard poignant. Si les yeux étaient le miroir de l'âme, celle d'Évelyne devait cacher quelque secret mystique puisque personne n'était indifférent. Et pour ce regard illuminé dans un visage d'ange, hommes et femmes ouvraient les cordons de leurs bourses.

Après des années à tirer le diable par la queue, Nathaniel avait enfin le sentiment que sa carrière prenait son envol. Il était à ce point prolifique qu'Évelyne avait quitté le bistrot *La Bavaroise* pour se consacrer entièrement à son rôle de modèle. Nathaniel comptait un client régulier, un collectionneur visiblement fortuné qui, par le biais de son chauffeur, lui achetait le premier dimanche de chaque mois, la plus chère de ses peintures, ce qui leur assurait un revenu fixe et leur donnait une fausse impression de sécurité financière.

Si Nathaniel s'était à l'origine questionné sur l'identité de l'homme au chapeau qui ne quittait jamais le confort de sa belle voiture blanche, toujours garée à une distance raisonnable, l'attitude désagréable du chauffeur chargé de faire affaire avec lui l'avait dissuadé d'insister. « Du moment qu'il continue d'acheter régulièrement mes toiles, se disait Nathaniel, quelle importance vraiment si le mécène préfère rester dans l'ombre? »

La pensée qu'il connaissait peut-être le collectionneur assidu ne lui effleura jamais l'esprit.

* * * * *

Montréal, Québec

Le dos contre un arbre, Joséphine révisait avec attention ses notes. À ses côtés, Éléonore parcourait les grandes lignes du Code civil du Québec, tandis qu'Annabelle partageait son attention entre ses notes de cours et les étudiants qui passaient près d'elles; elle ne pouvait résister à la tentation de leur faire les yeux doux.

Joséphine avait choisi ses deux amies avec beaucoup de discernement. Éléonore, pour sa mémoire encyclopédique et son système de valeurs similaire au sien, Annabelle pour son humour et son originalité. Ensemble, les trois étudiantes formaient un clan exclusif et fermé, conscientes qu'elles comptaient parmi les rares jeunes filles à aspirer à pratiquer un jour le droit. Aspirer était le juste mot, car à moins d'une révision de la loi, elles seraient dans l'incapacité de pratiquer leur profession, même avec un diplôme de la faculté de droit en main.

En classe, Annabelle et Éléonore prenaient rarement part aux discussions; elles se contentaient de prendre note des commentaires des étudiants et de leurs professeurs. Joséphine, avec son caractère fougueux et son sens de la répartie, pouvait tenir en haleine quiconque ayant une opinion contraire à la sienne. Elle était habituée à voir ses collègues masculins perdre leur aplomb dès qu'elle prenait la parole. Elle défendait avec ardeur, passion et acharnement son sens de la justice. Et son regard pouvait se faire dangereusement critique lorsqu'un étudiant mettait en doute son raisonnement. Jeune et fière, Joséphine Roussel était une rebelle en puissance.

Elle, si souvent méprisante à l'égard des hommes au pouvoir, se montrait pleine d'égards et de compassion pour les petites gens. Résolument humaniste, elle souhaitait s'attaquer aux problèmes sociaux, et plus précisément, défendre les intérêts souvent bafoués des femmes par le biais du droit. Désireuse d'avoir de bons résultats pour les avantages qu'elle pourrait en tirer plus tard, Joséphine était une étudiante zélée. Son nom figurait régulièrement au tableau d'honneur, et la jeune fille trouvait une fierté indescriptible à avoir choisi une voie ardue en faisant ses études au Québec. Là, son avenir professionnel était indéterminé, alors que dans sa province d'origine, les portes étaient grandes ouvertes.

Naturellement, les amies avaient toutes trois épousé la cause des suffragettes à Montréal. Elles participaient religieusement aux rassemblements publics et elles se croyaient férocement révolutionnaires, Joséphine, encore plus que les autres. D'ailleurs, elle était connue des militantes comme étant des plus téméraires. Ce fut précisément lors d'une de leurs réunions que Joséphine se découvrit des talents d'oratrice. Sa voix perçante était pleine d'assurance lorsqu'elle clamait haut et fort :

– Le Québec doit évoluer! Mes amies, votre cause est juste : Le Québec se doit d'accorder le droit de vote aux femmes!

Certes, il lui arrivait à l'occasion – surtout lorsqu'elle dressait son poing dans les airs d'une façon menaçante – d'éprouver un léger sentiment de culpabilité vis-à-vis de son père. Mais un commentaire particulièrement flatteur et bien senti ou une poignée de main admirative suffisait généralement à étouffer les inquiétudes et les mises en garde de son père. À dire vrai, le plus souvent, c'était le visage valeureux et encourageant de Maude qui lui venait à l'esprit.

Lors de ses fréquents passages à Montréal, c'était également à Maude que pensait avec nostalgie Lucie Desroches; elle ne pouvait s'empêcher de déceler des similitudes entre son amie de jadis et Joséphine. « Peut-être est-ce dû à leurs origines communes? », supposait Lucie. Elles avaient toutes les deux une façon convaincante de s'exprimer, Joséphine avec plus de fougue, certes, mais n'empêche... Il y avait une touche de Maude dans le discours épris de justice de l'étudiante. « Quel dommage, se disait Lucie, que Maude ait autrefois pris ses distances par rapport au mouvement! » Oui, elle avait publié en cachette des tracts en faveur des suffragettes, oui, *L'Averti* avait pris parti pour le droit de vote, mais le mal avait été fait : Jack n'avait pas pardonné à Maude d'avoir choisi le journal et de l'avoir quitté, lui.

Pour avoir perdu la femme qu'il aimait, Jack avait été confronté à une remise en question existentielle qui s'était avérée aussi pénible qu'inutile. Le décès tragique de son amie de cœur, Louisa Ross, laissée pour morte dans sa cellule de prison, n'avait fait qu'exacerber son mal de vivre. Ainsi, après des années à lutter contre toutes sortes d'inégalités sociales, Jack avait finalement tiré sa révérence : il s'était retiré de toutes luttes à caractère contestataire.

Lucie, quant à elle, s'était laissé porter vers d'autres horizons, vers Montréal, afin de prêter mainforte aux Québécoises qui luttaient toujours pour obtenir le droit de vote. Lorsque Lucie entendait de jeunes personnes comme Joséphine s'exprimer avec autant de cœur et d'éloquence, elle ne pouvait qu'être confiante en l'avenir.

* * * * *

Alistair laissa tomber négligemment sa mallette sur son pupitre. La salle de classe était spacieuse et bien éclairée, mais cette luminosité faisait ressortir la poussière. Il eut envie d'éternuer et prit mentalement note de souligner l'importance de la propreté lors de la prochaine réunion des professeurs.

Alistair Boischatel approchait la trentaine. Il avait les épaules larges, des traits irréguliers dans un visage carré et hâlé; un regard droit, intelligent et une bouche à la fois sensuelle et sarcastique. Il dégageait un indéniable charisme. C'était un homme obstiné, mais juste, qui était respecté par ses collègues de travail pour son implication dans la vie étudiante. Bien qu'il fût le plus jeune de la faculté, il affichait une rigueur intellectuelle et une franchise plutôt rares chez les avocats devenus professeurs. Alistair éprouvait une réelle fierté à superviser le cheminement vers la connaissance de ses étudiants. Car contrairement à certains de ses collègues qui s'étaient retrouvés dans l'enseignement du droit par dépit – leur carrière d'avocat n'ayant pas été à la hauteur de leurs espérances –, Alistair, lui, avait sciemment choisi la profession d'éducateur.

Lorsqu'il fit face au groupe d'étudiants, Alistair constata avec satisfaction que sur les quarante-deux étudiants inscrits au programme, au moins une trentaine étaient présents.

– Bonjour à tous! Et bienvenue au cours de Droits fondamentaux. Je suis le professeur Boischatel, se présenta-t-il d'un air décontracté. Mais vous pouvez m'appeler Alistair.

Son enthousiasme et sa simplicité plurent d'emblée aux étudiants et une animation inhabituelle se propagea aussitôt dans la salle.

– Nous allons, dans ce cours, appliquer les notions de droit au concept de liberté, d'égalité et de justice, poursuivit-il avec aisance. Mais comme c'est un sujet qui peut à la longue devenir lourd, pour ne pas dire ennuyant, je compte sur vous pour participer activement aux discussions et me mettre au défi!

Des sourires et même quelques rires accueillirent son commentaire. La glace étant brisée, Alistair lança aussitôt le débat. Il fit appel à un enjeu politique brulant, certain de faire réagir ses étudiants, sinon, les cinq étudiantes :

– Les victoires des suffragettes à travers le pays laissent supposer que tôt ou tard, les femmes québécoises obtiendront elles aussi le droit de vote. Alors, pourquoi retarder l'inévitable? Pourquoi ne pas le leur accorder dès maintenant?

Alistair prit place à son pupitre. Son veston à carreaux s'ouvrit suffisamment sur une chemise ajustée pour dévoiler un ventre plat et des pectoraux musclés. Annabelle en prit aussitôt note :

– De toute évidence, notre professeur est au sommet de sa forme physique, chuchota-t-elle à l'oreille de Joséphine et d'Éléonore, lesquelles se contentèrent d'un haussement d'épaules.

Devant l'hésitation de son auditoire, Alistair relança ses étudiants, avec humour :

-Eh bien! Pas tous en même temps!

Des éclats de rire s'élevèrent et du fond de la salle, un garçon hasarda :

– L'opposition est beaucoup plus forte ici. La société québécoise est très conservatrice. Et c'est précisément ce qui fait sa force et sa grandeur.

Son intervention fut accueillie par un éclat furieux à l'avant de la classe. Alistair se retourna avec surprise : une étudiante repoussait à pleine main sa crinière, découvrant deux yeux furibonds. C'était une longue fille maigre aux cheveux bouclés et d'un rouge éclatant. Elle paraissait intelligente, soignée dans sa blouse à collet haut et sa jupe plissée, l'air un peu autoritaire. Sa beauté originale devait sans doute passer inaperçue chez ses camarades. Alistair la dévisagea avec attention, intrigué, et lui accorda un sourire discret :

– Vous disiez quelque chose, mademoiselle?

La jeune fille plissa son front blanc et lisse et respira un bon coup, comme si elle essayait de contenir ses ardeurs, avant d'exprimer sa pensée :

– Je disais que le Québec n'est pas seulement conservateur, il est en retard sur son temps! Les femmes ont le droit de vote dans toutes les provinces du Canada, à l'exception du Québec. On parle de société évoluée, avant-gardiste alors qu'en réalité, c'est tout le contraire.

Alistair crut un instant que son intervention s'arrêtait là. Elle reprit, avec plus de conviction :

– Le droit de vote est bien plus qu'un simple débat intellectuel. C'est une grande cause. Non, rectifia-t-elle avec ferveur, *LA* cause de notre époque. Et cette discrimination qui continue au Québec devrait tous nous faire rougir de honte!

Déconcerté, Alistair scruta la classe et constata que nul ne semblait étonné par la véhémence de l'étudiante. Ils étaient habitués à ce qu'elle s'exprime ouvertement; certains roulaient des yeux avec exaspération, d'autres secouaient la tête avec ennui, deux jeunes filles affichaient clairement leur appui.

« Elle doit assurément faire partie des militantes pour le suffrage féminin qui manifestent dans les rues montréalaises », pensa-t-il. Alistair porta son attention sur la jeune étudiante dont les joues s'étaient colorées et qui bravait du regard ses collègues masculins. En l'espace de quelques secondes, il avait pu apprécier sa force de caractère : résolue, et de toute évidence, passionnée par la condition féminine. Un mélange de bravoure et d'ironie avait incontestablement retenu son attention.

– Bon point, reconnut Alistair. Vous êtes mademoiselle...?

– Roussel. Joséphine Roussel.

Sa voix claire et nette résonna dans la salle de classe. Elle croisa les bras dans un geste de défi naturel et s'enfonça dans sa chaise. La voix d'autres étudiants s'élevait timidement autour d'elle et prenait part au débat. Joséphine n'écoutait plus, perdue dans ses réflexions. « Ils peuvent bien penser ce qu'ils veulent, se dit-elle, la société québécoise ne pourra éternellement s'opposer à l'émancipation des femmes. Oui, le Québec accuse un retard certain à ce niveau en comparaison avec les autres provinces, mais bientôt, le travail acharné des suffragettes québécoises portera fruit. » Et savoir qu'elle y serait pour quelque chose, qu'en participant aux manifestations, elle aurait activement aidé ses camarades à obtenir gain de cause emplissait Joséphine d'une fierté indescriptible.

Alistair ne devait pas oublier ce nom ni cette voix passionnée, souvent juste, qui allait s'élever inlassablement dans la salle de classe. Sous ses airs farouches et presque sauvages, il avait perçu une soif de réussite comme il n'en avait encore jamais vu chez ses étudiants. Si le gouvernement québécois le lui permettait, Alistair était persuadé que Joséphine Roussel deviendrait une avocate accomplie.

* * * * *

– Allez, Jo, viens! Tu ne fais qu'étudier. Tu mérites bien *une* soirée de détente.

Billy se tenait dans le cadre de la porte, décoiffé comme toujours, un immense sourire aux lèvres. Joséphine tourna la tête et croisa son expression joviale. Elle ne put s'empêcher de laisser échapper un petit rire. Billy était sans doute le seul garçon de l'université avec qui elle avait réellement sympathisé. Il s'était révélé un camarade de classe spirituel et agréable. « Et surtout, pensa-t-elle, il sait mieux que quiconque comment s'amuser! » Comme elle, il ne reculait devant rien; pas même devant l'écriteau qui interdisait toute présence masculine dans la résidence pour jeunes filles Mary Margaret.

– Allez... Viens faire la fête avec moi, l'implora Billy. Tu sais que tu en meurs d'envie.

Joséphine repoussa ses livres et passa une main sur ses yeux fatigués. Pour avoir été trop longtemps assise dans la même position, elle se redressa péniblement de sa chaise, courbaturée. « Billy a raison, se dit-elle. J'ai travaillé tellement fort depuis mon arrivée à l'Université. Je mérite bien une pause de mes études. » Elle repoussa sèchement sa chaise contre sa table, étira les bras dans les airs et répondit avec enthousiasme au sourire de l'étudiant :

– D'accord! Tu me donnes deux minutes? Le temps de me changer et je suis toute à toi. En attendant, va frapper à la porte d'Annabelle et d'Éléonore. Je suis certaine qu'elles voudront se joindre à nous.

Joséphine entendit le soupir désapprobateur de Simone, sa compagne de chambre qui gardait obstinément le nez dans ses manuels de cours; elle ne s'en formalisa pas. Simone était encore plus studieuse qu'elle, si c'était possible.

Joséphine s'habilla sans réel souci de son apparence, attrapant ce qui lui tombait sous la main : un chemisier blanc, une jupe vert olive qui accentuait la minceur de sa taille et un foulard de soie noir qu'elle noua autour de son cou. Puis, après trois tentatives infructueuses de relever ses longs cheveux en une coiffure sophistiquée, elle abandonna. Ses boucles étaient le parfait reflet de sa personnalité : rebelles et indomptables. « De toute façon, pensa-t-elle, mes cheveux sont mon principal atout, alors aussi bien les laisser libres. »

Après une brève inspection devant son miroir, Joséphine se tourna vers Simone qui n'avait toujours pas relevé la tête.

– Alors? demanda simplement Joséphine, d'un ton mal assuré, inhabituel.

Flattée que son opinion fût sollicitée, la jeune fille considéra longuement Joséphine des pieds à la tête, puis son visage s'illumina et elle se leva précipitamment. Simone fouilla avec fébrilité dans une trousse de maquillage qui n'avait encore jamais servi, avant de se retourner, ses trouvailles dans les mains :

– Tiens! Mets ça sur tes lèvres... et ça sur tes joues.

Gagnée par l'excitation de sa compagne de chambre qui se découvrait subitement un talent de styliste, Joséphine appliqua le rouge à lèvres avec soin. Derrière elle, Simone s'affairait à donner plus de volume à ses longs cheveux bouclés. À la toute dernière minute, elle encouragea Joséphine à déboutonner les deux premiers boutons de son chemisier.

– C'est parfait! affirma Simone. Tu vas faire tourner des têtes.

Elle souriait du résultat final, avec une lueur de fierté et d'envie qui toucha Joséphine.

– Merci, Simone. Dis, est-ce que tu voudrais...

– Allez, bonne soirée! coupa Simone, comme si elle avait deviné que Joséphine s'apprêtait à l'inviter à se joindre à eux. Et tâche de ne pas trop faire de bruit à ton retour, poursuivit-elle d'un ton un peu sec. Nous avons déjà reçu un avertissement à cet effet.

Disciplinée, Simone était retournée s'assoir à sa table de travail. Elle n'avait pas envie de jouer au chaperon, ce qui ne manquerait pas de se produire si elle accompagnait Joséphine et ses amies. « Du reste, songea Simone, je suis ici pour étudier et faire honneur à ma famille. Je n'ai pas de temps à consacrer à des sorties récréatives. » Simone rajusta machinalement ses lunettes sur son nez et poussa un long soupir de soulagement lorsqu'elle entendit la porte se refermer derrière Joséphine.

En réponse à Billy et ses deux amies au bout du couloir qui lui faisaient des signes enthousiastes, Joséphine accéléra le pas. Quelque chose lui disait que cette soirée serait mémorable.

Joséphine avait vu juste. Elle s'était retrouvée dans un des plus beaux quartiers de la ville, sur la montagne, à Westmount. À peine avait-elle pénétré l'immense résidence des parents d'un certain Richard, accompagnée de Billy, d'Éléonore et d'Annabelle, que tous les regards s'étaient dirigés vers eux. Quelqu'un leur avait tendu de la bière, ils étaient passés au salon, avaient bu à nouveau et sans trop savoir comment, ils s'étaient tous retrouvés à l'étage des chambres. Billy était disparu pendant quelques minutes pour réapparaitre accompagné de trois amis plutôt séduisants. Les garçons s'étaient permis de dévaliser le cabinet privé de ce qui semblait être la chambre principale et ne s'étaient pas fait prier pour verser une dose généreuse d'alcool aux jeunes filles qui se sentaient devenir de plus en plus attirantes avec chaque gorgée.

Éléonore fut la première à s'éclipser avec un des garçons, question de faire plus ample connaissance en privé. Puis ce fut au tour d'Annabelle de partir au bras de son camarade, entrainant à leur suite le troisième garçon, pompette et à la voix pâteuse. Restés seuls, Billy et Joséphine se servirent une autre ration. Euphoriques, ils s'esclaffaient pour un rien et étaient incapables de retrouver leur souffle. Soudain, comme il s'écroulait en riant à ses côtés sur le tapis, Billy attira son visage contre le sien :

– Tu es belle, Jo. Vraiment très belle.

Joséphine cessa subitement de rire. Tandis qu'il approchait ses lèvres des siennes, un délicieux frisson lui parcourut le corps. Elle n'était pas habituée à ce qu'un homme la désire. « Qu'ils me redoutent, se dit-elle, qu'ils se méfient de moi ça oui... mais pas qu'ils me dévisagent de cette façon. » Comme la bouche de Billy se posait sur la sienne, qu'il ouvrait ses lèvres, Joséphine sentit l'âpreté du bourbon sur sa langue. Elle se dégagea doucement.

– Je ne t'aime pas, Billy, pas comme ça..., chuchota-t-elle, dans un élan de sincérité coupable.

Mais elle ne pouvait se résigner à le repousser pour de bon. Elle avait envie de ses caresses, elle avait envie de son corps d'homme sur le sien. Il fit tomber ses dernières réserves avec un long baiser et l'attira contre lui. Derrière la porte close, Joséphine pouvait entendre au loin les rires et la musique; l'idée folle de se boucher les oreilles lui passa par la tête. Elle ne voulait entendre que les compliments que lui chuchotait Billy dans le creux de l'oreille.

Il retira son pantalon, incapable de quitter des yeux le corps souple de Joséphine, sa poitrine tendue contre le coton de sa blouse, sa respiration haletante... L'ardeur de son désir lui fit arracher sa chemise et il se jeta de tout son long sur elle, cherchant à se fondre dans sa chaleur. Elle était brulante, brulante de désir et d'alcool. Joséphine sentit la main de Billy remonter sa jupe, descendre sa petite culotte, lui ouvrir les cuisses. Ce n'est que lorsqu'il la pénétra que Billy comprit que Joséphine était vierge. Tout s'était passé vite et le jeune homme bredouilla, penaud :

– Ne t'inquiète pas, j'ai fait très attention. Mais... est-ce que ça va?

Joséphine émit un petit grognement approbatif avant de fermer les yeux. Un bras replié sur son front, elle dégrisait à une vitesse éclair. Billy lui caressait les cheveux du bout des doigts, comme s'il avait tout à coup peur de lui faire mal. Ne pouvant se résoudre à lui faire face, Joséphine s'obstinait à garder les yeux fermés. Elle tâchait tant bien que mal de cacher sa déception et essayait de se convaincre qu'elle avait éprouvé un certain plaisir malgré la désagréable sensation de brulure. Ce n'était pas tout à fait ainsi qu'elle s'était imaginé sa première expérience. Néanmoins, Joséphine avait hâte de recommencer afin de comparer. *Mais pas avec Billy. Il risque de s'amouracher et je ne veux pas lui faire de mal.*

Billy, qui se remettait en question et qui sentait tomber sur lui le voile de la culpabilité lui demanda doucement :

– Jo... Tu regrettes? Tu m'en veux?

– Non, je ne regrette rien et je ne t'en veux pas, lui répondit-elle avec cran. C'était parfait pour une première fois.

Joséphine se redressa sur les coudes et l'enveloppa d'un regard aigu. Elle souriait; Billy, apaisé et son orgueil de mâle flatté, s'imagina qu'elle l'invitait à un autre rapprochement.

Joséphine posa une main sur son torse et retint avec fermeté son élan :

– Je tiens trop à ton amitié pour emprunter cette voie avec toi.

Billy opina de la tête avec sérieux; il comprenait la justesse de ses propos.

– Je comprends, convint-il, avant de lui adresser un clin d'œil espiègle. Il ne faudrait surtout pas que tu t'amouraches de moi.

– C'est exactement ce dont j'ai peur, mentit-elle d'un trait.

– Mais c'était bien au moins?

– Ah, oui! C'était, comment dire... Merrrrrrveilleux! lui répondit Joséphine en plissant les yeux, coquine, déployant les bras d'un geste théâtral.

Face à tant de bonne volonté, Billy éclata de rire.

Au grand soulagement de Joséphine, son amitié avec Billy était restée intacte après ce moment d'intimité qui l'avait totalement transformée. Cette première expérience sexuelle, bien que décevante, avait été pour elle une révélation, dans la mesure où elle savait exactement ce qu'elle voulait et surtout ce qu'elle ne voulait pas. Elle ne voulait pas être une de ces femmes qui se mariait sans connaitre les préférences sexuelles de son époux. C'était à son avis beaucoup plus pécher d'être condamnée à partager son lit avec un homme incompatible sexuellement parlant, que de trouver chaussure à son pied par la méthode d'essai et erreur! Et bien qu'elle n'envisageât pas de prendre un jour un époux,

Joséphine était bien décidée à expérimenter pour son propre plaisir et avec des partenaires chevronnés et de sa trempe.

Ayant hérité de la conscience élastique de son grand-père Édouard, Joséphine savourait ses plaisirs sans honte; elle affrontait et savourait la vie comme bon lui semblait. Il lui arrivait parfois de craindre le jour où elle trouverait, par inadvertance, son partenaire idéal. « D'où l'importance, se disait-elle, de ne jamais perdre de vue mes objectifs! »

Ainsi, une partie d'elle-même veillait constamment, calculatrice et froide, consciente du danger bien réel que représentait l'amour. Joséphine l'avait vu de ses propres yeux avec Éléonore. Elle ne faisait plus que lui rebattre les oreilles avec son Léon Massicotte, un étudiant en droit qu'elle avait rencontré ce soir-là, à Westmount. « Non, s'était juré Joséphine, je garderai toujours la tête froide. » Il était hors de question pour elle de voir ses rêves et ses ambitions perdre du terrain à cause d'un homme.

Joséphine considéra son amant qui rajustait son collet, les mains tremblantes et la mine abattue. Elle sut qu'elle ne le reverrait plus. Il n'avait plus aucun attrait pour elle, trop faible, trop vulnérable et pire que tout, amoureux d'elle. La crise d'insécurité dont elle venait d'être témoin l'avait déçue et contrariée.

« Comment peut-il se croire épris de moi, se demanda-t-elle intérieurement, alors que je ne fais aucun effort pour me montrer charmante?! » Sans compter qu'elle avait été très claire sur sa position, sur son désir de rester célibataire. *On peut me reprocher, avec raison, de manquer de tact et de délicatesse, mais je ne suis pas sans cœur pour autant.* Joséphine n'éprouvait aucun plaisir à blesser l'amour-propre des gens.

Alors que Loïc s'apprêtait à quitter la chambre d'hôtel, elle eut ces derniers mots, dans un vain espoir de remonter son estime de mâle :

– Ce n'est pas toi, Loïc, c'est moi...

L'excuse lui valut une expression aussi perplexe que frustrée de la part de son amant, qui claqua la porte derrière lui.

Irritée par la tournure des évènements, Joséphine se redressa, s'enroula dans le drap et marcha vers la grande fenêtre de la chambre.

Elle l'ouvrit sans effort : l'air frais d'automne s'engouffra dans la suite, fouetta son visage et chassa les derniers effluves masculins qui trainaient sur sa peau.

Précisément parce que Joséphine avait eu jusqu'à présent des aventures amoureuses avec des hommes plus âgés, elle était parvenue à maintenir sa réputation sur le campus. Annabelle et Éléonore ignoraient tout de cette double vie. Car bien qu'elle se tenait loin des hommes mariés – du moins, à sa connaissance –, Joséphine devinait d'instinct que ses deux amies auraient désapprouvé sa conduite libertine, même Annabelle, qui n'avait pourtant pas de leçon à lui donner.

Joséphine secoua résolument la tête, comme pour chasser les visages masculins de son esprit. Le vent eut raison des dernières traces de sommeil et ravigotée, elle s'installa dans un fauteuil. Elle n'était pas pressée de rentrer à la résidence. La chambre qu'elle partageait avec Simone était confortable, mais dépourvue d'intimité. Enroulée dans son drap, Joséphine s'empara d'un de ses manuels de droit qu'elle trainait toujours avec elle. Les études passaient avant tout, même avant ses rendez-vous galants. Elle se laissait volontiers séduire, mais jamais elle ne se laisserait détourner de son désir premier : être avocate.

Deux heures plus tard, Joséphine faisait la connaissance de Walter Newman, un architecte new-yorkais âgé de trente ans, alors qu'elle traversait le lobby de l'hôtel. Il venait de terminer un rendez-vous d'affaires, lorsqu'il l'avait aperçue. Assis au bar, il l'avait interpelée, attiré par son incroyable chevelure rousse, semblable à la sienne, puis séduit par son regard clair, impudique.

– Asseyez-vous, mademoiselle, je vous en prie, l'invita-t-il galamment d'un français écorché, en tirant pour elle le tabouret à ses côtés. Laissez-moi le plaisir de vous offrir un verre.

En temps normal, Joséphine aurait décliné l'invitation. Mais puisque c'était samedi et que son interlocuteur paraissait être d'agréable compagnie, elle s'accorda ce divertissement, d'autant plus qu'elle avait rarement l'occasion de pratiquer l'anglais. Joséphine s'installa donc avec plaisir sur le tabouret qu'il lui présentait. Comme il était encore tôt, elle s'était contentée d'un jus d'orange sans glaçons qu'elle avait siroté sans quitter des yeux l'Américain. Il était bel homme, dégageait une intensité subtile, mais avait un regard larmoyant. Elle tâcha d'oublier ce dernier détail et l'écouta lui décrire ses projets immobiliers ambitieux.

– Lorsque j'en aurai terminé avec Montréal, il y aura une touche de Walter aux quatre coins de la ville!

Souriante, Joséphine hochait la tête, discrète sur sa personne, et lançait de temps à autre des coups d'œil en direction du pianiste. Il jouait merveilleusement bien les airs à la mode du jour, notamment les chansons de Mistinguett et de Maurice Chevalier, artistes français, qu'affectionnait particulièrement Joséphine. À cette heure de la journée, il n'y avait pratiquement personne et elle avait l'impression d'assister à un concert privé.

Joséphine se mit à penser, avec tendresse, à sa sœur Marie-Ange qui avait tellement de talent et qui aurait très bien pu faire carrière comme pianiste, n'eût été sa timidité. Si elle avait accepté de participer à la soirée-bénéfice organisée par les Dames de l'Association des Tulipes, c'était uniquement par charité. Car pour les plus démunis de ce monde, Marie-Ange était prête à se sacrifier. « Petite Marie-Ange, songea Joséphine, si douce et si romantique... Elle préservera sa virginité coûte que coûte pour sa nuit de noces, assurément, à moins qu'elle ne se fasse religieuse. Si elle accepte de donner sa main à un homme, ce dernier aura intérêt à être à la hauteur de son cœur pur et irréprochable sinon, il aura affaire à moi! »

Joséphine s'efforça d'écouter avec un intérêt sincère l'Américain qui lui vantait toujours sa carrière d'architecte et son tout récent projet qui consistait à bâtir de luxueuses demeures à Outremont. Inspirée par la bonne nature de Marie-Ange, Joséphine se fit tout à coup plus charmante :

– Comme ce doit être gratifiant de voir ses plans sur papier prendre forme dans la réalité.

– Tout à fait! s'enthousiasma Walter. J'en retire chaque fois un plaisir inégalé.

Sensible à l'attention venant d'une aussi belle jeune fille, Walter lui avait proposé qu'elle lui tienne compagnie pour sa dernière journée en sol montréalais – il repartait pour New York le lendemain matin –.

– Pourquoi ne pas diner ensemble? Nous pourrions également faire un tour en calèche dans le Vieux-Port. Et je pourrais vous montrer quelques-uns de mes chefs-d'œuvre architecturaux?

Joséphine prit une gorgée pour gagner quelques secondes de réflexions. *Oui, pourquoi pas? Après tout, la journée ne fait que commencer.*

– Avec grand plaisir, accepta-t-elle avec légèreté et insouciance, en reposant son verre vide sur le comptoir.

– CHAPITRE VINGT-SIX –

Chablis, Nouveau-Brunswick

Je porte ton cœur sur moi. L'écriture irrégulière semblait danser sur la feuille déchirée qu'elle venait de découvrir sous une assiette. Attendrie, Évelyne essuya sommairement ses mains sur sa robe jaune. Elle souriait, inconsciemment, et porta le bout de papier à son visage. Ces phrases poétiques qu'il griffonnait et qu'il laissait trainer un peu partout dans le studio, l'émouvaient toujours, elle qui pourtant n'était pas sentimentale.

Plus tôt, Nathaniel, les bras chargés de ses dernières créations, était parti d'un pas particulièrement confiant, avec la certitude d'avoir à son actif au moins une belle vente ce jour-là. Car jamais l'homme à la luxueuse voiture blanche, ou plutôt son chauffeur, ne le décevait. Depuis leur tout premier achat, ils étaient fidèles au poste; ils se présentaient sans faute au parc, tous les premiers dimanches du mois. Le chauffeur avait même confirmé à Nathaniel lors de son dernier achat que son client était à ce point enchanté par ses toiles qu'ils continueraient de s'en procurer, même l'hiver. Une nouvelle que Nathaniel avait accueillie avec bonheur et soulagement, passablement rassuré de pouvoir compter sur cette vente mensuelle, car l'hiver était sans contredit la période la plus creuse de l'année pour l'artiste.

Voulant préserver une certaine aura de mystère autour de son modèle, Nathaniel insistait pour qu'Évelyne ne l'accompagne pas. « Il faut laisser libre cours à l'imagination, aux interprétations personnelles des acheteurs », lui disait-il d'un air à la fois convaincant et coupable, lorsqu'elle refermait doucement la porte derrière lui. Il n'avait probablement pas tort. La voir en chair et en os risquait de rompre le charme, l'espèce de sortilège qu'elle provoquait chaque fois qu'un passant se laissait happer par l'abysse vert de son regard. Un sourire aux lèvres, Évelyne plia soigneusement le bout de papier et le rangea avec les autres, dans un vieux contenant à café.

Auprès de Nathaniel, une certaine forme de bonheur s'était tranquillement installée dans sa vie. Elle chérissait le lien particulier qui les unissait, alors qu'au fil des semaines et des mois, une tendre complicité était née entre eux. L'artiste, pour sa part, s'était sincèrement attaché à la jeune fille à peine sortie de l'enfance. Sa beauté l'émerveillait, le fascinait et il s'étonnait, spécialement lorsqu'elle posait pour lui et qu'il la peignait, de n'éprouver pour elle aucune attirance physique. Nathaniel avait pourtant connu quelques rapprochements avec les demoiselles de la maison close. Mais ces tentatives d'intimité avaient été motivées davantage par la curiosité que par un intérêt réel ou le désir.

Un jour, dans un élan de transparence exceptionnelle, Nathaniel s'était confié à Évelyne :

– Je suis incapable d'éprouver un amour sincère pour qui que ce soit. Je suis brisé de l'intérieur.

Quelque chose en moi ne va pas, ne tourne pas rond... ne le vois-tu pas, Évelyne? C'est la seule explication possible. Le fait qu'une fille aussi belle que toi n'éveille en moi aucun désir physique en est une preuve flagrante. Ma mère avait-elle aussi ressenti cette ambivalence chez moi? Est-ce la raison pour laquelle elle m'a abandonné à mon triste sort?

Solidaire, Évelyne s'était emparée de sa main et lui avait serré les doigts avec force.

– Tu te trompes, Nathaniel, avait-elle protesté doucement. Tu es meurtri, je le sais et je le suis aussi, mais tu as plus de considération et de respect envers moi qu'aucun autre homme. *Et je t'aime.*

Ils avaient échangé un sourire triste, puis ils s'étaient retranchés dans le silence, prisonniers de leurs secrets inavoués.

Évelyne se disait que, si seulement il avait voulu d'elle, elle aurait de bon gré contemplé la possibilité de lui offrir ce qu'il lui restait de beau et d'intact dans son cœur. Et même de son corps, qu'il connaissait déjà sous toutes les coutures, sans jamais y avoir touché.

De son côté, Nathaniel se croyait atteint d'un mal étrange. « Des démons sommeillent en moi », songeait-il, lorsqu'il se surprenait à fixer des inconnus, de jeunes hommes, et que le visage de Laurent lui apparaissait. Nathaniel perdait alors tout contrôle sur sa pensée, des images troublantes et parfois violentes défilaient devant ses yeux, le laissant en nage et le cœur palpitant. Et bien qu'il n'ait jamais succombé à ses pulsions – lesquelles n'avaient rien à voir avec ces moments d'intimité plus ou moins innocents avec Laurent – il n'en était pas moins hanté par leur vision.

Évelyne, qui avait terminé ses tâches ménagères, prit place sur le petit canapé et s'empara de *L'Averti* qui trainait sur un coussin. Elle feuilletait rêveusement les pages lorsque son regard tomba sur la photo d'une jolie demoiselle. « Monsieur et madame Preston Roussel sont heureux d'annoncer la participation de leur fille Marie-Ange, pianiste virtuose, à la soirée artistique qui aura lieu ce mardi au Capitol de Montpellier. Les bénéfices de la soirée seront versés aux œuvres de charité des Dames de l'Association des Tulipes », lut-elle à mi-voix.

« Elle semble si gentille, pensa Évelyne. Étonnamment humble, malgré sa belle coiffure et ses beaux vêtements qui trahissent une vie privilégiée. » Irrésistiblement attirée par la photographie de la jeune fille, Évelyne se faisait la remarque avec candeur et naïveté, que si un jour leur chemin se croisait, elle ferait volontiers de Marie-Ange son amie. L'absurdité de sa remarque la frappa de plein fouet. *Quelles sont les probabilités d'une telle coïncidence?* Elles étaient minces, en effet, mais pas impossibles.

Évelyne croisa machinalement les doigts sur ses genoux et fixa avec anticipation la porte d'entrée. Nathaniel n'allait pas tarder à rentrer. Et d'un simple coup d'œil, elle saurait si les ventes avaient été bonnes.

* * * * *

Montpellier, Nouveau-Brunswick

– L'affaire King-Byng continue de faire couler de l'encre à ce que je vois. Arthur se tenait dans l'embrasure de la porte, une expression mitigée au visage. Au son de cette voix familière, Preston abaissa le journal. Maillet, lui, fit un geste pour se lever, toujours courtois et poli; Arthur interrompit l'élan de son mentor d'un signe subtil de la main et d'un demi-sourire.

Ayant lu la manchette de *L'Averti* qui serait en circulation le lendemain « King démissionne : le Canada sans premier ministre et sans gouvernement », Arthur secoua la tête, dépassé par les évènements. Pour toute réponse, Preston eut pour son beau-frère ces paroles avisées, comme une prémonition :

– Les Libéraux reviendront au pouvoir et malgré la crise politique, Mackenzie sera réélu et il sera encore plus fort!

Maillet accueillit le commentaire d'un hochement de tête approbateur, Arthur d'un froncement de sourcils convaincu. Preston lui désigna un fauteuil de la main, l'invitant à prendre place, Arthur se désista à la hâte :

– Je ne peux pas m'attarder, j'ai promis à mes fils de les aider à terminer leur voiture pour la course de dimanche au piquenique paroissial. Allez... Je vous laisse à vos discussions politiques, messieurs. Bonne soirée!

Arthur posa son chapeau sur sa tête et s'éloigna, pressé de retrouver le confort douillet de sa famille. Il imaginait les deux caisses à savon qu'il avait métamorphosées en voitures. Arthur eut un rare sourire et du coup, la fatigue accumulée de la journée parut s'estomper. À deux ans, Raymond était trop jeune pour participer à la course, mais il avait tenu à ce qu'il ait comme son grand frère Frédéric, sa propre voiture.

Maillet suivit des yeux la silhouette claudicante. Il pensait avec nostalgie à toutes ces voitures artisanales qu'il avait lui-même construites avec ses fils. Le piquenique annuel était l'évènement le plus prisé de l'été. Avec ses jeux et ses bonnes tartes, il était autant apprécié des enfants que des ainés. Marguerite, leurs deux fils et lui-même, n'en avaient encore jamais manqué un. « Bien entendu, songea Maillet, à vingt-et-un ans et à dix-huit ans, c'est surtout pour courtiser les jolies demoiselles que par souci de financer les activités paroissiales, que Maurice et Jacob m'accompagnent. »

De son côté, Preston revit la voiture impressionnante qu'il avait fait construire par un employé pour Anthony et l'expression de pur bonheur qu'il avait lue sur le visage de son fils lorsqu'il la lui avait remise. Il essaya de se convaincre que ce n'était pas de la mauvaise volonté de sa part s'il ne pouvait fabriquer lui-même une voiture pour son fils. « Il n'y a tout simplement pas assez d'heures dans une journée, se dit-il. Je n'arrive même pas à partager mon temps équitablement entre *L'Averti* et l'usine. Évidemment que ma famille est perdante. Comment, pourrait-il en être autrement? »

La culpabilité qui habitait Preston depuis le matin ne fit que s'accentuer quand il se mit à penser à son autre fils, Nathaniel. *Surement que la ville de Chablis organise aussi des piqueniques paroissiaux. Mais est-ce que les pensionnaires de l'orphelinat Saint-Christophe prennent part à ce genre d'activités? Nathaniel a-t-il déjà participé à une course de voitures? Il a maintenant vingt ans... Non, vingt-et-un ans. C'est un homme désormais. Peut-être a-t-il déjà sa propre famille, un fils avec qui il construit une voiture de course?*

Les mains de Preston se refermèrent nerveusement sur les bras de son fauteuil. « L'argent que je lui ai laissé, se demanda-t-il intérieurement, et qui lui a été remis à sa sortie de l'orphelinat, a-t-il été suffisant pour qu'il puisse se créer une belle vie? »

Cette question, il se l'était souvent posée. Pas une seule fois, l'idée que Nathaniel puisse avoir quitté l'orphelinat en catimini, sans avoir connaissance de l'argent qui lui était destiné, ne l'avait effleuré. Chaque fois qu'il pensait à lui, Preston se l'imaginait heureux, prospère même. Ce soir-là, il eut des doutes sur la situation de Nathaniel. Sa cuisante et récurrente culpabilité, ajoutée au stress de la crise constitutionnelle, semblait brusquement l'avoir rattrapé et était venue noircir le tableau qu'il s'était toujours peint mentalement. *Se peut-il que mon fils soit dans la misère? Qu'il ait investi à tort et à travers son petit héritage?*

Maillet sentit le changement d'état d'esprit de Preston. Avec sa considération et discrétion habituelle, il prit congé sans cérémonie.

Resté seul, Preston se réfugia dans son journal. À force de se concentrer sur des mots comme « scandale politique, corruption et élection générale », et sur des bribes de phrases, notamment : « Il faut redéfinir le rôle et les pouvoirs du gouverneur général... », Preston parvint à repousser le terrible sentiment d'avoir échoué deux fois dans son rôle de père. *Père inconnu pour mon premier fils; père absent pour le second.*

Ironiquement, au même moment, Anthony défendait son père tant bien que mal auprès de sa jumelle de douze ans qui, rouge d'indignation, ne ménageait pas ses mots :

– C'est inexcusable! Il t'avait promis que vous la construiriez ensemble, cette voiture. Chaque année il manque à sa promesse! Tu aurais dû lui dire que tu n'en voulais pas!

– Vraiment, Charlotte, ne te mets pas dans un état pareil. Ce n'est pas si grave que cela. Et ce n'est pas la faute de papa, tu sais comment il est occupé à son travail.

Craintif, Anthony demeurait immobile, alors que sa sœur s'était remise à faire les cent pas autour de la petite voiture qu'elle jaugeait d'un œil mauvais. Son cœur souffrait et se révoltait pour son jumeau, trop compréhensif et trop bon. Anthony n'avait rien dit sur la promesse brisée, une fois de plus. Il s'était fait un tel plaisir à attendre son père pour entreprendre avec lui ce projet, son petit coffre d'outils à ses pieds... Il avait bien essayé de masquer son désappointement, et Preston n'y avait vu que du feu, mais Charlotte n'était pas dupe. Elle avait bien vu la déception sur la figure de son jumeau quand leur père avait débarqué avec la voiture fraîchement peinte, tout juste avant l'heure du souper. Peut-être qu'elle lui en aurait moins voulu s'il s'était attardé, s'il avait assisté aux premiers essais du véhicule, mais non. Après la livraison, Preston était reparti aussitôt.

Charlotte croisa le regard inquiet de son frère adoré et elle s'immobilisa. Impuissante, elle relâcha ses petits poings. Elle eut pour son jumeau un pâle sourire quand il vint à sa rencontre, son petit prince, vêtu d'un pantalon coupé au-dessus du genou, de ses bas blancs et d'une chemise avec un nœud de marin, une expression des plus aimantes sur le visage.

Anthony eut pitié de sa sœur. Il savait qu'elle encaissait ses déceptions à lui, comme si elles étaient siennes. Il voulut lui changer les idées :

– Allez, viens, Charlotte! Nous allons essayer ma nouvelle voiture. Tu peux même l'essayer la première si tu veux.

Anthony lui prit la main et l'invita à le suivre. Amadouée, Charlotte lui emboita le pas et s'efforça de retrouver sa gaité naturelle.

– D'accord, je veux bien l'essayer, obtempéra-t-elle. Mais seulement pour te faire plaisir.

La bonne humeur d'Anthony était contagieuse. Alors qu'il l'aidait à prendre place dans la petite voiture rouge, Charlotte déclara, toute contrariété envolée :

– Je parie que c'est toi qui vas gagner la course au piquenique.

En fait, Anthony, radieux dans sa belle voiture faite sur mesure, termina deuxième, une fausse manœuvre à la toute fin du parcours lui avait couté la première place. Le vainqueur, un petit garçon issu de la classe ouvrière, timide, mais visiblement si fier de sa caisse à savon retapée, ne pouvait croire en sa chance et son père non plus. La bouche et les yeux grands ouverts, l'homme avait retiré sa casquette et la lançait dans les airs. Il s'exclama, en riant à gorge déployée :

– Eh bien! Qui l'aurait cru?

Charlotte, qui avait suivi la course avec intérêt, debout aux premières loges, avait estimé, et avec raison, cette perte de contrôle comme suspecte. Lorsque le juge épingla sur la veste un ruban bleu, prix de consolation, Anthony eut un grand sourire de satisfaction. Le gagnant jubila en recevant un prix en argent.

* * * * *

Montréal, Québec

Le New-Yorkais n'était rien qu'un homme qui s'activait au-dessus d'elle et qui lui procurait des rafales de plaisir. Pendant la prochaine heure, il lui appartenait et elle en tirerait profit au maximum. Même si Joséphine fréquentait Walter depuis quelque temps, cela ne signifiait pas pour autant qu'il avait une place dans son cœur. Elle contempla sans gêne son sexe qui plongeait et replongeait en elle et elle s'en empara avec avidité. « Je ne fais que le recevoir en moi, songea-t-elle. Walter Newman, serviteur attitré de mes plaisirs. »

Lorsqu'il fut complètement vidé par ce corps à corps énergique, l'architecte se redressa, les muscles dégoulinants de sueur, et marcha lourdement vers la salle de bain. Joséphine le suivit pensivement du regard. Sa libido n'était pas entièrement satisfaite, mais ses yeux s'étaient repus de sa nudité. La douche se mit à couler et Joséphine tendit la main vers sa montre-bracelet. Elle s'accordait quinze minutes de sommeil avant de prendre une douche rapide et de se rendre à la bibliothèque. Alanguie, elle s'étira paresseusement dans le lit, remonta le drap d'un blanc éclatant sur ses seins et ferma les yeux.

Elle s'était rendormie lorsque Walter sortit de la salle de bain, une serviette enroulée autour des hanches. Il observa son sein droit à demi recouvert par les couvertures. Avec ses bras minces repliés au-dessus de la tête, ses cheveux roux déployés sur l'oreiller, elle paraissait innocente et fragile. Mais Walter savait qu'il n'en était rien. Ses gestes manquaient de tendresse, d'amour. Il n'avait jamais connu de femme aussi forte et têtue. Pourtant, lorsqu'il la quittait, il se sentait horriblement seul et dépossédé. Il ne la fréquentait que depuis quelques semaines, entre ses allers et retours de New York, mais elle lui était plus chère qu'aucune femme qu'il avait connue auparavant. Bien qu'elle refusât de lui livrer la moindre information à son sujet, il se croyait sincèrement et follement épris de Joséphine. *Elle s'était donnée si totalement à lui, mais il y avait constamment ce doute qui planait...*

Sans remords d'écourter son sommeil, il lui secoua un bras, un peu trop vigoureusement au gout de Joséphine qui émergeait brutalement de son rêve.

– Qu'est-ce que je représente au juste pour toi? l'interrogea-t-il d'un ton sec, presque accusateur.

Walter étudia attentivement son visage, les yeux qu'elle avait refermés avec paresse, sachant que ce qu'il y lirait compterait plus que ses paroles. Comme elle faisait la sourde oreille, il réitéra sa question, masquant mal la sévérité et l'impatience de son ton :

– Alors? Je t'ai posé une question, réponds!

Devant tant d'insistance, Joséphine finit par ouvrir les yeux, à contrecœur, et laissa échapper, dans un soupir d'exaspération :

– Ah, mais arrête, Walter! Chaque fois, c'est la même chose! Pourquoi t'obstines-tu à vouloir tout compliquer? Nous sommes des amants, nous avons du bon temps, voilà tout...

– Voilà tout..., répéta-t-il, interdit. Donc, si je comprends bien, je ne suis rien de plus pour toi qu'un « sexuel objet »?!

– Un objet sexuel, le corrigea mécaniquement Joséphine. Et pourquoi as-tu l'air si surpris... et si insulté? Il n'y a rien de mal à cela!

L'architecte ne pouvait tout simplement pas ignorer la sècheresse et la condescendance de son intonation et il en fut réellement blessé. Walter tourna rageusement les talons et regagna la salle de bain afin de terminer sa toilette; les dernières paroles de la jeune fille lui parvinrent derrière la porte fermée :

– Je ne t'ai jamais rien promis, Walter!

Joséphine devina qu'il était parti s'habiller. Elle rabattit avec irritation le drap et se leva à son tour. Elle enfila ses bas de soie, revêtit nonchalamment son jupon, sa jupe et son chemisier. Puis, elle s'installa dans un des fauteuils, mécontente, ses longues jambes repliées sous les fesses. La tête renversée, elle fumait, sans grande conviction, une des cigarettes de Walter. « Je commence à en avoir marre des hommes, se dit-elle. Et de Walter, tout particulièrement. »

Lorsqu'il réapparut quelques minutes plus tard, il était toujours d'aussi mauvaise humeur et sa propre frustration s'en trouva accrue.

– Je ne pense pas que nous devrions nous revoir, débita-t-elle lentement, sans émotion apparente.

Furieux, il hésita un moment; il était si proche d'elle, que pendant un instant, elle crut qu'il allait la frapper. Mais non. Il soutint son regard avant de plonger les mains dans ses poches et de tourner subitement les talons.

Walter serrait avec rage la petite boite rouge dans la poche de son veston. « Et dire, s'insurgea-t-il intérieurement, que j'ai sérieusement pensé la demander en mariage. » Comme il ouvrait la porte de la chambre d'hôtel avec violence, Walter se retourna pour lui dire d'un ton aussi amer que menaçant :

– Ne remets plus jamais les pieds dans cet hôtel, tu n'y seras pas la bienvenue. Et si un jour tu me croises dans la rue, fais demi-tour.

Dans sa jeunesse et sa témérité, Joséphine ne vit dans ses propos agressifs et dans le claquement de la porte que le reflet d'un égo meurtri. Or, le jour viendrait où elle saisirait pleinement la portée de ces menaces. Mais dans l'immédiat, Joséphine n'avait en tête que la consultation privée avec son professeur qu'elle avait complètement oubliée. Elle rassembla en vitesse ses affaires et se précipita à son tour hors de la chambre. Alors qu'elle empruntait l'escalier de secours pour éviter de croiser Walter, elle pesta intérieurement contre son professeur. *Quelle idée, de donner rendez-vous à ses étudiants un samedi! Il n'a rien de mieux à faire que de passer sa vie entre les quatre murs de son bureau?*

Pour la cinquième fois, Alistair relut l'essai. Il eut beau chercher une faille dans le cours de la pensée, en vain. Tout comme à la première lecture, il était ébloui par le raisonnement et la justesse des propos de l'étudiante. Bien qu'Alistair crût qu'accorder un 100% à un travail d'étudiant était inconcevable (il y avait toujours place à l'amélioration), la dissertation qu'il tenait entre les mains remettait en question sa position. Il ne pouvait tout simplement pas ignorer la qualité exceptionnelle de l'essai.

Alistair regarda machinalement l'horloge et laissa retomber les feuilles sur son pupitre. « Quinze minutes de retard, observa-t-il. Elle est peut-être brillante, mais la ponctualité n'est pas son fort! » Il se passa une main dans les cheveux et déboutonna le premier bouton de sa chemise, comme si la température dans la pièce avait subitement grimpé. Ils étaient tous passés le voir plus tôt dans la journée, respectant l'heure qu'il leur avait assignée. Oui, tous. À l'exception bien entendu de Joséphine Roussel. « Je lui donne encore cinq minutes, pensa-t-il, puis... » À brule-pourpoint la retardataire apparut à la porte de son bureau, essoufflée et sa crinière rousse particulièrement volumineuse.

– La ponctualité est la politesse des rois, fit-il avec une pointe de sarcasme.

Il détailla le visage qui s'était brièvement coloré; ce signe d'embarras involontaire se mariait plutôt mal avec l'assurance et l'orgueil étincelant de ses yeux clairs.

Alistair accueillit son « Désolée » d'un froncement de sourcils; rien dans son ton ou sur ses traits ne suggérait qu'elle était réellement désolée de son retard. *Et toujours cette espèce d'ironie distante dans le regard...*

Le visage sévère, il lui indiqua une chaise :

– Assoyez-vous. Je suis à vous sous peu.

Il décida qu'il allait lui rendre la monnaie de sa pièce. Alistair prit tout son temps à remplir sa serviette de documents, à trier les dossiers sur son bureau, à chercher dans sa bibliothèque des ouvrages de référence... Ce faisant, il jetait de temps à autre des coups d'œil dans sa direction. Elle avait sorti un livre de son sac et en tournait distraitement les pages, comme pour faire passer les minutes. Les chevilles croisées, les cuisses fermement serrées l'une contre l'autre, Joséphine dégageait un aplomb aussi rare qu'exaspérant. Il constata qu'elle portait le même ensemble que la veille; des vêtements visiblement de qualité, mais bien froissés. Pour une fille issue d'une bonne famille du Nouveau-Brunswick, elle semblait fort peu se soucier de son apparence. Ce qui, il était forcé de l'admettre, était plutôt rafraichissant.

Alistair chassa de son esprit ses jugements déplacés et reprit place dans son fauteuil. Il croisa les mains sur son bureau et la dévisagea ouvertement :

– Avant de commenter votre essai, je tiens d'abord à vous rappeler que mon temps est précieux et je souhaiterais qu'à l'avenir vous le respectiez et fassiez donc preuve de ponctualité.

Joséphine parut vouloir dire quelque chose, mais elle se ravisa. Elle se mordit la lèvre et se contenta de hocher la tête avec retenue en signe d'assentiment. *La ponctualité, la ponctualité... une voleuse de temps plutôt!*

Alistair poursuivit, un léger sourire en coin et sur un ton tout à fait différent :

– Et maintenant, passons aux choses sérieuses. Je dois vous féliciter pour la qualité de votre dissertation. Vous serez surement ravie d'apprendre qu'elle surpasse de loin celles de vos confrères masculins.

Le compliment inattendu provoqua un sourire enchanté chez Joséphine, qui tenta aussitôt de l'estomper. Ses joues s'étaient colorées de plaisir et son regard farouche et radieux trahissait une immense satisfaction personnelle.

« Elle est intelligente, pensa Alistair, ça, il n'y a aucun doute. Mais je me dois de la ramener sur terre, même s'il m'en coute. »

– Écoutez, mademoiselle Roussel. Je suis le premier à reconnaitre que vos rendements sont remarquables. Mais je considère qu'il est de mon devoir de vous mettre en face de la réalité. À ce jour, les examinateurs du Barreau de la province refusent toujours d'admettre les femmes. Et même avec votre diplôme, qui sait quand vous pourrez pratiquer le droit.

Sur le coup, Joséphine se contenta de le darder de ses yeux bleus perçants; elle bouillait d'une irritation mal contenue. Alistair avait bien remarqué qu'à mesure qu'il avançait dans sa mise en garde, la jeune fille avait relevé le menton. Elle ouvrait maintenant la bouche et le fusillait du regard, comme s'il était un ennemi :

– Monsieur Boischatel, avec tout le respect que je vous dois, je me moque de vos prédictions. Si j'avais choisi la voie facile, je serais restée au Nouveau-Brunswick, sachant ma carrière assurée dans *mon propre* cabinet au terme de mes études. Je ne suis pas patiente, je l'avoue, reprit-elle avec impétuosité, mais je suis de celles qui ne reculent devant rien. Je suis une battante et j'obtiens toujours ce que je veux. Et ce que je veux plus que tout au monde, c'est pratiquer le droit, ici, à Montréal. Et j'attendrai le temps qu'il faudra.

Elle le fixait droit dans les yeux, le mettant au défi de contester ses ambitions. Alistair comprit que les doutes qu'il avait émis avaient touché un point sensible. Mais il n'avait plus besoin d'être convaincu. Il venait de comprendre qu'elle ne démordrait pas, qu'elle irait jusqu'au bout de ses rêves. Peu importe le temps que cela prendrait. *Son intensité et sa détermination lui seront d'un grand secours. Mais elle devra apprendre à contenir ses ardeurs, à les tempérer. L'expérience en cour peut infliger de brutales leçons.*

– Vous avez raison. J'ai eu tort, pardonnez-moi. Si une femme est en mesure de briser les barrières dressées par les hommes, c'est certainement vous! Le Québec, s'il veut suivre le courant, devra rajuster son tir quant à la place qui revient aux femmes dans la société. Il est temps d'écarter du pouvoir ces individus qui prônent haut et fort le progrès, l'évolution, alors qu'en réalité, ils font preuve d'une étroitesse d'esprit dégradante et lénifiante.

Confus devant l'expression à la fois intéressée et perplexe de Joséphine, Alistair s'avisa qu'il ne lui avait pas parlé comme à une étudiante, mais plutôt comme à un collègue de travail. « Elle est mature, certes, se dit-il, mais cela ne change pas le fait qu'elle soit mon étudiante et que je dois faire preuve de discernement. »

Alistair prit l'essai et le considéra pendant quelques secondes avant d'y griffonner quelque chose. Puis, il tendit sèchement la copie à Joséphine et la renvoya :

– Maintenant, si vous voulez bien me laisser retourner à mon travail...

Décontenancée par ce soudain changement d'attitude, Joséphine se redressa un peu gauchement de sa chaise et prit sa copie. L'étonnement se peignit alors sur ses traits. *100%?! Il m'a donné un 100%!* Muette de surprise Joséphine hésita, tiraillée entre son désir de conserver sa dignité et la tentation de remercier son professeur pour cette marque d'estime, de reconnaissance de sa rigueur intellectuelle. Or, un sentiment qui lui était totalement étranger – on eut dit de la timidité – l'empêchait de prononcer la moindre parole. Comme Alistair était déjà absorbé par ses notes, Joséphine jugea qu'il était préférable de se retirer, sa précieuse copie serrée contre la poitrine.

Après le départ de l'étudiante, Alistair poussa un soupir, inexplicablement soulagé. Déconcerté, il constata que l'atmosphère était soudainement devenue plus respirable.

– CHAPITRE VINGT-SEPT –

Montpellier, Nouveau-Brunswick – 1929

D'un air rêveur, Maude retira de sa machine à écrire l'article qu'elle venait de rédiger. *Nous, les femmes, continuons vaillamment de prendre notre place dans la société. Comme aujourd'hui, avec cette nouvelle loi adoptée par l'Assemblée législative, loi qui accorde aux femmes mariées le droit de voter aux élections municipales de Montréal.* Complètement absorbée par ses pensées, Maude n'entendit pas venir Preston.

– Tu penses à Joséphine?

Elle détacha son regard de l'article et sursauta au son de sa voix, comme prise en défaut.

– Oui…entre autres, lui répondit-elle, confuse.

En fait, sa pensée, après s'être réjouie pour Joséphine, avait tout naturellement glissé vers Lucie et son frère, Jack Desroches, qu'elle n'avait pas revus une seule fois en quinze ans et qui, à sa connaissance, n'étaient plus jamais repassés par Montpellier.

Par le biais de Joséphine, Lucie lui avait un jour fait parvenir une lettre. Elle lui assurait que Jack ne lui tenait plus rancune – son père avait finalement eu raison de lui : il s'était rangé et marié avec une « vraie bourgeoise » –. Elle-même gardait de beaux souvenirs de leur amitié. Lucie lui avait aussi vanté le courage et l'éloquence de Joséphine, sa participation assidue aux manifestations.

– Tu as lu cet article de Jeffrey? Son talent ne cesse de me surprendre! Et comment fait-il pour trouver, une fois sur deux, *LA* nouvelle du jour? fit remarquer Preston, d'un air admiratif en brandissant son journal.

– Il est né sous une bonne étoile, en plus d'être incroyablement débrouillard, lui répondit Maude avec chaleur.

Heureuse de cette distraction, elle se leva de son fauteuil et chercha des yeux, à travers la porte vitrée, la silhouette maintenant familière de Jeffrey dans la salle de presse.

Suite au procès fort médiatisé de 1920 où il avait joué un rôle d'avant-plan, Jeffrey Le Prince s'était installé à Montpellier, où il s'était distingué par sa vaillance à l'usine des pâtes et papiers Roussel. Sans doute y serait-il encore si Maude n'avait découvert par un heureux hasard que Jeffrey savait non seulement lire, mais qu'en plus, il avait un talent naturel pour l'écriture. Persuadée que sous son égide, Jeffrey développerait son plein potentiel, Maude avait convaincu Preston de lui donner une chance; depuis quatre ans, Jeffrey faisait officiellement partie de l'équipe de journalistes.

– Il faut dire qu'il a eu le meilleur mentor possible, reprit Preston d'un sourire charmeur.

– Il a fait des progrès remarquables, c'est vrai, laissa tomber Maude.

Distraite, elle n'avait pas relevé le compliment. À travers la porte vitrée, elle venait de repérer Jeffrey en conversation animée avec Caleb. « Ils argumentent encore », se dit-elle. Caleb avait intérêt à se comporter en gentleman. Il était sur la corde raide. Au prochain écart, c'était la porte qui l'attendait. Preston avait été on ne peut plus clair : il ne tolérerait pas la discrimination raciale sous son toit.

Une ombre d'inquiétude passa sur le visage de Maude. « Il n'y a pas que les femmes qui luttent contre les préjugés, songea-t-elle. Jeffrey et son peuple doivent lutter aussi. La ségrégation raciale n'étant pas illégale au pays, trop d'individus, malheureusement, la pratiquent. »

Caleb et Jeffrey échangèrent une poignée de main franche et Maude se sentit soulagée. Jeffrey avait été accueilli dans la salle de presse avec le même scepticisme qu'elle-même quinze années auparavant. Tout comme elle, Jeffrey avait fait ses preuves et il était désormais considéré comme l'un des leurs par la majorité des journalistes. *Même de Caleb, apparemment.*

Debout derrière elle, Preston posa une main rassurante sur son épaule :

– Tu n'as pas à t'en faire pour Jeffrey. Ils le respectent tous à présent.

– Je sais, mais c'est plus fort que moi. Il m'inspire un désir de protection. *Comme Gervais jadis...*

Maude posa sa main sur celle de Preston, laquelle était toujours sur son épaule. « Comme c'est étrange », pensa-t-elle. Maude avait tout à coup l'impression de partager avec lui une expérience privilégiée, de vivre avec Preston ce que c'était que d'être parents, regardant avec fierté Jeffrey, comme s'il eut été leur fils. Bercée par cette illusion, Maude resta accrochée à cette scène de famille innocemment créée jusqu'à ce que la réalité ne revienne s'imposer.

Encore un peu nostalgique, elle se retourna un sourire mutin aux lèvres :

– Félicitations pour votre dernière acquisition, monsieur Roussel.

– Je vous remercie, madame Savoie.

« Madame Savoie, se répéta intérieurement Preston. Comme cela sonne bien à mes oreilles; tellement mieux que Richard! Henri-Paul a disparu de la scène, pour de bon. » Alors qu'il prenait congé, accompagné du rire de Maude, Preston pensait au quotidien montréalais *Le Citoyen*, qu'il venait d'acheter. *Une aubaine!* Le journal avait un réel potentiel s'il était entre les mains de la bonne personne. Et Preston avait déjà arrêté son choix sur l'individu qui relèverait au mieux le défi.

Il répondit d'un signe de tête cordial aux journalistes qui le saluaient sur son passage, tout en se dirigeant d'un pas décidé vers un jeune homme bien précis. Une fois arrivé à la hauteur de Jeffrey, son regard s'attarda longuement sur son profil. Au départ, Preston enviait le lien étroit qui s'était installé entre Jeffrey et Maude malgré leur différence d'âge; il s'était vite ravisé. L'attachement protecteur de Maude pour Jeffrey ressemblait, à bien des égards, à celui d'une mère pour son enfant. De même, la loyauté inaltérable de Jeffrey envers Maude s'expliquait par sa profonde reconnaissance et sa gratitude.

Complètement absorbé par son article, Jeffrey tapait frénétiquement sur sa machine à écrire, le front creusé par un pli de concentration. Un sourire se dessina sur les lèvres de Preston. Il avait de grands projets pour Jeffrey. Il était jeune, ambitieux et surtout, Preston l'avait vu à l'œuvre, sur le terrain. C'était un leadeur naturel, comme si les injustices passées – sans compter celles qui étaient toujours d'actualités – l'avaient rendu plus résilient, plus fort. Maude avait eu raison sur son compte. *Comme toujours.*

– Jeffrey? Tu as une minute? J'aimerais te parler en privé, dans mon bureau.

* * * * *

Montréal, Québec

Les discours religieux l'ennuyaient royalement, tout comme les messes de cérémonie d'ailleurs. Maurice Maillet n'avait fait le long voyage jusqu'à Montréal que pour faire bonne figure auprès de son père, qu'il admirait sincèrement. Il voulait aussi consolider son image et ses rapports avec monsieur Roussel. Joséphine apportait une grande fierté à sa famille avec l'obtention de ce diplôme en droit. « Mais par ricochet, pensa Maurice, elle vole les honneurs qui auraient dû revenir à son frère. »

Avec son flair habituel, Maurice avait deviné qu'Anthony n'avait aucun désir de prendre la relève de l'usine ou du journal. Le jeune homme lui avait toujours paru mou de caractère, trop accommodant et complètement à la merci de sa jumelle. « Non seulement Charlotte s'impose dans toutes les conversations, songea Maurice, mais en plus, il la laisse faire! Non, décidément, Anthony n'a pas la trempe d'un homme d'affaires ni la flamme d'un journaliste. Il n'a pas, comme moi, cette passion dévorante de viser haut. »

Près de lui, Maude essuya une larme; Maurice lui tendit galamment son mouchoir. Parce que la journaliste lui avait rebattu les oreilles sur l'égalité des sexes tout le long du voyage, Maurice devinait l'origine de son émoi. *Comme s'il y a vraiment une raison de se réjouir de voir une femme emprunter l'identité d'un homme!*

Maurice tira les pans de sa veste pour éviter que son habit ne se froisse; il n'y avait rien de plus repoussant qu'un costume défraichi. Ce faisant, il rencontra le regard de Frédéric La Croix, le fils ainé d'Arthur et de Clémence, assis avec ses parents. Le garçon de dix ans s'était retourné et le dévisageait avec curiosité. Ses yeux ombrageux laissaient entrevoir une indéniable lueur de domination. Maurice médita sur le danger potentiel que pourrait devenir l'enfant. *Preston est son oncle. Et sa mère, Clémence, est la sœur préférée de Preston, la seule en fait dont il soit proche. Quant à son père, Arthur, il occupe un poste clé dans la gestion de l'usine...*

Maurice faisait toujours mine d'être absorbé par l'homélie du curé quand l'autre fils des La Croix, Raymond, tout juste âgé de six ans, se retourna à son tour. Les deux frères avaient le même air vif, éveillé. Mais Frédéric ressemblait davantage à son père, avec sa personnalité ténébreuse, tandis que Raymond avait hérité de l'effacement et de la blondeur de sa mère. Les La Croix avaient eu leurs enfants sur le tard. Cela dit, Clémence était de ces femmes qui resteraient éternellement jeunes. Son visage rayonnait toujours de bonheur. « Comme cela doit être commode pour une femme d'être aussi naïve, pensa Maurice, et d'avancer dans la vie en ne voyant que les bons côtés. »

À un moment donné, Frédéric sembla se rendre compte de l'impolitesse de son frère et d'un froncement de sourcils, le ramena à l'ordre. Le petit Raymond se retourna sans délai. Au grand étonnement de Maurice, Frédéric eut un sourire à son endroit. Ce n'était pas tant le fait qu'il souriait qui l'avait étonné, mais plutôt le mélange de dédain et de supériorité qui se lisait sur le visage de Frédéric. Intrigué, Maurice soutint le regard de l'enfant. Clémence mit fin à l'échange muet lorsque d'un geste tendre, mais impératif de la main, elle fit tourner la tête de son fils vers l'autel. Maurice porta alors son attention sur le discours élogieux du curé, mais ce fut de courte durée. Ses pensées dévièrent rapidement vers ses priorités.

Le jour viendrait où le poste de président à l'usine serait vacant. Il faudrait alors que monsieur Roussel choisisse un successeur parmi les subalternes les plus compétents. « Et qui de plus approprié, se dit-il, que le fils ainé du bras droit du défunt Édouard Roussel, pour pourvoir le poste? Il y a bien la question de Jacob qui demandera à être réglée en temps et lieu... surtout s'il persiste à se mêler de ce qui ne le concerne pas et à me faire la morale. Je n'ai aucun compte à lui rendre! »

Maurice réprima un rire mesquin : il venait de surprendre son frère qui jetait de longs regards éperdus à Charlotte. Maurice se mit à réfléchir intensément. Une relation avec Charlotte serait périlleuse. Certes, elle était jolie, mais elle était trop ambitieuse pour une femme, comme Joséphine d'ailleurs. Inévitablement, elle voudrait s'immiscer dans les affaires de l'usine, comme elle le faisait déjà avec le journal. Et puis, Charlotte était facilement irritable et toujours sur la défensive lorsqu'il était question de *L'Averti*. Il fallait toujours marcher sur des œufs avec elle. « Non, décidément, ce n'est pas en l'épousant, trancha Maurice, que je pourrai espérer prendre éventuellement le contrôle de la fortune et de l'empire Roussel. »

Que Jacob fût tombé amoureux de Charlotte le dépassait. Il aurait plutôt imaginé son frère au bras de Marie-Ange, à moins qu'elle ne se décidât à porter le voile.

Maurice tourna ses yeux vers l'estrade où Joséphine, à la flamboyante chevelure rousse, avançait avec hardiesse. Il n'y avait rien d'humble en Joséphine lorsqu'elle tendit la langue pour recevoir le pain béni. Et devant un si flagrant manque de respect, Maurice fronça les sourcils. « Que Dieu vienne en aide au pauvre malheureux qui l'épousera, pensa-t-il. Si jamais elle se marie un jour... »

Joséphine n'avait pas la beauté classique de ses sœurs et souvent, elle l'assommait avec ses discours à n'en plus finir sur ses revendications féministes. « Néanmoins, songea Maurice, je parie qu'elle est une femme chaude. »

La seule fille Roussel que Maurice trouvait à son gout était Olivia : elle était si coquette et adorablement capricieuse! Contrairement à Jacob, Maurice n'appréciait pas suffisamment la compagnie d'Anthony et de ses sœurs pour s'imposer dans la résidence des Roussel, bien qu'en y sachant Olivia présente. Maurice ne la voyait que dans des circonstances qui favorisaient peu les rapprochements telles les messes du dimanche matin ou les évènements mondains. Mais même lors de soirées, Olivia était, à dix-neuf ans, chaperonnée par sa mère, encore plus que ne l'étaient ses sœurs.

Maurice était convaincu qu'Olivia ne lui était pas indifférente. Or, elle ne lui rendait pas l'approche facile. Elle ne quittait pas Victoria d'un pouce et semblait ignorer ses efforts pour établir un contact. « Sans doute pour se rendre plus désirable encore, conclut-il silencieusement. Mais je viendrai à bout de ses réserves, ce n'est qu'une question de temps. » Il aurait juré, à cet instant, qu'Olivia lui avait discrètement jeté un regard et un sourire confiant étira ses lèvres.

Il n'y avait aucun doute dans l'esprit calculateur de Maurice : épouser une fille Roussel doublerait ses chances de présider un jour l'empire de Preston. Mais il n'épouserait pas n'importe laquelle...

Des professeurs attendaient la sortie des diplômés sur le seuil de la chapelle de l'université; Alistair était du nombre, prêt à offrir ses félicitations et des recommandations. Il l'aperçut, entourée de sa famille, sa chevelure rousse tranchant nettement avec la blondeur de ses semblables. Un groupe de garçons enthousiastes, diplôme à la main, s'effacèrent sur leur passage. C'était le genre de famille qui ne passait pas inaperçue. Le père, un homme de belle apparence et son épouse, d'une beauté exceptionnelle, se déplaçaient comme s'ils étaient maitres des lieux. Ils formaient un couple charismatique et enviable, précédant légèrement Joséphine qui était rayonnante de fierté dans sa toge. Suivait docilement une deuxième fille qui présentait une ressemblance frappante avec la mère. Une troisième aux traits angéliques jetait des regards à la fois rêveurs et intimidés autour d'elle. Fermant la marche, un beau jeune homme et une autre fille, souriante et animée, avançaient tranquillement.

Alistair n'ignorait pas que Preston Roussel, cet homme à l'apparence conservatrice, avait, par le biais de son journal, pris position dans des causes sociales controversées. Il avait, entre autres, dénoncé les conditions de travail de la classe ouvrière de Pic-Bois. Alistair avait suivi le procès médiatisé dans lequel Preston Roussel et son équipe avaient été blanchis. D'ailleurs, Joséphine ne se faisait pas prier pour raconter fièrement, à qui voulait bien l'entendre, l'engagement social de son père et de *L'Averti*, dont elle défendait et glorifiait les actions.

Tandis qu'il s'avançait vers la famille Roussel, ce qu'Alistair trouvait le plus surprenant n'était pas tellement la prestance de Preston, mais plutôt l'attitude singulièrement détachée de son épouse. Elle se montrait parfaitement aimable, mais il aurait juré qu'elle souhaitait être ailleurs comme si elle ne saisissait pas l'importance de l'évènement, la réussite de Joséphine que ses longues années d'études couronnaient.

– Toutes mes félicitations, mademoiselle Roussel!

Rayonnante, Joséphine prit la main que son professeur lui tendait. Elle le remercia avec une effusion qu'elle attribua à l'excitation du moment; elle s'empressa de faire les présentations.

– Monsieur Roussel, madame Roussel, commença respectueusement Alistair, votre fille est exceptionnellement brillante. J'ai rarement vu, dans ma carrière d'enseignant, une étudiante aussi zélée et passionnée de droit et de justice.

Ravie d'entendre ses prouesses, Joséphine souriait fièrement. Elle apprécia l'expression orgueilleuse de son père et ignora celle, perplexe, de sa mère. Victoria paraissait sincèrement étonnée que sa fille ainée puisse mériter autant d'éloges. Quant aux sœurs de Joséphine, elles s'étaient tout à coup animées. Charlotte dévorait littéralement des yeux le jeune professeur, Marie-Ange lui dédiait ses airs les plus doux, Olivia faisait sa charmante. Lorsque son frère, souriant, se mit lui aussi de la partie, Joséphine prit un peu de recul afin d'observer son professeur. « Ciel! se dit-elle. Il leur a jeté un sort! Mais qu'est-ce qu'ils lui trouvent donc à Alistair? »

Alistair Boischatel était un professeur aux qualités rares. Extrêmement doué dans son champ d'expertise, il était populaire auprès des étudiants comme auprès de ses collègues plus âgés. Ses cours vivants très recherchés étaient les plus prisés du campus. Il était son professeur préféré. Et pas uniquement parce qu'elle était première de classe et qu'il semblait apprécier son raisonnement lors des débats. Alors qu'il s'entretenait avec ses parents, elle surprit son sourire sensuel et sarcastique; elle se sentit rougir, inexplicablement.

– Et vous, Charlotte? Qu'est-ce qui vous intéresse? Ne me dites pas le droit vous aussi! demanda avec un brin d'humour Alistair.

– Non, pas le droit, répondit avec vivacité Charlotte, les yeux pétillants. Je serai journaliste, engagée et active, œuvrant sur le terrain, à Montpellier.

Alistair tâcha d'ignorer la soudaine tension du couple Roussel et eut pour la jeune fille de quinze ans un sourire convaincu. Naturelle et spontanée, celle-ci avait la même expression volontaire que Joséphine. La lueur de détermination qui luisait dans les yeux de Charlotte et qui n'était pas sans rappeler celle de Joséphine laissait présager qu'elle arriverait à ses fins, elle aussi.

Alistair éprouva une curieuse sympathie pour le jeune homme qui se tenait un peu en retrait. Charlotte le couvait du regard et l'encourageait discrètement à prendre part à la conversation. Il se fit la remarque que ce devait être difficile, d'être fils unique dans une famille comme celle-ci, avec un père performant et admiré, deux sœurs qui prenaient beaucoup de place, une mère aimablement distante et deux autres sœurs aussi différentes qu'il était possible de l'être : l'une d'une douceur divine et l'autre d'une beauté figée et froide.

Anthony souriait, visiblement heureux pour sa sœur ainée, mais il y avait une tristesse indéniable dans son regard. Alistair voulut lui donner l'opportunité de briller :

– Et vous, Anthony? Qu'est-ce qui vous intéresse? Le journalisme? L'usine des pâtes et papiers? Ou peut-être avez-vous vos propres aspirations?

Une étincelle alluma brièvement les yeux bleus du jeune homme. Il parut sur le point de dire quelque chose, mais son père ne lui en laissa pas le temps :

– L'avenir de mon fils est déterminé depuis longtemps, monsieur Boischatel. Il est promis à une belle et longue carrière au sein de mes entreprises. N'est-ce pas, Anthony?

Celui-ci ne fit qu'acquiescer gravement de la tête; la flamme dans ses yeux s'éteignit doucement.

À quinze ans, le jeune homme savait depuis longtemps ce qu'on attendait de lui. Il voyait approcher avec désespoir le jour où il lui faudrait avouer à son père qu'il n'avait nullement l'intention de s'impliquer dans les entreprises familiales. Non seulement il ne se sentait pas à la hauteur des attentes de son père, de plus, il n'en éprouvait aucune envie!

Anthony rêvait secrètement de voyager dans le monde, le plus loin possible de Montpellier. Il aspirait à voir d'autres cultures, visiter des sites archéologiques, rapporter de ses voyages d'explorateur les plus beaux trésors de la Terre, qu'il offrirait à Charlotte pour se faire pardonner ses longues absences...

Joséphine ne reçut les félicitations que d'un seul étudiant, son ami Billy. Annabelle brillait par son absence et Éléonore, elle, était avec son fiancé. Leur chemin s'était séparé plus tôt que prévu. Après être tombée enceinte – elle ne connaissait peut-être pas les astuces pour déjouer la nature –, Annabelle avait été forcée d'abandonner ses études et de retourner vivre chez ses parents, scandalisés. Joséphine avait essayé de garder contact avec elle, en vain. Les directives avaient été formelles : Annabelle ne devait garder aucun contact avec quiconque vivant dans cette « résidence de débauche pour jeunes filles! »

Après avoir rencontré Léon Massicotte, Éléonore avait renoncé à son ambition de devenir une avocate renommée. Elle était obsédée par une seule pensée : le mariage. Elle avait abruptement interrompu sa dernière année universitaire, malgré l'insistance de Joséphine qui ne pouvait concevoir un tel revirement, pour s'installer et décorer la propriété que Léon Massicotte – et comble du comble, futur avocat – avait achetée pour eux.

Éléonore se pendit au cou de son fiancé, fraichement diplômé, et Joséphine détourna les yeux avec colère et incompréhension. Elle n'avait pu lui pardonner ce choix qu'elle trouvait aussi humiliant qu'inadmissible. Sacrifier ses études, sa vocation au nom de l'amour, n'avait aucun sens et surtout aucun mérite pour Joséphine. De plus, elle estimait que si vraiment ce Léon Massicotte avait les intérêts d'Éléonore à cœur, il l'aurait convaincue de terminer ses études et ils seraient en train de célébrer l'obtention de deux diplômes aujourd'hui.

Inexplicablement émue, Joséphine se dirigea vers la Ford noire où l'attendaient ses parents. Imposant et massif dans un costume sombre, son père était sérieux, mais elle devinait sur son visage toute la fierté qu'il n'arrivait pas à lui exprimer par des mots. Son frère et ses sœurs montèrent dans une première voiture; dans la seconde, il y avait Maillet, accompagné de Maude, Maurice et Jacob. Ce fut au tour de la famille La Croix de lui faire des signes de la main derrière les vitres à demi baissées de leur Ford. Joséphine répondit avec enthousiasme à leur « au revoir ». « C'est si gentil à eux tous de s'être déplacés de si loin pour assister à ce jour mémorable! », pensa-t-elle.

Comme elle arrivait souriante à la hauteur de son père, Joséphine aperçut sa mère derrière le parebrise, une expression songeuse sur le visage. Son père venait d'ouvrir la portière de la voiture et lui tendait galamment la main pour l'aider à monter; Joséphine recula d'un pas. Elle avait déjà pris sa décision. Après tout, il s'agissait de sa journée et elle n'avait vraiment pas envie d'entendre les soupirs d'incompréhension ni d'entrevoir les regards successivement insondables et perplexes de sa mère dans le rétroviseur.

– À bien y penser, papa, dit-elle sur un ton décidé, je vais rentrer à pied. J'ai besoin d'air et j'habite à quelques minutes seulement de marche de ma résidence.

Preston hésita, raide et embarrassé devant sa fille ainée, sachant qu'il ne ferait pas le poids face à son entêtement. Si Joséphine s'était mis dans la tête qu'elle rentrerait chez elle à pied, c'est bien ce qu'elle ferait.

– Très bien, comme tu veux, dit-il simplement. Oh! J'ai failli oublier, enchaina-t-il avec un entrain qui sonnait faux. Ta grand-mère envoie ses meilleurs vœux. Elle aurait voulu nous accompagner, mais elle n'avait malheureusement pas l'énergie d'entreprendre ce long voyage.

– Je comprends... embrassez-la pour moi, papa, répondit Joséphine qui avait accueilli ce gentil mensonge d'un sourire malicieux.

Sa grand-mère Françoise aurait souhaité pour elle une carrière dans l'enseignement, une profession qu'elle jugeait plus honorable que le droit. Et depuis, elle la boudait. Joséphine était convaincue qu'elle finirait par se faire à l'idée que sa petite-fille était faite pour les débats. Après tout, elle avait toujours été sa préférée; elle était aussi la préférée de son grand-père Édouard.

Joséphine devina l'embarras de son père et prit les devants : elle l'embrassa avec tendresse sur la joue et eut pour sa mère un signe d'adieu désinvolte.

– Merci encore une fois d'être venus et bon voyage de retour! lança-t-elle en affectant un air dégagé, encore une fois mystérieusement émue.

Elle fit volteface par crainte que ses parents, son père surtout, ne surprennent ses larmes. Au bout de quelques pas, Joséphine se retourna lentement. Son père n'avait toujours pas bougé, une main sur la portière de la voiture et l'observait avec une intensité singulière. Il lui faisait un signe de tête et sa bouche s'incurvait avec une tendresse indéniable.

Preston mit dans ce sourire toute sa bonne volonté, un sourire qui lui disait à quel point il l'aimait et était fier d'elle, de ce qu'elle avait accompli.

Le cœur débordant de gratitude, Joséphine répondit par un sourire, souhaitant à son tour qu'il y lise toute l'affection, la reconnaissance et le respect qu'elle éprouvait pour lui. Elle se remit en marche avec vigueur, comme portée par un deuxième souffle. Joséphine espérait être de retour à la résidence avant Simone. Elle pourrait ainsi libérer leur chambre commune sans avoir à s'infliger des adieux. Son nouvel appartement était prêt à l'accueillir, gracieuseté de son père, le temps qu'elle se trouve un poste d'assistante juridique rémunérée dans un bureau d'avocats.

Soudain, une voiture s'immobilisa à sa hauteur et une voix familière l'interpela :

– Je peux vous déposer quelque part, mademoiselle Roussel?

– Non merci, Monsieur Boischatel, refusa poliment, mais nettement Joséphine. Je préfère marcher.

– À votre guise, lui répondit Alistair, qui ne put s'empêcher d'afficher un sourire amusé avant de reprendre la route.

C'était le commencement d'un nouveau chapitre dans sa vie et Joséphine ne voulait être redevable à personne, surtout pas à un homme, même pour un service aussi insignifiant que celui de se faire reconduire chez elle. *Je continuerai, indépendante, mon cheminement vers le droit et je serai une avocate accomplie aussitôt qu'on m'en donnera la chance.*

* * * * *

Montpellier, Nouveau-Brunswick

Assise dans son solarium, le parfum des dernières roses de la saison fraichement cueillies se répandant à travers la pièce, Maude souriait furtivement. La nuit allait bientôt tomber et les derniers rayons du soleil éclairaient son profil. Vêtue de sa robe rouge sans manches, une broche piquée dans les cheveux, elle buvait un verre de limonade à petites gorgées et jetait de temps à autre des coups d'œil sur *L'Averti* ouvert devant elle.

« Où qu'il soit à Toronto, pensa Maude, Henri-Paul doit se tordre de rire, un rire d'incompréhension et de déni total, face à cette autre victoire éclatante des femmes. » Elle contempla avec sérénité ses mains dépouillées de bijoux. Leur séparation officielle, survenue deux ans plus tôt, était tombée à point pour Henri-Paul. Pressé par sa « fiancée », Henri-Paul avait lui-même fait toutes les démarches afin que l'évêque intercède en leur faveur. Maude s'estimait chanceuse; Henri-Paul s'était montré généreux. Il lui avait laissé la résidence principale de Montpellier, entre autres choses.

Un sourire teinté de nostalgie erra sur la bouche rouge de Maude. Henri-Paul s'était vite remarié et sa jeune femme lui avait donné un fils. Il avait enfin la famille dont il avait toujours rêvé. Maude secoua l'engourdissement qui l'avait saisie et tendit la main vers le journal. L'allégresse se répandit aussitôt dans son corps. Elle assistait, elle aussi, à la concrétisation d'un de ses rêves; une autre étape cruciale pour l'avancement de la femme venait d'être franchie. « ... Après un long débat juridique et politique, le Comité judiciaire du Conseil privé de Londres décrète que le mot « personne » s'applique désormais aux deux sexes », lut à mi-voix la journaliste. *La consécration d'une lutte acharnée.*

Maude renversa la tête et son rire espiègle s'éleva. « Des personnes », songea-t-elle. À partir d'aujourd'hui, si le cœur lui en disait, elle pourrait s'attaquer au Sénat, y avoir sa place; aucun homme ne pourrait l'en empêcher sous prétexte qu'étant de sexe féminin, elle n'avait pas les qualités requises. Les femmes pourraient enfin participer pleinement à la vie publique, être des citoyennes à part entière. Et cela, grâce au travail et à l'acharnement exceptionnel de cinq militantes aguerries dont les noms seraient à jamais immortalisés.

Maude contempla quelques secondes l'article sacré qu'elle avait rédigé et dont elle ne se départirait jamais. *Emily Murphy, Nellie McClung, Irene Parlby, Louise Mckinney et Henrietta Muir Edwards... Merci.*

* * * * *

Jacob Maillet, élégant et solennel, se trouvait devant l'immense maison blanche flanquée de deux ailes. Il attendait, patiemment, que quelqu'un vienne lui ouvrir. À sa grande déception, ce fut Joséphine avec son éternel regard moqueur qui l'accueillit. Sa silhouette élancée était astucieusement mise en valeur par une robe bleu marine agrémentée d'un ruban blanc à la taille. Elle fut suivie de près par la bonne qui n'avait pas pu se déplacer aussi vite que la jeune fille de vingt-trois ans et qui retenait son petit bonnet blanc, rouge de confusion.

– Mais enfin, mademoiselle Joséphine... C'est à moi d'ouvrir la porte! protesta Elsa qui prenait son travail très au sérieux.

– Mais puisque j'étais déjà là, Elsa... Je ne vois pas quel mal il y a à ouvrir une porte! se défendit Joséphine la voix cassée par le rire.

Avec une affection indéniable, elle chassa de la main la bonne, laquelle s'en fut en grommelant. Sitôt que Joséphine reporta son attention sur le fils Maillet, elle se mit à le taquiner :

– Ah! Si ce n'est pas le jeune protégé de papa!

Pour la centième fois, Jacob déplora sa façon de parler qu'il trouvait provocante. « Comme sa chevelure, tiens! pensa Jacob. Volumineuse et indomptable, qu'elle refuse obstinément de couper... avec raison, sans doute. » Jacob était forcé de reconnaitre que sa coiffure distinctive se mariait plutôt bien à sa personnalité tapageuse. Il devait également admettre que le regard de Joséphine était beaucoup plus moqueur qu'hostile. Il essaya donc de faire preuve d'indulgence à son endroit :

– Bonsoir, Joséphine. Heureux de vous revoir. J'ignorais que vous étiez de retour à Montpellier.

Joséphine eut envie de rire de ses airs de gentilhomme, bien que sans prétention. Pour une fois, elle se retint de le provoquer et amicale, entama la conversation :

– J'ai fait une demande auprès de divers cabinets d'avocats à Montréal et en attendant une réponse favorable, je me suis permis quelques jours de vacances auprès de ma famille, le temps de me reposer un peu.

– Je vois..., répondit Jacob, après une brève hésitation. C'est vrai qu'une fois entrée sur le marché du travail, vous n'aurez guère le temps de vous reposer.

Malgré le ton insouciant de la jeune fille, Jacob avait deviné que le retour de celle-ci à Montpellier cachait quelques complications professionnelles. Et il avait raison. En fait, jusqu'à présent, Joséphine s'était butée à un refus systématique de la part des cabinets montréalais. Elle avait senti le besoin de venir se ressourcer à Montpellier, avant de reprendre ses démarches.

– Et vous, Jacob, le relança Joséphine, désireuse de changer le sujet, le Collège Sieur-de-Pont-Gravé vous plait-il? Votre frère ne vous manque pas trop, lui qui est au King's College?

– Maurice et moi-même nous portons très bien, je vous remercie.

Jacob retira poliment son chapeau. Il avait préféré ne pas relever la trace de dérision qu'il avait décelée chez Joséphine. Il comprenait parfaitement sa confusion teintée de critique : Maurice avait décidé de poursuivre ses études supérieures en anglais plutôt qu'en français. Son père et lui n'approuvaient pas la décision, même si Maurice était parvenu à les amadouer quelque peu en faisant appel à une croyance largement répandue : « Puisque l'anglais est la langue des affaires, aussi bien la maitriser parfaitement en vue de mes futures fonctions à l'usine Roussel! »

Inconsciente de son rôle d'hôtesse, Joséphine lui bloquait le passage et Jacob prit son mal en patience. Bien qu'il reconnût l'intelligence exceptionnelle de la fille ainée des Roussel, Jacob ne savait jamais sur quel pied danser en sa présence. Il lui arrivait parfois d'envier sa forte personnalité, mais la plupart du temps il la trouvait pénible et envahissante. Joséphine ridiculisait ses valeurs, plus par habitude que par réelle méchanceté et Jacob avait la désagréable impression qu'elle ne le prenait pas au sérieux. En fait, à certains égards, l'attitude de Joséphine lui rappelait celle de Maurice. C'était pourquoi, d'ailleurs, une partie de lui se réjouissait de ne pas fréquenter le même collège que son frère; il pourrait ainsi sortir de l'ombre.

Joséphine surprit un certain malaise, un soupçon d'anxiété dans les yeux verts de Jacob et elle se sentit subitement fautive. Elle aimait bien Jacob, quoi qu'il en pense. « Mais il est temps pour lui de laisser tomber ses vieilles manières, se dit-elle. Ce n'est plus de mode! » Avec toute la délicatesse dont elle était capable, Joséphine s'effaça pour lui céder le passage :

– Allez, ne reste pas dehors... Entre, Jacob.

– Merci, Joséphine, fit-il sur un ton parfaitement maitrisé. *Ce n'est pas trop tôt!*

Le précédant, elle traversa avec vigueur les pièces spacieuses et lumineuses, ses escarpins martelant le plancher; ils arrivèrent devant les portes françaises du salon principal.

Le tableau qui s'offrait à lui, par sa familiarité, le mit instantanément à l'aise. Charlotte, dans sa simplicité habituelle, était assise à même le tapis central; sa robe piquetée de roses dévoilait ses mollets pris dans des bas de soie. Concentrée sur sa rédaction, elle gardait ses yeux d'un bleu azuré fixés sur les pages. Ses cheveux blonds, bouclés, lui cachaient à moitié les joues. Jacob la trouva adorable, comme toujours, et il la dévisagea avec bienveillance. Charlotte n'avait que quinze ans et les garçons étaient le dernier de ses soucis. Mais le jour viendrait où elle penserait à se marier et à fonder une famille. Et ce jour-là, Jacob, dans le secret de son cœur, espérait que ce serait sur lui qu'elle jetterait son dévolu.

Son jumeau, Anthony, avait eu une poussée de croissance la dernière année, ce qui le faisait paraitre plus vieux que son âge. Dans une tenue décontractée, les jambes croisées et un livre à la main, il partageait un des canapés avec sa sœur Olivia, laquelle s'adonnait à la broderie française. Dans sa robe du soir et sa coiffure recherchée, Olivia, toujours en beauté, donnait l'impression d'attendre à tout moment une invitation à un bal. Près du foyer, il croisa les yeux doux de Marie-Ange qui jouait un air de Chopin au piano, compositeur qu'elle affectionnait particulièrement.

Lorsqu'il aperçut le visiteur, Anthony referma son livre et se redressa afin de tendre une main amicale à Jacob. En dépit de leurs six ans d'écart, les deux jeunes gens étaient devenus amis par la force des choses, les deux familles étant liées par le travail et par une amitié sincère aussi. Une amitié que Preston approuvait; il espérait que l'intérêt de Jacob pour l'usine finirait par déteindre sur son propre fils. Maillet, pour sa part, se réjouissait de voir ses deux fils et le petit-fils d'Édouard Roussel prendre éventuellement la relève de l'usine des pâtes et papiers, une continuité des choses qu'il jugeait tout à fait naturelle.

Jacob prit place dans un fauteuil. Anthony feignit la surprise et demanda :

– Comment? Maurice n'est pas avec toi?

– Non, il est au théâtre en compagnie de notre père et de vos parents, répondit Jacob avec un air amusé, appréciant l'humour discret et sans méchanceté d'Anthony.

Jacob eut un petit sourire, repris par tous à l'exception d'Olivia, qui préférait de loin la compagnie de Maurice. Malheureusement pour elle, le fils ainé de Maillet les honorait rarement de sa présence, alors que Jacob, au contraire, venait souvent leur rendre visite.

Olivia se renfrogna, se défoulant sur son aiguille, convaincue que l'attitude de ses sœurs et de son frère était à blâmer pour ce rejet embarrassant. « Surement, pensa-t-elle, que Maurice les trouve trop familiers dans leurs rapports. Il n'y a que moi qui me comporte en demoiselle, selon notre rang. » Pour la centième fois, Olivia regretta de ne pas être fille unique.

Joséphine ne tenait pas en place et faisait les cent pas dans la pièce; elle se pencha pour prendre dans ses bras le chat blanc de Marie-Ange, qui se prélassait devant l'âtre et lui chatouilla le menton au grand plaisir du félin.

– C'est bien aimable à lui d'avoir accompagné votre père, fit remarquer Joséphine. J'imagine qu'il sera assis... entre lui et *monsieur* Roussel?

La raillerie était si flagrante que Charlotte se sentit forcée d'intervenir :

– Vraiment, Joséphine, tu dépasses les bornes.

– Mais quoi? Qu'est-ce que j'ai dit de si déplacé? rétorqua-t-elle d'un ton faussement innocent.

Ils savaient tous, à commencer par Jacob et Anthony, que Maurice espérait un poste haut placé à l'usine Roussel aussitôt ses études terminées. Il aspirait même à être un jour à la tête de l'usine. Jacob, lui, n'en demandait pas autant. Il demandait simplement qu'on lui donne l'occasion de faire ses preuves. L'heure venue, il comptait entrer à l'usine et gravir les échelons en fonction de son expérience et de ses compétences, et non pas pour obliger son père que tout le personnel avait en si haute estime.

À cet instant précis, Jacob rencontra à nouveau le regard timide de Marie-Ange qui jouait toujours du piano et qui fredonnait doucement. Jacob lui sourit. À ses yeux, Marie-Ange était une sainte, un ange. Il ne l'avait jamais entendue proférer une seule parole, un seul commentaire désobligeant envers qui que ce soit. Il fallait être sourd ou aveugle pour ignorer sa sympathie profonde pour les pauvres et les plus démunis, ceux qui pliaient sous le poids des injustices. Sa bonté se reflétait sur son beau visage. Jacob pensa, pour la centième fois, que si elle ne donnait pas sa vie au Seigneur, l'homme qui l'épouserait serait comblé. À vingt-et-un ans, elle paraissait presque aussi jeune que *sa* Charlotte.

Lorsque la bonne déposa sur la table basse un plateau de rafraichissements, Joséphine la remercia d'un grand sourire. Olivia trouvait déplacée la familiarité de sa sœur ainée avec le personnel de la maison et elle serait tombée des nues si elle avait su que Joséphine leur manifestait un réel intérêt et était sincèrement reconnaissante de leurs bons soins.

Joséphine lança un regard noir à Olivia. Qu'elles puissent être du même sang la laissait perplexe. Elles n'avaient absolument rien en commun. Olivia était prétentieuse et arrogante dans sa façon de traiter les domestiques ou toute autre personne qu'elle jugeait inférieure à elle. Même Elsa était trop impécunieuse pour qu'elle daignât lui accorder la moindre attention.

Marie-Ange vint s'installer près de Charlotte sur le tapis. Elle attrapa au passage son persan et plongea les doigts dans la fourrure de sa chatte. Sans penser, elle demanda timidement :

– Avez-vous lu le journal ce matin?

– C'est terrible. Vraiment terrible, déclara gravement Anthony.

Il tendit spontanément la main vers *L'Averti*. Olivia, elle, reporta son attention sur sa broderie. Comme sa mère, elle avait en horreur ces pages qui laissaient des marques sur les doigts les rares fois où elle daignait y jeter un coup d'œil.

Anthony lut d'une voix solennelle la manchette :

– « Panique sur le marché boursier mondial! » Espérons, poursuivit-il, que le peuple canadien va continuer à vivre normalement et qu'il ne cèdera pas à la panique.

– Tout à fait! approuva Charlotte, fière de la réflexion de son jumeau.

– Anthony a raison, appuya également Jacob. Si nous ne dépensons pas notre argent, la crise empirera. Il faut continuer de faire rouler l'économie.

– Je parie que toutes les familles aisées de Montpellier vont économiser cupidement ou s'approprier les biens des moins nantis à un cout dérisoire, observa Joséphine, songeuse, avant de prendre une gorgée de limonade.

Olivia interrompit momentanément le va-et-vient de son aiguille pour laisser tomber platement :

– Et que seraient-elles tenues de faire ces familles riches? Dilapider leur fortune pour venir en aide aux pauvres peut-être? Au risque de tout perdre? Il y a des pauvres et il y a des riches, la vie est ainsi faite. Tant pis pour les pauvres et tant mieux pour nous!

Bien que toutes les têtes se fussent tournées simultanément vers Olivia avec étonnement, ce fut l'expression scandalisée de Marie-Ange qui retint l'attention de tous. Elle était aussi blême que la chatte qui reposait sur ses genoux.

– Comment peux-tu dire une chose pareille, Olivia. N'as-tu aucune pitié? articula-t-elle, difficilement, livide.

Dépassée par la froideur de ses propos, Marie-Ange considérait sa sœur de dix-neuf ans avec une incompréhension grandissante. Son absence de charité chrétienne était révoltante; Charlotte n'en revenait pas. « Ces choses, pensa-t-elle, semblent se dérouler en dehors de l'univers d'Olivia. » Elle lui jeta un regard lourd de remontrances :

– As-tu la moindre idée des répercussions que cette crise va entrainer dans le monde? Au Canada? Combien de familles risquent de se retrouver dans la misère, de se retrouver à la rue?

Olivia secoua hautainement sa chevelure blonde joliment coiffée et poussa un soupir exagéré avant de répondre :

– Avec un peu de chance, la ville de Montpellier sera peut-être épargnée? Sinon, assurément, nos deux familles.

Un silence pesant accueillit l'arrogance du commentaire et fut brisé finalement par Joséphine, le regard lointain :

– Peut-être serons-nous épargnés comme tu dis, Olivia, mais pensons à tous ces pauvres gens qui vont se retrouver dans un dénuement total. Nous avons le devoir de leur venir en aide. Agir autrement serait indigne de la famille Roussel.

Les prédictions de Joséphine allaient s'avérer exactes : l'instabilité économique mit fin à dix années de croissance fulgurante. Le chômage se répandit, des milliers de personnes étaient surendettées ou tout simplement ruinées, d'autres se retrouvaient sous le seuil de la pauvreté. Le Nouveau-Brunswick n'échappa pas à cette vague de misère. La soupe populaire, les camps de secours dans les villes étaient devenus une cruelle réalité. Les familles nécessiteuses s'en remettaient aux organismes de charité. Combler leurs besoins primaires était devenu une lutte au quotidien. Les Dames de l'Association des Tulipes ne savaient plus où se donner de la tête.

Les contrecoups de la Grande Dépression se reflétèrent inévitablement dans la presse. La vente des journaux diminuait de jour en jour, ce qui favorisait les grands quotidiens. Craignant pour la survie de *L'Averti*, Preston misa sur deux éléments : davantage de photographies et la qualité du contenu. Enfin, sur l'insistance de Maude, Preston s'était résigné à diminuer le prix de vente de *L'Averti*, motivé par la crainte bien réelle d'une faillite. Le journal *Sur le Vif* lui avait emboîté le pas. Quant à l'usine des pâtes et papiers, une restructuration s'était avérée inévitable afin d'amortir les répercussions du ralentissement économique. Comme Preston refusait de congédier ses employés, Maillet et Arthur étaient arrivés à la même conclusion : baisser les salaires était la seule issue possible. La décision avait été plutôt bien reçue par les ouvriers, soulagés de conserver leur emploi, conscients de la rareté du travail.

Au bout de quelques mois, *L'Averti*, de même que le journal de Gédéon De Grâce, deux journaux bien enracinés, résistaient à la première vague de faillite et il en serait ainsi pour la durée de la crise. D'autre part, le moulin des pâtes et papiers Roussel serait l'une des rares usines à maintenir sa main-d'œuvre.

*****

Chablis, Nouveau-Brunswick

– Nathaniel, qu'as-tu encore fait ?

Évelyne contemplait le désordre ; elle hésitait entre la panique et la crise de larmes. C'était la deuxième fois en un peu plus de trois semaines qu'il mettait le studio sens dessus dessous.

– Je ne suis partie que quelques minutes, murmura-t-elle d'une voix à peine audible, figée au centre de la pièce saccagée.

La peinture noire, encore fraiche, dégouttait des toiles sur le plancher. L'expression confuse, Nathaniel l'avait regardée, comme s'il sortait d'un très long sommeil :

– Je... J'ai dû faire quelques petites retouches, ils me l'ont demandé...

– Mon Dieu, Nathaniel, soupira Évelyne, consternée.

Son pinceau qui pendait mollement de sa main droite, Nathaniel inspectait autour de lui avec suspicion, comme s'il y avait une présence dans le studio. Une étincelle de folie pétillait dans ses yeux ; Évelyne sentit une angoisse familière monter en elle.

– Heureusement, cette fois-ci, *ils* t'ont *demandé* et non pas *forcé* à le faire, constata-t-elle d'une voix brisée, une peur inexprimable faisant pression sur sa poitrine.

Ce qu'Évelyne avait d'abord cru être une dérive rêveuse et inoffensive s'était transformé en une horrible chute libre. Il lui avait fallu plusieurs mois pour se rendre compte que Nathaniel présentait des signes évidents de troubles psychologiques. Or, elle sous-estimait encore aujourd'hui la gravité de son état ; elle ignorait la guerre secrète qu'il menait jour et nuit. En vérité, ni Évelyne ni Nathaniel ne saisissaient encore pleinement l'étendue du combat qu'il se livrait.

La conscience d'Évelyne lui avait joué des tours pour lui cacher la vérité. Au départ, la jeune fille avait associé son regard perdu et vide d'expression à celui des artistes, des rêveurs. Elle n'avait pas compris qu'en se réfugiant dans un univers fantasque, Nathaniel fuyait la réalité de ses sentiments, de ses pulsions sexuelles inavouées. Après s'être échappé dans un monde imaginaire, il en revenait plus inspiré que jamais. Il se mettait alors à peindre pendant des heures d'affilée jusqu'à en avoir les doigts engourdis, le visage transfiguré par l'extase.

Pourtant, Évelyne avait bien été forcée de reconnaitre qu'il y avait quelque chose d'insolite dans la façon dont Nathaniel parcourait le studio à pas rapides et feutrés, comme s'il cherchait à passer inaperçu. « Mais de qui? De quoi? », se demandait Évelyne. Ses longs silences, ses coups d'œil furtifs et ses mouvements lents et presque hésitants lorsqu'il se versait du café, qu'il se passait un peigne dans les cheveux ou qu'il dévisageait, perplexe, son reflet dans le miroir... tant de signes avant-coureurs qui ne laissaient rien présager de bon.

Lorsqu'il avait délaissé les couleurs vives qu'il chérissait tant, Évelyne avait su d'instinct que c'était de mauvais augure. Ses peintures oscillaient désormais entre beauté et destruction; elles n'attiraient que des commentaires désobligeants de la part des passants et de clients potentiels. Les toiles qui la représentaient et qui avaient assuré jusqu'à présent une certaine stabilité financière se faisaient de plus en plus rares. Et non seulement elle devait désormais insister pour qu'il la laissât poser, mais en plus, elle devait cacher les portraits. Évelyne les réservait scrupuleusement pour le mécène anonyme, toujours fidèle.

– Allez, viens, Nathaniel... il se fait tard, tu dois être tellement fatigué, lui glissa-t-elle doucement à l'oreille.

D'un geste maternel, Évelyne enveloppa les épaules de l'artiste et le conduisit jusqu'à sa chambre. Elle l'aida à se mettre au lit et, comme un enfant, il se laissa faire. À son réveil, il n'aurait aucun souvenir de l'incident. Et avec un peu de chance, il serait redevenu lui-même. Elle retourna au salon où étaient exposées les toiles dégoulinantes. Elle jeta un coup d'œil autour d'elle et se demanda ce qu'elle était censée faire. « Avec un chiffon humide, se dit-elle, peut-être que j'arriverai à enlever le noir et récupérer la peinture originale? »

Évelyne noua un foulard sur sa tête pour protéger ses belles boucles rouges aux reflets orangés, retroussa les manches de sa blouse, s'arma d'un bout de tissu et se mit au travail, le cœur en peine. Elle le revoyait, bien malgré elle, en train de gribouiller furieusement des formes grises sur les tableaux; elle regardait, impuissante, les figures prendre vie et devenir des monstres. Ces créatures hideuses lui laissaient de moins en moins de répit. Certains jours, il était bien, heureux; à d'autres moments, il vivait ses hallucinations auditives et visuelles comme un forcené. Hanté jusque dans ses rêves, il murmurait dans son sommeil des propos incohérents. Épuisée, désespérée, Évelyne le serrait dans ses bras et le berçait, parfois pendant des heures, s'évertuant à ignorer ses grands yeux fous.

Tandis qu'il murmurait dans le noir : « Dieu surveille tout. Il voit tout. Il connait mon secret. Il sait qui je suis », Évelyne, elle, priait ce même Dieu pour qu'il soulage Nathaniel de son mal obscur.

– CHAPITRE VINGT-HUIT –

Montréal, Québec

– Mademoiselle Roussel?

La jeune femme se leva aussitôt de son siège.

– Maitre Leclerc est prêt à vous recevoir. Si vous voulez bien me suivre...

Joséphine adressa un sourire aimable à la secrétaire et lui emboita le pas. Elle apprécia la clarté et la tranquillité de l'endroit. Arrivée devant le bureau, la secrétaire cogna discrètement et s'effaça afin de lui laisser le champ libre.

Le bureau était spacieux et aéré. La table de travail était impeccable, tout comme le costume de maitre Leclerc, qui s'était poliment redressé de son fauteuil afin de l'accueillir. Il avait un regard placide qui émergeait d'un visage carré, un cou épais et des épaules tombantes. Son sourire était figé; elle prit place sur le fauteuil que lui indiquait l'avocat et remarqua qu'il n'y avait eu aucune chaleur dans sa poignée de main. Et son sourire lui semblait de plus en plus faux.

En réalité, maitre Leclerc n'avait jamais eu l'intention d'accueillir l'avocate dans sa firme. S'il avait bien voulu la recevoir, c'était pour satisfaire une curiosité perverse. Il s'était souvent demandé quel genre de femme aspirait à faire « un métier d'homme ». Maintenant qu'il l'avait devant lui, sous les yeux, il devait admettre qu'il s'était trompé royalement. Il s'était attendu à un rat de bibliothèque désorienté. Or, il avait à faire à une belle jeune femme, sure d'elle, au tempérament passionné, il en aurait mis la main au feu. L'arrogance et la provocation de sa démarche, lorsqu'elle était entrée, ne lui avaient pas échappé. Vraiment, elle surpassait ses attentes.

Il l'évalua de biais, désapprouvant son ensemble noir et l'écharpe de soic vert menthe qu'elle portait comme une cravate et qui jurait avec la pièce austère et sobre. Mais elle avait une silhouette haute et fine, des jambes qu'il devinait longues... « La voilà justement qui croise les jambes », nota-t-il. Un sourire intéressé apparut sur les lèvres épaisses de l'avocat.

Afin d'éviter toute tension, Joséphine laissa son esprit vagabonder. Elle trouvait qu'il y avait quelque chose d'indécent, de grossier même dans la façon qu'il avait de la détailler sans gêne. Elle souhaita qu'il prenne la parole; son silence la mettait de plus en plus mal à l'aise. Enfin, Maitre Leclerc se racla la gorge, indiquant qu'il était prêt à commencer « l'entrevue ».

– Mademoiselle Roussel, permettez-moi d'abord de vous dire combien je suis agréablement surpris de votre apparence. Vous êtes une très belle femme, on vous l'a surement déjà dit.

Joséphine s'était raidie sur son fauteuil, immédiatement sur la défensive. *Qu'est-ce que mon physique a à voir avec mes connaissances juridiques?*

L'avocat se leva nonchalamment de son fauteuil et marcha jusqu'à la grande fenêtre. Les mains croisées dans le dos, il paraissait absorbé par l'activité de la rue piétonne. Sa voix, froide et impersonnelle, s'éleva dans la pièce :

– Un jury vous trouverait surement très agréable à regarder, j'en conviens. Ceci dit, je ne peux m'empêcher de faire une observation, de constater un fait, disons... primordial.

Les yeux de Joséphine se rétrécirent et disparurent derrière ses longs cils noirs. Elle voyait maintenant où il voulait en venir.

Maitre Leclerc fit volteface, la figure plissée comme un bouledogue :

– Vous êtes une femme! clama-t-il. Et, soyons honnêtes, le gouvernement du Québec ne permettra *jamais* aux femmes de pratiquer le droit! Ce serait vous faire perdre votre temps et le mien que de vous admettre dans mon cabinet.

La bouffée de colère qui avait envahi Joséphine l'avait presque étouffée, la rendant passagèrement muette. Elle eut l'impression que le nœud de son foulard s'était resserré à son insu.

– Évidemment, reprit l'avocat d'un ton doucereux, hypocrite, nous pourrions peut-être trouver, comment dirais-je... un terrain d'entente? À quel point tenez-vous à travailler dans un cabinet d'avocats, mademoiselle Roussel?

Joséphine avait rougi d'indignation, ce qui ne fit qu'accentuer le sourire carnassier de l'avocat. « Le crétin! pensa-t-elle. Je suis trop intelligente pour tomber dans un piège aussi grossier. Je ne vais certainement pas gagner ma place par une partie de jambes en l'air! » Le ressentiment et la rage qui lui martelaient les tympans devenaient insoutenables. Ce n'était pas la première fois qu'elle était humiliée par un avocat sénior, mais jamais encore n'avait-elle subi pareille avance. *Combien de fois encore devrais-je endurer ces interviews dégradantes?*

Alors qu'elle maudissait en silence l'avocat, Joséphine retrouva l'usage de la parole. Elle s'exprima sèchement, avec un calme déconcertant qu'elle était pourtant loin d'éprouver :

– Avec tout le respect que je vous dois, maitre Leclerc, je dois décliner votre... invitation.

– Dans ce cas, répliqua-t-il d'un air ennuyé, j'ai bien peur que cet entretien soit terminé. Je suis vraiment navré de vous avoir fait perdre votre temps... et le mien.

L'avocat, ringard, eut un mouvement de bras lui faisant comprendre que le moment était venu pour elle de quitter son bureau. Il s'était attendu à tout, sauf à ça. Tandis qu'elle se redressait lentement de son fauteuil, il aperçut un sourire étrange, satisfait, sur les lèvres de la jeune femme.

– Merci infiniment pour cet entretien, comment dirais-je... *éducatif*, formula Joséphine d'un ton hautain.

Elle fit un pas vers l'avocat, le menton fermement dressé, le regard incendiaire :

– C'est exactement le genre d'article à sensations dont raffolent les journaux.

Soudain sur ses gardes, maitre Leclerc perdit son air suffisant. *Comment ça, les journaux?!* Il pensa la chasser une fois pour toutes de son bureau, mais la voix de la prudence le retenait. L'idée qu'elle fût journaliste et qu'elle se soit présentée sous de faux prétextes lui traversa l'esprit.

Le visage de Joséphine s'alluma et elle fit un geste théâtral de la main comme éblouie par des phares imaginaires :

– J'imagine déjà le titre à la une : « Du travail en échange de faveurs sexuelles! »

Elle fit une pause, avant de continuer, la voix mielleuse :

– Car c'est bien ce que vous me proposez, n'est-ce pas?

– Je pense, hasarda maitre Leclerc, hésitant, que nous nous sommes mal compris...

– Non, au contraire, trancha-t-elle. Je vous ai *très* bien compris.

Joséphine jugea qu'il était temps pour elle de l'achever. Elle emprunta les airs prétentieux propres à sa sœur Olivia et sur le ton de la confidence, elle déclara :

– Je déteste me vanter, vraiment, mais l'occasion est trop tentante. Roussel? Vraiment, ça ne vous dit rien? L'usine des pâtes et papiers Roussel? Le journal *L'Averti* du Nouveau-Brunswick? *Le Citoyen* de Montréal, alors?

Lorsqu'elle le vit blêmir, Joséphine sentit une joie intense exploser dans sa tête. *Voilà! Je le tiens le salaud. Le salaud!*

La jeune femme le considéra avec l'air d'une impératrice :

– C'est quand même fascinant, vous ne trouvez pas, qu'un Acadien du Nouveau-Brunswick soit parvenu à occuper une place de choix dans le commerce du bois à l'échelle mondiale et qu'il ait conservé ce statut malgré la crise économique. En plus d'être le propriétaire de deux journaux, dont un quotidien de premier plan ici même, à Montréal! Ah... la presse, quel univers fascinant. Enfin, je m'égare... car où je voulais en venir, et vous l'avez sans doute deviné, c'est que Preston Roussel n'est nul autre que mon père et que ses journaux, qui ont pour mission de dénoncer les injustices – et surement que les inconduites sexuelles tombent dans cette catégorie – raffolent de ce genre d'histoires.

Sans hâte, Joséphine ramassa dignement son sac à main et son manteau de fourrure et sortit du bureau d'un pas sec. Elle l'entendit blasphémer et appeler son assistante. Elle traversa le hall la tête haute avec cette dignité que la secrétaire avait enviée quelques minutes plus tôt.

Lorsqu'elle se retrouva dehors sur le trottoir, Joséphine fut prise de vertige. Elle posa une main contre la paroi rocheuse et glacée de l'édifice pour conserver l'équilibre et laissa échapper un petit rire nerveux. Sa fébrilité était à son comble. Heureusement, elle était parvenue à maitriser les tremblements de sa voix lorsqu'elle lui avait adressé la parole. « J'aurais pu être actrice, se dit-elle. Il va y penser deux fois avant de reluquer la prochaine femme dans son bureau. Je lui ai surement donné la peur de sa vie! »

Joséphine savait pertinemment qu'elle ne parlerait de cet incident à personne et surtout pas à son père. Son orgueil souffrait déjà assez de ne pas être indépendante financièrement, elle n'allait pas pousser l'humiliation à raconter ses « entrevues » embarrassantes. Mais l'avocat, lui, vivrait les prochains jours avec angoisse, dans la crainte de voir son nom étalé dans *Le Citoyen*.

Une fois l'euphorie du moment passée, Joséphine fit face à la réalité de sa situation. Après tous les efforts déployés auprès de différentes firmes et petits cabinets privés, elle n'avait pas réussi à se faire embaucher; aucun cabinet d'avocats ne voulait d'elle. Joséphine bouillait de haine contre ces hommes qui s'acharnaient à lui mettre des bâtons dans les roues, à entraver sa route, sa destinée. Le dicton disait qu'il fallait frapper à des dizaines de portes avant de trouver la bonne. Mais elle doutait qu'il restât encore une porte où frapper à Montréal. « Et dire qu'à Montpellier seulement, pensa-t-elle, deux avocates ont déjà leur pratique privée! »

Comme chaque fois qu'elle était anxieuse, Joséphine fouilla fébrilement son sac à main à la recherche de son étui à cigarettes. Elle s'en alluma une, ne pouvant se libérer son esprit de cette lancinante et cuisante déception. Elle avait fui sa province pour s'épanouir incognito dans une ville multiculturelle, parce qu'elle croyait qu'un centre urbain comme Montréal conviendrait mieux à son tempérament. Et voilà qu'elle commençait sérieusement à remettre en question sa décision. Sa situation la laissait amère. L'admission au Barreau du Québec étant toujours refusée aux femmes, la pratique du droit lui demeurait inaccessible.

Joséphine jeta sa cigarette à peine entamée et l'écrasa de son talon. Elle n'était pas de celles qui s'apitoyaient longtemps sur leur sort. Un flot d'énergie insuffla son corps tandis que des idées germaient dans son cerveau et qu'elles se précisaient.

Joséphine prit une grande respiration devant l'absurdité de ce qu'elle s'apprêtait à faire.

* * * * *

Montpellier, Nouveau-Brunswick

– Alors? Tu viens, ou non?

Dans son manteau d'hiver, Anthony s'impatientait dans le hall d'entrée. Il relâcha le nœud de son foulard et eut un soupir excédé face au retard de sa jumelle.– Charlotte? cria-t-il à nouveau, tu m'entends?

Il ne la voyait que de dos, assise devant le secrétaire au bout du couloir, la nuque cassée, les épaules tendues; il pouvait facilement imaginer le va-et-vient énergique de son crayon. À bout de patience, ce qui était plutôt rare chez lui, étouffant dans ses habits d'hiver, ses patins sur l'épaule, Anthony leva les bras au ciel :

– Mais enfin, Charlotte! À quoi bon t'obstiner à écrire des articles pour le journal quand tu sais pertinemment qu'ils ne seront pas publiés?

Aussitôt qu'il eut prononcé ces paroles, Anthony les regretta vivement, même si elles eurent l'effet escompté; Charlotte venait brusquement de détacher son attention de la page. Le regard qu'elle lança à son jumeau l'atteignit droit au cœur. Anthony s'empressa de corriger son indélicatesse :

– Excuse-moi, Charlotte. Je ne pensais pas ce que j'ai dit... Je suis un idiot!

Charlotte mordit nerveusement sa lèvre inférieure, comme si elle hésitait à se laisser convaincre et pour la deuxième fois, Anthony sentit une flèche lui transpercer le cœur : il avait bel et bien semé le doute dans l'esprit de sa sœur. *Pauvre Charlotte. C'est si injuste. Elle a une prédisposition naturelle pour l'écriture et elle y prend un réel plaisir. Elle est douée, beaucoup plus que moi. Et pourtant, c'est en moi que notre père s'entête à reconnaitre une certaine aptitude. Si seulement nous pouvions inverser les rôles. Si seulement notre père reconnaissait le talent de Charlotte et par la même occasion, mon manque d'intérêt pour l'usine et le monde journalistique.*

Charlotte surprit le visage soudainement abattu de son jumeau et elle s'apitoya à son tour. *Pauvre Anthony. Son destin est tout tracé, il n'a pas eu son mot à dire. C'est si injuste. Autant notre père refuse de reconnaitre ma disposition pour l'écriture, autant il s'obstine à vouloir placer Anthony à la tête de l'empire familial.* Charlotte aurait volontiers donné son talent à son frère.

Perdus dans leurs réflexions, leur cœur porté par le même souci de savoir l'autre heureux, ils s'observèrent. L'esquisse d'un sourire étira les lèvres de Charlotte. Attendri par cet échange muet, Anthony chassa l'engourdissement qui l'avait saisi avant de lancer à sa jumelle avec entrain :

– Allez, viens! Je t'ai promis de te montrer à jouer au hockey et je compte bien tenir ma promesse!

– D'accord! Mais à la condition que tu ne me fasses aucune faveur sur la patinoire! Il faut que tu montres l'exemple aux autres garçons. Je peux encaisser des coups autant que vous, les garçons.

– Marché conclu! lui répondit Anthony, sa bonne humeur retrouvée.

Comme si elle n'attendait que cela, Charlotte ravala son trop-plein d'émotions et lâcha son crayon.

Cette journée en plein air passée en compagnie de son frère compterait parmi les plus beaux et précieux souvenirs de Charlotte. Forts de l'intime conviction que peu importe ce que leur réservait l'avenir, ils seraient toujours unis, les jumeaux brillaient sur la patinoire. Ils s'échangeaient la rondelle avec une complicité que les autres joueurs ne pouvaient égaler. Lorsque Charlotte, la seule fille du groupe, marqua son premier but, habilement assistée par Jacob Maillet, Anthony fut le premier à applaudir.

* * * * *

Montréal, Québec

– Je ne sais comment vous remercier. Ce n'est que temporaire, vous savez. Le temps de trouver un cabinet prêt à m'ouvrir sa porte et pour madame Macdonald Langstaff de gagner notre cause, afin que toutes les femmes diplômées en droit puissent se présenter aux examens du Barreau du Québec.

Joséphine s'était exprimée rapidement, comme s'il lui en coutait de le remercier et d'avoir à justifier sa position délicate. Surtout qu'elle l'avait déjà fait, à plus d'une reprise, mais il lui semblait chaque fois que son message et sa reconnaissance ne résonnaient pas comme elle l'eut souhaité.

– Je vous en prie, répondit pour la énième fois Alistair, ayant épuisé les formules de politesse de base, alors qu'ils empruntaient les sentiers enneigés du campus.

« Je ne remets pas en question sa gratitude pourtant, se dit-il. Ni non plus sa confiance en l'avenir. Alors pourquoi revient-elle sans cesse sur le sujet? À moins, qu'elle essaie de se convaincre que le jour viendra effectivement où elle pourra pratiquer le droit? »

Alistair revit la scène qui s'était déroulée dans son bureau, il y avait quelques jours à peine. Elle était apparue à la porte, les joues rouges, les cheveux dégoulinants, surprise sans doute par la neige. Il avait cherché l'ironie mordante de son regard, en vain. « J'ai besoin d'un café... », s'était-elle contentée de lui offrir comme explication, d'une voix étrangère. Pressentant le pire, Alistair l'avait conduite à la cafétéria. Il l'avait observée prendre quelques gorgées de la boisson chaude, ses doigts entourant fermement la tasse blanche comme si elle eut été une bouée de sauvetage; elle priait silencieusement pour qu'il lui vienne en aide le plus subtilement possible.

Puisque Joséphine ne paraissait pas pressée de lui expliquer la raison de cette visite impromptue, il avait fait mine d'être totalement absorbé par le menu de la semaine et par les étudiants qui flânaient dans l'aire commune. Joséphine, elle, avait profité de ces précieuses secondes de répit pour mettre de l'ordre dans ses pensées. Elle ignorait pourquoi ses pas l'avaient conduite jusque-là, directement à son bureau. Possiblement parce qu'il était le seul de ses professeurs à avoir réellement cru en elle, en son potentiel.

L'assurance dont elle avait fait preuve le jour où, dans son bureau, il l'avait prévenue de la difficulté qu'elle rencontrerait dans un monde d'hommes, lui revint en mémoire et Joséphine rougit de honte. « S'il faut qu'il ait le culot de me le rappeler », se dit-elle. Agacée par la perspective d'un « Je te l'avais bien dit! », Joséphine se renfrogna.

Alistair ne disait rien et gardait les yeux rivés sur le menu annoncé sur l'ardoise; elle en profita pour l'examiner plus longuement. Il lui donnait l'impression d'une force contenue. Joséphine repensa à l'atmosphère dans ses cours et elle ne put s'empêcher de penser à quel point il tranchait sur ses semblables. De prime abord, Alistair ne correspondait pas à l'image qu'elle se faisait de la beauté masculine, mais elle devait reconnaitre qu'il avait un charme certain et une présence particulière. Et sa bouche avait du caractère. Joséphine passa une main nerveuse dans ses cheveux emmêlés et encore mouillés. *Mais qu'est-ce qui me prend?! L'heure n'est pas au flirt! Et encore moins avec mon ancien professeur!*

Lorsqu'elle se décida enfin à prendre la parole, les mots se bousculèrent sur ses lèvres. Joséphine n'avait pas le choix; elle devait ignorer ses scrupules et demander de l'aide :

– Je me trouve dans une impasse. Et ce n'est pas faute d'avoir essayé, vous pouvez me croire. Toutes mes demandes auprès des cabinets d'avocats montréalais ont été rejetées.

Joséphine parlait vite, pour suivre le flot de ses idées, consciente de sa situation précaire :

– Soit ils ne veulent pas de femme dans leur périmètre, soit tout simplement ils ne veulent pas de moi, conclut-elle avec une franchise désarmante.

– Je vois, fit Alistair, qui l'avait écoutée religieusement sans l'interrompre.

Tu n'as probablement pas tort de te remettre en cause, Joséphine.

Il pouvait facilement imaginer les malentendus d'une première impression : Joséphine prenait beaucoup de place, elle dégageait une assurance qui frisait l'insolence et face aux hommes en poste d'autorité, elle avait tendance à se montrer arrogante.

– Vraiment, revint à la charge Joséphine, je suis prête à faire n'importe quel boulot pourvu que ce soit relié au domaine du droit.

Elle s'arrêta de parler aussi subitement qu'elle avait commencé. Elle se contenta de le dévisager avec intensité, de chercher dans son regard un signe de suffisance ou mieux encore l'étincelle d'une idée de génie.

Alistair prit une gorgée de café. Il s'accorda les secondes supplémentaires dont il avait besoin pour trouver une solution. Jamais les yeux bleus de Joséphine ne l'avaient scruté avec autant d'insistance. Alistair devina que son étudiante de jadis avait atteint la limite de ce qu'elle pouvait endurer et qu'elle était trop orgueilleuse pour se résoudre à demander de l'aide à ses parents. Il ne pouvait faire autrement que de se demander pourquoi au juste elle était venue le voir, lui. Et pourquoi surtout il se sentait si enclin à lui venir en aide. « Enclin... », songea-t-il. *C'est plutôt faible comme choix de mot.*

Le visage de son ancien professeur se crispa. Joséphine commençait sérieusement à douter d'une issue favorable. Soudain, Alistair redressa la tête :

– Ça y est! Je pense avoir trouvé. Il y a toujours des étudiants ayant peine à maintenir une moyenne satisfaisante. Ils sont même relativement nombreux à avoir recours au tutorat... Avoir les moyens financiers de s'offrir une éducation soignée ne garantit pas pour autant la réussite dans ses études.

– Je suis prête à faire n'importe quel travail pourvu que ce soit relié au domaine du droit, réitéra-t-elle à nouveau, ses yeux clairs reprenant courage, ayant deviné où il voulait en venir.

Alistair se recula sur la chaise. Il la dévisagea d'un air rassurant et confiant :

– Je vais voir ce que je peux faire.

Aussitôt, Joséphine se métamorphosa. Elle retrouva de l'assurance et marmonna quelque chose qui ressemblait à un « Merci, je repasserai demain » avant de s'éclipser comme si elle était attendue quelque part. Alistair aurait dû être étonné et offensé de ce départ précipité. Au contraire, il se mit à sourire tandis qu'il la regardait se frayer un passage parmi les tables.

À défaut d'être un homme, Joséphine avait l'avantage d'avoir été une étudiante de l'Université Saint-Sulpice et d'y avoir récemment obtenu un baccalauréat en droit avec grande distinction. Après qu'Alistair eut assuré le conseil administratif de l'institution qu'il se portait personnellement garant des compétences et des connaissances en droit de la jeune femme, Joséphine s'était vue accorder un poste de tutrice rémunéré.

Et ce nouveau mandat, Joséphine le prenait avec un sérieux remarquable, puisqu'il en allait de l'honneur d'Alistair. Il avait défendu sa cause; c'était une marque de confiance qu'elle n'était pas prête d'oublier. Elle avait complètement délaissé sa vie sociale – qui se résumait essentiellement à ses amants – pour se consacrer entièrement à son travail et à « ses étudiants ». Elle avait enfin un travail passablement gratifiant. Ce n'était peut-être pas ce dont elle avait rêvé, mais c'était un début. D'ailleurs, Joséphine devait admettre qu'elle trouvait une certaine satisfaction personnelle à veiller à ce que les résultats de ses étudiants soient à la hauteur de la très prestigieuse Université Saint-Sulpice. Elle en arrivait presque à comprendre les motivations qui avaient poussé Alistair à se tourner vers l'enseignement plutôt que vers la pratique du droit.

Les rayons du soleil se reflétaient sur la neige molle, les éblouissant. Alistair plissa les yeux. Joséphine, elle, levait la tête vers les grands arbres du campus qui pliaient sous le poids de la neige. Alistair l'observa braver le soleil. Il pensa avec un certain agacement que Joséphine avait décidément toujours quelque chose à prouver, que ce soit aux autres ou à elle-même. Un sourire serein sur les lèvres, elle renversa la tête, ferma les yeux et offrit en toute confiance son visage pâle aux flocons. Alistair fut alors envahi par un curieux émoi.

Le froid se fit plus mordant; mais Joséphine ne pouvait se décider à rebrousser chemin ni à redescendre sur terre. Au bout d'un moment, la voix d'Alistair s'éleva dans le silence, provoquant l'envolée de deux pigeons :

– Je sais que mon invitation arrive deux semaines en retard, mais si nous sortions célébrer votre nouveau poste?

De surprise, Joséphine interrompit sa marche. Elle attrapa au passage le bras d'Alistair, ce qui le força à s'immobiliser à son tour.

– Avec grand plaisir! déclara-t-elle sans l'ombre d'une hésitation, alors que des picotements familiers se répandaient dans tout son corps.

Ce soir-là, vêtue de sa robe la plus audacieuse, Joséphine, étincelante, montrait son savoir-faire sur la piste de danse. Elle se démenait au son du charleston et en mettait plein la vue à Alistair, qui se déhanchait lui aussi, étant amateur de ce style de danse. Lorsque l'orchestre, au petit matin, entamait ses derniers accords, Joséphine avait tiré deux leçons de la soirée. D'abord, que le champagne lui allait bien et plus surprenant encore, que certains hommes *pouvaient* résister à son charme.

* * * * *

« Un homme tue sa femme et ses sept enfants et tente ensuite de s'enlever la vie », lut à voix basse Jeffrey Le Prince. Il frissonna malgré l'épaisseur de son chandail de laine. *Qu'est-ce qui peut bien pousser un homme, un père de famille, un époux, à commettre un tel geste?* Il continua sa lecture, tâchant de chasser l'image ensanglantée de son esprit. « Selon le premier rapport de police, l'homme du quartier de La Rochelle à Montréal aurait tout perdu à la bourse... »

Consciencieusement, Jeffrey déposa l'article. « Poussé à bout, se dit-il, le plus commun des hommes est capable d'un acte de barbarie. » Il s'empara d'un autre article. Au bout de quelques lignes, il secouait la tête en signe de désaccord et abandonnait la copie dans le coin gauche de son bureau. Il ne s'attendait pas à ce que Julien déniche la grande nouvelle de l'heure, seulement qu'il rédige des articles de qualité. Il devenait de plus en plus évident que Julien n'en avait tout simplement pas la capacité.

Le jour même de son arrivée à Montréal, Jeffrey débarquait dans les bureaux du quotidien *Le Citoyen*, où l'attendait avec impatience l'ancienne équipe de journalistes. Jeffrey, le nouveau rédacteur en chef avait donné le ton :

– La ligne éditoriale est fort simple, messieurs. Je m'attends à ce que vous enquêtiez, rapportiez et livriez les nouvelles de manière responsable et professionnelle.

Fort du soutien inconditionnel de Preston, qui s'était déplacé avec lui afin que la transition se fît harmonieusement et efficacement, Jeffrey avait su s'imposer comme figure d'autorité et trouver les mots justes. Il avait rassuré les hommes quant à la stabilité de leur poste :

– Jusqu'à preuve du contraire, je tiens pour acquis que j'ai devant moi des journalistes compétents. Et j'ai confiance qu'ensemble, nous allons donner une seconde vie au journal *Le Citoyen!*

Sans perdre de temps, Jeffrey avait établi un nouveau plan d'action afin de redresser la situation instable du journal. S'il avait distinctement remarqué sur certains visages un air de supériorité, voire de mépris, ce qui ne lui était pas étranger – ils étaient dérangés par la couleur de sa peau, par son gabarit imposant avec ses six pieds et deux pouces, ou tout simplement par le fait qu'il était plutôt jeune pour occuper un poste d'une telle envergure –, Jeffrey ne s'était pas laissé démonter pour autant. Il en avait vu d'autres... D'ailleurs, la simple présence de Preston à ses côtés, impérieuse et assurée, semblait avoir calmé les doutes de certains.

Exigeant, mais juste, Jeffrey avait lentement mais surement gagné l'estime et la confiance de la majorité de ses employés. Il travaillait autant sinon plus fort qu'eux et le climat de solidarité et de respect qu'il avait instauré avait été reçu favorablement. Très lucide, Jeffrey se disait que si la crise économique n'avait pas frappé au moment où il était entré en service, certains auraient démissionné. Il était toujours inconcevable dans bien des esprits de recevoir des ordres, de suivre les directives d'un homme de couleur.

Songeur, Jeffrey reprit l'article médiocre. Le temps était venu pour lui de congédier Julien. Il lui avait déjà donné deux avertissements. Pourtant, en ces temps économiques éprouvants, il hésitait à le mettre à la porte. Julien avait une femme et des enfants. Noël était à la porte. Alors que l'article des meurtres sordides revenait le hanter, Jeffrey sentit sa résolution perdre du terrain.

À vingt-sept ans, il avait connu sa part de misère. Et s'il était en si bonne posture aujourd'hui, c'était grâce à sa détermination, certes, mais aussi et surtout grâce à Maude et à Preston. Sans eux, sa vie serait tellement différente! Ils l'avaient sorti de la pauvreté, avaient cru en lui, l'avaient épaulé et lui avaient donné une chance inestimable en l'envoyant à Montréal, en le désignant rédacteur en chef d'un journal enraciné dans la culture québécoise, *Le Citoyen*.

Jeffrey n'ignorait pas que les perspectives d'emploi pour un Noir – surtout en pleine période de récession – étaient assez limitées. Elles se résumaient essentiellement à travailler dans les compagnies ferroviaires comme garçon de cabine ou porteur. En d'autres mots, les Noirs occupaient les postes les plus bas de l'échelle salariale et c'était aussi vrai pour ceux qui arrivaient à se faufiler parmi les Blancs pour travailler dans les usines.

Jeffrey repensa à cette période sombre de sa vie, quand il se tuait au travail à l'usine de textile de Pic-Bois et une nervosité familière s'empara de lui : ses mains se mirent à trembler de manière incontrôlable. Il les secoua vigoureusement et considéra à nouveau l'article de Julien. « Chacun a droit à sa chance de briller », pensa Jeffrey. Parfois, une troisième chance était nécessaire pour que la véritable valeur d'une personne apparaisse au grand jour.

Jeffrey décida que Julien aurait droit à une dernière chance. Et lui, de son côté, ferait tout en son pouvoir pour atteindre les objectifs établis par Preston pour la nouvelle année.

* * * * *

Montpellier, Nouveau-Brunswick

Vêtue de sa robe noire – mais pas suffisamment sobre à son gout –, Marie-Ange déposa délicatement un petit chapeau gris sur sa tête et une étole de fourrure sur ses épaules. À vingt-et-un ans, Marie-Ange, avec sa beauté touchante et désarmante, dégageait une impression de vulnérabilité enfantine qui interpelait les gens de cœur et qui passait souvent inaperçue auprès des hommes. Sa timidité et sa réserve la retenaient d'entretenir des conversations soutenues. Si Marie-Ange n'avait consacré que douze années à parfaire son éducation, c'était par un manque d'intérêt pour les matières purement scolaires : ses pensées étaient sans cesse sollicitées par des œuvres de charité et la dévotion.

Les ambitions de Joséphine et de Charlotte étaient bien différentes des siennes – elle n'avait pas cette soif intarissable d'apprendre, ce désir intrinsèque d'être intellectuellement l'égale de l'homme –. Tout aussi nobles néanmoins, les intérêts de Marie-Ange se traduisaient dans l'amour du prochain. Son grand cœur se gonflait d'amour et d'éloges pour ses sœurs audacieuses; elle reconnaissait leur volonté et leur courage admirables.

Pensive, Marie-Ange contempla son reflet dans le miroir, alors que le mot courage résonnait dans sa tête. « Le courage dans ma famille, songea-t-elle, prend différentes formes. Pour Joséphine et Charlotte, il implique une dose de provocation et d'entêtement; pour mon père, il se résume à appliquer à tous les aspects de sa vie les principes qui guident *L'Averti*; pour ma mère, il consiste à fermer les yeux, pour Olivia, à se croire supérieure et pour Anthony, le courage consiste à rester passif, à accepter le sort qui est le sien. Et pour moi? »

Indécise, Marie-Ange fouillait avec humilité le regard que lui renvoyait le miroir, consciente de ses manquements. « Le courage me fait souvent défaut, se dit-elle, sauf lorsqu'il m'est indispensable pour venir en aide aux autres. » Marie-Ange avait trouvé sa voie auprès des Dames de l'Association des Tulipes, mais elle voulait plus. *Avec plus de courage, je pourrais améliorer le sort des autres à une plus grande échelle.*

Armée de ses valeureuses intentions, Marie-Ange se dirigea vers la porte principale; elle se trouva nez à nez avec Olivia et Victoria qui revenaient de la ville visiblement heureuses de leurs achats. Déstabilisée, Marie-Ange recula d'un pas. Victoria dévisagea sa fille de la tête aux pieds :

– Mon Dieu, Marie-Ange... Où t'en vas-tu habillée de cette façon?

– On dirait que tu vas à des funérailles, renchérit Olivia avec hauteur.

– Je vais offrir mon aide aux Dames de l'Association des Tulipes... servir la soupe, répondit timidement Marie-Ange, rougissante, comme prise en défaut.

Les traits de Victoria s'adoucirent subitement; elle détaillait le visage pieux de sa fille, comparant ses qualités de cœur à celles de sa défunte mère, Isabelle, qui, dans sa jeunesse, avait fait partie de cette association. Victoria n'avait pratiquement aucun souvenir de sa mère. Mais son beau-père Édouard ne s'était jamais lassé de vanter les mérites de sa sœur jumelle bienaimée. Brusquement émue, Victoria baissa les yeux vers ses deux jolies boites à chapeaux qu'elle venait de déposer dans le vestibule, le temps de retrouver sa contenance.

Marie-Ange s'arma de courage et s'adressa à Olivia avec candeur, espérant naïvement la convaincre de la suivre :

– Tu es bien certaine de ne pas vouloir m'accompagner? C'est très gratifiant, tu sais d'offrir de son temps et de...

– Tu plaisantes! coupa sèchement Olivia avec une moue de dégout qu'elle ne tenta pas de refouler. Voir tous ces pauvres gens faire la queue, ça me déprime... j'ai horreur de tout ça, s'énerva-t-elle.

Marie-Ange eut un air de reproche pour sa sœur dont les traits pincés trahissaient la contrariété. Victoria se porta spontanément à la défense de sa fille chérie :

– Tu sais bien, Marie-Ange, que ta sœur à l'estomac trop délicat pour supporter la vue des mendiants. D'ailleurs, je m'étonne que toi, avec ta sensibilité aigüe, tu arrives à supporter cette misère humaine.

Marie-Ange baissa la tête, honteusement : sa sœur de dix-neuf ans et leur mère avaient si peu de compassion pour les autres et la connaissaient si mal. « Je ne suis pas une poupée fragile, pensa-t-elle, et encore moins une sainte qui se réfugie dans la prière pour échapper au monde extérieur; je suis simplement humaine, capable d'empathie! » Autant Marie-Ange éprouvait une réelle tristesse à voir le dénuement des gens, autant elle éprouvait un réel bonheur à aider, à contribuer – même par un simple repas – à apaiser les tourments des autres.

Le cœur lourd, Marie-Ange s'apprêtait à sortir lorsque sa mère l'interpela :

– Marie-Ange? Attends...

Victoria fouilla dans son sac à main en émail puis tendit quelques dollars à sa fille :

– Voilà. Fais-en don à qui te semblera le plus en peine. Et ne t'éloigne pas des Dames de l'Association. Je ne voudrais pas qu'il t'arrive malheur... et aussi demande à Roger de te conduire et de t'attendre le temps qu'il faudra. Il te raccompagnera, c'est plus sûr.

À la fois touchée par la tendresse de ces recommandations et par ce geste de générosité plutôt rare, Marie-Ange avait soigneusement rangé les billets dans sa petite bourse, accrochée à son poignet.

– Je ne rentrerai pas trop tard, c'est promis, murmura-t-elle enfin, un sourire épanoui sur ses lèvres roses, les yeux brillants.

Une fois Marie-Ange partie, Victoria croisa le regard déconcerté d'Olivia qui avait commencé à déballer ses achats dans le vestibule. Son expression froissée indiquait clairement qu'elle remettait en question la largesse de sa mère. On eut dit qu'Olivia lui reprochait de ne pas avoir gardé cet argent pour son propre loisir à elle. Un léger malaise vint troubler l'âme de Victoria; avait-elle trop gâté Olivia, exauçant ses moindres caprices? Or, voilà que celle-ci frappa dans ses mains et déclara avec bonne humeur :

– Allez, maman! Montre-moi à nouveau ton magnifique chapeau de plumes!

Du coup, Victoria chassa résolument ses doutes importuns et elle retira avec plaisir le chapeau de la belle boite à rayures.

* * * * *

Montréal, Québec

La neige, tombée pendant une bonne partie de la soirée, s'était transformée en glace et les deux silhouettes se dirigeaient à pas prudents de peur de déraper sur la chaussée gelée. Joséphine gardait les bras croisés sous sa cape de fourrure. La suivant de près, les mains enfoncées dans son manteau de laine, Alistair ne sentait plus ni ses doigts ni ses pieds, mais son inconfort était le dernier de ses soucis. Des frissons, qui n'avaient rien à voir avec le froid, l'agitaient des pieds à la tête. Depuis que Joséphine travaillait sur le campus, qu'ils se côtoyaient régulièrement, leurs rapports s'étaient incontestablement modifiés. Alistair ne la voyait plus comme une étudiante, mais plutôt comme son égale, malgré leurs dix ans d'écart.

En fait, depuis leur premier rendez-vous, ce fameux soir où il l'avait invitée au *Rococo*, un cabaret en vogue pour célébrer son nouveau poste, il avait envie de percer le mystère qui entourait Joséphine. Fougueuse, impétueuse et passionnée, elle pouvait se montrer dure, méprisante même à l'endroit des hommes qui osaient remettre en question son raisonnement. En revanche, elle était vive, alerte et plus ambitieuse que toutes les femmes qu'il avait rencontrées par le passé. Sa détermination et son sens de la justice n'étaient pas négociables, ce qui la rendait encore plus attrayante à ses yeux.

Joséphine, pour sa part, trouvait ses rapports avec son ancien professeur étranges et troublants. Elle prenait un plaisir intense à être en sa compagnie et à étudier son visage, à imaginer ses doigts glisser dans ses cheveux châtains. La plupart du temps, il la traitait comme une collègue de travail. Il discutait avec elle, s'intéressait sincèrement à ce qu'elle avait à dire, avant de prendre subitement congé, comme s'il se rappelait qu'il n'y avait pas si longtemps, il corrigeait ses travaux. Joséphine se demanda si c'était cette pensée qui le retenait de lui faire des avances. « À moins, supposa-t-elle, que je ne sois tout simplement pas de son genre. »

Alistair avait sciemment ignoré ses tentatives de rapprochement le soir où il l'avait invitée. Et depuis, Joséphine avait maintenu une attitude strictement professionnelle et amicale. Mais le dilemme, c'était qu'Alistair l'attirait... dangereusement. Et d'une façon qui n'avait absolument rien à voir avec les aventures éparpillées et très variées qu'elle avait connues. Aucun homme avant lui ne l'avait traitée avec autant de respect et d'égards... ni paradoxalement, de manière si désintéressée.

En vérité, Alistair était tellement sûr de lui que sa retenue ne pouvait être expliquée que par de la gêne. « Ou bien je ne l'attire tout simplement pas, se dit-elle, ou bien il attend une invitation vraiment explicite de ma part. »

Arrivés devant le bel immeuble en pierre où Joséphine logeait, ils ralentirent le pas. Joséphine en profita pour soupeser l'homme qui se tenait debout face à elle. Ses yeux bleus cherchèrent les siens. Alistair gardait obstinément le regard tourné vers les marches du perron. Il brossa machinalement de la main son manteau, faisant voler les flocons, ce qui exaspéra Joséphine. À bout de patience, elle frappa le sol enneigé de sa bottine et s'exclama :

– Je te plais, oui ou non ? Et si oui, qu'attends-tu pour m'embrasser ?

Elle le fixait de son regard clair et farouche et Alistair, qui se croyait immunisé contre l'amour, sentit son cœur faire un bond. Il n'hésita qu'une seconde avant de s'emparer de ses lèvres avec ardeur, motivé en partie par une furieuse envie de la faire taire.

Lorsqu'enfin il la lâcha, le souffle court, Joséphine parut chancelante. Son visage émergeait à peine de son collet de fourrure ; l'abandon qui s'y était logé troubla Alistair au point qu'il recula d'un pas, comme si la distance qu'il imposait à leurs corps étoufferait leur désir. Comme elle agrippait le revers de son manteau, Alistair pressentit que Joséphine était restée sur son appétit depuis trop longtemps. À nouveau pris de court par l'intensité de ses sentiments et de son désir, il l'attira à lui et sans la quitter des yeux, glissa ses mains sous sa cape, lui caressa les épaules et lui effleura la pointe des seins.

– On se revoit en janvier, fit-il nonchalamment. Passe de belles vacances avec ta famille.

Alistair lui avait donné un avant-gout de ce qui l'attendait plus tard, si elle se montrait patiente. Il ne voulait pas précipiter les choses. Son intuition lui disait qu'elle était habituée à tout recevoir, tout de suite, et que c'était en partie pour cette raison qu'aucun homme n'était parvenu jusqu'à présent à retenir son intérêt. Il effleura doucement le poignet de Joséphine de ses lèvres ; il ignora les yeux bleus à l'expression insatisfaite, qui le dévisageaient. « Elle aime la chasse, pensa-t-il. Et une proie trop facile ne peut retenir son attention très longtemps. »

Le sourire aux lèvres, celui-là même que Joséphine trouvait irrésistible, sensuel et sarcastique, Alistair s'en fut de sa démarche égale, faisant craquer la neige sous ses pas, sa silhouette éclairée par les lampadaires. Elle resta là, sous la neige, à le regarder s'éloigner, partagée entre son envie de le rappeler et celle d'étouffer les battements précipités et anormaux de son cœur.

La peur exagérée de perdre sa liberté avait retenu jusqu'à présent Joséphine de tomber amoureuse. Elle voulait se faire désirer en tant que femme, mais elle s'était toujours interdit d'éprouver un sentiment réel pour ces hommes qui lui avaient offert leur lit, ce qui n'avait pas été très difficile jusqu'à ce moment. Or, cette fois, elle le pressentait, refuser que l'amour entre dans son cœur risquait d'être laborieux.

Lorsque Joséphine gravit l'escalier de son immeuble, elle remerciait le ciel de ne pas avoir invité Alistair à monter. « Je dois mettre de l'ordre dans mes pensées », se dit-elle. Les vacances de Noël tombaient à point. Joséphine était persuadée que quelques jours auprès de sa famille, loin d'Alistair, suffiraient à la remettre sur la bonne voie, à éteindre le feu qu'il avait allumé en elle.

* * * * *

Chablis, Nouveau-Brunswick

Blottie sur le divan du salon contre Nathaniel qui sommeillait, bercée par les cantiques qui leur parvenaient de dehors, dont à cet instant précis celui d'« Entre le bœuf et l'âne gris », Évelyne fixait en silence la petite crèche désuète sous l'arbre de Noël. La crise économique combinée au travail de moins en moins productif de Nathaniel avait eu raison de leurs maigres économies. Elle avait dû retourner travailler au bistrot *La Bavaroise*. Encore chanceuse que son ancien patron ait bien voulu la reprendre en ces temps difficiles.

La jeune fille remonta délicatement la couverture piquée sur les épaules de Nathaniel, un sourire triste aux lèvres. Il était bien ce soir, tranquille et serein. « Peut-être, songea Évelyne, que la magie de Noël existe réellement? Qu'à l'aube de la nouvelle année, son mal obscur disparaitra comme par enchantement? Qu'il retrouvera son talent et son état normal? »

Évelyne avait toujours fait preuve du plus grand réalisme, forcée par les circonstances de la vie à grandir vite. Elle n'avait guère eu le luxe de rêver. Pourtant, dans l'immédiat, le cœur de la jeune fille de dix-huit ans caressait de douces illusions, autant pour elle que pour Nathaniel. Elle admirait le foulard de soie aux couleurs joyeuses qu'il lui avait offert en cadeau et qui semblait porter la promesse de jours meilleurs. Alors qu'elle enroulait une boucle rousse autour de son doigt, Évelyne ferma les yeux à son tour, un sourire fragile errant sur ses lèvres pulpeuses.

Cette scène contrastait au plus haut point avec celle qui se déroulait chez Preston Roussel. Le grand salon magnifiquement décoré avait un air de fête. Tous avaient revêtu leurs plus beaux atours. Réunis autour du sapin gigantesque, les enfants d'Arthur et de Clémence regardaient avec convoitise les cadeaux colorés. Marie-Ange jouait avec bonheur un air entrainant au piano pour les adultes qui en fredonnant s'étaient regroupés autour d'elle, leur coupe de champagne à la main. Charlotte et Anthony s'en donnaient à cœur joie sur la piste de danse improvisée. Sur le long canapé, Joséphine tenait compagnie à sa grand-mère Françoise qui s'était résignée à accepter son choix de carrière. Olivia, dans sa belle robe neuve, s'éternisait devant les hors-d'œuvre, indécise face à tant de possibilités.

Seule l'expression solennelle de Preston et d'Arthur laissait entrevoir quelques préoccupations. Partout, moulins et usines étaient au bord de la faillite, mais les entreprises Roussel tenaient bon. Lorsque Victoria et Clémence constatèrent l'air soucieux des deux hommes, elles prirent le bras de leur époux, un sourire étrangement identique aux lèvres. C'était Noël, et dans l'esprit des deux femmes, il fallait préserver l'insouciance, la magie dans le cœur de leurs enfants.

L'heure était également aux réjouissances chez les Maillet et chez les Savoie. Autour d'une table bien garnie, chacun rendait grâce à Dieu pour ses bénédictions. Et tous, sans exception, priaient pour que la crise économique prenne fin au plus vite et que d'ici là, ils continuent d'être épargnés.

– CHAPITRE VINGT-NEUF –

Montréal, Québec – 1930

Confortablement assise dans l'un de ces cabarets glamour qui longeaient le boulevard Saint-Laurent, Joséphine monologuait d'un ton enjoué, tandis qu'un garçon en habit lui servait une deuxième coupe de champagne. La clientèle, sensiblement moins nombreuse qu'avant le début de la crise, n'en était pas moins joyeuse. Des tables voisines, des bribes de conversations en anglais lui parvenaient. « De riches touristes américains qui ont voulu se payer du bon temps », pensa-t-elle fugacement. La prohibition américaine avait sans conteste favorisé un engouement pour la ville de Montréal, réputée pour sa vie nocturne très animée.

L'orchestre jouait des mélodies entrainantes et Joséphine, dans une robe noire qui lui allait à ravir, se mouvait sensuellement au son des trompettes et de la contrebasse tout en continuant de parler infatigablement :

– ... J'adore cette mélodie de Joséphine Baker. Il faudrait que je demande à ma sœur Marie-Ange d'apprendre à la jouer au piano... Tiens, ce champagne est encore meilleur que le précédent! Rappelle-moi de demander au serveur le nom du château. C'est exactement le genre de vin que je voudrais servir à mes invités lors de l'ouverture officielle de mon cabinet.

Alistair suivait avec intérêt et perplexité ce déferlement de réflexions. C'était la première fois qu'elle se livrait aussi ouvertement à lui. En fait, depuis des semaines elle l'évitait, comme si son séjour à Montpellier pendant les vacances de Noël l'avait complètement refroidie à son égard. D'où sa confusion lorsqu'elle était passée à son bureau en fin de journée pour l'inviter à prendre un verre.

Il avait accepté, même s'il avait eu la nette impression que cette invitation cachait quelque chose. À mesure que la soirée avançait, Alistair avait laissé tomber ses réserves, impressionné qu'il était par le discours de Joséphine. Il l'écoutait, admiratif, lui faire part de ses projets, essayant de ne pas se laisser déconcentrer par les charmes miroitant sous sa robe.

Il était assez imaginatif pour suivre le cours de son idée, de ses ambitions, et son estime pour elle s'en trouva accru. Avec un enthousiasme communicatif, il affirma :

– Tu vas réussir. Tu auras ton propre cabinet, j'en suis convaincu. Et tous ces hommes qui t'ont fait la vie dure s'en mordront les doigts!

– Oui... tôt ou tard, la bataille sera gagnée, décréta-t-elle d'une voix tempérée, inhabituelle.

– C'est curieux, observa Alistair, mais tu me sembles différente ce soir...

Tu ne crois pas si bien dire, Alistair. Joséphine se rendit compte subitement qu'elle n'était pas parvenue à masquer totalement sa nervosité, en dépit de tous ses efforts.

– Vraiment? Je ne vois pas ce que tu veux dire... Ce doit être les bulles qui montent à ma tête, lui offrit-elle comme explication, désarçonnée.

En vérité, depuis son retour à Montréal, Joséphine était hantée par l'entretien qu'elle avait eu avec sa tante Maude la veille de son départ de Montpellier. Un sujet délicat qui avait été amené sur le tapis, à la suite d'un commentaire de sa sœur Charlotte :

– Une femme n'a pas nécessairement besoin d'un homme à ses côtés pour être heureuse et épanouie. N'est-ce pas, tante Maude?

Convaincue que la journaliste abonderait dans le sens de Charlotte, Joséphine n'avait pu cacher son étonnement lorsque Maude avait baissé les yeux. Elle hésitait à corriger l'adolescente et souhaitait se dérober à la question. Puis, dans un élan spontané de sincérité et d'affection, Maude leur avait pris les mains :

– Non, c'est vrai. Mais Charlotte, et toi aussi, ma Joséphine, ne passez pas à côté de l'amour sous prétexte que vous pouvez vivre sans lui. Si vraiment vous aimez un jour un homme, chérissez-le, déclarez-le de vive voix. Assumez votre amour... vous n'en mourrez pas.

Maude avait terminé sa lancée sur un petit rire coquin teinté d'amertume; elle regarda tour à tour les deux jeunes filles avec une tendresse mêlée d'inquiétudes. Des trois, Joséphine était celle pour qui l'idée de tomber amoureuse d'un homme était la plus pénible. Ancré dans son caractère résidait le refus inébranlable de se soumettre à un homme, quel qu'il fût. Maude le savait depuis longtemps. C'est pourquoi son regard s'était attardé un peu plus sur Joséphine, qui n'avait pu qu'acquiescer de la tête en silence. Charlotte, elle, déclarait solennellement :

– Si un jour je ressens de l'amour pour un homme, je l'assumerai, c'est promis.

Comme par hasard, leur père passant près du foyer du salon s'était retourné. Il caressa des yeux le visage encore ému de la journaliste. Les deux sœurs saisirent l'expression éprise, même si elle fut brève, sur le visage de leur père. Joséphine et Charlotte étaient simultanément assaillies par un flot de souvenirs : elles revoyaient tous les regards, les sourires, les frôlements de mains entre leur père et Maude... Une certaine pudeur avait retenu Charlotte d'explorer jusqu'au bout une situation qu'au plus profond d'elle-même, elle savait plus que probable. Pour Joséphine, le doute n'était plus permis : son père et « tante » Maude, étaient amoureux. Toutefois, plutôt que d'être choquée par la découverte, Joséphine éprouva une réelle compassion pour eux.

« Notre père n'aurait jamais dû épouser notre mère, songea-t-elle. Il a tellement plus en commun avec Maude. » D'ailleurs, Charlotte et Joséphine se reconnaissaient davantage en Maude qu'en leur propre mère. Sur ce, la journaliste se leva et alla à la rencontre de Victoria, qui lui tendait aimablement une coupe de vin. Joséphine se demanda si sa mère était au courant du lien qui unissait son mari à Maude. Rien dans son attitude, invariablement aimable et posée, ne le suggérait.

Ramenée au présent par le contact de la main d'Alistair, Joséphine sursauta. Après une nuit confuse, à rêver de lui, à ressasser dans sa tête les paroles de Maude, voilà où elle en était... Le regard d'Alistair jaugeait le sien; il cherchait à percer le mystère que cachaient ses beaux yeux bleus. Joséphine décida que le moment était venu de tâter le terrain. « Cela ne m'engage à rien après tout, se dit-elle. Je peux pourrai toujours me raviser plus tard. »

Il n'y avait absolument rien d'innocent dans le coup d'œil qu'elle lança à Alistair. Sous la nappe blanche, elle glissa la main le long de sa cuisse jusqu'à son entrejambe. Elle le caressa à cet endroit sans jamais le quitter des yeux. Bien qu'il fût sidéré par le geste et par son attitude, Alistair ne laissa paraitre aucun désarroi. Il déposa avec un sang-froid remarquable son verre, prit fermement possession de la main vagabonde et la ramena bien à plat sur la table ronde. Alistair scruta longuement les yeux impudiques de Joséphine. Jamais une femme n'avait osé lui exposer si clairement ses intentions. Et il n'avait jamais non plus connu de femme aussi entreprenante, ni aussi sure d'elle-même.

– Je dois dire que le champagne te va toujours aussi bien, lui fit-il remarquer, imperturbable.

Avec sa voix grave et calme, son assurance inébranlable, Alistair était exactement le genre d'homme qui était capable non seulement de déstabiliser Joséphine, mais aussi de faire tomber les murs qu'elle avait si soigneusement érigés autour de son cœur.

Elle le défiait du regard, mais ce n'était que du feu. Tandis que le sourire de provocation qu'elle affichait s'estompait graduellement, Alistair lui prit doucement le menton entre ses doigts.

– Qu'est-ce que tu veux Joséphine? Qu'attends-tu de moi au juste?

« La vérité, s'avoua-t-elle intérieurement, c'est que je n'en sais trop rien! » Joséphine était complètement dépassée par l'intensité de son attirance pour Alistair. Elle en perdait tous ses moyens, au point de ne plus savoir comment se comporter en sa présence, au point de dire ou de faire des choses qu'elle risquait de regretter... Incapable de se contenir, Joséphine cambra le buste et déclara d'un même souffle :

– Je veux que tu me raccompagnes chez moi.

C'était un petit appartement, confortablement meublé, mais sans excès, dans lequel Joséphine s'était permis d'investir une partie de la rente reçue de son père. Comme elle touchait un salaire plutôt modeste – et qu'elle économisait jusqu'au dernier sou dans le but précis d'acheter un jour son cabinet – elle avait ravalé son orgueil et accepté l'aide financière de son père.

Joséphine ramassait les vêtements qui trainaient ici et là et lança, en guise d'excuse :

– Comme tu vois, je reçois rarement chez moi.

Alistair l'écoutait à peine, trop occupé à la dévorer des yeux. Lorsqu'elle passa devant lui, il l'attrapa adroitement par la taille et l'attira contre lui; Joséphine laissa tomber sa pile de vêtements.

Avec une douceur qui masquait mal son désir, il la fit pivoter sur elle-même, releva lui-même ses longs cheveux afin de dégrafer sa robe; il dégagea son cou élancé, puis ses hanches fines, laissant la robe glisser jusqu'au sol. Ses cheveux, qu'il avait relâchés, comme une auréole de feu se répandirent sur ses épaules et son dos dénudés. Fasciné, Alistair recula d'un pas afin d'admirer la magnifique silhouette. Elle se retourna sans pudeur, plaqua son corps contre le sien et s'attaqua avec fébrilité au veston puis à la chemise. Bientôt il fut torse nu; les lèvres gourmandes de Joséphine sur les siennes ne lui laissaient aucun répit, ses doigts habiles s'attaquaient à son pantalon. Il prit à pleine main ses cheveux flamboyants, cherchant à lui renverser la tête. Joséphine se laissa faire; elle s'agrippa à ses épaules musclées.

Alistair la fixait d'un air sombre, détaillant son visage avec émotion. Il n'avait jamais connu de femme comme elle, sans détour et sans une once d'affectation. « Et c'est précisément ce qui fait son charme », se dit-il. Les yeux de Joséphine brillaient d'un éclat vif, comme si elle avait deviné ses pensées flatteuses. Alistair se demanda si c'était lui que Joséphine voulait ou si elle voulait tout simplement un homme.

La jeune femme eut une pensée fugitive pour Maude. *L'amour n'a aucune place dans mes projets. Mais il y a si longtemps que je n'ai pas couché avec un homme. Un vrai.* Joséphine lécha puis mordit le cou d'Alistair; son corps semblait vouloir n'en faire qu'à sa tête. « Heureusement, essaya-t-elle de se convaincre, je suis encore capable de garder le contrôle de ma raison. » Même s'il la troublait plus intensément que ne l'avait fait aucun autre, Joséphine refusa de s'abandonner totalement.

Alistair sentit tout à coup les ongles de Joséphine lui lacérer le dos. Elle le pressait vers la chambre à coucher et sa propre ardeur en fut ravivée. Corps contre corps, ils se retrouvèrent devant le lit. Joséphine s'y laissa choir, l'attirant à sa suite. Impatiente de nature, elle exigeait tout, tout de suite, Alistair prit tout son temps.

Docile, elle avait laissé avec plaisir les mains expertes d'Alistair faire ce que d'autres avant lui avaient fait; sa façon de la caresser, de la désirer était tellement différente de ce qu'elle avait connu par le passé. « Il n'est pas encore en moi, pensa-t-elle, que déjà je suis au bord de l'extase! »

Lorsqu'elle se mit à trembler de désir sous lui, Alistair l'avait prise, avec un inexplicable mélange de passion et de tendresse. Elle s'était sentie perdre pied : pour la première fois de sa vie, Joséphine avait eu la singulière impression d'être véritablement et incontestablement comblée.

* * * * *

Montpellier, Nouveau-Brunswick

« Richard Bedford Bennett est le premier Néo-Brunswickois à être élu premier ministre du Canada », lut à voix haute Preston. Il déposa son journal et demeura un moment silencieux, assimilant la nouvelle, avant de remarquer d'un ton détaché :

– À bien y penser, cette victoire n'a rien de surprenant. En disant qu'il n'accorderait même pas une pièce de cinq cents aux provinces aux prises avec le chômage, Mackenzie King s'est lui-même tiré dans le pied. Quant à Bennett, il s'est rallié le peuple en exprimant sa volonté de venir en aide aux sans-emplois. Mais sera-t-il en mesure de le faire? Espérons-le, car le peuple a la mémoire longue, on le sait...

De l'autre côté de son bureau, Maude tardait à lui répondre. Preston fut frappé par la douceur de ses traits, pourtant imprégnés d'une incroyable force de caractère. À quarante-quatre ans, elle était toujours aussi jeune d'allure et d'esprit. *Et toujours aussi belle.*

– Oui, le peuple n'oublie pas... et ne pardonne pas facilement, convint-elle enfin, en parlant droit devant elle, comme si elle était seule dans la pièce.

Maude s'était perdue malgré elle dans ses réflexions. Son regard lointain et languissant n'échappa pas à Preston.

– Quelque chose te préoccupe? Rien de grave, j'espère, s'enquit-il, soucieux.

– Non, pas du tout, répondit-elle hâtivement.

Elle secoua vigoureusement la tête; ses cheveux noirs brillants lui fouettèrent les joues avec une grâce toute juvénile.

– En fait, enchaina-t-elle, tout va très bien, au contraire. Mes sœurs étaient de passage à Montpellier et je les ai reçues hier, avec leur époux, mes neveux et mes nièces. Nous avons passé une agréable soirée.

Elle s'était efforcée de mettre de la gaité dans sa voix, d'avoir l'air naturelle. Devant l'expression confuse de Preston, Maude comprit qu'elle n'avait pas été assez convaincante et un pli coupable se dessina entre ses sourcils.

– Je suis si heureuse pour Sophie et Florence; la vie est belle pour elles. Mais..., hésita-t-elle brièvement, lorsque j'examine leur existence, je la compare à la mienne et il m'arrive parfois de douter, de ne pas être certaine...

– De ne pas être certaine d'avoir fait les bons choix, acheva-t-il avec beaucoup de délicatesse pour elle.

Maude acquiesça et Preston vint s'assoir à côté d'elle. Il l'aimait au-delà de tout; au-delà de la raison qui lui disait depuis toujours qu'il n'y avait aucune issue possible pour eux, aucune fin heureuse et au-delà de son cœur qui s'obstinait à le mettre en garde : tôt ou tard, cet amour passé sous silence finirait par causer des dommages irréparables. « Exactement comme maintenant, se dit-il, où Maude prend conscience de la solitude de son existence, par ma faute. »

Preston souffrait en silence pour elle. Divorcée, seule dans sa grande résidence et sans enfants – la nature l'avait ainsi faite –. La vie de Maude tournait autour du journal… et par la force des choses, autour de lui, depuis tellement d'années. Un homme avec lequel elle ne pouvait pas envisager de partager la vie. Un homme qui, ironiquement, passait plus de temps avec elle qu'avec sa propre femme.

Malgré tous ses efforts, et ce n'était certainement pas faute d'intérêt masculin à son endroit, Maude n'avait pu ouvrir son cœur à aucun autre. Elle avait conservé pour Jack un souvenir attendri et pour Henri-Paul, une certaine reconnaissance. Mais son cœur ne battait que pour Preston et elle était tout simplement incapable d'envisager sa vie avec un autre. Elle l'aimait, même si l'aimer la condamnait à une vie de solitude. Maude n'y pouvait rien. Peut-être était-ce ce qui l'avait poussée à parler avec autant de franchise à Joséphine et à Charlotte, un certain soir d'hiver. Elle ne voulait pas que celles-ci se réveillent un beau matin avec le désagréable sentiment d'être passées à côté de ce que la vie avait de plus beau à offrir : la compagnie au quotidien de l'être aimé. « Qui sait, songea Maude. Si je m'étais dévoilée à Preston le jour où j'ai su l'aimer j'aurais peut-être pu redéfinir le tracé de notre destin »

Ils avaient été aveuglés par l'amour tous les deux. Maude, pour avoir naïvement cru que les années se chargeraient de lever les obstacles entre eux et Preston, pour avoir cru que la femme qui lui était destinée était Victoria. Et à cause de leur aveuglement mutuel, ils se retrouvaient dans une impasse.

Preston eut un regard désemparé et elle lui toucha le bras, désireuse d'apaiser sa détresse. Il n'était pas plus à blâmer pour l'état de la situation qu'elle ne l'était.

– Je ne veux surtout pas que tu doutes de ma loyauté envers *L'Averti* et du réel bonheur que j'ai d'être ici, à travailler avec toi, affirmat-elle avec chaleur. Je n'ai jamais remis en question ma décision d'être au journal ni le bienfondé de mon engagement civique. Seulement, lui confia-t-elle avec une indéniable note de regret dans la voix, j'aurais aimé connaitre le bonheur d'épouser un homme dont j'aurais été amoureuse… et le bonheur d'être mère aussi.

La nostalgie de Maude heurta l'âme de Preston d'une façon tout à fait inattendue. La conversation dérapa vers un sujet qu'aucun des deux n'avait anticipé. Preston avait sincèrement cru emporter avec lui son secret dans la tombe. Guidé par une force au-delà de lui-même, il prit la parole, d'une voix éteinte :

– C'est vrai qu'être parent est une grâce de Dieu... sauf lorsque cet enfant est né de l'adultère.

Ce fut au tour de Maude d'être confuse. Sa perplexité fit place à la surprise puis à de l'incompréhension mêlée à de la tristesse : le secret qui rongeait Preston remontait à la surface et les prénoms de Gabriella et de Nathaniel se bousculaient sur ses lèvres.

Plusieurs minutes s'écoulèrent. Maude se sentait comme éclaboussée par la nature de l'aveu.

– Mon Dieu, Preston. Ce pauvre garçon, lâchement abandonné à l'orphelinat par une femme qui ne mérite pas d'être appelée une mère... que le Seigneur ait son âme de lépreuse... et toi, commença-t-elle à dire, difficilement, avant de s'interrompre, atterrée.

Tu as trompé Victoria – je ne suis donc pas la seule – et tu as honteusement renié ton enfant. Qu'est-il advenu du petit garçon, maintenant devenu adulte?

Tiraillée entre son amour pour Preston et sa conscience, Maude ne savait plus que penser : l'homme à ses côtés était devenu un étranger. Elle ne pouvait concevoir comment cet homme d'honneur, rempli de compassion et juste, avait pu se résoudre à abandonner son fils à son triste sort.

Si Maude avait instinctivement été portée à défendre l'homme qu'elle aimait plus que tout au monde – sans doute, se disait-elle, avait-il fait son possible; Victoria n'aurait jamais accepté d'élever l'enfant –, elle avait été prompte à condamner ses actions, même sa tentative de réparer ses torts. *L'argent que Nathaniel a reçu à sa sortie de l'orphelinat n'excuse pas le rôle déplorable que Preston a joué. Ni non plus l'argent destiné encore aujourd'hui à l'orphelinat Saint-Christophe.*

– L'argent de la culpabilité, souffla Maude, avec émotion, comme si elle se parlait à elle-même.

La seule façon que tu as trouvée pour expier ta faute, de te racheter. Et si tu as toujours résolument tenu à garder l'anonymat, Preston, ce n'est pas par modestie comme je l'ai toujours pensé, mais plutôt pour éviter que quelqu'un ne découvre la vérité.

Preston abaissa le front et sa mâchoire se contracta violemment. Sa voix, torturée, s'éleva dans la pièce :

– La culpabilité est le pire sentiment à trainer avec soi. Et mon âme souffre en silence pour Nathaniel depuis tellement longtemps.

La gorge nouée, Maude détourna momentanément les yeux. « Il a raison, songea-t-elle. Et je ne vais certainement pas rajouter à sa souffrance morale par des paroles dures et tout à fait inutiles. Ce qui est fait est fait. »

– Preston, l'appela-t-elle doucement. Regarde-moi.

Il leva lentement les yeux et tressaillit; il sut, d'un simple regard, que Maude ne briserait pas sa confiance et plus important encore à ses yeux, qu'elle l'estimait encore malgré son terrible secret. Avec une tendresse infinie et désespérée, Maude resserra son emprise sur le bras de Preston :

– Pourquoi ne pas me l'avoir dit plus tôt? Cet enfant de toi, je l'aurais adopté. Je l'aurais aimé... Je l'aurais aimé comme le mien, comme le nôtre.

Ses paroles lui étaient venues spontanément, dans un élan du cœur; pas un instant Preston ne douta de leur authenticité. Bouche bée, il ne pouvait que la dévisager dans un délire d'amour et de désespoir. Les mots lui manquaient. Maude pleurait doucement devant ce qui aurait pu être, une illusion à laquelle elle aurait tellement souhaité s'accrocher et qui se dissipait malgré elle à une rapidité affolante. Preston déposa dans un geste impuissant sa main sur celle de Maude, ému à son tour jusqu'aux larmes. Et ils restèrent ainsi quelques secondes : précieuses secondes d'intimité si rares, jusqu'à ce que leur esprit et leur cœur se soient passablement apaisés.

* * * * *

Chablis, Nouveau-Brunswick

– Oui, comme ça, c'est parfait! Détends un peu les épaules... Très bien, ne bouge plus!

Les sourcils froncés par la concentration, les cheveux en broussailles soulevés par ses mouvements de tête emportés, Nathaniel faisait aller frénétiquement son pinceau sur la toile. Ses yeux faisaient sans relâche l'aller-retour entre la forme humaine qui prenait peu à peu vie et le modèle. Avec ses joues et ses lèvres naturellement roses, ses cheveux blonds et sa taille chétive, Emmanuel avait éveillé en l'artiste un tumulte d'émotions qui sommeillaient en lui et qui se traduisaient par l'énergie vigoureuse qu'il mettait dans son pinceau.

Lorsque l'artiste peintre l'avait abordé dans le parc, Emmanuel, désespérément en quête d'argent, avait accepté de suivre l'inconnu. Il était prêt à tout en échange de quelques sous. *Vraiment à tout.* D'autant plus que ce Nathaniel s'était montré plutôt sympathique : il lui avait offert à boire et un morceau de pain.

– Magnifique! Une dernière petite retouche et... voilà! Ça y est, c'est terminé.

En un temps record, Nathaniel avait créé ce qu'il considérait un chef-d'œuvre. Alors qu'Emmanuel s'avançait et contemplait dans un silence perplexe le visage qui, en fait, n'était pas le sien – il y avait certaines similitudes dans les traits, mais l'expression sur la toile était beaucoup plus douce que la sienne –, Nathaniel, enchanté de son travail, lui tendait les sous tel que convenu. Emmanuel enfonça l'argent dans la poche de son pantalon et se mit à se dandiner.

– Est-ce que je peux me rendre utile à autre chose? fit-il en se rapprochant imperceptiblement de l'artiste.

Il posa avec audace son index sur son torse et du coup, Nathaniel eut un mouvement de recul, terrifié. Emmanuel crut s'être mépris sur les tendances sexuelles du peintre; il surprit l'extrême agitation de ce dernier et devina qu'il avait vu juste sur son compte.

– Puisque je suis déjà ici, avança Emmanuel d'un ton enjôleur, aussi bien en profiter, non?

Nathaniel saisit à l'instant le véritable motif qui animait le jeune homme. « Il a vu clair en moi, pensa-t-il. Et maintenant, il veut profiter de ma faiblesse, de la sienne aussi, et tout cela pour de l'argent. »

Ils échangèrent un long regard, plus éloquent que toutes paroles.

– Non, je ne pense pas que ce soit une bonne idée, protesta faiblement Nathaniel. *Même si j'ai furieusement envie que tu restes...* Il vaut mieux que tu t'en ailles, ajouta-t-il d'une voix chevrotante.

Nathaniel n'avait plus conscience que du battement saccadé de ses tempes. Le demi-sourire d'Emmanuel semblait signifier qu'il partageait son trouble. Le doigt nerveux du jeune homme glissa lentement jusqu'à la boucle de sa ceinture. À cet instant précis, ils entendirent le bruit d'une clé qui s'activait dans la serrure : la porte d'entrée s'ouvrit toute grande.

Nathaniel repoussa vivement la main d'Emmanuel et se retourna en vitesse pour accueillir Évelyne. Elle pointa le tableau :

– Mais... Tu t'es remis à peindre? C'est merveilleux!

À la fois heureuse et soulagée, Évelyne s'avançait vers les deux jeunes hommes un sourire aux lèvres; son sourire s'effaça à mesure qu'elle se rapprochait et qu'elle se heurtait à une tension presque palpable. Évelyne eut l'impression que quelque chose lui échappait, un sentiment confirmé la seconde d'après par le départ abrupt de l'inconnu.

– Excusez-moi, je suis attendu, balbutia-t-il, en se précipitant vers la sortie.

Sitôt la porte refermée sur Emmanuel, Nathaniel lança une remarque, presque un reproche :

– Tu rentres bien tôt.

Sur le coup, Évelyne ne put comprendre l'origine de son trouble. Elle considéra distraitement les deux coupes de vin vides, la bouteille à demi entamée et la fameuse peinture à laquelle Nathaniel s'affairait encore.

– C'était tranquille ce soir à *La Bavaroise*, expliqua-t-elle d'une voix mécanique.

Après des mois d'inactivité, il s'était enfin remis à peindre; il y avait lieu de se réjouir. Pourtant, Évelyne ne ressentait qu'un étrange malaise. Elle sortit les maigres provisions de son sac et demanda avec légèreté, cherchant à meubler le silence :

– Tu explores d'autres sujets d'inspiration maintenant?

– Qu'entends-tu par-là exactement? rétorqua Nathaniel, sur la défensive.

Voyant qu'il avait perçu son commentaire comme une critique, Évelyne s'empressa de rectifier le tir :

– Je voulais simplement dire que tu ne te limites plus à reproduire exactement ce que tu vois... Ce n'est pas le visage du garçon que j'ai entrevu à mon arrivée que tu as peint, même si, je le reconnais, il y a certaines ressemblances.

Stoïque, debout devant la toile, Nathaniel était sans voix, en état de choc. « Laurent..., se dit-il. J'ai peint Laurent à mon insu. »

Inquiète de son absence de réaction, Évelyne tendit la tête hors de la cuisine. Elle l'aperçut de profil, debout face au chevalet, dans un état de contemplation qui ne lui était pas inhabituel. Or, quelque chose dans sa posture, dans sa façon de détailler le jeune homme sur la toile, laissa un gout amer dans la bouche d'Évelyne. L'intensité poignante de Nathaniel, née de sa fièvre intérieure lui parvenait comme une onde et Évelyne porta une main à son cœur. Bouleversée, elle vit ses doigts tracer amoureusement les contours du visage du garçon, puis sa tête s'affaisser comme sous le coup d'une émotion trop vive. Et Évelyne comprit. Nathaniel ne serait jamais attiré par elle ni par aucune femme.

– C'est une peinture magnifique. Vraiment, Nathaniel, articula-t-elle d'une toute petite voix, les yeux brillants de larmes et le cœur tremblant.

– CHAPITRE TRENTE –

Montpellier, Nouveau-Brunswick – 1933

Preston savourait son triomphe avec un sourire sobre. À cinquante ans, il avait fière allure! *L'Averti* avait survécu à la crise économique et avait un lectorat fidèle. Plus impressionnant encore, le quotidien de Montréal récoltait un succès notable qui, Preston en était convaincu, ne ferait qu'augmenter avec le retour en puissance de l'économie mondiale. Le pire était désormais derrière eux.

Enfin, pour couronner le tout, il venait d'acquérir un journal anglophone dans la capitale. Preston était convaincu que les problèmes financiers du *Liberty*, de Fredericton, résultaient davantage d'une mauvaise gestion que de la crise comme telle. Sous la nouvelle direction de Gratien Daigle – nul autre que le fils du « furet » – Preston avait confiance que le *Liberty* reprendrait du poil de la bête. « Le monde est petit », pensa-t-il. *Qui aurait dit qu'un jour, le fils de Jimmy Daigle, que mon père appelait jadis le « furet », dirigerait un journal anglophone qui en plus m'appartiendrait?* Jimmy n'avait peut-être pas réussi à transmettre à son fils toutes les belles nuances et subtilités de la langue française, mais il avait transmis à Gratien la piqure du journalisme... en anglais.

Preston admirait les belles danseuses en robe de paillettes scintillantes, parées de plumes qui, quelques instants plus tôt, dansaient au son du jazz. Toutes ces femmes aux toilettes somptueuses escortées par des hommes aux allures prospères, le champagne qui coulait à flots, les mets raffinés se succédant sur les plateaux... Cette soirée éblouissante de luxe et de bon gout semblait vouloir convaincre le monde que le pire de la dépression était bel et bien derrière eux. On pouvait recommencer à vivre normalement; se payer de petits et de grands luxes. « Oui, songea Preston, j'ai beaucoup de chance. » Ce tour de force, il le devait en partie à son talent, mais aussi à son cercle de conseillers. En tête de liste, Maude, bien entendu, et Jeffrey Le Prince qui supervisait brillamment le journal *Le Citoyen* à Montréal, sans oublier le fabuleux travail d'Arthur et de Maillet. Sous leur égide, l'usine avait par miracle maintenu sa cadence durant le marasme économique, prenant même de l'expansion; on avait acheté à bon prix des terres pour ensuite vendre bois et papier à profit. Les affaires allaient bien, autant du côté des journaux que de l'usine. Mais la plus grande fierté de Preston était de ne pas avoir congédié un seul membre de son personnel et d'avoir même rétabli le salaire de ses fidèles employés.

Arthur et Maillet terminaient leur discours élogieux à son endroit, levaient maintenant leur coupe de champagne et invitaient les gens à se joindre à eux pour un toast. Preston regarda avec une certaine émotion tous les visages familiers réunis sous son toit. Le maire et sa famille, celles d'Arthur, de Maillet et la sienne... L'admiration qui résonnait dans la voix de ses deux bras droits le touchait beaucoup. « Oui, pensa-t-il, nous avons tous ce soir raison de nous réjouir et de célébrer la nouvelle année en grand. »

Victoria, à ses côtés, eut un sourire éblouissant, magnifique dans sa robe rouge pour souligner le Nouvel An. Curieusement, elle s'ennuyait dans leur immense maison; elle saisissait ce prétexte pour organiser des fêtes et des réceptions de tous genres où, le plus souvent, Preston brillait par son absence. Il ne prenait aucun plaisir à assister à ces soirées qu'il jugeait comme une perte de temps, ce temps si précieux! Or, s'il était honnête, il devait bien admettre que pour une fois, il y prenait gout. Preston leva à son tour son verre et déclara, comme le voulait la tradition :

– Que cette année soit à la hauteur de nos plus belles espérances! Santé et prospérité à tous!

– Santé et prospérité à tous! lui répondirent avec allégresse et d'une même voix la trentaine de convives.

Victoria s'avançait, gracieuse vers les invités, telle une reine apparaissant devant ses sujets. Preston la suivit longuement des yeux, avec une admiration réelle, songeur. *Son parfait maintien, son charme et son élégance servent bien mon propre empire...* « Mon Dieu, s'énerva-t-il intérieurement. Je croirais entendre mon père! » Peut-être parce que, comme Édouard Roussel en son temps de gloire, Preston avait l'impression à son tour de récolter tout ce qu'il avait semé. Son statut social était indéniable de même que l'étendue de son influence, au-delà des frontières du Nouveau-Brunswick et même du pays.

Après un moment de flottement, les invités se dispersèrent. Preston en profita pour s'entretenir avec sa sœur Clémence de sa progéniture et de la sienne, et enfin, avec celle qu'il avait discrètement suivie des yeux depuis son arrivée, dans sa belle robe émeraude : sa chère Maude.

La salle à manger était grandiose. Pour l'occasion, deux tables qui pouvaient chacune accueillir quinze personnes avaient été montées et chaque chaise était recouverte de tissu en satin doré et rouge. Victoria se félicitait déjà de la réussite de cette soirée. Elle observait avec orgueil son mari assis à la tête de la tablée. Les soucis avaient creusé ses traits et ses cheveux avaient commencé à grisonner, mais Preston était toujours un très bel homme. Leur vie au quotidien n'avait jamais été aussi sereine, épargnée qu'elle était de crises sociales et politiques. Preston n'avait pas eu à militer en faveur d'une cause par le biais de L'Averti depuis au moins trois ans. Victoria pouvait enfin respirer.

Joséphine, dans une robe noire qui lui allait à ravir, sentit son estomac protester à la vue de cet excès. Les canards, bien gras, trônaient au centre des tables entre les bouteilles de vin et les plats d'accompagnements. Les assiettes, débordantes, dégageaient une odeur écœurante d'opulence. « Nous sommes odieusement riches, nota-t-elle pour elle-même. Non seulement nous avons été épargnés par les sévices de la crise économique, mais en plus, notre prospérité semble avoir atteint un nouveau sommet. Mes parents se comportent comme si l'économie mondiale est sur le point de retrouver la stabilité, comme si la misère appartient désormais au passé, mais il n'en est rien, aussi bien au Nouveau-Brunswick qu'au Québec. Rien qu'à Montréal, on dit qu'un quart de la population de la ville dépend des soupes populaires. »

Faisant preuve d'une considération assez exceptionnelle, Joséphine parvint à garder pour elle sa révolte. Son père lui avait rarement paru aussi détendu et elle ne voulait pas être une cause de souci. Les traits angéliques de Marie-Ange traduisaient un certain tourment et Joséphine devina que sa jeune sœur partageait son désarroi face à ces excès.

– Il y a suffisamment de nourriture pour nourrir une armée, observa-t-elle tout bas, en se penchant discrètement vers Marie-Ange. Je sais pertinemment que je ne mangerai que la moitié de mon assiette, tout comme le reste des invités d'ailleurs. Seuls les hommes parviendront à bout de cet amas de nourriture.

– Je peux t'assurer qu'il n'y aura pas de pertes, lui répondit Marie-Ange d'une voix feutrée. J'ai demandé à la cuisinière de garder les restes et de bien les envelopper. Demain, à la première heure, je veillerai à ce qu'ils soient livrés aux deux congrégations religieuses de Montpellier.

– Tu penses à tout! lui chuchota avec tendresse et admiration Joséphine.

Avec humilité, Marie-Ange lui offrit son sourire le plus doux.

Leur père se montrait généreux avec sa fortune; il faisait des dons aux œuvres de charité et participait aux campagnes de financement. Mais cet altruisme n'apportait qu'un léger réconfort à Marie-Ange. Le spectacle affligeant des soupes populaires dans le sous-sol des églises – où elle offrait régulièrement ses services – la hantait.

Olivia picorait dans son assiette et Joséphine eut envie de se moquer de sa sœur de vingt-trois ans. Elle se contentait de seulement quelques bouchées, à l'heure des repas, sous le regard approbateur de leur mère, convaincue qu'un appétit d'oiseau était une qualité appréciée des hommes. Et pourtant, elle se faufilerait en soirée dans la cuisine pour quémander des restes à la cuisinière. Olivia était la parfaite réplique de leur mère, jusque dans la coiffure et dans la tenue. « Il ne lui manque plus qu'un diamant au doigt », se moqua silencieusement Joséphine.

Olivia considéra sa sœur ainée avec contrariété. Elle se demanda ce qui était pire aux yeux des hommes : n'avoir que la peau sur les os comme Joséphine ou être bien enveloppée. Elle reposa ses couverts dans l'assiette, la fourchette et le couteau serrés, comme sa mère le lui avait enseigné. Puis elle jeta un coup d'œil de biais vers Charlotte en grimaçant. Olivia trouvait les manières de sa sœur de dix-neuf ans détestables. Charlotte mangeait avec appétit – elle s'empiffrait plutôt, pensait Olivia – sans souci des bonnes manières. « Son couteau repose comme une rame sur le bord de son assiette et ses doigts paraissent reluisants de graisse, déplora-t-elle intérieurement. Charlotte devra un jour apprendre à respecter les bonnes manières à table. Toute jeune femme bien ne peut s'en passer. »

Olivia fixa avec envie l'énorme pomme de terre trempée dans la sauce à l'orange que s'apprêtait à manger sa sœur. L'idée de lui dire de surveiller sa ligne lui passa par l'esprit, mais elle se garda de tout commentaire. Charlotte, comme Joséphine, pouvait se permettre de manger tout ce dont elle avait envie. Au grand désespoir d'Olivia, Joséphine semblait être prédisposée à rester mince et élancée. Charlotte, elle, malgré sa gourmandise, restait svelte. Quant à Marie-Ange, sa taille de guêpe était due à un manque d'appétit réel et non forcé.

Joséphine et Charlotte échangèrent un sourire complice devant la mine cafardeuse d'Olivia. Il existait entre l'ainée et la cadette une sympathie profonde et une grande compréhension malgré leur différence d'âge, sans doute parce qu'elles partageaient des valeurs communes. Joséphine avait besoin de se sentir utile, de savoir qu'elle participait activement à l'élaboration d'un monde meilleur et plus juste. C'était une idéaliste avec une conscience sociale aiguisée, tout comme Charlotte, pour qui un besoin pressant de servir, de préparer l'avenir se traduisait par un attachement déterminé à *L'Averti*.

Charlotte prit une bouchée impressionnante de viande, dans le but de dégouter sa sœur. Olivia l'énervait avec ses regards offensés. *Comme si manger à sa faim est un crime contre l'humanité!* Charlotte avala joyeusement un morceau de carotte et eut un sourire encourageant pour son jumeau dont l'attention était monopolisée par l'incessant bavardage de sa voisine de gauche, l'épouse du maire Laplante.

Preston étudiait ses enfants avec une fierté non dissimulée. Sa petite Marie-Ange était toujours aussi jolie et silencieuse. La timidité la rendait souvent muette. À vingt-cinq ans, elle se tenait loin des hommes. Preston contempla pendant de longues secondes son doux visage. Son regard, teinté d'une certaine gravité, d'une mélancolie un peu romantique, la conduirait fort probablement dans les bras du Seigneur. « Elle ne nous a pas encore annoncé ses intentions de prendre le voile, songea-t-il, mais vu le temps qu'elle passe dans les sous-sols d'église, en compagnie des religieuses et des plus démunis, cela ne saurait tarder. »

Marie-Ange souriait gentiment au fils du maire qui monologuait. Preston était prêt à parier qu'elle ne lui prêtait qu'une oreille distraite. Pourtant, elle avait l'air sereine; pas survoltée ni exaltée, comme l'était si souvent Joséphine.

Sa fille ainée était resplendissante ce soir. Dans une robe élégante – et plutôt classique par rapport à ses gouts habituels – ses cheveux à la couleur si distincte tout juste contenus dans une coiffure haute, Joséphine semblait avoir entreposé sa nature fougueuse pour la soirée. Elle avait perdu sa brusquerie et se montrait particulièrement charmante, discutant avec aisance et conviction, mais sans provocation. Preston en fut soulagé. Joséphine était complètement dénuée d'hypocrisie. Elle ne pouvait donc pas feindre un intérêt ou une cordialité qu'elle n'éprouvait pas, ce qui la mettait parfois dans des situations délicates. Une fois qu'elle avait catalogué quelqu'un, il était très difficile, pour ne pas dire impossible, de la faire changer d'avis.

Preston se demanda ce qui avait changé chez elle; d'où venait cette subtile transformation dans son attitude et cette qualité que le mot « beauté » ne suffisait pas à décrire? À vingt-sept ans, elle était célibataire, du moins, à sa connaissance... « Mais peut-être n'est-ce plus le cas? se demanda inopinément Preston. Se peut-il que ma fille soit éprise? » De toute façon, cela n'aurait servi à rien de la questionner; Joséphine était aussi renfermée qu'une huitre lorsqu'il était question de sa vie privée. Preston aurait souhaité pour sa fille une vie un peu plus conventionnelle et surtout, plus facile. Et pourtant, il était indéniablement fier d'elle, même s'il lui arrivait parfois de se questionner sur le genre de vie qu'elle menait seule, sans chaperon, à Montréal, ville par excellence du spectacle et du divertissement. La « Paris de l'Amérique du Nord », pour reprendre l'expression de Joséphine.

Son instinct de père devinait que le soudain intérêt de Joséphine pour *l'enseignement* du droit par le biais d'un poste de tutorat cachait quelques complications. Lorsque Joséphine avait annoncé sa « réorientation de carrière temporaire », Preston lui avait offert de revenir à la maison, mais elle avait refusé catégoriquement. Elle était déterminée à attendre, le temps qu'il faudrait, pour que les femmes soient admises aux examens du barreau du Québec. « Au moins, pensa-t-il, Joséphine se dit heureuse. »

Preston tourna son attention vers Charlotte qui discutait avec Maude :

– ... Ce qui m'intéresse, ce n'est pas tant l'objectivité journalistique, mais plutôt, les prises de position, sans équivoques. Je veux dénoncer les abus de pouvoir, s'anima Charlotte, défendre les intérêts des laissés-pour-compte et raconter la face cachée du monde !

– Ta fougue fait plaisir à voir et à entendre, chère Charlotte, lui répondit Maude, avec un sourire de connivence.

Dans son enthousiasme, Charlotte jeta un regard en coulisse vers son frère pour l'encourager à prendre part à la discussion. Anthony se contentait de sourire aimablement et d'opiner de la tête. Preston sentit la déception lui pincer le cœur. Son fils était pour lui une source continuelle de contrariété impuissante. À dix-neuf ans, son manque d'intérêt pour les affaires de la famille ne pouvait plus passer inaperçu. « Quand donc se prendra-t-il en main ? Quand se fera-t-il à l'idée qu'un jour ce sera à lui de diriger l'empire Roussel ? », s'interrogeait sans fin Preston. *J'ai failli à ma tâche et maintenant, j'en paie cher les conséquences.* Contrairement à Édouard qui lui avait fait religieusement la lecture de *L'Averti* dans son enfance, alors qu'il était encore au berceau, Preston, lui, s'y était pris sur le tard, à son retour de la guerre. Il n'y avait aucun doute dans son esprit que cela avait eu un impact sur le sentiment d'appartenance d'Anthony au journal.

Preston qui croyait avec ferveur en un Dieu punitif pensait sincèrement que l'attitude déplorable d'Anthony était son châtiment sur terre. Une voix intérieure, la voix ténébreuse du remords, s'acharnait sur lui. *Est-ce que c'est Nathaniel qui a hérité de mon sens des affaires et de mon talent d'écriture? Pourquoi le Seigneur a-t-Il donné à Charlotte la passion du journalisme plutôt qu'à son jumeau, sachant que c'est pour moi impensable de voir ma fille, aussi talentueuse soit-elle, un jour à la tête de mon empire plutôt que son frère?*

Preston se força à chasser de son esprit ces désagréables pensées et effleura du regard le visage animé de Maude. Son cœur lui appartenait. Dieu, qui savait tout, ne pouvait ignorer l'ampleur de son sacrifice, un sacrifice qu'il s'imposait au quotidien, chaque fois qu'il se retenait de voler vers elle, afin d'honorer du mieux qu'il pouvait son mariage à Victoria. Il espérait que cela comptait pour quelque chose...

Preston ferma brièvement les yeux avant de se retourner avec surprise vers Olivia qui venait d'éclater de rire. « Tiens! Elle s'amuse pour une fois », pensa Preston. Elle avait même de la répartie :

– ... C'est vrai que les caprices de la mode sont contraignants. D'abord les jupes trainantes et les corsets, et puis maintenant la mode garçonne, pour laquelle, je l'avoue, je ne saisis pas l'engouement. Chose certaine, conclut Olivia d'un rire cristallin, on ne me verra jamais en pantalon!

– Je pense que c'est tout à votre honneur et à votre avantage, la complimenta savamment Maurice Maillet.

Olivia souriait avec un bonheur évident et pour la première fois, Preston ressentit un malaise à l'endroit de celle-ci. Il se rappela la rareté de ses sourires, ses manières distantes, les longs regards échangés avec Victoria... La vérité lui parut alors si clairement qu'il ressentit une tristesse infinie. Sa fille était mal dans sa peau. Elle paraissait inconfortable partout, incapable de trouver sa juste place. Elle cherchait sans cesse l'approbation de sa mère et était généralement incomprise de ses sœurs. Mais ce soir, Olivia avait l'air détendue, complètement subjuguée par la présence de Maurice Maillet à ses côtés et par l'attention qu'il lui portait.

Maurice était un homme à la parole facile, aux façons fort aimables et Olivia l'avait toujours tenu en haute estime; son frère Jacob, lui, l'ennuyait royalement, elle ne s'en était jamais cachée. Pourtant, c'était Jacob qui s'était taillé une place privilégiée auprès d'Anthony et, conséquemment, de Charlotte.

Preston intercepta le coup d'œil indubitablement épris de Jacob. Charlotte semblait tout à fait inconsciente des états d'âmes du jeune homme. Elle se montrait charmante et traitait le fils cadet de Maillet avec la même familiarité aimable qu'Anthony. « Charlotte est beaucoup trop perspicace pour ne pas avoir ressenti l'inclination naturelle de Jacob envers elle, songea Preston. Elle espère sans doute qu'en feignant tout simplement de ne rien voir, les sentiments de Jacob s'estomperont et son amour-propre sera ainsi ménagé. »

Désabusé, Preston secoua la tête. *Pourquoi faut-il qu'en amour une personne se trouve nécessairement lésée?*

Pendant toute la soirée, Victoria bavarda, légère et spirituelle, en hôtesse accomplie qu'elle était. Même Françoise dut reconnaitre que sa bru était devenue une parfaite maitresse de maison. Trainant avec elle ses soixante-dix-neuf ans, Françoise étouffait dans sa robe et se défendait mal contre l'âge. Elle était aussi alerte qu'autrefois, mais ce soir-là, elle se sentait lasse. « Ce doit être la perspective d'une nouvelle année à entreprendre qui me fatigue à ce point », se dit Françoise. Son corps frêle se parait de soie et de dentelle et l'épaisse couche de maquillage n'était pas flatteuse.

Françoise envia les formes de sa bru. Victoria semblait défier les années et ses quatre grossesses. Avec l'âge, elle ressemblait de plus en plus à sa mère, Isabelle. Or, voilà qu'à son grand ravissement, Françoise crut apercevoir à la racine des cheveux de Victoria, un cheveu blanc qui s'était glissé parmi ses boucles blondes. Elle éprouva un plaisir presque pervers à détailler cette mèche, à un point tel qu'elle laissa échapper un petit soupir de contentement.

Victoria subissait l'examen de sa belle-mère non sans un certain sentiment de satisfaction. Elle se savait belle, bien conservée. En fait, elle était au sommet de sa forme.

– Je vous ressers du champagne, Françoise? demanda-t-elle aimablement.

– Non merci, ma chère. La soirée est un peu trop avancée pour tant d'excès, lui fit-elle remarquer, d'un ton qui laissait clairement entendre sa désapprobation.

– À votre guise, Françoise, lui répondit Victoria, d'un air faussement magnanime.

Clémence, qui avait surpris la fin de cet échange comprit qu'il était temps pour eux de se mettre en route. Elle entraîna discrètement son mari par le bras :

– Arthur, je sais qu'il est encore tôt, mais tu veux bien rentrer mon chéri? Maman me parait fatiguée, plus qu'à l'habitude.

– Certainement, ma petite biche. Je vais chercher les garçons de ce pas.

En signe de complaisance, il l'embrassa tendrement sur la tempe. Clémence regarda le corps mince et vigoureux d'Arthur clopiner au-devant de leurs fils; son cœur se gonfla d'amour, comme chaque fois. Ils formaient une famille tellement unie. Son mari était un des rares hommes à avoir trouvé un équilibre entre ses responsabilités familiales et ses responsabilités professionnelles. Tandis qu'Arthur revenait, Raymond pendu à son bras et Frédéric marchant sagement à côté, Clémence embrassait affectueusement son frère et son épouse.

– Merci, encore une fois, pour cette belle soirée, leur dit-elle avec gratitude.

Clémence s'exprimait d'une voix douce et distinguée et Françoise eut pour sa fille un regard approbateur, ce qui froissa Victoria. « À croire, pensa-t-elle, que je ne pourrai jamais être à la hauteur de ma belle-mère, même si, dans les faits, je suis une épouse et une mère irréprochables! »

Preston eut un sourire chaleureux à l'endroit de ses neveux. Raymond avait un visage agréable, souriant, comme sa mère. Frédéric était plus réservé, comme son père, et une intelligence naturelle très vive illuminait ses yeux.

– Et vous? fit Preston avec un paternalisme bienveillant. Vous vous êtes bien amusés, les garçons?

Raymond hocha sagement la tête et Preston attribua son mutisme à la timidité. Frédéric, quant à lui, répondit par un « oui » retentissant qui attira un sourire sur toutes les lèvres. Dans un accès de sincérité furibonde, Frédéric s'exclama, le regard brillant et hardi :

– Bientôt, je serai en mesure de travailler avec vous à *L'Averti*.

– Tu es encore bien jeune, Frédéric, lui rappela Arthur en passant une main affectueuse dans les cheveux foncés de son fils.

– J'ai quatorze ans. Je sais ce que je veux, déclara-t-il avec fermeté, se dérobant avec gêne de la marque d'affection de son père qu'il jugeait inappropriée.

Ses paroles reflétaient une certitude, voire un acharnement, qui plut d'emblée à Preston. Il posa sur Frédéric un regard intéressé :

– Écoute, mon garçon. Dans quelques années et une fois tes études terminées, si tu as encore de l'intérêt pour le journal, je te promets qu'il y aura une place pour toi. Et pour ton frère aussi si le cœur lui en dit.

Françoise soupira, laissant clairement entendre qu'elle était prête à rentrer, alors qu'une certaine nostalgie assombrissait son regard. La promesse de son fils n'était pas sans lui rappeler celle qu'elle avait faite dans sa jeunesse à sa sœur Suzanne, récemment trépassée. « Oui, songea Françoise, Gervais a eu sa place au journal, comme promis. Mais sa vie a été écourtée par cette maudite guerre. » Émue par ce retour dans le passé, elle se tourna avec une singulière langueur vers Victoria. Françoise parut hésiter légèrement, comme si elle cherchait ses mots, pour finalement lui dire :

– C'était une magnifique soirée, ma chère. Tu peux en être fière.

Les compliments étaient rares dans la bouche de sa belle-mère et Victoria ne put s'empêcher d'être touchée par ses paroles. Elle observa Françoise et la famille de Clémence traverser le salon, prit le bras de Preston et soupira presque de bonheur. « Françoise a raison, pensa-t-elle. Ce soir, je me suis surpassée. »

Victoria s'attarda dans le hall d'entrée afin de contempler son visage dans le miroir posé sur la cheminée de marbre. Elle avait des traits fins, un nez droit et mince, des lèvres bien dessinées... Sa coiffure révélait la courbe délicate de son cou et rehaussait son port de tête altier. Les pierres précieuses qu'elle portait sur sa gorge et ses mains témoignaient de leur richesse. Un sourire capricieux erra sur ses lèvres. *La soirée est d'un raffinement, d'un ravissement! Et je suis si bien mise... Surement que ce soir, lorsque nous aurons regagné l'intimité de nos appartements, Preston engagera un rapprochement.* Leurs moments d'intimité étaient trop rares à son gout, aussi acceptait-elle avec gratitude son désir d'elle, chaque fois qu'il se présentait. Et ce soir-là, il ne pouvait en être autrement; elle avait perçu plus d'une fois le regard admiratif de son mari.

Deux visages se glissèrent de chaque côté du sien dans le miroir, par hasard. *Preston et... Maude.* Victoria dut reconnaitre que Maude était plutôt jolie ce soir dans sa robe verte. Victoria se faisait un point d'honneur à inviter Maude chaque fois qu'elle organisait des réceptions. Par obligation sociale et non par réel désir de la recevoir, cela allait de soi. « Après tout, se dit Victoria, Maude a par deux fois dépassé les bornes, en embobinant mon mari dans ses causes. » N'empêche que pour plaire à Preston et pour la forme surtout, elle s'était toujours montrée charmante en sa présence.

Perdue dans ses réflexions, Victoria ne remarqua pas l'ombre qui ternissait le sourire de Maude et la gravité tendre du visage de Preston. Du moment qu'il n'y avait aucun contact physique entre son mari et une autre femme, Victoria croyait, bien naïvement, qu'il n'y avait pas lieu de s'inquiéter. Victoria se mit à assister à un singulier échange muet entre son mari et Maude, qui se dévisageaient avec une intensité poignante.

Tout d'un coup, la pièce lui sembla plus froide. Elle fit taire sa conscience qui lui disait que ce n'était pas la première fois qu'elle surprenait ces échanges empreints de réserve. Pleine de craintes indéfinissables et inavouables, Victoria marcha vers Preston; elle ignora la présence de Maude. Une fois à la hauteur de son mari, elle lui tendit les mains pour avoir son attention. Elle étira les lèvres en un sourire, avec effort, les yeux chatoyants :

– Te voilà... Je te cherchais partout.

Victoria devina, sans s'être retournée, que Maude avait disparu.

Confortablement installé dans un fauteuil, un verre de vin à la main, Maillet écoutait attentivement les projets ambitieux de Charlotte.

– ... Je vais suivre les traces de Maude. Elle m'aide déjà beaucoup, vous savez, à parfaire mon écriture. C'est comme avoir sa professeure privée, constata-t-elle joyeusement. D'ailleurs, je suis bien décidée à rester à Montpellier. Pas question de m'éloigner du journal. Je vais apprendre le métier de journaliste sur le tas et Maude sera ma mentore.

Maillet eut pour la jeune fille un sourire impressionné. « Ainsi, se dit-il, Charlotte tient bon malgré les réserves formulées par son père. » Maillet trouvait néanmoins regrettable que la jeune fille ne poursuive pas des études supérieures, comme l'avait fait sa sœur Joséphine. Mais puisque Maude n'avait pu la convaincre autrement, il savait que cela ne servait à rien pour lui d'essayer. D'ailleurs, Maillet était forcé de reconnaitre que Charlotte avait raison sur ce point : l'expérience vécue sur le terrain était autant, sinon davantage, formatrice que la théorie apprise en salle de classe.

Maillet avait beaucoup d'affection pour la jeune fille qu'il trouvait brillante et dynamique. En réalité, de toutes les filles Roussel, c'était Charlotte qui lui semblait la plus équilibrée. Maillet était de ceux qui croyaient pouvoir étiqueter les gens par leur simple regard. Ainsi, le regard d'Olivia, vide et sans profondeur, reflétait tout à fait la personnalité de la jeune fille, ennuyante à ses yeux. Le regard de Joséphine et celui de Charlotte étincelaient en permanence, à l'image de leur tempérament vif et passionné. Cela dit, le regard de Joséphine était plus enclin à juger et à désapprouver que celui de Charlotte. Enfin, celui timide, discret, mais d'une grande douceur de Marie-Ange, trahissait son désir d'être laissée en paix. « Oui, décidément, trancha intérieurement Maillet, Charlotte est ma préférée; sure d'elle-même, sans affectation ni excès. »

Lorsqu'il aperçut son fils cadet approcher, Maillet eut un sourire empreint de fierté. Jacob avait la silhouette d'un athlète, grand et robuste, les épaules larges, le ventre plat, les jambes fuselées. Pas de gras. Et comme l'avait soupiré sa chère Marguerite avant de mourir, Jacob avait « une grandeur d'âme ». Sa loyauté n'était pas négociable et Maillet le savait incapable de la moindre bassesse. Son sens du devoir prévaudrait en tout temps.

Jacob avait grandi dans l'amour des conventions, à l'image de ses parents, alors que Maurice avait un penchant certain pour l'originalité. *Maurice.* Maillet chercha des yeux son fils ainé et l'aperçut en conversation animée avec quelques jeunes filles. Il avait certainement fière allure, mais Maillet était d'avis qu'il aurait pu prendre exemple sur Jacob. Il trouvait parfois Maurice exagérément flatteur et servile devant ses supérieurs et ses sourires engageants dissimulaient souvent du mépris pour autrui. Et bien qu'il admirât l'ambition et l'énergie que déployait Maurice, Maillet ne pouvait que louanger l'honnêteté rigoureuse du cadet.

Lorsque Jacob fut à sa hauteur, Maillet en profita pour prendre congé. Il eut un clin d'œil encourageant pour son fils de vingt-cinq ans. Il savait depuis longtemps que Jacob s'était amouraché de Charlotte et cette pensée le laissait songeur. « Charlotte est beaucoup trop indépendante pour mon fils, songea-t-il. Et Jacob a tant besoin de se sentir en contrôle! Cela étant dit, avec quel bonheur je l'accueillerais dans notre famille! »

Avec sa clairvoyance habituelle, Maillet avait deviné que l'intérêt de Charlotte pour son fils n'était qu'amical et il partageait la cuisante déception de Jacob, comprenant qu'il savourait ses tête-à-tête comme son bien le plus précieux. Malgré ses dix-neuf ans, Charlotte paraissait fort peu pressée de se trouver un mari, ce qui semblait d'ailleurs être le cas de toutes les filles Roussel.

Jacob n'avait d'yeux que pour l'élue de son cœur, si jolie dans sa robe bleu nuit. Aussi longtemps que Charlotte ne s'afficherait pas ouvertement avec un autre, Jacob continuerait d'espérer, même si Anthony lui avait clairement laissé entendre que Charlotte n'éprouvait pour lui que de l'amitié.

Jacob accepta poliment le verre de scotch que lui tendait une domestique et ne but que quelques gorgées. Il s'était fait la promesse de ne jamais s'enivrer. Il serait toujours en pleine possession de ses facultés mentales et physiques. Jacob s'installa à la droite de Charlotte sur le canapé. Il remarqua que personne ne l'égalait en charme ni en intelligence. Elle avait un large sourire radieux, un visage jovial et coloré et il se demanda ce qui pouvait bien la rendre heureuse à ce point. Il la couva d'un tendre regard protecteur et l'encouragea d'un sourire franc à se confier à lui :

– Dis-moi, Charlotte. Quelle autre prouesse as-tu accomplie ces jours-ci en catimini?

– En catimini? répéta-t-elle rougissante. Je ne vois pas... Non, rien ne me vient à l'esprit.

Elle s'était retenue de lui révéler sa petite victoire, bien qu'une partie d'elle-même s'était sentie interpelée à le faire. Elle avait une confiance absolue en Jacob, mais elle savait qu'il désapprouvait son intérêt pour *L'Averti*, non par préjugé comme c'était si souvent le cas chez les hommes de son entourage, mais plutôt par désir de la protéger contre d'éventuelles déceptions.

Comme chaque fois où Jacob était près d'elle, Charlotte avait envie de se laisser aller, de reposer sa tête contre ses larges épaules, bien qu'elle sût ne pas l'aimer d'amour. Jacob possédait une solidité tranquille qui l'envoutait. Elle admirait et craignait à la fois sa conscience rigoureuse. Foncièrement juste, Jacob était sincère et loyal. Et c'était pour cette raison qu'Anthony l'appréciait tellement et voyait en lui un confident.

Autant Charlotte redoutait que quelqu'un prenne avantage de la noblesse d'âme de Jacob, autant elle craignait qu'Anthony tombe amoureux d'une jeune fille indigne de son amour. Elle chercha des yeux son frère; il écoutait, l'air amusé, le fils ainé de Maillet, fort occupé à faire le beau devant un groupe de jeunes filles, et en particulier devant Olivia. Le voilà qui faisait encore des courbettes, pour le plus grand plaisir de sa sœur surtout, les autres demoiselles n'ayant d'yeux que pour son jumeau.

En plus d'être exceptionnellement beau avec ses cheveux blonds épais et ses magnifiques yeux bleus, Anthony, avec ses manières pondérées et sa nature plus réservée, dégageait un charme mystérieux que les demoiselles trouvaient particulièrement attirant. En revanche, Maurice avait des traits bien définis, une démarche élégante et une posture qui rappelait un peu celle des danseurs de ballet. Charlotte le trouvait vraiment très bel homme. Elle comprenait aisément que les femmes – *et peut-être Olivia?* – puissent tomber amoureuses de lui et que certains hommes puissent se laisser prendre à son charme.

Comme chaque fin de soirée, Maurice et Anthony étaient entourés de jeunes filles, toutes plus jolies les unes que les autres. Jacob, lui, gardait soigneusement ses distances. Il préférait rester à proximité de Charlotte, comme s'il voulait être en tout temps accessible. La jeune fille offrit un sourire contrit à Jacob. Elle ne pouvait tout simplement pas forcer un sentiment amoureux. « Encore chanceuse, se dit-elle, que Jacob se soit gardé, jusqu'à présent, de m'avouer ses sentiments. »

Charlotte ne put s'empêcher de comparer les fils de Maillet. Les deux frères, tous deux diplômés en ingénierie, avaient une façon totalement différente d'aborder la vie. Maurice avait une assurance, à la limite une indolence, que rien ne semblait ternir, alors que Jacob laissait transparaitre par sa prévoyance, l'image de celui qui s'inquiète à l'avance des obstacles que la vie pourrait jeter sur son chemin. Ce qu'elle trouvait tellement contradictoire, puisqu'il inspirait tellement confiance; aussi bien à elle, qu'à son jumeau et qu'à leur père.

Charlotte suivait avec intérêt l'ascension des deux frères à l'usine et elle avait eu vent de leur réussite professionnelle. Elle savait aussi que, comme son frère ainé, Jacob grimpait rapidement les échelons. Ils espéraient suivre les traces de leur père et diriger éventuellement *ensemble* le secteur financier de l'usine. Or, si à première vue, les rapports entre les deux frères paraissaient plutôt corrects, Jacob avait certaines réserves vis-à-vis de Maurice. Sa droiture s'harmonisait plus ou moins bien à la frivolité de son ainé.

– Tu penses que ta sœur et Maurice vont finir par se déclarer leur amour? Afficher leurs sentiments? demanda Jacob avec son sérieux habituel.

– C'est bien ce que nos pères souhaiteraient! observa Charlotte d'un ton espiègle. Nos deux familles liées à jamais par l'union de leurs enfants!

Elle eut un petit rire léger, s'étonnant de constater, comme c'était si souvent le cas, à quel point leur esprit se rejoignait. Un soupçon de malice passa dans les yeux bleus de Charlotte. N'y tenant plus, elle se pencha vers Jacob et murmura sur le ton de la confidence :

– La prouesse, dont tu parlais tantôt... Laisse-moi te mettre sur une piste. Tu reliras avec une attention toute particulière l'édition du journal de ce matin et plus précisément, l'article concernant les résolutions les plus en vogue pour la nouvelle année.

Jacob comprit d'instinct que Charlotte en était l'auteure. « Maude a dû faire passer l'article de Charlotte comme étant l'un des siens », déduisit-il. Jacob voulut la questionner, mais Charlotte ne lui en laissa pas le temps :

– J'ai de grands plans pour l'avenir de *L'Averti* et pour le rôle que je vais y jouer.

Elle s'interrompit soudainement. Sincèrement intéressé par ce qu'elle allait dire, Jacob attendait la suite, mais la jeune fille regrettait déjà son indiscrétion.

Résolue, intuitive et secrète, telle était sa Charlotte et Jacob se retint d'insister. « Monsieur Roussel s'entête à rire gentiment des ambitions démesurées de sa fille, songea Jacob, les voulant passagères même après toutes ces années. Il s'obstine à croire que Charlotte a tout simplement besoin d'une occupation pour se distraire. Mais moi, je sais qu'il n'en est rien. »

Jacob s'empressa de la rassurer d'un sourire compréhensif :

– Je comprends ta retenue, Charlotte. C'est bien de laisser murir ses idées. Il ne faut pas vendre la peau de l'ours avant de l'avoir tué, comme dirait mon père.

Jacob lui offrait une porte de sortie et Charlotte la saisit :

– Merci Jacob. Tu as toujours le mot juste... Excuse-moi, fit-elle, déjà debout, mais je dois m'entretenir avec Maude.

Charlotte qui souhaitait tellement que son départ incite une demoiselle de haut calibre à se manifester auprès de Jacob prit subitement congé. « Ce n'est certainement pas en passant toutes ses soirées avec moi, pensa-t-elle, qu'il va trouver la partenaire qu'il lui faut. »

Jacob prit une longue gorgée, songeur. Il se demanda si le jour viendrait où il ferait partie des projets de Charlotte. Il lui semblait que c'était de plus en plus improbable. « Le temps est sans doute venu pour moi de me résigner, se dit-il en se levant à son tour, et d'accepter qu'elle ne m'aimera jamais d'amour. »

Ce soir-là, Françoise revêtit sa plus belle robe de nuit et glissa son corps usé dans des draps de satin. Une faible lueur passa dans ses yeux fatigués. Son regard se posa sur la photographie d'Édouard sur la table de chevet. Mue par une impulsion, elle fouilla dans le tiroir, en retira une pochette en velours qu'elle prit, fit une prière plus brève que de coutume et s'endormit d'un sommeil léger.

Le lendemain matin, la femme de chambre, qui s'inquiétait de ne pas avoir entendu la sonnerie, monta aux appartements de sa maitresse. Ses coups à la porte demeurant sans réponse, elle pénétra dans la chambre plongée dans la noirceur. En grommelant, elle tira d'un coup sec les rideaux opaques et la pièce fut aussitôt inondée de lumière. Puis, elle marcha vers le lit massif, prête à accueillir d'une oreille distraite les directives de la journée. Françoise gardait obstinément les yeux fermés. La femme de chambre soupira, excédée devant une mauvaise volonté si évidente pour commencer la nouvelle année.

Comme elle s'apprêtait à effleurer la main de sa maitresse pour la tirer de son sommeil, un détail retint son attention. Françoise avait retiré l'énorme bague saphir qu'elle portait depuis des années à titre d'alliance et avait au doigt un solitaire qu'elle n'avait jamais vu. Ce fut à ce moment que la domestique constata le teint anormalement grisâtre de madame Roussel, la rigidité de son corps. Elle porta sa main gauche à son cœur et de la main droite, elle fit frénétiquement un signe de croix.

* * * * *

Le service funèbre avait été fait en grande pompe. La mise en terre le serait pareillement, en temps et lieu puisque le sol était gelé. À l'idée du corps entreposé jusqu'à la venue du printemps – comme cela avait été le cas aussi pour Édouard –, un frisson de dégout traversa Preston, alors qu'il suivait solennellement dans l'allée centrale le prêtre et le cercueil porté par les journalistes endimanchés. Victoria prit ce tremblement pour de la peine contenue; en signe de solidarité, elle resserra ses doigts autour du bras de son époux.

Elle se demandait ce qu'ils allaient bien pouvoir faire de l'ostentatoire résidence de ses beaux-parents. *L'offrir comme cadeau de noce à Olivia peut-être?* L'idée lui était tout naturellement venue et Victoria ressentit un léger pincement de culpabilité, se rendant compte qu'elle faisait preuve de favoritisme envers un de ses enfants; elle eut tôt fait de se justifier. En fait, Olivia était celle de ses filles qui semblait la plus encline à se trouver un mari. Son frère, lui, n'était pas pressé de prendre épouse. Il était donc plus que probable, que de ses cinq enfants, Olivia serait la première mariée et conséquemment, elle méritait de recevoir ce généreux cadeau de mariage.

Joséphine était dépassée par le décès de sa grand-mère et cela suscitait en elle un questionnement existentiel profond, à savoir ce qui était pire : une condamnation à mort ou la prolongation d'une vie misérable. Françoise n'avait plus jamais été la même depuis la mort d'Édouard. Elle se sentait à la fois trahie par le destin qui lui avait volé son mari, et blasée par une vie qu'elle jugeait indigne d'être vécue, malgré l'immensité de leur fortune.

Marie-Ange essuyait discrètement ses larmes de son mouchoir, tandis qu'Olivia avait posé sur ses traits fins une tristesse digne, récoltant non sans déplaisir quelques regards flatteurs sur son passage. Charlotte et Anthony fermaient la marche, se reposant mutuellement l'un sur l'autre, comme à l'habitude. La jumelle chassa furtivement du bout des doigts une larme : Charlotte pleurait son départ imminent pour le collège Sieur-de-Pont-Gravé.

* * * * *

– Qu'est-ce que tu fais?

Anthony se retourna et allait dire à sa jumelle de frapper avant de faire irruption dans sa chambre. Il se mit plutôt à rire de bon cœur. *Pas mal du tout comme tenue!*

Charlotte savait à quel point son frère appréhendait son retour à Saint-Germain. Elle aurait tant aimé le garder auprès d'elle. Les vacances de Noël étaient terminées. Anthony prendrait la route le lendemain matin, afin d'entamer son second semestre en économie. Aussi longtemps qu'il ne tiendrait pas ouvertement tête à leur père, celui-ci continuerait à s'attendre à ce qu'il prenne la relève de l'usine, sitôt ses études terminées. Au moins, leur père ne le relançait plus aussi fréquemment sur son futur poste de journaliste et de rédacteur en chef; il faisait plutôt référence à une éventuelle passation de pouvoir.

– Comme tu vois, je suis en train de vider mes tiroirs, lui répondit-il d'un ton léger, voulant ménager les sentiments de Charlotte.

Il détestait ses cours et les constantes allusions des professeurs à l'incroyable savoir-faire de son père et de son grand-père. Mais ces années consacrées à son éducation lui permettaient de gagner du temps, de repousser l'inévitable... Contrairement à sa jumelle qui allait volontairement au-devant des coups. En effet, Charlotte ne baissait pas les bras. Elle formulait toujours de vive voix la même résolution : rester à Montpellier et se tailler, de force s'il le fallait, une place à *L'Averti*. C'était le seul journal qui l'intéressait réellement. Les autres journaux que possédait leur père ne l'attiraient pas outre mesure.

Tandis qu'Anthony retirait deux chemises de sa penderie, Charlotte s'exclama avec gentillesse :

– Tu veux que je t'aide? À deux ça ira beaucoup plus vite!

Trop contente de s'occuper, Charlotte traversa la pièce d'un pas énergique. Les mains sur les hanches, elle considéra l'empilement de cardigans, de pantalons et de chemises et elle se ravisa :

– À bien y penser, on devrait peut-être demander l'aide d'Elsa?

Son commentaire fut accueilli par un éclat de rire sonore, contagieux :

– Et moi qui croyais que rien ne pouvait te démonter!

– Pas cette fois... Vraiment, Anthony, on dirait qu'une tornade est passée dans ton placard. Je vais chercher Elsa, reprit-elle, résolument.

– Qu'est-ce qu'on ferait sans elle? remarqua Anthony, dépassé par leur manque d'autonomie.

– Nous serions perdus, assurément, avoua sa jumelle, sans honte, en quittant d'un air décidé la chambre.

– Charlotte? J'adore ton nouveau style.

Celle-ci se retourna et lui tira la langue, coquine. Elle n'avait pas fait trois pas dans la mezzanine que la voix outrée de son père l'interpelait :

– Charlotte?! Mais qu'est-ce que c'est que cet accoutrement?

Sidéré, Preston jaugeait sa cadette, laquelle affichait fièrement une tenue masculine, un pantalon gris qu'elle portait haut sur la taille et une chemise à carreaux qui devait surement appartenir à son frère. Véritablement amusée par la réaction de son père, Charlotte fit remarquer avec désinvolture :

– Mais papa, c'est la nouvelle mode! Toutes les femmes portent le pantalon.

– Si tu travaillais dans une usine ou dans une ferme, je comprendrais peut-être, mais ce n'est pas le cas! Alors, fais-moi plaisir et va mettre une robe ou encore une jupe et un chemisier comme ta mère! la somma-t-il d'un ton qui n'admettait pas de réplique.

Preston secoua la tête en signe d'impatience, sentant la moutarde lui monter au nez. *Mais qu'est-ce que mes filles ont à tout le temps défier et braver les conventions? D'abord Joséphine et maintenant Charlotte qui prend manifestement plaisir à vouloir me choquer.*

Piquée, Charlotte tourna sèchement les talons. À mi-chemin, elle changea d'expression et se retourna pour dire d'une voix cajoleuse :

– Si je me change, papa, vous m'amenez avec vous aux bureaux?

– Bon, d'accord, je veux bien, se laissa fléchir Preston. C'est dimanche, après tout. Et tiens, j'y pense... amène ton frère avec toi.

Chemises dans une main, cintres dans l'autre, Anthony poussa un long soupir, n'ayant rien perdu de la conversation; ses bagages devraient attendre.

Attendri et amusé, Preston regardait sa fille qui s'était assise au bureau de Maude et tapait avec précision et efficacité la machine à écrire. Charlotte travaillait dans un mutisme presque total, parfaitement concentrée. « De tous mes enfants, pensa-t-il, Charlotte est celle qui me ressemble le plus. Et elle est si attachée à *L'Averti*... Trop, beaucoup trop. »

Preston n'ignorait pas que Maude insérait à l'occasion dans *L'Averti* des articles rédigés par Charlotte. Prudent, il s'obstinait à feindre l'ignorance. Il ne savait pas comment gérer cette insubordination de la part de Maude. C'était une situation délicate, c'était le moins que l'on puisse dire. Il avait pourtant été on ne peut plus clair sur sa position : la place de sa fille n'était pas au journal. Ce n'était pas la vie qu'il souhaitait pour elle.

Dès l'instant où Charlotte avait mis les pieds dans la salle de presse, Maude s'était entichée de l'enfant. Elle adorait Charlotte et le sentiment était réciproque. Avec les années, Maude s'était rangée de son côté et avait appuyé son rêve de devenir journaliste.

Malgré le refus systématique et catégorique de Preston, Maude n'avait jamais cessé de l'encourager. Elle reconnaissait ouvertement son talent et en signe de désaccord allait jusqu'à bouder Preston. Une attitude qui l'inquiétait vivement, n'étant guère en rapport avec la personnalité de Maude.

En vérité, ni la journaliste ni Charlotte ne comprenaient comment Preston pouvait à la fois faire preuve d'une grande ouverture d'esprit par rapport à la place des femmes dans la société, reconnaitre ouvertement le talent de Maude, et refuser à sa propre fille une carrière de journaliste. Ses arguments ne tenaient pas la route, Preston le savait bien. Mais comment aurait-il pu expliquer que la véritable raison de ce refus venait de sa peur, bien réelle, que Charlotte ne suive, littéralement pas à pas, les traces de Maude? Avec toutes les déceptions et les sacrifices que cela impliquait.

Agacé par la situation, Preston détourna son attention de Charlotte. La vue de son fils qui, au rez-de-chaussée, s'ennuyait royalement ne fit qu'alimenter ses craintes quant à l'avenir. Il eut un soupir de découragement. Preston savait pertinemment qu'Anthony leur faisait don de sa présence uniquement pour permettre à sa sœur bienaimée d'être dans la salle de nouvelles. Preston pensa aux deux fils de Maillet qui, sans que ce dernier n'ait eu à mettre la moindre pression, ne respiraient que pour l'usine, et il sentit sa déception redoubler.

Le regard dans le vague, les mains dans les poches, Anthony fixait à la ronde les lumières suspendues au plafond, Charlotte qui s'en donnait à cœur joie sur la machine à écrire et les recommandations encadrées sur le mur du fond. « Un homme averti en vaut deux », lut-il, à mi-voix. Ce dicton prisé par son arrière-grand-père Auguste, qui était vraisemblablement à l'origine de *L'Averti*, Anthony l'avait entendu si souvent dans son enfance. « Et en quoi, se demanda-t-il, cette devise m'a-t-elle servi jusqu'à présent? Comme si le fait d'être préparé à toute éventualité, d'être vigilant peut réellement modifier le dénouement des choses! Certainement pas dans mon cas... à moins que je ne sois prêt à être désavoué par mon père, renié. Mais n'en aurais-je jamais le courage? Le courage de plier bagage, partir en haute mer, sillonner les déserts, explorer les quatre coins du monde, comme j'en rêve depuis toujours? »

Anthony se croisa les mains dans le dos et baissa les yeux, honteusement. *La vie est mal faite. Pourquoi faut-il que ce soit à moi qu'incombe la responsabilité du journal?* Si Anthony avait réellement cru que s'il se désistait, son père accorderait une place à Charlotte au sein de *L'Averti*, il l'aurait fait depuis longtemps.

Preston détourna les yeux de son fils, troublé par son expression à la fois résignée et défaite. Il contourna la table de travail où Charlotte faisait toujours aller ses doigts avec allégresse. Il se permit de lire ce qu'elle venait d'écrire, impressionné malgré lui. La justesse de ses propos était indéniable. Son style d'écriture était influencé par la plume de Maude, il n'y avait aucun doute.

– Tu me rappelles Maude, lorsqu'elle avait ton âge, laissa-t-il échapper avec une pointe de contrariété.

– À vous entendre, papa, ce n'est pas un compliment!

Charlotte leva les yeux et eut un regard d'irritation affligé. Embarrassé, Preston tâcha de se reprendre :

– Tu sais que j'ai un immense respect pour ta *tante* Maude. C'est une femme incomparable et exceptionnelle. Une femme avant-gardiste, comme Joséphine et comme toi aussi, je suppose... Mais regarde où cela l'a menée, poursuivit-il d'un ton à la fois désolé et tourmenté. Un divorce, seule dans sa grande maison, sans enfant... Ce n'est pas la vie que je veux pour toi, ma chérie.

Une vie de solitude, dominée par sa loyauté pour « L'Averti » et pour moi.

La main de Preston se posa sur l'épaule de Charlotte dans un geste qui se voulait réconfortant; celle-ci se déroba avec humeur.

– Je sais exactement ce que je veux et je suis prête, comme tante Maude, à faire tous les sacrifices nécessaires afin de parvenir à mes fins, affirma-t-elle d'une voix ferme.

Preston détourna les yeux. *C'est précisément là ce qui m'effraie!*

Charlotte soupira. Son père avait beau se montrer critique sur tout ce qu'elle produisait les rares fois où il jetait un coup d'œil à ses écrits, elle n'en demeurait pas moins convaincue de son talent. *Et Maude aussi.* Charlotte était assez intelligente pour comprendre que d'une part, son père l'aimait et reconnaissait secrètement son talent, et d'autre part, que ses critiques démoralisantes n'étaient qu'une façon détournée de la décourager, de lui faire renoncer à ses rêves. Mais ses ambitions ne pouvaient être détruites aussi facilement. Sa passion pour le journal de la famille était marquée d'une férocité qui parfois la surprenait. « Je défendrai mon rêve, se jura-t-elle, et de tout mon cœur, je le protègerai contre quiconque le menace! »

Si Preston avait su que Charlotte était persuadée que non seulement, avec le temps, il accepterait l'idée qu'elle soit journaliste, mais qu'en plus elle dirigerait éventuellement *L'Averti,* il serait tombé des nues.

– Papa, reprit-elle avec ferveur, je suis prédestinée à être journaliste pour *L'Averti.* Exactement comme Joséphine est née pour être avocate. Et de la même manière que ma sœur ne cessera jamais de croire en son rêve de pratiquer un jour le droit à Montréal, moi aussi je ne cesserai jamais de croire que ma place est ici. Et comme Joséphine, enchaina-t-elle d'un ton mesuré, je vais prendre mon mal en patience.

Dérouté par la conviction et par l'attitude posée de sa fille, Preston marchait de long en large. *Charlotte devra tôt ou tard accepter ou du moins respecter mon autorité, ma décision finale.*

– Enfin, ma chérie... Il y a autre chose dans la vie que le journal, tu sais.

– Ah, ça c'est le comble! riposta Charlotte avec stupéfaction. Surtout venant de vous, papa!

Preston vit dans les yeux de sa fille une rage impuissante qui le toucha. L'ironie de la situation était cruelle. « J'ai lutté avec mon journal, se dit-il, afin de redéfinir la place des femmes en société, afin que mes propres filles puissent choisir leur destinée et voilà que je me dresse devant les ambitions de ma cadette! »

Preston s'en voulait de s'être plié aux caprices de sa fille qu'il avait crus passagers, enfantins. S'il lui avait refusé l'accès à la salle de nouvelles dans sa jeunesse, ses rêves auraient peut-être été autres. *Pourquoi, est-elle si différente de mes autres filles? Olivia rêve au prince charmant, Marie-Ange, elle, semble avoir délaissé ses aspirations religieuses, son cœur désormais bercé par la vision d'une ribambelle d'enfants – les siens? Ou ceux des autres? – accrochés à ses jupons...*

Preston avait volontairement exclu Joséphine de sa réflexion, les ambitions de celle-ci ne cadrant pas avec son raisonnement.

– Ce sera *L'Averti,* ou rien, chuchota tout à coup Charlotte, obstinée.

Preston l'entendit. Envahi par un sentiment d'impuissance qu'il détestait au plus haut point, il trouva refuge dans son bureau. Il avait sincèrement cru que Charlotte finirait par se lasser des papiers journaux, que ses gouts évolueraient et la détourneraient de l'écriture. Son attitude et son engagement pour *L'Averti* étaient connus de tous, même de ses propres employés et ne laissaient aucune ambigüité : elle désirait une certaine reconnaissance de son talent, de son travail publié « incognito ». Elle voulait travailler officiellement en tant que journaliste et avoir son bureau.

« Et puis quoi encore? protesta intérieurement Preston. Mon propre pupitre?! D'abord Maude, Joséphine et puis maintenant Charlotte. Que diable, cherchent-elles à prouver?! Qu'elles sont meilleures que les hommes? »

– CHAPITRE TRENTE-ET-UN –

Montréal, Québec – 1935

Comme tous les vendredis soirs, Alistair et Joséphine s'étaient retrouvés au *Dolce Boudoir*, un cabaret achalandé et festif dans un quartier huppé dans l'ouest de la ville. Alistair paraissait singulièrement rigide et inconfortable dans son habit, accaparé par ses pensées. Joséphine, elle, dégageait une impression de bienêtre, tout à fait détendue. Particulièrement en beauté ce soir-là, portant une robe blanche et une ceinture rouge qui s'agençait parfaitement avec les cerises de sa robe, la jeune femme rayonnait. Elle sirotait une boisson et donnait l'impression d'avoir tout son temps, alors qu'Alistair avait bu la sienne d'un trait. Il consultait sans cesse sa montre; il n'avait qu'une envie, reconduire Joséphine afin de pouvoir mettre son plan à exécution. Or, celle-ci semblait bien décidée à éterniser leur sortie. Volubile comme jamais, elle ramenait sans cesse sur la table une variété de sujets.

Profitant d'un court moment d'inattention de son interlocutrice qui consultait avec envie le menu, Alistair eut un sourire d'excuse à l'endroit des occupants de la table voisine, conscient que depuis leur arrivée, leurs conversations avaient été largement étouffées par la voix dominante de Joséphine. Si Alistair se fiait aux coups d'œil dépassés des jeunes femmes et à ceux ennuyés des hommes, leur soirée avait quelque peu été contaminée par les propos enflammés de Joséphine. Ils ne regretteraient certainement pas leur départ.

– Ton intelligence et ton raisonnement ne cesseront jamais de me surprendre et de m'impressionner. Et si nous rentrions célébrer... en privé? lui suggéra-t-il à brule-pourpoint.

Devant le compliment, Joséphine délaissa le menu afin de présenter à Alistair un regard flatté, puis franchement méfiant à mesure que le sourire sensuel et sarcastique grandissait sur la bouche d'Alistair.

– Je vois, énonça-t-elle du bout des lèvres. Me suis-je encore trop emballée? Est-ce que dans mon enthousiasme, ma liberté de parole aurait par hasard brimé celle des autres?

– Bon sang! lâcha-t-il, c'est fou comme je t'aime!

Les paroles lui avaient échappé; Alistair s'avisa aussitôt de son impair. Le rouge aux joues, sur le qui-vive, comme un animal traqué, Joséphine s'était imperceptiblement reculée; ses doigts fins jouaient nerveusement avec le rebord de la nappe blanche. Ce n'était pas comme ça qu'Alistair avait imaginé son entrée en matière. Et surtout pas là, avec autant de témoins. Il savait que cela ne ferait qu'effaroucher Joséphine. Devant son évident malaise, il vint à son secours :

– Joséphine, tu n'as pas à dire quoi que ce soit. Je connais ton cœur, je te connais, toi, et cela me satisfait.

L'expression de soulagement et de gratitude qui détendit son visage aurait suffi à lui confirmer ce qu'il savait déjà. Mais voilà qu'elle voulait articuler quelque chose; ses lèvres muettes attiraient irrésistiblement son regard et Alistair prit son visage entre ses mains. Bien que pas un son n'ait franchi les lèvres de Joséphine, Alistair aurait juré l'avoir entendu dire qu'elle l'aimait.

Il l'embrassa vite, car il n'était pas de ceux qui étaient expansifs en public. Pourtant, il lui sembla que ses mains, posées sur les siennes, avaient cherché à le retenir, à prolonger leur baiser. « Et maintenant, se dit-il je vais la raccompagner chez elle, ouvrir une bouteille de champagne puis lui faire ma demande officielle et elle... »

– Ça alors! Alistair?!

Il se retourna un peu au ralenti; l'expression importunée de son visage s'effaça dans la seconde qui suivit.

– Sam? Samuel Oppenheimer! Mais ça fait une éternité!

Joséphine observait avec curiosité les deux hommes se serrer la main et se donner des claques amicales dans le dos. Samuel Oppenheimer avait les yeux presque noirs, des sourcils droits bien dessinés, une bouche un peu trop grande qui ne cessait de sourire. Ses habits étaient défraichis et n'étaient pas de la meilleure qualité et pourtant, quelque chose dans son attitude évoquait l'aristocratie. Il avait cette dignité dans les gestes et dans l'attitude, sans arrogance toutefois et qu'elle trouvait de bon gout.

C'est à peine si elle remarqua que les conversations au bar s'étaient passagèrement interrompues lorsqu'Alistair s'était levé pour accueillir avec enthousiasme son ami.

– Sam, je te présente mademoiselle Joséphine Roussel... une collègue de travail.

Sam eut un signe de tête d'assentiment cordial et prit avec galanterie la main que Joséphine lui tendait :

– C'est un plaisir de faire votre connaissance, mademoiselle Roussel. Je suis une vieille connaissance d'Alistair. Nous avons étudié ensemble.

– Mais il faut dire, expliqua Alistair, en invitant d'un geste Sam à s'assoir, que nous nous sommes un peu perdus de vue les dernières années.

– Plutôt que de faire carrière comme avocat et de vieillir prématurément comme moi, renchérit Sam à l'intention de Joséphine et sur un ton faussement désabusé, Alistair a préféré transmettre son savoir.

Joséphine accueillit son commentaire d'un rire enjoué; Sam se tourna vers elle et la gratifia la d'un grand sourire :

– Dites-moi, mademoiselle Roussel...

– Joséphine, je vous en prie, interrompit-elle d'une voix amicale.

– Très bien, acquiesça-t-il de bonne grâce. Alors, dites-moi, Joséphine, vous avez un accent particulier, tout à fait charmant...

– C'est parce que je ne suis pas d'ici. Je suis originaire de Montpellier, au Nouveau-Brunswick.

Elle eut un autre petit rire, ravie qu'il ait remarqué la subtilité de ses inflexions, ce qui conquit une fois pour toutes l'avocat.

– Vous connaissez? lui demanda-t-elle.

– De réputation seulement, puisque je n'ai jamais eu le bonheur d'y aller, reconnut Sam avec un petit haussement d'épaules.

– C'est une ville magnifique dans une province pittoresque, soupira-t-elle presque amoureusement. Avec ses plages sablonneuses et ses grands espaces verts... Et Montpellier, avec son centre-ville animé, où francophones et anglophones vivent en harmonie...

Joséphine observa une courte pause, considéra les deux hommes qui étaient suspendus à ses lèvres, avant de conclure avec un sourire d'autodérision :

– À m'entendre, vous vous dites sans doute que c'est une ville idyllique!

– On dirait bien, en effet, approuva Alistair avec bonne humeur.

– En tout cas, vous me donnez le gout de partir en vacances! ajouta Sam sur le même ton.

Joséphine s'était sentie immédiatement à l'aise en compagnie de Sam. Leur conversation était naturelle. Elle lui fit part de son désir de pratiquer un jour le droit à Montréal et d'avoir son propre cabinet. Plus elle parlait et plus Sam se réjouissait à la pensée que son ami ait finalement rencontré quelqu'un de sa trempe. Elle affichait une spontanéité et surtout une intelligence aigüe qui le captivaient. Et sa voix, juste et précise, plaisait à l'oreille.

« Les étudiants qui ont recours à ses services doivent apprécier sa force de caractère, songea Sam. Ceci dit, elle a davantage le tempérament d'une avocate que d'une tutrice. » Il pouvait presque la voir devant juge et jury, les défiant du regard avec sa chevelure flamboyante, les hypnotisant par son pouvoir de persuasion...

Bien qu'elle fît un effort pour se concentrer sur la conversation, Joséphine entendit des bribes de phrases malveillantes, lâchées de façon à être entendues. Elle eut tôt fait d'identifier les responsables, deux hommes assis au bar qui les lorgnaient du coin de l'œil. N'y tenant plus, elle se retourna avec finesse. Sam remarqua que ce réflexe avait eu tout de celui d'un félin. « Elle est aussi vive qu'un chat », se dit-il. Alistair tenta de retenir son élan, mais Joséphine s'était déjà redressée, superbe de colère :

– Je vous prie de m'excuser, messieurs, mais pourriez-vous baisser le ton ou aller commérer ailleurs?

Le sarcasme était flagrant. Sam se leva à son tour, suivi d'Alistair qui, protecteur, s'était rapproché de Joséphine. Les deux amis avaient également perçu les paroles désobligeantes des deux hommes lesquelles étaient destinées, ils le savaient aussi bien l'un que l'autre, à Sam.

Tous les regards étaient désormais braqués sur Joséphine; debout, elle dévisageait tour à tour d'un œil torve les deux hommes. À travers la fumée de sa cigarette, le plus âgé eut un rictus cruel :

– Dis-moi, ma belle. Tu sais ce qu'est un goglu?

Alistair et Sam échangèrent un coup d'œil inquiet; leurs poings se refermèrent lentement. Joséphine, décontenancée par la question, parut hésiter; elle se demanda où l'individu voulait en venir.

– C'est un oiseau, si je ne m'abuse, répondit-elle avec un aplomb admirable.

– C'est exact. Mais ce n'est pas n'importe quelle sorte d'oiseau, précisa l'homme, avant de prendre une longue bouffée avec une nonchalance exaspérante.

Joséphine, désireuse de connaitre la suite, avait perçu le trouble de Sam et la tension d'Alistair; son instinct lui dictait de mettre un terme à cette conversation absurde. L'homme bougea sur son tabouret. Avec un mépris grandissant, il cracha son venin :

– Les goglus se débarrassent des insectes indésirables. Un peu comme notre société cherche à se débarrasser des individus dont le nom se termine par « heimer », comme dans « Oppenheimer » ...

Il n'eut pas le temps de terminer sa phrase qu'Alistair avait bondi, l'empoignant par le collet, le poing dressé et menaçant, prêt à frapper.

Les deux compères battirent en retraite. Sam posa une main apaisante sur le poing d'Alistair :

– Laisse tomber, mon ami. Ils n'en valent pas la peine.

Comme Sam et Alistair l'entrainaient vers la sortie, Joséphine se dégagea de leur emprise et se dirigea vers les deux inconnus. Le plus jeune tourna lentement la tête vers elle, une expression mauvaise au visage. Joséphine lui décocha un regard pénétrant avant de lui asséner une gifle retentissante et de lui lancer un « sale abruti » au visage. Puis, elle défia les clients ébahis et s'empara du bras que Sam lui présentait. Tout s'était déroulé tellement vite que ni Alistair ni l'avocat n'avait eu le réflexe ni le temps d'intervenir.

Une fois à l'extérieur, Alistair s'exclama avec une colère mal contenue :

– C'est vraiment pas croyable d'être si borné! Si ignorant! Je suis navré, vieux.

Sam se contenta d'opiner gravement de la tête; il se tourna vers Joséphine :

– Ils devaient faire partie de l'Ordre patriotique des Goglus. C'est un mouvement antisémite à Montréal. Ça expliquerait la référence à cette espèce d'oiseau... Les Juifs ont le dos large, poursuivit-il avec lassitude. Cupides, malhonnêtes, responsables de la crise économique... la liste est longue.

– Je vois, marmonna Joséphine, honteuse de son ignorance et le cœur lourd.

Elle fut presque soulagée d'être apostrophée par Alistair :

– Il faut que tu apprennes à te contrôler, ma parole! Veux-tu bien me dire à quoi tu as pensé? Aller t'en prendre seule à cet homme? Qui sait comment il aurait pu réagir.

– Mais je suis tout à fait apte à me défendre toute seule! lui fit-elle remarquer, le plus sérieusement du monde.

Sur la défensive, Joséphine avait posé les mains sur ses hanches et toisait Alistair de toute sa hauteur.

– Ah ça, c'est vrai! admit Sam, avant d'adresser un clin d'œil complice à la jeune femme qui semblait prête à partir en guerre, une fois de plus.

– Je ne supporte pas les préjugés, s'enflamma Joséphine, autant ceux fondés sur le sexe, la religion, ou la race. Et aussi longtemps que je vivrai, j'exprimerai clairement ma position.

Cette fois, ce fut au tour de Sam d'être déconcerté par sa véhémence. Il coupa l'air tendu d'un geste de la main et chercha à réorienter la conversation vers un sujet plus léger :

– Je ne vous ai pas remerciés, il me semble. Alistair, d'avoir été prêt à défendre mon honneur par les poings et Joséphine... Ciel! Quelle gifle spectaculaire!

Tous éclatèrent de rire, brusquement libérés de leurs tensions. Ils se mirent en marche et pendant un certain temps, seul le bruit de leurs pas meubla le silence, chacun perdu dans ses réflexions. Alistair voyait d'une part sa demande en mariage tomber momentanément à l'eau et d'autre part, il se révoltait intérieurement contre ce fléau qu'était l'intolérance. « L'ignorance est responsable de bien des calamités dans la société, se dit-il. Une situation problématique qui doit être contrée, par tous les moyens possibles, entre autres, par l'éducation... et j'ai donc un rôle à jouer. »

Animée par un esprit de vengeance et de justice, Joséphine savourait encore le plaisir presque pervers d'avoir asséné une telle claque à ce goujat. Elle souriait, inconsciemment.

Sam admirait en silence le profil de Joséphine, ces traits volontaires sur un visage pourtant tellement féminin. Cette témérité, cette bravoure qui l'habitait étaient des traits de caractère qui l'avaient toujours impressionné chez une femme. Au cours de leur conversation dans le bar, il avait pu lire entre les lignes qu'elle s'était butée à un refus systématique de la part des cabinets d'avocats montréalais. « Au fond, songea-t-il, nous sommes pareils. Moi, un Juif, elle, une femme, deux êtres que la société parait vouloir écarter. »

– Joséphine, prononça-t-il d'une voix basse et résolue, j'ai un marché à vous proposer.

Elle s'immobilisa sur l'accotement et fit face à Sam. Elle le regardait droit dans les yeux, avec intérêt, curiosité et une lueur d'espoir.

– Vous me donnez votre parole qu'à l'avenir, vous n'aurez recours qu'à vos mots pour communiquer votre désaccord, en échange de quoi je vous accueille dans mon cabinet d'avocats pour que vous puissiez y faire votre cléricature. Ainsi, lorsque vous serez admise au Barreau – car ce jour viendra, ayez confiance! –, vous serez prête.

Joséphine était si heureuse qu'elle pensa un moment se jeter dans les bras de Sam, elle se contenta de lui secouer vigoureusement la main et de déclarer avec effusion :

– Marché conclu! Vous ne serez pas déçu!

Quant à Alistair, il donna une accolade à son ami, plein de reconnaissance. « Il n'y a pas de hasard dans la vie », pensa-t-il. Alistair était persuadé que si Sam était tombé sur eux ce soir-là, s'ils avaient croisé ces deux hommes déplaisants, c'était pour que le courage de Joséphine fut reconnu et récompensé. « Quelle soirée ponctuée de rebondissements! se dit-il. Pour couronner le tout, pourquoi pas une demande en mariage? La soirée est encore jeune. »

Joséphine se laissa tomber à côté d'Alistair sur le sofa moelleux. Elle envoya promener ses souliers à l'autre bout de la pièce et soupira d'aise. Après un bref passage dans un autre cabaret couru afin de faire plus ample connaissance avec Sam, ils étaient enfin de retour chez elle.

– Quelle soirée! s'exclama-t-elle en fermant les yeux.

– À qui le dis-tu! marmonna Alistair qui ne tenait plus en place, répétant mentalement son entrée en matière.

« Voilà, décida-t-il, le moment est venu de faire ma demande! » Il ouvrit la bouche, s'apprêtant à prendre la parole, mais Joséphine le devança :

– Tu savais que Sam avait déjà été marié?

Alistair faillit s'étouffer. *Ce n'est pas possible! Il faut vraiment qu'elle me parle de l'échec du mariage de Sam, maintenant?! Alors que je viens de retirer la bague de ma poche? Que je la tiens entre mes doigts?*

Dans un élan spontané, Alistair posa une main sur la bouche de Joséphine :

– Si je ne te dis pas maintenant ce que j'ai à te dire, Joséphine, je te jure que je vais exploser! Je t'aime. Je t'aime, comme je n'ai jamais aimé personne auparavant. Tu as bousculé ma vie, tu as ramené du piquant dans mon existence monotone et je ne peux plus désormais concevoir une vie sans toi à mes côtés.

Alistair prit une grande inspiration avant d'enchainer avec émotion :

– Ce que j'essaie de dire c'est que...

Joséphine l'empêcha de continuer. Elle réfléchissait à toute vitesse. Elle ne s'était donc pas imaginé la nervosité d'Alistair tout au long de la soirée, ses regards tour à tour absents et épris... *Mon Dieu, non!* Il avait toujours accepté les désirs et les limites de Joséphine sans les remettre en cause. De même, avait-il accepté son penchant pour les émotions fortes, pour une passion dévorante, sans jamais qu'elle n'ait à s'engager à long terme. Joséphine se sentit défaillir. Elle avait connu sa juste part d'aventures, mais cette fois-ci, c'était différent. Alistair était différent. Elle avait sincèrement cru trouver en lui le partenaire qu'il lui fallait. Elle brulait de sentir son corps musclé se fondre dans le sien. Elle se languissait de ses caresses et de ses étreintes. *Mais... je ne peux pas lui dire oui.* La voix mal assurée, Joséphine formula la réponse qu'elle avait tant de fois utilisée auparavant :

– Je ne t'ai jamais rien promis, Alistair.

Alistair aurait souhaité qu'elle se taise. Il la fixa, les yeux pleins d'une impatience désespérée :

– Mais qu'est-ce que ça veut dire, *je ne t'ai jamais rien promis*?! Nous sommes ensemble depuis plus de cinq ans!

– Pourquoi faut-il que tu compliques tout! répliqua-t-elle cinglante, son mécanisme de défense s'activant par la force de l'habitude.

La jeune femme braqua sur lui un regard dur. Elle le vit avaler sa salive. Un coup en pleine figure ne lui aurait pas fait plus d'effet.

« Se peut-il, se demanda intérieurement Alistair, dépité, que pendant tout ce temps je n'aie été que l'instrument de ses désirs? Qu'elle n'a jamais éprouvé qu'une simple attirance physique pour moi? » Il cherin dans ses yeux une réponse, mais un voile les avait recouverts.

– Qui, au juste, essaies-tu si hardiment de leurrer? Toi ou moi? s'enquit-il, furieux.

Si c'est moi, tu perds ton temps! Je sais que tu m'aimes.

Avant qu'elle ne puisse lui répondre, Alistair se redressa. Il déposa la fameuse bague, bien en évidence sur la table basse et déclara :

– Tu es surement la plus exaspérante jeune femme que je n'ai jamais rencontrée! La plus obstinée et la plus têtue. Mais sous ta carapace, reprit-il d'un ton qui s'était sensiblement radouci, j'ai découvert un cœur tendre, une nature généreuse. Je ne t'échangerais pour rien au monde.

Alistair se passa une main tremblante dans les cheveux pour retrouver sa contenance.

– Je t'aime, Joséphine, fit-il d'un geste impuissant de la main, et je veux pouvoir te présenter, non pas à titre de collègue de travail, comme ce soir avec Sam, mais comme la femme de ma vie, celle que j'aime! Ma fiancée, celle que je veux... épouser.

Voilà. J'ai mis mon cœur à nu. Et maintenant?

Pendant une seconde qui leur sembla interminable, Joséphine ne souffla mot. Si bien qu'Alistair s'emporta, à bout de nerfs :

– Pour l'amour du ciel, Joséphine, dis quelque chose!

Je t'en supplie, dis quelque chose!

Ses lèvres se mirent à frémir et Alistair crut l'espace d'une seconde qu'elle était enfin prête à s'abandonner à son amour.

– Je n'ai jamais été la possession de quiconque et je ne le serai jamais, tiens-toi le pour dit, débita-t-elle lentement, délibérément, pour ne laisser aucune équivoque sur sa position.

Il attendit qu'elle revienne sur ses paroles. Elle n'en fit rien. Alistair comprit que ce qu'il avait redouté le plus depuis le début de leur relation était en train de se produire. Un poids énorme lui tomba d'un coup sur les épaules. Son visage était ravagé par la colère et la tristesse.

– Je t'aime, Joséphine, affirma-t-il d'une voix sourde. Mais je ne peux continuer à vivre ainsi, amoureux d'une femme qui s'obstine à me repousser, à me maintenir à distance. Tu tiens tellement à ta sacrée liberté que tu refuses de m'ouvrir ton cœur. Je suis un homme, c'est vrai. Mais je ne suis pas ton ennemi! Jamais je ne t'empêcherai de suivre ta destinée. Au contraire! Mais ça, tu sembles ne pas le comprendre.

Après ce bref emportement, sa voix se brisa et il marcha d'un pas lourd vers la porte d'entrée. Une dernière fois, il se retourna :

– Comment se fait-il qu'avec toi, même l'amour devienne un combat?

Du haut de sa fenêtre, elle l'épia traverser la rue. Il marchait d'un pas vif, comme pour s'éloigner de tout ce qui lui rappelait leur aventure. Son logement, sa rue, son quartier... Ses larges épaules se fondirent dans l'obscurité et Joséphine sentit son cœur chavirer. Elle parvint à étouffer en elle la voix qui la suppliait de se lancer à sa poursuite.

Les joues brulantes, le souffle court, elle regagna le sofa et y prit place. Avec brusquerie, elle s'empara de la bague et chercha fébrilement un endroit où la faire disparaitre; finalement, elle la plaça dans une tasse qu'elle rangea par la suite dans une armoire. Puis, elle ramassa deux assiettes qui trainaient et les déposa dans l'évier, avant de se diriger d'un pas incertain vers sa chambre. Elle avait pensé refaire le lit qu'ils avaient partagé avec passion la veille et qu'elle n'avait pas eu le temps de faire. L'odeur d'Alistair était encore présente. Après une brève hésitation, Joséphine retourna au salon, remit ses chaussures, attrapa son sac à main et sa cape et s'élança vers la sortie. « C'est ma soirée à moi! se dit-elle farouchement. Et je vais célébrer en grand mon poste d'assistante juridique! Il est plus que temps que je remédie à ma fidélité! Cinq ans avec un même partenaire, c'est de la folie! »

L'ascenseur était hors d'usage dans son immeuble, ce qui les força à prendre l'escalier. Joséphine et Billy grimpaient tant bien que mal les marches, bras dessus, bras dessous, afin de conserver leur équilibre précaire. Aussitôt la porte de l'appartement refermée sur eux, leurs corps se pressèrent l'un contre l'autre. Les doigts de Billy, que l'impatience rendait malhabiles, s'attaquaient aux boutons de sa robe, lorsque Joséphine sentit qu'elle avait commis une erreur. D'abord en orchestrant leurs retrouvailles, en buvant plus que de raison et en insistant pour qu'il la raccompagne.

Elle tendit les doigts vers l'interrupteur, croyant que la noirceur couvrirait la voix de sa conscience qui lui disait qu'elle s'apprêtait à commettre un terrible impair. À travers ses paupières mi-closes, ses yeux se posèrent sur la porte d'armoire derrière laquelle – comment aurait-elle pu l'oublier? – se cachait dans une tasse en terre cuite, le bijou fatidique. Inexplicablement dégrisée, Joséphine repoussa doucement les mains baladeuses de son vieil ami.

– Attends, Billy, le repoussa-t-elle avec résignation. Arrête.

Elle baissa la tête, sa belle chevelure ébouriffée lui masqua une partie du visage.

– Je suis désolée, reprit-elle d'une voix teintée de frustration, mais je ne peux pas. Je pensais que j'en serais capable, mais je ne suis plus la même, on dirait bien.

– On dirait bien, en effet, observa Billy, un sourire en coin, détaillant d'un œil critique la poitrine moins menue que dans son souvenir qui sortait du soutien-gorge.

Joséphine repoussa ses cheveux et dévoila un regard caressé par un soupçon de tristesse sentimentale. Billy haussa un sourcil circonspect et la dévisagea avec une attention nouvelle; il devina, d'instinct, qu'elle était amoureuse. « Elle, qui avait pourtant juré de ne jamais l'être! se dit-il, interdit. Mais de toute évidence, il y a quelques nuages à l'horizon. »

Alors qu'il prenait du recul, Billy s'étonna de la tendresse que Joséphine avait brusquement éveillée en lui, ce qui éclipsa le désir qui l'avait inondé une minute plus tôt.

– Tu en es bien certaine? insista-t-il avec un sourire furtif et un éclair de malice au fond des yeux. Parce que, sans vouloir me vanter, je me suis amélioré depuis la dernière fois.

La carrière florissante en droit de Billy n'avait pas entaché son sens de la plaisanterie. Joséphine le regarda de biais :

– En fait, si ma mémoire est exacte, ce n'était déjà pas si mal la première fois.

Ils échangèrent un sourire complice.

– Si jamais tu changes d'idée, tu sais où me trouver, lâcha Billy d'un air bon enfant.

En guise de réponse, Joséphine serra affectueusement son bras et elle referma délicatement la porte de son appartement. Billy était plus sûr de lui et plus beau aussi que dans son souvenir. *Mais ce n'est pas Alistair.*

Lorsqu'elle se dirigea vers la chambre, Joséphine éprouva une angoisse infinie et désordonnée. La sensation de vide qui l'avait assaillie, debout face au lit éclairé en partie par le lever du soleil, était presque intolérable. Elle se laissa tomber dans les draps froissés et s'empara de l'oreiller qui portait encore la marque de la tête d'Alistair. Elle eut un rire sauvage et lança rageusement l'oreiller contre le mur.

– CHAPITRE TRENTE-DEUX –

Montpellier, Nouveau-Brunswick

Accablé par le contenu de la lettre, Preston l'échappa volontairement. Difficile de croire, lorsqu'il lisait ces mots, ces phrases désolantes et criblées de fautes, que l'économie mondiale avait réellement amorcé une reprise. Les bras chargés de journaux, Maude se tenait devant lui, une expression désolée au visage.

– Encore une demande d'argent? soupira-t-elle en contournant le bureau.

– Oui, encore une autre, confirma avec ennui Preston, tendant les mains pour saisir des siennes le paquet de journaux dument ficelé.

Depuis le début de la crise économique, Preston avait mis Maude au courant – et elle seule – de ces lettres poignantes qu'il recevait régulièrement : des citoyens à bout le suppliaient de leur accorder une aide financière, de venir à leur secours. Une aide qu'il ne pouvait se résoudre à leur refuser, donnant de façon anonyme des milliers de dollars aux familles nécessiteuses, sans compter l'aide financière qu'il accordait depuis des années à l'orphelinat Saint-Christophe.

Preston constata la transformation qui s'était opérée en Maude, à son insu. Les années, le travail et sans doute quelques revers du destin avaient passablement tranquillisé sa personnalité pétillante. L'étincelle malicieuse de ses beaux yeux brillait avec moins d'intensité qu'autrefois.

« Et que dire de moi? pensa-t-il. Ce pli d'inquiétude qui barre mon front en permanence ne date surement pas d'hier. À croire que la crise économique a fini par avoir le meilleur de nous, même si notre situation financière est enviable. »

Preston lut la une des différents journaux; elles se ressemblaient toutes. Désabusé, il fit remarquer à Maude :

– La marche sur Ottawa des grévistes en provenance des camps de secours pour chômeurs a fait la une de tous les quotidiens. C'est LA nouvelle de l'heure... Ma foi, Maude, c'est à se demander si le jour ne viendra jamais où un évènement joyeux ou tout simplement sans lien avec la crise économique parviendra à faire la page couverte des journaux.

*****

L'Hôtel Jonquille était réputé pour son orchestre et pour le service impeccable des employés discrets et effacés. Des serveurs circulaient parmi les petites tables rondes, offrant rafraichissements et boissons fortes. Plus tôt dans la soirée, les illustres invités du maire, entrainés par les instrumentistes, lui avaient chanté « Joyeux anniversaire », tandis qu'il soufflait les bougies d'un gâteau à trois étages, digne d'un gâteau de noce. Assis près de son épouse, Gustave Laplante souriait, le visage rougi par le vin, nullement démonté par le cap de sexagénaire qu'il venait de franchir et échangeait des regards complices avec son fils ainé, Gustave junior. Ils se réjouissaient du succès de ce gala qui clôturait à la fois la carrière du père et lançait celle du fils.

Ils eurent pour la table voisine un signe de tête entendu. Forts de leur alliance avec la famille Roussel, vieille de plus d'une génération, Gustave sénior et fils comptaient sur une transition sans anicroche, une élection presque gagnée d'avance. D'ailleurs, s'ils se fiaient aux visages détendus des membres de la famille Roussel, à celui satisfait et confiant de Preston Roussel surtout, ils n'avaient aucune raison de douter d'un dénouement favorable. Leur récente collaboration visant à embaucher une cinquantaine d'hommes au chômage pour défricher de nouvelles terres avait suffi non seulement à resserrer leurs liens, mais aussi à remonter le moral des citoyens de Montpellier. Ce vent d'optimisme qui soufflait sur la ville jouerait assurément en leur faveur au moment des élections municipales.

Lors des soirées mondaines, Olivia se montrait particulièrement plaisante avec la gent masculine. Elle nourrissait l'espoir de rendre vert de jalousie Maurice et de provoquer ainsi une déclaration officielle de sa part. Comme il tardait à se déclarer, Olivia craignait d'être prise au dépourvu. Il était périlleux de mettre tous ses œufs dans le même panier. Ainsi, à vingt-trois ans, tous les gestes et pensées d'Olivia lorsqu'elle était en public étaient tournés vers un but précis : se montrer sous son plus beau jour dans l'espoir de faire un beau mariage, préférablement avec Maurice; sinon avec celui qui saurait l'égaler.

Olivia avait longuement étudié sa mère, sa façon de marcher, de parler, ou tout simplement de tenir une tasse de thé, persuadée que ces séances d'imitation porteraient fruit un jour. Et aux yeux de tous, Olivia, même si elle tardait à accorder sa main – conseillée par sa mère, avait jusqu'à présent décliné toutes les marques d'intérêt qui lui avaient été présentées –, promettait de faire un mariage exceptionnel. Avec son teint rose et ses traits délicats, il était difficile d'imaginer jeune fille plus jolie.

Or, ce soir-là, Olivia désespérait. Elle avait l'air de s'ennuyer poliment : Cyprien Drisdelle la retenait prisonnière d'une conversation pour le moins embarrassante. Elle gardait un sourire figé; elle trouvait ses propos de mauvais gout, tout comme la couleur fade de son habit. Elle regrettait de s'être aventurée seule dans le hall d'entrée de l'hôtel et d'avoir pris place sur le canapé. Dans son empressement à lui faire la cour, Cyprien Drisdelle en oubliait ses bonnes manières. Penché au-dessus d'elle, il la dévisageait avec une fatuité désinvolte qu'affectaient les hommes avec elle en général et souriait voracement. Prise au piège, Olivia regardait autour d'elle et cherchait désespérément un prétexte pour s'excuser.

Maurice Maillet, qui avait discrètement suivi la scène, à demi caché par une colonne décorative, jugea qu'il était temps pour lui d'intervenir, de libérer Olivia des avances intempestives de Drisdelle. Il sortit de l'ombre et marcha avec élégance dans leur direction.

– Excusez-moi... Olivia, vous m'aviez promis une valse, prit-il pour prétexte, avec une inclination de tête parfaitement formelle à l'endroit de Drisdelle.

– C'est vrai? Oui, c'est vrai! se reprit-elle habilement, avant d'accepter la main que lui tendait galamment Maurice.

Olivia vit dans cette rescousse si adroitement exécutée la preuve irréfutable et incontestable que Maurice était son chevalier prédestiné. Enfin, une marque d'intérêt, une preuve de son attachement; elle attendait cela désespérément depuis si longtemps!

– Merci infiniment de m'avoir porté secours, fit-elle d'une voix affable.

– Je vous en prie, c'est la moindre des choses, lui répondit Maurice sur le même ton.

L'entrainant vers la piste de danse, Maurice détaillait sa partenaire avec intérêt; il appréciait la qualité du tissu de sa robe, l'attention qui avait été mise dans sa toilette, la beauté naturelle de son visage rehaussée par un soupçon de rose sur les lèvres et les joues, ses boucles blondes, joliment relevées de chaque côté des tempes. Jusqu'à ce moment, Maurice était resté vague sur ses intentions, car il n'était pas particulièrement pressé de se mettre la corde au cou. Mais Olivia avait su se montrer patiente et il était temps qu'il se range, pour la forme et les apparences surtout. Le butin en valait la peine.

Physiquement, Olivia incarnait pour tout homme l'idéal féminin. Maurice n'était qu'un gamin lorsqu'il avait entrevu pour la première fois ce qu'une union avec une des filles Roussel pourrait lui apporter. Et depuis, il veillait, attendant le moment propice pour se manifester à celle qu'il avait repérée depuis longtemps. « Olivia est non seulement très belle, mais aussi réservée, songea Maurice. Lorsqu'elle sera modelée à mon gout, elle fera une épouse parfaite. »

La valse jouait ses derniers accords, Olivia lui présenta la main, dans un geste qui ressemblait étrangement à un état de soumission. *Mon beau Maurice, danseur aux multiples talents et qui sent divinement bon...* Olivia frissonna comme ses doigts lui chatouillaient la paume. Subitement, elle se crut sincèrement et irrévocablement amoureuse. Toutefois, ce n'était pas le véritable Maurice qu'Olivia voyait, mais plutôt l'image qu'elle s'en faisait : celle d'un bel homme sophistiqué et accompli, financièrement à l'aise, sûr de lui, charmeur et... enfin épris? Elle se sentit étrangement excitée lorsqu'il lui baisa avec galanterie la main.

Maurice avait joué ses cartes à merveille. Il l'avait fait languir; il s'était rendu ainsi plus désirable à ses yeux. Le regard de Maurice brillait de convoitise tandis qu'il raccompagnait la jeune femme à sa table. Lorsqu'Olivia croisa ce regard allumé, elle s'émerveilla. Dans son innocence, elle prit cette lueur passagère pour de l'amour.

À quelques pas seulement des musiciens, Marie-Ange buvait du champagne à petites gorgées. Elle admirait les couples qui glissaient harmonieusement sur le plancher de danse. Tous les invités paraissaient apprécier l'ambiance feutrée et intime de la soirée. Marie-Ange se laissa emporter par son imagination rêveuse : elle était dans les bras d'un homme, au visage embrouillé pour l'instant, qui l'aimait et qu'elle aimait de tout son être. *Un homme de cœur, encore inconnu et que j'attends... mon âme sœur qui, quelque part dans le monde, me cherche également.*

Marie-Ange à vingt-cinq ans était, aux yeux de son entourage, trop âgée pour espérer un mariage réussi même si, physiquement, elle avait l'air jeune. La situation de Joséphine était pire que la sienne, mais heureusement pour elle, sa sœur ainée n'avait pas à entendre les chuchotements et les coups d'œil intrigués ou compatissants des gens de Montpellier.

La jeune fille n'ignorait pas que, dans son dos, certains l'appelaient « Sainte Marie-Ange », ce qui contribuait à refroidir les ardeurs de prétendants potentiels. Il fut un temps où Marie-Ange avait envisagé donner sa vie au Seigneur, en partie parce que très jeune, elle avait ressenti une inclination pour la Vierge Marie et pour une vie consacrée à l'amour de son prochain et à la dévotion et en partie aussi parce qu'elle avait senti que c'était ce que ses parents attendaient d'elle. Toutefois, bien qu'elle fût croyante, Marie-Ange savait, au plus profond de son cœur, qu'elle n'était pas prête à faire vœu de chasteté ni de célibat. Elle espérait donc sereinement que le jour viendrait où un homme la remarquerait, qu'il l'aimerait d'un amour vrai, authentique et qu'il verrait en elle non pas une sainte, mais bien une femme, désireuse d'aimer et d'être aimée en retour. *Et nous danserons, les yeux dans les yeux, pour l'éternité...*

Marie-Ange fut brutalement arrachée de sa rêverie quand elle vit sa sœur Olivia, que Maurice Maillet raccompagnait cavalièrement à la table de ses parents. Son pouce gauche effleura le dos en partie dénudé de sa sœur, alors que de sa main libre, il lui tirait galamment une chaise. Marie-Ange sentit son cœur protester : le simple fait de voir ce doigt sur la chair blanche d'Olivia lui fit l'effet d'une brulure et elle se raidit instinctivement. Ce n'était pas charitable de sa part, mais elle ne pouvait s'empêcher de douter des véritables intentions de Maurice. Quelque chose en lui la rebutait. Un sentiment gênant et fort peu chrétien qui remontait à l'enfance. Elle n'avait jamais eu confiance en lui. Et maintenant que Maurice était un adulte, ses doutes quant à ses valeurs morales n'avaient fait que s'amplifier.

À son grand désarroi, voilà qu'après avoir échangé une poignée de main avec Preston, Maurice se dirigeait vers elle et lui souriait cordialement. *Impossible de l'éviter, personne avec qui n'engager la conversation, aucune issue possible!* Marie-Ange frissonna, recula vers l'orchestre. Elle sentit une main se poser sur son épaule et elle se retourna, les nerfs à fleur de peau. Elle reconnut aussitôt le contrebassiste avec lequel elle avait échangé quelques paroles plus tôt. Il la regardait avec gentillesse et l'invitait à prendre place au piano.

Marie-Ange monta gracieusement les marches de l'estrade et encouragée par les sourires accueillants des autres instrumentistes qui jouaient les dernières notes d'une ballade, elle s'installa au piano à queue. Lorsqu'elle posa ses doigts délicats sur les touches d'ivoire, Marie-Ange oublia tout : Maurice, les nombreux invités, l'odeur prononcée des cigares et sa robe qu'elle trouvait trop échancrée. Ses doigts couraient sur les touches, scandant une valse de Chopin. Les couples se mirent à tournoyer au son de la mélodie et ceux restés attablés baissèrent le ton, bercés par les accords, appréciant ce fond musical romantique.

Maurice continua sa tournée de salutations. Il se moquait de l'extrême nervosité de Marie-Ange qui avait perdu tous ses moyens lorsqu'elle l'avait vu approcher. « Quel effet j'ai sur les femmes, songea-t-il. C'est tout de même étrange... Marie-Ange est affreusement timide et pourtant, elle ne semble pas embarrassée d'être le point de mire quand elle joue avec l'orchestre de l'hôtel! »

– Regarde Marie-Ange, s'extasia Charlotte. Elle est resplendissante! Quel talent! Elle est si heureuse et à l'aise au piano.

Elle se tourna vers Jacob qui demeurait silencieux. Tendu, les yeux braqués loin devant lui, il regardait sans voir les couples qui valsaient. Perplexe, Charlotte lui toucha le bras :

– Jacob? Tu parais ailleurs ce soir... Quelque chose te préoccupe?

Le jeune homme se rembrunit. Il fallait dire qu'au cours des derniers mois, Jacob avait pris ses distances. Un recul tout à fait compréhensible puisqu'il découlait directement de sa nouvelle relation amoureuse. Charlotte ne pouvait donc pas lui en vouloir. Cela dit, sa présence familière et réconfortante de même que son écoute attentive lui manquaient énormément. En fait, elle avait été agréablement surprise de le voir ce soir, mais étonnée de l'absence de sa fiancée.

– J'ai rompu avec Édith, laissa-t-il tomber froidement et sans préavis.

– Comment?! s'exclama Charlotte, la mine déconfite. Mais... je vous croyais si heureux ensemble! Vous formiez un si beau couple!

Déstabilisée par cette déclaration aussi ingénue qu'inattendue, elle avait vivement retiré sa main.

– Je ne pouvais, en toute bonne conscience l'épouser, en me sachant toujours amoureux d'une autre, expliqua-t-il d'un air grave, en évitant soigneusement son regard.

Charlotte sut lire entre les lignes; elle s'empourpra violemment.

– Je ne sais que dire, murmura-t-elle en baissant les yeux. Je suis désolée Jacob, vraiment, je...

– Tu n'as pas à te justifier, interrompit calmement Jacob. Et tu n'es certainement pas à blâmer pour l'échec de ma relation... Changeons de sujet, tu veux bien? Parle-moi un peu de toi, de tes projets pour *L'Averti*, enchaina-t-il sur un ton aussi détaché que possible. Il me semble qu'il y a si longtemps que je t'ai entendu me vanter les prouesses de Maude, ou l'impact de tes écrits publiés anonymement dans le journal.

Charlotte parvint à dissimuler sa culpabilité derrière un sourire de façade et lui récita de mémoire des bribes de phrases tirés de ses articles les plus récents, désireuse de rattraper le temps qui s'était écoulé depuis leur dernière vraie conversation. Ce faisant, elle regrettait sincèrement de ne ressentir que de l'amitié pour Jacob.

Quelques heures plus tard, dans le confort de la maison familiale et de leur longue et ample robe de nuit, Charlotte et Marie-Ange revenaient sur la soirée qu'elle venait de passer.

– Si tu avais vu la tête de nos parents lorsque tu as pris place au piano, fit Charlotte d'un rire espiègle. Eux qui croyaient que tu réservais ton talent exclusivement aux concerts-bénéfices! Ils étaient sous le choc, il en va de soi, mais ils étaient tellement fiers de toi.

– C'est vrai? demanda Marie-Ange, d'une voix chantante.

– Bien sûr que c'est vrai! appuya joyeusement Charlotte. Et ils ne se sont pas fait prier pour accueillir les éloges en ton nom... moi non plus, d'ailleurs. Quand penses-tu recommencer?

Marie-Ange eut un sourire modeste et comblé, elle brossa sa longue chevelure blonde, regardant d'un œil compatissant les cheveux courts et malmenés de sa sœur.

– Je n'avais pas prévu monter sur scène, lui confia-t-elle de sa voix paisible. Et je ne pense pas répéter l'expérience de sitôt, à moins que les Dames de l'Association des Tulipes ne me sollicitent pour un concert-bénéfice.

Marie-Ange eut un soupir de bien-être; Charlotte se laissa emporter par le flot de ses pensées :

– Tu as vu Olivia et Maurice danser? Ils formaient un couple remarquable, tous deux très en beauté. Je parie que maman imagine déjà leur mariage! Tant mieux, si ça peut détourner son attention de notre célibat. Franchement, reprit-elle avec désinvolture, je ne vois pas en quoi il y a urgence. Je ne me marierai que lorsque j'aurai trouvé l'homme qui me convient. Et si je ne le trouve pas et bien... je resterai célibataire.

Souriante, appréciant son propre humour, Charlotte déposa négligemment sa brosse. Elle croisa le regard alarmé de sa sœur.

– C'était pour rire, Marie-Ange, s'empressa-t-elle de la rassurer. Je ne pense pas vraiment rester célibataire. Je garde encore espoir de trouver un homme qui soit à la hauteur de mes attentes.

– Non, ce n'est pas ça, réfuta Marie-Ange d'une voix incertaine. Je pensais à Olivia et à Maurice. Rien de bon ne peut aboutir de leur union. Maurice a trop peu de principes, Olivia, elle, trop peu d'empathie pour les autres. Ensemble, leurs défauts ne feront que s'amplifier. Mais par-dessus tout, Maurice me fait peur.

Marie-Ange secoua la tête, comme si elle cherchait à chasser une image dérangeante.

– Tu penses vraiment qu'ensemble ils pourraient devenir mauvais? Même dangereux? insista Charlotte, scrutant le visage de sa sœur.

Elle aurait juré qu'une ombre maléfique était passée sur les traits angéliques de Marie-Ange qui demeurait muette et Charlotte se sentit gagnée par une étrange panique. Marie-Ange venait d'exprimer un malaise que Charlotte ressentait depuis longtemps. « Olivia et Maurice, songea-t-elle. Deux êtres sans scrupules, assoiffés d'argent. Jusqu'où la superficialité de la première et l'ambition de l'autre les conduiraient-ils? »

Soudain, Olivia apparut au seuil de la chambre. Elle les jaugea avec hauteur :

– Joséphine vous tuerait si elle savait que vous étiez dans ses affaires.

Cela ne l'empêcha pas pour autant de pénétrer à son tour dans la chambre. Elle s'installa sur le lit à baldaquin, prit une pause et se contempla dans le miroir. Marie-Ange se tourna vers Olivia :

– C'était vraiment une très belle soirée. Et tu étais magnifique ce soir, Olivia.

– Oui, c'était une soirée inoubliable, lui répondit-elle avec une indifférence affectée. Et tu as raison, j'ai reçu plusieurs compliments flatteurs ce soir. Quant à Maurice, il n'avait d'yeux que pour moi.

N'écoutant que son cœur, Marie-Ange se leva et vint s'installer près de sa sœur sur le lit.

– Tu sais, Olivia, commença-t-elle prudemment, je crois que tu devrais te méfier un peu de Maurice. Il a beaucoup plus d'expérience que toi en matière sentimentale et...

– Tu n'es qu'une jalouse! interjeta brusquement Olivia qui s'était redressée d'un bond du lit. Tu es jalouse qu'il ait jeté son dévolu sur moi plutôt que sur toi. Je t'ai vue, tu sais! Je t'ai vue essayer de le charmer, en te donnant en spectacle avec ce ridicule piano! Mais c'est moi qu'il a choisie. Moi!

Sa voix trahissait une tension hystérique. Sidérées, les deux sœurs regardaient Olivia se décomposer. Elle foudroya du regard Marie-Ange et la dénigra méchamment :

– Tu n'es qu'une sainte nitouche et une idiote. Tu l'as toujours été. Et pas un homme ne voudra de toi.

– Olivia! C'est assez! ordonna Charlotte d'un ton qui ne souffrait pas de réplique.

Olivia parut se ressaisir, mais intérieurement, elle fulminait. *Mes sœurs ont toujours été jalouses! Et maintenant, elles veulent me voler Maurice?! Sous de faux prétextes en plus?! Il n'en est pas question. C'est moi qu'il a choisie et j'entends bien l'épouser. Et le plus tôt sera le mieux!*

Olivia rajusta le ruban de sa robe de nuit, puis se dirigea dignement vers la sortie, sous le regard ébahi des deux sœurs.

– Comme ce doit être triste de croire en un rêve lorsque l'on sait qu'il ne se réalisera jamais, observa-t-elle, méprisante, avant de disparaitre.

Immobile sur le lit, Marie-Ange baissa la tête et ferma les yeux sur ses larmes. « Olivia a tort, se dit-elle. Un jour, je trouverai l'amour et Charlotte, elle, sera une journaliste reconnue pour *L'Averti*. »

– Elle ne pensait pas ce qu'elle disait, tu sais... Franchement, je ne sais pas quelle mouche l'a piquée! marmonna Charlotte, encore sous le choc.

– Une abeille, plutôt, hasarda Marie-Ange d'une toute petite voix.

Il n'y avait aucune animosité dans les yeux de Marie-Ange, aucune trace de colère sur sa figure, rien que de la compassion. Charlotte comprit pour la première fois à quel point le grand cœur de Marie-Ange était une force inestimable. Comme une armure, sa bonté la protégeait des méchancetés de ce monde.

* * * * *

Montréal, Québec

Situé sur la rue Greene, le cabinet de Sam Oppenheimer se trouvait au premier étage d'un vieil immeuble austère. Celui-ci était occupé exclusivement par des commerçants juifs et bien qu'elle fût la seule catholique, Joséphine se sentait parfaitement à l'aise dans son nouvel environnement. Le caractère respectueux, courtois et discret de ses voisins l'interpelait, ce que Sam n'arrivait pas à s'expliquer. Après tout, la personnalité de Joséphine n'était pas ce que l'on pouvait qualifier de « réservée ».

Plus curieux encore, les commerçants semblaient s'être entichés de son assistante. Ils fermaient les yeux sur ses tenues originales et colorées qui contrastaient avec la sobriété de leur style et supportaient sans broncher ses incessants bavardages. Et que dire de Sarah, la vieille secrétaire grognonne qui refusait de prendre sa retraite et qui avait pris Joséphine sous son aile. Sam ne pouvait qu'admirer la rapidité avec laquelle la jeune femme s'était taillé une place dans son cœur. Un tour de force. Sarah souriait avec indulgence devant ses petits emportements et lui apportait à l'occasion des gâteaux, ceux-là mêmes qu'elle réservait autrefois uniquement pour Sam. En outre, elle lui avait récemment tricoté un foulard qui la garderait « bien au chaud les mois d'hiver. »

En définitive, Joséphine avait apporté un vent de fraicheur et de renouveau dans l'édifice et Sam était le premier à s'en féliciter. Débrouillarde, servie par une excellente mémoire et une curiosité insatiable, rien ne lui échappait. Elle prenait note de ses précieux conseils et lorsqu'elle n'était pas occupée à faire de la recherche pour lui, elle perfectionnait ses connaissances.

Ce soir-là, Sam avait été invité à diner chez ses parents, invitation qu'il ne pouvait refuser. En sept ans, c'était la première fois qu'ils lui tendaient la perche. Son père l'avait renié après qu'il leur eut annoncé son désir d'épouser une Anglaise protestante qu'il fréquentait en cachette. Aucun membre de sa famille n'avait assisté à la cérémonie de mariage. Deux ans plus tard sa femme, Lizzie, l'avait quitté pour un autre.

Comme il s'apprêtait à quitter le bureau, sa mallette usée à la main, Sam lança, à l'endroit de Joséphine :

– Ne t'éternise pas! Les dossiers seront encore là demain matin, tu sais.

Joséphine se replongea dans sa lecture, la main enfouie dans sa tignasse volumineuse. L'avocat allait ouvrir la porte lorsqu'il annonça :

– Au fait! J'ai failli oublier... J'ai vu Alistair hier et il tenait à ce que je te transmette ses salutations.

Joséphine redressa lentement la tête.

– C'est très aimable à lui, répondit-elle enfin, de mauvaise humeur.

Un sourire erra sur les lèvres de l'avocat et sur celles de la secrétaire. Sarah était peut-être à moitié myope, mais ses facultés auditives étaient exceptionnellement bien conservées pour son âge. Tous deux devinaient que l'orgueil obscur et sauvage de Joséphine l'empêchait de tendre la perche à Alistair. Elle n'aimait pas reconnaitre ses torts ni admettre une réalité si elle n'était pas émotionnellement prête à le faire, comme reconnaitre qu'elle était toujours amoureuse d'Alistair.

L'avocat haussa les épaules devant tant d'entêtement. Vraiment, il n'avait rarement connu personne plus obstinée. « Quelle femme frustrante et fascinante à la fois », pensa-t-il. Joséphine préférait ne pas voir la réalité en face, mais ils savaient aussi bien l'un que l'autre qu'Alistair était le partenaire idéal pour elle. Il était à la fois un protecteur discret et la personnalité forte et dynamique dont elle avait besoin.

Une fois de plus, Sam prit conscience du défi que devait représenter Joséphine pour son ami. Il eut pour son assistante, qui s'était replongée dans sa lecture, un regard critique et circonspect. « Les passions humaines peuvent être encore si primitives », songea-t-il en refermant la porte.

À quelques kilomètres de là, dans un bureau surchauffé de l'Université Saint-Sulpice, Alistair terminait de lire avec intérêt *Le Citoyen*. Il pouvait toujours compter sur ce journal pour le tenir informé et garder ses facultés mentales en éveil. Alors qu'il repliait le journal, il contempla d'un air absent sa table de travail, avec ses dossiers pêlemêle, les dissertations qui attendaient d'être corrigées et dont au moins le quart serait décevant. La patère penchait dangereusement, comme si le poids d'un manteau de printemps et d'un chapeau était trop lourd. Près de la fenêtre, sa fougère avait connu des jours meilleurs s'il se fiait aux tiges jaunâtres qui perçaient à travers le feuillage.

C'était à croire que l'absence de Joséphine avait eu des répercussions non seulement sur sa propre personne qu'il négligeait – son costume était froissé, sa chemise était d'un blanc douteux et il avait besoin de voir le barbier –, mais aussi sur tout ce qui entrait en contact avec lui. Sans compter la poignée d'étudiants dont les résultats académiques étaient en chute libre depuis qu'ils ne bénéficiaient plus de son tutorat.

Alistair était stupéfié par la force avec laquelle il l'aimait toujours et par l'impression de vide qu'elle avait laissée après son départ. Il se morfondait, sa présence tellement vibrante lui manquait horriblement. Malgré sa cuisante déception amoureuse, il avait été sincèrement rassuré de la savoir heureuse, complètement investie dans son travail au cabinet de Sam. Elle lui en faisait voir aussi de toutes les couleurs apparemment. Mais Sam se disait extrêmement satisfait de son travail. D'ailleurs, le contraire eut étonné Alistair.

Une expression à la fois tendre et fière marqua les traits fatigués d'Alistair : il revoyait l'étudiante impétueuse et particulièrement brillante, l'amoureuse passionnée et indomptable qui l'avait tenu en haleine, aussi bien dans la chambre à coucher que dans leurs conversations inspirantes et interminables. Sam avait beau le persuader que Joséphine lui reviendrait, il était loin d'être convaincu. Il ne l'avait pas revue depuis sa minable demande en mariage.

Lorsqu'elle lui avait envoyé la fameuse bague de fiançailles, il n'avait pas hésité à la lui retourner ; une note sans équivoque accompagnait le colis : il avait choisi cette bague pour elle et ne souhaitait plus jamais la revoir à moins qu'elle ne fût à son doigt. « C'est sans doute la chose la plus sensée que j'ai faite, pensa-t-il. La balle est dans son camp. Et de toute évidence, elle n'est pas prête à me la renvoyer. »

Alistair laissa échapper un juron, s'empara de ses notes, décidé à se préparer pour son prochain cours. « Il faut que je reprenne ma vie en main, se dit-il. Mes étudiants méritent mieux que ça. Je dois leur offrir le meilleur de moi-même. »

La vie devait suivre son cours. Il n'avait pas le choix : il devait apprendre à vivre sans elle.

– CHAPITRE TRENTE-TROIS –

Montpellier, Nouveau-Brunswick – 1938

Elle s'appelait Camille Deschamps et passait généralement inaperçue. Son père était un investisseur en valeurs immobilières, sa mère une organisatrice hors pair en collectes de fonds. Nouvellement installée à Montpellier, la famille Deschamps faisait jaser, à l'exception de Camille; monsieur et ses fils en raison de leur penchant pour l'alcool et le jeu, madame, en raison de ses excentricités. Néanmoins, les familles les plus respectées de la ville semblaient avoir accepté les nouveaux arrivants qui dépensaient et partageaient généreusement leur fortune.

La famille Roussel était l'une de ces familles que convoitaient particulièrement les Deschamps. Ils désiraient établir de bonnes relations avec monsieur Roussel, dont l'influence s'étendait bien au-delà du Nouveau-Brunswick. Suite au refus catégorique du magnat de l'industrie forestière de vendre la propriété inhabitée d'Édouard Roussel, les Deschamps s'étaient fait construire une villa aux abords de *leur* colline, une résidence presque aussi impressionnante en taille qui était depuis le lieu de célébrations quasi ininterrompues.

La famille Roussel était conviée aux réceptions, diners et soirées de tous genres orchestrés par les Deschamps. Leur présence, régulièrement sollicitée, aurait fait foi du niveau de réussite et d'intégration des nouveaux venus. Or, au grand déplaisir des Deschamps, jusqu'à présent, monsieur et madame Roussel n'avaient daigné accepter une seule de leurs invitations.

Victoria, particulièrement flattée devant la persistance des Deschamps, avait persuadé Preston de répondre favorablement à leur missive, d'autant plus que Clémence et Arthur, qui ne prenaient qu'exceptionnellement part à ce genre de soirée, s'étaient dits impressionnés par ce qu'ils y avaient vu. Preston s'était laissé convaincre, d'une part, parce qu'il y voyait la possibilité de créer des liens d'affaires et d'autre part, parce qu'il désirait combler la curiosité de sa femme envers laquelle il se sentait invariablement coupable et redevable.

Victoria avait eu vent des objets d'art, des meubles importés et du service en porcelaine de madame qui, soi-disant, équivalaient au sien. Si elle avait été sceptique au départ, une fois sur les lieux, Victoria avait dû se rendre à l'évidence que les Deschamps étaient en effet très, très à l'aise. Avant même la présentation des plats et des vins, elle en était arrivée à la conclusion que cette soirée surpassait en luxe toutes celles auxquelles il lui avait été donné d'assister. La constatation éveilla aussitôt les suspicions et les réserves de Victoria. *Tous ces excès inconsidérés...* « Personne ne peut être fortuné à ce point, décréta-t-elle silencieusement. Il y a anguille sous roche; ils doivent vivre à crédit, être horriblement endettés. Et à ce rythme, si les Deschamps ne prennent garde, ils seront ruinés avant la fin de l'année. »

À son grand désespoir, Camille était attablée entre deux banquiers immensément riches et influents, à la tête d'institutions financières parmi les plus importantes des Maritimes. Paralysée elle répondait par monosyllabes aux questions de ses voisins et au bout d'un moment, ils perdirent tout intérêt pour la jeune fille plutôt ordinaire et fade. Soulagée de ne plus avoir à faire la conversation, elle se concentra sur sa nourriture; elle comptait les minutes qui la séparaient du confort et de la tranquillité de ses appartements. Elle se tenait généralement à l'écart des discussions, modeste, et préférait de loin la compagnie de ses livres à celle de sa propre famille et des gens en général.

Camille se considérait comme un être à part. Elle ne voulait pas faire partie de ce monde qu'elle trouvait hypocrite, dur, et souhaitait d'ailleurs ne jamais avoir à en faire partie. Rien ne la retenait ici-bas. *Si seulement le Seigneur entendait mes prières.* Camille rêvait de l'au-delà, lorsque levant la tête de son assiette, ses yeux rencontrèrent le regard le plus doux et limpide qu'elle eut jamais vu dans le visage d'un homme. Il lui souriait gentiment, comme s'il avait deviné le supplice qu'elle s'était imposé par sa présence à ce diner. Blond, incroyablement séduisant, la moustache bien taillée, il avait l'air tout droit sorti d'un de ses romans à l'eau de rose qu'elle lisait dans le privé de sa chambre la nuit. Camille baissa les yeux; elle s'accorda quelques secondes pour ramener les battements saccadés de son cœur à un rythme normal, avant de redresser à nouveau la tête, par une pulsion irrépressible.

– ... C'est la presse qui est problématique, trancha le fils ainé Deschamps. C'est elle qui alimente les rumeurs et la panique dans l'esprit des gens, chaque fois qu'il y a une situation de crise.

– Je pense que vous parlez à travers votre chapeau, Boris... Vous généralisez un peu, non? fit-elle avec un sourire charmant qui ne put totalement masquer une certaine condescendance.

Anthony entendit vaguement Charlotte monter le ton : une autre intervention du fils ainé Deschamps l'avait piquée. À cet instant précis, il n'avait d'intérêt que pour la jeune fille assise de l'autre côté de la table qui répondait timidement à son sourire. Il pensa qu'il n'avait jamais rencontré de demoiselle aussi différente. Son teint très pâle, sans la moindre touche de rose sur sa complexion laiteuse et ses cheveux châtain clair qui ondulaient en petites boucles sur la nuque et autour du visage lui rappelaient les poupées de ses sœurs. Il se dégageait d'elle une impression de jeunesse et d'innocence, ainsi qu'une grande sensibilité qui lui rappelait un peu celle de sa sœur Marie-Ange. Elle paraissait terriblement mal à l'aise et donnait l'impression de ne pas se sentir à sa place. Un sentiment qui ne lui était pas étranger.

Charlotte surprit la fixité du regard de son frère. Elle chercha aussitôt la raison de son émoi. Quel ne fut son étonnement de constater que c'était Camille qui retenait ainsi l'attention d'Anthony. Camille paraissait terne à côté à des autres demoiselles aux somptueuses toilettes.

Pourtant, Anthony l'observait avec bienveillance; il détaillait son petit visage étroit avec un intérêt non feint. La pauvre semblait horriblement mal à l'aise et Charlotte ne put s'empêcher d'éprouver de la sympathie pour la jeune fille et de louanger les qualités de cœur de son jumeau. « Il a toujours été tellement réceptif aux besoins et aux sentiments des autres, se dit-elle. Sans doute a-t-il pitié d'elle. »

Charlotte sentit frémir son cœur quand le visage d'Anthony s'éclaira, comme caressé par un rayon de soleil. Elle comprit. Elle comprit qu'au premier regard échangé, Anthony avait été inexplicablement frappé d'amour pour cette jeune fille. *Pour la fille des Deschamps.*

La place qu'elle occupait dans le cœur de son jumeau étant brusquement menacée, Charlotte chercha discrètement à attirer l'attention de son frère, accablée par la peur déraisonnée de le perdre. Anthony ressentit son trouble; il tourna la tête dans sa direction. Il eut un sourire rassurant, même si son âme était à ce moment présent assombrie par une certaine inquiétude : il lui arrivait de penser que la facilité avec laquelle il devinait les états d'âme de Charlotte était une malédiction. Il ne pourrait être tout à fait heureux que s'il la savait à tout à fait heureuse. Et c'était aussi le cas pour Charlotte. Leur bonheur était intrinsèquement lié. « Qu'adviendrait-il d'elle si, par malheur, quelque chose devait m'arriver? se demanda Anthony. Et moi, comment survivrais-je dans un monde sans ma jumelle? »

Le regard ému de Charlotte croisa le sien et Anthony comprit qu'elle avait suivi le cours de sa pensée. À sa grande surprise, elle répondit à son sourire, son adorable fossette au menton s'accentuant, puis en adressa un à Camille. « Si par malheur ma vie devait être écourtée, pensa-t-elle, Anthony trouverait réconfort dans les bras de Camille. » Elle n'était peut-être pas, physiquement, celle que Charlotte s'était imaginée pour son frère, mais la douceur indéniable sur son visage suffisait à la rassurer quant à ses qualités de cœur.

Embarrassée par l'attention qu'elle suscitait, Camille se sentit confusément répondre au sourire de la fille cadette des Roussel, incapable de se défaire de la singulière impression que celle-ci venait, par ce sourire prometteur, de lui donner sa bénédiction. Alors que ses yeux se dirigeaient irrésistiblement à nouveau vers Anthony, Camille sentit une lueur d'espoir aussi inattendue qu'inespérée germer dans son cœur.

Sans le savoir, Anthony Roussel venait de réconcilier une jeune fille avec la vie.

– Ma chère, quelle belle famille vous avez! Des filles si charmantes, un garçon si distingué... Et regardez comme il semble bien s'entendre avec ma Camille.

Victoria détacha ses yeux du collier de perles qui ornait l'opulente poitrine de son hôtesse et elle se contraignit à sourire poliment. Elle jaugea les deux jeunes gens debout qui ne s'étaient pas quittés des yeux de toute la soirée. Son fils bavardait avec une insouciance qu'elle ne lui avait jamais vue, trouvant, on eut dit le bonheur dans le simple fait d'être au côté de cette fille. *Elle est pourtant quelconque...* Victoria le vit se pencher vers Camille pour lui chuchoter quelque chose à l'oreille, un compliment sans doute. Celle-ci s'accrocha à son bras, comme si elle avait perdu l'équilibre et le couvait d'un regard languissant.

Victoria n'était pas dupe. Anthony était un parti extrêmement convoité, autant par les jeunes filles que par leurs mères en quête d'un gendre digne de ce nom. Elle eut un mouvement gracieux et évasif de la main, en profita pour dévoiler à son tour ses pierres précieuses.

– Oui, c'est vrai qu'ils semblent avoir sympathisé, admit-elle avec un détachement calculé, mais ils sont encore bien jeunes.

En réalité, ils ne sont pas si jeunes que ça. Mais si cette femme ratoureuse pense me prendre mon unique fils, elle s'en trouvera déçue!

Pour Victoria, il allait de soi que la fille des Leblanc, dont les parents étaient des amis intimes de la famille, ou une des filles Losier, dont la famille était établie à Montpellier depuis des générations serait un bien meilleur choix pour Anthony.

Victoria espéra avoir écrasé dans l'esprit de madame Deschamps tout espoir d'une union entre son fils et la petite pâlotte. Cela étant dit, elle n'était pas tout à fait contre l'idée d'une union entre une de ses filles et le fils ainé Deschamps. Il semblait d'ailleurs avoir jeté son dévolu sur Charlotte. Mais à voir l'expression désintéressée de celle-ci, ses tentatives pour l'impressionner avaient lamentablement échoué. « Décidément, songea Victoria, il n'y a qu'Olivia qui soit promise à un beau mariage. » Maurice Maillet s'était enfin déclaré; il ne restait plus qu'à fixer une date.

Victoria prit une bouchée dans un vol-au-vent et le mastiqua longuement. Tout compte fait, elle trouvait de très mauvais gout l'insolence avec laquelle les Deschamps étalaient leur richesse. *Une bande de parvenus, aux origines nébuleuses, qui se donnent des airs de riches, voilà ce qu'ils sont.* Il n'en fallait pas plus pour convaincre Victoria qu'il était préférable que sa famille maintienne une certaine distance vis-à-vis des Deschamps.

Camille ne pouvait contenir son ravissement. Elle était amoureuse, pour la première fois de sa vie. Elle virevoltait, éperdue, dans sa chambre rose de petite fille. « Quelqu'un s'intéresse enfin à moi, pensa-t-elle. Et il est si beau, si bon, que ce ne peut être qu'un miracle, une intervention du Tout-Puissant. » Le visage transfiguré par un pur bonheur, Camille glissa son corps brulant dans les draps frais et frissonna. Elle avait promis de l'attendre. Et elle l'attendrait, toute sa vie s'il le fallait.

Dans son lit, Anthony ne pouvait trouver le sommeil, incapable d'effacer l'image de Camille de son esprit; il revoyait sa peau pâle, ses mains nerveuses qui jouaient avec les boucles de ses cheveux, la fragilité empreinte de mélancolie de son petit visage. Et il rêvait déjà à son prochain congé du collège, impatient de la revoir et de lui promettre mer et monde. Anthony savait, en ayant à peine échangé quelques mots avec elle, que Camille était celle qu'il avait attendue toute sa vie. Celle qui l'aiderait à affronter son défi : remplir le rôle qui lui était destiné au sein de l'empire familial. « Elle sera ma planche de salut », se dit-il.

* * * * *

Montpellier, Nouveau-Brunswick – 1939

« Les tensions en Europe ont atteint un point de non-retour. » Les jambes campées au centre de la salle de presse, Preston détacha les yeux du journal, le temps de jeter un bref coup d'œil vers Maude. Elle retenait son souffle, pendant que Preston poursuivait d'une voix forte et solennelle sous le regard attentif et nerveux des journalistes anormalement silencieux : « En ce 10 septembre 1939, le Canada entre officiellement en guerre. On estime à 4 000 le nombre de civils néo-brunswickois qui se seraient portés volontaires. »

Dans le silence de mort qui suivit, tous les visages s'assombrirent, chacun évaluait individuellement l'impact de cette guerre. Certains entrevoyaient la possibilité de s'enrôler, alors que d'autres souhaitaient s'en distancer le plus possible.

Dans l'intensité du moment, Maude remonta dans le passé : elle se remémora la Première Guerre et se revit à la direction de L'Averti. Preston, lui, considérait la marche à suivre en tant que propriétaire de journaux en temps de guerre. Au même moment, une seule et même question s'imposa dans un synchronisme parfait dans leur esprit : « Sur la tombe de quel être cher cette fois, verserons-nous des larmes ? » Maude et Preston échangèrent un long regard. *La guerre de 1914-18 nous a arraché Gervais. Cette fois-ci, qui parmi les nôtres mourra sur le champ de bataille ?*

* * * * *

Les amoureux marchaient tranquillement dans le parc en ce samedi après-midi. Ils goutaient la sérénité de l'endroit, refusant de laisser les échos de la guerre ternir leur bonheur. Avec Camille pendue à son bras, la tête reposant contre son épaule, Anthony savourait ces instants privilégiés. La demande officielle était prévue pour le lendemain. Le couple Deschamps avait déjà clairement laissé entendre à Anthony qu'il était enchanté de cette union. Et au printemps suivant, ils se marieraient.

Son diplôme en poche, Anthony devait se présenter le lundi suivant à l'édifice Roussel où Jacob l'attendait avec impatience. Il savait qu'il pourrait compter sur l'amitié de Jacob et sur son aide pour amorcer cette nouvelle étape de sa vie. Et puis, avec le soutien et l'amour de Camille, Anthony trouverait le courage d'affronter au quotidien son travail : il serait l'un des dirigeants de l'usine exactement comme son père l'avait souhaité depuis toujours.

Camille se blottit contre sa poitrine et une de ses petites mains s'agrippa avec nervosité au revers de sa veste.

– J'ai peur, Anthony, chuchota-t-elle.

Il s'arrêta et la dévisagea gravement, amoureusement :

– Mais de quoi as-tu peur, mon amour?

– Je ne sais pas, finit-elle par dire avec candeur. Un mauvais pressentiment, c'est tout.

Devant ces beaux yeux bleus qui soupesaient les siens, Camille poussa un soupir qui sembla monter du plus profond de son être. Anthony l'embrassa sur le front, d'un geste qu'il voulait réconfortant; Camille sentit malgré tout son angoisse grandir. Sa bouche se crispa tandis qu'elle détournait les yeux de la corneille qui voltigeait depuis un moment autour d'eux, comme si elle tentait de leur jeter un sort.

Après avoir laissé partir Anthony avec un déchirement inexplicable – ils devaient se revoir le lendemain –, Camille revint de sa promenade plus fébrile que jamais. À peine avait-elle franchi la porte d'entrée que l'unique domestique – sa mère avait dû se résoudre pour des raisons financières à congédier tout le personnel – lui annonça avec empressement qu'elle était attendue. Camille fut prise d'un tremblement incontrôlable. Sans un mot, elle retira ses gants et son chapeau et marcha comme une somnambule vers le premier salon. Elle savait qu'une menace bien réelle se trouvait de l'autre côté des portes françaises.

Assise sur le canapé vert et or, Victoria buvait son thé à petites gorgées. Camille n'avait toujours pas touché le sien, incapable de faire le moindre geste. Elle se contentait de fixer à travers l'une des fenêtres une corneille perchée sur une branche. Elle se demanda si c'était le même oiseau porteur de malheurs qui l'avait suivie depuis le parc. « Dieu peut-il être à ce point cruel, songea-t-elle. Pourquoi m'avoir offert tant de bonheur si c'était pour ensuite me le reprendre? » Le visage défait, la pauvre Camille luttait contre les larmes :

– Vous essayez d'acheter mon amour, c'est bien cela?

Victoria approuva d'un signe de tête impérial. Elle était prête à tout pour détourner cette fille de son fils. « Elle l'a ensorcelé, se dit-elle, il n'y a pas d'autres explications possibles. Sinon, comment expliquer cette attirance? Mon fils voit une beauté naturelle dans un être exempt de beauté et une intelligence aigüe dans un être sans intelligence. »

La stupeur se lisait sur les traits délicats de Camille; elle se mit à renifler doucement :

– Mais… pourquoi madame Roussel? Pourquoi tenez-vous tant à nous séparer?

Victoria faillit perdre sa contenance. *Vraiment, je rends un immense service à mon fils en écartant cette petite sotte!* La réponse lui était tellement évidente. « Vous n'êtes pas du même calibre qu'Anthony! », répondit-elle intérieurement à Camille.

Jusqu'à présent, le beau visage de Victoria avait conservé une impassibilité totale, mais devant tant de crédulité, elle eut un soupir exaspéré avant de déposer sèchement sa tasse.

– Écoutez-moi, jeune fille. Anthony est mon unique fils. Il est promis à un brillant avenir. Son père et moi-même attendons de lui un mariage exceptionnel. Et vous en conviendrez, la réputation de votre famille laisse de plus en plus à désirer.

– Mais je ne vois pas…, commença à dire Camille.

Votre situation financière n'est plus ce qu'elle était, interjeta Victoria, et un redressement me semble peu probable. Vous ne pouvez ignorer que votre père a perdu des sommes considérables dans de mauvais investissements. Les rumeurs circulent vite à Montpellier.

Victoria prit une courte pause et déclara d'un air faussement inquiet :

– Je ne peux qu'imaginer le tourment que votre pauvre père doit vivre en ce moment. La somme que je vous propose est plus que généreuse en ces temps difficiles et Dieu sait si votre famille va en avoir besoin. Certains créanciers ne reculent devant rien pour réclamer leur dû, vous savez.

La menace contenue dans ses dernières paroles eut l'effet escompté, à en croire l'expression d'épouvante de Camille.

Victoria s'avança finement sur le canapé et prit sa voix la plus persuasive pour déployer l'arme ultime :

– Camille, nous savons toutes deux qu'Anthony mérite ce qu'il y a de mieux sur cette terre. Et malgré votre bonne volonté, je doute que vous puissiez véritablement le combler.

Camille allait lui répondre qu'elle aimait Anthony de tout son être et qu'elle était prête à tout pour le rendre heureux.

– Mon enfant, enchaina-t-elle d'une voix onctueuse, vous n'avez rien à lui offrir.

Victoria souriait, gentiment, mais son visage n'exprimait rien, comme si elle refusait de mesurer la cruauté de ses paroles. D'un seul coup, Camille sentit son courage la déserter. Les larmes qu'elle avait si désespérément retenues affluèrent et Victoria sut qu'elle avait enfin trouvé le bon argument pour détruire ce rêve insensé.

Camille cacha son visage dans ses mains tremblantes et chuchota d'une voix à peine audible :

– Vous avez raison. Anthony mérite ce qu'il y a de plus beau en ce monde. Il mérite mieux que moi. Je vais rompre avec lui et je ne le reverrai plus. Vous en avez ma parole.

– C'est pour le mieux, vous verrez, soutint Victoria, radoucie. Votre décision est sage. Naturellement, je compte sur votre discrétion.

Apaisée, Victoria se leva et déposa l'enveloppe qui contenait une liasse de billets sur les genoux menus de la jeune fille. Lorsqu'elle entendit Victoria s'éloigner, Camille écarta ses doigts minces et contempla pendant de longues minutes le prix de son amour. Des années de vide et de solitude l'attendaient désormais. Un sanglot d'impuissance l'ébranla. Elle se sentait littéralement mourir.

* * * * *

– Mais je t'aime!

Sa voix était suraigüe, Anthony le savait, mais il n'y pouvait rien. Il était au désespoir. Il ne pouvait tout simplement pas y croire. Camille se tordait les mains, muette après avoir avoué qu'elle avait pris conscience la veille qu'elle ne l'aimait plus, qu'en fait, elle n'avait jamais vraiment été amoureuse. Dans son plus bel habit, pour ce qui devait être le plus beau jour de leur vie – dans moins d'une heure, il s'était attendu à recevoir la bénédiction des Deschamps –, Anthony craignit d'éclater en pleurs, là, devant elle.

– Tu en es bien certaine?

La pauvre Camille acquiesça, reconnaissante que son chapeau de cloche lui cachait le visage. La moindre parole la briserait, elle était paralysée par une douleur physique, alors qu'une partie d'elle rêvait de le prendre dans ses bras, une dernière fois.

Anthony détourna les yeux et serra les poings, impuissant. Il avait réellement cru que ses sentiments étaient réciproques; il avait attribué ses longs silences et sa réserve à une timidité naturelle. Incapable de lui prêter de mauvaises intentions, Anthony en était arrivé à la conclusion que la conscience de Camille s'était révoltée dans les dernières heures et qu'elle avait maladroitement essayé de le lui expliquer lors de leur dernière rencontre. « Avec des mots comme *peur* et *mauvais pressentiment*, elle a tenté de me dire la vérité, se dit-il. Une vérité que je n'ai tout simplement pas voulu entendre. »

Anthony jeta un long regard sur ce parc qui portait le nom de son grand-père Édouard et qui avait été le nid de leur amour naissant. « Le destin est imprévisible et impitoyable, songea-t-il avec désespoir. Pourquoi connaitre l'amour, si c'est pour être ensuite plongé dans les abimes de la souffrance? »

Tandis qu'il se mettait difficilement en marche, Anthony savait qu'il ne mettrait plus les pieds dans ces sentiers rocailleux et ombragés par des arbres matures. Trop de souvenirs, trop de douleur maintenant s'y rattachaient. L'étau qui lui serrait la poitrine le fit chanceler. Il résista à la tentation de regarder une dernière fois la première femme qui avait réussi à émouvoir son cœur. C'était réellement au-dessus de ses forces.

Non, Anthony ne se retourna pas. Il ne vit pas les larmes de détresse sur le visage pâle, sombre, désespéré de Camille. Un visage où la tristesse se graverait de façon permanente.

* * * * *

Preston avait beau se concentrer sur l'article, son esprit lui échappait sans cesse. Lorsqu'il se rendit compte qu'il s'apprêtait à relire un passage pour la quatrième fois, il ferma rageusement le journal. Sa contrariété l'avait suivi de ses bureaux jusque chez lui et continuait de le hanter, même dans le confort de son cabinet privé. Il absorbait encore le choc de la nouvelle; une bombe lui était tombée dessus et il ne l'avait pas du tout vue venir. Le premier ministre Mackenzie King s'était engagé à ne pas imposer la conscription aux Canadiens. Or, Anthony se portait volontaire et ferait partie du premier déploiement.

Avec colère et accablement, Preston serra les dents. *Lui qui a fait preuve de lâcheté toute sa vie, qui a tourné le dos à ses responsabilités jusqu'à la limite du possible par des études interminables, comment a-t-il trouvé subitement le courage de s'enrôler dans l'armée? Anthony croit-il se dérober à ses responsabilités à l'usine en allant au-devant de la mort?!*

Il y avait quelques heures seulement, Anthony lui avait donné sa démission, sans même avoir consacré une pleine journée de travail à l'usine. En proie à des émotions contradictoires, Preston avait perdu son sang-froid :

– Tu es un privilégié, que tu le veuilles ou non! Et à cause de cela, tu as des responsabilités. Depuis l'enfance que je t'y prépare. Je ne t'ai jamais caché les responsabilités qui seraient tiennes.

Et comme pour donner plus de poids à sa position, sa main était venue s'abattre sur sa table de travail, exactement comme Édouard l'avait fait à une autre époque. Les mêmes erreurs se répétaient. Le père et le fils s'étaient longuement défiés du regard.

– Oui, c'est vrai, reconnut Anthony d'un calme déconcertant. Vous parliez... et je vous écoutais. Telles ont toujours été nos conversations.

Le reproche déstabilisa un moment Preston.

– Comment peux-tu être aussi téméraire et irresponsable, reprit-il d'une voix altérée. La continuité de la lignée Roussel dépend de toi! Tu es le seul descendant mâle. S'il fallait qu'il t'arrive quelque chose, que tu ne reviennes pas vivant, ce sera la fin de la dynastie Roussel.

– Cela m'attriste de vous décevoir encore une fois, papa, mais ma décision est prise, je vais m'enrôler. Je ne changerai pas d'idée.

Voyant que son fils s'obstinait, Preston changea de tactique. Il fit d'abord appel à sa sensibilité :

– Tu ne pourras pas supporter les horreurs qui t'attendent là-bas! Tu peux me croire, je parle d'expérience!

Il sollicita ensuite son bon sens :

– C'est insensé d'aller au-devant de cette guerre! Attends au moins que le gouvernement impose la conscription!

Enfin, en dernier recours, Preston se fit menaçant :

– Je te défends de prendre les armes! Et je ne te donnerai jamais ma bénédiction!

À cette dernière intervention Anthony, normalement si posé et aimable, avait laissé exploser des années de frustration accumulée :

– J'ai vingt-cinq ans! Je ne suis plus un gamin! Personne, pas même vous, ne peut me dire ce que je peux et ne peux pas faire! D'ailleurs, vous êtes assez mal placé pour me faire la morale!

Preston avait une dernière fois essayé de plaider avec son fils, troublé par ce vouvoiement hostile et par son emportement, facette de sa personnalité qu'il découvrait. « Il est donc capable de se comporter en homme, avait-il pensé, de faire preuve de force et de volonté, de camper sur ses positions quand il le veut. »

– C'était une situation complètement différente! revint à la charge Preston. Je n'étais pas soldat. J'étais au front en tant que journaliste! Mais mon cousin Gervais, lui, était soldat. Et il est resté, sur le champ d'honneur!

Anthony lut de l'exaspération et de l'incompréhension sur le visage de son père; pendant un court instant, il s'en voulut presque de son impertinence, de s'être exprimé aussi franchement. « La vérité, se disait Anthony, c'est que je ne serai jamais à la hauteur des attentes de mon père. Je ne peux rien dire ou faire qui le fera changer d'opinion. Je suis voué à l'échec, même si je me présentais tous les jours à l'usine. »

Maintenant qu'il n'avait plus Camille à ses côtés, Anthony estimait qu'il n'avait plus rien à perdre. Son vieux rêve de voyager de par le monde se concrétisait finalement, dans des circonstances déplorables; c'était sa chance d'échapper à Montpellier, aux responsabilités qu'on voulait lui imposer malgré lui. C'était alors ou jamais.

Preston sursauta lorsqu'il entendit le cri de détresse de Charlotte retentir à l'étage des chambres. Anthony venait de lui annoncer la nouvelle. « Si sa jumelle ne peut lui faire entendre raison, pensa Preston, c'est vraiment peine perdue. »

Charlotte levait vers son frère un visage désemparé, à l'expression sauvage :

– Tu n'as pas le droit de me quitter! Tu m'avais promis qu'on resterait toujours ensemble!

Anthony se tenait à la porte, l'air hésitant, presque confus. Voir sa jumelle en si grande détresse le bouleversa, bien qu'il fût habitué à ce que l'état émotionnel de sa sœur rejaillisse sur lui. Vêtue d'une robe lilas, tout en dentelle, Charlotte s'était réfugiée à l'autre extrémité de la pièce, les poings fermés et immobiles. Anthony regardait les larmes de sa sœur adorée se perdre dans son cou. La fossette qui tremblait sur son menton fit faiblir le cœur d'Antony, malgré sa résolution de rester ferme et fidèle à sa décision. Il chercha, vainement, quelques mots de réconfort :

– Charlotte, je t'aime. Mais je dois y aller. Je ne sais comment te l'expliquer, je sens que c'est mon destin d'y aller. Tu comprends?

Accablée par ce soupçon d'indépendance rarement entrevue, par l'imminence de son départ et par le danger bien réel que son jumeau adoré encourait, Charlotte s'affaissa sur son récamier, les épaules secouées de sanglots.

– C'est à cause d'elle, n'est-ce pas? demanda-t-elle d'un ton saccadé, comme si les mots avaient du mal à franchir ses lèvres. À cause de Camille? Je la déteste!

– Ne dis pas ça, la sermonna-t-il doucement, le cœur aussi lourd qu'elle. Tu ne dois pas nourrir de la rancune envers Camille. Je l'aime encore, tu sais. *Même si elle a cessé de m'aimer.*

Anthony ferma les yeux. Il disait vrai. Bien qu'il ne l'ait pas revue depuis leur séparation, il n'avait cessé de penser à Camille. Il marcha lentement vers Charlotte et posa une main affectueuse sur son épaule, attendri par cette poussée de colère. À travers ses larmes Charlotte fouillait frénétiquement le regard de son frère, quand brusquement, quelque chose en elle se brisa. « Je ne pourrai pas le faire changer d'idée, s'avisa-t-elle. Et je l'aime trop pour le faire se sentir coupable. » S'inclinant devant la volonté de son jumeau, sa voix s'éleva dans le silence de la pièce, un simple murmure :

– Reviens-moi, Anthony. Promets-moi de revenir.

Pour toute réponse, Anthony prit tendrement la main qu'elle lui tendait, ses doigts s'entremêlèrent aux siens avec force. Puis il l'embrassa doucement sur le front. Il entendrait Charlotte l'appeler toute sa vie, où qu'il puisse se trouver. Et, toujours il viendrait à son appel. « Aussi longtemps que je vivrai, se jura solennellement Anthony, je viendrai. »

CHAPITRE TRENTE-QUATRE

Chablis, Nouveau-Brunswick

Pendant des semaines, Évelyne avait été forcée de mendier. Mais elle était trop réservée, trop belle pour inspirer de la sympathie. Désespérée, la jeune fille ne savait plus quel saint prier. Nathaniel n'était plus du tout en mesure de peindre, déconnecté de la réalité, plongé dans un monde imaginaire connu de lui seul. Ils avaient épuisé toutes leurs maigres économies et s'étaient départis de pratiquement tous les tableaux de Nathaniel.

Sans cesse tiraillée entre la nécessité de travailler au bistrot pour subvenir à leurs besoins et la crainte qu'en son absence, Nathaniel ne se blesse – *ou pire encore* –, Évelyne était à bout. Elle était prisonnière d'un tourbillon de folie et ne savait absolument pas comment ils allaient s'en sortir.

C'était le premier dimanche du mois d'octobre. En désespoir de cause, Évelyne s'était résignée à se départir du dernier tableau qu'ils possédaient – à l'exception de celui de Laurent – et qui avait été épargné par la folie noire de Nathaniel. Une peinture magnifique, que l'artiste avait réalisée à l'aide d'un miroir afin de juxtaposer son visage à celui d'Évelyne. Leurs deux figures respiraient le bonheur tranquille et un peu timide, vague souvenir de jours meilleurs et lointains.

Tandis qu'elle s'apprêtait à pénétrer dans le parc, Évelyne entendit une portière de voiture se fermer violemment. Elle sursauta. Un homme – un chauffeur privé à en juger par son uniforme – la dévisageait avec insistance et irritation, comme s'il était exaspéré par son retard. Avec impatience, il écrasa sa cigarette et marcha résolument vers elle. Sans préambule, il pointa du doigt le tableau qu'elle tenait serré contre elle et s'exclama :

– Eh bien, ce n'est pas trop tôt! Je commençais à penser qu'il avait rangé ses pinceaux pour de bon. Alors? Combien?

Évelyne hésita, déroutée par la familiarité de l'individu. Devant son silence perplexe, l'homme vint âprement à son secours :

– J'ai payé trente-cinq dollars pour les autres.

Trente-cinq dollars?! Une fortune! Évelyne présuma qu'il devait être le chauffeur du mécène dont lui avait parlé Nathaniel. Il fallait être incroyablement riche pour se permettre une telle dépense. Le salaire annuel moyen des Canadiens – elle l'avait lu récemment – était de huit-cent-cinquante dollars par année. Perdue dans ses réflexions, elle balbutia :

– Les autres?

– Oui, les autres, répéta-t-il machinalement. Mon patron m'envoie tous les premiers dimanches du mois pour que j'achète les toiles de votre artiste. Enfin, il va être content que je ne revienne pas les mains vides cette fois! Il y a longtemps qu'il attend un portrait de vous.

L'individu déplaisant fouilla ses poches et soupira avec énervement. Le dégout transperça Évelyne; elle s'imaginait observée au quotidien par un pervers. Ce n'était pourtant pas du tout l'image qu'elle s'était faite du fameux mécène de Nathaniel.

– Dites à votre patron que cette toile est la dernière. Nathaniel a cessé de peindre.

La voix blanche d'Évelyne ne sembla pas émouvoir outre mesure l'homme; il laissa échapper sans trop de conviction :

– C'est dommage. Alors? Marché conclu?

Évelyne hocha péniblement la tête. Elle eut l'impression que le chauffeur lui arrachait le cœur lorsqu'il s'empara de la toile et qu'il lui enfonça l'argent dans la main.

Bouleversée, elle n'avait d'yeux que pour l'homme à la casquette qui rangeait soigneusement le tableau à bord d'une luxueuse voiture blanche, le propriétaire assis à l'arrière aussi stoïque qu'une statue. Elle lut la plaque d'immatriculation. *L'État du Maine.* « Encore un touriste qui s'est amouraché de la ville de Chablis, pensa-t-elle. Mais qu'est-ce qu'un riche Américain peut bien trouver de si fascinant dans les œuvres de Nathaniel? »

Évelyne aperçut le chauffeur hausser les épaules; elle devina qu'il venait d'annoncer à son patron que cette toile serait sa dernière acquisition. L'homme assis sur la banquette arrière tourna lentement la tête dans sa direction; il était trop loin pour qu'elle puisse distinguer ses traits. Pourtant, aussi insensé que cela puisse paraitre, Évelyne pressentit que son gout pour les toiles de Nathaniel n'avait rien à voir avec elle et que cet individu mystérieux appartenait, d'une quelconque façon, à la vie antérieure de Nathaniel. L'inconnu toucha son chapeau et s'inclina légèrement en guise de salutation.

Elle regarda d'un air pensif la voiture américaine s'éloigner, lorsqu'elle fut durement ramenée au présent par l'apparition de Nathaniel, extrêmement agité. L'agressivité dans ses yeux sombres la rendit muette. Comme possédé, Nathaniel se mit à la secouer sans ménagement :

– Comment as-tu pu? C'était notre peinture!

– Je n'avais pas le choix Nathaniel... Nous n'avons plus un sou, plus rien à vendre, se défendit-elle d'une voix fragile et ténue.

Apeurée, Évelyne lui présenta l'argent, espérant l'amadouer. D'un mouvement brusque, il fit voler les billets et les pièces de monnaie. En proie à une affreuse angoisse, elle observait la terrible transformation s'opérer sur le visage de Nathaniel.

Évelyne pleurait maintenant, à peine consciente des passants. Délirant, Nathaniel se laissa tomber sur le trottoir, s'agenouilla, la tête entre les mains et sans crier gare, se frappa violemment le front contre le béton.

– Laissez-moi tranquille! se récria-t-il. Laissez-moi tranquille!

Horrifiés, des passants s'immobilisèrent, pendant qu'Évelyne tendait les mains vers Nathaniel, qui poussait un hurlement déchirant :

– LAURENT!

– Appelez de l'aide! Il est malade! S'il vous plaît, il a besoin d'aide! supplia-t-elle à voix haute, en regardant autour d'elle avec désespoir.

Pendant un court moment de lucidité, Nathaniel lut sur le visage décomposé d'Évelyne accroupie à ses côtés, le choc qu'elle ressentait. Il suffoquait. Les ombres étaient partout. Les voix faisaient un tel vacarme dans sa tête qu'il devenait comme sourd. Sitôt qu'il levait les yeux vers le ciel, l'image fantomatique de Laurent lui apparaissait; il lui reprochait de l'avoir rejeté. Une peur terrible s'abattit lourdement sur lui, la peur froide de ces ténèbres intérieures qui remontaient à la surface, qui l'éclaboussaient tout entier. Il poussa un cri étranglé avant de sombrer dans une transe.

Évelyne refusa de voir son regard, cette démence voilée, les traits déformés de son visage. Elle glissa ses jambes entre la tête ensanglantée et le sol. Les doigts de Nathaniel s'agrippèrent à sa robe et un flot de paroles incohérentes s'échappa de sa bouche. Elle fut envahie par une étrange impression de rêve. Elle n'avait plus conscience que du corps ramassé de Nathaniel contre elle, de sa tête qui reposait inerte sur ses cuisses.

Lorsque les secours arrivèrent enfin, Évelyne avait la main posée sur la bouche tordue de Nathaniel, pour étouffer les hurlements épouvantables et démentiels. Les curieux, dont un journaliste, qui avaient formé un cercle autour d'eux s'écartèrent. Les secouristes virent une jolie jeune fille, aux cheveux orangés retenus par un foulard multicolore, les épaules secouées de sanglots incontrôlables. Elle caressait des cheveux poissés de sang et chuchotait :

– Pourquoi Laurent? Pourquoi, Nathaniel?

Le blessé n'offrit aucune résistance. Deux hommes le soulevèrent sans effort, l'étendirent sur une civière et le montèrent à bord de l'ambulance. Les passants et les témoins s'éparpillèrent, laissant Évelyne seule et hébétée au bord du trottoir, sa robe tachée de sang, les bras tombant mollement le long de son corps, les larmes dégoulinant sans fin sur ses joues rouges. Ses mains tremblantes vinrent se poser sur son ventre. Tout ce qu'il restait d'insouciance sur le visage d'Évelyne disparut pour toujours.

* * * * *

Montpellier, Nouveau-Brunswick

– N'avez-vous rien appris depuis votre arrivée parmi nous? Qu'est-ce que vous voulez que je fasse avec une histoire si décousue?! Pas un nom, ni même un prénom. Une scène de rue, comme tant d'autres, dans la grande ville de Chablis.

À bout de souffle, Preston secoua furieusement l'article. Son auteur expliqua piteusement :

– Mais... une ambulance est venue... et j'ai essayé, je veux dire, je me suis renseigné auprès des gens qui s'étaient attroupés, mais tout ce que j'ai pu recueillir, c'est que c'était supposément un pauvre artiste et que sa compagne était vraisemblablement de souche irlandaise. J'ai bien essayé de la faire parler, mais elle était trop consternée pour me dire quoi que ce soit.

– Un soi-disant artiste qui perd la tête en pleine rue pendant que sa soi-disant compagne crie au secours, voilà votre histoire?! Et comme s'il suffisait d'être une beauté rousse pour être automatiquement cataloguée d'Irlandaise! Ma fille ainée est rousse, vous le saviez cela? poursuivit-il d'un ton haché.

– Non, monsieur, je l'ignorais, bredouilla le journaliste mortifié, avant de sortir à la hâte du bureau.

Au même moment, Preston constata la présence de Maude, immobile et silencieuse.

– Je sais, je sais! C'est quand même l'enfant de quelqu'un et il mériterait au moins ma compassion! lâcha-t-il d'une voix cinglante, avant de lui claquer la porte au nez.

Estomaquée, Maude mit quelques secondes à se ressaisir. Un inexplicable malaise, un mauvais pressentiment, ne l'avait pas quittée de la journée.

Preston errait, entre les tables de travail, ses pas martelant le sol. Après une journée particulièrement difficile – Preston s'était non seulement enfermé dans son bureau, mais en plus il lui en avait refusé l'entrée –, Maude venait d'apprendre qu'Anthony s'était enrôlé dans l'armée. Et il maintenait sa décision, malgré l'insistance et les menaces de Preston, ce qui était tout à son honneur.

– ... J'ai tout fait, Maude, vraiment, pour le convaincre de revenir sur sa décision, mais peine perdue. C'est terrible à penser, je le sais, mais je me demande parfois comment il peut être mon fils. Nous sommes si différents!

Preston prit une courte pause, avant de reprendre sur un ton qui trahissait un certain émoi :

– Je ne peux faire autrement que de me demander où en est mon autre fils, Nathaniel. Peut-être me ressemble-t-il davantage?

– Preston, commença Maude d'un ton d'abord hésitant, puis affermit, si tu me le permets, je vais m'exprimer franchement. Et je m'excuse à l'avance si mes paroles te blessent.

Par la pointe d'autorité qu'il avait décelée dans sa voix, Preston devina que la suite risquait d'être désagréable et même de dégénérer en confrontation. Maude se redressa, lissa nerveusement sa robe; ses doigts fins se perdirent dans les motifs floraux rouges et noirs. Le même rouge que ses lèvres maquillées et le même noir profond que ses cheveux ondulés qu'elle gardait courts. « Un parfait dosage de féminité et de professionnalisme », se dit Preston, l'invitant d'un froncement de sourcil à poursuivre, ce qu'elle fit sans perdre de temps :

– Tu as perdu le droit de comparer Anthony à Nathaniel le jour où tu as refusé de reconnaitre publiquement ton fils illégitime, le jour où tu as décidé de l'abandonner à son propre sort à l'orphelinat. Et cela, même si tu continues encore aujourd'hui de te soulager la conscience avec tes dons à l'institution. Mon affection pour toi est trop grande pour te condamner pour cet abandon. Je ne peux pas non plus assister, sans rien dire, à la détérioration de ta relation avec ton fils, Anthony. Si tu t'obstines à lui imposer ta volonté, à lui imposer ton empire, tu risques de le perdre... lui aussi.

– Eh bien, je te remercie pour ton honnêteté! répliqua Preston, l'incrédulité marquant ses traits.

– Je n'ai pas terminé, continua-t-elle d'un ton calme, mais ferme, désireuse de se vider le cœur.

– Alors, vas-y, je t'écoute, lança Preston en balayant avec impatience l'air de la main.

Maude sentit son corps se raidir imperceptiblement.

Je te dis ces choses pour ton propre bien, Preston. Il est temps pour toi de voir la vérité en face.

– D'accord, dit-elle, voici où j'en suis. Je ne comprends pas comment tu peux, d'une part prétendre aspirer à l'égalité et à la liberté pour tous et d'autre part, refuser ces mêmes droits à Charlotte et à Anthony sous ton propre toit.

Maude n'avait pas prévu mêler Charlotte à la conversation, mais elle décida que le moment était tout indiqué.

– Charlotte a vraiment du talent, poursuivit-elle avec insistance. Elle mériterait une place officielle ici, mais tu t'obstines à lui refuser son rêve le plus cher, sous prétexte que ce n'est pas la vie que tu souhaites pour elle. Et Anthony? Il voudrait voler de ses propres ailes, se faire un nom, mais il n'a jamais été le maitre de sa destinée! As-tu la moindre idée des rêves qui sont les siens? T'es-tu jamais arrêté pour lui poser la question? Depuis sa naissance tout a été décidé pour lui! Et pour la première fois, il assume sa décision de s'enrôler dans une cause qu'il croit juste et tu vas le renier pour cela? Vraiment?

Devant la tournure que prenait leur conversation, Preston dut lutter pour garder un ton passablement neutre et diplomatique :

– Tu m'excuseras Maude, mais en quoi, dis-moi, ai-je tort de vouloir ce qu'il y a de mieux pour mes enfants? À t'entendre, je suis un tyran. Je te ferai remarquer que je n'ai poussé aucune de mes filles à prendre un époux et que j'ai même encouragé leur éducation.

Brusquement inspiré par un argument de taille en sa faveur, Preston continua sur sa lancée :

– J'ai payé les études de droit de Joséphine et je continue de l'aider financièrement, je te le rappelle! Ce n'est pas appuyer son enfant dans ses rêves, ça?!

Son air suffisant et outré prit Maude de court – *Le vrai Édouard, ma parole!* – et lui insuffla la fougue dont elle avait besoin pour le relancer :

– Avoue que c'est quand même pratique pour toi que Joséphine se soit établie à Montréal plutôt qu'à Montpellier.

Indigné, Preston s'emporta pour de bon cette fois :

– Essaies-tu d'insinuer que je *tolère* le style de vie de ma fille ainée précisément parce qu'elle est au loin? Tu sauras que je suis très fier des accomplissements de Joséphine!

Partagée entre son désir de maintenir sa position et celui d'apaiser l'homme qu'elle aimait plus que tout au monde, Maude fit un geste dans sa direction :

– Preston, je sais bien que tu es fier de Joséphine et que tu veux le meilleur pour tes enfants. Mais, justement, ce ne sont plus des enfants. Ce sont des adultes et depuis un certain temps déjà.

Sa voix était redevenue douce et respectueuse. Il l'avait bien entendue, mais ne répondit pas. Il supportait mal l'impact douloureux de ses insinuations et le doute lancinant qui lui martelait les tympans. Preston baissa les yeux. *Tu veux que je lâche prise, Maude, mais comment?* En vérité, il lui était déjà arrivé de penser que ses soi-disant principes qu'il s'imposait à lui, ainsi qu'à sa famille, servaient parfois à camoufler sa lâcheté face à des situations qu'il ne savait pas comment gérer.

Encore ébranlé par cette leçon d'humilité, Preston tourna lentement la tête dans la direction de Maude; il évita de la regarder ouvertement.

– Je pense qu'il est temps pour nous de rentrer, conclut-il avec un calme surprenant, posant son chapeau sur sa tête.

C'était sa façon de lui faire comprendre que le sujet était clos. Maude jeta vivement sa cape sur ses épaules et lui emboita le pas.

– Je vais réfléchir à tout cela, ajouta-t-il avec une certaine maladresse, avant d'ouvrir la porte de la salle de presse et de lui céder le passage.

– C'est bien, je garde confiance, murmura Maude avec chaleur, son regard vert s'offrant au sien.

Quand leurs yeux se rencontrèrent, elle posa avec tendresse une main sur son torse; leurs frustrations réciproques disparurent alors sous l'effet d'une vive émotion. Et durant une délicieuse minute, ils imaginèrent ce que ce serait de se donner, corps et âme l'un à l'autre, comme en ce lointain soir d'hiver de 1918. Puis, mystérieusement apaisés, ils s'en furent, chacun de son côté.

* * * * *

Montréal, Québec

– Bonsoir... Du champagne pour mon épouse et un scotch sans glaçons pour moi, je vous prie.

Particulièrement élégant dans son habit à fines rayures fraichement repassé, Jeffrey Le Prince avait fière allure. Assise à ses côtés, son épouse Mable souriait. Sa grâce innée était rehaussée par une robe de soirée scintillante. Le couple débordait d'assurance et était visiblement à l'aise financièrement, ce qui sembla déstabiliser le jeune serveur tout de blanc vêtu qui se dandinait sur place.

– Nous n'avons plus de champagne, dit-il avec une certaine réticence, jouant nerveusement avec son nœud papillon. Et plus de scotch non plus, malheureusement, n'enchaina-t-il, ayant surpris le regard réprobateur du patron derrière le bar.

– Nous sommes bien dans un cabaret mon ami, non?

Jeffrey avait voulu faire de l'humour; Mable n'était plus d'humeur à rire. Ses doigts se refermèrent méthodiquement sur son sac à main. Le serveur avala sa salive et une petite goutte de sueur apparut à sa tempe.

– J'ai bien peur que nous n'ayons rien à vous offrir... Je suis navré.

Le reste de la phrase fut couvert par le bruit de l'orchestre. Jeffrey comprit à brule-pourpoint où le serveur blanc voulait en venir.

Il s'était cru immunisé, peut-être bien parce que depuis son arrivée à Montréal, Jeffrey avait été plus ou moins épargné par la discrimination raciale. Or, dans les faits, les Noirs montréalais devaient souvent revendiquer le droit d'être admis dans certains établissements. Sa position respectable de rédacteur en chef d'un journal bien établi et son apparence suffisaient généralement à jouer en sa faveur. *Mais pas ce soir.* Jeffrey échangea avec Mable un regard offensé et révolté, des chuchotements désobligeants leur parvenaient et une voix plus forte que les autres s'éleva tout à coup :

– C'est honteux! C'est carrément honteux! Refuser le service à des clients à cause de la couleur de leur peau?!

L'individu, que Jeffrey et Mable ne voyaient que de profil, avait déposé sa serviette sur la table et repoussé sa chaise, en signe de solidarité et de protestation. Le serveur se tordit les mains et débita :

– Ce n'est pas moi qui fais les règlements de l'établissement, monsieur, je ne fais que suivre les directives.

– Mais enfin! N'ont-ils pas l'air de gens tout à fait respectables? insista l'homme qui s'était porté à la défense du couple.

– Ils pourraient aussi bien être le roi et la reine d'Angleterre en personne; ça ne change pas le fait qu'ils sont Noirs.

La déclaration venait d'une table voisine où deux hommes et leurs compagnes suivaient la scène d'un œil mauvais.

Jeffrey en eut soudainement assez. Mable et lui se dirigèrent vers la sortie, leurs pas accompagnés par l'orchestre et la voix suave de la chanteuse. Une fois sur le trottoir, encore secoués par la scène humiliante qu'ils venaient de vivre, ils aperçurent l'individu qui s'était valeureusement porté à leur défense. Ils eurent un regard de sincère reconnaissance embarrassée, que l'homme balaya modestement de la main. Il était sorti de son propre chef; il refusait d'encourager les valeurs prônées par l'établissement. Ce n'était pas la première fois ni la dernière où son sens de la justice serait mis à l'épreuve.

– Tout compte fait, ce n'est pas mon genre d'endroit! lança l'inconnu.

Joséphine n'est plus dans ma vie, mais son influence se fait toujours autant sentir...

La spontanéité du commentaire et le sourire sarcastique l'accompagnant plurent au couple Le Prince.

-Alistair Boischatel, se présenta-t-il avec aisance. Enchanté de faire votre connaissance.

Tandis qu'ils échangeaient des poignées de main amicales, Jeffrey se présenta à son tour, de même que Mable. Le visage d'Alistair s'illumina :

– Attendez... Vous êtes *le* Jeffrey Le Prince? Mais j'ai entendu parler de vous! C'est vous qui avez été l'instigateur de ce dossier fort médiatisé des immigrés de Pic-Bois, au Nouveau-Brunswick. C'est un honneur de faire votre connaissance! En fait, je suis...

Alistair hésita brièvement, avant de poursuivre avec cran :

– Je suis un ancien professeur de droit de Joséphine Roussel. Et j'ai eu l'occasion de faire la connaissance de monsieur Preston Roussel et de madame Maude Savoie aussi, vos mentors, si je ne m'abuse.

L'entrain d'Alistair était communicatif et Jeffrey répondit avec un enthousiasme inhabituel :

– Oui, tout à fait! Le monde est bien petit!

– Ce sont des gens exceptionnels. Mon mari leur doit tellement, s'empressa de renchérir Mable, un sourire de gratitude aux lèvres.

Tout naturellement, ils se mirent à converser, comme de vieilles connaissances qui, après s'être perdues de vue, se racontaient leur vie. Alistair, lecteur assidu et loyal, s'était montré sincèrement admiratif de la remontée en force du journal *Le Citoyen*; Jeffrey était heureux de constater que la satisfaction du professeur de droit pour le quotidien coïncidait avec son embauche au journal. Après des adieux chaleureux, Jeffrey et Mable se dirigèrent vers leur voiture. Étroitement enlacés, ils remerciaient la Providence d'avoir mis ce soir-là cet homme sur leur route. « Le racisme nous guette toujours, songea Jeffrey en jetant un dernier regard vers l'établissement, mais, pour contrebalancer, il y a des gens d'honneur et de principes. »

Alors qu'il adressait un dernier signe de la main à Jeffrey qui s'était retourné, Alistair ne put s'empêcher de penser à Joséphine. Il revoyait sa démarche toujours un peu pressée, sa belle chevelure constamment portée par le vent. Il se mit en marche à son tour, contempla le ciel étoilé et se demanda si cette rencontre fortuite était un clin d'œil du destin, une façon de le remettre indirectement en contact avec Joséphine.

Alistair eut un éclat de rire sonore, incontrôlable. « Des balivernes, tout ça! se moqua-t-il intérieurement de lui-même. Faut-il que je sois désespéré pour m'imaginer que les étoiles ont un rôle quelconque à jouer dans mes affaires de cœur! »

* * * * *

Montpellier, Nouveau-Brunswick

Beau comme un prince, Anthony regardait une dernière fois les visages familiers qui l'encerclaient. Les cheveux lissés vers l'arrière, la moustache fraichement taillée, les épaules accentuées par l'uniforme lui donnaient une allure nouvelle. Mais c'était son regard, fier et confiant, sans une once d'appréhension, qui troubla le plus Preston. « Il n'a pas la moindre idée de ce qui l'attend, pensa-t-il avec abattement, et de ce qu'est la guerre... des horreurs qui l'attendent. »

Un mur, désormais incontournable, s'était dressé entre son père et lui. Anthony en fut peiné, même s'il s'y était attendu. Son père avait beau prétendre s'être ravisé, respecter sa décision de partir, l'ambigüité planait toujours quant aux attentes qui le guettaient à son retour. Anthony leva la tête et aperçut Charlotte du haut de sa fenêtre, à demi dissimulée par un rideau. Toute la nuit, ses pleurs l'avaient tenu éveillé. Et ce matin, elle avait non seulement refusé de lui dire adieu – « C'est au-dessus de mes forces, Anthony », avait-elle chuchoté lamentablement derrière la porte de sa chambre fermée –, mais en plus, elle avait refusé de s'entretenir avec Joséphine qui avait fait preuve d'une grande délicatesse en prenant la peine de leur téléphoner de Montréal.

Joséphine, habituellement si loquace, avait semblé mal à l'aise et à court de mots. Elle s'était égarée dans un moment de silence pour finalement dire à son frère, avec une autorité un peu sèche qui camouflait une inquiétude réelle :

– Ne va surtout pas jouer aux héros. Ni l'usine ni une peine d'amour n'en valent la peine. Pense à Charlotte. Elle a besoin de toi, tu le sais.

L'attention d'Anthony fut attirée par sa sœur Marie-Ange, qui l'observait avec une douce mélancolie. Il n'aurait su dire si c'était son départ qui la chagrinait ou tout simplement l'idée de la guerre comme telle. *Sans doute les deux.* Anthony eut un sourire rassurant, mais celle-ci regardait un camion de l'armée qui s'approchait. Olivia avait aussi profité de la distraction pour détourner les yeux de son frère; depuis l'annonce de son départ imminent, elle semblait l'éviter. Elle ne savait visiblement pas quelle attitude adopter.

Elle dévisagea sa mère, dans l'attente d'un signe qui ne venait pas; devant ce visage impénétrable, Olivia sentit un trouble insidieux s'emparer de son être. Elle était persuadée que sa mère n'avait aucun secret pour elle. Et pourtant, quelque chose de subtil dans ses yeux – on eut dit de la culpabilité – laissa Olivia songeuse. *Quelque chose m'échappe... mais quoi?* Elle se demanda fugacement si sa mère avait joué un rôle dans le départ d'Anthony.

Olivia n'avait jamais compris l'admiration que Charlotte portait à leur frère, qu'elle trouvait faible et trop doux. Il ne correspondait pas à l'image qu'elle se faisait d'un homme. « Il n'est pas comme mon Maurice, se dit-elle. Il n'a pas besoin de partir à l'autre bout du monde pour prouver qu'il est un homme, lui. » Olivia se mordit la joue pour empêcher son bonheur d'être trop apparent. *Bientôt, très bientôt, je serai madame Maurice Maillet.*

Victoria sortit de sa torpeur. Elle prit son fils unique contre elle, dans une étreinte parfumée qui souleva le cœur d'Anthony. « Il est tellement beau... j'ai mis tant d'espoir dans mon fils », pensa-t-elle la gorge serrée, saisie de remords. Victoria avait sincèrement cru bien faire en écartant Camille Deschamps, sans se douter qu'une autre menace les guettait. Si elle avait pu prédire les contrecoups de son ingérence, elle s'y serait prise autrement. Émue jusqu'aux larmes, Victoria sortit un mouchoir de dentelle de sa manche et se tamponna délicatement le coin des yeux. Le geste était si théâtral qu'Anthony fut tenté de rire.

La mine grave, Preston s'avança et lui tendit gauchement la main. Anthony eut envie de se jeter plutôt dans ses bras. « Mais aucun homme digne de ce nom ne s'abandonne de la sorte, se raisonna-t-il. Mon père ne verrait dans ce geste qu'un signe de faiblesse, un manquement de ma part, un parmi tant d'autres. » Saisissant la main que son père tendait, Anthony sentit le tressaillement de ses doigts contre sa chair et cela l'émut malgré lui.

– Prends bien soin de toi, mon fils.

Preston avait beau ne pas approuver son choix, ressentir une cuisante désillusion, Anthony restait, envers et contre tout, son fils. Et il l'aimait. Maude lui avait ouvert les yeux. Peut-être était-ce elle qui venait de l'inspirer, de lui insuffler la force, tout juste à l'instant, afin qu'Anthony parte en emportant avec lui le souvenir d'un père un peu plus tendre. « À son retour, se permit d'espérer Preston, nous trouverons un terrain d'entente. »

Anthony prit subitement congé de sa famille. D'un pas décidé, il se dirigea vers le camion militaire qui l'attendait. Une dernière fois, il leva les yeux vers la fenêtre du deuxième étage. Ce n'est que lorsqu'il monta à bord du fourgon, où l'attendaient d'autres jeunes hommes en uniforme, qu'il entendit sa voix se mêler au bruit du moteur :

– Anthony! Je t'aime! Sois prudent! Et reviens-moi vite! Tu m'entends?! Reviens-moi!

Charlotte dévala les marches du perron et s'élança à sa poursuite. Elle lui faisait de grands signes de la main, comme si elle cherchait à lui communiquer son courage et son amour. Le reste de la famille rebroussait chemin vers la résidence, à l'exception de Marie-Ange qui suivait avec affliction la course effrénée de sa sœur.

À travers la trainée de poussière que le véhicule soulevait, Charlotte distingua une silhouette à demi redressée à l'arrière du camion. *Anthony!* Il lui fit à son tour de grands signes de la main et sa voix, enjouée et confiante s'éleva entre la longue rangée d'érables :

– Je t'aime aussi, Charlotte! Ne t'inquiète pas, tout ira bien! Écris-moi!

Charlotte perdait du terrain, ses poumons protestaient. À bout de souffle, elle fut forcée de ralentir sa course et elle s'immobilisa en plein milieu de la route sinueuse et déserte. *Anthony!* Elle fixa le camion et son précieux passager qui disparaissaient rapidement, avalés par la pente douce. Elle resta ainsi, debout et immobile. Une voiture noire arriva en sens inverse et se rangea sur l'accotement, un individu en descendit. Un jeune homme se tenait à quelques pas d'elle près de la voiture. Une voix familière s'éleva :

– Aie confiance, Charlotte. Il va revenir.

Charlotte secoua l'engourdissement qui l'avait saisie et vint vers lui, d'un pas hésitant. Une fois à sa hauteur, elle accepta le mouchoir qu'il lui tendait, galamment.

– Mais qu'est-ce que tu fais ici, Jacob?

Il caressa des yeux la silhouette tant aimée, pendant que Charlotte essuyait ses larmes.

– C'est Anthony qui m'a demandé de venir, lui avoua-t-il d'un air soucieux. Il s'inquiétait pour toi. *Et moi aussi.* Mais de toute évidence, je suis en retard. J'ai croisé le camion militaire à mi-chemin.

– Oui, il vient de partir, lui confirma-t-elle, pleine de tristesse.

Pourquoi t'obstines-tu, Anthony, à vouloir provoquer les choses entre Jacob et moi? À faire de lui mon chevalier servant. Comme maintenant, avec son mouchoir qui tombe à point et qui sent vraiment bon.

Incapable de soutenir le chagrin et la confusion qui s'enchevêtraient dans les yeux de Charlotte, Jacob lui prit gentiment le bras :

– Allez, viens, je te raccompagne jusque chez toi.

Trop abattue pour tenir tête, fatiguée physiquement par cette course acharnée, Charlotte obtempéra de bonne grâce. Alors qu'ils se dirigeaient vers la voiture, elle scruta fiévreusement la route et la colline. *Reviens-moi, Anthony. Je t'en supplie, reviens moi.*

Chez les La Croix, l'heure était également aux adieux, mais dans une atmosphère beaucoup plus tendre et naturelle. Le fils ainé d'Arthur et de Clémence, Frédéric, qui venait tout juste de fêter ses vingt ans, embrassait tour à tour sa mère, en pleurs, et son père, qui contenait tant bien que mal ses émotions.

À cinquante-deux ans, Clémence déjouait les années, sans effort. Les plis rieurs autour de sa bouche et aux coins de ses yeux témoignaient d'une vie particulièrement heureuse et sereine. Et bien que ses yeux à ce moment précis soient remplis de larmes, elle continuait de sourire avec tendresse à son fils ainé. Elle refusait d'imaginer, ne serait-ce qu'une seconde, la possibilité qu'elle le vît vivant pour la dernière fois.

Arthur, pour sa part, faisait amplement son âge. À cinquante-neuf ans, sa claudication s'était accentuée et le poids de ses responsabilités à l'usine Roussel lui avait donné un front soucieux. Néanmoins, il se disait heureux, comblé par la vie.

En vérité, Clémence et Arthur s'étaient construit une belle et authentique vie de famille. Ils chérissaient leur couple et leurs enfants et se distançaient dans la mesure du possible des soirées mondaines pourtant si prisées par les familles aisées de Montpellier.

Frédéric regarda avec une affection teintée de réserve ses parents prendre du recul, afin de céder place à Raymond. Tandis qu'il répondait à l'étreinte spontanée de son frère de seize ans, touchée par l'admiration et la fierté sans pareil qu'il lisait sur son visage, Frédéric se rappelait sa chance. *Nous formons une famille tellement unie.* Son frère et lui étaient aussi différents qu'il était possible de l'être – Raymond avait toujours été plus turbulent et affectueux – mais plutôt que de les éloigner, leurs personnalités distinctes les rapprochaient.

Studieux et discipliné, Frédéric n'avait plus que deux années d'études à compléter et il espérait obtenir un diplôme avec distinction à son retour de la guerre. Il abandonnait temporairement ses études dans la valeureuse intention de servir son pays par le biais de l'écriture. Son vieux rêve d'être journaliste ne s'était pas estompé avec les années, au contraire. Dans la poche de son uniforme, il gardait son précieux calepin qu'il comptait bien remplir avec assiduité. Son appareil-photo accroché au cou, Frédéric était déterminé à emprunter la même voie que son oncle Preston. Il serait correspondant pour *L'Averti* et comme son oncle lors de la Première Guerre, il relaierait les échos des combats.

Preston l'avait assuré qu'il serait reçu à son retour à bras ouverts dans l'équipe de *L'Averti* ou de ses autres journaux, selon sa préférence. Accrédité par l'armée à titre de correspondant de guerre pour *L'Averti*, Frédéric comptait bien remplir sa tâche avec ardeur. Et même si, dans les faits, c'était la persuasion du grand Preston Roussel – il avait dû faire appel à ses relations haut placées – plutôt que son talent d'écrivain qui lui avait valu cette place convoitée, il comptait prouver à tous, et à son oncle en particulier, qu'ils avaient eu raison de croire en lui.

Balloté à l'arrière du camion, ses épaules cognant contre celles de deux autres garçons, Frédéric épiait du coin de l'œil son cousin qui gardait obstinément la tête basse, comme s'il regrettait sa décision de s'être enrôlé. Pour tout dire, Frédéric n'arrivait pas à comprendre quelle raison obscure avait poussé Anthony à se porter volontaire dans l'armée. De nature pacifique et tranquille, il était difficile pour quiconque le connaissait de l'imaginer, fusil à la main, sur un champ de bataille. Vraiment, cela dépassait l'entendement de Frédéric. Pensif, il se rappela les paroles sages de son père : « Je sais qu'il est plus âgé que toi, mais il n'a pas ta force de caractère. Veille sur lui du mieux que tu peux. C'est un bon garçon, tu sais. »

Lorsqu'Anthony redressa la tête, il s'étonna de lire dans les yeux de son cousin un appel à la solidarité. Les deux jeunes hommes n'avaient jamais été particulièrement proches. Or, dans la perspective du danger imminent, les liens du sang suffisaient, semblait-il, à les rapprocher, à les unir. Anthony, touché par cette marque de confiance et de loyauté inattendue lui offrit un signe de tête entendu.

– CHAPITRE TRENTE-CINQ –

Montpellier, Nouveau-Brunswick

Le mariage d'Olivia Roussel et de Maurice Maillet fut célébré avec faste par un jour glacial d'hiver. Sur le parvis de l'église, la mariée, les joues rosies par le froid et l'excitation, écoutait d'une oreille distraite les dernières recommandations de son père qui la guidait vers les grandes portes en bois entrouvertes :

– Personne n'est parfait; chaque couple a ses défis. L'important, appuya-t-il, c'est de ne pas perdre de vue les qualités qui t'ont fait aimer au départ l'être choisi.

En guise de réponse, Olivia laissa échapper un soupir excédé, pressée de faire son entrée, une entrée qu'elle souhaitait remarquée, voire spectaculaire.

À la dernière minute, elle retira lestement son étole de fourrure qu'elle laissa négligemment tomber. Olivia présuma que quelqu'un s'occuperait certainement de la récupérer pour elle. Puis, père et fille firent dignement leur entrée. Olivia était superbe dans sa robe en dentelle venue de Paris, ses épaules et sa nuque à découvert, ses cheveux blonds remontés en une coiffure sophistiquée qui servait d'assise à sa longue traine. Elle se déplaçait lentement, souriante, heureuse comme jamais encore elle ne l'avait été, savourant avec un plaisir inégalé les regards admiratifs des invités qui s'étaient levés pour l'accueillir. Preston avançait, rigide, solennel dans son complet noir de la plus grande qualité, les yeux fixés sur son futur gendre qui lui souriait avec un air satisfait, ne présentant aucune trace de nervosité, ce qui était plutôt de bon augure.

Bientôt, ils furent au pied de l'autel. Preston souleva avec précaution le voile qui dissimulait le visage parfait de sa fille et l'embrassa avec émotion sur les deux joues. « Voilà, se dit-il. Le moment est venu. Je vais donner en mariage la première de mes filles... et peut-être bien la dernière aussi. »

Il lui sembla qu'Olivia n'avait qu'une envie : se soustraire le plus vite possible de son emprise pour aller au-devant de Maurice, dont il venait à l'instant de serrer la main, comme c'était l'usage. Toutefois, plutôt que d'en être froissé ou chagriné, cette constatation le rassura. Ils semblaient réellement épris. Olivia ne lui avait jamais paru si radieuse. Elle resplendissait. Exactement comme sa mère.

Il regagna le premier banc où l'attendait Victoria, belle et émue comme il l'avait rarement vue. Le regard de Preston glissa vers leurs trois autres filles, toutes aussi jolies dans leur robe bleu marine assortie. Il fut soudain pris d'un étrange malaise. Leurs visages étaient épanouis, mais dans ces trois paires d'yeux bleus identiques orientés vers Olivia, il y avait une indéniable réserve. Sa femme, comme Olivia d'ailleurs, ne tarissait pas d'éloges à l'endroit de Maurice. De son côté, Preston n'avait jamais rien eu à lui reprocher. Il se comportait toujours en parfait gentleman, autant à l'usine que lors d'évènements mondains. « Alors, se demanda-t-il intérieurement, qu'est-ce qui peut bien faire douter Joséphine, Charlotte et même ma douce Marie-Ange, la demoiselle d'honneur, du bienfondé de cette union? »

De l'autre côté de l'allée, Maillet et Jacob, qui agissait à titre de témoin pour son frère, suivaient avec diligence le déroulement de la cérémonie religieuse. Soulagé que Maurice, à trente-quatre ans, se fût finalement rangé, et avec une des filles Roussel de surcroit, Maillet affichait sous sa belle moustache un sourire sincère. Même s'il restait convaincu que ce mariage était davantage fondé sur de la superficialité – Olivia et Maurice étaient extrêmement sensibles à la beauté de l'un et de l'autre – que sur des valeurs spirituelles, il les savait réellement heureux ensemble; c'était ce qui comptait.

Maillet surprit une ombre sur le visage de son fils cadet et devina que celui-ci était préoccupé par son propre avenir conjugal. Jacob continuait d'espérer un revirement chez sa chère Charlotte. Le départ d'Anthony à la guerre les avait rapprochés; Charlotte recherchait la présence de Jacob, comme s'il comblait un peu le vide laissé par l'absent. « Mais si cette camaraderie n'évolue pas, s'inquiéta en silence Maillet, à trente-et-un ans, Jacob sera-t-il condamné à une vie de solitude? Comme c'est mon cas depuis le décès de ma Marguerite bienaimée. J'y suis toujours fidèle, même en son absence. »

Les sourcils froncés et l'expression impénétrable de Jacob semblaient lui donner raison. Pendant un bref instant, Maillet regretta presque qu'il lui ressemblât autant.

La cérémonie religieuse, la réception donnée en leur honneur à l'Hôtel Jonquille, les cadeaux somptueux – à commencer par la résidence de ses grands-parents gracieusement offerte en cadeau de noce par ses parents – qui formaient une jolie pyramide dans le deuxième salon, avaient surpassé toutes les attentes d'Olivia. Seul bémol dans cette journée mémorable : la tempête de neige qui s'était abattue sur eux à leur sortie de l'église et qui n'avait cessé de prendre de l'ampleur.

Avec un mélange de nervosité et d'excitation, Olivia étudia l'image que lui renvoyait le miroir de la salle de bain. Elle eût préféré que leur première nuit en tant que mari et femme ait lieu, comme ils l'avaient originellement prévu, au Manoir des Oliviers, manoir où ils devaient séjourner pendant leur lune de miel. Mais le mauvais temps avait rendu impossible tout déplacement. « Enfin, songea Olivia, il y a peut-être un certain cachet à perdre sa virginité dans la maison ancestrale. » Elle prit une profonde inspiration et ouvrit la porte de la salle de bain attenante à la chambre à coucher. *Je m'apprête à devenir une femme. Une vraie.*

Elle avançait lentement vers le lit à colonnes, intimidée par la nudité de son époux étendu parmi les oreillers. Pourtant, elle envisageait avec délice ce qui l'attendait. Olivia contenait à grand-peine sa fébrilité. Elle souriait toujours lorsqu'elle fut à la hauteur de Maurice. Le regard animé, il se redressa et s'accrocha aux pans de son peignoir qu'elle tenait pudiquement croisés. D'un sourire encourageant, il lui fit lâcher prise et ne put retenir un grognement de plaisir lorsque le tissu soyeux tomba à ses pieds. Le regard de Maurice parcourut en connaisseur le corps ravissant de son épouse que cet examen prolongé troublait au plus haut point. Cet excès de timidité inattendue le désarma momentanément; n'écoutant que son propre désir, Maurice attira Olivia à lui avec une force insoupçonnée.

Le sourire de la mariée mourut subitement. Elle cria, le matelas protesta, lorsqu'il lui écarta brutalement les cuisses pour explorer son coin le plus intime, avant de la pénétrer avec ardeur. Olivia se débattit. Elle ne souhaitait qu'une chose : libérer son corps de cette odieuse intrusion, ce qui sembla faire redoubler la passion de Maurice.

Olivia venait de vivre ce qu'était la convoitise physique dans sa forme la plus bestiale. Humiliée, aveuglée par la douleur, elle ne remarqua pas la satisfaction et la tendresse qui avaient détendu le visage de son mari toujours au-dessus d'elle. Elle ne pouvait deviner le plaisir qu'elle avait suscité en lui ni imaginer qu'à ses yeux, il avait fait preuve de beaucoup d'égards pour celle qu'il savait vierge.

Repu, Maurice s'était laissé rouler sur le côté. Il soupira de bienêtre et retint sa femme prisonnière d'un bras. Olivia crut vomir en l'entendant lui murmurer des mots tendres à l'oreille :

– C'est toujours un peu difficile pour une femme la première fois. Tu verras, la prochaine fois tu en retireras beaucoup plus de plaisir, assura-t-il, en déposant un baiser satisfait sur l'épaule de sa femme.

Lorsque, finalement, il s'était assoupi, Olivia s'était libérée de l'emprise de son bras et, chancelante, avait marché jusqu'à la salle de bain. Elle avait lavé le sang séché sur ses cuisses, s'était frotté le corps avec un gant de crin. Elle avait ensuite enduit la chair meurtrie de crème hydratante; elle espérait calmer la douleur et la répugnance, non seulement physique, mais aussi morale qu'elle éprouvait.

Ma mère m'a menti; qu'y a-t-il de magique, de beau et de grand, dans ce que je viens de vivre? Oliva se demanda avec répugnance si sa grand-mère Françoise avait subi de telles avances de la part d'Édouard, à cet endroit même, dans ces appartements. *Cette luxueuse maison, dont j'ai tant rêvé d'être un jour la propriétaire, va-t-elle être réduite à devenir le témoin silencieux de mon calvaire?*

Assommée par la sordide réalité de sa situation, elle regagna d'une démarche incertaine le lit conjugal. L'idée qu'elle finirait par apprivoiser l'appétit sexuel de son mari ou même par y prendre gout ne lui effleura pas l'esprit : elle n'était guère de nature optimiste. *Au mieux, j'apprendrai à le supporter.* Recroquevillée à l'autre extrémité du matelas, Olivia avait sombré dans un sommeil sans rêves.

* * * * *

Bien au chaud dans leur manteau et leur petit chapeau assorti, les trois sœurs accompagnées de leur tante Maude, qui était emmitouflée dans un manteau de renard, attendaient l'entrée du train en gare. Après s'être laissé emporter par des excès pendant les vacances de Noël et par le tourbillon festif qu'avait été le mariage d'Olivia, son séjour prolongé par la tempête de neige, Joséphine ne tenait plus en place. Elle était pressée de retourner à sa vie montréalaise, à célébrer le Nouvel An en femme indépendante qu'elle était. Elle se dressait sur la pointe des pieds et scrutait la forêt. Devant tant d'impatience, Charlotte s'exclama avec un grand sourire espiègle :

– Mon Dieu, Joséphine, tu es bien pressée de t'en retourner. On croirait que quelqu'un t'attend à Montréal.

Le rouge aux joues, Joséphine fit volteface et fouetta avec exaspération l'air froid de ses bras :

– Mais pas du tout! J'ai hâte de retrouver mon travail, mon appartement... mes choses, quoi.

Maude et Charlotte échangèrent un regard amusé. Joséphine avait beau dire que c'était bel et bien terminé avec son ancien professeur, qu'elle n'avait aucun sentiment pour lui, elles n'étaient pas dupes. Et bien qu'elles ignoraient la raison exacte de leur rupture, il n'y avait aucun doute dans leur esprit que Joséphine était toujours éprise d'Alistair Boischatel.

– Je n'ai pas de temps à consacrer à l'amour, renchérit-elle. Ma carrière accapare tout mon temps... et c'est tant mieux comme ça.

Le pire, c'est que je dis vrai!

Joséphine avait connu sa juste part d'aventures amoureuses avant Alistair. Depuis leur rupture – à l'exception de la soirée passée avec Billy –, elle avait volontairement maintenu les hommes à distance.

– Et toi, Charlotte? Quand vas-tu te décider à faire le saut? lui demanda Joséphine, provocante, voulant détourner l'attention de sa personne.

– Et avec qui donc je te prie? fit Charlotte, sincèrement étonnée.

– Mais avec Jacob! Quelle question! Cela fait des années qu'il tourne autour de toi, s'esclaffa Joséphine dans un débordement enthousiaste.

– Jacob est le meilleur ami d'Anthony et par ricochet, il est aussi le mien, c'est tout, la corrigea-t-elle d'un air las.

Le reste de sa phrase mourut dans un soupir. L'inquiétude qui apparut sur le visage de Charlotte fit regretter à Joséphine son intervention. Marie-Ange fixa, mélancolique, ses bottines enneigées; ses pensées se transportèrent vers Olivia, qui n'avait pu les accompagner, trop occupée à redorer sa maison. Olivia n'avait jamais particulièrement recherché leur présence – et encore moins celle de Joséphine –. Maintenant qu'elle était mariée, qu'elle avait hérité de la maison des grands-parents Roussel, sa réclusion était évidente. « Au moins, se rassura intérieurement Marie-Ange, elle se dit heureuse de sa nouvelle vie de femme mariée. Mais... est-ce vraiment le cas? »

C'était également aux restaurations massives orchestrées par Olivia que pensait Joséphine. Son grand-père avait une bibliothèque des plus impressionnantes. Elle espérait seulement qu'Olivia ne chambarderait pas tout, avec ses rénovations aussi inutiles qu'insensées.

Consciente de la lourdeur qui pesait sur les trois sœurs, Maude réorienta la conversation, sur un ton tout à fait anodin :

– Tu n'aimerais pas mieux revenir à Montpellier, chère Joséphine? Y ouvrir ton propre cabinet?

– Et repartir à zéro? Grand Dieu non, protesta l'interpelée avec vivacité, reconnaissante envers sa tante pour cette distraction. J'aime Montréal, sa vie culturelle vibrante et animée. Il ne manque que trois choses à mon bonheur, enchaina-t-elle avec entrain : d'abord, être admise aux examens du Barreau, en deuxième lieu, les réussir haut la main, et finalement avoir mon propre cabinet, pignon sur rue. En attendant, je suis sincèrement heureuse d'être l'assistante de Sam. J'apprends tellement avec lui!

– Chose certaine, il a de la chance de t'avoir à son cabinet, affirma la journaliste en échangeant un sourire tendre et complice avec Joséphine.

Le bruit strident de la locomotive précipita les accolades et les baisers d'adieu. Toujours pressée, insaisissable, Joséphine se hâtait vers le premier wagon. Elle dépassait les gens et maniait avec agilité sa valise.

– Bon voyage Joséphine! À bientôt! lança avec bonne humeur Charlotte, alors que Marie-Ange, elle, lui faisait un signe timide de la main et que Maude souriait avec effusion.

Du haut des marches, Joséphine leur offrit à son tour un grand sourire, avant de disparaitre derrière la porte coulissante et d'essuyer furtivement une larme.

Tandis qu'elle escortait les deux sœurs, Maude fut frappée par la force avec laquelle elle aimait ces filles. Comme si elles avaient ressenti son émotion, Charlotte posa doucement sa tête sur l'épaule de leur tante et Marie-Ange glissa son bras sous le sien. À leur sortie de la gare, elles s'arrêtèrent devant une série d'affiches patriotiques placardées sur lesquelles de jolies femmes souriantes tenaient des bombes et déclaraient : « Je fabrique des bombes et je contribue à l'effort de guerre ».

Marie-Ange fut saisie d'un sentiment aussi insolite qu'inattendu; un appel puissant résonna dans son cœur tendre et délicat.

Le bruit régulier du train suffisait généralement à lui faire cogner des clous. Aussi Joséphine s'était-elle installée dans le wagon restaurant, où les conversations et le bruit de la vaisselle qui s'entrechoquait la maintiendraient éveillée. Elle avait la ferme intention de rattraper le temps perdu, de prendre de l'avance dans sa lecture. *Sam sera agréablement surpris!*

À peine avait-elle pris place à une table, que Joséphine s'était départie de son manteau et de son chapeau. Libre de toute entrave, son éclatante chevelure occupait l'espace et attirait l'attention des voyageurs. Joséphine, elle, n'avait d'yeux que pour le serveur qui s'était manifesté et qui serait son sauveur. « Du café, encore du café, se dit-elle. Je vais en avoir besoin. »

Joséphine fut impressionnée par la rapidité du service : le garçon en pantalon noir et chemise blanche impeccable déposa devant elle la tasse fumante. Elle le remercia d'un sourire reconnaissant et parcourut fébrilement les dossiers qu'elle avait retirés de son porte-document. Un éclat de rire vint la distraire : Joséphine leva les yeux et vit un couple visiblement amoureux qui dégageait un mélange de légèreté et d'insouciance enviable, surtout en ces temps incertains. *À souhaiter que ce garçon n'aille pas tout gâcher par une demande en mariage!* Cette remarque lui était venue, tout bonnement; frustrée elle secoua la tête et détourna les yeux. *Alistair appartient au passé... Alors pourquoi est-ce que je me surprends encore à penser à lui?*

Bien décidée à le chasser de son esprit, Joséphine se plongea toute entière dans sa lecture.

* * * * *

Du haut de son édifice, debout face à la fenêtre de son bureau, Preston admirait le point de vue, le centre-ville particulièrement animé ce jour-là. Cette rue commerciale, qu'il avait vue grandir, s'épanouir, prospérer puis souffrir, comme partout ailleurs, de la crise économique, reprenait tranquillement vie. *Ainsi, il aura fallu une guerre pour relancer l'économie. Et ses journaux en récolteraient les bénéfices.*

Songeur, Preston s'éloigna de la fenêtre. Il n'aurait su dire si c'était le tout récent mariage d'Olivia ou le départ de Joséphine vers Montréal, mais il était nostalgique. Ses pensées s'envolèrent vers Gervais; il se revoyait en compagnie de son cousin, jeunes et pleins d'énergie, fumant cigarettes et cigares, déterminés, fiers de leur succès et de leur rôle dans la société... « Gervais, pensa-t-il, a toujours été une meilleure personne que moi et fort probablement un meilleur journaliste. »

Preston observa l'extrémité rougeâtre de son cigare et poussa un long soupir. *Qu'est-il advenu du valeureux journaliste que j'étais jadis, celui qui dénonçait les injustices, se faisait la voix d'hommes et de femmes qui autrement seraient condamnés au silence? Existe-t-il toujours?* Il y avait longtemps que Preston n'avait pas eu l'occasion de défendre une cause qui lui tenait à cœur; aucune n'était venue l'ébranler ou plutôt, n'avait interpelé Maude, mis à part la question récurrente de la place de Charlotte.

Preston renversa la tête et ferma les yeux. Maude était la voix de sa conscience. Par la force des choses, elle était l'alliée de Charlotte et de Joséphine. Et aujourd'hui, Maude lui avait encore une fois montré l'attachement pour ses filles : elle avait pris l'après-midi de congé afin de raccompagner Joséphine à la gare.

Lorsqu'il ouvrit les yeux, Preston considéra un moment la photographie de famille qui trônait sur son bureau. Il examina les traits gracieux de sa femme. Victoria s'était fait une telle joie avec les préparatifs du mariage d'Olivia et maintenant, toutes les deux magasinaient les boutiques de tissus et de meubles. Les désirs et les besoins d'Olivia avaient toujours été une priorité pour Victoria. « Heureusement, se dit-il, que Joséphine et Charlotte ont Maude pour modèle; un modèle féminin qu'elles ont tout naturellement adopté. Quant à Marie-Ange, elle est un être à part, elle n'a pas besoin de modèle. Elle se laisse inspirer par son cœur, tout simplement. »

Le regard de Preston s'arrêta sur la photographie de ses parents; il s'attarda sur son père, imposant et digne. *Vous devrez prendre votre mal en patience, père.* Si la fortune personnelle des Roussel avait pris de l'ampleur – ils étaient économiquement et socialement extrêmement puissants – le fameux jour dont Édouard avait tellement rêvé, celui où le pouvoir économique changerait définitivement de mains, se faisait toujours attendre. Dans l'ensemble, les anglophones avaient conservé une longueur d'avance, malgré les nets progrès accomplis par les Acadiens dans les dernières décennies. Du reste, même si l'anglais était toujours la langue favorisée en affaires, le français s'imposait de plus en plus comme une force avec laquelle il fallait composer.

Édouard avait eu raison sur un point en particulier : l'éducation était le meilleur garant de l'avenir des Acadiens. Armés de connaissances, ils pouvaient se démarquer dans tous les domaines : économique, politique et social. « Tout compte fait, songea Preston, du moment que les citoyens de Montpellier, anglophones comme francophones, vivent en harmonie et travaillent de concert à l'épanouissement de la ville, n'y a-t-il pas là lieu de se réjouir? Et peut-être que la prochaine génération assistera, elle, à la suprématie acadienne? »

Avec une certaine appréhension, Preston se demanda ce que lui dirait Édouard s'il était toujours vivant. *Approuverait-il mes choix aujourd'hui? Serait-il fier du travail que j'ai accompli? Et que me dirait mon grand-père Auguste, que je n'ai jamais connu, mais dont l'héritage a déterminé ma destinée? Me suis-je montré à la hauteur de leurs attentes?*

Incertain de la réponse, Preston s'affaira avec la paperasse qui envahissait son bureau et ouvrit le dossier que lui avait remis son beau-frère. Les chiffres étaient convaincants. Arthur paraissait confiant. Autant dans le retour de son fils Frédéric que dans la stabilité de l'usine. Tout portait à croire que l'optimisme naturel de Clémence avait déteint sur lui.

Preston rangea les documents et prit nerveusement une seconde bouffée de son cigare. « Arthur a une bonne relation avec Frédéric et Raymond, se dit-il. Leur complicité est évidente. Quant à moi, j'ai failli lamentablement à mon devoir de père avec Anthony, comme avec Nathaniel. » La vision de plus en plus embrouillée de l'enfant entrevu des années auparavant à l'orphelinat Saint-Christophe lui traversa l'esprit. « Si, par quelque étourderie imprévisible du destin, songea Preston, je devais croiser Nathaniel, saurais-je le reconnaitre? Et si, par quelque miracle, je le reconnaissais, est-ce que je lui adresserais la parole ou est-ce que je continuerais tout simplement mon chemin? »

Déterminé à ne pas céder au remords, Preston reporta son attention sur la photographie de sa famille, et plus précisément sur Anthony. Il parvint à se convaincre qu'il avait encore la chance de se reprendre avec lui. À son retour d'Europe, Preston avait l'intention d'avoir une conversation à cœur ouvert avec son fils. Et si le désir d'Anthony était toujours de se distancer des affaires de la famille, de leur empire, il respecterait son choix. « Ou tout au moins, décida-t-il, j'apprendrai à vivre avec son choix. »

L'espoir qu'il nourrissait de pouvoir éventuellement mettre les choses au point avec Anthony fut brusquement chassé par la prise de conscience que le passé était sournoisement en train de se répéter. Deux cousins sur le front, l'un pour combattre et l'autre pour y faire des reportages, exactement comme cela avait été le cas pour Gervais et lui. « Mon Dieu, s'affola Preston. S'il fallait que le passé se répète intégralement? Que l'un des deux ne revienne pas vivant? »

Refusant de laisser ces idées noires l'envahir, Preston écrasa vigoureusement son cigare à peine entamé et s'empara d'un dossier. Un compte rendu détaillé de son journal *Le Citoyen* de Montréal que Jeffrey lui avait fait parvenir. À la vue du bilan financier, Preston se sentit peu à peu redevenir lui-même, en pleine possession de ses moyens. La chance en affaires semblait le favoriser. Les journaux se portaient bien, l'usine des pâtes et papiers Roussel prospérait. Et dans le contexte actuel, il fallait plutôt se féliciter.

Preston se releva de son fauteuil et ouvrit toute grande la porte de son bureau. Il s'avança jusqu'à la balustrade en métal qui donnait sur la salle de presse, un étage plus bas. Du haut de son poste d'observation, il suivait les allées et venues des journalistes, écoutant d'une oreille distraite les échanges enflammés. Le cliquetis irrégulier des machines à écrire montait jusqu'à lui, comme porté par la fumée des cigarettes. Devant ce beau désordre énergique, un état d'euphorie s'empara de lui. Et bien qu'il le sût éphémère, il s'y accrocha de toutes ses forces, ses doigts agrippèrent fermement le rebord de métal, quand un « Monsieur Roussel? » vint le ramener sur terre. Preston mit quelques secondes à réagir, se donnant le temps de contenir son agacement.

– Quelqu'un demande à vous voir, monsieur Roussel, réitéra plus fort le journaliste.

Preston se tourna impérialement vers le jeune homme nerveux qui se tenait devant lui :

– Ah oui? C'est à quel sujet?

Le journaliste intimidé baissa volontairement le ton; il voulait donner plus de poids à ce qui allait suivre :

– Je ne saurais vous le dire, monsieur Roussel. Il tient absolument à vous rencontrer en privé. Il dit que c'est de nature confidentielle.

Intrigué, Preston détourna le regard et repéra à l'entrée de la salle le visiteur. Un frisson le traversa des pieds à la tête. Imposant et flegmatique, l'homme drapé de noir portait une mallette; il ne paraissait pas démonté par l'activité bruyante autour de lui.

– Je vois... Très bien, faites-le monter, déclara Preston, d'une voix qui lui sembla étrangère, les yeux rivés sur le collet blanc et le crucifix en or qui pendait au cou du saint homme. L'heure de vérité avait sonné.

– CHAPITRE TRENTE-SIX –

Chablis, Nouveau-Brunswick

Il gisait sur le lit, tranquille, avec, au visage, une expression presque sereine. La camisole bleuâtre accentuait la peau translucide du patient. Le bandage autour de la tête laissait entrevoir des cheveux châtains en désordre et lui donnait un air presque enfantin. Sa respiration était lente et régulière. Nul n'aurait pu imaginer que son agitation avait nécessité l'intervention de quatre infirmiers. Le calmant administré, le patient avait sombré dans un sommeil comateux. Seuls ses poings serrés, attachés par des ganses aux barreaux du lit et les fines gouttes de sueur qui perlaient sur ses joues témoignaient de l'intensité de la crise.

Près du lit, et tranchant dans cet univers stérile, une jeune fille gracile contemplait le corps allongé. Son épaisse chevelure rouge aux reflets orangés tombait sur ses avant-bras nus, pâles, et offrait une tache de couleur irréelle. Sa cape pouvait encore camoufler la rondeur de son ventre, que ses mains venaient à l'instant d'épouser. Toutes les semaines, elle venait le voir, mais son état restait sensiblement le même : complètement désorienté, perdu, somnolant... comme mort en dedans, mais maintenu en vie de force.

Évelyne caressa d'une main tremblante le léger renflement de son ventre et ravala ses larmes. Elle souhaitait de toutes ses forces que l'enfant qui grandissait en elle connût une vie tout autre. « Surtout, pria-t-elle, qu'il ou elle soit aimé et préservé des maux de ce monde. » Nathaniel ne savait pas pour l'enfant; même s'il l'avait su, cela n'aurait rien changé à sa décision.

Évelyne n'avait pas l'intention de garder l'enfant. Elle n'avait ni le courage, ni la volonté, ni les moyens de se battre pour une autre personne. Elle ne parvenait même pas à subvenir à ses besoins. À seulement vingt-huit ans, Évelyne se sentait épuisée, complètement vidée et seule, horriblement seule. Elle s'était juré qu'elle ne priverait pas leur bébé de parents aimants et présents. Nathaniel et elle-même avaient trop souffert des lacunes de leur mère, sans compter l'absence de leur père, pour perpétuer les mêmes erreurs. Elle ferait ce qu'elle croyait être dans l'intérêt premier de l'enfant; Nathaniel aurait compris sa décision.

Évelyne espérait seulement que cet être innocent – à supposer que les parents adoptifs lui révèlent un jour la vérité – comprendrait qu'elle l'avait aimé, oui, assez aimé pour se résoudre à l'abandonner, à lui donner la chance d'avoir une vie que Nathaniel et elle n'auraient jamais été en mesure de lui offrir, surtout maintenant.

Évelyne se répéta pour la centième fois que l'enfant ne grandirait pas dans un orphelinat. Ceci, Nathaniel ne lui aurait jamais pardonné. Tout était déjà convenu. À sa naissance, le nouveau-né serait accueilli chez un couple aimant et financièrement aisé, c'était ce que lui avait promis monsieur Cormier, le facilitateur en adoption privée.

L'esquisse d'un sourire d'une tristesse infinie apparut sur son visage. Le jeu des attirances humaines était beaucoup plus complexe qu'elle n'aurait pu l'imaginer. L'élan qui poussait un homme vers une femme, et vice versa, qu'elle avait tenu pour acquis, n'était pas universel. Elle ne l'avait réellement compris que le jour où elle avait surpris Nathaniel à contempler amoureusement le garçon sur la toile. *Laurent, l'âme sœur de Nathaniel... son seul et grand amour... mort beaucoup trop jeune et laissant derrière lui un cœur dévasté.*

Ses yeux se remplirent de larmes. Évelyne avait vainement essayé d'aborder le sujet avec lui, après l'épisode de la toile, mais chaque fois, Nathaniel s'était dérobé. Elle s'était alors résolue à lâcher tout simplement des phrases, ici et là, convaincue que même s'il était de moins en moins lucide, il n'en ressentirait pas moins la sincérité dans sa voix. « Tu sais que je t'aime, peu importe tes choix, tes actions et tes désirs », lui disait-elle d'un ton bienveillant, ou encore : « Tu as ma bénédiction, Nathaniel, pour mener à ta guise ta vie amoureuse avec *le partenaire de ton choix.* »

Mais, Évelyne le savait enfin : ce n'était pas sa bénédiction à elle dont il avait besoin, mais de la sienne à lui; une acceptation de soi qu'il était tout simplement incapable de s'accorder.

Une fois, une seule fois, alors que Nathaniel émergeant de sa folie s'était désespérément accroché à elle, comme à une bouée de sauvetage, leurs corps s'étaient retrouvés. « Par égarement? », se demanda Évelyne. *Ou simplement pour me prouver que j'avais tort sur son compte.* D'abord timides, puis hardis, ils avaient fait l'amour. Ils y avaient mis toutes leurs peines, leurs désespoirs, leur tendresse, espérant naïvement assouvir cette intarissable soif d'amour dont ils avaient été tant lésés dans leur jeunesse. À la toute fin, il avait éclaté en sanglots. Elle avait mêlé ses larmes aux siennes, frappée par la certitude que non seulement elle était bel et bien amoureuse de Nathaniel, mais que cet amour ne pourrait jamais lui être rendu, du moins au sens où elle l'entendait.

Évelyne caressa tendrement des yeux le visage de l'artiste.

– Je t'aime, Nathaniel, chuchota-t-elle, d'une voix à peine audible. Peu importe tes inclinaisons, je t'aime, répéta-t-elle avec ferveur. Et je veux que tu saches qu'auprès de toi, je me suis sentie davantage aimée et chérie, même au plus creux de ta folie, que par tous les gens qui ont croisé ma route, y compris ma mère.

Et maintenant, c'est à mon tour de te témoigner, une dernière et irrévocable preuve d'amour.

Évelyne joignit ses mains tremblantes sous le menton et pria le Seigneur de lui donner le courage de tenir sa promesse, de ne pas abandonner Nathaniel à son triste sort : condamné à être un mort-vivant. Elle ne pouvait imaginer pire châtiment : son âme prisonnière d'un corps ligoté qui ne lui appartenait plus, l'esprit embrouillé par des médicaments administrés de force et par des électrochocs.

Tant de souffrances infligées pour rien. Absolument rien. Bien qu'elle n'eut ni l'éducation ni l'expertise pour poser un diagnostic sur l'état psychologique de Nathaniel, Évelyne était convaincue que la maladie dont il souffrait était liée à un cœur brisé. Contrairement à ce que pensaient les spécialistes de l'hôpital, elle croyait résolument que le mal qui attaquait le cerveau de Nathaniel ne provenait pas d'un débalancement neurologique : il provenait d'un cœur en agonie... un pauvre cœur poussé à bout, malmené, aux plaies jamais pansées.

Évelyne savait, pour l'avoir entendu plus d'une fois de la bouche de Nathaniel lors de ses moments de crise, qu'il était dévoré par la culpabilité; la culpabilité de n'avoir pu exprimer à Laurent, alors qu'il était sur son lit de mort et malgré ses supplications, son attirance et son amour pour lui.

Fébrile, elle se pencha sur la fiche du patient qu'une infirmière avait laissée au pied du lit. *Nathaniel Saint-Christophe. Trente-quatre ans. Famille inconnue.* Évelyne sentit son cœur flancher. Elle s'était préparée mentalement depuis des jours, mais elle n'en frissonnait pas moins d'effroi. « Sa vie, songea-t-elle, n'a été qu'une longue suite de souffrances. » Très doucement, presque comme une caresse, Évelyne dégagea l'oreiller où reposait la tête de Nathaniel.

Son âme vagabondait. Il était redevenu enfant, il courait, insouciant, dans un champ de blé, les bras en croix, la tête levée vers le ciel d'un bleu majestueux. Les épis lui caressaient le bout des doigts et il entendait les chants des oiseaux. Soudain le vent se leva, le ciel devint gris et une brume épaisse l'enveloppa. Les ténèbres se refermaient sur lui, un grondement sourd emplissait son cerveau. Il suffoquait. Prisonnier de son cauchemar, Nathaniel tomba, la gorge prisonnière de ses mains, le souffle coupé et les poumons prêts à éclater.

Dans un déferlement de larmes, Évelyne appuyait fermement l'oreiller sur le visage de Nathaniel et priait tous les saints pour qu'il cessât de lutter. L'aspect irrévocable, décisif de son geste la glaçait jusqu'aux os. Elle tremblait de la tête au pied et murmurait, inspirée par l'esprit de saint Christophe peut-être :

– Tu n'étais que de passage, un voyageur... Va, va retrouver Laurent. Il t'attend depuis si longtemps.

« Laurent... C'est sa voix que j'entends, c'est sa voix qui m'appelle », divaguait Nathaniel. Voilà que la sensation d'étouffement se dissipait. Tout à coup paisible dans son délire, il voyait le doux visage de Laurent penché sur lui, un ange enveloppé de lumière. Et il tendit les mains vers son ami, vers la chaleur qui irradiait de ce corps céleste. Nathaniel cessa de lutter, une vague de bienêtre lui balaya le corps.

Lorsqu'Évelyne, dans un effort surhumain, retira l'oreiller, elle crut défaillir. Un sourire émerveillé était posé sur ses lèvres. Il était enfin libéré. *Heureux et en paix... auprès de Laurent.* Avec une tendresse toute maternelle, elle souleva la tête de Nathaniel et remit l'oreiller à sa place. Elle posa une dernière fois ses lèvres sur les siennes; sa précieuse écharpe de soie multicolore caressa la joue tiède du mort. Évelyne essuya ses larmes, enfila ses gants et quitta la chambre.

Dehors, il neigeait et le vent glacial s'infiltrait à travers sa cape, mais Évelyne ne ressentait pas le froid. Elle n'avait conscience que du soleil éblouissant. Incapable de se défaire du terrible poids de ses actions, elle essayait d'apaiser son âme et son cœur. *Oui, j'ai mis fin aux jours de Nathaniel. Mais je l'ai fait par amour, par loyauté, pour ne plus qu'il ait à souffrir. Je n'ai fait que tenir ma promesse envers lui.* Torturée, vacillante sur le trottoir enneigé, Évelyne avait l'impression de sombrer dans la folie. *Mon Dieu, j'ai tué mon seul ami, le père de mon enfant, un enfant qui ne m'appartient déjà plus...*

Elle regardait avec accablement droit devant elle. Les arbres majestueux du parc ne lui envoyaient aucun signe rédempteur. Ses pas l'avaient conduite au parc de Chablis, où Nathaniel exposait ses toiles. Exceptionnellement désert ce jour-là, le froid extrême ayant eu raison même des enfants, Évelyne avait pensé s'assoir sur un banc. Or, la crainte que son corps ne flanche pour de bon si elle lui permettait cette pause l'avait retenue. Si elle restait trop longtemps sur place, elle craignait de figer, comme une statue de glace.

Évelyne enleva son capuchon et ses cheveux déferlèrent en une masse lumineuse sur ses épaules. Elle porta ses mains gantées à son visage, écarta les doigts et capta les rayons du soleil à travers le ciel. Les flocons, légers, tourbillonnaient et la jeune femme fut prise de vertige. Elle n'avait rien mangé depuis la veille au matin.

Évelyne avait repoussé son retour au studio qui avait été vidé de ses meubles et de leurs maigres possessions, faute d'argent. La peur obscure que l'âme de Nathaniel y errât la tenaillait. Mais le jour tombait et elle n'avait nulle part où aller, personne pour l'aider. Évelyne posa ses mains sur son ventre et compta jusqu'à dix, rassemblant ce qu'il lui restait de force et de courage. Si elle ne rentrait pas maintenant, ses jambes risquaient de ne plus la porter.

C'est alors qu'elle l'aperçut qui tournait le coin de la rue. Elle se déplaçait lentement sur la chaussée glissante et déserte, comme en mission de repérage. Évelyne cligna des yeux, croyant rêver : une automobile blanche était bien là. *La voiture américaine. Mais elle est en retard... ou en avance. Ce n'est pas le premier dimanche du mois.*

Les yeux fiévreux, Évelyne suivit sa lente progression. Elle se demanda si c'était là le signe qu'elle attendait, ou si son esprit était en train de lui jouer des tours. Finalement, la voiture s'immobilisa à sa hauteur. À travers la vitre arrière du véhicule, elle distingua un passager. Elle ne l'avait entrevu qu'une fois, et il y avait des mois de cela. Pourtant, Évelyne était mystérieusement convaincue qu'il s'agissait du même homme. « Cette posture rigide, se dit-elle, et ce chapeau qu'il vient de toucher du bout des doigts, en penchant légèrement la tête sur le côté en guise de salutation... Oui, c'est lui, conclut-elle, le collectionneur de toiles de Nathaniel. »

Il s'agissait bien de sa voiture, Évelyne en était certaine, même si elle ne voyait pas la plaque d'immatriculation. La vitre arrière s'abaissa, il tourna la tête dans sa direction. Évelyne eut juré que ce regard, aussi perçant que celui d'un aigle, avait repéré sa pâleur anémique et son début de grossesse.

– Nathaniel est mort. Et je porte son enfant.

Évelyne ignorait ce qui lui avait pris. Les paroles avaient jailli de ses lèvres gercées, sans qu'elle ne l'ait commandé. Elle écarquilla les yeux et son menton se mit à trembler de manière incontrôlable. L'inconnu sembla accuser le coup; il retira lentement son chapeau, avec une expression de tristesse et de culpabilité. Cela confirma ce qu'elle savait déjà : il avait bel et bien connu Nathaniel. Il s'accorda quelques secondes, pour se ressaisir. Lorsqu'il prit la parole, Évelyne pensa qu'elle n'avait jamais entendu une voix aussi apaisante :

– Je peux vous déposer quelque part, mademoiselle?

Son ton respectueux et sophistiqué, de même que son accent chanté qui trahissait des origines américaines, déstabilisa momentanément la jeune femme. Indécise, le cœur tremblant, Évelyne regardait l'homme et son chauffeur en silence. Une partie d'elle était tentée de se faire reconduire dans une si belle voiture, bien au chaud, à l'abri du froid. Mais sa raison lui disait que c'était terriblement risqué et irresponsable, aussi. *Qui êtes-vous? Quel est votre lien avec Nathaniel? Qu'attendez-vous de moi?*

Soudain, son ventre se contracta – était-ce l'enfant en elle qui se révoltait ou tout simplement les effets de la faim? –. Évelyne était émotionnellement et physiquement à bout. Elle acquiesça doucement, le chauffeur l'aida à monter à bord de la voiture. Elle se laissa glisser sur le siège près de l'Américain. À peine avait-elle pris place dans la voiture confortable qu'elle reposa la tête contre le dossier rembourré avec abandon, épuisée. « Je ne vais fermer les yeux qu'un instant seulement », se dit-elle.

Évelyne eut subitement l'impression que la terre avait cessé de tourner, que son corps engourdi et frigorifié ne lui appartenait plus. Elle eut beau essayer d'ouvrir les paupières, de prononcer des paroles cohérentes, en réponse à la voix grave, de plus en plus alarmée, qui résonnait à ses oreilles, en vain. L'homme à ses côtés prit son pouls, elle l'entendit, confusément, donner des ordres au chauffeur; ce dernier répondit :

– Tout de suite, monsieur Peterson.

La seconde d'après, Évelyne ressentait vaguement le poids réconfortant d'un manteau sur son corps; elle sombra dans un état de béatitude prolongé, sans connaissance, sa tête lourde trouvant refuge sur l'épaule de nul autre que Christopher Peterson.

À suivre...

Auguste Roussel (Élisabeth Beauregard)
(1815-1870) (1815-1883)

Gaspard   Ruffin   Régine   Esther   Claire   Édouard (jumeau)   Isabelle (jumelle)

Isabelle Roussel (Lucas St-Cœur)
(1850-1892)   (-1892)

Victoria

Édouard Roussel (Françoise Chevalier)
(1850-1919)   (1854-1933)

Cécile   Léonie   Gaële   Preston   Clémence

Édouard Roussel (Lili (Liliane) Bourgeois)
(1850-1919)   (1865-)

X

Clémence Roussel (Arthur La Croix)
(1887-)   (1880-)

Frédéric   Raymond
(1919-)   (1923-)

Preston Roussel (Victoria St-Cœur/Roussel)
(1883-)   (1885-)

Joséphine   Marie-Ange   Olivia   Charlotte (jumelle)   Anthony (jumeau)
(1906-)   (1908-)   (1910-)   (1914-)   (1914-)

Preston Roussel (Gabriella Trahan)
(1883-)   (1882-1911)

Nathaniel
(1905-1939)